J.R.R. TOLKIEN

WŁADCA PIERŚCIENI

★ ★

DWIE WIEŻE

J.R.R. TOLKIEN
WŁADCA PIERŚCIENI
★ ★
DWIE WIEŻE

przełożyła
MARIA SKIBNIEWSKA

WARSZAWSKIE
WYDAWNICTWO
LITERACKIE
MUZA SA

Tytuł oryginału: *The Lord of the Rings*
The Two Towers

Projekt okładki: *Maciej Sadowski*
Redakcja merytoryczna: *Marek Gumkowski*
Redakcja techniczna: *Sławomir Grzmiel*
Korekta: *Jolanta Urban*

Wiersze w przekładach *Autorki tłumaczenia,
Włodzimierza Lewika i Tadeusza A. Olszańskiego*
Tekst na okładce zapisany w certarze
przełożył *Wojciech Burakiewicz*
Na okładce wykorzystano fragmenty obrazów
Pietera Bruegla (st.)

Originally published in the English language by HarperCollins Publishers Ltd.
under the title *The Lord of the Rings* by J.R.R. Tolkien
The Two Towers © The Trustees of The J.R.R. Tolkien 1967 Settlement, 1954, 1966

and 'Tolkien' ® are registered trade marks
of The J.R.R. Tolkien Estate Limited

© for the Polish edition by MUZA SA, Warszawa 1996, 2011
© for the Polish translation by Rafał Skibiński

ISBN 978-83-7495-888-2

Warszawskie Wydawnictwo Literackie
MUZA SA
Warszawa 2011

Trzy Pierścienie dla królów elfów pod otwartym niebem,
Siedem dla władców krasnali w ich kamiennych pałacach,
Dziewięć dla śmiertelników, ludzi śmierci podległych,
Jeden dla Władcy Ciemności na czarnym tronie
W Krainie Mordor, gdzie zaległy cienie,
Jeden, by wszystkimi rządzić, Jeden, by wszystkie odnaleźć,
Jeden, by wszystkie zgromadzić i w ciemności związać
W Krainie Mordor, gdzie zaległy cienie.

Synopsis

Oto druga część *Władcy Pierścieni*.

Część pierwsza – zatytułowana *Drużyna Pierścienia* – opowiada, jak Gandalf Szary odkrył, że Pierścień znajdujący się w posiadaniu hobbita Froda jest tym Jedynym, który rządzi wszystkimi Pierścieniami Władzy; jak Frodo i jego przyjaciele uciekli z rodzinnego cichego Shire'u, ścigani przez straszliwych Czarnych Jeźdźców Mordoru, aż w końcu, dzięki pomocy Aragorna, Strażnika z Eriadoru, przezwyciężyli śmiertelne niebezpieczeństwo i dotarli do domu Elronda w dolinie Rivendell.

W Rivendell odbyła się wielka narada, na której postanowiono, że trzeba zniszczyć Pierścień, Froda zaś mianowano Powiernikiem Pierścienia. Wybrano też wówczas ośmiu towarzyszy, którzy mieli Frodowi pomóc w jego misji, miał bowiem podjąć próbę przedarcia się do Mordoru w głąb nieprzyjacielskiego kraju i odnaleźć Górę Przeznaczenia, ponieważ tylko tam można było zniszczyć Pierścień. Do drużyny należał Aragorn i Boromir, syn władcy Gondoru – dwaj przedstawiciele ludzi; Legolas, syn króla leśnych elfów z Mrocznej Puszczy; Gimli, syn Glóina spod Samotnej Góry – krasnolud; Frodo ze swym sługą Samem oraz dwoma młodymi krewniakami Peregrinem i Meriadokiem – hobbici, wreszcie Gandalf Szary – Czarodziej.

Drużyna wyruszyła tajemnie z Rivendell, dotarła stamtąd daleko na północ, musiała jednak zawrócić z wysokiej przełęczy Caradhrasu, niemożliwej zimą do przebycia; Gandalf, szukając drogi pod górami, poprowadził ośmiu przyjaciół przez ukrytą w skale bramę do olbrzymich kopalń Morii, lecz w walce z potworem podziemi runął w czarną otchłań. Przewodnictwo objął wówczas Aragorn, który okazał się potomkiem dawnych królów Zachodu, i wywiódłszy drużynę przez Wschodnią Bramę Morii, skierował ją do krainy elfów Lórien, a potem w łodziach z biegiem Wielkiej Rzeki Anduiny aż do wodogrzmotów Rauros. Wędrowcy już wtedy spostrzegli, że są śledzeni przez szpiegów Nieprzyjaciela i że tropi ich Gollum – stwór, który ongi posiadał Pierścień i nie przestał go pożądać.

Drużyna nie mogła dłużej odwlekać decyzji, czy iść na wschód, do Mordoru, czy podążyć wraz z Boromirem na odsiecz stolicy Gondoru Minas Tirith, zagrożonej wojną, czy też rozdzielić się na dwie grupy. Kiedy stało się jasne, że Powiernik Pierścienia nie odstąpi od swego beznadziejnego przedsięwzięcia i pójdzie dalej, aż do nieprzyjacielskiego kraju, Boromir spróbował wydrzeć Frodowi Pierścień przemocą. Pierwsza część kończy się właśnie tym upadkiem Boromira, skuszonego przez zły czar Pierścienia, ucieczką i zniknięciem Froda oraz Sama, rozbiciem Drużyny, napadniętej znienacka przez orków, wśród których prócz żołnierzy Czarnego Władcy Mordoru byli również podwładni zdrajcy Sarumana z Isengardu. Zdawać by się mogło, że sprawa Powiernika Pierścienia jest już ostatecznie przegrana.

Z drugiej części, pod tytułem *Dwie wieże*, dowiemy się o losach poszczególnych członków drużyny od chwili jej rozproszenia aż do nadejścia Wielkich Ciemności i wybuchu Wojny o Pierścień – o której opowie część trzecia i ostatnia.

Księga trzecia

Rozdział 1

Pożegnanie Boromira

Aragorn spiesznie wspinał się na wzgórze. Od czasu do czasu schylał się, badając grunt. Hobbici mają lekki chód i niełatwo nawet Strażnikowi odszukać ich trop, lecz nieopodal szczytu potok przecinał ścieżkę i na wilgotnej ziemi Aragorn wreszcie wypatrzył to, czego szukał.

„A więc dobrze odczytałem ślady – rzekł do siebie. – Frodo wspiął się na szczyt wzgórza. Ciekawe, co stamtąd zobaczył? Wrócił jednak tą samą drogą i zszedł na dół".

Aragorn zawahał się: miał ochotę także dojść na szczyt, spodziewając się, że dostrzeże z góry coś, co mu ułatwi trudny wybór dalszej drogi, ale czas naglił. Decydując się błyskawicznie, skoczył naprzód, wbiegł na szczyt po ogromnych kamiennych płytach i schodami na strażnicę. Siadł w niej i z wysoka spojrzał na świat. Lecz słońce zdawało się przyćmione, ziemia daleka i osnuta mgłą. Powiódł wzrokiem wkoło – od północy z powrotem do północy – nie zobaczył jednak nic prócz odległych gór i gdzieś w dali ogromnego ptaka, jak gdyby orła, z wolna zataczającego w powietrzu szerokie kręgi i zniżającego się ku ziemi.

Kiedy tak patrzył, czujny jego słuch złowił jakiś gwar dochodzący z lasów położonych w dole, na zachodnim brzegu rzeki. Aragorn sprężył się cały: dosłyszał krzyki i ze zgrozą rozróżnił między nimi ochrypłe głosy orków. Nagle głębokim tonem zagrał róg, a jego odbite od gór wołanie rozniosło się echem po zapadlinach tak potężnie, że zagłuszyło grzmot wodospadu.

– Róg Boromira! – krzyknął Aragorn. – Wzywa na pomoc! – Zeskoczył ze strażnicy i pędem puścił się ścieżką w dół. – Biada!

Zły los prześladuje mnie dzisiaj, cokolwiek podejmuję – zawodzi. Gdzie jest Sam?

Im niżej zbiegał, tym wyraźniej słyszał wrzawę, lecz głos rogu z każdą chwilą słabł i zdawał się coraz bardziej rozpaczliwy. Naraz wrzask orków buchnął przeraźliwie i dziko, a róg umilkł. Aragorn był już na ostatnim tarasie zbocza, nim jednak znalazł się u stóp wzgórza, wszystko przycichło, a gdy Strażnik, skręciwszy w lewo, pędził w stronę, skąd dobiegały głosy – zgiełk już się cofał i oddalał, aż w końcu Aragorn nic już nie mógł dosłyszeć. Dobył miecza i z okrzykiem: „Elendil! Elendil!" pędem pomknął przez las.

O jakąś milę od Parth Galen, na polance nieopodal jeziora znalazł Boromira. Rycerz siedział oparty plecami o pień olbrzymiego drzewa, jakby odpoczywając. Lecz Aragorn dostrzegł kilka czarnopiórych strzał tkwiących w jego piersi; Boromir nie wypuścił z ręki miecza, ostrze było jednak strzaskane tuż pod rękojeścią, a róg, pęknięty na dwoje, leżał obok na ziemi. Dokoła i u stóp rycerza piętrzyły się trupy orków.

Aragorn przykląkł. Boromir odemknął oczy. Zmagał się z sobą chwilę, nim w końcu zdołał szepnąć:

– Próbowałem odebrać Frodowi Pierścień. Żałuję... Spłaciłem dług. – Powiódł wzrokiem po trupach nieprzyjaciół: padło ich co najmniej dwudziestu z jego ręki. – Zabrali ich... niziołków. Orkowie porwali. Myślę, że jednak żyją. Związali ich... – Umilkł i zmęczone powieki opadły mu na oczy. Przemówił jednak znowu: – Żegnaj, Aragornie. Idź do Minas Tirith, ocal mój kraj. Ja przegrałem...

– Nie! – rzekł Aragorn, ujmując go za rękę i całując w czoło. – Zwyciężyłeś, Boromirze. Mało kto odniósł równie wielkie zwycięstwo. Bądź spokojny. Minas Tirith nie zginie.

Boromir uśmiechnął się słabo.

– Którędy tamci poszli? Czy Frodo był z nimi? – spytał Aragorn. Lecz Boromir nie powiedział już nic więcej.

– Biada! – zawołał Aragorn. – Tak poległ spadkobierca Denethora, władającego Wieżą Czat. Jakże gorzki koniec! Nasza drużyna rozbita. To ja przegrałem. Zawiodłem ufność, którą we mnie pokładał Gandalf. Cóż pocznę teraz? Boromir zobowiązał mnie, żebym poszedł do Minas Tirith, a moje serce tego samego pragnie. Ale gdzie jest Pierścień, gdzie jego Powiernik? Jakże mam go odnaleźć, jak ocalić naszą sprawę od klęski?

Klęczał czas jakiś i pochylony płakał, wciąż jeszcze ściskając rękę Boromira. Tak go zastali Legolas i Gimli. Zeszli cichcem z zachodnich stoków wzgórza, czając się wśród drzew jak na łowach. Gimli trzymał w pogotowiu topór, Legolas – długi nóż, bo strzał już zabrakło w kołczanie. Kiedy wychynęli na polanę, zatrzymali się zdumieni; stali chwilę, skłaniając głowy w bólu, od razu bowiem zrozumieli, co się tutaj rozegrało.

– Niestety! – powiedział Legolas, zbliżając się do Aragorna. – Ścigaliśmy po lesie orków i niejednego ubiliśmy, lecz widzę, że tu bylibyśmy potrzebniejsi. Zawróciliśmy, kiedy nas doszedł głos rogu, za późno jednak! Obawiam się, że jesteś ranny śmiertelnie.

– Boromir poległ – rzekł Aragorn. – Ja jestem nietknięty, bo mnie tutaj nie było przy nim. Padł w obronie hobbitów, kiedy ja byłem daleko, na szczycie wzgórza.

– W obronie hobbitów? – krzyknął Gimli. – Gdzież tedy są? Gdzie Frodo?

– Nie wiem – odparł ze znużeniem Aragorn. – Boromir przed śmiercią powiedział mi, że ich orkowie pojmali. Przypuszczał, że są jeszcze żywi. Wysłałem go za Meriadokiem i Pippinem. Nie zapytałem zrazu, czy Frodo i Sam byli tutaj również, za późno o tym pomyślałem. Wszystko, cokolwiek dzisiaj podejmowałem, obracało się na złe. Cóż teraz zrobimy?

– Przede wszystkim przystoi nam pogrzebać towarzysza – rzekł Legolas. – Nie godzi się zostawiać go jak padlinę między ścierwem orków.

– Musimy się jednak pospieszyć – zauważył Gimli. – Boromir nie chciałby nas zatrzymać. Trzeba ścigać orków, jeżeli została nadzieja, że któryś z naszych druhów żyje, chociaż w niewoli.

– Ale nie wiemy, czy Powiernik Pierścienia jest z nimi, czy nie – odezwał się Aragorn. – Mamy więc go opuścić? Czy raczej jego najpierw szukać? Ciężki to wybór.

– Zacznijmy od pierwszego obowiązku – powiedział Legolas. – Nie ma czasu ani narzędzi, by pogrzebać przyjaciela jak należy i usypać mu mogiłę. Moglibyśmy jednak zbudować kamienny kurhan.

– Długa i ciężka praca! Kamienie trzeba by nosić aż znad rzeki – stwierdził Gimli.

– Złóżmy go więc w łodzi wraz z jego orężem i bronią pobitych przez niego wrogów – rzekł Aragorn. – Zepchniemy łódź w wodogrzmoty Rauros, powierzymy Boromira Anduinie. Rzeka Gondoru ustrzeże przynajmniej jego kości od sponiewierania przez nikczemne stwory.

Spiesznie przeszukali trupy orków, zgarniając szable, połupane hełmy i tarcze na stos.

– Spójrzcie! – zawołał Aragorn. – Oto mamy znamienne dowody! – Ze stosu morderczych narzędzi wyciągnął dwa noże, o klingach wyciętych w kształt liścia, zdobionych złotymi i czerwonymi wzorami; szukał jeszcze chwilę, aż dobrał do nich pochwy, czarne, wysadzane drobnymi szkarłatnymi kamieniami. – Nie jest to broń orków – powiedział. – Musieli ją nosić hobbici. Z pewnością orkowie ograbili jeńców, lecz nie ośmielili się zatrzymać tych sztyletów, bo się poznali, że to robota Númenorejczyków, a na ostrzach wyryte są zaklęcia zgubne dla Mordoru. A więc nasi przyjaciele, jeżeli nawet żyją, są bezbronni. Wezmę tę broń, ufając przeciw nadziei, że będę mógł ją kiedyś zwrócić prawym właścicielom.

– A ja – rzekł Legolas – pozbieram jak najwięcej strzał, bo kołczan mam pusty.

Znalazł w stosie oręża i dokoła na ziemi sporo strzał nieuszkodzonych, o drzewcu dłuższym niż miewają strzały, którymi zazwyczaj posługują się orkowie. Przyjrzał im się uważnie.

Aragorn tymczasem, patrząc na pobitych nieprzyjaciół, rzekł:

– Nie wszyscy z tych, co tutaj padli, pochodzą z Mordoru. Znam na tyle orków i rozmaite ich szczepy, by odróżnić przybyszy z północy i z Gór Mglistych. Ale widzę prócz tego innych, nieznanych. Rynsztunek mają też zgoła niepodobny do używanego przez orków.

Leżeli rzeczywiście wśród zabitych czterej gobliny większego niż przeciętni orkowie wzrostu, smagłej cery, kosoocy, o tęgich łydach i grubych łapach. Uzbrojeni byli w krótkie, szerokie miecze, nie zaś w krzywe szable, których orkowie powszechnie używają, łuki zaś mieli z cisowego drzewa, długością i kształtem zbliżone do ludzkich.

Na tarczach widniało niezwykłe godło: drobna, biała dłoń na czarnym polu; żelazne hełmy zdobiła nad czołem runa S, wykuta z jakiegoś białego metalu.

– Nigdy jeszcze takich odznak nie spotkałem – powiedział Aragorn. – Co też one mogą znaczyć?

– S to inicjał Saurona – rzekł Gimli. – Nietrudno zgadnąć.

– Nie! – odparł Legolas. – Sauron nie używa runów elfów.

– Nie używa też swego prawdziwego imienia i nie pozwala go wypisywać ani wymawiać – potwierdził Aragorn. – Biel zresztą nie jest jego barwą. Orkowie na służbie w Barad-dûr mają za godło Czerwone Oko. – Chwilę milczał w zadumie, potem rzekł wreszcie: – Zgaduję, że to S jest literą Sarumana. Coś złego knuje się w Isengardzie, zachodnie kraje nie są już bezpieczne. Sprawdziły się obawy Gandalfa: zdrajca Saruman jakimś sposobem dowiedział się o naszej wyprawie. Zapewne wie także o zgubie Gandalfa. Może ścigający nas wrogowie z Morii wymknęli się strażom elfów z Lórien albo też ominęli tę krainę i dotarli do Isengardu inną drogą. Orkowie umieją szybko maszerować. Zresztą Saruman ma rozmaite sposoby zdobywania wiadomości. Czy pamiętacie tamte ptaki?

– Teraz nie ma czasu na rozwiązywanie zagadek – powiedział Gimli. – Zabierzmy stąd Boromira.

– Potem jednak musimy rozwiązać zagadkę, jeżeli mamy wybrać właściwą dalszą drogę – odparł Aragorn.

– Kto wie, może właściwej drogi w ogóle dla nas nie ma – rzekł Gimli.

Krasnolud swoim toporkiem naciął gałęzi. Powiązali je cięciwami i na tych prymitywnych noszach rozpostarli własne płaszcze. Tak przenieśli nad rzekę zwłoki przyjaciela wraz ze zdobycznym orężem zabranym z pola jego ostatniej bitwy. Droga była niedaleka, okazała się jednak uciążliwa: Boromir był przecież rosłym, potężnym rycerzem.

Aragorn został nad wodą, strzegąc zwłok, podczas gdy Legolas i Gimli pobiegli brzegiem w górę rzeki. Do Parth Galen była mila z okładem, sporo więc czasu trwało, nim zjawili się z powrotem, spływając w dwóch łodziach, ostrożnie trzymając się przy samym brzegu.

– Przynosimy dziwną nowinę – rzekł Legolas. – Zastaliśmy tylko dwie łodzie na łączce. Po trzeciej ani znaku.

– Czyżby orkowie tam doszli? – spytał Aragorn.

– Nie zauważyliśmy żadnych śladów – odparł Gimli. – Orkowie zresztą zabraliby albo zniszczyli wszystkie łodzie, nie szczędząc też bagaży.

– Zbadam grunt, gdy tam wrócimy – rzekł Aragorn.

Złożyli Boromira na dnie łodzi, która go miała ponieść w dal. Pod głowę podścielili szary kaptur i płaszcz elfów. Długie, czarne włosy sczesali rycerzowi na ramiona. Złoty pas – dar z Lórien – błyszczał jasno. Hełm umieścili u boku, pęknięty róg, a także rękojeść i szczątki strzaskanego miecza na piersi, oręż zaś zdobyty na wrogu – u stóp zmarłego. Związali dwie łodzie – jedną za drugą – siedli do pierwszej i wypłynęli na rzekę. Najpierw wiosłowali w milczeniu wzdłuż brzegu, potem trafili w rwący ostro nurt i wkrótce minęli zieloną łąkę Parth Galen. Strome zbocza Tol Brandir stały w blasku: słońce odbyło już pół drogi od zenitu ku zachodowi. Płynęli na południe, więc wprost przed nimi wzbijał się i migotał w złocistej mgle obłok piany wodogrzmotów Rauros. Pęd i huk wody wstrząsał powietrzem.

Ze smutkiem odczepili żałobną łódź: Boromir leżał w niej cichy, spokojny, ukołysany do snu na łonie żywej wody. Prąd porwał go, podczas gdy przyjaciele wiosłami wstrzymali własną łódkę. Przepłynął obok nich i z wolna oddalał się, malał, aż wreszcie widzieli tylko czarny punkt wśród złotego blasku; nagle znikł im z oczu. Wodospad huczał wciąż jednostajnie. Rzeka zabrała Boromira, syna Denethora, i nikt już odtąd nie ujrzał go w Minas Tirith stojącego na Białej Wieży, na którą zwykł był wychodzić co rano. Lecz przez długie lata później opowiadano w Gondorze o łodzi elfów, co przepłynęła wodogrzmoty i spienione pod nimi jezioro, niosąc zwłoki rycerza przez Osgiliath i dalej rozgałęzionym ujściem Anduiny ku Wielkiemu Morzu, pod niebo iskrzące się nocą od gwiazd.

Trzej przyjaciele milczeli długą chwilę, goniąc wzrokiem łódź Boromira. Wreszcie odezwał się Aragorn.

– Będą go wypatrywali z Białej Wieży – powiedział – ale nie wróci już ani od gór, ani od morza.

I z wolna zaczął śpiewać:

W krainie Rohan pośród pól, wśród traw zielonoburych
Zachodni z szumem wieje wiatr i w krąg owiewa mury.

„O, jakąż, wietrze, niesiesz wieść, gdy dzień dobiega końca?
Czyś Boromira widział cień w poświacie lśnień miesiąca?"
„Widziałem – siedem mijał rzek, dalekie mijał bory,
Aż wszedł w krainę Pustych Ziem, aż krokiem dotarł skorym
Tam, kędy północ rzuca cień... Nie dojrzą go już oczy –
A może słyszał jego głos daleki wiatr północy".
„O, Boromirze, z blanków wież patrzyłem w mroczne dale –
Lecz nie wróciłeś z Pustych Ziem, gdzie ludzi nie ma wcale".

Z kolei podjął pieśń Legolas:

Od morza dmie południa wiatr, od wydm i skalnej plaży,
Kwilenie szarych niesie mew i szumem swym się skarży.
„O, jakąż, wietrze, niesiesz wieść, o, ulżyj mej rozterce:
Czyś Boromira widział – mów, bo żal mi ściska serce".
„Nie pytaj mnie o jego los – odpowiem ci najprościej:
Pod czarnym niebiem w piasku plaż tak wiele leży kości,
Tyle ich płynie nurtem rzek i ginie w morskiej fali!
Niech ci północny powie wiatr, jaką się wieścią chwali".
„O, Boromirze, tyle dróg ku południowi goni.
A ty nie wracasz z krzykiem mew od szarej morskiej toni!".

I znowu zaśpiewał Aragorn:

Od Wrót Królewskich wieje wiatr i mija wodospady –
Z północy słychać jego róg – czy przybył tu na zwiady?
„O, jakąż mi przynosisz wieść, o, powiedz, wietrze, szczerze:
Czyś Boromira widział ślad na leśnej gdzie kwaterze?"
„Gdzie Amon Hen – słyszałem krzyk, tam walczył śmiałek młody;
Pęknięta tarcza oraz miecz u brzegów wielkiej wody.
Ach, dumną głowę, piękną twarz w młodzieńczych dni urodzie
Raurosu już unosi nurt po złoto lśniącej wodzie".
„O, Boromirze, odtąd z wież spoglądać będą oczy
Ku wodospadom grzmiących wód Raurosu na północy".[1]

---

[1] Przełożył Włodzimierz Lewik.

Na tym skończyli. Zawrócili i popłynęli, jak zdołali najspieszniej, pod prąd z powrotem do Parth Galen.

— Zostawiliście Wschodni Wiatr dla mnie — rzekł Gimli — lecz ja nic o nim nie powiem.

— Tak być powinno — odparł Aragorn. — Ludzie z Minas Tirith cierpią wiatr od wschodu, ale nie proszą go o wieści. Teraz jednak, gdy Boromir odszedł w swoją drogę, musimy pospieszyć się z wyborem własnej. — Rozejrzał się szybko, lecz uważnie po zielonej łące, schylając się, żeby zbadać grunt. — Nie było tutaj orków — rzekł. — Nic więcej nie mogę na pewno stwierdzić. Ślady wszystkich członków drużyny krzyżują się w różne strony. Nie potrafię orzec, czy któryś z hobbitów wrócił do obozu, odkąd rozbiegliśmy się na poszukiwanie Froda. — Zszedł na sam brzeg opodal miejsca, gdzie struga ściekała ze źródła do rzeki. — Tu widzę wyraźny trop — powiedział. — Hobbit zbiegł tędy do wody i wrócił na łąkę; nie wiem jednak, jak dawno to mogło być.

— Cóż zatem myślisz o tej zagadce? — spytał Gimli.

Aragorn zrazu nie odpowiedział, lecz zawrócił do obozowiska i przepatrzył bagaże.

— Dwóch worków brak — rzekł. — Na pewno nie ma worka Sama: był większy od innych i ciężki. Mamy więc odpowiedź: Frodo odpłynął łódką, a z nim razem jego wierny giermek. Frodo widocznie wrócił tu, gdy żadnego z nas nie było w obozie. Spotkałem Sama na stoku wzgórza i poleciłem mu, żeby szedł za mną, ale jest oczywiste, że tego nie zrobił. Odgadł zamiary swojego pana i zdążył przybiec nad rzekę, nim Frodo odpłynął. Frodo zobaczył, że nie tak łatwo pozbyć się Sama!

— Ale dlaczego nas się chciał pozbyć, i to bez słowa? — spytał Gimli. — Postąpił bardzo dziwnie.

— I bardzo dzielnie — rzekł Aragorn. — Zdaje się, że Sam miał rację. Frodo nie chciał żadnego z przyjaciół pociągnąć ze sobą w śmierć, do Mordoru. Wiedział jednak, że iść tam musi. Gdy się z nami rozstał, przeżył coś, co przemogło w nim strach i wszelkie wahania.

— Może spotkał grasujących orków i uciekł przed nimi? — powiedział Legolas.

– To pewne, że uciekł – odparł Aragorn – nie sądzę jednak, by uciekł przed orkami.

Nie zdradził się z tym, co wiedział o prawdziwej przyczynie nagłej decyzji i ucieczki Froda. Długo zachowywał w tajemnicy ostatnie wyznanie Boromira.

– No, w każdym razie coś niecoś się wyjaśniło – rzekł Legolas. – Wiemy, że Froda nie ma już na tym brzegu rzeki: tylko on mógł zabrać łódkę. Sam jest z nim: tylko on mógł zabrać swój worek.

– Mamy zatem do wyboru – powiedział Gimli – albo siąść w ostatnią łódź i ścigać Froda, albo pieszo ścigać orków. Obie drogi niewiele dają nadziei. Straciliśmy już kilka bezcennych godzin.

– Pozwólcie mi się namyślić – rzekł Aragorn. – Obym wybrał trafnie i przełamał niesprzyjający nam dzisiaj los! – Chwilę stał, milcząc w zadumie. – Pójdę za orkami – oznajmił wreszcie. – Zamierzałem prowadzić Froda do Mordoru i wytrwać przy nim do końca; lecz gdybym teraz chciał go szukać na pustkowiach, musiałbym porzucić wziętych do niewoli hobbitów na pastwę tortur i śmierci. Nareszcie serce przemówiło we mnie wyraźnie: los Powiernika Pierścienia już nie jest w moich rękach. Drużyna wypełniła swoje zadanie. Lecz nam, którzyśmy ocaleli, nie wolno opuścić towarzyszy w niedoli, póki nam sił starczy. W drogę! Ruszajmy. Zostawcie tu wszystko prócz rzeczy najniezbędniejszych. Trzeba będzie pospieszać dniem i nocą.

Wciągnęli ostatnią łódź na brzeg i zanieśli ją miedzy drzewa. Złożyli pod nią sprzęt, którego nie mogli udźwignąć i bez którego można się było obejść. Potem ruszyli z Parth Galen. Zmierzch już zapadał, kiedy znaleźli się z powrotem na polanie, gdzie zginął Boromir. Stąd mieli iść dalej tropem orków, łatwym zresztą do wyśledzenia.

– Żadne inne plemię tak nie tratuje ziemi – zauważył Legolas. – Orkowie jak gdyby znajdowali rozkosz w deptaniu i tępieniu żywej roślinności, choćby im nie zagradzała drogi.

– Mimo to maszerują bardzo szybko – rzekł Aragorn – i są niezmordowani. Może też będziemy musieli później szukać ścieżek przez nagie, trudne tereny.

– A więc spieszmy za nimi! – powiedział Gimli. – Krasnoludy także umieją żwawo maszerować i nie są mniej niż orkowie wytrwali. Ale nieprędko ich dogonimy, wyprzedzili nas znacznie.

– Tak – odparł Aragorn – wszyscy musimy zdobyć się na wytrwałość krasnoludów. W drogę! Z nadzieją czy też bez nadziei, pójdziemy tropem nieprzyjaciela. Biada mu, jeżeli okażemy się od niego szybsi! Ten pościg zasłynie wśród trzech plemion: elfów, krasnoludów i ludzi. W drogę, trzej łowcy!

I rączo jak jeleń skoczył naprzód. Biegli wśród drzew; Aragorn, odkąd wyzbył się rozterki, przodował nieznużenie i pędził jak wiatr. Wkrótce zostawili daleko za sobą las nad jeziorem i wspięli się długim ramieniem zbocza na ciemny, ostro odcinający się od tła nieba grzbiet górski, purpurowy już w blasku zachodu. Zapadł zmrok. Trzy szare cienie wsiąkły w kamienny krajobraz.

Rozdział 2

Jeźdźcy Rohanu

Mrok gęstniał. W dole pośród drzew zalegała mgła, snująca się po bladych brzegach Anduiny, lecz niebo było czyste. Wzeszły gwiazdy. Malejący już księżyc żeglował od zachodu, pod skałami kładły się czarne cienie. Wędrowcy dotarli do podnóży skalistych gór i posuwali się teraz wolniej, bo ślad już nie tak łatwo było wytropić. Góry Emyn Muil ciągnęły się z północy na południe podwójnym spiętrzonym wałem. Zachodnie stoki obu łańcuchów były strome i niedostępne, wschodnie za to opadały łagodniej, pocięte mnóstwem jarów i wąskich żlebów. Całą noc trzej przyjaciele przedzierali się przez ten kamienny kraj, wspinali się na pierwszy, najwyższy grzbiet, a potem w ciemnościach schodzili ku ukrytej za nim głębokiej krętej dolinie.

Tu zatrzymali się o zimnej godzinie przedświtu na krótki popas. Księżyc dawno już zaszedł, niebo iskrzyło się od gwiazd, pierwszy brzask nowego dnia jeszcze się nie pokazał zza czarnych wzgórz. Aragorn znów się wahał: ślady orków prowadziły w dolinę, lecz ginęły tutaj.

– Jak myślisz, w którą stronę stąd skręcili? – spytał Legolas. – Ku północy, najkrótszą drogą do Isengardu lub Fangornu, jeśli tam zdążają? Czy też na południe, ku Rzece Entów?

– Dokądkolwiek zdążają, na pewno nie poszli ku rzece – odparł Aragorn. – Myślę, że starają się przeciąć pola Rohirrimów możliwie najkrótszą drogą, chyba że w Rohanie dzieje się coś niedobrego, a potęga Sarumana bardzo wzrosła. Chodźmy na północ!

Dolina wrzynała się kamiennym korytem między poszarpane wzgórza, a wśród głazów na jej dnie sączył się strumień. Z prawej strony piętrzyło się ponure urwisko, z lewej majaczyło łagodniejsze zbocze, szare już i zatarte w cieniu wieczoru. Uszli co najmniej milę w kierunku północnym. Aragorn przygięty do ziemi badał grunt zapadlisk i parowów u podnóży zachodniego stoku. Legolas wyprzedzał towarzyszy o parę kroków. Nagle elf krzyknął i wszyscy spiesznie podbiegli do niego.

– Patrzcie! – rzekł. – Dogoniliśmy już kilku z tych, których ścigamy.

Wskazał u stóp wzgórza szarzejące kształty, które na pierwszy rzut oka wzięli za głazy, a które były skulonymi trupami orków. Pięciu ich leżało tam martwych, rozsiekanych okrutnie; dwóch miało głowy odrąbane od tułowia. Ziemia wkoło nasiąkła ciemną krwią.

– Oto nowa zagadka – rzekł Gimli. – Żeby ją rozjaśnić, trzeba by dziennego światła, a nie możemy tu czekać do świtu.

– Jakkolwiek odczytamy ten znak, zwiastuje nam on pewną nadzieję – powiedział Legolas. – Wrogowie orków powinni okazać się naszymi przyjaciółmi. Czy te góry są zamieszkane?

– Nie – odparł Aragorn. – Rohirrimowie rzadko tu się zapuszczają, a do Minas Tirith jest stąd daleko. Mogło się zdarzyć, że jacyś ludzie wybrali się w te strony z niewiadomych nam powodów. Ale nie przypuszczam, by tak było.

– Cóż zatem sądzisz? – spytał Gimli.

– Myślę, że nasi nieprzyjaciele przyprowadzili z sobą własnych nieprzyjaciół – odrzekł Aragorn. – Ci tutaj to orkowie z dalekiej północy. Nie ma wśród zabitych ani jednego olbrzymiego orka z niezwykłym godłem białej ręki i runą S. Zgaduję, że wybuchła jakaś kłótnia, rzecz między tymi dzikusami dość pospolita. Może posprzeczali się o wybór drogi?

– A może o jeńców? – powiedział Gimli. – Miejmy nadzieję, że nasi przyjaciele nie ponieśli również śmierci przy tej sposobności.

Aragorn przeszukał teren w szerokim promieniu wokół tego miejsca, lecz nie znalazł żadnych więcej śladów walki. Drużyna ruszyła znów naprzód. Niebo już bladło na wschodzie, gwiazdy przygasły, a znad widnokręgu podnosił się szary brzask. Nieco dalej na północy trafili na parów, w którym kręty, bystry potoczek żłobił kamienistą ścieżkę w głąb doliny. Na jego brzegach zieleniły się kępy zarośli i spłachetki trawy.

– Nareszcie! – rzekł Aragorn. – Tutaj mamy poszukiwany trop. Wiedzie w górę strumienia. Tędy szli orkowie po załatwieniu między sobą krwawych porachunków.

Zawrócili więc i ruszyli nową ścieżką, skacząc z kamienia na kamień tak lekko, jakby zaczynali dzień po dobrze przespanej nocy. Kiedy w końcu dotarli na grań szarego wzgórza, nagły powiew rozburzył im włosy i załopotał połami płaszczy. Świt dmuchnął im chłodem w twarze.

Obejrzeli się i zobaczyli za sobą na drugim brzegu rzeki odległe szczyty już rozjarzone pierwszym brzaskiem. Wstawał dzień. Czerwony rąbek słońca ukazał się znad ciemnego grzbietu gór. Ale przed oczami wędrowców, na zachodzie, świat wciąż jeszcze leżał cichy, bezkształtny i szary; jednak w miarę jak patrzyli, cienie nocy rozwiewały się stopniowo, ziemia budziła się, odzyskując barwy: zieleń rozlała się po szerokich łąkach Rohanu, białe opary roziskrzyły się nad wodami, a gdzieś daleko po lewej stronie, o trzydzieści albo i więcej staj, Białe Góry zabłysły błękitem i purpurą, wystrzelając w niebo ostrymi szczytami, na których olśniewająca biel wiecznych śniegów zabarwiła się teraz rumieńcem jutrzenki.

– Gondor! Gondor! – zawołał Aragorn. – Obym cię ujrzał znowu w szczęśliwszej godzinie! Dziś jeszcze moja droga nie prowadzi na południe, ku twoim świetlistym strumieniom.

> *Gondor między górami a morzem. Tu wiewem*
> *Dął kiedyś wiatr zachodni... Tu nad Srebrnym Drzewem*
> *W dawnych królów ogrodach deszcz światła trzepotał.*
> *Mury, wieże, korono, o, tronie ze złota!*
> *Czyż ludzie Drzewo Srebrne ujrzą, o, Gondorze,*
> *I wiatr między górami dąć będzie a morzem?*[1]

– Chodźmy już! – rzekł, odrywając wreszcie oczy od południa i zwracając je na zachód i północ, gdzie wzywał go obowiązek.

Grań, na której stali, opadała stromo spod ich nóg. O kilkadziesiąt stóp niżej szeroka, poszarpana półka skalna urywała się ostrą krawędzią nad przepaścistą, prostopadłą ścianą: to był Wschodni Mur

---

[1] Przełożył Włodzimierz Lewik.

Rohanu. Tu kończyły się wzgórza Emyn Muil, a dalej, jak okiem sięgnąć, rozpościerały się już tylko zielone równiny Rohirrimów.

– Patrzcie! – krzyknął Legolas, wskazując blade niebo ponad ich głowami. – Znowu orzeł. Wzbił się bardzo wysoko. Wygląda mi na to, że odlatuje z tej krainy z powrotem na północ. Mknie jak strzała. Patrzcie!

– Nie, nawet moje oczy go nie dostrzegą, Legolasie – odrzekł Aragorn. – Musi lecieć rzeczywiście na wielkiej wysokości. Ciekawe, z jakim poselstwem tak spieszy, jeśli to ten sam ptak, którego przedtem zauważyłem. Ale spójrzcie! Tu bliżej widzę coś bardziej niepokojącego. Jakiś ruch na równinie.

– Masz słuszność – odparł Legolas. – Potężny oddział w marszu. Nic więcej jednak nie mogę o nim powiedzieć ani rozróżnić, co to za plemię. Dzieli nas od nich wiele staj, na oko wydaje się, że co najmniej dwanaście. W tym płaskim krajobrazie trudno ocenić odległość.

– Myślę, że bądź co bądź nie potrzebujemy już teraz wypatrywać śladów, żeby wiedzieć, dokąd się skierować – rzekł Gimli. – Szukajmy tylko ścieżki w dół na równinę, i to jak najkrótszej.

– Wątpię, czy znajdziesz ścieżkę krótszą od tej, którą wybrali orkowie – powiedział Aragorn.

Teraz już ścigali nieprzyjaciół w pełnym świetle dziennym.

Wszystko wskazywało, że orkowie posuwali się w wielkim pośpiechu, bo drużyna znajdowała co chwila jakieś pogubione lub odrzucone przedmioty: worki po prowiancie, kromki twardego ciemnego chleba, łachman czarnego płaszcza, ciężki podkuty but, zdarty na kamieniach. Trop wiódł na północ skrajem urwiska, aż w końcu zatrzymywał się nad głęboką rysą, wyżłobioną w ścianie skalnej przez potok spływający z głośnym pluskiem w dół. Brzegiem rysy wąska, stroma jak drabina ścieżka prowadziła aż na równinę.

U stóp tej drabiny znaleźli się nagle na łąkach Rohanu. Jak zielone morze falowały one u samych podnóży Emyn Muil. Potok górski ginął w bujnych kępach rzeżuchy i wszelkiego ziela, tylko cichy plusk zdradzał jego drogę w szmaragdowym tunelu; po łagodnej pochyłości spływał ku moczarom doliny Rzeki Entów. Wędrowcy mieli wrażenie, że zima została za nimi, lgnąc do wzgórz. Tu bowiem miękkie powietrze tchnęło ciepłem i delikatnym zapachem i zdawało się, że wiosna jest już blisko, a soki w trawach i liściach zaczynają wzbierać. Legolas odetchnął głęboko, jakby po długiej wędrówce przez jałową pustynię pił chciwie ożywczą wodę.

– Ach, zapach zieleni! – rzekł. – Lepsze to niż długi sen. Biegnijmy teraz!

– Lekkie stopy mogą tutaj biec chyżo – powiedział Aragorn. – Szybciej pewnie niż obciążone żelazem nogi orków. Teraz może uda się nam dopędzić nieprzyjaciół.

Pobiegli gęsiego, mknąc jak gończe psy za świeżym tropem; oczy im rozbłysły nowym zapałem. Szpetny ślad wydeptany przez orków wskazywał niemal wprost na zachód; gdziekolwiek przeszła banda, słodka trawa Rohanu była stratowana i sczerniała. Nagle Aragorn krzyknął i zatrzymał się w miejscu.

– Stójcie! – zawołał. – Na razie nie idźcie za mną.

Szybko skręcił w prawo od głównego szlaku. Dostrzegł bowiem odgałęziający się trop: odciski drobnych, nieobutych stóp. Niestety, o kilka zaledwie kroków dalej trop gubił się wśród innych, znacznie większych, które również odbiegały od szlaku, potem zaś znowu ku niemu powracały i ginęły w stratowanej zieleni. Tam, gdzie ów nowy trop się kończył, Aragorn schylił się i podniósł coś z trawy. Potem wrócił do przyjaciół.

– Tak jest – rzekł. – To niewątpliwie ślady stóp hobbita. Zapewne Pippina, mniejszego od Meriadoka. Spójrzcie!

Na wyciągniętej dłoni pokazał im znaleziony przedmiot, który błyszczał w słońcu. Podobny był do ledwie rozwiniętego brzozowego liścia, a wydał się piękny i niespodziewany na tej bezdrzewnej równinie.

– Klamra od płaszcza elfów! – wykrzyknęli Legolas i Gimli jednocześnie.

– Liście z drzew Lórien nie opadają na próżno – rzekł Aragorn. – Ten nie został zgubiony przypadkiem. Pippin upuścił go umyślnie, żeby zostawić znak dla tych, którzy będą szukali porwanych hobbitów. Myślę, że po to właśnie odłączył się na chwilę od gromady.

– A więc o nim przynajmniej wiemy, że wzięto go żywcem – stwierdził Gimli. – I że nie stracił przytomności umysłu ani władzy w nogach. Bądź co bądź jest to pewna pociecha. Nie ścigamy bandy daremnie.

– Miejmy nadzieję, że nie przypłacił zbyt drogo swej odwagi – rzekł Legolas. – Dalej! Naprzód! Serce mi się ściska na myśl o tych młodych wesołych hobbitach, pędzonych jak cielęta za stadem.

Słońce podniosło się do zenitu, a potem z wolna osunęło się po niebie. Znad odległego morza, od południa, nadciągnęły lekkie obłoki i odpłynęły z łagodnym podmuchem wiatru. Słońce zaszło. Za plecami wędrowców wyrosły cienie i coraz dłuższymi ramionami sięgały na wschód. Oni jednak wytrwale szli naprzód. Od śmierci Boromira minęła doba, lecz orkowie wciąż byli daleko przed nimi. Nie mogli ich nawet wzrokiem dosięgnąć na rozległej, płaskiej równinie.

Kiedy zapadły ciemności, Aragorn wstrzymał pochód. W ciągu całego dnia ledwie dwa razy popasali, i to krótko; od wschodniej ściany gór, na której stali o świcie, dzieliło ich teraz dwanaście staj.

– Pora dokonać trudnego wyboru – rzekł Aragorn. – Czy odpocząć przez noc, czy też iść dalej, póki nam sił starczy?

– Jeżeli my będziemy całą noc odpoczywać, a nieprzyjaciel nie przerwie marszu, wyprzedzi nas znacznie – powiedział Legolas.

– Chyba nawet orkowie nie mogą maszerować bez wytchnienia – powiedział Gimli.

– Orkowie rzadko puszczają się w biały dzień przez otwarte przestrzenie, a jednak tym razem ważyli się na to – odparł Legolas. – Tym bardziej nie spoczną w nocy.

– Ale nocą nie możemy pilnować śladu – rzekł Gimli.

– Jak sięgnę wzrokiem, ślad wiedzie prosto, nie skręca ani w lewo, ani w prawo – stwierdził Legolas.

– Przypuszczam, że zdołałbym was poprowadzić po ciemku, nie zbaczając z właściwego kierunku – rzekł Aragorn. – Jeślibyśmy wszakże zbłądzili lub gdyby tamci zboczyli ze szlaku, stracilibyśmy jutro dużo czasu, nimby się udało odnaleźć znowu trop.

– W dodatku – powiedział Gimli – tylko za dnia możemy dostrzec, czy jakieś pojedyncze ślady nie odłączają się od gromady. Gdyby któryś z jeńców zbiegł z niewoli albo gdyby któregoś uprowadzono w bok, na wschód na przykład, w stronę Wielkiej Rzeki, w stronę Mordoru, moglibyśmy minąć ten ślad, nie domyślając się niczego.

– To prawda – przyznał Aragorn. – Lecz jeśli dobrze odczytałem poprzednie ślady, orkowie z godłem Białej Ręki wzięli nad innymi górę i cała banda zmierza teraz do Isengardu. Dotychczas wszystko potwierdza moje przypuszczenie.

– A jednak byłoby nieroztropnie polegać na tym – rzekł Gimli. – Pamiętajmy też o możliwości ucieczki jeńców. Czy zauważylibyśmy tamten trop, który nas doprowadził do klamry w trawie, gdybyśmy przechodzili po ciemku?

– Orkowie z pewnością odtąd zdwoili czujność, a jeńcy są już bardzo zmęczeni – powiedział Legolas. – Nie będą próbowali ucieczki, chyba że z naszą pomocą. Jak im pomożemy, nie sposób przewidzieć, w każdym razie trzeba przede wszystkim doścignąć bandę.

– A jednak nawet ja, krasnolud, zaprawiony w wędrówkach i nie najsłabszy w swoim rodzie, nie zdołam przebiec całej drogi do Isengardu bez wypoczynku – rzekł Gimli. – Mnie też serce boli na myśl o losie pojmanych przyjaciół i gdyby to ode mnie tylko zależało, ruszyłbym wcześniej w pogoń; lecz teraz muszę wytchnąć, aby jutro biec tym szybciej. A jeśli mamy odpoczywać, ciemna noc jest po temu najsposobniejszą porą.

– Powiedziałem na początku, że wybór jest trudny – rzekł Aragorn. – Na czym więc zakończymy tę naradę?

– Ty nam przewodzisz – odparł Gimli – i jesteś najbardziej doświadczonym łowcą. Sam więc rozstrzygnij.

– Serce pcha mnie naprzód – powiedział Legolas. – Musimy jednak trzymać się w gromadzie. Zastosuję się do decyzji Aragorna.

– Szukacie rady u złego doradcy – rzekł Aragorn. – Od chwili, gdy przepłynęliśmy przez Wrota Argonath, każdy wybór, którego dokonałem, okazał się błędny.

Umilkł i długo patrzył na północ i na zachód, w gęstniejące ciemności.

– Nie będziemy szli nocą – powiedział wreszcie. – Z dwóch niebezpieczeństw groźniejsze wydaje się prześlepienie jakiegoś ważnego tropu czy znaku. Gdyby księżyc lepiej świecił, moglibyśmy skorzystać z jego blasku. Niestety, wschodzi teraz późno, jest w nowiu i blady.

– Dziś na dobitkę zasłonią go chmury – szepnął Gimli. – Szkoda, że Pani z Lórien nie dała nam w podarunku światła, jak Frodowi.

– Temu, kto go otrzymał, dar ten bardziej się przyda – rzekł Aragorn. – W jego ręku los wyprawy. Nam przypadł tylko maleńki udział w wielkim dziele naszej epoki. Kto wie, czy od początku cały zamiar nie jest skazany na niepowodzenie, a mój wybór, dobry czy zły, niewiele może tu pomóc lub zaszkodzić. W każdym razie – postanowiłem. Teraz więc skorzystajmy z wypoczynku jak się da najlepiej.

Rzucił się na ziemię i usnął natychmiast, bo od nocy spędzonej w cieniu Tol Brandir nie zmrużył oka. Przed świtem jednak ocknął się i wstał. Gimli leżał jeszcze pogrążony w głębokim śnie, ale Legolas czuwał wyprostowany i wpatrzony w ciemność, zamyślony i cichy jak młode drzewo w bezwietrzną noc.

– Są już bardzo, bardzo daleko – powiedział ze smutkiem, zwracając się do Aragorna. – Dobrze przeczuwałem, że nie spoczną na noc. Teraz tylko orzeł zdołałby ich dogonić.

– Mimo to będziemy ich ścigali w miarę naszych sił – odparł Aragorn. Schylił się i dotknął ramienia krasnoluda. – Wstawaj, Gimli. Ruszamy dalej – rzekł. – Ślad stygnie.

– Ciemno jeszcze – powiedział Gimli. – Nawet Legolas i nawet ze szczytu wzgórza nie dostrzegłby ich, póki słońce nie wzejdzie.

– Obawiam się, że za daleko odeszli, abym ich mógł dostrzec ze wzgórza czy z równiny, przy księżycu czy w słońcu – odparł Legolas.

– Kiedy oczy zawodzą, ziemia może coś powie uszom – rzekł Aragorn – bo z pewnością jęczy pod ich nienawistnymi stopami.

Wyciągnął się w trawie, przytknął ucho do ziemi. Leżał bez ruchu tak długo, że Gimli już zaczął podejrzewać, iż Aragorn omdlał albo usnął znowu. Niebo na wschodzie pojaśniało, siwy brzask z wolna rozpraszał mrok. Kiedy wreszcie Aragorn wstał, przyjaciele zobaczyli jego twarz pobladłą i zapadniętą, a w oczach wyczytali troskę.

– Ziemia drży od niewyraźnych, niezrozumiałych odgłosów – rzekł. – Na wiele mil wkoło nie ma żadnego oddziału w marszu. Tupot nóg naszych nieprzyjaciół ledwie słychać z wielkiej dali. Natomiast głośno tętnią kopyta końskie. Wydaje mi się, że słyszałem je wcześniej już, gdy spałem tej nocy na ziemi, i że tętent koni galopujących na zachód mącił moje sny. Teraz jednak oddalają się od nas, pędzą na północ. Chciałbym wiedzieć, co też się dzieje w tamtych krajach.

– Ruszajmy! – rzekł Legolas.

Tak zaczął się trzeci dzień pościgu. Od rana do zmroku, to pod chmurami, to pod żarem słońca, to wyciągniętym krokiem, to biegiem parli naprzód, jakby gorączka trawiąca ich serca silniejsza była od zmęczenia. Mało z sobą rozmawiali. Sunęli przez rozległe pustkowia, a płaszcze elfów wtapiały się w tło szarozielonych pól, tak że nikt prócz bystrookiego elfa nie dostrzegłby ich z oddali nawet w pełnym blasku południa. Często też z głębi serca dziękowali Pani z Lórien za lembasy, bo żywiąc się nimi w biegu, odzyskiwali nowe, niespożyte siły.

Przez cały dzień trop wskazywał prosto na północo-zachód, nie zbaczając ani nie skręcając nigdzie. Wreszcie, kiedy popołudnie chyliło się już ku wieczorowi, wędrowcy znaleźli się na długim bezdrzewnym zboczu; teren przed nimi wznosił się faliście i łagodnie ku majaczącym na widnokręgu kopulastym pagórkom. Ślad orków prowadził też ku nim, skręcając nieco bardziej na północ i znacząc się mniej niż dotychczas wyraźnie, bo grunt był tutaj twardszy, a trawa mniej bujna. Daleko po lewej ręce błyszczała pośród zieleni kręta srebrna nitka Rzeki Entów. Nigdzie nie było widać żywej duszy. Aragorn dziwił się, że nie spotykają śladów zwierząt ani ludzi. Siedziby Rohirrimów skupiały się co prawda o wiele staj dalej na południe, pod leśnym stropem Białych Gór, ukrytych teraz we mgle i chmurach, lecz mistrzowie koni trzymali dawniej ogromne stada we Wschodnim Emnecie, kresowej prowincji swojego królestwa, i pasterze koczowali w tych stronach nawet zimą, mieszkając w szałasach lub namiotach. Teraz jednak cała ta kraina opustoszała, a cisza, jaka nad nią panowała, nie zdawała się wcale błoga ani spokojna.

O zmroku przyjaciele zatrzymali się znowu. Przeszli równiną Rohanu dwakroć po dwanaście staj i ściana Emyn Muil zniknęła im z oczu w cieniach wschodu. Wąski sierp księżyca wypłynął na przymglone niebo, lecz świecił blado, a gwiazdy kryły się wśród chmur.

– Teraz bardziej jeszcze żałuję każdej godziny, którą straciliśmy na odpoczynek i popasy w tym marszu – rzekł Legolas. – Orkowie gnają, jakby ich Sauron osobiście biczem popędzał. Boję się, że zdążyli dotrzeć do lasu i stoków górskich; może w tej chwili właśnie wchodzą w cień drzew.

Gimli zgrzytnął zębami.

– Oto gorzki koniec naszych nadziei i trudów – powiedział.

– Koniec nadziei, może, ale trudów z pewnością nie – rzekł Aragorn. – Nie zawrócimy z drogi. Chociaż bardzo jestem znużony. – Obejrzał się na szmat ziemi, który przemierzyli, popatrzył w mrok, gęstniejący na wschodzie. – Coś dziwnego dzieje się w tym kraju. Nie ufam tej ciszy. Nie ufam nawet blademu księżycowi. Gwiazdy świecą mdłym blaskiem, a mnie ogarnęło takie znużenie, jakiego nie powinien znać Strażnik na wytyczonym tropie. Jakaś potężna wola dodaje w biegu sił naszym wrogom, a nam rzuca pod stopy niewidzialne zapory, obezwładnia zmęczeniem serca bardziej niż nogi.

– Prawdę mówisz – rzekł Legolas. – Czułem to od chwili, gdy zeszliśmy z grani Emyn Muil. Ta potężna wola jest bowiem przed nami, nie za nami.

I gestem wskazał krainę Rohanu ledwie rozświetloną nikłą księżycową poświatą i tonącą w mroku na zachodzie.

– Saruman! – mruknął Aragorn. – Nawet on nie zdoła nas zawrócić z drogi. Na razie jednak musimy się zatrzymać. Spójrzcie, już i księżyc znika za chmurami. Lecz jutro skoro świt ruszymy na północ, szlakiem miedzy bagniskiem a wzgórzami.

Nazajutrz, tak samo jak w poprzednich dniach, Legolas pierwszy zerwał się ze snu – jeżeli w ogóle spał tej nocy.

– Wstawać! Wstawać! – wołał. – Wschód już się rumieni. Dziwy czekają nas w cieniu lasu. Dobre czy złe, nie wiem, ale wzywają w drogę. Wstawać!

Tamci obaj zerwali się na równe nogi i nie tracąc ani chwili, trzej przyjaciele znów pomaszerowali przed siebie. Każdy krok przybliżał ich stopniowo ku wzgórzom i na godzinę przed południem stanęli pod zielonymi stokami, które piętrzyły się wyżej jak łyse kopuły, wyciągnięte równym łańcuchem prosto na północ. U ich stóp grunt był suchy, porośnięty niską trawą, lecz między pasmem wzgórz a rzeką, przedzierającą się przez gąszcz trzcin i sitowia, ciągnęło się szerokie na dziesięć mil zapadlisko. Pod najdalej na południe wysuniętym wzgórzem, u jego zachodnich podnóży, spostrzegli w trawie szeroki krąg jakby wydeptany przez tysiąc ciężkich nóg. Stąd ślad orków prowadził dalej ku północy skrawkami suchego terenu pod wzgórzami. Aragorn zatrzymał się i zbadał uważnie tropy.

– Popasali tu czas krótki – rzekł – i nawet ślad wymarszu po odpoczynku jest już dość dawny. Niestety, przeczucie nie zawiodło cię, Legolasie: upłynęło trzykroć dwanaście godzin od chwili, gdy orkowie przebywali na tym miejscu, do którego my doszliśmy dopiero teraz. Jeżeli potem nie zwolnili marszu, wczoraj o zachodzie słońca osiągnęli skraj Fangornu.

– Patrząc na zachód i na północ, nie widzę nic prócz trawy tonącej w dali we mgle – rzekł Gimli. – Czy ze szczytu wzgórza dostrzeglibyśmy las?

– Do lasu jeszcze stąd daleko – powiedział Aragorn. – Jeżeli pamięć mnie nie myli, pasmo wzgórz rozciąga się co najmniej na osiem staj, a za nimi, na północo-zachód od ujścia Rzeki Entów, trzeba przebyć znów jakieś piętnaście staj równiny.

– A więc w drogę! – rzekł Gimli. – Moje nogi muszą odzwyczaić się od liczenia mil. Byłoby to dla nich łatwiejsze, gdyby serce tak bardzo nie ciążyło.

Słońce już się chyliło, gdy wreszcie wędrowcy dotarli do ostatniego wzgórza w całym łańcuchu. Przez wiele godzin maszerowali bez odpoczynku. Teraz posuwali się już bardzo wolno, a Gimli aż zgarbił się ze zmęczenia. Krasnoludy mają żelazną wytrwałość w pracy i wędrówkach, lecz ten niekończący się pościg utrudził Gimlego tym bardziej, że nadzieja przygasła w jego sercu. Aragorn szedł za nim w posępnym milczeniu, od czasu do czasu schylając się, żeby zbadać jakiś znak albo trop na ziemi. Tylko Legolas biegł lekko jak zawsze, ledwie muskając stopami trawę i nie odciskając na niej śladów; chleb elfów wystarczał mu za cały posiłek, a spać umiał z otwartymi oczyma, w marszu, w pełnym świetle dnia; umysł elfa odpoczywa, błądząc po dziwnych ścieżkach marzeń, chociaż ludzie nie nazwaliby tego spaniem.

– Wejdźmy na ten zielony pagórek – rzekł.

Wbiegł pierwszy, a dwaj przyjaciele podążyli za nim, wspinając się mozolnie długim zboczem aż na szczyt, zaokrąglony na kształt kopuły, gładki i nagi, nieco odosobniony od innych i stanowiący ostatnie od północy ogniwo łańcucha. Słońce tymczasem zaszło, mrok wieczorny otulił świat jak zasłona. Trzej wędrowcy stali samotnie nad bezbrzeżną, bezkształtną równiną, wśród jednostajnej szarzyzny krajobrazu. Tylko daleko na północo-zachodzie od tła dogasającego nieba odcinała się głębszą czernią linia Gór Mglistych i ciemnego lasu u ich stóp.

– Nic stąd nie wypatrzymy, co mogłoby nam wskazać dalszą drogę – powiedział Gimli. – W każdym razie trzeba teraz zatrzymać się na noc. Robi się bardzo zimno.

– Wiatr dmie od śnieżnej północy – rzekł Aragorn.

– Rano odwróci się i dmuchnie od wschodu – rzekł Legolas. – Odpocznijmy, skoro czujecie się zmęczeni. Ale nie traćmy nadziei. Nie wiadomo, co nas jutro czeka. Bywa, że wraz ze wschodem słońca zjawia się dobra rada.

– Trzykroć już w tej pogoni oglądaliśmy wschód słońca, a żaden nie przyniósł nam rady – rzekł Gimli.

Noc była bardzo zimna. Aragorn i Gimli spali niespokojnie, a ilekroć któryś z nich budził się, stwierdzał, że Legolas czuwa u wezgłowia przyjaciół albo przechadza się koło nich, nucąc z cicha w swoim ojczystym języku jakąś pieśń, a gdy elf tak śpiewa, na twardym, czarnym stropie niebios rozbłyskują białe gwiazdy. W ten sposób przeszła noc. Wszyscy trzej, już rozbudzeni, patrzyli, jak brzask powoli rozlewa się po niebie, czystym teraz i bezchmurnym, aż wreszcie pokazało się słońce. Wstało blade i jasne. Wiatr dmący od wschodu zmiótł kłęby mgieł. Rozległa kraina leżała przed nimi naga i pusta w surowym świetle ranka.

Na wprost i ku wschodowi ciągnęła się owiana wiatrem wyżyna, płaskowyż Rohanu, który przed kilku dniami dostrzegali z daleka, płynąc z nurtem Wielkiej Rzeki. Na północo-zachodzie czerniał las Fangorn; jeszcze dziesięć staj dzieliło ich od cienistego skraju tej puszczy, a góry w jej głębi ginęły w błękitnej dali. Za Fangornem majaczył na widnokręgu jakby zawieszony w siwej chmurze biały czub smukłego Methedrasu, ostatniego szczytu w łańcuchu Gór Mglistych. Z lasu spływała ku wędrowcom Rzeka Entów, bystrym wąskim strumieniem tocząc się między stromymi brzegami. Trop orków skręcał spod wzgórz ku rzece.

Śledząc wzrokiem trop biegnący nad rzeką, a potem wzdłuż jej brzegów ku puszczy, Aragorn dostrzegł na dalekiej zielonej łące jakiś ciemny, szybko poruszający się mały punkcik. Rzucił się na ziemię i zaczął pilnie wsłuchiwać się w jej głos. Legolas jednak, który stał obok wyprostowany, osłaniając smukłą dłonią swoje jasne oczy elfa, widział nie punkcik, lecz chmarę jeźdźców, drobne z oddali postacie ludzkie na koniach, i w ostrzach włóczni brzask poranka jak migotanie maleńkich gwiazd, niedosięgłych dla wzroku zwykłych śmiertelników. Gdzieś daleko za pędzącym oddziałem czarny dym wzbijał się wąskim, krętym słupem ku niebu.

Cisza panowała nad pustką stepu taka, że Gimli słyszał szelest każdej trawki.

– Jeźdźcy! – krzyknął Aragorn, zrywając się z ziemi. – Wielu jeźdźców na ścigłych koniach zbliża się do nas.

– Tak – rzekł Legolas. – Jest ich stu pięciu. Włosy mają jasne, a włócznie lśniące. Przewodzi im mąż wysokiego wzrostu.

Aragorn uśmiechnął się.

– Bystre są oczy elfa – powiedział.

– Niewielka sztuka – odparł Legolas. – Ci jeźdźcy są przecież nie dalej niż o pięć staj.

– O pięć staj czy o jedną – odezwał się Gimli – w każdym razie nie unikniemy spotkania na tym pustkowiu. Poczekamy na nich czy też pójdziemy w swoją drogę?

– Poczekamy – rzekł Aragorn. – Jestem znużony, ścigamy nieprzyjaciół wciąż nadaremnie. A może ktoś inny wcześniej ich dogonił? Bo przecież oddział konny wraca tropem orków. Może jeźdźcy będą mieli dla nas jakieś ważne nowiny?

– Albo ostre włócznie – rzekł Gimli.

– Trzy konie niosą puste siodła – powiedział Legolas – ale hobbitów między ludźmi nie ma.

– Nie twierdzę, że będą to pomyślne nowiny – odparł Aragorn – ale na dobre czy złe trzeba tutaj poczekać.

Trzej przyjaciele opuścili szczyt wzgórza, gdzie na tle jasnego nieba stanowili zbyt dobrze widoczny z daleka cel, i z wolna zeszli północnym zboczem niżej. Zatrzymali się jednak, nie schodząc aż do podnóży pagórka, i przycupnęli na stoku w przywiędłej trawie, owinięci w szare płaszcze. Czas płynął leniwie. Wiatr był ostry i przejmujący. Gimli kręcił się niespokojnie.

– Co ci wiadomo o tych jeźdźcach, Aragornie? – spytał. – Może czekamy tu na niechybną śmierć?

– Przebywałem wśród nich – odparł Aragorn. – Są dumni i uparci, lecz serca mają szczere, a myślą i działają szlachetnie; są zuchwali, lecz nie okrutni, mądrzy, chociaż nieuczeni, nie piszą ksiąg, lecz śpiewają wiele pieśni, wzorem ludzkiego plemienia sprzed lat Ciemności. Nie wiem jednak, co tutaj działo się w ostatnich czasach i co teraz postanowili Rohirrimowie, osaczeni z jednej strony przez zdradę Sarumana, a z drugiej przez groźby Saurona. Z dawna żyli w przyjaźni z ludźmi z Gondoru, jakkolwiek nie są tej samej co tamci krwi. W zamierzchłych czasach Eorl Młody ściągnął ich tutaj z Północy, są spokrewnieni najbliżej z plemionami Barda z Dale i Beorna z Puszczy, w których często spotyka się po dziś dzień jasnowłosych, rosłych ludzi podobnych do Jeźdźców Rohanu. W każdym razie nie kochają orków.

– Ale Gandalf wspominał, że krążą pogłoski, jakoby płacili haracz Mordorowi – rzekł Gimli.

– Boromir w to nie uwierzył, ja także nie – odparł Aragorn.

– Wkrótce dowiemy się prawdy – rzekł Legolas. – Już są blisko.

Wreszcie Gimli też usłyszał głuchy tętent galopujących kopyt. Jeźdźcy, wciąż trzymając się tropu orków, skręcili od rzeki ku pagórkom. Pędzili jak wiatr. Donośne, raźne okrzyki rozbrzmiewały nad polami. Nagle wypuścili konie, aż ziemia zadudniła pod kopytami; rycerz jadący na czele zatoczył koniem półkole, okrążając wzgórze, i poprowadził oddział zachodnim skrajem łańcucha, kierując się na południe. Trop w trop za wodzem ciągnęła długa kolumna rycerzy zbrojnych, zwinnych, błyszczących stalą; widok był groźny i piękny zarazem.

Konie mieli rosłe, silne i kształtne, o lśniącej sierści; długie ogony rozwiewały się na wietrze, splecione grzywy zdobiły dumne karki. Jeźdźcy zdawali się godni szlachetnych wierzchowców, jak one dorodni i smukli; spod lekkich hełmów jasne niby len włosy spływały im na plecy, twarze mieli surowe, spojrzenie bystre. W rękach dzierżyli długie jesionowe włócznie, malowane tarcze zawiesili na plecach, a miecze u boku; polerowane kolczugi sięgały im po kolana.

Przemknęli galopem, dwójkami, a chociaż co chwila któryś prostował się w strzemionach i rozglądał na wszystkie strony, żaden, jak się zdawało, nie dostrzegł trzech obcych wędrowców przycupniętych na stoku i przypatrujących się w milczeniu kawalkadzie. Oddział już mijał wzgórze, gdy nagle Aragorn wstał i gromkim głosem zawołał:

– Co słychać w krajach północy, Jeźdźcy Rohanu?

Błyskawicznie, nad podziw sprawnie osadzili konie, zawrócili, rozwinęli szereg i cwałem natarli prosto na wzgórze. W mig trzej wędrowcy znaleźli się pośrodku ruchomego kręgu wojowników, którzy zachodząc od stoku, od podnóża, z boków, ze wszystkich stron, coraz bardziej zacieśniali pierścień. Aragorn stał w milczeniu, dwaj jego towarzysze zastygli bez ruchu, czekając w napięciu, jaki też obrót weźmie to spotkanie.

Bez słowa, bez okrzyku jeźdźcy zatrzymali się nagle. Gąszcz włóczni jeżył się ostrzami wymierzonymi przeciw obcym podróżnym. Kilku chwyciło łuki i już naciągało je do strzału. Dowódca, górujący wzrostem nad innymi, wysunął się z szeregu; na hełmie zamiast pióropusza zatknięty miał biały ogon koński. Zbliżył się tak, że ledwie parę cali dzieliło ostrze jego włóczni od piersi Aragorna, lecz Aragorn nie drgnął nawet.

– Coście za jedni i czego szukacie w tym kraju? – zapytał jeździec. Mówił Wspólną Mową Zachodu, stylem i tonem przypominającym mowę Boromira, rycerza Gondoru.

– Nazywają mnie Obieżyświatem – odparł Aragorn. – Przybywam z północy. Poluję na orków.

Jeździec zeskoczył z siodła na ziemię. Oddał włócznię jednemu ze swoich podwładnych, który, przysunąwszy się do wodza, również zsiadł z konia; dobył miecza i stanął twarzą w twarz przed Aragornem, przyglądając mu się uważnie i nie bez podziwu. Wreszcie odezwał się znowu:

– W pierwszej chwili myślałem, żeś sam jest orkiem – rzekł. – Teraz widzę, że się omyliłem. Nie znasz orków, jeżeli polujesz na nich w ten sposób. Banda była liczna, chyża i po zęby uzbrojona.

Gdybyś ich dogonił, oni to byliby myśliwcami, a ty łatwą dla nich zwierzyną. Ale w tobie tkwi coś dziwnego, Obieżyświacie. – Rycerz zmierzył bystrym spojrzeniem postać Aragorna. – Imię, które podałeś, nie przystaje do takiego jak ty człowieka. Strój także masz dziwny. Czy wyskoczyłeś spod trawy? Jak to się stało, żeśmy cię wcześniej nie dostrzegli? Może jesteście z ludu elfów?

– Nie – odparł Aragorn. – Jeden z nas tylko jest elfem, Legolas z Leśnego Królestwa, z odległej Mrocznej Puszczy. Ale po drodze zabawiliśmy w Lothlórien i od Pani tej krainy otrzymaliśmy dary, widomy znak jej łask.

Rycerz przyjrzał się trójce przyjaciół z nowym podziwem, lecz w jego jasnych oczach pojawił się twardy błysk.

– A więc w Złotym Lesie naprawdę żyje Pani, o której bają stare legendy! – rzekł. – Jak słyszałem, mało kto wymyka się z jej sideł. Dziwne czasy! Jeżeli u niej jesteście w łaskach, zapewne także snujecie sieci i rzucacie czary. – Nagle zwrócił zimne spojrzenie na Legolasa i Gimlego. – Czemuż to nie odzywacie się, milczkowie? – spytał.

Gimli wstał, mocno zaparł się na rozstawionych nogach; rękę zacisnął na trzonku topora, czarne oczy zaiskrzyły mu się gniewnie.

– Powiedz mi swoje imię, władco koni, a wówczas usłyszysz moje i wiele innych rzeczy na dokładkę – powiedział.

– Zwyczaj każe, by cudzoziemiec przedstawił się pierwszy – odparł rycerz, z góry spoglądając na krasnoluda. – Mimo to wiedz, że jestem Éomer, syn Éomunda, a noszę tytuł Trzeciego Marszałka Riddermarchii.

– A więc, Éomerze, synu Éomunda, Trzeci Marszałku Riddermarchii, przyjmij od krasnoluda Gimlego, syna Glóina, przestrogę i nie rzucaj na wiatr niewczesnych słów. Oczerniasz bowiem tę, której piękności nawet wyobrazić sobie nie umiesz. Tylko przez wzgląd na słabość umysłu można cię usprawiedliwić.

Éomerowi oczy rozbłysły, a Jeźdźcy Rohanu z groźnym pomrukiem zacieśnili krąg wokół cudzoziemców i nastawili włócznie.

– Obciąłbym ci głowę razem z brodą, mości krasnoludzie, gdyby nieco wyżej sterczała nad ziemią – rzekł Éomer.

– Gimli nie jest tu sam! – zawołał Legolas; ruchem szybszym niż tchnienie napiął łuk i założył strzałę. – Zginiesz, zanim twój miecz opadnie.

Éomer podniósł miecz i sprzeczka skończyłaby się krwawo, gdyby Aragorn z ręką wzniesioną w górę nie skoczył między przeciwników.

– Wybacz, Éomerze! – krzyknął. – Zrozumiesz gniew moich przyjaciół, gdy ci opowiem naszą historię. Nie żywimy złych zamiarów, nie chcemy skrzywdzić Rohanu i jego mieszkańców, ludzi ani koni. Czy zgodzisz się wysłuchać mnie, zanim użyjesz oręża?

– Zgadzam się – odparł Éomer i opuścił miecz. – Lecz podróżni zapuszczający się w tych niepewnych czasach na pola Riddermarchii powinni by mniej dufnie sobie poczynać. Przede wszystkim wyznaj mi swoje prawdziwe imię.

– Przede wszystkim powiedz mi, komu służysz – rzekł Aragorn. – Czyś przyjacielem, czy wrogiem Saurona, Czarnego Władcy Mordoru?

– Jednemu tylko panu służę: królowi Marchii, Théodenowi, synowi Thengla – odparł Éomer. – Nie służymy potędze dalekiej Czarnej Krainy, lecz nie prowadzimy też z nią otwartej wojny. Jeśli więc przed nią uciekacie, opuśćcie lepiej nasz kraj. Na całym pograniczu szerzy się niepokój i jesteśmy zagrożeni; pragniemy jednak tylko zachować wolność i żyć tak, jak żyliśmy, poprzestając na swoim, nie służąc obcym panom, ani dobrym, ani złym. W lepszych czasach chętnie i przyjaźnie witaliśmy cudzoziemców, lecz w tych niespokojnych dniach obcy, nieproszeni goście muszą się u nas spotykać z podejrzliwym i surowym przyjęciem. Mówcie! Coście za jedni? Komu służycie? Na czyj rozkaz ścigacie orków po naszym stepie?

– Nie służę żadnemu władcy – odparł Aragorn – ale sługalców Saurona ścigam wszędzie, dokądkolwiek ich trop mnie zaprowadzi. Orków znam tak, jak mało kto wśród śmiertelnych, a jeśli na nich poluję w ten sposób, to dlatego, że nie mam wyboru. Banda, którą ścigamy, porwała dwóch naszych przyjaciół. W takiej potrzebie człowiek nie zważa, że nie ma konia, lecz idzie piechotą, i nie pyta o pozwolenie, lecz spieszy tam, gdzie ślad wskazuje drogę. Nie liczy też głów nieprzyjaciół, chyba że ostrzem miecza. Nie jestem bezbronny.

Odrzucił płaszcz z ramion. Wykuta przez elfy pochwa zalśniła jasno, a kiedy Aragorn dobył z niej miecz, klinga Andúrila rozbłysła nagle jak biały płomień.

– Elendil! – zawołał. – Nazywam się Aragorn, syn Arathorna, a zwą mnie też Elessarem, Kamieniem Elfów, Dúnadanem, spadkobiercą Isildura, który był synem Elendila, władcy Gondoru. Oto jest miecz, niegdyś złamany i na nowo dziś przekuty. Czy chcesz mi pomóc, czy też zagrodzić drogę? Wybieraj!

Gimli i Legolas ze zdumieniem patrzyli na swego przewodnika, bo takim, jak w tej chwili, jeszcze go nie widzieli. Zdawało się, że Aragorn urósł nagle, podczas gdy Éomer zmalał; przez wyrazistą twarz przemknął odblask siły i majestatu kamiennych królów. Przez okamgnienie Legolasowi zdawało się, że biały płomyk otoczył skronie Aragorna świetlistą koroną.

Éomer cofnął się o krok, a twarz jego przybrała wyraz trwożnej czci. Spuścił ku ziemi dumne spojrzenie.

– Dziwne doprawdy czasy – mruknął. – Wcielone sny i legendy wstają spod trawy. Powiedz mi, panie – rzekł głośniej, zwracając się do Aragorna – co cię tu do nas sprowadza? Co znaczą twoje niepojęte słowa? Dawno temu Boromir, syn Denethora, ruszył w świat po wyjaśnienie tej zagadki, a koń, którego mu użyczyliśmy, wrócił bez jeźdźca. Jakie więc przeznaczenie przyszedłeś z Północy nam ogłosić?

– Waszym przeznaczeniem jest wybór – odparł Aragorn. – Powtórz moje słowa Théodenowi, synowi Thengla: czeka go otwarta wojna w szeregach Saurona lub przeciw niemu. Nikt już dziś nie może tak żyć, jak żył dotychczas, i mało kto zachowa to, co uważa za swoją własność. Lecz o tych doniosłych sprawach porozmawiamy później. Jeżeli nic nie stanie na przeszkodzie, sam odwiedzę waszego króla. W tej chwili jestem w ciężkiej potrzebie i proszę o pomoc albo przynajmniej o radę. Jak już mówiłem, ścigamy orków, którzy porwali naszych przyjaciół. Co możesz mi o tej bandzie powiedzieć?

– Możesz zaniechać dalszego pościgu – odparł Éomer. – Banda jest już rozgromiona.

– A nasi przyjaciele?

– Nie widzieliśmy innych istot prócz orków.

– Dziwne, bardzo dziwne – rzekł Aragorn. – Czy szukaliście wśród poległych? Czy na pobojowisku nie było innych trupów prócz orków? Nasi przyjaciele są małego wzrostu, mogliby wam wydać się dziećmi; nie noszą obuwia, płaszcze mieli szare.

– Nie było tam krasnoludów ani dzieci – odparł Éomer. – Przeliczyliśmy poległych i zabraliśmy broń oraz łupy, potem zaś zgromadziliśmy trupy na stos i spalili, wedle zwyczaju. Popioły jeszcze dymią.

– Nie chodzi o krasnoludów ani o dzieci – odezwał się Gimli. – Nasi przyjaciele to hobbici.

– Hobbici? – zdziwił się Éomer. – A to co takiego? Pierwszy raz słyszę tę dziwną nazwę.

– Dziwna nazwa dziwnego plemienia – powiedział Gimli. – Lecz ci dwaj są nam bardzo drodzy. Może słyszeliście w Rohanie o przepowiedni, która zaniepokoiła władcę z Minas Tirith. Jest w niej mowa o niziołkach. To właśnie hobbici.

– Niziołki! – zaśmiał się jeździec stojący obok Éomera. – Niziołki! Ależ te stworzonka istnieją tylko w starych pieśniach i w bajkach przyniesionych z Północy. Czy znaleźliśmy się w świecie legend, czy też chodzimy po zielonej ziemi w blasku dnia?

– Można żyć w obu tych światach naraz – rzekł Aragorn. – Bo nie my, lecz ci, co przyjdą po nas, stworzą legendę naszych czasów. Zielona ziemia, powiadasz? Jest w niej wiele tematów dla legendy, chociaż ją depczesz w pełnym blasku dnia.

– Nie ma czasu do stracenia – rzekł jeździec, nie zważając na Aragorna. – Trzeba spieszyć na południe, wodzu. Zostawmy tych dziwaków razem z ich mrzonkami. Albo też zwiążmy ich i zawieźmy do króla.

– Milcz, Éothainie! – rozkazał mu Éomer w języku Rohanu. – Chcę porozmawiać z nimi sam. Niech mój éored zbierze się na ścieżce i przygotuje do odmarszu w kierunku Brodu Entów.

Mrucząc coś pod nosem, Éothain oddalił się i przekazał rozkaz oddziałowi. Po chwili Éomer został sam z trzema wędrowcami.

– To, coś mi rzekł, Aragornie, zdaje się bardzo dziwne – powiedział. – A jednak mówisz prawdę, nie wątpię o tym. Ludzie z Marchii nie kłamią, toteż niełatwo dają się oszukać. Lecz nie powiedziałeś mi całej prawdy. Czy zechcesz teraz rzec mi coś więcej o celu waszej wyprawy, abym mógł osądzić, co mi wypada uczynić?

– Wyruszyłem z Imladris, jak nazywają ten kraj stare pieśni, przed wielu tygodniami – odparł Aragorn. – Był ze mną Boromir, rycerz z Minas Tirith. Zamierzałem towarzyszyć synowi Denethora do jego rodzinnego grodu, by pomóc jego ludowi w wojnie z Sauronem. Ale reszta Drużyny, z którą wędrowałem, miała inne zadania do spełnienia. O tym dziś nie wolno mi jeszcze mówić. Naszym przywódcą był Gandalf Szary.

– Gandalf! – zakrzyknął Éomer. – Gandalf Szary znany jest w Marchii. Muszę cię wszakże przestrzec, że jego imię już nie otwiera drogi do łask króla. Gandalf gościł w naszym kraju wielekroć za pamięci ludzkiej, zjawiając się wedle woli, czasem parę razy do roku, czasem raz na wiele lat. Zawsze był zwiastunem niezwykłych zdarzeń, a jak teraz niektórzy twierdzą, przynosił nieszczęście. To prawda, że od ostatnich jego odwiedzin tego lata sypnęły się na nas niepowodzenia. Wówczas to zaczęły się kłopoty z Sarumanem. Przedtem zaliczaliśmy go do naszych przyjaciół, lecz przybył Gandalf i ostrzegł nas, że Isengard wre od przygotowań wojennych i że Saruman knuje napaść. Opowiadał, że był więziony w wieży Orthanku i ledwie uszedł z życiem. Błagał o pomoc, ale Théoden nie chciał go wysłuchać, więc Czarodziej opuścił nasz kraj. Nie wymawiaj imienia Gandalfa w obecności Théodena. Król jest na niego zagniewany. Gandalf bowiem wziął sobie wierzchowca imieniem Cienistogrzywy, perłę królewskich stadnin, z rasy mearasów, które tylko władcom Marchii wolno dosiadać. Cienistogrzywy jest potomkiem sławnego konia Eorla, który znał ludzką mowę. Przed tygodniem wrócił, lecz to nie ugasiło gniewu króla, bo koń zdziczał i nie daje do siebie przystępu nikomu.

– A więc Cienistogrzywy sam trafił do domu z dalekiej północy – rzekł Aragorn – bo tam Gandalf rozstał się ze swym wierzchowcem. Niestety! Gandalf już nigdy go nie dosiądzie. Wpadł w ciemne otchłanie Morii i już się z nich nie wydostał na światło dzienne.

– Smutna to nowina – rzekł Éomer. – Smutna przynajmniej dla mnie i dla wielu spośród nas, lecz nie dla wszystkich, jak się zresztą przekonasz, gdy odwiedzisz królewski dwór.

– Nikt w waszym kraju pojąć nie zdoła, jak bardzo martwić się trzeba tą nowiną, chociaż jej skutki pewnie każdy z was odczuje boleśnie, zanim ten rok upłynie – rzekł Aragorn. – Lecz gdy wielcy polegną, mniejsi muszą zastąpić ich na czele pochodu. Mnie przypadło w udziale prowadzić Drużynę przez całą daleką drogę z Morii. Szliśmy przez Lórien – kraj, o którym powinieneś dowiedzieć się czegoś więcej, nim zechcesz znów o nim mówić. A potem wiele mil przepłynęliśmy Wielką Rzeką aż do wodogrzmotów Rauros. Tam właśnie Boromir poległ z rąk tych samych orków, których wyście dzisiaj rozgromili.

– Same żałobne wieści przynosisz nam, Aragornie! – wykrzyknął Éomer z rozpaczą. – Śmierć Boromira to cios dla Minas Tirith i dla nas wszystkich. Mężny to był rycerz, powszechnie go sławiono. Rzadko odwiedzał Marchię, bo wiele czasu poświęcił wojnom na wschodniej granicy, lecz spotkałem się z nim kiedyś. Bardziej mi się wydał podobny do porywczych synów Eorla niż do statecznych mężów z Gondoru, i pewnie okazałby się wielkim wodzem swego ludu, gdyby doczekał swojej kolei i objął przywództwo. Nie pojmuję, dlaczego z Gondoru nie doszły nas żadne wieści o tym nieszczęściu. Jak dawno się to stało?

– Dziś mija czwarty dzień od śmierci Boromira – odparł Aragorn – a my wyruszyliśmy spod Tol Brandir wieczorem tego pamiętnego dnia.

– Pieszo? – zakrzyknął Éomer.

– Tak jak nas widzisz.

Éomer ze zdumienia szeroko otworzył oczy.

– Obieżyświat to zbyt skromne przezwisko, synu Arathorna – powiedział. – Ja bym cię raczej nazwał Skrzydlatym. O tym marszu trzech przyjaciół bardowie powinni śpiewać pieśni podczas rycerskich uczt. W niespełna cztery doby przemierzyliście pieszo czterdzieści pięć staj. Dzielny jest ród Elendila! Teraz jednak powiedz mi, Aragornie, czego ode mnie oczekujesz? Trzeba mi bowiem co tchu wracać do Théodena. W obecności moich podwładnych musiałem mówić oględnie. Prawdę rzekłem, nie jesteśmy w otwartej wojnie z Czarnym Krajem i są na dworze nikczemni doradcy, którzy mają dostęp do królewskich uszu. Lecz wojna wisi w powietrzu. Nie zaprzemy się prastarego sojuszu z Gondorem i gdy nasi sprzymierzeńcy walczą, przyjdziemy im z pomocą. Tak ja powiadam i tak myślą wszyscy, którzy ze mną trzymają. Jako Trzeci Marszałek mam zleconą pieczę nad Wschodnią Marchią.

Kazałem nasze stada i pasterzy usunąć stąd za Rzekę Entów; tu zostaną tylko straże i zwiadowcy.

– A więc nie płacicie haraczu Sauronowi? – spytał Gimli.

– Nie, i nigdy nie płaciliśmy – odparł Éomer z błyskiem w oczach. – Doszło do moich uszu, że ktoś to kłamstwo rozsiewa po świecie. Przed kilku laty władca Czarnego Kraju chciał kupić od nas konie i ofiarował za nie wielką cenę, lecz odmówiliśmy, bo zwierzęta zmusza do służenia złej sprawie. Wówczas nasłał bandy orków, które od tej pory rabują, co im w rękę wpadnie, a najchętniej porywają konie karej maści, tak że niewiele nam ich pozostało. To właśnie jest powodem naszej zawziętej nienawiści do orków.

W tej chwili jednak najgorszych kłopotów przysparza nam Saruman. Rości sobie prawa do władzy nad całym tym obszarem i od kilku miesięcy toczymy z nim wojnę. Wziął na żołd orków, jeźdźców na wilkach i złych ludzi, zamknął przed nami Bramę Rohanu, tak że znaleźliśmy się jak w kleszczach, osaczeni i od zachodu, i od wschodu.

Trudno walczyć z takim przeciwnikiem. Saruman jest przecież czarodziejem, chytrym i biegłym w swej sztuce, umie przedzierzgać się w różne postacie. Mówią, że włóczy się to tu, to tam, przebrany za starca w kapturze i płaszczu; bardzo przypomina z pozoru Gandalfa, jak twierdzą ci, co go pamiętają. Jego szpiedzy potrafią się prześliznąć przez wszystkie nasze sieci, złowróżbne ptaki, które mu służą, latają ustawicznie nad naszym krajem. Nie wiem, czym się to skończy, ale w głębi serca dręczą mnie złe przeczucia; jeżeli się nie mylę, nie tylko w Isengardzie ma Saruman sojuszników. Sam zresztą przekonasz się, gdy odwiedzisz królewski dwór. Czy odwiedzisz go? Czy też łudzę się tylko nadzieją, że przysłano cię tutaj, abyś mnie poratował w rozterce i ciężkiej potrzebie?

– Stawię się na dworze króla Théodena, jak tylko będę mógł – rzekł Aragorn.

– Jedź zaraz – prosił Éomer. – Dziedzic Elendila będzie dla synów Eorla potężnym sprzymierzeńcem w tych groźnych czasach. Na polach Zachodniego Emnetu wre w tej chwili bitwa, boję się, że ją przegramy. Wyznam ci, że podjąłem tę wyprawę na północ bez wiedzy króla, gdy ja bowiem ze swym oddziałem opuściłem stolicę, została tam tylko nieliczna straż. Ale zwiadowcy przestrzegli mnie, że banda orków przed trzema dniami zeszła na nasze pola ze

Wschodniego Muru i że niektórzy z napastników noszą białe godło Sarumana. Podejrzewając, że stało się to, czego najbardziej się lękam, to znaczy, że między Orthankiem a Czarną Wieżą zawarty został sojusz, ruszyłem na czele éoredu, oddziału złożonego z moich domowników i sług. Dwa dni temu o zmierzchu doścignęliśmy orków w pobliżu Lasu Entów. Okrążyliśmy bandę i wczoraj o świcie stoczyliśmy z nią bitwę. Straciłem w boju piętnastu ludzi i dwanaście koni. Niestety. Banda okazała się liczniejsza, niż przewidywałem. Nowe posiłki nadciągnęły bowiem ze wschodu, zza Wielkiej Rzeki, jak świadczy wyraźny ślad, który odkryliśmy nieco dalej na północ stąd. Inni przyszli też na pomoc swoim od strony lasu: orkowie – olbrzymy, również znaczeni białym godłem Isengardu, a to jest szczep najgroźniejszy i najdzikszy.

Mimo wszystko rozbiliśmy ich w puch. Lecz za długo już bawimy w tych okolicach. Jesteśmy potrzebni na południu i na zachodzie. Jedź z nami. Jak widziałeś, mamy luźne konie. Twój miecz nie będzie próżnował. Tak, przyda się również topór Gimlego i łuk Legolasa, jeśli twoi przyjaciele zechcą mi wybaczyć zbyt pochopny sąd o Pani Lasu. Powtórzyłem jedynie to, co wszyscy o niej mówią w naszym kraju, lecz chętnie zmienię zdanie, jeśli od was dowiem się, że błądziłem.

– Dzięki za te szlachetne słowa – rzekł Aragorn. – Z serca pragnąłbym iść z tobą, ale nie mogę opuścić przyjaciół, póki zostaje choć cień nadziei, że zdołam ich ocalić.

– Porzuć nadzieję – odparł Éomer. – Nie odnajdziesz swoich druhów na tym północnym pograniczu.

– A jednak nasi przyjaciele nie zostali nigdzie po drodze. Opodal Wschodniego Muru znaleźliśmy niewątpliwy dowód, że przynajmniej jeden z nich żył jeszcze wówczas i przechodził tamtędy. Lecz między ścianą górską a tym płaskowzgórzem nigdzie nie natrafiliśmy na żaden ślad, nikt też nie odłączył się od oddziału i nie zeszedł w bok od szlaku, chyba że zawodzi mnie sztuka odczytywania tropów, w której ćwiczyłem się z dawna.

– Cóż więc mogło się z nimi stać?

– Nie wiem. Myślałem, że zginęli w zamęcie bitwy i ciała ich razem z trupami orków spłonęły na stosie. Lecz skoro ty powiadasz, że to niemożliwe, wyzbyłem się tej obawy. Wolno mi przypuszczać, że zawleczono ich do lasu jeszcze przed bitwą, zanim twój oddział otoczył bandę. Czy mógłbyś przysiąc, że z twoich sieci nie wymknęła się w ten sposób żywa dusza?

– Przysięgnę, że ani jeden ork nie wyśliznął się nam od chwili, gdy wypatrzyliśmy bandę – rzekł Éomer. – Wcześniej niż orkowie dotarliśmy na skraj lasu, potem zaś nie mógł przedrzeć się przez pierścień moich żołnierzy nikt, kto nie umie czarować jak elfowie.

– Nasi druhowie mieli takie same płaszcze jak my – powiedział Aragorn. – A nas przecież minąłeś w biały dzień, nie podejrzewając wcale naszej obecności.

– Tak, o tym zapomniałem – przyznał Éomer. – Wśród tylu dziwów za nic ręczyć nie można. Niepojęte rzeczy dzieją się teraz na świecie. Elf z krasnoludem w parze wędruje przez nasze stepy. Człowiek, który rozmawiał z Leśną Panią, stoi przede mną żywy i cały. Miecz złamany przed laty, zanim ojcowie naszych ojców przybyli do Marchii, wraca, aby znów wojować. Jak w takich osobliwych czasach rozeznać, co się człowiekowi godzi czynić?

– W osobliwych czasach, tak samo jak w zwykłych, wiadomo, co się godzi – rzekł Aragorn. – Dobro i zło nie zmienia się z biegiem lat. I to samo oznacza dla ludzi co dla krasnoludów albo elfów. Człowiek musi między dobrem i złem wybierać zarówno we własnym domu, jak i w Złotym Lesie.

– Prawdę mówisz – rzekł Éomer. – Lecz nie o tobie wątpiłem ani o wyborze mego serca. Nie wolno mi jednak postępować tak, jak bym sam pragnął. Prawo nasze zabrania cudzoziemcom wędrować na własną rękę po tym kraju, chyba że król da im na to pozwolenie. W dzisiejszych groźnych czasach ten zakaz przestrzegany jest bardziej niż kiedykolwiek surowo. Prosiłem was, byście zgodzili się dobrowolnie iść z nami, lecz odmawiacie. Wzdragam się przed wszczęciem bitwy w stu ludzi przeciw trzem obcoplemieńcom.

– Nie sądzę, aby wasze prawo dotyczyło naszego przypadku – odparł Aragorn. – Nie jestem też dla was obcoplemieńcem. Bywałem w tym kraju nieraz, walczyłem w szeregach Rohirrimów, chociaż pod innym imieniem i w innym stroju. Z tobą nie spotkaliśmy się dotychczas, ale znałem twojego ojca Éomunda i rozmawiałem z Théodenem, synem Thengla. Nie mogło się za dawnych lat zdarzyć, by szlachetny mąż i dostojnik Rohanu zmuszał kogokolwiek do odstąpienia od takich zamiarów, jakie ja żywię. Mój obowiązek jest jasny: wytrwam przy nim. A ty, synu Éomunda, rozstrzygnij wreszcie, co wybierasz. Pomóż nam albo przynajmniej zostaw nam wolność. Albo spróbuj postąpić wedle prawa. Jeśli to zrobisz, ubędzie obrońców waszych granic i króla.

Éomer chwilę namyślał się, w końcu rzekł:

– Obaj nie mamy czasu do stracenia. Mój oddział niecierpliwi się, by ruszać w dalszą drogę, a twoja nadzieja z każdą godziną blednie. Totéż dokonałem wyboru. Odejdziecie wolni. Co więcej, użyczę wam koni. Proszę tyko o jedno: gdy spełnisz swoje zadanie lub gdy przekonasz się, że dalsze wysiłki są daremne, przybądź wraz z końmi do Meduseld, wielkiego domu w Edoras, obecnej siedzibie Théodena. W ten sposób dasz królowi dowód, że nie pobłądziłem w wyborze. Twemu słowu zawierzam moje dobre imię, może nawet życie. Nie zawiedź mnie.

– Nie zawiodę – odparł Aragorn.

Rohirrimowie z oddziału Éomera zdumieli się, gdy dowódca kazał oddać zbywające konie trzem obcoplemieńcom; ten i ów patrzył na intruzów nieufnie spode łba, lecz tylko Éothain ośmielił się odezwać głośno:

– Godzi się może dać wierzchowca temu dostojnemu panu, który, jak powiada, należy do plemienia Gondoru – rzekł – ale nikt jeszcze nie słyszał, żeby konia z Marchii dosiadał krasnolud.

– Nikt nie słyszał i nigdy nie usłyszy, bądź spokojny – odparł Gimli. – Wolę chodzić piechotą, niż wdrapywać się na grzbiet takiego wielkiego zwierzaka, nawet gdybyś mnie prosił, a tym bardziej, jeśli mi go żałujesz.

– Musisz się zgodzić, inaczej opóźniałbyś pościg – rzekł Aragorn.

– Nie trap się, Gimli, przyjacielu – powiedział Legolas. – Siądziesz na jednego konia ze mną. Tak będzie najlepiej. Nie tobie Rohirrimowie pożyczą wierzchowca i nie ty będziesz się z nim parał.

Aragorn dosiadł zaraz konia szpakowatej maści, którego mu przyprowadzono.

– Wabi się Hasufel – wyjaśnił Éomer. – Niech ci służy dobrze i z większym szczęściem niż poprzedniemu panu, Gárulfowi.

Mniejszy i lżejszy wierzchowiec, ofiarowany Legolasowi, zdawał się narowisty i płochliwy. Na imię miał Arod. Legolas poprosił jednak Rohirrimów, żeby zdjęli z niego siodło i uzdę.

– Mnie tego nie potrzeba – rzekł, wskakując lekko na koński grzbiet. Ku powszechnemu zdumieniu Arod nie tylko dał się Legolasowi dosiąść bez oporu, lecz na jedno jego słowo posłusznie spełniał wszelkie życzenia. Tak bowiem elfowie obłaskawiają każde szlachetne zwierzę. Kiedy z kolei Gimlego posadzono na konia, krasnolud przylgnął do przyjaciela, czując się równie nieswojo jak niegdyś Sam Gamgee w łodzi.

– Szczęśliwej drogi, obyście znaleźli swoją zgubę! – zawołał Éomer. – A wracajcie jak najprędzej i niech odtąd nasze miecze błyszczą już zawsze w jednym szeregu!

– Wrócę! – odkrzyknął Aragorn.

– Ja także – powiedział Gimli. – Jeszcześmy z tobą nie skończyli rozmowy o Pani Lasu. Muszę wrócić, żeby cię nauczyć grzeczności.

– Zobaczymy – odparł Éomer. – Tyle dziwnych rzeczy zdarzyło się ostatnimi czasy, że może nie powinienem się dziwić, jeśli krasnolud toporkiem zechce mi wbijać do głowy cześć dla pięknych pań. Wracaj zdrowy!

Tak się rozstali. Ścigłe były konie ze stadnin Rohanu. Gdy po krótkiej chwili Gimli rzucił okiem wstecz, oddział Éomera ledwie było widać na widnokręgu. Aragorn nie oglądał się za siebie; mimo pędu pilnie wypatrywał znaków na ziemi i cwałował pochylony, z głową na szyi Hasufela. Wkrótce mknęli brzegiem Rzeki Entów i tu odnaleźli wydeptany ze wschodu, od płaskowyżu, drugi szlak, o którym wspominał Éomer.

Aragorn zsiadł z konia i z bliska przyjrzał się tropom, potem znów wskoczył na siodło i odjechał nieco w bok ku wschodowi, trzymając się wciąż skraju wydeptanego szlaku i uważając, by nie zatrzeć śladów. Raz jeszcze zsiadł, zbadał dokładnie grunt i przeszedł kawałek drogi tam i z powrotem piechotą.

– Niewiele się dowiedziałem – rzekł, powróciwszy do towarzyszy. – Na głównym szlaku Jeźdźcy Rohanu zatarli kopytami koni ślady orków. Stąd banda ciągnęła chyba w dalszą drogę bliżej rzeki. Lecz trop od wschodu jest świeży i wyraźny. Żaden też ślad nie wskazuje, by ktoś zawrócił nad Anduinę. Trzeba teraz jechać wolniej i upewnić się, czy nigdzie nie widać śladów odchodzących w bok od gromady. Orkowie, gdy tu doszli, musieli już wiedzieć, że są ścigani; możliwe, że próbowali pozbyć się jeńców lub zabezpieczyć ich w jakiś sposób, nim stawili czoło przeciwnikom.

Tymczasem pogoda zaczęła się psuć. Niskie szare chmury nadpłynęły znad płaskowyżu. Mgła przesłoniła słońce. Leśne stoki Fangornu majaczyły coraz bliżej i coraz ciemniejsze, w miarę jak słońce chyliło się ku zachodowi. Nie spostrzegli nigdzie śladów oddalających się od szlaku w prawo czy w lewo, tylko tu i ówdzie natykali się na trupy pojedynczych orków, których śmierć zaskoczyła w ucieczce; siwe pióra strzał sterczały im z pleców lub gardzieli.

Wreszcie, dobrze już pod wieczór, dotarli do skraju lasu i na otwartej polanie między pierwszymi drzewami Fangornu ujrzeli wielkie pogorzelisko; popioły były jeszcze gorące i dymiły. Opodal piętrzył się stos hełmów, zbroi, strzaskanych tarcz, połamanych mieczy, łuków, strzał, dzid i wszelkiego wojennego rynsztunku. Pośrodku tkwił zatknięty na pal ogromny łeb goblina; białe godło można było jeszcze rozróżnić na popękanym hełmie. Nieco dalej, w miejscu, gdzie rzeka wypływała z lasu, wznosił się kurhan, dopiero co widać usypany, bo nagą ziemię okrywała świeżo wycięta darń, w którą wbito piętnaście włóczni.

Aragorn wraz z przyjaciółmi przeszukał dokładnie teren w szerokim promieniu wokół pobojowiska, lecz już się zmierzchało i wkrótce wieczór zapadł ciemny i mglisty. Noc nadeszła, a nie odkryli jeszcze śladu po Meriadoku i Pippinie.

– Nic więcej nie da się zrobić – rzekł ze smutkiem Gimli. – Niemało zagadek napotkaliśmy, odkąd wyszliśmy spod Tol Brandir, ale ta wydaje się jeszcze trudniejsza do rozwiązania niż wszystkie poprzednie. Myślę, że spalone kości hobbitów zmieszały się z popiołami orków. Bolesna to będzie nowina dla Froda, jeśli dożyje, by się o niej dowiedzieć; bolesna też dla starego hobbita, który czeka w Rivendell. Elrond sprzeciwiał się udziałowi tych dwóch młodzików w wyprawie.

– Ale Gandalf był za tym, żeby ich zabrać – powiedział Legolas.

– Sam Gandalf też chciał iść z nami, a pierwszy zginął – odparł Gimli. – Zawiodło go jasnowidzenie.

– Gandalf nie opierał swoich rad na pewności bezpieczeństwa dla siebie ani dla innych – rzekł Aragorn. – Są zadania, które lepiej podjąć niż odrzucić, choćby u ich kresu czekała zguba. Ale nie zgodzę się jeszcze stąd odejść. Zresztą musimy i tak czekać do świtu.

Opodal pobojowiska wybrali na nocleg miejsce pod rozłożystym drzewem, które wyglądało trochę jak kasztan, lecz zachowało do tej pory mnóstwo zeszłorocznych liści, dużych i brunatnych, podobnych do wyschłych dłoni o długich rozcapierzonych palcach. Gałęzie szeleściły żałośnie w podmuchach nocnego wiatru.

Gimlim dreszcz wstrząsnął. Mieli z sobą ledwie po jednym kocu.

– Rozpalmy ognisko – rzekł krasnolud. – Nie dbam już o związane z tym niebezpieczeństwo. Niech się orkowie zlecą jak ćmy do świecy.

– Jeżeli ci biedni hobbici błąkają się po lesie, ogień mógłby ich do nas ściągnąć – poparł przyjaciela Legolas.

– Mógłby nam ściągnąć na kark inne jeszcze stwory prócz orków i hobbitów – powiedział Aragorn. – Niedaleko stąd do podgórskich dziedzin zdrajcy Sarumana. Siedzimy na skraju Fangornu, a podobno niebezpiecznie jest ruszać drzewa w tym lesie.

– Rohirrimowie wczoraj zapalili ogromny stos – odparł Gimli – i zrąbali, jak widać, sporo drzew na to ognisko. Spędzili jednak noc spokojnie, obozując tutaj po bitwie.

– Byli w licznej kompanii – rzekł Aragorn – i niestraszny im gniew Fangornu, bo rzadko się tu zapuszczają, a między drzewa nie wchodzą nigdy. Lecz nas droga pewnie zaprowadzi w samo serce lasu. Lepiej bądźmy ostrożni. Nie tykajmy żywych drzew.

– Nie ma potrzeby – odparł Gimli. – Rohirrimowie zostawili dość drew i chrustu, pełno też na ziemi suchych gałęzi.

Zaraz też ruszył zbierać susz, a potem zajął się ułożeniem stosu i rozpaleniem ogniska. Aragorn siedział tymczasem oparty plecami o potężny pień i rozmyślał w milczeniu, Legolas zaś stał nieco dalej na otwartej przestrzeni i, wychylony naprzód, czujnie wpatrywał się w ciemną głąb lasu, jakby nasłuchując głosów wzywających z oddali. Kiedy krasnolud skrzesał iskrę i mały stos rozbłysnął jasnym płomieniem, wszyscy trzej obsiedli ognisko i skulili się nad nim w płaszczach i kapturach, odgradzając własnymi postaciami blask od nocy. Legolas podniósł głowę ku rozłożonej w górze koronie drzewa.

– Spójrzcie! – powiedział. – Drzewo cieszy się z ognia.

Może tańczące cienie łudziły ich wzrok, lecz wszyscy trzej mieli wrażenie, że gałęzie chylą się ku płomieniom i że drzewo przygina konary, by je zbliżyć do ogniska; brunatne liście zesztywniały i ocierały się o siebie jak tłum zziębniętych, szorstkich dłoni, stęsknionych do ciepła.

Zapadła cisza, bo nagle podróżni odczuli mrok bliskiego a nieznanego lasu jak obecność jakiejś wielkiej posępnej istoty, zadumanej o własnych sprawach. Po chwili odezwał się znów Legolas.

– Celeborn ostrzegał, żebyśmy nie zapuszczali się w głąb Fangornu – rzekł. – Czy nie wiesz, dlaczego, Aragornie? Jakie legendy o tych lasach znał Boromir?

– Wiele różnych legend słyszałem w Gondorze – odparł Aragorn. – Lecz gdyby nie przestrogi Celeborna, uważałbym je wszystkie za bajki, szerzące się wśród ludzi, odkąd utracili mądrość prawdziwą. Właśnie chciałem ciebie zapytać, ile jest prawdy w tych opowieściach. Jeżeli leśny elf nie wie tego, jakże człowiek mógłby go pouczyć?

– Więcej świata przewędrowałeś niż ja – rzekł Legolas. – W mojej ojczyźnie nic o Fangornie nie mówiono, śpiewano tylko pieśni o dawnych tutejszych mieszkańcach, onodrimach, których ludzie zwą entami. Fangorn bowiem jest lasem bardzo starym, nawet wedle rachuby czasu elfów.

– Tak, jest równie stary jak las za Kurhanami, a znacznie od niego większy. Elrond powiada, że istnieje między nimi więź rodzinna; oba stanowią ostatnie bastiony potęgi leśnej z Dawnych Dni, kiedy Pierworodni wędrowali po świecie, a plemię ludzi jeszcze spało. Ale Fangorn ma jakiś własny sekret. Jaki – tego nie wiem.

– A ja wcale wiedzieć nie chcę – rzekł Gimli. – Ktokolwiek tam mieszka, z mojej strony niech się nie obawia ciekawości.

Pociągnęli losy, żeby ustalić kolejność straży. Pierwsza warta przypadła Gimlemu. Aragorn i Legolas położyli się i zaraz sen ich zmorzył.

– Pamiętaj, Gimli – mruknął jeszcze sennie Aragorn – że niebezpiecznie jest obcinać gałęzie czy bodaj gałązki z żywych drzew

Fangornu. Nie zapuszczaj się też dalej w las po chrust. Nawet gdyby ogień miał zagasnąć. A w razie czego, zbudź mnie.

Z tymi słowami usnął. Legolas leżał bez ruchu na wznak, białe ręce skrzyżował na piersiach, oczy miał otwarte; elfowie bowiem w najgłębszym śnie zespalają się z życiem nocy. Gimli przycupnął koło ogniska i w zamyśleniu głaskał ostrze toporka. Liście zaszeleściły. Poza tym nic nie mąciło ciszy.

Nagle Gimli podniósł wzrok. Tam, gdzie światło bijące od ogniska wsiąkało w mrok, majaczyła sylwetka zgarbionego starca, opartego na lasce, otulonego płaszczem; szerokoskrzydły kapelusz miał wciśnięty głęboko na oczy. Gimli skoczył na równe nogi. W pierwszym momencie ze zdumienia nie mógł głosu dobyć, chociaż od razu błysnęła mu myśl, że to Saruman wytropił ich obozowisko. Zbudzeni gwałtownym ruchem krasnoluda Aragorn i Legolas usiedli na ziemi i wbili wzrok w zagadkową postać. Starzec nie odzywał się ani nie dawał żadnych znaków.

– Czego wam potrzeba, dziadku? – spytał Aragorn, zrywając się szybko. – Zmarzliście może, podejdźcie, ogrzejcie się przy ogniu.

Zrobił krok naprzód, ale starzec już zniknął. Nigdzie w pobliżu nie mogli go wypatrzyć, a dalej nie śmieli zapuszczać się w ciemności. Księżyc zaszedł i noc była czarna jak smoła.

Nagle Legolas krzyknął:

– Konie! Konie!

Konie uciekły. Wyrwały paliki, do których były przywiązane, i zbiegły. Przez długą chwilę przyjaciele stali bez ruchu i bez słowa, ogłuszeni tym nowym ciosem. Byli oto na skraju Fangornu, niezmierzony step dzielił ich od ludzi z Rohanu, jedynych sprzymierzeńców w całej tej rozległej, niebezpiecznej krainie. W pewnej chwili wydało im się, że z daleka, z nocnych mroków dobiega rżenie i prychanie koni. Potem znów wszystko ucichło, tylko zimny wiatr zaszeleścił wśród liści.

– Stało się, konie umknęły – rzekł wreszcie Aragorn. – Ani ich znaleźć, ani dogonić nie zdołamy. Jeśli więc nie wrócą z własnej woli, musimy się bez nich obejść. Wyruszyliśmy pieszo, a nogi na szczęście nam zostały.

– Nogi? – powiedział Gimli. – Nogi może nas poniosą, ale na pewno nie nakarmią.

Dorzucił parę gałązek do ognia i skulił się znów przy nim.

– Zaledwie kilka godzin temu nie chciałeś dosiąść wierzchowca Rohirrimów – zaśmiał się Legolas. – Widzę, że jeszcze z ciebie będzie jeździec zawołany.

– Wątpię, czy zdarzy się po temu sposobność – odparł Gimli. A po dłuższej chwili dodał: – Jeśli chcecie wiedzieć, co myślę, to wam powiem: myślę, że to był Saruman. Bo któż inny? Nie zapominajcie, co mówił Éomer, że włóczy się po kraju w postaci starca w płaszczu z kapturem. Wszystko się zgadza. Zabrał nam konie albo je spłoszył i popędził w step. Pięknie teraz wyglądamy! Zapamiętajcie moje słowa: nie skończą się na tym nasze kłopoty.

– Zapamiętam twoje słowa – rzekł Aragorn – ale zapamiętałem też coś innego: nasz staruszek miał na głowie kapelusz, a nie kaptur. Mimo to przypuszczam, że masz rację i że grozi nam tutaj niebezpieczeństwo we dnie i w nocy. Tymczasem jednak nic lepszego nie możemy zrobić, jak odpocząć, póki się da. Ja teraz będę trzymał straż, a ty, Gimli, idź spać. Bardziej mi trzeba chwili namysłu niż snu.

Noc wlokła się leniwie. Po Aragornie objął wartę Legolas, którego zastąpił znów Gimli i tak czuwali na zmianę. Nic się jednak nie zdarzyło do rana. Starzec nie pokazał się więcej, konie zaś nie wróciły.

Rozdział 3

Uruk-hai

Pippina męczył ponury, koszmarny sen: zdawało mu się, że słyszy własny słaby głos, rozlegający się echem w ciemnym podziemiu i wołający: „Frodo! Frodo!". Lecz zamiast przyjaciela tłum szkaradnych orków szczerzył z mroku zęby w złośliwym uśmiechu i setki wstrętnych łap wyciągały się po niego ze wszystkich stron. Gdzie jest Merry?

Pippin zbudził się. Zimny wiatr dmuchał mu w twarz. Leżał na wznak. Wieczór zapadał i niebo już poszarzało. Hobbit odwrócił głowę i stwierdził, że jawa niewiele jest lepsza od sennego koszmaru. Ręce, kolana, kostki u nóg miał spętane powrozem. Obok leżał Merry, bardzo blady, z czołem przewiązanym brudną szmatą. Dokoła wszędzie siedzieli lub stali orkowie, cała banda.

Szczątki wspomnień zaczęły się z wolna układać w obolałej głowie Pippina i wreszcie hobbit zaczął odróżniać je od sennych przywidzeń. A więc tak: pobiegł wraz z Merrym w las. Co ich tam pognało? Dlaczego rwali przed siebie, nie zważając na wołanie Obieżyświata? Biegli spory szmat drogi, wciąż nawołując, lecz Pippin nie mógł sobie przypomnieć, dokąd się zapędzili ani jak długo trwał ten bieg. Pamiętał tylko, że nagle wpadli prosto na oddział orków, którzy stali, jak gdyby nasłuchując, i wcale nie spostrzegając dwóch hobbitów, póki ci nie znaleźli się niemal w ich ramionach. Wtedy dopiero wrzasnęli, a na ten krzyk kilkudziesięciu ich pobratymców wyskoczyło z gąszczu. Hobbici chwycili za miecze, ale orkowie nie chcieli bić się z nimi, usiłowali najwyraźniej wziąć ich żywcem, mimo że Merry rąbał nie na żarty. Dzielny, kochany Merry.

Wtem spomiędzy drzew wypadł Boromir. Zmusił orków do walki. Usiekł wielu, inni rozpierzchli się przed nim. Trzej przyjaciele zawrócili ku rzece, lecz nie uszli nawet kilku kroków, gdy nieprzyjaciel znów natarł, tym razem całą chmarą, a byli w niej między innymi orkowie olbrzymiego wzrostu; deszcz strzał sypnął się na osaczonych ze wszystkich stron – a każda z nich mierzyła w Boromira. Boromir zadął w swój róg, aż echo poszło po lesie. Orkowie zrazu zdumieli się i cofnęli, gdy jednak na ten apel nikt nie odpowiedział, zaatakowali ze zdwojoną furią. Więcej nic z tego zdarzenia Pippin nie pamiętał. Został mu tylko w oczach ostatni obraz: Boromir, plecami oparty o pień drzewa, wyciągający strzałę z własnej piersi. Potem nagle ogarnęły hobbita ciemności.

„Pewnie dostałem pałką po głowie – pomyślał. – Czy Merry jest ciężko ranny? Co się stało z Boromirem? Dlaczego orkowie nas obu nie zabili? Gdzie jesteśmy? Dokąd idziemy?".

Nie znajdował odpowiedzi na te pytania. Drżał z zimna i czuł się bardzo chory.

„Szkoda, że Gandalf przekonał Elronda, który nie chciał nas puścić na wyprawę – myślał. – Na cóż się przydałem w tej podróży? Tylko zawadzałem w marszu. Byłem pasażerem, gorzej: bagażem. A teraz mnie ukradziono i stałem się tobołkiem taszczonym przez orków. Miejmy nadzieję, że Obieżyświat albo któryś z przyjaciół odszuka nas i odbije. Ale czy wolno mi się tego spodziewać? Czy to nie pokrzyżowałoby naszej drużynie wszystkich planów? Ach, żeby tak odzyskać wolność!".

Spróbował poderwać się z ziemi, lecz daremnie. Jeden z siedzących obok orków roześmiał się i zaszwargotał coś w swoim obrzydliwym języku do kamrata.

– Leż spokojnie, póki ci pozwalamy – zwrócił się do Pippina we Wspólnej Mowie, która jednak w jego ustach brzmiała prawie tak samo szkaradnie jak bełkot orków. – Leż spokojnie, durny pętaku, bo wkrótce będziesz miał okazję rozruszać kulasy. A nim dojdziemy do celu, pożałujesz, że je masz.

– Żebym tak mógł się z tobą zabawić, jak bym chciał, to pożałowałbyś nawet, że się urodziłeś – odezwał się drugi ork.

– Zapiszczałbyś w mojej garści jak szczur, wyskrobku. – Pochylił się nad Pippinem, szczerząc mu prosto w twarz żółte kły. W ręku miał długi, zębaty nóż. – Leż spokojnie, bo cię połechcę tym cackiem – syknął. – Radzę ci, nie przypominaj mi o sobie, bo mógłbym zapomnieć, jaki dostałem rozkaz. Zaraza na tych Isengardczyków! *Uglúk u bagronk sha pushdug Saruman-glob búbhosh skai* – zaczął w swoim języku długą, gniewną przemowę, którą wreszcie zakończył chrapliwym bełkotem.

Pippin, wystraszony, leżał więc odtąd cicho, chociaż przeguby rąk i kostki nóg bolały go coraz dotkliwiej, a kamienie, na które go rzucono, wrzynały mu się w plecy. Żeby oderwać myśli od własnej niedoli, starał się jak najczujniej wsłuchiwać we wszystko, co dochodziło do jego uszu z zewnątrz. Gwar mnóstwa głosów rozbrzmiewał dokoła; wprawdzie mowa orków zawsze zdaje się zgrzytać złością i nienawiścią, lecz Pippin zauważył, że tym razem toczy się jakaś sprzeczka, i to coraz gorętsza.

Ku swemu zdumieniu stwierdził, że dość dużo z tego rejwachu rozumie, bo wielu orków używało Wspólnej Mowy. Widocznie spotkało się w bandzie kilka różnych szczepów, które w swoich gwarach nie mogły się porozumieć. Kłócili się o to, co dalej robić, którą drogą iść i jak postąpić z jeńcami.

– Nie ma czasu, żeby ich uśmiercić jak należy – powiedział któryś. – Nie można sobie pozwolić na zabawę w tym marszu.

– Trudno – rzekł inny. – Ale zabić ich raz-dwa przecież by można? Kłopot z nimi diabelny, a nam się spieszy. Wieczór zapada, trzeba ruszać w drogę.

– Mamy rozkaz – odezwał się trzeci głos, zgrzytliwy bas. – „Mordujcie wszystkich prócz niziołków; tych żywcem dostawić jak najszybciej". Taki mamy rozkaz.

– Na co oni komu potrzebni? – zapytało kilku naraz. – Dlaczego żywcem? Czy te pokraki nadają się do jakiejś szczególnej zabawy?

– Nie! Podobno jeden z nich ma przy sobie coś, co jest bardzo potrzebne na wojnie, jakiś sekret elfów. Dlatego każdy hobbit będzie brany na spytki.

– Więcej nic nie wiesz? A gdyby tak ich obszukać? Może znaleźlibyśmy to coś i obrócili na własny pożytek?

– Bardzo ciekawy pomysł – zauważył drwiąco głos, mniej prostacki niż inne, lecz bardziej niż wszystkie nikczemny. – Będę chyba musiał o nim donieść, gdzie trzeba. Jeńców nie wolno rewidować, nie wolno im też nic zabierać. Tak ja rozkazuję.

– Ja także – odezwał się ten sam bas, co poprzednio. – Powiedziano: żywcem i z tym wszystkim, z czym ich ujęto. Nie tykać niczego. Tak rozkazuję!

– Ale my nie posłuchamy – zawołał ten, który pierwszy zadał pytanie. – Idziemy szmat drogi od kopalni po to, żeby zabić, pomścić swoich. Chcę ich zabić i wrócić na północ.

– Chcieć możesz, co ci się podoba – odparł mu bas. – Ale będzie tak, jak ja każę. Uglúk wam rozkazuje. A Uglúk wróci najkrótszą drogą do Isengardu.

– Kto tu rządzi, Saruman czy Wielkie Oko? – spytał głos najbardziej nikczemny. – Mamy wracać niezwłocznie do Lugbúrza.

– Może byśmy to zrobili – rzekł inny – gdyby można przeprawić się za Wielką Rzekę. Ale za mało nas, żeby ryzykować drogę przez mosty.

– A jednak ja się przeprawiłem – powiedział nikczemny. – Skrzydlaty Nazgûl czeka na północ stąd, u wschodniego brzegu.

– Pewnie, pewnie! Ty polecisz z jeńcami, zgarniesz w Lugbúrzu wszystkie nagrody i pochwały, a nas zostawisz, żebyśmy sobie radzili, jak się da, i na własnych nogach wędrowali przez Kraj Koni. Nie! Musimy trzymać się wszyscy razem. To niebezpieczna okolica, roi się tu od buntowników i zbójów.

– Tak, tak, musimy trzymać się razem – zachrypiał Uglúk. – Nie dowierzam wam, świntuchy, wyście odważni tylko w swoim chlewie. Gdyby nie my, ucieklibyście z pola. To my, jesteśmy Uruk-hai, orki bojowe. To my zabiliśmy wielkiego wojownika. To my wzięliśmy jeńców. My, sługi Sarumana Mądrego, Białej Ręki, która nas karmi ludzkim mięsem. My wyszliśmy z Isengardu, żeby was tu przyprowadzić, i my powiedziemy was z powrotem tą drogą, którą sami wybierzemy. Ja wam to mówię, Uglúk.

– Za wiele mówisz, Uglúk – zadrwił nikczemny głos. – Wątpię, czy to się spodoba w Lugbúrzu. Możliwe, że ktoś tam zechce ulżyć twoim ramionom i zdejmie z nich zbyt nadętą głowę. Możliwe też, że ktoś będzie ciekawy, skąd ci przyszły do łba te osobliwe myśli. Czy może Saruman ci je podszepnął? Za kogo on się uważa, że chce rządzić po swojemu i w oczy kłuje tym swoim plugawym białym godłem? Może w Lugbúrzu uwierzą mnie, Grisznákowi, zaufanemu wysłannikowi, gdy powiem: Saruman to głupiec, a co gorsza – podły zdrajca. Ale Wielkie Oko pilnuje Sarumana.

– Nazwałeś nas świntuchami?! Jak on śmie ten gnojek, ten pachoł małego plugawego czarodzieja! Powiadam wam, Biała Ręka nie ludzkim, ale orkowym mięsem tych łajdaków pasie.

Na to ozwały się zewsząd wrzaski w języku orków i szczęknęły szable, dobywane z pochew. Pippin ostrożnie przeturlał się na bok, żeby zobaczyć, co się dalej będzie działo. Strażnicy porzucili jeńców i przyłączyli się do kłótni. Wytężając w zmroku oczy, Pippin dostrzegł ogromnego czarnego orka i domyślił się, że to jest Uglúk. Twarzą w twarz z olbrzymem stał pokraczny, przysadzisty stwór na krzywych nogach, z szerokimi barami i długimi, zwisającymi niemal do ziemi ramionami – Grisznák. Tłum mniejszych goblinów otaczał w krąg dwóch przywódców. Pippin zgadywał, że Grisznáka popiera plemię orków z północy. Dobyli noży i szabel, nie śmieli jednak jeszcze natrzeć na Uglúka.

Uglúk krzyknął. Gromada rosłych orków, niemal dorównujących mu wzrostem, podbiegła do swego wodza. Znienacka, bez słowa, Uglúk runął do ataku i błyskawicznie rąbnął szablą raz i drugi: w gromadzie przeciwników dwie głowy potoczyły się na ziemię. Grisznák uskoczył w bok i zniknął w ciemnościach, reszta pierzchła. Jeden, umykając, potknął się o bezwładne ciało Meriadoka. Zaklął siarczyście, ale ten przypadek ocalił mu zapewne życie, bo żołdacy Uglúka przeskoczyli przez leżących na ziemi jeńców, a cios szerokiej szabli, dla tamtego przeznaczony, ściął głowę innemu. W tym innym Pippin poznał wartownika, który przedtem straszył go swymi żółtymi kłami. Leżał teraz na hobbicie, martwy, lecz w ręku ściskał nóż, długi i zębaty jak piła.

– Broń do pochew! – krzyknął Uglúk. – Dość tych awantur. Ruszamy prosto na zachód, schodami w dół. Potem przez płaskowyż i wzdłuż rzeki do lasu. Maszerujemy dniem i nocą. Zrozumiano?

„Teraz albo nigdy – pomyślał Pippin. – Zanim ten szkaradny ork zaprowadzi jakiś ład w swojej bandzie, upłynie trochę czasu, a w takim razie – spróbuję szczęścia".

Ocknęła się w jego sercu odrobina nadziei. Ostrze czarnego noża drasnęło mu ramię i osunęło się ku przegubowi ręki. Czuł wprawdzie ściekające na dłoń krople krwi, ale czuł także dotknięcie zimnej stali.

Orkowie zbierali się do wymarszu, jednak część plemienia z północy nie zaniechała oporu, tak że Isengardczycy zarąbali jeszcze dwóch buntowników, zanim reszta poddała się w końcu rozkazom Uglúka. Wkoło panował zgiełk, rozlegały się wrzaski i przekleństwa. Przez chwilę nikt nie zważał na Pippina. Hobbit miał nogi spętane, lecz rąk, związanych w przegubach, nie wykręcono mu do tyłu. Mógł poruszać nimi, jakkolwiek więzy wpijały się boleśnie w ciało. Zepchnął martwego orka na bok i cichcem, nieledwie wstrzymując dech w piersiach, zaczął przesuwać supeł postronka tam i z powrotem po klindze noża. Nóż był dobrze wyostrzony, a martwa ręka orka trzymała go mocno. Więzy puściły. Pippin szybko uchwycił koniec powroza palcami, splątał w luźną podwójną bransoletę i owinął nią napięstki. Potem znów leżał nieruchomo.

– Podnieść jeńców z ziemi! – wrzasnął Uglúk. – Tylko bez głupich figli! Jeżeli nie dojdą na miejsce żywi, ktoś za to zapłaci gardłem.

Jeden z orków chwycił Pippina, wetknął głowę między jego spętane ręce, zarzucił go sobie niby wór na plecy i ruszył z ciężarem do szeregu. Drugi w ten sam sposób dźwignął Meriadoka. Pippin miał twarz wciśniętą w kark swego tragarza, łapy orka niby żelazne kleszcze trzymały go za ramiona, pazury wpijały się boleśnie w ciało. Przymknął oczy i zapadł znów w koszmarny sen.

Nagle poczuł, że go znów rzucono na twardą, kamienistą ziemię. Noc była jeszcze wczesna, lecz wąski sierp księżyca zniżał się ku zachodowi. Znajdowali się na skraju urwistej góry, u której stóp falowało morze bladej mgły. Gdzieś w pobliżu pluskała woda.

– Zwiadowcy wrócili nareszcie – powiedział tuż przy nim któryś z orków.

– Mówcie, co widzieliście? – zachrypiał Uglúk.

– Jednego jedynego konnego wojownika, który odjechał na zachód. Droga wolna.

– Na razie. Ale czy na długo? Głupcy! Trzeba go było zabić. Gotów zaalarmować swoich. Do rana ci przeklęci koniarze będą wiedzieli o nas. Musimy tym bardziej przyspieszyć pochód.

Cień jakiś schylił się nad Pippinem. Był to Uglúk.

– Siadaj! – rozkazał. – Moi chłopcy zmęczyli się taszczeniem cię jak barana. Teraz czeka nas zejście z urwiska, musisz pofatygować się na własnych nogach. Ruszaj się żwawo. Tylko bez krzyku i nie próbuj uciekać. Potrafimy w razie potrzeby dać ci taką nauczkę, że odechce ci się na zawsze głupich żartów, a wcale nie stracisz wartości dla naszego władcy.

Przeciął mu więzy na udach i w kostkach, podniósł go za włosy i postawił na nogi. Pippin przewrócił się. Uglúk znów dźwignął go za czuprynę. Kilku orków wybuchnęło śmiechem. Uglúk wetknął hobbitowi manierkę między zęby i wlał w gardło jakiś piekący trunek. Ciepło rozlało się żarem po wnętrznościach. Ból w udach, łydkach i stopach zniknął. Pippin mógł już teraz utrzymać się na nogach.

– No, teraz następny! – rzekł Uglúk.

Pippin zobaczył, jak olbrzymi ork zbliża się do Meriadoka i kopie go. Merry jęknął. Brutalnym gestem Uglúk podniósł jeńca do pozycji siedzącej i zdarł mu z głowy opatrunek. Wysmarował ranę jakąś ciemną maścią, którą brał z drewnianego pudełeczka. Merry krzyknął i szarpnął się gwałtownie.

Orkowie klaskali w ręce i wrzeszczeli z uciechy.

– Lekarstwa się boi! – wykrzykiwali szyderczo. – Nie rozumie, że to dla jego dobra! Hej, będziemy mieli z nim potem zabawę!

Na razie jednak Uglúk nie myślał o zabawie. Nie miał czasu do stracenia i chciał pokrzepić przymusowych uczestników pochodu. Leczył Meriadoka na sposób orków, a był to sposób rzeczywiście skuteczny. Kiedy bowiem wlał przemocą w gardło jeńca łyk palącego trunku ze swej manierki, przeciął mu więzy na nogach i podniósł go z ziemi, Merry stanął o własnych siłach, bardzo blady, z twarzą zaciętą i wyzywającą, lecz najzupełniej przytomny. Nie czuł już nawet rany na czole, chociaż brunatna blizna została mu na całe życie.

– Witaj, Pippinie! – rzekł. – A więc ty także bierzesz udział w tej majówce? Gdzie będziemy nocowali i jedli śniadanie?

– Dość! – wrzasnął Uglúk. – Bez głupich dowcipów. Język za zębami! Nie wolno wam z sobą gadać. O każdym wybryku dowie się ten, który na was czeka u celu pochodu, a już on potrafi za wszystko wam zapłacić. Ugości was, nie bójcie się, aż wam ta gościna bokiem wylezie.

Banda zaczęła spuszczać się ciasnym żlebem w dół, ku zamglonej równinie. Merry i Pippin, rozdzielni przez kilkunastu co najmniej orków, schodzili razem z innymi. Kiedy poczuli pod nogami trawę, serca zabiły im nową otuchą.

– A teraz prosto przed siebie! – wrzasnął Uglúk. – Na zachód, nieco ku północy. Prowadzi Lugdusz.

– Ale co zrobimy, jak słońce wzejdzie? – zaniepokoili się orkowie z północy.

– Będziemy szli dalej – odparł Uglúk. – A cóżeście myśleli? Że siądziemy sobie na trawie i poczekamy, aż Białoskórzy przyjdą z nami zatańczyć?

– Ale my przecież nie możemy maszerować w dziennym świetle.

– Jak mnie poczujecie za swoimi plecami, to pomaszerujecie, aż się będzie kurzyło – odparł Uglúk. – Biegiem! Bo inaczej nie zobaczycie już nigdy swoich ukochanych jaskiń. Na Białą Rękę! Co to był za pomysł brać z sobą na wyprawę te górskie pokraki, których nikt przedtem nie nauczył żołnierskiego rzemiosła jak należy. Biegiem, do pioruna! Biegiem, póki noc trwa!

I cała banda puściła się biegiem, sadząc, zwyczajem orków, długimi susami. Nie pilnowali porządku w marszu, popychali się wzajemnie, szturchali, klęli w głos, ale, przyznać trzeba, szli ostro naprzód. Każdego hobbita pilnowało trzech strażników. Jeden z nich miał w garści bicz. Pippin znalazł się dość daleko na tyłach bandy. Z niepokojem myślał, czy długo wytrzyma to szalone tempo; od świtu nic nie jadł. Tymczasem jednak czuł jeszcze w sobie ciepło orkowego napoju i jego umysł pracował gorączkowo.

Co chwila stawał mu w pamięci, chociaż nieprzyzywany, Obieżyświat, i Pippinowi zdawało się, że go widzi, spieszącego niestrudzenie za tropem, z twarzą skupioną, czujnie schyloną nad ziemią. Ale czyż nawet bystre oczy Strażnika dostrzegą na szlaku cokolwiek prócz zmieszanego, splątanego śladu mnóstwa orkowych stóp? Ślady dwóch hobbitów nikły, zadeptane podkutymi butami orków, biegnących za nimi, przed nimi, wszędzie dokoła.

Kiedy uszli niewiele ponad milę od urwiska, teren zaczął opadać łagodnie ku rozległemu, płytkiemu zagłębieniu, w którym ziemia była miękka i wilgotna. Biły od niej gęste opary, połyskujące blado w ostatnich promieniach księżycowego sierpa. Ciemne sylwetki orków na przedzie pochodu przyblakły i rozpłynęły się we mgle.

– Hej, czoło, zwolnić kroku! – krzyknął Uglúk, który zamykał pochód.

Nagła myśl błysnęła w mózgu Pippina i posłuchał jej rady natychmiast. Uskoczył w bok, wywinął się spod ręki swego strażnika i głową naprzód dał nura w mgłę, aż wylądował plackiem w trawie.

– Stój! – ryknął Uglúk.

W tłumie orków zakotłowało się, chwilę trwał zgiełk i zamęt. Pippin zerwał się i pomknął na oślep. Lecz orkowie już pędzili za nim, a kilku zabiegło mu drogę.

„Nie da się uciec – pomyślał Pippin. – Ale przynajmniej zostawię na mokrym gruncie kilka wyraźnych śladów, których tamci nie zadepczą".

Związanymi rękami wymacał pod szyją na płaszczu klamrę i odpiął ją. Długie ramiona orków już go dosięgały, twarde kleszcze palców już go chwytały, lecz zdążył rzucić zapinkę na ziemię.

„Będzie tu pewnie leżała do końca świata – pomyślał. – Nie wiem, po co to zrobiłem. Tamci, nawet jeżeli ocaleli, poszli bez wątpienia za Frodem".

Bicz smagnął po łydkach, owinął się wokół kostek. Pippin zdusił krzyk w gardle.

– Dość! – wrzasnął, nadbiegając, Uglúk. – Ten łajdak będzie jeszcze potrzebował nóg do dalszego marszu. Zmusić ich obu do biegu. Bata używajcie tylko do poganiania. Ale nie myśl, że na tym się skończy – warknął, zwracając się do Pippina. – Nie zapomnę ci tej sztuki. Kara odwlecze się, ale nie ucieknie. A teraz, w drogę!

Ani Pippin, ani Merry nie zapamiętali wiele z późniejszego etapu marszu. Straszne sny i równie straszne przebudzenia splątały się jakby w długim czarnym tunelu udręki, a iskierka nadziei została daleko w tyle i błyszczała coraz niklej. Biegli, biegli, wciąż usiłując dotrzymać kroku orkom, smagani co chwila nahajkami, których oprawcy używali z okrutną zręcznością; jeśli któryś jeniec ustawał lub potykał się w biegu, kilku orków chwytało go za ramiona i wlokło przez czas jakiś przemocą.

Dobroczynne ciepło orkowego trunku wyparowało wkrótce. Pippin dygotał z zimna i słabł. W pewnej chwili runął nagle twarzą w trawę. Twarde łapy wpiły się ostrymi pazurami w jego ciało i dźwignęły go z ziemi. Znów któryś ork taszczył go niby tobół na plecach i znów hobbita ogarnęły ciemności, nie wiedział jednak, czy to nowa noc zapada nad światem, czy też on oślepł z wyczerpania.

Jak przez mgłę słyszał wkoło głosy błagalne i jękliwe. Zrozumiał, że wielu spośród orków domaga się chwili odpoczynku. Uglúk krzyczał. Pippina rzucono na ziemię; leżał tak, jak padł, i natychmiast usnął kamiennym snem. Na krótko tylko uciekł od cierpień, bezlitosne łapy znów porwały go w żelazne kleszcze. Długo tak znosił w odrętwieniu wstrząsy i szturchańce, aż stopniowo ciemności zrzedły, a Pippin ocknął się i otworzył oczy: był ranek. Usłyszał wykrzykiwane wzdłuż kolumny pochodu rozkazy i znów padł, zrzucony z grzbietu orka na ziemię.

Leżał długą chwilę, walcząc z rozpaczą. W głowie mu się kręciło, lecz po gorącu rozlanym w ciele poznał, że napojono go po raz drugi palącym trunkiem. Któryś z orków schylił się nad nim i cisnął mu kawałek chleba i surowego suszonego mięsa. Hobbit zjadł łapczywie stęchły, szary chleb, lecz mięsa nie tknął. Był głodny, lecz nie tak wygłodzony, by wziąć do ust ten ochłap z ręki orka; ze zgrozą odtrącił narzucające się pytanie, z jakiego stworzenia mogło pochodzić mięso.

Usiadł i rozejrzał się. Merry leżał niedaleko od niego. Znajdowali się na brzegu wąskiej, rwącej rzeki. Przed nimi majaczyły góry: strzelisty szczyt już złowił pierwsze promienie słońca. Na pobliskich stokach czerniał las.

W obozowisku wrzało od krzyków i sporów. Zdawało się, że lada chwila wybuchnie znów dzika kłótnia między plemieniem z północy a Isengardczykami. Jedni wskazywali na południe, skąd przyszli, inni na wschód.

– Dobrze więc – rzekł Uglúk. – Zostawcie ich mnie! Zabijać nie wolno, to wam już mówiłem. Lecz jeśli chcecie porzucić zdobycz, po którą szliśmy taki szmat drogi, zróbcie to. Ja się nimi zajmę. Bojowy szczep Uruk-hai jak zawsze weźmie na siebie całą robotę.

Skoro boicie się Białoskórych, umykajcie! Umykajcie! Tam jest las. W nim wasza nadzieja. Dalejże, w nogi! A pospieszcie się, zanim znów kilka łbów zetnę, żeby resztę rozumu nauczyć.

Przez chwilę trwał zgiełk przekleństw i szamotanina, potem większość orków z północy – setka czy może więcej – wyrwała się z tłumu i puściła przed siebie, pędząc bezładnie brzegiem rzeki ku górom. Hobbici znaleźli się wśród Isengardczyków. Było ich co najmniej osiem dziesiątków, a wszyscy posępni i smagli, groźni, kosoocy, uzbrojeni w ogromne łuki i krótkie miecze o szerokich klingach. Garstka najroślejszych i najodważniejszych orków z północnego szczepu została przy Uglúku.

– Teraz rozprawimy się z Grisznákiem – rzekł Uglúk. Ale nawet wśród jego współplemieńców ten i ów spoglądał z niepokojem w stronę południa.

– Wiem – mruknął Uglúk. – Przeklęci koniarze zwęszyli nas. To twoja wina, Snago. Powinienem uszy obciąć i tobie, i twoim zwiadowcom. Ale my jesteśmy bojowi Uruk-hai. Będziemy wkrótce ucztować i zakosztujemy końskiego mięsa, a może też innego, lepszego jeszcze.

W tym właśnie momencie Pippin zrozumiał, co sobie orkowie pokazywali na wschodzie. Stamtąd bowiem doleciały ochrypłe okrzyki i pojawił się Grisznák z kilkudziesięciu orkami swojego szczepu, krzywonogimi poczwarami o długich, niemal do ziemi ramionach. Na tarczach mieli wymalowane czerwone oko. Uglúk wysunął się na ich spotkanie.

– A więc wracacie? – rzekł. – Rozmyśliliście się, co?

– Wróciłem, żeby dopilnować wykonania rozkazów i bezpieczeństwa jeńców – odparł Grisznák.

– Doprawdy? – warknął Uglúk. – Próżny trud. Ja tu dowodzę i rozkazy będą na pewno wykonane. A może wróciliście po coś więcej? Opuszczaliście nas w takim pośpiechu, może zostawiliście tu przez roztargnienie coś cennego?

– Zostawiliśmy głupca – gniewnie odparł Grisznák. – Ale jest przy nim garstka dzielnych orków, których szkoda byłoby stracić. Wiedziałem, że ich prowadzisz do zguby. Przybyłem, żeby ich ratować.

– Pięknie! – zaśmiał się Uglúk. – Jeśli jednak nie palisz się do bitwy, obrałeś złą drogę. Trzeba było uciec prosto do Lugbúrza.

Białoskórzy już tu nadciągają. Gdzież się podział twój bezcenny Nazgûl? Czyżby sobie znalazł innego pasażera na lot za rzekę? A może go przyprowadziłeś ze sobą? Bardzo by się przydał, jeśli te całe Nazgûle nie są przechwalone.

– Nazgûle, Nazgûle! – powtórzył Grisznák, drżąc i oblizując wargi, jakby to słowo miało dla niego smak przerażający i rozkoszny zarazem. – Mówisz o sprawach, których nie zdołasz dosięgnąć nawet swoją nikczemną wyobraźnią, Uglúku – rzekł. – Nazgûle! Nazgûle przechwalone! Pożałujesz kiedyś, żeś to powiedział! Małpo! – warknął z wściekłością. – Czy nie wiesz, że to ulubieńcy Wielkiego Oka? Ale nie czas jeszcze na skrzydlatych Nazgûlów, jeszcze nie! Władca nie chce, żeby zobaczono ich na drugim brzegu Wielkiej Rzeki, póki nie wybije godzina. Przeznaczeni są do wojny i do innych zadań.

– Trochę, jak się zdaje, za dużo wiesz – powiedział Uglúk. – A to, jak słyszałem, bywa niezdrowe. W Lugbúrzu ktoś może będzie ciekawy, skąd masz tak wiele wiadomości i po co je zbierałeś. No, tak, a tymczasem szczep Uruk-hai z Isengardu jak zwykle musi odwalić najcięższą robotę. Nie stercz tu, pytlując jęzorem na próżno. Skrzyknij ten swój motłoch. Tamte świntuchy już drałują ku lasom. Radzę ci iść w ich ślady. Do Wielkiej Rzeki nie dotarlibyście żywi. W drogę! Prędzej! Ja pociągnę w tylnej straży.

Dwaj Isengardczycy znów porwali Meriadoka i Pippina i zarzucili ich sobie na plecy. Banda orków ruszyła dalej. Biegli niezmordowanie, godziny mijały bez popasu, ledwie na chwilę zwalniali niekiedy kroku, żeby przekazać jeńców innym tragarzom. Czy to dlatego, że Isengardczycy byli szybsi i wytrwalsi, czy też Grisznák rozmyślnie o to się postarał, dość że współplemieńcy Uglúka stopniowo wyprzedzali żołdaków z Mordoru, którzy wkrótce znaleźli się na tyłach pochodu. Malała też stale odległość między Isengardczykami a gromadą orków z północy, którzy wcześniej pognali naprzód. Las ciemniał coraz bliżej.

Pippin był posiniaczony i podrapany, a jego obolała głowa ustawicznie ocierała się o plugawe policzki i kudłate uszy orka, który go dźwigał. Przed oczyma miał zgięte plecy orków, ich krzepkie grube nogi przebierające tak niestrudzenie, jakby je ulepiono nie z ciała i kości, lecz z drutu i rogu, wybijając koszmarne sekundy nieskończenie długiego dnia. Po południu oddział Uglúka prześcignął szczep z północy. Tamci słabli w blasku słońca, które mimo zimowej pory jasno świeciło na bladym niebie. Głowy im opadały na piersi, języry wywalili na wierzch.

– Pokraki! – szydzili Isengardczycy. – Marny wasz los. Białoskórzy przyłapią was i pożrą. Już są blisko!

Lecz w tym momencie Grisznák krzyknął przeraźliwie: złośliwy żart okazał się prawdą. Tylna straż rzeczywiście dostrzegła już jeźdźców pędzących co koń wyskoczy. Byli jeszcze dość daleko, lecz, szybsi od orków, z każdą chwilą zwiększali swoją przewagę nad nimi tak, jak fala przypływu, gdy goni na płaskim brzegu ludzi, grzęznących w sypkim piachu.

Ku zdumieniu Pippina, Isengardczycy teraz zdwoili jeszcze tempo, zdobywając się na straszliwy chyba wysiłek po tak długim biegu. Nagle zauważył, że słońce zachodzi i kryje się za Góry Mgliste; cienie wydłużyły się na stepie. Żołdacy Mordoru podnieśli głowy i także przyspieszyli kroku. Czarna ściana lasu była blisko. Już mijali w pędzie pojedyncze drzewa, forpoczty puszczy. Teren wznosił się tutaj zrazu łagodnie, potem coraz ostrzej, lecz to nie wstrzymało rozpędu orków. Uglúk i Grisznák okrzykami przynaglali bandę do ostatniego zrywu.

„Gotowi się wymknąć. Ocaleją" – myślał Pippin. Udało mu się odwrócić głowę na tyle, by zerknąć jednym okiem przez ramię wstecz. Zobaczył daleko na wschodzie jeźdźców, którzy już byli na tej samej linii, co orkowie, i wyciągniętym galopem gnali przez równinę. Zachodzące słońce złociło ich włócznie i hełmy, połyskiwało na jasnych rozwianych włosach. Najwyraźniej okrążali orków, nie pozwalając im się rozproszyć i zmuszając bandę do trzymania się brzegu rzeki.

Pippin bardzo był ciekaw, co to za lud. Żałował, że w Rivendell nie postarał się zdobyć więcej wiadomości o świecie i nie przyjrzał się pilniej mapom. Lecz wówczas był spokojny, że plan wyprawy jest w rękach osób mądrzejszych od niego; nie postało mu w głowie, że los może go rozłączyć z Gandalfem i Obieżyświatem, a nawet z Frodem. O Rohanie zapamiętał tylko tyle, że szlachetny wierzchowiec Gandalfa, Cienistogrzywy, pochodził z tego kraju. To zdawało się pomyślną wróżbą, jeśli wolno z jednego szczegółu wysnuwać jakieś nadzieje.

„Ale czy odróżnią nas od orków? – myślał. – Chyba nigdy tutaj nie słyszano nawet o hobbitach. Powinienem właściwie cieszyć się, że okrutnym orkom grozi zagłada, ale wolałbym mieć nadzieję na ocalenie własnej skóry".

Jednakże wszystko przemawiało za tym, że jeńcy zginą razem ze swymi prześladowcami, nim ludzie z Rohanu zdążą dwóch hobbitów zauważyć.

Wśród jeźdźców byli widać łucznicy, wyćwiczeni w strzelaniu w pełnym pędzie z konia. Wysuwając się z szeregu, posyłali strzały orkom, którzy zamarudzili na tyłach bandy, i niejednego kładli trupem; potem szybko wycofywali się ku swoim, tak że strzały wrogów, wypuszczane na oślep, nie mogły ich dosięgnąć. Powtarzali ten manewr kilka razy, a zdarzyło się, że strzały sypnęły się też między Isengardczyków. Ork biegnący tuż przed Pippinem zachwiał się, padł i nie wstał więcej.

Noc nadciągała, lecz Jeźdźcy Rohanu nie stawali do bitwy. Wielu orków poległo, zostało ich jednak jeszcze co najmniej dwie setki. O zmroku banda dotarła do pagórka. Skraj lasu był bardzo blisko, nie dalej chyba niż o pół mili, ale orkowie nie mogli już posuwać się naprzód. Pierścień jeźdźców zamknął się wokół nich. Wbrew rozkazowi Uglúka oddział orków spróbował przebić się do lasu. Tylko trzech z nich ocalało i wróciło do bandy.

– Otośmy się urządzili! – rzekł szyderczo Grisznák. – Dziękujmy wspaniałemu dowódcy. Mam nadzieję, że wielki Uglúk teraz wyprowadzi nas z tych sideł.

– Zrzucić niziołków na ziemię! – rozkazał Uglúk, nie zważając na słowa Grisznáka. – Ty, Lugduszu dobierz sobie dwóch kompanów i we trzech strażujcie przy jeńcach. Nie uśmiercać ich, chyba że ci podli Białoskórzy nas zmiażdżą. Zrozumiano? Póki ja żyję, oba niziołki są mi potrzebne. Ale nie pozwólcie im krzyczeć ani też nie dopuśćcie, żeby ich tamci odbili. Spętać jeńcom nogi.

Rozkaz spełniono bezlitośnie, lecz po raz pierwszy Pippin znalazł się teraz tuż obok Meriadoka. Orkowie hałasowali okropnie; wśród wrzasków i szczęku broni dwaj przyjaciele znaleźli sposobność, żeby szeptem zamienić kilka słów.

65

– Nie mam wiele nadziei – rzekł Merry. – Ledwie się w skórze trzymam. Wątpię, czy zdołałbym zawlec się daleko, nawet gdybym był wolny.

– Lembasy! – szepnął Pippin. – Mam jeszcze parę. A ty? Te łotry chyba niczego nam nie zabrały prócz mieczy?

– Tak, została mi w kieszeni paczuszka – odparł Merry – ale pewnie zmielona na kaszę. Zresztą i tak nie sięgnę gębą do kieszeni.

– Bo nie będziesz musiał. Ja...

Lecz w tym momencie brutalny kopniak powiadomił Pippina, że gwar w obozowisku ucichł i że wartownicy znów czuwają nad jeńcami.

Noc była zimna i cicha. Wokół wzgórza, na którym skupili się orkowie, rozbłysły ze wszystkich stron małe, złotoczerwone w ciemnościach ogniska; tworzyły zamknięty krąg. Znajdowały się w zasięgu dobrego strzału z łuku, ale żaden wojownik Rohanu nie pokazał się na tle światła i orkowie, mierząc w płomienie, zmarnowali mnóstwo strzał, aż wreszcie Uglúk zabronił im tych daremnych prób. Od placówek Rohirrimów nie dochodził najlżejszy bodaj szmer. Później, kiedy księżyc wypłynął spośród mgieł, można było od czasu do czasu dostrzec nikłe cienie przemykające w białawej poświacie: to krążyły czujne patrole.

– Czekają, przeklętnicy, na wschód słońca! – mruknął jeden z wartujących przy hobbitach orków. – Dlaczego nie próbujemy przebić się zwartą kupą? Co ten Uglúk sobie myśli, chciałbym wiedzieć.

– Pewnie, że byś chciał – zadrwił Uglúk, wysuwając się nagle zza jego pleców. – Może ci się zdaje, że ja w ogóle nie myślę, co? Łajdaku! Nie lepszyś od reszty hołoty, od tych niedojdów z północy i od małp z Lugbúrza. Czy z takim motłochem można próbować natarcia? Zwialiby tchórze z miejsca, a na równinie Białoskórzy, których jest wielka siła, roznieśliby nas po prostu na kopytach. Jedno tylko trzeba niedojdom z północy przyznać: widzą po ciemku niczym dzikie koty. Ale słyszałem, że Białoskórzy mają nocą też wzrok bystrzejszy niż inni ludzie. Nie zapominaj przy tym o ich koniach! Te zwierzaki podobno dostrzegają nawet drżenie powietrza w ciemnościach. A jednak nie wszystko wiedzą szlachetni wojacy: Mauhúr ze swoim oddziałem siedzi w lesie i lada chwila przyjdzie nam z odsieczą.

Słowa Uglúka dodały otuchy Isengardczykom, lecz orkowie z innych szczepów nadal byli zgnębieni i skłonni do buntu. Wystawiono czujki, wartownicy jednak przeważnie kładli się na ziemi i odpoczywali w miłych sobie ciemnościach. A noc była znów czarna jak smoła, bo księżyc skrył się po zachodniej stronie nieba za grubą warstwą chmur. Pippin na kilka stóp wokół nic już nie widział. W kręgu ognisk sam pagórek pozostawał w mroku. Jeźdźcy Rohanu nie poprzestali jednak na oczekiwaniu świtu i nie pozwolili wrogom zaznać nocnego spoczynku. Nagły wrzask od wschodniego stoku wzgórza zaalarmował oblężonych. Kilku ludzi podjechało cichcem i zostawiwszy konie na dole, zakradło się na skraj obozowiska, położyło trupem kilku orków i umknęło bezkarnie. Uglúk skoczył w tę stronę, by uśmierzyć panikę.

Pippin i Merry dźwignęli się z ziemi. Isengardczycy, którzy ich pilnowali, pobiegli za Uglúkiem. Lecz jeśli nawet hobbitom błysnęła w tym momencie myśl ucieczki – to prędko zgasła. Długie kosmate łapy chwyciły ich obu za karki i pociągnęły wstecz. W ciemnościach zamajaczyła między nimi duża głowa Grisznáka i jego ohydna twarz. Cuchnący dech owiał policzki hobbitów, zimne, twarde paluchy zaczęły ich obmacywać od stóp do głów. Pippinowi ciarki przeszły po krzyżu.

– No, malcy – szepnął łagodnie Grisznák. – Jak wam się spało? Przyjemnie? Czy nie bardzo? Trochę może niewygodny nocleg: między szablami i nahajami z jednej strony a lasem brzydkich włóczni z drugiej. Mały ludek nie powinien się mieszać do spraw, które są większe od niego.

Mówiąc to, przebierał wciąż paluchami po ich ciałach. W głębi jego oczu błyszczało światełko, blade, ale gorące.

Nagle Pippinowi zaświtała w głowie pewna myśl, jakby mu ją podszepnęła napięta wola przeciwnika: „Grisznák wie o Pierścieniu! Szuka go, korzystając z chwili, gdy Uglúk zajęty jest czym innym. Pewnie pragnie go dla siebie".

Serce w nim zamarło ze strachu, lecz nie tracąc jasności umysłu, zaczął się błyskawicznie zastanawiać, czy nie dałoby się chciwości Grisznáka obrócić na własny pożytek.

– Nie sądzę, żebyś tym sposobem coś znalazł – szepnął. – Nie tak to łatwo.

– Coś? – spytał Grisznák. Jego palce przestały błądzić po ciele Pippina, zacisnęły się mocno na jego ramieniu. – Co takiego? O czym mówisz, mój mały?

Przez chwilę Pippin milczał. Potem nagle w ciemnościach dobył z gardła bulgotliwe: glum, glum.

– Nic szczególnego, mój skarbie – dodał.

Poczuł, jak palce Grisznáka zadrżały.

– Aha! – syknął cichutko goblin. – A więc on o tym myśli! Aha! Bardzo, bardzo niebezpieczny pomysł, moi maleńcy.

– Być może – odezwał się Merry, który w lot zrozumiał myśl Pippina. – Być może niebezpieczny nie tylko dla nas. Ale sam wiesz to najlepiej. Chcesz tego czy nie? I co nam za to gotów jesteś dać w zamian?

– Czy ja go chcę? Czy chcę? – powiedział Grisznák, jakby zdumiony. Ale ręce mu się trzęsły. – Co bym gotów za niego dać? Jak to rozumiecie?

– To – odparł Pippin, dobierając starannie słowa – że macaniem po ciemku niewiele wskórasz. Moglibyśmy oszczędzić ci sporo czasu i trudu. Ale musiałbyś nam przede wszystkim rozciąć więzy na nogach. Inaczej nie zrobimy nic i niczego więcej od nas się nie dowiesz.

– Biedne małe głuptasy! – zasyczał Grisznák. – Wszystko, co macie, i wszystko, co wiecie, wydusimy z was, kiedy przyjdzie na to pora. Będziecie tylko żałowali, że nie macie więcej do powiedzenia, aby zaspokoić śledczego. Na pewno! Przekonacie się o tym już wkrótce. Nie będziemy spieszyli się w śledztwie, nie! Jak wam się zdaje, po co oszczędziliśmy wasze życie? Możecie mi wierzyć, kochani, że nie zrobiliśmy tego z dobroci serca. W tym wypadku nawet głupi Uglúk nie popełnił błędu.

– Wierzymy ci bez trudu – odparł Merry. – Ale jeszcze nie trzymasz zdobyczy w garści. I wcale się na to nie zanosi, żebyś ją kiedykolwiek dostał. Jeśli nas zaprowadzą do Isengardu, Grisznák dostanie figę. Wszystko zabierze Saruman. Jeśli chcesz coś mieć dla siebie, teraz jest ostatnia chwila, żeby się z nami ułożyć.

Grisznák zaczął tracić cierpliwość. Imię Sarumana doprowadzało go niemal do furii. Czas upływał, zamęt w obozowisku przycichał. Uglúk i jego Isengardczycy mogli wrócić lada chwila.

– Macie go przy sobie? Ma go któryś z was? – warknął.

– Glum, glum – odparł Pippin.

– Rozwiąż nam najpierw nogi – rzekł Merry.

Czuli, że ramiona orka drżą jak w febrze.

– Przeklęte, podłe, małe gady! – syknął. – Rozwiązać wam nogi? Wolałbym rozszarpać was na strzępki. Czy nie rozumiecie, że mogę was przeszukać aż do szpiku kości? Mało tego! Mogę was posiekać na miazgę. Obejdę się bez pomocy waszych nóg, jeśli zechcę was porwać i mieć wyłącznie dla siebie!

Nagle porwał ich obu. Miał w długich ramionach siłę straszliwą. Wetknął sobie hobbitów pod pachy, brutalnie przycisnął do żeber, ciężkimi dłońmi zatkał im usta. Potem, zgięty wpół, skoczył naprzód. Szybko, cicho przebiegł aż na krawędź pagórka. Wypatrzył lukę między strażnikami i jak upiór pomknął w ciemność, zboczem w dół, a potem na zachód, ku rzece wypływającej z lasu. Od tej strony droga zdawała się wolna, ledwie jedno ognisko błyszczało wśród nocy.

Po kilkunastu krokach zatrzymał się, rozejrzał, posłuchał. Nic nie wypatrzył ani nie usłyszał. Pochylony skradał się dalej. Z uchem przy ziemi znowu chwilę nasłuchiwał. Wreszcie podniósł się i zaryzykował szybki skok naprzód. Ale w tym samym momencie tuż przed nim zamajaczyła sylwetka jeźdźca. Koń chrapnął i stanął dęba, człowiek krzyknął.

Grisznák przypadł do ziemi, rozpłaszczył się na niej, nakrywając hobbitów własnym ciałem; potem wyciągnął szablę. Niewątpliwie był zdecydowany raczej zabić swoich jeńców niż dopuścić, by uciekli albo zostali odbici. Szabla brzęknęła z cicha i mignął w niej odblask ogniska, palącego się opodal. Nagle z ciemności świsnęła strzała; może łucznik dobrze wycelował, a może los kierował strzałą, dość że przeszyła prawe ramię orka. Wrzasnął i wypuścił z ręki szablę. W mroku zadudniły kopyta końskie, Grisznák poderwał się z ziemi i rzucił do ucieczki, lecz niemal w tym samym okamgnieniu padł stratowany i przygwożdżony włócznią. Okropny, rozedrgany jęk dobył się z jego gardła, po czym ork znieruchomiał i umilkł. Pippin i Merry leżeli plackiem w trawie, tak jak ich Grisznák zostawił. Drugi jeździec nadjechał pędem na pomoc towarzyszowi. Konie widać miały wzrok niezwykle bystry, a może innym zmysłem wyczuwały hobbitów, bo przeskoczyły lekko nad nimi. Jeźdźcy wszakże nie dostrzegli drobnych postaci otulonych w płaszcze elfów, tak w owej chwili rozbitych, tak przerażonych, że nie śmiały drgnąć z miejsca.

W końcu jednak Merry poruszył się i szepnął cichutko:
– Jak dotąd bardzo pięknie, ale co robić, żeby z kolei nas nie nadziali na sztych?

Odpowiedź zjawiła się jak na zawołanie. Przedśmiertny wrzask Grisznáka zaalarmował bandę. Z krzyków i zgiełku, jaki powstał na wzgórzu, hobbici zorientowali się, że orkowie spostrzegli ich zniknięcie. Uglúk zapewne strącał znowu łby z karków swoich podkomendnych. Nagle od strony lasu i gór, spoza kręgu ognisk oblegających obozowisko, na krzyk bandy odpowiedziały głosy orków. A więc Mauhúr przybywał Uglúkowi z odsieczą i nacierał na Rohirrimów! Rozległ się tętent kopyt. Jeźdźcy zaciskali pierścień wokół wzgórza tuż u jego stóp; nieustraszenie narażali się na strzały z obozu, lecz nie zamierzali dopuścić, by ktokolwiek wymknął się z pułapki. Inny oddział tymczasem ruszył odeprzeć nowych napastników. Nagle Pippin i Merry zrozumieli, że choć nie ruszyli się z miejsca, znaleźli się poza kręgiem oblężenia; nic nie zagradzało im drogi ucieczki.

– Teraz – rzekł Merry – moglibyśmy umknąć, gdybyśmy mieli nogi i ręce wolne. Niestety, nie mogę więzów ani rozsupłać, ani przegryźć.

– Niepotrzebnie byś się trudził – odparł Pippin. – Chciałem właśnie powiedzieć, że od dawna mam wolne ręce. Te sznury zostawiłem tylko dla niepoznaki. Najpierw jednak warto by przekąsić kawałek lembasa.

Zsunął z napięstków więzy i wyciągnął z kieszeni paczuszkę. Suchary były pokruszone, lecz dobrze zachowane w opakowaniu z liści. Zjedli po dwa lembasy z trzech, które każdy miał w zapasie. Smak ich przypomniał hobbitom piękne twarze, śmiechy, posilne jadło, którym cieszyli się tak niedawno, za szczęśliwych dni w Lórien. Przez chwilę gryźli suchary w rozmarzeniu, siedząc w ciemnościach i nie zwracając uwagi na krzyki i zgiełk pobliskiej bitwy. Pippin pierwszy ocknął się i wrócił do rzeczywistości.

– Trzeba stąd wiać – rzekł. – Ale czekaj jeszcze chwileczkę!

Szabla Grisznáka leżała tuż, była jednak za ciężka i nieporęczna dla hobbita, więc Pippin podczołgał się naprzód, odszukał trupa goblina, wyciągnął z pochwy jego długi, ostry nóż. Za pomocą tego narzędzia szybko uwolnił siebie i przyjaciela z pęt.

– Teraz w drogę – powiedział. – Może za chwilę, gdy się w nas krew nieco rozgrzeje, nogi zechcą nas dźwigać i pomaszerujemy. Na razie, żeby nie tracić czasu, spróbujmy się czołgać.

Ruszyli więc w ten sposób. Grunt był miękki, ustępliwy, co ułatwiało zadanie, lecz posuwali się niezmiernie wolno. Okrążyli z daleka ognisko rohańskiej straży i pełzli mozolnie krok za krokiem, póki nie dotarli na skraj nadrzecznej skarpy. Woda pluskała w nieprzeniknionych ciemnościach między wysokimi brzegami. Stąd hobbici spojrzeli za siebie.

Gwar ucichł w oddali. Najwidoczniej oddział Maúhura wycięto w pień lub przepłoszono. Rohirrimowie wrócili na stanowiska i w złowrogiej ciszy otaczali obóz orków na wzgórzu. Wkrótce zapewne sprawa rozstrzygnie się ostatecznie. Noc miała się już bowiem ku końcowi. Na wschodzie bezchmurne niebo zaczynało blednąć.

– Musimy się skryć – powiedział Pippin – żeby nas nie wypatrzyli. Niewiele nam pomoże, jeżeli ci dzielni wojacy po naszej śmierci odkryją, że nie jesteśmy orkami! – Wstał, tupnął parę razy. – Powrozy pokaleczyły mi skórę, ostre były jak druty; ale czuję już ciepło w nogach. Zdołam chyba pokuśtykać. A jak ty się czujesz, Merry?

Merry wstał.

– Tak, ja też chyba zdołam pokuśtykać. Te lembasy rzeczywiście pokrzepiają nadzwyczajnie. I dają jakąś zdrowszą siłę niż rozgrzewający trunek orków. Ciekawe, z czego oni go przyrządzają. Lepiej może nic o tym nie wiedzieć. Napijmy się wody, żeby spłukać tamto wspomnienie.

– Nie tutaj – odparł Pippin. – Tu brzeg jest za wysoki. W drogę!

Powędrowali z wolna, ramię przy ramieniu, wzdłuż rzeki. Za nimi niebo na wschodzie z każdą chwilą bardziej się rozjaśniało. Idąc, wymieniali wspomnienia i, zwyczajem hobbitów, mówili żartobliwie o wszystkim, co przeżyli w niewoli u orków.

– Spisałeś się dobrze, panie Tuku – rzekł Merry. – Zasłużyłeś, moim zdaniem, na osobny rozdział w księdze starego Bilba, jeżeli oczywiście będę miał sposobność zameldować mu o twoich wyczynach. Piękna rozgrywka. Zaimponowałeś mi szczególnie, kiedy odgadłeś, co knuje ten kudłaty podlec, i potrafiłeś go zaszachować. Ale ciekaw jestem, czy ktokolwiek natrafi na nasz ślad i znajdzie twoją zapinkę. Nie chciałbym swojej stracić, bo co do twojej, obawiam się, że już jej nigdy nie odzyskasz.

Będę musiał porządnie wyciągać nogi, żeby ci dotrzymać kroku. Odtąd kuzynek Brandybuck wysuwa się na czoło pochodu. Na niego teraz kolej. Zdaje mi się, że nie masz pojęcia, gdzie jesteśmy. Ja z większym pożytkiem spędzałem czas w Rivendell niż ty. Otóż znajdujemy się nad Rzeką Entów. Mamy przed sobą ostatnie szczyty Gór Mglistych i las Fangorn.

Właśnie tuż przed nimi wyrosła czarna ściana lasu. Noc jakby tam chroniła się w cień olbrzymich drzew, uciekając przed nadchodzącym świtem.

– Prowadź, panie Brandybucku, naprzód – rzekł Pippin – albo wstecz! Ostrzegano nas przed lasem Fangorn. Zresztą hobbit, który tyle wiedzy połknął, na pewno nie zapomniał również o tej przestrodze.

– Nie zapomniałem – odparł Merry – lecz mimo wszystko las jest dla nas mniej groźny niż powrót w sam wir bitwy.

Poprowadził przyjaciela pod grube konary drzew. Zdawały się stare jak świat. Gęste, splątane brody mchów i porostów zwisały z nich, kołysane podmuchem wiatru. Schowani w ich cieniu hobbici wyjrzeli na step. Dwie drobne, przyczajone w półmroku figurki wyglądały jak dzieci elfów za dawnych dni, gdy z głębi dziewiczej puszczy patrzyły zdumione na pierwszy wschód słońca.

Daleko za Wielką Rzeką i Brunatnymi Polami, za rozpostartą na wiele mil przestrzenią szarzyzny wstawało słońce, czerwone jak płomień. Na jego powitanie zagrały głośno myśliwskie rogi. Jeźdźcy Rohanu jakby się nagle zbudzili do życia na głos pobudki; zewsząd odpowiedziało granie.

Merry i Pippin usłyszeli wyraźnie w chłodnym powietrzu rżenie bojowych koni. Z piersi wojaków buchnęła chórem pieśń. Rąbek słońca płomiennym łukiem wyłonił się nad krawędź ziemi. Wówczas z gromkim okrzykiem Jeźdźcy Rohanu ruszyli od wschodu do ataku. Zbroje i włócznie lśniły czerwonym odblaskiem. Orkowie wrzasnęli i z wszystkich łuków, jakie im jeszcze zostały, świsnął rój strzał. Hobbici widzieli, jak kilku jeźdźców zwaliło się z koni, lecz szereg nie załamał się, prąc stokiem wzgórza, aż pod szczyt, po czym zatoczył krąg, nacierając raz jeszcze z bliska. Niedobitki bandy rozpierzchły się na wszystkie strony; jednego po drugim dopadali jeźdźcy i kładli trupem. Lecz spośród ogólnego zamętu wysunął się zwarty oddział i z desperacką siłą niby czarny klin przebijać się zaczął ku ścianie lasu. Z impetem natarł na strażujących u stóp wzgórza wojaków. Parł naprzód i zdawało się, że ujdzie cało z okrążenia. Już trzech jeźdźców, którzy mu zagrodzili drogę, padło ściętych szablami orków.

– Za długo przyglądaliśmy się tej bitwie – rzekł Merry. – Patrz, to Uglúk! Nie mam ochoty spotkać się z nim znowu.

Hobbici zawrócili i pomknęli w ciemną głąb puszczy. Totéż nie zobaczyli ostatniego starcia, gdy jeźdźcy dopadli Uglúka i osaczyli go pod samą ścianą lasu. Poległ z ręki Éomera. Trzeci Marszałek Rohanu zeskoczył z konia i z mieczem w dłoni natarł na uzbrojonego w szablę wodza Isengardczyków. Tymczasem bystre oczy jeźdźców tropiły na szerokim stepie ostatnich orków, którzy jeszcze mieli siłę uciekać.

Dopełniwszy krwawej roboty, Rohirrimowie zebrali swoich poległych, usypali nad ich ciałami kurhan i odśpiewali żałobną pieśń. Na ogromnym stosie spalili trupy orków i rozsypali prochy wrogów po pobojowisku.

Taki był koniec bandy. Ani jeden świadek klęski nie uszedł, żeby zanieść o niej wieść do Mordoru czy Isengardu. Tylko dym znad stosu wzbił się wysoko pod niebo, gdzie dostrzegły go liczne czujne oczy.

Rozdział 4

Drzewiec

Dwaj hobbici, kierując się na zachód, szli brzegiem strumienia, wciąż pod górę, coraz dalej w głąb Fangornu, przyspieszając kroku o tyle, o ile pozwalał ciemny, splątany gąszcz. Lecz w miarę oddalania strach przed orkami przygasał, a wędrowcy zwalniali tempo. Ogarnęła ich duszność, jakby powietrze było zanadto rozrzedzone lub dochodziło w głąb lasu zbyt skąpo.

Wreszcie Merry przystanął.

– Nie sposób iść dalej – wysapał. – Muszę zaczerpnąć tchu.

– Napijmy się przynajmniej wody – rzekł Pippin. – Zaschło mi w gardle.

Wczołgał się na potężny korzeń, który krętym ramieniem sięgał strumienia, i nabrał w złożone dłonie trochę wody. Była czysta i zimna; wypił chciwie kilka łyków. Merry poszedł za jego przykładem. Woda odświeżyła ich trochę i jakby dodała otuchy. Przez chwilę siedzieli na brzegu, mocząc obolałe stopy i nogi po kolana. Rozglądali się też dokoła; drzewa otaczały ich milczącym kręgiem, niezliczone szeregi pni ciągnęły się we wszystkie strony bez końca i rozpływały w siwym półmroku.

– Mam nadzieję, że nie zdążyłeś jeszcze zabłądzić, przewodniku? – rzekł Pippin, opierając się o gruby pień. – W każdym razie możemy trzymać się brzegu tej rzeczki, Rzeki Entów czy jak tam ją nazywasz, a potem wrócić tam, skąd przyszliśmy.

– Pewnie. Jeżeli nogi zechcą nas nieść i tchu wystarczy – odparł Merry.

– Tak, bardzo tu ciemno i duszno – przyznał Pippin. – Przypomina mi się, nie wiem czemu, stara sala w Wielkim Dworze Tuków, daleko stąd, u nas w Tukonie. W starej sali od wielu pokoleń nie przestawiano ani nie zmieniano mebli. Tam podobno mieszkał przez długie lata sam Stary Tuk, sala niszczała i starzała się z nim razem, a od jego śmierci, od wieku, nikt w niej niczego nie tknął. Stary Gerontius był moim prapradziadem, a więc ta historia sięga zamierzchłej przeszłości. Lecz wydaje się bardzo młoda w porównaniu ze starością tego lasu. Spójrz na te brody, wąsiska z mchów, jakie są powłóczyste, jakie bujne! A na większości drzew pełno jest poszarpanych, zeschłych liści, które nie wiadomo czemu nie spadły. Bardzo tu nieschludnie. Trudno sobie wyobrazić, jak w tym lesie wygląda wiosna, jeżeli w ogóle zapuszcza się w te strony. Jeszcze trudniej wyobrazić sobie wiosenne porządki.

– Ale słońce bądź co bądź musi czasem zaglądać – rzekł Merry. – Zupełnie inaczej jest tu niż w Mrocznej Puszczy, o ile pamiętam opowieści Bilba. Tamta jest mroczna, czarna, gnieżdżą się w niej ponure, czarne stwory. Ta – tylko cienista i jakaś strasznie drzewna. Nie można sobie wyobrazić, żeby tu mieszkały, czy choćby przebywały, zwierzęta.

– Albo hobbici – dodał Pippin. – Wcale mi się też nie uśmiecha myśl o wędrówce przez ten las. Jak się zdaje, w promieniu stu mil nic tu nie znajdziemy, co by można na ząb położyć. Jaki jest stan zapasów?

– Mizerny – odparł Merry. – Nie wzięliśmy z sobą nic prócz kilku lembasów, wszystko inne zostało nad Wielką Rzeką. – Obejrzeli resztki prowiantu, w który ich zaopatrzyli elfowie: okruchy mogły starczyć na pięć bardzo postnych dni. – Nie mamy też koców ani żadnych ciepłych rzeczy – stwierdził Merry. – W którąkolwiek stronę pójdziemy, w nocy będziemy marzli.

– Trzeba by już teraz namyślić się, dokąd pójdziemy – rzekł Pippin. – Czas płynie.

W tym właśnie momencie zauważyli, że nieco dalej w głębi lasu pojawiło się złotawe światło, jakby nagle promienie słoneczne przebiły się przez strop liści.

– Oho! – powiedział Merry. – Widocznie słońce schowało się za chmurę, gdy wędrowaliśmy pod drzewami, a teraz znowu wyjrzało; albo może wspięło się dość wysoko, żeby przez jakąś dziurę zajrzeć do lasu. Chodźmy tam, to niedaleko.

Okazało się jednak dalej, niż przewidywali. Teren wciąż wznosił się stromo i był coraz bardziej kamienisty. W miarę jak się zbliżali do celu, światło rosło, a wkrótce zobaczyli przed sobą ścianę skalną – stok jakiegoś wzgórza czy może pojedynczą skałkę, odrastającą tutaj od korzeni odległych gór. Nie było na niej drzew, a słońce świeciło wprost w jej nagą kamienną twarz. Drzewa rosnące u stóp ściany wyciągały sztywne, nieruchome gałęzie, jakby chciały zagrzać się od jej ciepła. Las, który przedtem zdawał się taki wyniszczony i szary, tu lśnił wszędzie soczystymi odcieniami brązu i gładką czernią kory niby połyskliwą skórą. Pnie jaśniały miękką zielenią jak mokra trawa. Hobbitów otoczyła wiosna, czy może tylko jej przelotne złudzenie.

W skalnej ścianie dostrzegli jak gdyby schody, zapewne przez samą przyrodę wykute, wyżłobione przez wodę i wichry w pękającym lub zwietrzałym kamieniu, bo koślawe i nieregularne. Wysoko w górze, niemal na równi z czubami drzew, widniała pod skałką jak gdyby półka, naga, gdyż tylko skąpa trawa i trochę zielska porastały jej krawędź. Na niej sterczał stary pień z parą przygiętych do dołu gałęzi; wyglądał jak pokręcony od starości dziadyga, wpatrzony w blask poranka.

– Idziemy na górę! – zawołał radośnie Merry. – Tam odetchniemy lżej i rozejrzymy się po okolicy.

Wspięli się po kamiennych schodach z pewnym trudem, bo stopnie były ogromne, nie na miarę hobbickich nóg. Zbyt przejęci wspinaczką, nie zadawali sobie pytania, jakim to zdumiewającym sposobem rany i sińce, wyniesione z niewoli u orków, zagoiły się tak szybko i skąd nagle przybyło im nowych sił. Wreszcie dotarli pod krawędź skalnej półki niemal u stóp starego pniaka. Wywindowali się jednym susem na półkę, gdzie stanęli, obróceni plecami do pagórka, oddychając głęboko i spoglądając ku wschodowi. Stwierdzili, że nie zagłębili się dalej niż na jakieś trzy, cztery mile w las; przed nimi czuby drzew zstępowały po stoku w dół na równinę, a tam, opodal skraju puszczy, wzbijały się w niebo wysokie, skudlone słupy czarnego dymu, który z powiewem wiatru płynął w stronę Fangornu.

– Wiatr zmienił się – rzekł Merry. – Dmucha znów od wschodu. Tu, w górze, jest dość chłodno.

– Tak – odparł Pippin. – Boję się, że pogoda nie utrzyma się długo i wszystko na nowo zszarzeje. Szkoda! Ten stary gąszcz leśny zupełnie inaczej wygląda w blasku słońca. Mam wrażenie, jakbym go niemal polubił.

– On ma wrażenie, jakby niemal polubił las! Dobre sobie! Bardzo łaskawie z twojej strony – przemówił jakiś dziwny, obcy głos. – Odwróćcie się i pokażcie mi twarze. Mam wrażenie, jakbym was obu nie lubił, ale nie chcę sądzić zbyt pochopnie. Obróćcie się, żywo!

Ogromne, sękate dłonie spadły na hobbitów i łagodnie, jakkolwiek stanowczo okręciły nimi w miejscu, po czym dwie wielkie, silne ręce podniosły ich w powietrze.

Ujrzeli tuż przed sobą zdumiewającą, niezwykłą twarz. Należała do olbrzymiego ni to człowieka, ni to trolla, który miał ze czternaście stóp wzrostu, a głowę podłużną i osadzoną niemal bezpośrednio na krzepkim tułowiu. Trudno było zgadnąć, czy owinięty jest w płaszcz z jakiejś zielonoszarej, podobnej do kory tkaniny, czy też jest to jego własna skóra. W każdym razie ramiona nieco poniżej barku nie były pomarszczone, lecz gładkie i brunatne. U każdej stopy miał siedem palców. Dolną część twarzy zarastała siwa broda, długa, gęsta, krzaczasta, o włosach u nasady prawie tak grubych jak gałązki, ale na końcach cieniejących i puszystych niby mech. Zrazu jednak uwagę hobbitów przykuły wyłącznie oczy olbrzyma, które wpatrywały się w nich bez pośpiechu, uroczyście, ale zarazem bardzo przenikliwie. Oczy te były głębokie, brązowe, rozświetlone zielonymi cętkami. Pippin nieraz później usiłował opisać, jakie na nim zrobiły wrażenie w pierwszej chwili:

„Wyczułem poza nimi jak gdyby bezdenną studnię pełną odwiecznych wspomnień i długich, powolnych, spokojnych rozmyślań; na powierzchni ich wszakże iskrzyło się odbicie teraźniejszości jak odblask słońca na liściach ogromnego drzewa albo na zmarszczonej tafli bardzo głębokiego jeziora. Nie umiem tego wyrazić, ale wydawało mi się, że coś, co wyrasta z ziemi, by tak rzec, uśpione czy też tylko siebie czujące od korzeni po brzeżek liścia, między głębią ziemi a niebem, nagle ocknęło się i patrzy na mnie z takim samym powolnym skupieniem, z jakim od niepamiętnych lat rozważało swoje własne wewnętrzne sprawy".

– Hm, hm – szepnął głos tak niski, jakby się dobywał z drewnianej basowej trąby. – Dziwne, bardzo dziwne. Nie sądźmy pochopnie, to moja zasada. Gdybym jednak zobaczył was, nim usłyszałem wasze głosy... bo głosy wasze spodobały mi się, wcale przyjemne macie głosiki; coś mi przypominają, ale nie wiem, co... gdybym więc, zamiast usłyszeć, najpierw was zobaczył, zdeptałbym was pewnie, myśląc, że to mali orkowie, a dopiero poniewczasie spostrzegłbym omyłkę. Dziwne jakieś stworzenia. I korzonki, i gałązki bardzo dziwne.

Pippin, chociaż oszołomiony, otrząsnął się już z lęku. Pod spojrzeniem tych niezwykłych oczu dygotał z ciekawości, ale nie ze strachu.

– Proszę cię bardzo – rzekł – powiedz nam, kim i czym ty jesteś?

Stare oczy nagle przygasły jakby ze znużenia; bezdenna studnia zamknęła się w ich głębi.

– Hm, hm – zahuczał basowy głos. – Jestem ent, tak mnie przynajmniej nazywają. Tak, ent. Ent nad entami, jak byście może po swojemu powiedzieli. Jedni nazywają mnie Fangornem, inni Drzewcem. Możecie mnie tak nazywać: Drzewiec.

– Ent? – spytał Merry. – Co to znaczy? A jak ty sam siebie nazywasz? Jakie jest twoje prawdziwe imię?

– Ho, ho! – rzekł Drzewiec. – Ho, ho! Długo by trzeba o tym gadać. Nie bądźcie tacy pochopni. Zresztą, mnie wypada zadawać pytania, a wam odpowiadać. Przyszliście do mojego kraju. Kim wy jesteście? Nie mogę jakoś przypiąć was do żadnego plemienia. Chyba was nie ma w starym spisie, którego nauczono mnie za młodych lat. Ale to było dawno, dawno temu. Może od tego czasu sporządzono nowy spis. Zastanówmy się, zastanówmy... Jak to było?

> *Masz zapamiętać, kto żyje na świecie.*
> *Najpierw wymienisz cztery wolne szczepy:*
> *Najstarsze elfy, wszystkim przodujące;*
> *Potem w podziemiach ciemnych krasnoludy;*
> *Entowie z ziemi zrodzeni jak góry;*
> *Ludzie śmiertelni, co władają końmi...*

– Hm... Hm... Hm...

Bóbr budowniczy, kozioł, śmigły skoczek,
Niedźwiedź, pszczół złodziej, odyniec, co bodzie,
Pies zawsze głodny, zając wystraszony...

– Hm... hm...

Orzeł na szczytach, a wół na pastwisku,
Jeleń rogaty, sokół szybki w locie,
Łabędź najbielszy, najzimniejsza żmija... [1]

– Hm... hm... Jak to idzie dalej? Ram-tam-tam, tam-tam-tam... Bardzo długa lista. No, ale wy nie pasujecie do żadnego z tych plemion.

– Nie wiem, czemu się tak działo, ale zawsze nas pomijano w starych spisach i w starych legendach – rzekł Merry. – A jednak żyjemy na tej ziemi od dość dawna. Jesteśmy hobbici.

– Może by warto dorzucić nowy wiersz do starej listy? – powiedział Pippin. – „Hobbici niedorostki, co mieszkają w norach". Dolicz nas do czterech wolnych szczepów, zaraz po ludziach, po Dużych Ludziach, a wszystko będzie w porządku.

– Hm! Niezła myśl, wcale niezła – rzekł Drzewiec. – To by załatwiło sprawę. A więc mieszkacie w norach? Bardzo słusznie, bardzo mądrze. A kto was nazwał hobbitami? Bo to mi nie wygląda na słowo z języka elfów. Wszystkie stare słowa pochodzą od elfów, bo elfowie pierwsi zaczęli nadawać nazwy rzeczom.

– Nikt inny tak nas nie nazywa, sami się nazwaliśmy hobbitami – odparł Pippin.

– Hm, hm! No, no. Powoli, powoli! Sami się nazwaliście hobbitami? Nie powinniście tego tak pochopnie mówić każdemu, kogo spotkacie. Jeśli będziecie tacy nieostrożni, zdradzicie swoje prawdziwe imiona.

– My się z tym wcale nie kryjemy – rzekł Merry. – Chętnie ci się przedstawię. Jestem Brandybuck, Meriadok Brandybuck, ale wszyscy mówią mi po prostu Merry.

---

[1] Przełożyła Maria Skibniewska.

— A ja jestem Tuk, Peregrin Tuk, ale wszyscy mówią mi po prostu Pippin albo nawet Pip.

— Hm, widzę, że jesteście bardzo pochopni — rzekł Drzewiec. — Zaszczyca mnie wasze zaufanie, ale nie powinniście tak otwarcie mówić z nieznajomymi. Entowie, trzeba wiedzieć, też bywają różni. Istnieją także inne stworzenia, które wyglądają podobnie jak entowie, a wcale entami nie są. Będę was nazywał Merry i Pippin, skoro pozwalacie. To ładne imiona. Ale mojego prawdziwego imienia wam nie wyjawię, przynajmniej jeszcze nie teraz. — Dziwne zielone światełko rozbłysło w jego oczach, które przymrużył na pół porozumiewawczo, a na pół żartobliwie. — Przede wszystkim to jest bardzo długie imię, bo rosło z czasem, a że bardzo, bardzo długo żyję, więc urosło do całej historii. W moim języku, w starej mowie entów, jak wy byście go nazwali, imię zawsze zawiera historię tego, kto je nosi. To bardzo piękny język, ale trzeba mieć dużo czasu, żeby nim coś powiedzieć, bo my mówimy naszym językiem tylko o tym, co warto bardzo długo opowiadać i czego warto bardzo długo słuchać. Ale teraz mówcie — dodał i zwrócił na nich spojrzenie prawie świdrujące, tak mu oczy pojaśniały i zmalały nagle — co się dzieje? Jaki udział macie wy w tym, co się dzieje? Bo widzę, słyszę, a także czuję nosem i przez skórę, wiele z tego... z tego... z tego *a-lalla-lalla-rumba--kamanda-lind-or-burúmë*... Darujcie, to tylko część nazwy, jaką tym sprawom nadaję w swoim języku. Nie mam pojęcia, jak się one nazywają w innych językach. Rozumiecie? To wszystko, o czym myślę, kiedy stoję w pogodny ranek i patrzę w słońcu na step za lasem, na konie, na chmury, na cały szeroki świat. Co się dzieje? Jakie zamiary ma Gandalf? A tamci... *burárum*... — W gardle mu zahuczało zgrzytliwie, jakby ktoś uderzył fałszywy akord na olbrzymich organach — ... tamci, orkowie i młody Saruman w swoim Isengardzie? Lubię wiedzieć, co się dzieje. Tylko nie mówcie za prędko.

— Dzieje się bardzo wiele — odparł Merry. — Nawet gdybyśmy chcieli mówić prędko, zajęłaby ta historia sporo czasu. Ale doradzałeś nam ostrożność. Czy powinniśmy tak od razu zwierzać ci wszystko, co wiemy? Czy obrazisz się, jeśli spytamy najpierw, co zamierzasz z nami zrobić i po czyjej stronie stoisz? Czy znasz Gandalfa?

– Tak, znam go, to jedyny czarodziej, który naprawdę troszczy się o drzewa – rzekł Drzewiec. – A wy go znacie?

– Znaliśmy – odparł Pippin ze smutkiem. – Był naszym serdecznym przyjacielem i przewodnikiem.

– W takim razie odpowiem na pozostałe wasze pytania – rzekł Drzewiec. – Nic nie zamierzam zrobić z wami, a przynajmniej nie zamierzam nic zrobić bez waszej zgody. Wspólnie możemy zrobić wiele. Po czyjej stronie stoję? Nic mi o żadnych stronach nie wiadomo. Idę swoją własną drogą, możliwe jednak, że wasza droga przez jakiś czas będzie równoległa do mojej. Ale dlaczego mówicie o mistrzu Gandalfie tak, jakby należał do historii, która już się skończyła?

– Mówimy tak – odparł ze smutkiem Pippin – bo chociaż historia ciągnie się dalej, Gandalf z niej wypadł.

– Oho, ho, hm... – rzekł Drzewiec. – Hm, ha, no, no... – Umilkł i przez długą chwilę przyglądał się hobbitom. – Hm, ha... sam nie wiem, co powiedzieć. Mówcie!

– Jeżeli życzysz sobie usłyszeć o tym coś więcej – rzekł Merry – opowiemy ci chętnie. Ale to będzie długa historia. Czy nie zechciałbyś nas przedtem postawić na ziemi? Moglibyśmy siąść we trzech i grzać się na słońcu podczas tej opowieści. Pewnie się już zmęczyłeś, dźwigając nas na rękach.

– Czy się zmęczyłem? Niełatwo się męczę. I nie siadam nigdy. Nie jestem bardzo... jak to się mówi?... giętki. Ale słońce się chowa. Opuśćmy tę... zaraz, zaraz, jak wy to miejsce nazywacie?

– Wzgórze? – podpowiedział Pippin.

– Półka? Szczyt schodów? – próbował Merry.

Drzewiec w zamyśleniu powtórzył ich słowa:

– Wzgórze? Niech będzie wzgórze. Ale to o wiele za krótka nazwa na coś, co tu stoi, odkąd ukształtowała się ta część świata. Mniejsza z tym. Chodźmy stąd, ruszajmy!

– Dokąd? – spytał Merry.

– Do mojego domu, a raczej do jednego z moich domów.

– Daleko stąd?

– Bo ja wiem? Wam się wyda może daleko. Czy to jednak ma jakieś znaczenie?

– Widzisz, straciliśmy wszystkie rzeczy – odparł Merry. – Nic nam prawie nie zostało z prowiantu na drogę.

– Aha! Hm... Nie troszczcie się o to – rzekł Drzewiec. – Dam wam napój, od którego długo, długo będziecie zielenili się i rośli. A jeżeli postanowimy się rozstać, zaniosę was za granicę mojego kraju na miejsce, które sami wybierzecie. Chodźmy!

Trzymając hobbitów łagodnie, lecz mocno w ramionach, Drzewiec uniósł do góry najpierw jedną, potem drugą olbrzymią nogę, przysuwając się na krawędź półki. Palcami stóp jak korzeniami czepiał się skały. Ostrożnie, statecznie schodził stopień po stopniu w dół.

Kiedy znalazł się między drzewami, ruszył pewnym, długim krokiem w głąb lasu, trzymając się wciąż w pobliżu strumienia, wspinając się coraz wyżej po zboczu ku górom. Wiele drzew zdawało się jakby uśpionych; te nie zwracały na niego uwagi, podobnie jak na żadne przechodzące lasem stworzenie; niektóre jednak drżały albo podnosiły gałęzie nad jego głową, kiedy się zbliżał. A Drzewiec, idąc, wciąż coś do siebie mruczał, z jego gardła płynął nieprzerwany strumień dźwięcznych tonów.

Hobbici czas jakiś milczeli. Nie wiedzieć dlaczego czuli się bezpiecznie i błogo, a mieli o czym myśleć i czemu się dziwić.

Wreszcie Pippin odważył się zagadnąć:

– Przepraszam – rzekł. – Czy pozwolisz, że cię o coś spytam, Drzewcze? Dlaczego Celeborn ostrzegał nas przed tym lasem? Mówił nam, żebyśmy nie narażali się na zabłąkanie tutaj.

– Hm... Tak mówił? – mruknął Drzewiec. – A gdybyście szli w przeciwną stronę, ja bym was pewnie ostrzegł przed zabłąkaniem się do jego kraju. Nie narażajcie się na niebezpieczeństwa lasów Laurelindórenan! Tak je niegdyś elfy nazywały, chociaż teraz skrócily nazwę na Lothlórien. Może i słusznie, może tamte lasy więdną, nie rosną. Ongi, dawno temu, były Doliną Śpiewającego Złota. Dziś są Kwiatem Marzeń. No, tak. Ale to tajemniczy kraj i nie każdy może się tam zapuścić bezkarnie. Bardzo mnie dziwi, że stamtąd wyszliście cało, ale jeszcze bardziej mnie dziwi, żeście tam weszli. Od wielu lat żadnemu cudzoziemcowi nie zdarzyło się nic podobnego. Bardzo tajemniczy kraj. Prawdę rzekł wam Celeborn, niejednego tutaj w naszym lesie spotkała zła przygoda. Tak, tak, bardzo zła przygoda. *Laurelindórenan lindelorendor malinornélion ornema-*

lin – zanucił pod nosem. – Oni się tam chyba odgrodzili od świata – rzekł. – Ani ta puszcza, ani żaden inny kraj poza Złotym Lasem nie jest już dzisiaj taki, jakim go Celeborn znał za młodu. A przecież

Taurelilómëa – tumbalemorna Tumbaletaurëa Lómëanor [1]

Tak dawniej mawiali elfowie. Świat się zmienił, lecz pozostał jeszcze gdzieniegdzie wierny.

– Co chcesz przez to powiedzieć? – spytał Pippin. – Kto jest wierny?

– Drzewa i entowie – odparł Drzewiec. – Sam nie wszystko z tego, co się dzieje, rozumiem, więc nie mogę wam wytłumaczyć. Niektórzy z nas są po dziś dzień prawdziwymi entami i na swój sposób mają dużo życia w sobie, wielu jednak ogarnia już senność i drzewieją, jeśli tak można rzec. Większość drzew to po prostu tylko drzewa, lecz są miedzy nimi na pół zbudzone. A niektóre zbudziły się na dobre i są, no... jak by to powiedzieć? ... entowate. I te przemiany dokonują się ciągle. Otóż przekonacie się, że niektóre spośród drzew mają złe serca. Nie mam na myśli spróchniałego rdzenia, nie, chodzi o coś zupełnie innego. Znałem na przykład kilka zacnych starych wierzb nad Rzeką Entów; niestety, od dawna już ich nie ma! Były do cna zbutwiałe w środku, rozsypywały się w proch, ale zostały do końca ciche i łagodne jak świeżo rozkwitły liść. A są w dolinach pod górami drzewa zdrowe jak rydz i mimo to na wskroś zepsute. Szerzy się ta choroba coraz bardziej. Zawsze były w tym kraju bardzo niebezpieczne okolice. I są tutaj po dziś dzień bardzo ciemne miejsca.

– Podobnie jak w Starym Lesie na północy, czy tak? – spytał Merry.

– Tak, tak, trochę podobnie, ale znacznie gorzej. Nie wątpię, że tam na północy zostały cienie po Wielkich Ciemnościach, a także złe wspomnienia przekazane z dawnych czasów. W naszym kraju są jednak głębokie doliny, których Ciemności nigdy nie opuściły,

---

[1] Zob. tom III, Dodatek F w części poświęconej entom.

a drzewa tam są starsze ode mnie. Robimy wszakże, co możemy. Bronimy wstępu obcym i lekkoduchom. Wychowujemy, uczymy, chodzimy wszędzie i pielemy chwasty.

My bowiem, starzy entowie, jesteśmy pasterzami drzew. Niewielu nas już zostało. Powiadają, że z czasem owce stają się podobne do pasterzy, a pasterze do owiec; ale przemiana odbywa się powoli, a przecież ani owce, ani ich pasterze nie żyją zbyt długo.

Z drzewami i z entami dzieje się to szybciej i wzajemny wpływ jest silniejszy, a przy tym współżyją z sobą przez całe wieki. Entowie mają dużo wspólnego z elfami; mniej niż ludzie interesują się sobą, a za to lepiej umieją zrozumieć wewnętrzne życie innych stworzeń. Ale z ludźmi też mają coś wspólnego, bo mniej są od elfów zmienni, a bystrzej spostrzegają barwy i kształty zewnętrzne. Może też są i od elfów, i od ludzi lepsi, ponieważ więcej mają stałości; jeżeli się czymś raz zajmą, to już wytrwają w tym bardzo długo.

Niektórzy moi współplemieńcy wyglądają dziś zupełnie jak drzewa i nie lada trzeba przyczyny, żeby ich poruszyć; mówią też tylko szeptem. Ale znów niektóre moje drzewa mają gałęzie gibkie i ruchliwe i wiele z nich umie ze mną rozmawiać. Zapoczątkowali to oczywiście elfowie; oni to budzili drzewa, uczyli je swojej mowy i zapoznawali się z ich językiem. Bo dawni elfowie starali się porozumiewać z wszelkim stworzeniem. Dopiero gdy nadciągnęły Wielkie Ciemności, elfowie odpłynęli za Morze albo uciekli do odległych dolin, gdzie się ukryli, lecz dotychczas śpiewają pieśni o dawnych dniach, które już nigdy nie wrócą. Nigdy. Tak, tak, ongi puszcza ciągnęła się stąd aż po Góry Księżycowe, a ten nasz las był tylko jej ostatnim zakątkiem na wschodzie.

Były to czasy swobody. Mogłem wtedy całe dnie przechadzać się i śpiewać, a nie słyszałem nic prócz echa mojego własnego głosu odbitego od gór. Nasza puszcza podobna była do lasu Lothlórien, ale bujniejsza, mocniejsza, młodsza. A jak pachniało tutaj powietrze! Nieraz przez cały tydzień nie robiłem nic innego, tylko oddychałem.

Drzewiec umilkł. Szedł wciąż naprzód, lecz jego ogromne stopy posuwały się niemal bezszelestnie. Po chwili zaczął nucić, zrazu tylko do siebie, potem coraz głośniej, aż głos przeszedł w śpiewny szept. Hobbici nastawiali uszu i w końcu zrozumieli, że to dla nich olbrzym śpiewa:

> *Pod wierzbami, łąkami Tasarinan chodziłem wiosną.*
> *Piękna była i pachnąca wiosna w Nan-tasarion.*
> *I rzekłem sobie, że wiosna jest dobra.*
> *Pod wiązami, po lesie wędrowałem latem w Ossiriandzie.*
> *Jasno było, pieśń dzwoniła latem nad Siedmiu Rzekami Ossiru.*
> *I pomyślałem, że lato od wiosny jest lepsze.*
> *Pod buki Neldoreth zaszedłem jesienią.*
> *Złota była i czerwona, liśćmi wzdychająca jesień*
>   *w Taur-na-neldor.*
> *I wspanialsza mi się zdała niż wszystko na świecie.*
> *Między sosny na wyżynie Dorthonion wspiąłem się zimą.*
> *Wiatrem szumiała, śniegiem bielała zima nad Orod-na-Thôn.*
> *Śpiewałem z radości, a głos wzbijał się pod niebo.*
> *Dziś wszystkie te krainy zalała fala,*
> *A ja chodzę po Ambaróna, Tauremornie i Aldalómë,*
> *Po ojczystym kraju moim, po Fangornie,*
> *Gdzie korzenie w głąb sięgają daleko,*
> *Gdzie lat więcej przeminęło niż liści*
> *W Tauremornalómë.*[1]

Zakończył pieśń i dalej szedł w milczeniu, a w całym lesie zaległa taka cisza, że nawet listek nigdzie nie zeleścił.

Dzień chylił się ku zachodowi, zmrok osnuwał już pnie drzew. Wreszcie hobbici zobaczyli majaczący przed nimi stromy czarny stok: znaleźli się u podnóży gór, u zielonych korzeni wyniosłego Methedrasu. Ze swego źródła pod szczytem Rzeka Entów, z pluskiem przeskakując skalne progi, biegła na spotkanie wędrowców. Na prawo od strumienia ciągnęło się wydłużone, trawiaste zbocze, szare w wieczornym zmierzchu. Nie rosły na nim drzewa, nic nie przesłaniało nieba, po którym gwiazdy już płynęły przez czyste jeziora pomiędzy brzegami chmur.

---

[1] Przełożyła Maria Skibniewska.

Drzewiec wspinał się ostro pod górę, nie zwalniając prawie kroku. Nagle hobbici ujrzeli przed sobą jakby szerokie wrota. Dwa ogromne drzewa stały z dwóch stron niby żywe odrzwia, lecz drzwi między nimi nie było, tylko splecione ze sobą gałęzie. Kiedy stary ent zbliżył się, drzewa podniosły i rozsunęły gałęzie, a liście ich zadrżały i zaszeleściły. Bo drzewa te nie traciły o żadnej porze roku liści, ciemnych i gładkich, błyszczących w mroku. Za ową bramą otwierała się rozległa płaszczyzna, jakby posadzka wielkiej sali wykutej w zboczu góry. Po obu stronach ściany wznosiły się stopniowo ku górze, do wysokości około piętnastu stóp, a wzdłuż nich ciągnął się szpaler drzew, coraz wyższych w miarę jak biegły w głąb, gdzie zamykała się poprzeczna ściana, stroma i naga, lecz u podnóża wyżłobiona w płytką kolibę, nakrytą sklepieniem: stanowiło ono jedyny dach tej sali, nad którą w głębi splatały się korony drzew, ocieniając cały ten zakątek tak, że tylko pośrodku pozostawała odkryta szeroka ścieżka. Ze źródeł w górze spadał odgałęziony od głównego nurtu mały potoczek i szemrząc perliście po skalnej ścianie, rozpryskiwał się srebrnymi kroplami niby piękna zasłona u wejścia do sklepionej sali. Woda zbierała się w wielkiej kamiennej misie u stóp drzew, a stąd przelewała się i spływała wzdłuż ścieżki, by połączyć się z Rzeką Entów i z nią razem dalej wędrować przez las.

– Hm... Jesteśmy u celu – rzekł Drzewiec, przerywając długie milczenie. – Przeszedłem z wami około siedemdziesięciu tysięcy entowych kroków; ile to wypada w miarach waszego kraju, nie mam pojęcia. W każdym razie znaleźliśmy się blisko korzeni Ostatniej Góry. Część nazwy tego miejsca brzmi w tłumaczeniu na wasz język: Źródlana Sala. Bardzo ją lubię. Spędzimy tutaj noc.

Opuścił w trawę między szpalerami drzew hobbitów, którzy już na własnych nogach poszli za nim ku wielkiemu sklepieniu w głębi. Teraz dopiero zauważyli, że idąc, Drzewiec prawie wcale nie zginał kolan, sunął jednak krokami olbrzyma. Stąpał tak, że zawsze najpierw dotykał ziemi palcami – które miał niezwykle duże i szerokie – zanim postawił na niej całą stopę.

Na chwilę Drzewiec zatrzymał się pod deszczem kropel spadających ze skał i głęboko wciągnął oddech w piersi, potem zaśmiał się i wszedł pod sklepienie. Stał tu pośrodku ogromny kamienny stół, ale krzeseł nie było. W głębi koliby panowały już ciemności. Ent przyniósł dwie duże misy i postawił na stole. Wypełniała je, jak się zdawało hobbitom, czysta woda, lecz kiedy Drzewiec wyciągnął nad nimi ręce, misy zaczęły lśnić, jedna złocistym, a druga szmaragdowym światłem; te dwa kolory zmieszane z sobą rozjaśniły grotę, jakby słońce zalało ją blaskiem przesianym przez wiosenne liście. Hobbici obejrzeli się i zobaczyli, że na dworze drzewa także zalśniły, zrazu nikłym, lecz stopniowo rosnącym blaskiem, a wkrótce wszystkie liście otoczył świetlisty rąbek, zielony, złoty lub miedziany, a każdy pień zdawał się kolumną wyrzeźbioną w roziskrzonym kamieniu.

– No, teraz możemy znów trochę pogawędzić – rzekł Drzewiec. – Pewnie jesteście spragnieni. A może też zmęczeni. Skosztujcie naszego napoju.

Poszedł w głąb groty, gdzie stały, jak się okazało, wysokie kamienne dzbany opatrzone ciężkimi pokrywami. Uniósł na jednym z nich pokrywę, zanurzył wielki czerpak i napełnił trzy kubki: jeden bardzo duży i dwa mniejsze.

– To jest dom entów, nie ma w nim niestety krzeseł ani stołków – rzekł. – Ale możecie usiąść na stole.

I podniósłszy hobbitów, posadził ich na wielkiej kamiennej płycie, wzniesionej na sześć stóp ponad dno groty. Tak siedzieli z nogami dyndającymi w powietrzu i małymi łykami popijali z kubków. Płyn wyglądał jak woda i smakował też niemal tak samo jak woda, którą zaczerpnęli z Rzeki Entów zaraz po wejściu w granice Fangornu, lecz miał jeszcze jakiś dodatkowy zapach czy może przyprawę, nieznaną hobbitom. Smak ten, bardzo zresztą nikły, przypominał im woń leśną, płynącą z daleka w chłodnym powiewie nocnego wiatru. Skutek zaś tego napoju odczuli najpierw w palcach u nóg, a potem wrażenie świeżości i niezwykłej siły stopniowo ogarniało całe ich ciała, aż po czubek głowy; tak, bo nawet włosy podniosły im się na głowach, zafalowały, zwinęły się w kędziory, zaczęły rosnąć. Drzewiec tymczasem opłukał nogi w misie pośród drzew, a potem wychylił swój kubek powoli, jednym haustem. Trwało to tak długo, iż zdawało się, że nigdy nie oderwie od niego ust.

W końcu jednak odstawił pusty kubek.

– Aaa! – westchnął. – Hm, hm, teraz możemy pogadać swobodniej. Siądźcie na ziemi, a ja się położę. W ten sposób napój nie pójdzie mi do głowy i nie uśpi mnie.

Pod prawą ścianą groty stało ogromne łoże na niskich nóżkach, ledwie na parę stóp wzniesione nad ziemię, wymoszczone grubo sianem i liśćmi paproci. Drzewiec chylił się nad nim powoli, niedostrzegalnie prawie gnąc się w pasie, aż legł na wznak, ręce podłożył pod głowę, oczy wbił w strop, po którym światło migotało niby słońce wśród liści. Merry i Pippin przycupnęli obok na poduszkach z siana.

– Teraz opowiedzcie mi swoją historię, ale nie za prędko – rzekł Drzewiec.

Hobbici zaczęli więc opowiadać o wszystkich przygodach, jakie ich spotkały, odkąd wyruszyli z Hobbitonu. Nie trzymali się zbyt ściśle porządku, bo coraz to jeden drugiemu wpadał w słowo, a Drzewiec też często przerywał mówiącemu, prosząc, żeby wrócił do jakiegoś wcześniejszego momentu lub wybiegł naprzód i z góry wyjaśnił dalszy bieg sprawy. Jednakże o Pierścieniu nie wspomnieli i nie tłumaczyli ani dlaczego opuścili kraj, ani dokąd zmierzali. Drzewiec zresztą nie pytał o to wcale.

Żywo się wszystkim, co mówili, interesował, zarówno Czarnymi Jeźdźcami, jak pobytem w Rivendell, wędrówką przez Stary Las, spotkaniem z Bombadilem, przejściem przez kopalnię Morii i odpoczynkiem w Lothlórien w gościnie u Pani Galadrieli. Kazał po wielokroć sobie opisywać Shire i okolice. W pewnej chwili zadał im niespodziane i dziwne pytanie:

– A nigdzie w tamtych stronach nie spotkaliście... hm... hm... żadnych entów? To znaczy, chciałem rzec, entowych kobiet?

– Entowych kobiet? – zdziwił się Pippin. – Jakże one wyglądają? Czy są do ciebie podobne?

– Hm... hm... chyba nie bardzo. A właściwie sam nie wiem – odparł Drzewiec w zadumie. – Przyszło mi do głowy, że może tam są, bo tak myślę, że ten wasz kraj pewnie by się im spodobał.

Szczególnie jednak dopytywał się o wszystko, co dotyczyło Gandalfa, a poza tym o sprawki Sarumana. Hobbici szczerze żałowali, że niewiele o tym wiedzieli, tyle tylko, ile im Sam powtórzył z przemowy Gandalfa na naradzie u Elronda. Nie ulegało wszakże wątpliwości, że Uglúk ze swoim oddziałem nadciągnął z Isengardu i że mówił o Sarumanie jako o swoim władcy.

– Hm... hm... – mruknął Drzewiec, gdy wreszcie w swej opowieści hobbici doszli do bitwy między bandą orków a Jeźdźcami Rohanu. – No, no. Niemało nowin od was usłyszałem. Nie powiedzieliście mi wszystkiego, nie, dużo przemilczeliście. Ale nie wątpię, że postępujecie tak, jak by sobie Gandalf życzył. Widzę też z tego, że dzieją się ważne rzeczy na świecie, a co właściwie się dzieje, pewnie dowiem się w swoim czasie, w dobrej albo w złej godzinie. Na korzeń i gałązkę! Dziwy, dziwy! Wyrósł nagle z ziemi mały ludek, o którym nie ma ani słowa w starych spisach, i patrzcie! Dziewięciu zapomnianych Jeźdźców zjawia się znowu, żeby tych malców tropić, a Gandalf zabiera ich na wielką wyprawę, Galadriela podejmuje w Caras Galadhon, orkowie ślą za nimi w pogoń swoje bandy het poza granice Dzikich Krajów. Porwała ich w swój wir wielka burza. Miejmy nadzieję, że wyjdą z niej cało.

– A jak będzie z tobą? – spytał Merry.

– Hm... hm... Nie mieszałem się dotychczas do wielkich wojen. To sprawy przede wszystkim elfów i ludzi. A także Czarodziejów, bo ci zawsze troszczą się o przyszłość. Nie stoję po niczyjej właściwie stronie, bo nikt właściwie nie stoi po mojej, jeżeli rozumiecie, co chcę przez to powiedzieć. Nikt już nie dba o lasy tak jak ja, nawet dzisiejsi elfowie. Mimo to więcej żywię przyjaźni dla elfów niż dla innych plemion. To elfowie przed wiekami uleczyli nas z niemoty, a mowa jest wielkim darem, nie zapomnimy im tego nigdy, chociaż nasze drogi rozeszły się już od dawna. Są też na świecie stwory, z którymi na pewno nigdy się nie sprzymierzę, którym jestem z wszystkich sił przeciwny: ci tam... *burárum*... – Drzewiec zamamrotał basem z wielkim obrzydzeniem. – Orkowie i władcy, którym orkowie służą. Niepokoiłem się, kiedy cień zaległ Mroczną Puszczę, ale kiedy cofnął się do Mordoru, przestałem się na jakiś czas martwić. Mordor jest daleko stąd. Teraz jednak zdaje mi się, że wiatr dmie od wschodu i kto wie, może już zbliża się koniec wszystkich lasów świata. Stary ent nie może nic zrobić, żeby powstrzymać burzę. Musi ją przetrwać albo zginąć.

Ale jest jeszcze Saruman! A Saruman to nasz sąsiad. O tym mi nie wolno zapomnieć. Z Sarumanem muszę coś zrobić. Wiele ostatnio myślałem, co by tu zrobić z Sarumanem.

– Co to za jeden, ten Saruman? – spytał Pippin. – Czy znasz jego historię?

– Saruman jest Czarodziejem – odparł Drzewiec. – Więcej nic wam o nim nie umiem powiedzieć. Nie znam historii Czarodziejów. Pojawili się pierwszy raz, gdy Wielkie Okręty nadpłynęły zza Morza, ale czy przybyli na tych okrętach, tego nie wiem. Saruman, jak słyszałem, cieszył się między nimi wielkim poważaniem. Od pewnego czasu, wedle waszej rachuby od bardzo dawna, zaniechał wędrówek i przestał mieszać się do spraw elfów i ludzi. Osiadł na stałe w Angrenost, czyli w Isengardzie, jak nazywają to miejsce ludzie z Rohanu. Z początku siedział cicho, ale z biegiem lat coraz głośniej było o nim na świecie. Został podobno z wyboru głową Białej Rady, ale nic dobrego z jej poczynań nie wynikło. Teraz myślę, że może Saruman już wtedy knuł jakieś ciemne plany. W każdym razie sąsiadom nie przyczyniał kłopotów. Nieraz z nim rozmawiałem. Był taki czas, gdy lubił przechadzać się po moim lesie. Grzecznie pytał wtedy zawsze o pozwolenie, przynajmniej jeśli mnie spotkał; słuchał pilnie wszystkiego, co mówiłem, a ja mu powiedziałem wiele rzeczy, których by sam na pewno nie odkrył. Nigdy mi jednak nie odwzajemniał się szczerością za szczerość. Nie pamiętam, żeby mi cokolwiek powiedział. Zamykał się w sobie coraz bardziej. Pamiętam jego twarz, chociaż od lat już jej nie widziałem; stała się z czasem jak okno w kamiennym murze, zamknięte od wnętrza okiennicami.

Zdaje mi się, że zgaduję, do czego Saruman teraz dąży. Chce być Potęgą. Jemu w głowie metale i kółka, o żywe stworzenia wcale nie dba, chyba że może posłużyć się nimi chwilowo. Dzisiaj to już jasne jak słońce, że Saruman jest nikczemnym zdrajcą. Zbratał się z najpodlejszym plemieniem, z orkami. Brm, hm... Ba, gorzej jeszcze: odmienił orków, zadał im jakiś niebezpieczny czar. Isengardczycy stali się bardzo podobni do ludzi, ale do złych, przewrotnych ludzi. Wszelkie złe stwory, które służą Wielkim Ciemnościom, poznaje się po tym, że nie mogą ścierpieć słońca. Ale orkowie Sarumana znoszą je, chociaż na pewno ze wstrętem. Ciekawe, jak on to zrobił? Czy Isengardczycy są ludźmi, których on w orków zaklął, czy też mieszańcami obu tych ras? Straszna byłaby to podłość Sarumana...

Drzewiec mruczał coś pod nosem przez długą chwilę, jakby wymawiał jakieś najgłębsze, podziemne przekleństwo w języku entów.

– Nieraz dawniej dziwiło mnie, że orkowie zapuszczają się tak śmiało w mój las i przechodzą tędy jakby nigdy nic – podjął znowu. – Dopiero ostatnimi czasy zrozumiałem, że to sprawka Sarumana, który od lat śledził ścieżki i odkrył moje tajemnice. Ten niegodziwiec i jego sługi pustoszą las. Na skrajach rąbią drzewa, dobre, zdrowe drzewa. Niektóre zostawiają zwalone, żeby gniły na miejscu, po prostu ze zwykłej orkowej złośliwości. Ale większość pni zabierają z sobą, żeby nimi podsycać ognie Orthanku. Znad Isengardu stale teraz wzbijają się dymy.

Przeklęte niech będą jego korzenie i gałęzie! Wiele spośród tych drzew było moimi przyjaciółmi, znałem je od orzeszka, od nasienia. Wiele z nich mówiło swoim własnym głosem, dziś na zawsze umilkłym. Pustkowia, poręby najeżone pniakami i zarosłe cierniem szerzą się tam, gdzie ongi śpiewał zielony las. Za długo się leniłem. Dopuściłem do szkód. Trzeba temu położyć kres!

Gwałtownym podrzutem Drzewiec zerwał się z łoża, wstał i ciężką rękę położył na stole, aż misy światła zadrżały i wystrzeliły z nich dwa słupy płomieni. W oczach olbrzyma migotały zielone ogniki, a nastroszona broda zjeżyła mu się niby ogromna miotła.

– Położę temu kres – mruknął basem. – Wy pójdziecie ze mną. Będziecie mi zapewne użyteczni. W ten sposób pomożecie też swoim przyjaciołom, bo jeśli nikt nie powstrzyma Sarumana, Rohan i Gondor będą zagrożone od zaplecza tak samo, jak są od frontu. Wspólna droga przed nami: do Isengardu!

– Pójdziemy z tobą – rzekł Merry. – Zrobimy wszystko, co w naszej mocy.

– Tak! – rzekł Pippin. – Chciałbym widzieć, jak Biała Ręka zostanie odrąbana. Chciałbym przy tym być, nawet gdybym nie na wiele mógł się przydać. Nigdy nie zapomnę Uglúka i tej drogi przez stepy Rohanu.

– Dobrze! Dobrze! – powiedział Drzewiec. – Ale mówiłem trochę zbyt pochopnie. Trzeba działać rozważnie. Zanadto się rozgrzałem. Muszę najpierw ochłonąć i pomyśleć. Bo łatwiej krzyknąć „hop!", niż przeskoczyć.

Podszedł do wylotu groty i stał długą chwilę pod rzęsistym deszczem potoku. Zaśmiał się i otrząsnął, a krople, rozpryskując się po ziemi, migotały czerwonymi i zielonymi skrami. Olbrzym wrócił na łoże i pogrążył się w milczącej zadumie.

Po jakimś czasie hobbici znów usłyszeli jego szept. Zdało im się, że Drzewiec liczy coś na palcach. – Fangorn, Finglas, Fladrif, tak, tak – mruczał. – Cała bieda, że niewielu nas zostało – westchnął, zwracając się do hobbitów. – Trzech ledwie spośród starych entów, którzy chadzali po lasach, nim nadciągnęły Ciemności: ja, czyli Fangorn, a poza mną Finglas i Fladrif – jak brzmią nasze imiona w mowie elfów. Możecie tych moich współbraci nazywać Liścieniem i Okorcem, jeśli wolicie. Trzech nas jest, ale Liścień i Okorzec nie bardzo nadają się do tej roboty. Liścień rozespał się, można by rzec, zdrzewiał. Stoi na pół uśpiony i samotny przez całe lato po kolana w wysokiej trawie. Cały obrósł liścianym włosem. Dawniej budził się na zimę, ale ostatnio tak go sen zmorzył, że nawet zimą daleko nie zajdzie. Okorzec mieszkał na stokach gór, na zachód od Isengardu. Tam właśnie najwięcej było zniszczenia. On sam doznał ciężkich ran z ręki orków, a wielu jego poddanych i pasterzy drzew zamordowano i wytępiono. Okorzec schronił się wyżej, między brzozy, które szczególnie kocha, i nie chce stamtąd zejść. Mimo to uzbiera się pewnie drużyna jak się patrzy z młodszych krewniaków, jeśli będę umiał wytłumaczyć im, jaka to pilna i wspólna potrzeba. Jeśli zdołam ich poruszyć, bo niezbyt pochopny jest nasz ród. Szkoda, szkoda, że tak nas mało.

– Dlaczego tak was mało, skoro od bardzo dawna zamieszkujecie ten kraj? – spytał Pippin. – Czy tylu pomarło?

– Ej, nie! – odparł Drzewiec. – Żaden nie umarł od środka, że się tak wyrażę. Niektórzy zginęli w ciągu tylu wieków od złych przygód, to prawda. Ale jeszcze więcej po prostu zdrzewiało. Nigdy jednak nie było nas wielu i ród się nie rozplenia. Nie ma potomstwa, nie ma entowych dzieci, jak byście wy to powiedzieli, nie rodzą się już od bardzo dawna. Trzeba wam wiedzieć: straciliśmy żony.

– To strasznie smutne! – powiedział Pippin. – Wszystkie wymarły?

– Wymrzeć nie wymarły – odparł Drzewiec. – Nie mówiłem przecież, że umarły. Powiedziałem: straciliśmy żony. Zginęły nam i nie możemy ich odnaleźć. – Westchnął. – Myślałem, że wszystkie inne plemiona wiedzą o tym. Wśród elfów i ludzi w Mrocznej Puszczy i w Gondorze śpiewano pieśni o entach, którzy szukają swoich zagubionych żon. Niemożliwe, żeby już wszystkie te pieśni poszły w zapomnienie.

– Niestety, nie dotarły widać zza gór na zachód, do Shire'u – rzekł Merry. – Czy nie zechciałbyś nam opowiedzieć o tym albo zaśpiewać którejś z tych pieśni?

– Chętnie, chętnie – odparł Drzewiec, najwyraźniej uradowany prośbą hobbita. – Ale nie będę mógł opowiedzieć wszystkiego dokładnie, tylko pokrótce, z grubsza. A potem trzeba będzie zakończyć pogawędkę, bo jutro muszę zwołać naradę i czeka mnie moc roboty, a kto wie, czy nie przyjdzie nam od razu wyruszyć w drogę.

– Dziwna to historia i bardzo smutna – zaczął po chwili namysłu. – W dawnych czasach, kiedy świat był młody, a puszcza rozległa i dzika, entowie wędrowali po niej i mieszkali razem ze swoimi kobietami, a były wśród nich także śliczne młódki... pamiętam Fimbrethil, Gałęzinkę, jak lekko stąpała po lesie za tych dni młodości! Ale serca nasze oddalały się od siebie coraz bardziej, bo entowie co innego kochali niż ich żony. Entowie kochali wielkie drzewa, dziką puszczę, stoki wysokich gór; pili wodę z górskich potoków, a jedli tylko te owoce, które drzewa rzucały im pod nogi na ścieżkę, a gdy nauczyli się od elfów mowy, rozmawiali z drzewami. Lecz żony entów upodobały sobie rzadkie zagajniki i słoneczne łąki na skrajach lasu, wypatrywały ostrężyn w gąszczu, wiosną – kwitnących dzikich jabłoni i wisien, latem – ziół pachnących nad wodą, a jesienią – kłosów wśród trawy. Nie chciały z tymi wszystkimi stworzeniami rozmawiać, żądały tylko, żeby ich słuchały i spełniały ich wolę. Żony entów kazały wszystkiemu rosnąć wedle swoich życzeń, dostarczać sobie liści i owoców; lubiły bowiem porządek, dostatek i spokój, a to wedle ich rozumienia znaczyło, że każda rzecz ma zostawać tam, gdzie one ją umieściły. W ten sposób żony entów założyły ogrody i zamieszkały w nich. Entowie jednak dalej wędrowali po lasach i tylko od czasu do czasu wracali do ogrodów i do swoich żon. Potem, kiedy Ciemności ogarnęły kraje północy, żony entów przeprawiły się za Wielką Rzekę i założyły na drugim jej brzegu nowe ogrody, uprawiły nowe pola. Już wówczas rzadziej je widywaliśmy. Gdy Ciemności odparto, kraina entowych żon rozkwitła bujnie, pola ich szumiały łanami zbóż. Ludzie nauczyli się od naszych żon niejednej umiejętności i bardzo je szanowali, lecz o nas, ich mężach, nic prawie nie wiedzieli; byliśmy tylko legendą, tajemnicą ukrytą w głębi puszczy. A przecież my żyjemy po dziś dzień, gdy ogrody naszych żon, z dawna już spustoszone, zmieniły się w ugory. Ludzie zwą je teraz Brunatnymi Polami.

Pamiętam, przed laty – w czasach wojny między Sauronem a Ludźmi zza Morza – zatęskniłem za moją Fimbrethil. Kiedy ją widziałem ostatni raz, wydała mi się bardzo piękna, chociaż już niepodobna do entowych żon z dawnych czasów. Bo te nasze żony od ciężkiej pracy przygarbiły się, skóra im ściemniała, włosy spłowiały na słońcu i nabrały odcienia dojrzałego zboża, a policzki pokraśniały jak jabłka. Tylko oczy zostały takie, jakie zawsze w naszym plemieniu bywały. Przeprawiliśmy się przez Anduinę i zawędrowaliśmy aż do kraju naszych żon. Ale ujrzeliśmy tam pustynię, pogorzeliska i nagą ziemię. Wojna bowiem przeszła tamtędy. Po naszych żonach nie znaleźliśmy nawet śladu. Długo nawoływaliśmy, długo szukaliśmy. Każde napotkane stworzenie pytaliśmy, czy nie wie, dokąd wywędrowały entowe żony. Jedni powiadali, że widzieli, jak szły na zachód, inni – że na wschód, a jeszcze inni – że na południe. Lecz szukaliśmy wszędzie na próżno. Wielki był nasz żal, lecz puszcza wzywała i wróciliśmy do niej. Przez wiele lat wychodziliśmy z lasów, wciąż na nowo podejmowaliśmy poszukiwania. Wędrowaliśmy daleko, we wszystkie strony, wywołując piękne imiona naszych żon. Czas płynął, coraz rzadziej wychylaliśmy się poza las, coraz bardziej skracaliśmy te wyprawy. Dziś po naszych żonach zostało nam już tylko wspomnienie, brody wyrosły nam długie i siwe. Elfowie ułożyli wiele pieśni o entach poszukujących swoich żon i niektóre z tych pieśni ludzie przetłumaczyli na swój język. My, śpiewając, nie dobieramy słów, wystarczają nam piękne imiona, które ongi nadaliśmy swoim żonom. Wierzymy, że kiedyś znów spotkamy się z nimi i może znajdziemy taki kraj, w którym będziemy mogli żyć razem, który się nam i naszym żonom równie spodoba. Wedle starej przepowiedni stanie się to jednak dopiero wówczas, gdy i my, i one utracimy wszystko, co dawniej posiadaliśmy. Kto wie, czy już wreszcie nie zbliża się ta godzina. Bo Sauron już dawno spustoszył ogrody naszych żon, a dziś Nieprzyjaciel grozi zniszczeniem lasów. Elfowie ułożyli pieśń, która o tym mówiła, jeśli ją dobrze zrozumiałem. Śpiewano ją wszędzie na wybrzeżach Wielkiej Rzeki. Zważcie, że nie była to nigdy pieśń entów. W naszej mowie musiałaby ciągnąć się o wiele, wiele dłużej. Umiemy ją jednak na pamięć i nucimy sobie od czasu do czasu. W waszym języku brzmiałaby mniej więcej tak:

Ent:

Gdy w bukach wiosną pęka liść i krąży sok w gałązkach,
Gdy leśny strumień w słońcu lśni, trzepoce w wietrze wstążka,
Gdy pełny oddech, długi krok, a powiew w wiatr się zmienia –
Wróć do mnie, miła, by mi rzec, że piękna moja ziemia!

Żona enta:

Gdy wiosna gości pośród pól, gdy źdźbło nasieniu rade,
Gdy okwiat niby lśniący śnieg króluje ponad sadem,
Gdy słońce i wiosenny deszcz sad w wonny bukiet zmienia –
Zostanę tutaj, bo i tu też piękna moja ziemia!

Ent:

Gdy lato ogarnęło świat, a w południowym skwarze
Pod dachem liści drzewa śnią sen najpiękniejszych marzeń,
Gdy w lesie groty wabi chłód, a wieczór tonie w cieniach –
Wróć do mnie, miła, by mi rzec, że lepsza moja ziemia!

Żona enta:

Gdy lato grzeje owoc drzew i gdy dojrzewa w śliwach,
Gdy złote źdźbło i biały kłos, gdy już skończone żniwa,
Gdy jabłko żrałe, słodki miód i coraz więcej cienia –
Zostanę tutaj, gdzie mój raj, bo lepsza moja ziemia.

Ent:

Gdy przyjdzie zima, kiedy mróz pościna lodem rzeki,
Gdy wstąpi noc, bezgwiezdna noc na nieba szlak daleki,
Gdy śmiercią wionie wschodni wiatr, zapukam do twej bramy –
I w mroźny deszcz, o, miła ma, na pewno się spotkamy!

Żona enta:

Gdy przyjdzie zima, ścichnie pieśń i świat ogarną cienie,
Gdy gałąź z hukiem trzaśnie w pół, znój pójdzie w zapomnienie –
Zapukam wtedy do twych drzwi, a kiedy się spotkamy,
Pójdziemy razem w mroźny deszcz za domu twego bramy.

Oboje:

Pójdziemy razem drogą dróg na Zachód w obcą stronę –
I tam znajdziemy wreszcie kraj i szczęście wymarzone.[1]

Drzewiec umilkł.
– Tak brzmi ta pieśń – rzekł po chwili. – Oczywiście, elfowie ją ułożyli po swojemu: lekkomyślnie, pochopnie. Ledwo się rozśpiewasz, a już koniec pieśni. No, ale jest dość ładna, jak mi się zdaje. Entowie, gdyby mieli czas, mogliby o tym znacznie więcej opowiedzieć. Teraz jednak muszę już koniecznie wstać, żeby się trochę zdrzemnąć. A wy gdzie macie ochotę postać?
– My zwykle śpimy na leżąco – rzekł Merry. – Dobrze nam będzie tu, gdzie jesteśmy.
– Na leżąco sypiacie? – zdziwił się Drzewiec. – A tak, tak, oczywiście! Hm... hm... Zapomniałem. Pieśń przeniosła mnie w dawne czasy. Przez chwilę wydało mi się, że mówię do małych enciąt. No, tak... kładźcie się na łożu. Ja postoję sobie pod deszczem. Dobranoc.
Merry i Pippin wygramolili się na łoże i otulili w miękkie siano i paprocie. Posłanie było świeże, pachnące i ciepłe. Światła przygasły

---

[1] Przełożył Włodzimierz Lewik.

i lśnienie drzew przybladło, lecz u wejścia do groty widzieli sylwetę starego Drzewca, który znieruchomiał wyprostowany, z rękami wzniesionymi nad głową. Gwiazdy wzeszły na niebie i w ich blasku krople wody lśniły jak srebrne perły, sypiąc się na jego włosy i ręce, spadając deszczem aż na stopy.

Wsłuchani w szelest kropel, hobbici usnęli.

Kiedy się zbudzili, chłodne słońce rozjaśniało polanę i zaglądało do koliby. Górą pędziły strzępy chmur, gnane ostrym wiatrem od wschodu. Drzewca nigdzie w pobliżu nie było widać, lecz gdy Merry i Pippin kąpali się w misie przed grotą, usłyszeli jego pomruk i piosenkę, a wkrótce i on sam ukazał się na ścieżce między drzewami.

– Hm, hu, ho! Dzień dobry, Merry, dzień dobry, Pippinie! – huknął na ich widok. – Zaspaliście. Ja tymczasem zdążyłem już od rana przejść dobrych paręset kroków. Teraz napijemy się, a potem pójdziemy na Wiec.

Napełnił dla nich dwa kubki, czerpiąc z kamiennej stągwi, lecz teraz z innej niż poprzedniego wieczora. Smak napoju także był inny, bardziej jak gdyby ziemny, pokrzepiający i sycący jak jadło. Gdy hobbici, siadłszy na brzegu łoża, popijali i zagryzali okruchami lembasów – raczej z rozsądku tylko i zwyczaju uzupełniając w ten sposób śniadanie, bo nie czuli głodu – Drzewiec stał, podśpiewując jakąś pieśń entów czy może elfów, w każdym razie w niezrozumiałym języku, i spoglądał w niebo.

– Wysoko to na ten Wiec? – ośmielił się zapytać Pippin.

– Co? Na Wiec? – odparł Drzewiec, obracając się ku niemu. – Wiec to nie góra, ale zgromadzenie entów, zresztą rzadko teraz już zwoływane. Ale dość dużo współbraci obiecało się stawić. Spotkamy się tam, gdzie zawsze dawniej wiecowaliśmy, w Zaklętej Kotlinie – jak ją ludzie nazwali. Leży ona na południe stąd. Musimy zdążyć na miejsce, nim słońce dojdzie do połowy nieba.

Wkrótce też ruszyli w drogę. Drzewiec, tak samo jak poprzedniego dnia, wziął hobbitów na ręce. Od bramy Źródlanej Sali skręcił w prawo, przeskoczył strumień i pomaszerował na południe, trzymając się podnóży wysokich, stromych wzgórz, z rzadka porosłych drzewami. Wyżej na ich stokach widać było kępy brzóz i jarzębin, a ponad nimi ciemny, pnący się ku szczytom bór świerkowy. Po niejakim czasie Drzewiec spod wzgórz zboczył w gęsty las; tak wysokich, rozłożystych i skupionych w zbitą masę drzew nigdzie jeszcze hobbici nie widzieli.

Zrazu ogarnęła ich duszność, podobnie jak wówczas, gdy po raz pierwszy zagłębili się w Fangorn, lecz tym razem szybko odzyskali oddech. Drzewiec nic do nich nie mówił. Nucił sobie coś pod nosem w zamyśleniu, słów jednak hobbici nie mogli rozróżnić; brzmiało to jak: *bum, bum, rumbum, bur, bur, bum...* i tak w kółko, tylko ton i rytm zmieniał się ustawicznie. Od czasu do czasu zdawało im się, że słyszą z głębi lasu odpowiedź, pomruk czy drżący głos, dochodzący jak gdyby spod ziemi czy może z koron liści nad ich głowami, a może z wnętrza pni. Drzewiec wszakże nie zatrzymywał się ani nie odwracał głowy.

Szedł tak dość długo; Pippin próbował liczyć entowe kroki, lecz bez powodzenia, bo już po trzech tysiącach, gdy Drzewiec nieco zwolnił tempo, stracił rachunek. Nagle ent stanął, opuścił hobbitów w trawę, podniósł do ust obie dłonie zwinięte w trąbkę i zaczął nawoływać po swojemu. Potężne „hum, hum!" rozniosło się basem niby głos rogu po lesie i jakby echem odbiło pośród drzew. Z daleka ze wszystkich stron zabrzmiały w odpowiedzi: „hum, huum!" – wywoływane na różne tony.

Drzewiec usadowił teraz hobbitów na swoich ramionach i ruszył znowu, co chwila jednak przystając i pomrukując, a za każdym razem odpowiedzi dolatywały bliższe i głośniejsze. Wreszcie stanęli przed zwartą, nieprzeniknioną, jak się zdawało, ścianą zieleni. Tego gatunku drzew nigdzie dotychczas hobbici nie spotkali; nie traciły na zimę listowia, rozgałęziały się tuż nad ziemią, jakby od samych korzeni, i krył je taki gąszcz ciemnych, połyskliwych liści, że wyglądały jak ogromne ostrokrzewy pozbawione cierni; pośród gałązek sterczały sztywne pędy kwiatowe z nabrzmiałymi oliwkowymi pąkami.

Drzewiec skręcił w lewo i po kilku zamaszystych krokach dotarł do wąskiego przejścia otwartego w tym olbrzymim żywopłocie.

Biegła tędy wydeptana ścieżka, stromo opadająca w dół długim, spadzistym zboczem. Hobbici zorientowali się, że Drzewiec niesie ich w głąb wielkiej kotliny, krągłej jak miska, bardzo szerokiej i zaklęsłej, otoczonej na krawędzi strzelistym, ciemnozielonym murem żywopłotu. Kotlina była wysłana miękką trawą i bezdrzewna, tylko pośrodku, na samym jej dnie, rosły trzy piękne, smukłe, srebrzyste brzozy. Ścieżka, którą obrał Drzewiec, nie była jedyną drogą do tego zakątka; dwie inne wiodły od zachodu i wschodu.

Sporo entów było już na miejscu, a wszystkimi trzema ścieżkami już nadciągało ich więcej. Wreszcie hobbici mogli im się przyjrzeć z bliska. Spodziewali się, że zobaczą gromadę sobowtórów Drzewca, tak do siebie podobnych, jak hobbit do hobbita – przynajmniej w oczach obcoplemieńca – toteż zdumieli się niezmiernie, stwierdzając, że z entami sprawa przedstawia się zupełnie inaczej. Różnili się między sobą tak jak drzewa; niektórzy – jak drzewa tej samej nazwy, które jednak inaczej wyrosły i różne przeszły koleje losu; inni – jak drzewa odmiennych gatunków, tak niepodobne jak brzoza do buka albo dąb do jodły. Kilku sędziwych brodatych entów przypominało drzewa bardzo stare, ale zawsze zdrowe i krzepkie, żaden z nich jednak nie zdawał się tak wiekowy jak Drzewiec. Entowie wysokiego wzrostu, silni, zgrabni i gładcy jak najmłodsze drzewka, byli niewątpliwie młodsi, lecz dojrzali. Dzieci, nowych pędów, próżno hobbici wypatrywali w tej gromadzie. A przecież zebrało się już ze dwa tuziny entów na szerokiej trawiastej polanie i drugie tyle nadciągało stokami kotliny. W pierwszej chwili oszołomiła Meriadoka i Pippina przede wszystkim ta niezwykła różnorodność leśnego plemienia, mnóstwo rozmaitych kolorów, kształtów, sylwetek wyższych i niższych, cieńszych lub grubszych w pasie, o dłuższych lub krótszych ramionach i nogach, o różnej też liczbie palców u rąk i stóp: od trzech do dziewięciu. Paru zdawało się najbliżej spokrewnionych z Drzewcem i przypominało buki czy może dęby. Lecz byli też zupełnie inni entowie, podobni do kasztanowców: brunatni, na krótkich, grubych nogach, o dłoniach szerokich i rozcapierzonych palcach; podobni do jesionów: smukli, wyprostowani, siwi, z mnóstwem palców u rąk i z długimi nogami; podobni do jodły – najroślejsi; podobni do brzóz, do jarzębin, do lip. Dopiero gdy entowie skupili się wokół Drzewca i lekko pochylając głowy, szeptali coś dźwięcznymi, spokojnymi głosami, wpatrując się uważnie, przeciągle w twarze dwóch obcych gości, hobbici spostrzegli, że wszyscy mają jakieś rodzinne podobieństwo i takie same oczy, nie tak stare wprawdzie i głębokie jak Drzewiec, lecz równie cierpliwe, uparte, zadumane i rozświetlone zielonymi skrami.

Kiedy wreszcie cała gromada zebrała się w kotlinie i otoczyła szerokim kręgiem Drzewca, zaczęła się dziwna, niezrozumiała dla hobbitów rozmowa. Entowie zanucili z cicha: któryś zaintonował pierwszy, drugi mu zawtórował, aż w końcu wszyscy włączyli głosy do chóru. Powolny śpiew to wznosił się, to opadał, czasem rozbrzmiewał wyraźniej po jednej stronie kręgu, by po chwili przycichnąć i znów wezbrać potężnie, lecz już od innej strony. Pippin nie mógł ani zrozumieć, ani nawet odróżnić słów, domyślał się tylko, że to jest mowa entów i z początku wydała mu się tak ładna, że słuchał jej z przyjemnością; wkrótce jednak ogarnęło go roztargnienie. Czas płynął, pieśń wlokła się bez końca, aż hobbit zaczął podejrzewać, że entowie w swoim „niepochopnym języku" nie zdążyli jeszcze powiedzieć sobie nawzajem „dzień dobry". Przyszło mu też do głowy, że jeśli Drzewiec zechce przeprowadzić apel, wymienienie imion całego pogłowia entów może potrwać ładnych kilka dni. „Ciekaw jestem, jak w ich mowie brzmi «tak» i «nie»" – pomyślał i ziewnął.

Drzewiec spostrzegł to natychmiast.

– Hm, hm, mój Pippinie! – rzekł, a wszyscy entowie przerwali śpiew. – Zapomniałem, że wy, hobbici, należycie do bardzo pochopnego plemienia. Zresztą każdy by się szybko znudził, słuchając przemówień, z których nic nie rozumie. Możecie się trochę przejść. Już was przedstawiłem entom, obejrzeli was, upewnili się, że nie jesteście orkami, i przyznali, że należy do spisu mieszkańców ziemi dodać nową linijkę. Więcej jak dotąd Wiec nie uchwalił, ale i to dużo, jak na zebranie entów, szybko się dziś posuwamy. Jeżeli macie ochotę, pospacerujcie po kotlinie. Znajdziecie źródło tam, na północnej skarpie, woda jest czysta, napijcie się, to was odświeży. My musimy wymienić jeszcze parę wstępnych słów, zanim Wiec rozpocznie się na dobre. Odszukam was i powiadomię, jak sprawy stoją, gdy będzie już coś postanowione.

Postawił hobbitów na ziemi. Merry i Pippin, zanim odeszli, ukłonili się grzecznie. Ten gest ubawił entów ogromnie, jak można się było domyślić z ich pomruku i z nagłego błysku w oczach; zaraz jednak podjęli znów naradę. Hobbici wspięli się ścieżką, która prowadziła z zachodniego stoku, i wyjrzeli przez lukę za żywopłot. Nad krawędzią kotliny wznosiły się zalesione zbocza, a w oddali, nad czubami świerków porastających najdalsze wzgórza, ostro wystrzelały pod niebo śnieżnobiałe szczyty wysokiego górskiego łańcucha. Patrząc w lewo, w stronę południa, widzieli tylko morze lasu spływające w dół i roztapiające się we mgle. Na odległym widnokręgu prześwitywała blada zieleń: stepy Rohanu – jak domyślał się Merry.

– Chciałbym wiedzieć, gdzie jest Isengard – powiedział Pippin.
– Nie wiem dokładnie, gdzie jesteśmy – odparł Merry. – Ten szczyt to zapewne Methedras, a jeśli mnie pamięć nie myli, krąg gór otaczający Isengard znajduje się w rozwidleniu czy raczej w głębokim kotle u końca górskiego łańcucha, a więc jest ukryty za tym ogromnym grzbietem. Wydaje mi się nawet, że dostrzegam dym albo jakieś opary tam, na lewo od tego wierzchołka.
– Jak wygląda Isengard? – spytał Pippin. – Zastanawiam się, czy entowie w ogóle mogą coś zdziałać przeciw tej twierdzy Sarumana.
– Ja się też nad tym zastanawiam – rzekł Merry. – Isengard to, o ile mi wiadomo, płaska przestrzeń otoczona kręgiem skał, ze sterczącą pośrodku na kamiennej wyspie czy cokole wieżą, zwaną Orthankiem. Tam mieszka Saruman. W ścianie gór jest brama, a także, jeśli dobrze pamiętam, przełom, przez który płynie rzeka. Spływa ona od źródeł w górach ku Wrotom Rohanu. Trudno sobie wyobrazić, żeby entowie mogli być niebezpieczni dla tak obwarowanej fortecy. Ale nie jestem tego zupełnie pewny. Entowie są trochę zagadkowi, kto wie, może groźniejsi i wcale nie tacy, powiedzmy, zabawni, jak by się z pozoru wydawało; niby powolni, cierpliwi, dziwni, niemal smutni. A mimo to sądzę, że można ich rozruszać. A jeżeli raz się ruszą, nie chciałbym być w skórze ich przeciwników.

– Tak! – odparł Pippin. – Rozumiem cię dobrze. Różnica mniej więcej taka, jak między starą krową, przeżuwającą flegmatycznie trawę na pastwisku, a rozjuszonym bykiem. Zmiana może nastąpić w okamgnieniu. Ciekawe, czy Drzewiec zdoła ich rozruszać? Sam przecież rozruszał się nagle wczoraj wieczorem, ale natychmiast zdrętwiał znowu.

Zawrócili ku kotlinie. Głosy entów w dalszym ciągu to podnosiły się, to opadały: narada trwała. Słońce stało już tak wysoko, że zaglądało ponad żywopłotem i błyszczało na czubach brzóz, zalewając zwrócone na północ stoki chłodnym złotym światłem. W jego blasku hobbici zauważyli małe migocące źródełko. Ruszyli w tym kierunku krawędzią kotliny pod żywopłotem – przyjemnie było poczuć znów świeżą trawę pod stopami i wędrować bez pośpiechu – a potem zeszli w dół, ku perlącej się wodzie. Była czysta, zimna, orzeźwiająca; wypili po łyku i przysiedli na omszałym kamieniu, obserwując, jak plamy słońca połyskują w trawie i jak cienie żeglujących obłoków suną przez dno kotliny. Entowie mruczeli dalej. Cały ten zakątek wydał się hobbitom niezwykły, obcy, odcięty od ich własnego świata, odległy od wszystkiego, co kiedykolwiek przeżyli. I nagle zatęsknili gorąco do twarzy i głosów przyjaciół, a najbardziej do Froda, Sama i Obieżyświata.

Wreszcie entowie przerwali swój śpiew. Podnosząc głowy, hobbici zobaczyli Drzewca idącego w ich stronę z jakimś drugim entem u boku.

– Hm, hm... Jestem wreszcie – rzekł Drzewiec. – Znudziliście się pewnie? Uprzykrzyło wam się oczekiwanie, hę? No, trudno, musicie się zdobyć na jeszcze trochę cierpliwości. Skończyliśmy pierwszą część narady, ale teraz muszę z kolei wytłumaczyć całą sprawę tym, którzy mieszkają daleko stąd i daleko od Isengardu, a także tym, których nie zdążyłem odwiedzić przed wiecem, a dopiero potem zdecydujemy się, co robić. Jednakże decyzja, co robić, nie zajmuje zwykle entom tak wiele czasu, jak przegląd wszystkich faktów oraz zdarzeń, które wymagają osądzenia. Mimo to nie ukrywam, że narada potrwa jeszcze dość długo, może kilka dni. Dlatego przyprowadziłem wam kompana. W języku elfów jego imię brzmi Bregalad. Ma tu w pobliżu dom. Powiada, że ma już zdanie wyrobione i nie potrzebuje wobec tego uczestniczyć w dalszym ciągu wiecu. Hm, hm... Bregalad, jak na enta, jest dość pochopnego usposobienia. Powinniście się z nim dogadać. Do widzenia!

Drzewiec obrócił się i odszedł. Bregalad stał przez chwilę w milczeniu, przyglądając się hobbitom, a hobbici przyglądali mu się nawzajem, bardzo ciekawi, kiedy nareszcie zdradzi swoją „pochopność". Wzrostu był wysokiego i wyglądał na młodego jeszcze enta, bo skórę na ramionach i nogach miał gładką, wargi rumiane, a włosy szarozielone. Giął się i kołysał jak smukłe drzewo na wietrze. W końcu przemówił. Głos, chociaż donośny, brzmiał czyściej i nie tak basowo jak w ustach Drzewca.

– Hm, hm... Może byśmy się trochę przeszli po lesie? – rzekł. – Nazywam się Bregalad, co na wasz język tłumaczy się: Żwawiec. Ale to tylko przezwisko, oczywiście. Obdarzono mnie nim, gdy kiedyś odpowiedziałem: „tak!" pewnemu starszemu entowi, zanim dokończył pytania. Piję też szybciej od moich współbraci i zwykle wychodzę, zanim oni zdążą kubek przechylić. Chodźcie ze mną.

Wyciągnął smukłe ramiona i każdemu z hobbitów podał jedną rękę. Cały dzień wędrowali z nim po lesie, śpiewając i śmiejąc się, bo Żwawiec lubił się śmiać. Śmiał się, kiedy słońce wyjrzało zza chmur, śmiał się, kiedy spotkali na swej drodze potok albo źródło; zawsze wtedy pochylał się i oblewał sobie wodą stopy i głowę; śmiał się też z szeptów i szumu drzew. Ilekroć zaś zobaczył jarzębinę, przystawał, rozkładał ramiona i zaczynał śpiewać, a śpiewając, kołysał się łagodnie.

O zmroku zaprowadził hobbitów do swego domu; co prawda był to tylko omszały głaz sterczący z trawy na zielonej skarpie. Wkoło rosły jarzębiny, nie brakowało też oczywiście wody, jak zawsze w siedzibie enta: ze skarpy spływał szumiący potok. Gawędzili we trzech, patrząc, jak noc ogarnia las. Z niezbyt odległej kotliny wciąż jeszcze dochodziły głosy wiecujących entów, brzmiały jednak coraz niższymi tonami i mniej ociężale, a chwilami jeden wybijał się nagle ponad milknący chór wysoką, żywą nutą. Bregalad tymczasem po cichu, niemal szeptem, wciąż coś opowiadał w ich języku. Hobbici dowiedzieli się, że nowy przyjaciel należy do rodu Okorca i że kraina, którą dawniej zamieszkiwał, została spustoszona.

Toteż nie potrzebowali już pytać, dlaczego Żwawiec jest bardziej niż inni entowie „pochopny", przynajmniej gdy chodzi o niechęć do orków.

– Rosły w moich ojczystych stronach jarzębiny – szeptał Bregalad ze smutkiem – drzewa, które zapuściły w tej ziemi korzenie, gdy byłem jeszcze małym dzieckiem, wiele, wiele lat temu, za dni pokoju. Najstarsze posadzili tam entowie, żeby przypodobać się swoim żonom, one jednak, obejrzawszy je, oznajmiły z uśmiechem, że znają kraj, w którym kwitną piękniejsze kwiaty i rodzą się dorodniejsze owoce. Ale dla mnie nie ma piękniejszych drzew nad jarzębiny. Rosły tak bujnie, że cień każdej z nich tworzył jak gdyby zielony dom, a jesienią gałęzie uginały się od jagód czerwonych i pięknych nad podziw. Zlatywały się do nich ptaki. Lubię ptaki, nawet gadatliwe, a jarzębina ma owoców dość, żeby się z wszystkimi podzielić. Ale ptaki z czasem stały się nieprzyjazne i łapczywe, oskubywały gałęzie, zrzucały jagody na ziemię, wcale ich nie jedząc. Potem przyszli orkowie z siekierami i ścięli moje drzewa. Na próżno wywoływałem ich najmilsze imiona, nie drgnął ani jeden listek, jarzębiny nie słyszały mnie i nie odpowiadały. Leżały martwe.

> *O, Orofarnë, Lassemista, Carnimírië!*
> *Jarzębino – ktoś twój długi włos ustroił w biały kwiat.*
> *Jarzębino moja, twój lśniący strój ozdobą złotych lat.*
> *Gałązek kiść i lekki liść, łagodny szum i szept,*
> *Twój rudy czub połączył ślub z błękitem górnych nieb.*
> *Jarzębino – dziś już martwy liść – i kruchy, siwy włos,*
> *Bo nadszedł dzień, że skruszał pień i ścichł na wieki głos.*
> *O, Orofarnë, Lassemista, Carnimírië!* [1]

Hobbici usnęli, słuchając łagodnego głosu Bregalada, jego pieśni opłakującej jak gdyby w wielu różnych językach śmierć drzew, które ent kochał.

Następny dzień spędzili również w towarzystwie Żwawca, lecz nie oddalali się od jego domu. Wiele godzin przesiedzieli w milczeniu

---

[1] Przełożył Włodzimierz Lewik.

w zacisznym kącie pod skarpą, wiatr bowiem dmuchał chłodem, a ciemne chmury nisko zawisły nad stropem lasu. Słońce z rzadka tylko przeświecało, w oddali zaś głosy wiecujących entów wciąż to podnosiły się, to opadały, niekiedy donośne i silne, niekiedy ciche i smutne, chwilami przyspieszając rytm, a chwilami zwalniając uroczyście, jakby zawodziły pieśń żałobną. Druga noc nadeszła, lecz entowie radzili dalej pod chmurami, które z wiatrem mknęły po niebie w niepewnym, mrugającym świetle gwiazd.

Trzeci dzień wstał chłodny i wietrzny. O świcie głosy wiecujących entów wzbiły się nagle wielkim krzykiem, lecz zaraz potem znowu ścichły. W miarę jak płynęły godziny poranka, wiatr uspokajał się i nad lasem powietrze stało się ciężkie, jakby naładowane oczekiwaniem. Hobbici spostrzegli, że Bregalad wsłuchuje się w napięciu w dolatujące z kotliny głosy, które jednak im, siedzącym w zaciszu entowego domu, wydawały się bardzo nikłe.

Nadeszło popołudnie i słońce, wędrując na zachód, ku górom, słało spomiędzy chmur wydłużone złote słupy blasku. Nagle hobbici zauważyli, że wszystko wkoło nich znieruchomiało, jak gdyby cały las nasłuchiwał w skupieniu. Tak, to głosy entów umilkły zupełnie. Co mogła znaczyć ta cisza? Bregalad stał wyprostowany i sprężony, patrząc w stronę północy, gdzie leżała Zaklęta Kotlina.

Nagle zagrzmiał potężny okrzyk: „Ra – hum – raa!". Drzewa zadrżały i przygięły się, jakby od podmuchu wichury. Znów zaległa na chwilę cisza, a potem odezwały się bębny uroczystym rytmem marsza i nad ich werbel wzbił się chór głosów czystych i silnych.

Naprzód, naprzód, bęben nasz gra: ta-randa randa randa ram!

Entowie ruszyli. Coraz bliżej rozlegała się pieśń:

Naprzód, naprzód, bęben dudni i róg nam gra: ta-runa runa runa ram!

Bregalad wziął hobbitów na ręce i także ruszył ze swego domu. Po chwili hobbici ujrzeli zastęp w marszu: entowie sadzili wielkimi krokami stokiem wzgórza w dół. Na czele szedł Drzewiec, za nim z pół setki współbraci, którzy postępowali dwójkami, w nogę, wyklaskując dłońmi na udach regularny rytm. Byli już tak blisko, że hobbici widzieli błysk i zielone skry w ich oczach.

– Hum, hm! Ruszyliśmy hucznie, ruszyliśmy nareszcie! – zawołał Drzewiec, spostrzegłszy Bregalada i hobbitów. – Chodźcie z nami, przyłączcie się do gromady. Ruszyliśmy. Idziemy na Isengard!

– Na Isengard! – odkrzyknęły liczne głosy.

– Na Isengard!

Na Isengard, na Isengard! Zły czeka los kamienną włość!
Choć Isengard, jak hardy czart i gładki dość, jak goła kość –
Dziś każdy woj z nim stoczy bój i dźwignie głaz i w dźwierza prask!
Już pień się tli, pryskają skry, bój wzywa nas – idziemy wraz!
Na Isengard, i mieczem w pierś, niesiemy śmierć, niesiemy śmierć! [1]

Tak śpiewali, maszerując na południe.

Bregalad z ogniem w oczach poskoczył do szeregu i zajął miejsce u boku Drzewca. Stary ent wziął od niego hobbitów i znów usadowił ich sobie na ramionach. Sunęli więc dumnie na czele rozśpiewanego pochodu, serca biły im mocno, głowy zadzierali wysoko. Oczekiwali, że stanie się coś niezwykłego, a mimo to zadziwiło ich przeobrażenie entów. Jakby nagle runęły upusty, z dawna powstrzymywane przez potężną zaporę.

– Jednakże entowie namyślili się dość szybko, prawda? – ośmielił się zagadnąć Pippin, gdy po jakimś czasie śpiew umilkł i tylko tupot nóg i klaskanie rąk rozlegało się w ciszy.

– Szybko? – rzekł Drzewiec. – Hm... Rzeczywiście. Szybciej niż się spodziewałem. Od wieków nie widziałem ich tak wzburzonych. My, entowie, nie lubimy się burzyć. I nie burzymy się nigdy, póki nie przekonamy się na pewno, że naszym drzewom i nam samym grozi

---
[1] Przełożył Włodzimierz Lewik.

śmiertelne niebezpieczeństwo. Nic podobnego nie zdarzyło się w tym lesie od czasu wojen między Sauronem a ludźmi zza Morza. Cała wina spada na orków, że niszczyli las z samej złośliwości... *rárum*... bo nie mają na swoje usprawiedliwienie nawet tego, że potrzebowali drew do podsycania ognia w swoich piecach. To nas najbardziej zgniewało, a także zdradziecki postępek sąsiada, który powinien był nas wspierać. Od Czarodziejów wymaga się czegoś więcej, i zazwyczaj inaczej też postępują. Na taką zdradę nie ma dość strasznej klątwy, dość nikczemnej nazwy w języku elfów, entów ani ludzi. Precz z Sarumanem!

– Czy naprawdę rozwalicie bramy Isengardu? – spytał Merry.

– Hm, hm... być może, być może. Nie wiesz, jaką mamy siłę. Czy słyszałeś o trollach? Są bardzo silne. A przecież to tylko poczwary, które za dni Wielkich Ciemności stworzył Nieprzyjaciel, przedrzeźniając entów, tak samo jak na drwinę z elfów wyhodował orków. My jesteśmy od trollów silniejsi, jesteśmy kością z kości ziemi. Jak korzenie drzew, tak i my umiemy rozsadzać głazy, ale robimy to szybciej niż one, znacznie szybciej, gdy wpadniemy w gniew. Jeżeli nas siekierami nie zetną, ogniem nie spalą albo nie zniszczą czarami, rozłupiemy na drzazgi cały Isengard i obrócimy jego mury w perzynę.

– Ale Saruman pewnie będzie starał się was powstrzymać?

– Hm, ha! Pewnie, że tak. Nie zapomniałem o tym. Długo o tym rozmyślałem. Ale, widzicie, wielu entów jest ode mnie młodszych o kilka pokoleń drzew. Teraz wszyscy wzburzyli się i jedno im tylko w głowie: rozbić Isengard. Wkrótce wszakże zaczną znów zastanawiać się, ochłoną, kiedy przyjdzie pora na wieczorny kubek napoju. Okrutnie będziemy spragnieni. A teraz niech maszerują ze śpiewem. Daleka droga przed nami, wystarczy czasu do namysłu. Najważniejsze, że już ruszyliśmy.

Przez chwilę Drzewiec maszerował, śpiewając razem z innymi, potem głos zniżył do szeptu i wreszcie umilkł zupełnie. Pippin widział, że sędziwy ent czoło ma chmurne i zmarszczone. Kiedy wreszcie starzec podniósł wzrok, hobbit dostrzegł w jego oczach wyraz smutku. Smutku, ale nie desperacji. Światło bowiem migotało w nich tak, jakby zielone płomyki zapadły jeszcze głębiej w ciemną studnię myśli.

– Oczywiście, bardzo być może, drodzy przyjaciele – rzekł wreszcie – bardzo być może, że idziemy ku własnej zgubie i że to jest ostatni marsz entów. Gdybyśmy jednak zostali w domu z założonymi rękoma, zguba i tak by nas tam znalazła prędzej czy później. Ta myśl od bardzo dawna dojrzewa w naszych sercach i dlatego właśnie ruszyliśmy dzisiaj. Nie ważyliśmy się na ten krok pochopnie. Jeśli to ma być ostatni marsz entów, niechże będzie przynajmniej wart pieśni. Tak, tak – westchnął – może chociaż innym plemionom na coś się przydamy, zanim przeminiemy. A swoją drogą, chciałbym dożyć tego dnia, kiedy się spełni przepowiednia i entowie odnajdą żony. Radowałbym się, gdybym mógł znów zobaczyć swoją Fimbrethil. Ale cóż, pieśni, tak samo jak drzewa, dają owoce dopiero wtedy, gdy się ich czas wypełni, i na swój sposób; a bywa, że zwiędną przedwcześnie.

Entowie maszerowali krokami olbrzymów. Przemierzyli już długi stok opadający na południe i zaczęli się teraz wspinać pod górę wciąż, pod górę, na wysoki zachodni grzbiet. Las został za nimi w dole, coraz rzadziej spotykali rozrzucone kępy brzóz, aż wreszcie wydostali się na nagi stok, gdzie nie rosło nic prócz mizernych sosenek. Słońce skryło się przed nimi za ciemny łańcuch gór. Zmierzch zapadł.

Pippin obejrzał się za siebie. Entów przybyło... czy może stało się coś jeszcze dziwniejszego? Szare, nagie zbocza, przez które dopiero co szli, falowały gęstym lasem. Ten las poruszał się, sunął naprzód! Czyżby drzewa Fangornu obudziły się, czyżby cała puszcza ruszyła ku górom na wojnę? Pippin przetarł oczy, myśląc, że łudzi go sen i zmierzch. Ale wciąż widział ogromne szare postacie wytrwale maszerujące pod górę. Szum się podniósł jak w lesie, gdy wiatr szeleści w gałęziach. Entowie zbliżali się do szczytu górskiego grzebienia i nikt już teraz nie śpiewał. Mrok zapadł, cisza ogarnęła świat. Nic nie było słychać prócz głuchego dudnienia ziemi pod stopami gromady entów i cichego szelestu jak gdyby tysięcy spadających liści. Wreszcie stanęli na szczycie i spojrzeli w dół, w czarną przepaść: pod ich stopami u końca górskiego łańcucha ział głęboki kocioł, Nan Curunír, Dolina Sarumana.

– Noc leży nad Isengardem – rzekł Drzewiec.

Rozdział 5

Biały Jeździec

– Przemarzłem do szpiku kości – powiedział Gimli, zabijając ramiona i przytupując. Nareszcie wstał dzień. O świcie wędrowcy przegryźli coś niecoś na śniadanie, a teraz, skoro się rozwidniło, zamierzali przeszukać znów teren w nadziei, że odnajdą jakiś ślad hobbitów.

– A nie zapominajmy o tym staruchu – rzekł Gimli. – Byłbym spokojniejszy, gdybym zobaczył odcisk jego butów na ziemi.

– Dlaczego to miałoby cię uspokoić? – spytał Legolas.

– Dlatego że staruszek, którego nogi odciskają ślad na trawie, jest tym, na kogo wygląda, i niczym innym – odparł Gimli.

– Może – powiedział elf – ale nawet ciężki but niekoniecznie zostawiłby po sobie ślady; trawa jest tutaj bujna i sprężysta.

– Nie zmyliłaby jednak oczu Strażnika – rzekł Gimli. – Aragorn odczyta prawdę z jednego bodaj przygiętego źdźbła. Ale nie spodziewam się, żebyśmy tu znaleźli jakieś ślady. To, co widzieliśmy w nocy, było złą zjawą Sarumana. Jestem tego pewny, nawet teraz, w świetle ranka. Może w tej chwili także jego oczy szpiegują nas z Fangornu.

– To dość prawdopodobne – powiedział Aragorn – lecz pewności nie mam. Myślę o koniach. Powiedziałeś tej nocy, Gimli, że ktoś je spłoszył. Mnie się zdaje, że było inaczej. Czyś słyszał, jak uciekały, Legolasie? Czy zrobiło to wrażenie panicznej ucieczki?

– Nie – odparł Legolas. – Słyszałem wyraźnie. Gdyby nie ciemności i nasz własny strach, powiedziałbym, że zwierzęta oszalały z nagłej radości. Ich głosy brzmiały tak, jak zwykle brzmi mowa koni, gdy spotkają niewidzianego od dawna przyjaciela.

– Mnie się też tak wydało – rzekł Aragorn – ale nie rozwiążemy tej zagadki, chyba że konie do nas wrócą. Ruszmy się wreszcie. Dzień rozwidnia się szybko. Najpierw zbadajmy grunt, a potem będziemy zgadywać. Zaczniemy tutaj, w pobliżu miejsca naszego popasu; przeszukajmy dokładnie najbliższą okolicę, posuwając się w górę zbocza pod las. Cokolwiek byśmy myśleli o naszym nocnym gościu, mamy przed sobą ważniejsze zadanie: odnaleźć hobbitów. Jeżeli szczęśliwym przypadkiem zdołali uciec, musieli ukryć się wśród drzew, inaczej by ich dostrzeżono. Gdybyśmy nie trafili na żaden ślad tutaj, między obozowiskiem a skrajem lasu, przeszukamy po raz ostatni pobojowisko, przetrząśniemy nawet popioły. Ale tam niewiele można się spodziewać. Jeźdźcy Rohanu zbyt dobrze wykonali swoją robotę.

Przez czas jakiś wszyscy trzej czołgali się, obmacując dokładnie grunt. Drzewa stały nad nimi posępne, suche liście zwisały bezwładnie, szeleszcząc na zimnym, wschodnim wietrze. Aragorn oddalał się z wolna. Doszedł aż do popiołów po ognisku zostawionych przez czatę na brzegu rzeki i stamtąd cofał się znów ku pagórkowi, wokół którego toczyła się bitwa. Nagle przystanął i schylił się tak nisko, że twarzą niemal dotknął trawy. Zawołał na towarzyszy. Podbiegli co prędzej.

– Nareszcie jakiś trop – rzekł Aragorn. Podniósł w górę oddarty kawałek dużego jasnozłotawego liścia, który, więdnąc, nabrał brunatnego odcienia. – To liść mallornu z Lórien, a na nim drobne okruchy. Takie same okruszyny dostrzegam w trawie. A tam, patrzcie, strzępy przeciętego powroza!

– Jest także nóż, którym powróz przecięto – powiedział Gimli. Schylił się i z kępy trawy wyciągnął krótki, zębaty sztylet, wdeptany w ziemię jak gdyby ciężkim butem. Trzonek, z którego wyrwano ostrze, leżał opodal. – To broń orka – rzekł Gimli, trzymając sztylet ostrożnie i przyglądając się z odrazą rzeźbionemu trzonkowi. Wyobrażał szkaradną głowę z kosymi oczyma i szyderczym uśmiechem.

– Oto najdziwniejsza z wszystkich dotychczasowych zagadek! – wykrzyknął Legolas. – Spętany jeniec umyka zarówno orkom, jak i oblegającym ich jeźdźcom. Zatrzymuje się w otwartym polu i przecina swoje pęta orkowym sztyletem. Jak to zrobił? Dlaczego? Jeżeli nogi miał skrępowane, jakim sposobem doszedł aż tutaj? A jeżeli miał związane ręce, jak mógł posłużyć się nożem? Gdyby nie był spętany, po cóż by przecinał powrozy? Zadowolony ze swej sztuczki usiadł i z całym spokojem pożywiał się sucharami! Gdybyśmy nie mieli innego dowodu, a mianowicie liścia mallornu, ten jeden wystarczyłby, żeby nie wątpić, że to był hobbit. Potem chyba przemienił swoje ramiona w skrzydła i śpiewając, pofrunął między drzewa. W takim razie odnajdziemy go bez trudu, byleśmy także nauczyli się latać.

– Pewnie, że musiały tu działać jakieś czary – rzekł Gimli. – Co miał tutaj ten staruch do roboty? I co ty sądzisz, Aragornie, o domysłach Legolasa? Czy może umiesz lepiej odczytać te ślady?

– Może umiem – odparł z uśmiechem Aragorn. – Są bowiem dokoła inne jeszcze ślady, których dotychczas nie wzięliście pod uwagę. Zgadzam się, że jeniec niewątpliwie był hobbitem i że musiał albo ręce, albo nogi uwolnić z pęt, zanim tu przyszedł. Zakładam, że miał raczej ręce wolne, bo w ten sposób zagadka się upraszcza, a przy tym, sądząc ze śladów, jeniec został na to miejsce przyniesiony przez jakiegoś orka. O kilka kroków stąd jest plama przelanej krwi, krwi orkowej. Wszędzie wkoło dostrzegam głębokie odciski kopyt i pewne oznaki wskazują, że wleczono po trawie jakiś ciężki przedmiot. A więc jeźdźcy zabili tu orka i potem zawlekli jego ciało do ogniska. Lecz hobbita nie zobaczyli; nie było go łatwo dostrzec w ciemną noc, zresztą miał na sobie płaszcz elfów. Był wyczerpany, głodny, nie trzeba się zatem dziwić, że gdy przeciął swoje więzy sztyletem zabitego wroga, odpoczywał chwilę i zjadł coś, zanim poczołgał się dalej. Bardzo pocieszający jest dowód, że zachował trochę lembasów w kieszeni, chociaż uciekł bez sprzętu i bagażów. To także charakterystyczne dla hobbita. Mówię: hobbit, ale mam nadzieję, że byli to dwaj hobbici, Pippin i Merry. Brak wszakże dowodów na potwierdzenie tej mojej nadziei.

– A jakim sposobem jeden z naszych przyjaciół zdołał uwolnić z pęt ręce? – spytał Gimli.

– Nie wiem, jak się to stało – odparł Aragorn. – Nie wiem też, dlaczego któryś z orków wyniósł hobbitów poza obozowisko. Bo na pewno nie zamierzał dopomóc im w ucieczce. Ale zaczynam teraz rozumieć pewną zagadkę, nad którą od początku łamałem sobie głowę: dlaczego po zabiciu Boromira orkowie nie nastawali na życie hobbitów, lecz tylko porwali ich w niewolę. Nie szukali reszty drużyny, nie atakowali naszego obozu nad rzeką, ale pospiesznie ruszyli w stronę Isengardu. Czy przypuszczali, że mają w ręku Powiernika Pierścienia i jego wiernego sługę? Nie sądzę. Ich władcy nie ośmieliliby się dać orkom tak jasnych rozkazów, nawet gdyby sami o wszystkim dokładnie wiedzieli. Nie mówiliby im otwarcie o Pierścieniu, bo nie mogą ufać orkom. Myślę, że rozkazali im tylko brać każdego napotkanego hobbita żywcem, i to za wszelką cenę. Później, jeszcze przed rozpoczęciem bitwy, ktoś usiłował wymknąć się z okrążenia, unosząc cennych jeńców. Może zdrajca, bo tych nie brak w orkowym plemieniu. Któryś z większych i zuchwalszch orków chciał może uciec i wykraść łup dla osobistej korzyści. Tak ja odczytuję tę historię. Można też snuć inne domysły. W każdym razie wiemy już na pewno, że co najmniej jeden z naszych przyjaciół ocalał. Musimy go odnaleźć i dopomóc mu, zanim wrócimy do Rohanu. Nie wolno nam cofnąć się przed grozą Fangornu, skoro zły los zapędził hobbita w ciemną głąb tej puszczy.

– Wcale nie jestem pewny, czego się bardziej boję: Fangornu czy też drałowania piechotą przez wiele mil stepami Rohanu – rzekł Gimli.

– Chodźmy więc w las! – powiedział Aragorn.

Nim doszli do lasu, Aragorn wypatrzył nowe ślady. W pobliżu rzeki dostrzegł odciski stóp hobbitów, tak jednak niewyraźne, że niewiele z nich można było odczytać. Nieco dalej, pod ogromnym drzewem na skraju puszczy, natrafił na podobny trop. Ziemia była wszakże sucha i naga, nie zachowała innych śladów.

– Jeden hobbit niewątpliwie stał tutaj przez chwilę i wyglądał na step, a potem odwrócił się i poszedł w głąb lasu – powiedział Aragorn.

– W takim razie my także tam pójdziemy – rzekł Gimli. – Nie podoba mi się jednak ten Fangorn. Pamiętajcie, że nas przed nim ostrzegano. Wolałbym, żeby ślad prowadził w inne strony.

– Mimo wszystko, co się o nim mówi, ten las nie pachnie mi źle – rzekł Legolas. Stał na skraju puszczy wychylony do przodu, jak gdyby nasłuchując i przepatrując gąszcz szeroko otwartymi oczyma. – Nie, ten las nie jest zły, a jeśli nawet czai się w nim coś złego, to bardzo daleko stąd. Z ciemnych zakątków, w których serca drzew sczerniały, chwytam słuchem zaledwie nikłe echa. Nie ma podłości nigdzie w pobliżu nas, ale jest czujność i gniew.

– Na mnie las nie ma o co się gniewać – rzekł Gimli. – Nie zrobiłem mu żadnej krzywdy.

– Tym lepiej dla ciebie – odparł Legolas. – Mimo to las doznał krzywd. W jego wnętrzu coś się dzieje albo może stanie się niebawem. Czy nie wyczuwacie napięcia? Mnie ono aż dech zapiera.

– Duszno tu – rzekł krasnolud. – Ten las, chociaż jaśniejszy od Mrocznej Puszczy, wydaje się zatęchły i zniszczony.

– Jest stary, bardzo stary – odparł elf. – Tak stary, że przy nim ja czuję się znowu młody, a nie zdarzyło mi się to, odkąd wędruję w waszym towarzystwie, młokosy. Jest stary i pełen wspomnień. Mógłbym być szczęśliwy, gdybym trafił tu w dni pokoju.

– Pewnie, że mógłbyś być szczęśliwy – mruknął Gimli. – Jesteś bądź co bądź leśnym elfem, a zresztą wszyscy elfowie są dziwakami. Dodałeś mi jednak ducha. Gdzie ty idziesz, tam i ja pójdę. Ale trzymaj łuk w pogotowiu, a ja też wysunę nieco toporek zza pasa. Nie przeciw drzewom, nie! – dodał pospiesznie, zerkając na drzewo, pod którym stali. – Po prostu na wypadek niespodzianego spotkania z tamtym staruchem wolę mieć pod ręką odpowiedź dla niego. No, chodźmy.

I na tym skończywszy rozmowę, trzech wędrowców zapuściło się w las Fangornu. Legolas i Gimli zdali szukanie tropów na Aragorna. Strażnik jednak także niewiele mógł tutaj wypatrzeć, bo suchy grunt zaścielały grube pokłady liści. Domyślając się, że zbiegli jeńcy zapewne trzymali się w pobliżu wody, Aragorn wciąż wracał nad potok. Dzięki temu natrafił wreszcie na miejsce, gdzie Merry i Pippin gasili pragnienie i chłodzili nogi. Odciski stóp obu hobbitów – jedne nieco mniejsze – były tutaj już zupełnie wyraźne dla wszystkich.

– Oto dobra nowina! – rzekł Aragorn. – Ale to są ślady sprzed dwóch dni. Zdaje się też, że hobbici, odchodząc stąd, oddalili się od rzeki.

– Cóż więc teraz zrobimy? – spytał Gimli. – Nie możemy przecież ścigać ich przez dzikie ostępy Fangornu. Jeżeli nie odnajdziemy ich szybko, na nic się biedakom nie przydamy, chyba na to, żeby usiąść przy nich i dać dowód przyjaźni, umierając razem z głodu.

– Jeżeli rzeczywiście nie sposób zdziałać nic więcej, zrobimy przynajmniej tyle – odparł Aragorn. – W drogę!

Szli, aż stanęli przed stromym urwiskiem, z którego Drzewiec lubił spoglądać na świat, i podniósłszy głowy, zauważyli w skalnej ścianie wyciosane stopnie prowadzące na półkę. Słońce przeświecało spoza wystrzępionych chmur i las zdawał się teraz mniej szary i jakby weselszy.

– Wejdźmy na górę i rozejrzyjmy się stamtąd! – rzekł Legolas. – Wciąż jeszcze trudno mi tu oddychać. Chciałbym chociaż przez chwilę posmakować świeżego powietrza.

Wspięli się na półkę skalną. Aragorn szedł ostatni i pilnie przyglądał się stopniom.

– Mógłbym niemal ręczyć, że hobbici także się tędy wspinali – powiedział. – Są jednak również inne ślady, bardzo osobliwe, których nie rozpoznaję. Może z półki zobaczymy coś, co pozwoli nam odgadnąć, jaką drogę dalej obrali.

Wyprostował się i rozejrzał uważnie, lecz nie dostrzegł żadnych znaków. Półka zwrócona była na południe i na wschód, lecz jedynie od wschodu otwierał się szerszy widok. Patrząc w tę stronę, zobaczyli morze drzew zstępujących zwartymi szeregami ku równinie, z której tu przyszli.

– Nadłożyliśmy dużo drogi – rzekł Legolas – a mogliśmy znaleźć się tutaj wszyscy razem i bezpiecznie, gdybyśmy drugiego czy trzeciego dnia opuścili Wielką Rzekę i skręcili na zachód. Nikt prawie nie wie, dokąd go zaprowadzi droga, póki nie stanie u celu.

– Nie chcieliśmy przecież trafić do Fangornu – odparł Gimli.

– A jednak trafiliśmy... i złapano nas zgrabnie w pułapkę – rzekł Legolas. – Patrzcie!

– Gdzie mamy patrzeć? – spytał Gimli.

– Tam, między drzewa.

– Gdzie? Nie każdy ma oczy elfa.

– Psst! Mów ciszej. Spójrz! – szepnął Legolas, pokazując coś palcem. – Tam w dole, w tej stronie, skąd przyszliśmy. To on. Czyż nie widzisz? Przemyka od drzewa do drzewa.

– Widzę, teraz widzę! – syknął Gimli. – Patrz, Aragornie. Czy nie mówiłem? Ten staruch! Ma na sobie brudne, szare łachmany, dlatego nie spostrzegliśmy go zrazu.

Aragorn spojrzał i zobaczył posuwającą się z wolna przygarbioną postać. Nieznajomy wyglądał jak stary żebrak, kuśtykający ciężko, podpierający się kijem. Głowę miał spuszczoną i nie patrzył w ich stronę. W innym kraju pozdrowiliby go życzliwym słowem, tu jednak milczeli wszyscy w pełnym napięcia oczekiwaniu: zbliżała się do nich obca istota, obdarzona tajemną siłą, a może nawet groźna. Staruch przybliżał się krok za krokiem, a Gimli, wpatrzony w niego, coraz szerzej otwierał oczy. Nagle, nie mogąc dłużej powstrzymać wzburzenia, wybuchnął:

– Chwyć łuk, Legolasie! Napnij łuk! Bądź gotów! To Saruman. Nie czekaj, aż przemówi, bo rzuci na nas czar. Strzelaj!

Legolas chwycił łuk. Naciągał cięciwę powoli, jakby zwalczając opór jakiejś obcej siły. Trzymał w ręku strzałę, lecz jej nie zakładał. Aragorn milczał. Na twarzy miał wyraz czujności i skupienia.

– Na co czekasz? Co ci się stało? – spytał Gimli świszczącym szeptem.

– Legolas słusznie się wzdraga – rzekł spokojnie Aragorn. – Mimo podejrzeń i strachu nie godzi się znienacka, bez ostrzeżenia i bez wyzwania, zabić tego starca. Czekajmy, co zrobi.

W tym momencie starzec przyspieszył kroku i niespodzianie żwawo podbiegł do stóp skalnej ściany. Nagle podniósł głowę. Trzej wędrowcy zamarli na skalnej półce z oczyma utkwionymi w postaci nieznajomego. Cisza była jak makiem zasiał.

Nie widzieli jego twarzy, miał bowiem kaptur nasunięty głęboko, a na kapturze szerokoskrzydły kapelusz, spod którego ledwie wystawał czubek nosa i siwa broda. Mimo to Aragornowi wydało się, że w cieniu kaptura dostrzega jasny, przenikliwy błysk oczu. Wreszcie starzec przemówił:

– Bardzo pomyślne spotkanie, drodzy przyjaciele! – rzekł. – Chciałem z wami pogadać. Czy zejdziecie na dół, czy też ja mam przyjść do was?

I zanim coś odpowiedzieli, zaczął wspinać się na górę.

– Teraz! – krzyknął Gimli. – Zatrzymaj go, Legolasie!

– Mówię przecież, że chcę z wami pogadać – rzekł starzec. – Odłóż łuk, panie elfie!

Łuk i strzały wysunęły się z rąk Legolasa, ramiona zwisły mu bezwładnie.

– A ty, panie krasnoludzie, bądź łaskaw zdjąć rękę z trzonka topora, póki nie przyjdę do was. Obejdziemy się bez tak mocnych argumentów.

Gimli wzdrygnął się i niemal skamieniał, wpatrzony w starca, który sadził po wielkich kamiennych stopniach ze zwinnością kozicy. Poprzednia ociężałość jakby z niego opadła. Gdy stanął na półce, szare łachmany rozwiały się na mgnienie oka i błysnęła spod nich olśniewająca biel, trwało to jednak tak krótko, że mogło być tylko przywidzeniem. Gimli wciągnął dech w płuca, aż świsnęło wśród głuchej ciszy.

– Bardzo pomyślne spotkanie, jak już rzekłem – powiedział starzec, podchodząc bliżej. Zatrzymał się o krok od trzech przyjaciół, oparty na lasce, wychylony, z głową wysuniętą naprzód, i przyjrzał im się spod kaptura. – Co też robicie w tych stronach? Elf, człowiek i krasnolud, a wszyscy w płaszczach elfów! Z pewnością kryje się za tym jakaś ciekawa historia, której bym rad posłuchał. Nieczęsto widujemy tutaj takich gości.

– Mówisz, jakbyś znał dobrze Fangorn – rzekł Aragorn. – Czy tak?

– Dobrze go nie znam – odparł starzec – bo trzeba by życia kilku pokoleń, żeby zgłębić wszystkie jego tajemnice. Ale bywałem tu od czasu do czasu.

– Czy zechcesz powiedzieć nam swoje imię, a potem resztę tego, co masz do powiedzenia? – spytał Aragorn. – Ranek mija, a my mamy przed sobą zadanie, które nie może czekać.

– To, co mam do powiedzenia, jużem powiedział – rzekł starzec. – Spytałem, co tutaj robicie i jaka jest wasza historia. Jeśli zaś chodzi o moje imię... – urwał i zaśmiał się cicho, przeciągle. Na dźwięk tego śmiechu ciarki przeszły Aragorna i wstrząsnął nim dziwny, lodowaty dreszcz. A jednak nie był to strach ani zgroza, lecz takie uczucie, jakby nagły świeży podmuch albo strumień zimnego deszczu obudził go z niespokojnego snu.

– Moje imię! – powtórzył starzec. – Więc nie odgadliście go jeszcze? Obiło się wam chyba kiedyś o uszy. Tak, tak, słyszeliście je z pewnością. Ale może najpierw opowiecie swoją historię?

Trzej wędrowcy stali bez ruchu i milczeli.

– Ktoś inny na moim miejscu mógłby pomyśleć, że przyszliście tutaj w jakimś podejrzanym celu – rzekł starzec. – Ja na szczęście wiem o was coś niecoś. Szukacie śladów dwóch młodych hobbitów, jak mi się zdaje. Tak, właśnie hobbitów. Nie wytrzeszczajcie oczu, jakbyście pierwszy raz w życiu słyszeli to określenie. Znacie je dobrze, tak jak i ja. Wiedzcie, że hobbici byli na tym miejscu przedwczoraj i spotkali tu kogoś bardzo niespodzianie. Czy ta wiadomość nie cieszy was? Chcielibyście pewnie dowiedzieć się, dokąd ich zabrano. Możliwe, że na ten temat miałbym coś do powiedzenia. Ale czemu stoimy wszyscy? Wasze zadanie wcale nie jest już takie pilne, jak wam się zdawało. Usiądźmy i pogawędźmy spokojnie.

Odwrócił się i odszedł parę kroków, gdzie pod ścianą sterczącą nad półką leżało kilka głazów i odłamków skalnych. Natychmiast, jakby z nich czar zdjęto, trzej przyjaciele odetchnęli i poruszyli się swobodniej. Gimli znów sięgnął ręką do trzonka topora, Aragorn dobył miecza, Legolas podniósł łuk.

Starzec, nie zwracając na to uwagi, przysiadł na niskim, płaskim kamieniu. Szary płaszcz rozchylił się i teraz już bez żadnych wątpliwości zobaczyli, że nieznajomy ma na sobie śnieżnobiałą szatę.

— Saruman! — krzyknął Gimli i rzucił się na niego z toporem w ręku. — Gadaj! Gdzie ukryłeś naszych przyjaciół? Coś z nimi zrobił? Gadaj albo ci tak toporkiem kapelusz naznaczę, że nawet czary nic ci nie pomogą.

Starzec był jednak zwinniejszy od krasnoluda. Zerwał się i jednym susem wskoczył na szczyt skałki. Wyprostował się, jakby urósł nagle. Odrzucił szary łachman i kaptur. Stanął w olśniewającej bieli. Podniósł laskę. Topór z głośnym szczękiem wypadł z garści Gimlego na ziemię. Miecz zesztywniał w bezsilnej nagle ręce Aragorna i rozbłysnął płomieniem. Legolas krzyknął i strzała z jego łuku wzbiła się prosto w górę, a potem rozsypała się ognistymi skrami.

— Mithrandir! — zawołał elf. — Mithrandir!

— Mówiłem przecież, że to pomyślne spotkanie, Legolasie — odparł starzec.

Wszyscy wpatrzyli się w niego. Włosy miał białe jak śnieg w słońcu. Szata także oślepiała bielą. Oczy pod wysokim czołem iskrzyły się, jasne i przenikliwe, jak promienie słońca. Jego ręka miała czarodziejską władzę. W rozterce między zdumieniem, radością i trwogą nie znajdowali słów.

Wreszcie pierwszy ocknął się Aragorn.

— Gandalf! — rzekł. — Straciliśmy już nadzieję, a przecież wracasz do nas w godzinie trudnej próby! Jakie łuski zaćmiły mi wzrok? Gandalf!

Gimli nie rzekł nic, lecz padł na kolana i zasłonił dłonią oczy.

— Gandalf! — powtórzył starzec, jakby wywołując z pamięci dawno niesłyszane słowo. — Tak, tak brzmiało moje imię. Nazywałem się Gandalf.

Zszedł ze skały i podniósłszy szary płaszcz, okrył się nim znowu. Patrzącym wydało się, że słońce nagle zaszło za chmury.

— Tak, możecie mnie znowu nazywać Gandalfem — powiedział głosem dawnego ich przewodnika i przyjaciela. — Wstań, mój zacny Gimli! Aniś ty nie zawinił, ani mnie krzywda nie spotkała. Żaden z was, moi drodzy, nie ma broni, która by mogła mnie zranić. Weselcie się, że znów jesteśmy razem. Odwrócił się wiatr. Sroga burza nadciąga, ale wiatr się już odmienił.

Położył rękę na głowie krasnoluda, a Gimli podniósł ku niemu oczy i roześmiał się nagle.

– Gandalf! – zawołał. – To ty chodzisz teraz w bieli?

– Tak, jestem teraz biały – odparł Gandalf. – Jestem Sarumanem, można by rzec, ale takim, jakim Saruman być powinien. Najpierw wszakże opowiedzcie mi o sobie. Odkąd rozstałem się z wami, przeszedłem przez ogień i głęboką wodę. Zapomniałem wiele z tego, co – jak mi się zdawało – wiedziałem; nauczyłem się za to wiele z tego, co ongi zapomniałem. Widzę mnóstwo rzeczy dalekich, lecz nie dostrzegam mnóstwa najbliższych. Mówcie mi o sobie!

– Co chciałbyś usłyszeć? – zapytał Aragorn. – Długo trzeba opowiadać o wszystkich przygodach, które nas spotkały od chwili rostania z tobą na moście. Czy nie mógłbyś przedtem powiedzieć nam, co się dzieje z hobbitami? Czyś ich odnalazł? Czy są bezpieczni?

– Nie, nie odnalazłem ich – odparł Gandalf. – Ciemno było nad dolinami Emyn Muil, nic nie wiedziałem, że ich schwytano, póki mi orzeł nie przyniósł o tym wieści.

– Orzeł! – zawołał Legolas. – Widziałem orła wysoko i daleko na niebie przed trzema dniami, nad Emyn Muil.

– A tak – rzekł Gandalf. – Był to Gwaihir, Władca Wichrów, ten sam, który mnie kiedyś wyzwolił z Orthanku. Wysłałem go nad Wielką Rzekę po wiadomości. Wzrok ma bystry, lecz nie widzi wszystkiego, co dzieje się pod górami i pod drzewami. Pewne rzeczy wypatrzył, inne sam dostrzegłem. Pierścień znalazł się poza zasięgiem mojej pomocy, nikt też spośród Drużyny, która wyruszyła z Rivendell, nie może go już chronić. Omal nie został ujawniony oczom Nieprzyjaciela, ocalał jednak. Trochę się do tego przyczyniłem, bo znajdowałem się podówczas na wysokiej górze i zmagałem się z Czarną Wieżą. Cień odstąpił. Ale czułem się po tej walce straszliwie zmęczony. Długo wędrowałem osaczony przez czarne myśli.

– Wiesz zatem, co się dzieje z Frodem! – rzekł Gimli. – Jak mu się wiedzie?

– Nie mogę wam na to pytanie odpowiedzieć. Ocalał z wielkiego niebezpieczeństwa, lecz niejedno jeszcze czyha na jego drodze.

Postanowił iść do Mordoru i ruszył w tamtą stronę. Nic więcej nie jestem w stanie powiedzieć.

— O ile nam wiadomo — rzekł Legolas — Sam poszedł razem z nim.

— Doprawdy? — zakrzyknął Gandalf. Oczy mu rozbłysły, uśmiechnął się radośnie. — Doprawdy? To nowina! Lecz nie niespodzianka. To dobrze! Bardzo dobrze! Kamień zdjęliście mi z serca. Mówcie, co jeszcze wiecie! Usiądźcie przy mnie i opowiedzcie całą historię waszej wędrówki.

Przyjaciele usiedli u jego stóp i Aragorn zaczął opowieść. Przez długi czas Gandalf nie przerywał mu ani słowem, nie zadał ani jednego pytania. Ręce wsparł o kolana i przymknął oczy. Kiedy wreszcie Aragorn opowiedział o śmierci Boromira i o jego ostatniej podróży z biegiem Wielkiej Rzeki, starzec westchnął.

— Aragornie, mój przyjacielu, nie rzekłeś wszystkiego, co wiesz albo czego się domyślasz — powiedział cicho. — Biedny Boromir! Nie mogłem dostrzec, co się z nim stało. Ciężka to była próba dla rycerza i władcy wśród ludzi. Galadriela ostrzegała mnie, że grozi mu niebezpieczeństwo. Lecz wyszedł z próby mimo wszystko zwycięsko. To mnie cieszy. Nie na próżno wzięliśmy z sobą na wyprawę młodych hobbitów, dzięki nim Boromir zwyciężył. Ale ci dwaj nie tylko tę jedną rolę mieli do spełnienia. Zawędrowali do Fangornu i przybycie ich poruszyło las, tak jak czasem dwa małe kamyczki, spadając, mogą poruszyć lawinę. Nawet w tej chwili, gdy tu ze sobą rozmawiamy, słyszę z oddali pierwsze grzmoty burzy. Lepiej byłoby dla Sarumana, gdyby nie włóczył się poza swoją wieżą w chwili, gdy zapora runie!

— Pod jednym przynajmniej względem wcale się nie zmieniłeś — powiedział Aragorn. — Mówisz zagadkami!

— Co takiego? Zagadki? — odparł Gandalf. — Nie! Po prostu mówiłem głośno do siebie. Prastary zwyczaj kazał zwracać się do najmądrzejszej osoby wśród obecnych, bo długie wyjaśnienia, których by trzeba udzielać młodym, są nudne.

Roześmiał się, ale teraz jego śmiech zdawał się ciepły i miły jak blask słońca.

– Nie jestem już młody, nawet wedle miar ludzi ze Starożytnych Rodów – powiedział Aragorn. – Czy nie zechcesz wyjawić mi swoich myśli wyraźniej?

– Cóż ci mam powiedzieć? – rzekł Gandalf i zamyślił się na chwilę. – Przedstawię ci pokrótce i możliwie najjaśniej, jak w tej chwili wygląda, moim zdaniem, cała sprawa. Nieprzyjaciel oczywiście od dawna już wie, że Pierścień jest w drodze i że niesie go hobbit. Wie także, ilu nas wyruszyło z Rivendell i do jakich należymy plemion. Lecz dotychczas nie odgadł jeszcze naszych zamierzeń. Przypuszcza, że wszyscy zdążamy do Minas Tirith, ponieważ tak on sam by postąpił na naszym miejscu. Rozumie, że byłby to dotkliwy cios dla jego potęgi. Jest w strachu, bo sądzi, że lada chwila może pojawić się władca rozporządzający czarem Pierścienia i wydać mu wojnę, usiłując zrzucić z tronu, żeby zająć jego miejsce. Nie postała mu w głowie myśl, że my pragniemy go strącić, ale wcale nie chcemy zastąpić go kimś innym. A w najczarniejszych nawet snach nie zaświtało mu podejrzenie, że zechcemy zniszczyć Pierścień. W tym, jak łatwo dostrzeżesz, jest nasza szansa i cała nadzieja. Bo wyobrażając sobie, że grozi mu wojna, sam ją rozpętał, przekonany, że nie ma czasu do stracenia. Wszak ten, kto na wojnie pierwszy uderzy dostatecznie mocno, może już nie potrzebować zadawać drugiego ciosu. Dlatego Nieprzyjaciel wysyła do boju swoje z dawna przygotowane siły wcześniej, niż planował. Ale przechytrzył! Gdyby użył wszystkich sił do obrony Mordoru i zamknął tym sposobem wstęp do swego kraju, gdyby całej swej podstępnej sztuki użył do ścigania Pierścienia – wówczas nie byłoby dla nas nadziei. I Pierścień, i Powiernik Pierścienia wkrótce by wpadli w jego ręce. Lecz on, zamiast pilnować własnego kraju, oko ma utkwione w oddali, a przede wszystkim zwraca je na Minas Tirith. Lada dzień całą potęgą spadnie na ten gród jak burza.

Już wie, że jego wysłańcy, którzy mieli wciągnąć naszą drużynę w zasadzkę, ponieśli klęskę. Nie znaleźli Pierścienia. Nie uprowadzili też żadnego hobbita jako zakładnika. Gdyby tego dokonali, byłaby to dla nas ciężka klęska, może nawet ostateczna zguba. Nie zatruwajmy jednak sobie serc myślą o próbach, którym w Czarnej Wieży poddano by przyjaźń i wierność hobbitów, gdyby popadli w niewolę. Jak dotąd Nieprzyjacielowi nie udało się urzeczywistnić swoich planów. Dzięki Sarumanowi.

– A więc Saruman nie jest zdrajcą? – spytał Gimli.

– Jest zdrajcą i to podwójnym – odparł Gandalf. – Czy to nie dziwne? Ze wszystkich przeciwności, na jakie się ostatnio natykaliśmy, zdrada Isengardu zdawała się najbardziej złowróżbna. Saruman, nawet gdyby go oceniać jak zwykłego wodza i władcę, zgromadził znaczną potęgę. Zagraża Rohanowi i uniemożliwia Rohirrimom pójście na pomoc sąsiadom z Minas Tirith w momencie, gdy do ich stolicy zbliża się niebezpieczeństwo od wschodu. Lecz broń zdrady zawsze jest obosieczna. Saruman skrycie marzy o zdobyciu Pierścienia na własny użytek, a przynajmniej o porwaniu hobbitów dla swoich nikczemnych celów. I tak się stało, że wysiłki obu naszych wrogów dały tylko jeden nieoczekiwany wynik: Merry i Pippin w zdumiewająco szybkim czasie znaleźli się w puszczy Fangornu, do której nigdy by innym sposobem nie trafili!

Poza tym zrodziły się w umyśle obu wrogów wątpliwości, zakłócające ich plany. Jeźdźcy Rohanu postarali się, żeby ani jeden świadek bitwy nie wrócił do Mordoru, lecz Czarny Władca wie, że w Emyn Muil wzięto do niewoli dwóch hobbitów i że powleczono ich w stronę Isengardu wbrew woli jego służalców. Wie też, że niebezpieczeństwo grozi mu nie tylko ze strony Minas Tirith, lecz także od Isengardu. Jeżeli Minas Tirith padnie, źle będzie z Sarumanem.

– Szkoda tylko, że pomiędzy nimi dwoma są nasi przyjaciele – rzekł Gimli. – Gdyby Isengardu nie dzielił od Mordoru żaden kraj, niechby się te dwie potęgi tłukły ze sobą. Moglibyśmy przyglądać się temu spokojnie i czekać.

– Zwycięzca wyszedłby z tej walki silniejszy niż kiedykolwiek i wolny od wątpliwości – odparł Gandalf. – Ale Isengard nie może toczyć wojny z Mordorem, jeżeli Saruman nie zdobędzie przedtem Pierścienia. A już teraz nam wiadomo, że go nigdy nie zdobędzie. On jednak nie wie jeszcze, co mu grozi. O wielu rzeczach nie wie. Tak pilno było mu położyć rękę na zdobyczy, że zamiast czekać w domu, wybrał się na spotkanie swoich wysłanników, chcąc też wyśledzić, czy wiernie spełniają jego rozkazy. Przybył za późno, bitwa skończyła się, zanim tu dotarł, i nic już nie było do uratowania. Nie pozostawał tutaj długo. Czytam w jego myślach i znam jego rozterkę. W lesie Saruman źle się czuje. Przypuszcza, że Rohirrimowie wycięli w pień i spalili po bitwie wszystko, nikogo i niczego nie oszczędzając. Ale nie wie, czy orkowie uprowadzili z sobą jeńców. Nie wie też o kłótni między swoimi sługami a orkami z Mordoru. Nie wie również o Skrzydlatym Wysłanniku.

– Skrzydlaty Wysłannik! – zawołał Legolas. – Puściłem w niego strzałę z łuku Galadrieli nad Sarn Gebir i strąciłem go z nieba. Bardzo nas przeraził. Co to za nowe straszydło?

– Nie dosięgniesz go żadną strzałą – odparł Gandalf. – Prześcigłeś tylko jego wierzchowca. Dobrze zrobiłeś, lecz jeździec wkrótce otrzymał nowego. Był to bowiem Nazgûl, jeden z Dziewięciu, którzy teraz dosiadają skrzydlatych wierzchowców. Niebawem groza tych skrzydeł padnie cieniem na ostatnie zastępy naszych przyjaciół i przesłoni im słońce. Dotychczas wszakże nie pozwolono Skrzydlatym przekroczyć Wielkiej Rzeki, toteż Saruman nie wie o nowej postaci, jaką przybrały upiory Pierścienia. Wszystkie jego myśli skupiają się na Pierścieniu. Czy był wśród bitwy? Czy go znaleziono? Co się stanie, jeśli zdobędzie go i pozna jego moc Théoden, władca Riddermarchii? Tego niebezpieczeństwa najbardziej się lęka, toteż pospieszył z powrotem do Isengardu, żeby podwoić czy nawet potroić siły, które przygotowuje do napaści na Rohan. A tymczasem inne niebezpieczeństwo grozi mu tuż, pod jego progiem, lecz Saruman go nie widzi, zaprzątnięty swymi knowaniami. Zapomniał o Drzewcu.

– Znowu mówisz do siebie – rzekł Aragorn z uśmiechem. – Nie znam żadnego Drzewca. Zaczynam już rozumieć podwójną zdradę Sarumana, ale wciąż jeszcze nie pojmuję, jaki pożytek wyniknął ze zjawienia się w lesie Fangorn dwóch hobbitów, prócz tego, że nas to zmusiło do uciążliwego i daremnego pościgu.

– Chwileczkę! – krzyknął Gimli. – Pozwól, że najpierw spytam o coś innego. Czy to ciebie, Gandalfie, czy też Sarumana widzieliśmy wczorajszej nocy?

– Mnie z pewnością nie widzieliście – odparł Gandalf. – A zatem trzeba się domyślać, że był to Saruman. Jesteśmy, jak się okazuje, tak podobni do siebie, że muszę ci przebaczyć nawet zamach na mój kapelusz.

– Nie mówmy już o tym! – rzekł Gimli. – Cieszę się, że wówczas, w nocy, to nie byłeś ty.

Gandalf roześmiał się znowu.

– Tak, mój zacny krasnoludzie – powiedział – wielka to pociecha przekonać się, że nie we wszystkim się omyliliśmy. Wiem o tym aż nadto dobrze. Oczywiście, ani przez chwilę nie miałem ci za złe nieżyczliwego powitania. Jakżebym mógł się gniewać, skoro sam tyle razy powtarzałem przyjaciołom, żeby nawet własnym rękom nie ufali, kiedy mają do czynienia z Nieprzyjacielem. Nie martw się, Gimli, synu Glóina! Może kiedyś ujrzysz nas obu razem i wówczas odróżnisz mnie od Sarumana.

– Ale co się dzieje z hobbitami? – wpadł mu w słowa Legolas. – Przewędrowaliśmy kawał świata, szukając ich, a ty, Gandalfie, wiesz, jak się zdaje, gdzie przebywają Merry i Pippin. Powiedz wreszcie!

– Są wśród entów, z Drzewcem – odparł Gandalf.

– Wśród entów! – wykrzyknął Aragorn. – A więc prawdę mówią stare baśnie o mieszkańcach leśnych ostępów, olbrzymich pasterzach drzew! Czy entowie po dziś dzień żyją na świecie? Myślałem, że to wspomnienia z dawnych dni, a może tylko legenda Rohanu.

– Legenda Rohanu! – zawołał Legolas. – Jakże! Przecież każdy elf w Dzikich Krajach zna pieśni o starych onodrimach i odwiecznym ich kłopocie. Lecz nawet wśród elfów żyją oni jedynie we wspomnieniu. Poczułbym się znów młodzieniaszkiem, gdybym spotkał onodrima chodzącego po ziemi. Drzewiec to nazwa Fangornu przetłumaczona na Wspólną Mowę, a ty, Gandalfie, mówisz jakby nie o tej puszczy, ale o jakiejś osobie. Któż to taki?

– Nie, to za trudne pytanie! – odparł Gandalf. – Wiem o nim bardzo mało, ale nawet ta znikoma cząstka jego pradawnej i rozwlekłej historii wymagałaby tak długiej opowieści, że nie ma na nią dzisiaj czasu. Drzewiec to Fangorn, opiekun tej puszczy, najstarszy nie tylko z entów, ale z wszystkich istot chodzących jeszcze pod słońcem Śródziemia. Mam nadzieję, Legolasie, że się z nim kiedyś spotkasz. Merry i Pippin mieli szczęście, natknęli się na niego tutaj, na tym właśnie miejscu. Było to przed dwoma dniami. Drzewiec zabrał ich obu do swojej odległej siedziby, leżącej u korzeni gór. Często przychodzi na tę skałkę, zwłaszcza gdy dręczy go jakiś niepokój albo gdy zaalarmują go wieści z szerokiego świata. Widziałem cztery dni temu, jak przechadzał się wśród drzew; pewnie zauważył mnie nawzajem, bo przystanął; nie zagadałem jednak do niego, bo uginałem się pod brzemieniem ciężkich myśli i byłem bardzo wyczerpany po walce z Okiem Mordoru. On też nie zawołał mnie po imieniu.

– Może on też wziął cię za Sarumana – powiedział Gimli. – Mówisz o nim jak o przyjacielu, a ja myślałem, że Fangorn jest groźny.

– Groźny! – wykrzyknął Gandalf. – Ja także jestem groźny, nawet bardzo. Z nikim groźniejszym ode mnie nigdy się nie spotkacie, chyba że staniecie przed obliczem Czarnego Władcy. Aragorn jest groźny i Legolas jest groźny. Otoczony jesteś niebezpiecznymi istotami, Gimli, synu Glóina, a sam również na swój sposób jesteś groźny. Las Fangorn z pewnością jest niebezpieczny, tym bardziej dla tych, którzy wymachują zbyt pochopnie toporkiem. Sam Drzewiec też jest groźny, ale zarazem mądry i łagodny. Dziś wszakże jego powolny, z dawna wzbierający gniew kipi i przelewa się przez brzegi, wypełniając cały las. Przybycie hobbitów i wieści przez nich przyniesione stały się kroplą, która przepełniła miarę, wkrótce fala tego gniewu popłynie jak rzeka; lecz nurt jej skieruje się przeciw Sarumanowi i siekierom Isengardu. Lada chwila zdarzy się coś, czego nie widziano w Śródziemiu od dawnych dni: entowie zbudzą się i przekonają, że mają dość jeszcze w sobie siły.

– Cóż zatem zrobią? – spytał Legolas ze zdumieniem.

– Nie wiem – odparł Gandalf. – Myślę, że oni sami tego również nie wiedzą. Chciałbym zgadnąć.

I Czarodziej umilkł, pochylając w zamyśleniu głowę.

Przyjaciele patrzyli na niego. Spomiędzy płynących po niebie chmur promień słońca padł prosto na jego ręce, spoczywające na kolanach i odwrócone dłońmi do góry; wydawało się, że pełne są światła, jak miska po wręby napełniona wodą. Wreszcie podniósł wzrok i spojrzał ku słońcu.

– Południe blisko – rzekł. – Wkrótce musimy wyruszyć.

– Czy pójdziemy na poszukiwanie hobbitów i Drzewca? – spytał Aragorn.

– Nie – odparł Gandalf. – Nie tam wiedzie nasza droga. Przemawiałem słowami nadziei. Lecz tylko nadziei. A nadzieja to jeszcze nie zwycięstwo. Wojna wisi nad nami i nad wszystkimi naszymi przyjaciółmi. Jedynie użycie Pierścienia dałoby nam pewność zwycięstwa. Przytłacza mnie troska i lęk, bo wiele trzeba będzie zniszczyć, a może też wszystko utracić. Jestem Gandalf, Gandalf Biały, lecz Czarny jest jeszcze potężniejszy ode mnie.

Wstał i osłaniając oczy, popatrzył na wschód, jak gdyby widział w oddali coś, czego żaden z jego towarzyszy nie mógł dostrzec. Potrząsnął głową.

– Nie! – rzekł z cicha. – Znalazł się już poza naszym zasięgiem. Z tego przynajmniej powinniśmy być radzi. Nie najdzie nas już pokusa, by użyć Pierścienia. Pójdziemy stawić czoło niebezpieczeństwu, a choć jest ono wielkie, możemy się pocieszać, że gorsze, śmiertelne niebezpieczeństwo odsunęło się od nas.

Odwrócił głowę.

– Nie żałuj wyboru, którego dokonałeś w dolinie w górach Emyn Muil, Aragornie, synu Arathorna! – powiedział. – Nie nazywaj też tego pościgu daremnym. Wśród rozterki wybierałeś drogę, która wydała ci się słuszna. Dobrze zrobiłeś i wysiłek twój został uwieńczony powodzeniem. Bo dzięki temu spotkaliśmy się w porę, inaczej zaś mogło się to stać poniewczasie. Lecz teraz twoja misja poszukiwana hobbitów jest już wypełniona. Dałeś słowo Éomerowi, ono wytycza kierunek twojej dalszej drogi. Pójdziesz do Edoras, odwiedzisz Théodena w jego Złotym Dworze. Tam bowiem jesteś potrzebny. Andúril musi błysnąć światłem w bitwie, na którą z dawna czeka. W Rohanie toczy się wojna, a gorsze jeszcze od wojny zło osaczyło Théodena.

– A więc nie zobaczymy naszych młodych, wesołych hobbitów? – spytał Legolas.

– Tego nie powiedziałem – odparł Gandalf. – Kto wie? Miejcie trochę cierpliwości. Idźcie, gdzie was wzywa obowiązek, i zachowajcie nadzieję. W drogę, do Edoras! Ja też tam się wybieram.

– Daleka to droga dla pieszych, ciężka zarówno dla młodych, jak dla starych – rzekł Aragorn. – Obawiam się, że bitwa będzie skończona, zanim dotrę na plac boju.

– Zobaczymy, zobaczymy – powiedział Gandalf. – Czy zechcesz wędrować razem ze mną?

– Możemy razem wyruszyć – odparł Aragorn – lecz nie wątpię, że mnie wyprzedzisz, jeśli taka będzie twoja wola!

Wstał i przez długą chwilę wpatrywał się w Gandalfa. Stali tak twarzą w twarz, a Legolas i Gimli w milczeniu przyglądali się tej scenie. Okryty szarym płaszczem Aragorn, syn Arathorna, wysoki, poważny niczym kamienny posąg, z ręką na głowicy miecza, wyglądał jak król, który z mgieł morza wstąpił na ląd pośledniejszego ludzkiego plemienia. Naprzeciw niego starzec w bieli, świecącej teraz tak, jakby ją od wnętrza prześwietlał blask, zgarbiony i sędziwy, a przecież władający siłą potężniejszą niż władza królów.

– Czyż nie rzekłem prawdy, Gandalfie, że możesz znaleźć się wszędzie, gdzie zechcesz, prędzej niż ja? – spytał wreszcie Aragorn. – A powiem ci więcej: tyś jest naszym wodzem i chorążym. Czarny Władca ma Dziewięciu. My – tylko jednego, lecz możniejszego od nich: Białego Jeźdźca. Przeszedł on przez płomienie otchłani i nieprzyjaciele muszą drżeć przed nim. Pójdziemy, dokądkolwiek nas poprowadzi.

– Tak, wszyscy pójdziemy za tobą – rzekł Legolas. – Lecz przedtem, Gandalfie, zdjąłbyś mi kamień z serca, gdybyś opowiedział, co stało się z tobą w Morii. Czy zechcesz nam to powiedzieć? Czy zechcesz przynajmniej wyznać przyjaciołom, jakim sposobem zostałeś stamtąd wyzwolony?

– Zbyt już długo tutaj zabawiłem – odparł Gandalf. – Czas nagli. Lecz nawet gdybyśmy mieli cały rok na rozmowę, nie powiedziałbym wam wszystkiego.

– Powiedz tyle, ile chcesz i na ile pozwoli czas! – odezwał się Gimli. – Proszę cię, Gandalfie, powiedz, jak rozprawiłeś się z Balrogiem?

— Nie wymawiaj jego imienia! — zawołał Gandalf i na moment cień bólu przesłonił mu twarz. Milczał i zdawał się stary jak sama śmierć. — Długo, długo spadałem w dół — powiedział wreszcie, a mówił z wolna, jakby z wysiłkiem odnajdywał w pamięci przeszłość. — Długo spadałem, on zaś spadał wraz ze mną. Jego płomień owiewał mnie, przepalał. Potem obaj zanurzyliśmy się w głęboką wodę i otoczyły nas ciemności. Woda była zimna jak nurt śmierci, zmroziła niemal moje serce.

— Głęboka jest otchłań, nad którą wznosi się most Durina, i nikt jej nie zmierzył — powiedział Gimli.

— A jednak otchłań ma dno, gdzie nie sięga ani światło, ani wiedza — rzekł Gandalf. — Tam się znalazłem, u kamiennych podstaw ziemi. On był wciąż ze mną. Jego ogień zgasł, lecz on sam przemienił się w oślizłą poczwarę, silniejszą niż wąż dusiciel.

Walczyliśmy z sobą tam, w głębinach najdalszych od ziemskiego życia, w których nie liczy się czasu. On wciąż mnie trzymał w uścisku, a ja wciąż odpychałem go, aż w końcu uciekł w tunel ciemności. Tych korytarzy nie budowało plemię Durina, wiedz o tym, Gimli, synu Glóina. Głęboko, głęboko pod najgłębszymi pieczarami krasnoludów drążą ziemię bezimienne stwory. Nawet Saruman ich nie zna. Starsze są niż on. Ja tamtędy przeszedłem, lecz nie chcę zaćmiewać światła dnia ich opisem. Na dnie rozpaczy mój wróg był mi jedyną nadzieją, za nim więc biegłem, chwyciwszy się jego stóp. Tak wywiódł mnie w końcu z powrotem tajemnymi ścieżkami Khazad-dûm, bo on znał je wszystkie aż nazbyt dobrze. Wspinaliśmy się wciąż pod górę i dotarliśmy do Nieskończonych Schodów.

— Od dawna ślad ich zaginął — rzekł Gimli. — Wielu twierdziło, że nigdy ich nie zbudowano, że istnieją jedynie w legendzie, inni zaś powiadali, że były, ale zostały zniszczone.

— Zbudowano je i nie są zniszczone — odparł Gandalf. — Wznoszą się od najniższych lochów aż po najwyższy szczyt, prowadzą ślimakiem, wielu tysiącami nieprzerwanych stopni, na Wieżę Durina, wyrzeźbioną w żywej skale Zirakzigil na ośnieżonym wierzchołku Srebrnej Góry.

Tam w ścianie Celebdila jest okno, a przed nim wąska półka, zawieszone w powietrzu orle gniazdo, górujące nad morzem mgieł.

Na szczycie słońce świeciło jaskrawym blaskiem, niżej jednak chmury przesłaniały świat. Skoczył przez to okno, ja za nim, ale w tejże chwili on znowu stanął w ogniu. Nie mieliśmy tam świadka, gdyby nie to, przez wieki śpiewano by pieśni o tej bitwie na szczycie.
– Nagle Gandalf roześmiał się. – Cóż jednak opowiadałaby pieśń? Kto widziałby nas z daleka, pomyślałby, że nad wierzchołkiem góry rozszalała się burza. Słyszałby grzmoty, widziałby błyskawice rozszczepiające się na Celebdilu i odskakujące od skały we wstęgach płomieni. Czyż to nie dosyć? Otoczyły nas kłęby dymu, obłoki gorącej pary. Siekło nas gęstym gradem. Strąciłem przeciwnika, on zaś, spadając z wysokości, rozwalił w gruzy całe zbocze. Wówczas ogarnęła mnie ciemność, straciłem świadomość i rachubę czasu i wędrowałem daleko drogami, o których mówić nie będę.

Nagi zostałem przywrócony światu na krótki tylko czas, póki nie dopełnię swego zadania. Nagi leżałem na szczycie Celebdila. Wieża za mną rozpadła się w proch, okno zniknęło. Osmalone od ognia i pokruszone skały zawaliły przejście schodów. Byłem sam, zapomniany, bez ratunku porzucony na kamiennym wierzchołku świata. Patrzyłem w niebo, po którym przesuwały się gwiazdy, a każdy dzień trwał tutaj wieki. Z dołu dochodził mnie stłumiony głos wszystkich krajów ziemi: wiosennych przebudzeń i śmierci, pieśni i płaczu, a także wiekuisty jęk obciążonych nad miarę kamieni. Aż wreszcie odnalazł mnie po raz drugi Gwaihir, Władca Wichrów, i znów zdjął mnie z wyżyn, by ponieść w świat.

– Widać sądzone mi być zawsze twoim brzemieniem, przyjacielu, który zjawiasz się w najgorszej godzinie! – rzekłem.

– Wtedy byłeś brzemieniem – odparł – lecz nie dziś. Stałeś się lekki jak pióro łabędzie w moich szponach. Słońce przez ciebie prześwieca. Doprawdy, nie sądzę, abym ci był potrzebny. Gdybym cię upuścił, pofrunąłbyś z wiatrem.

– Lepiej mnie nie upuszczaj! – szepnąłem przerażony, bo już we mnie wstępowało nowe życie. – Nieś mnie do Lothlórien.

– Tak właśnie rozkazała mi Pani Galadriela, ona to bowiem przysłała mnie po ciebie – odparł.

Tym sposobem przybyłem do Caras Galadhon, lecz już po waszym odejściu. Wyleczono tam moje rany i odziano mnie w biel. Dawałem rady i słuchałem rad. Potem wędrowałem dziwnymi drogami aż do tej puszczy. Każdemu z was przynoszę z Lothlórien wieści. Aragornowi kazano mi powtórzyć takie oto słowa:

> *Gdzież są Dúnedainowie, o, Elessarze?*
> *Cóż twoim krewnym w drogę ruszyć każe?*
> *Lud Zagubiony już z mgły się wyłania,*
> *Z Północy jedzie zaś Szara Kompania.*
> *Dla ciebie mroczna ścieżyna, sąsiedzie;*
> *Trup strzeże drogi, co ku morzu wiedzie.* [1]

A Legolasowi poleciła Galadriela rzec tak:

> *O, Legolasie, dobrze żyłeś w lesie*
> *W ciągłej radości. Teraz morza strzeż się!*
> *Gdy krzyk usłyszysz mewy o wieczorze,*
> *Serce twe nigdy nie spocznie już w borze!* [2]

Gandalf umilkł i przymknął oczy.

– A więc dla mnie nie przyniosłeś nic od niej? – rzekł Gimli, spuszczając głowę.

– Zagadkowe są jej słowa – powiedział Legolas. – Niewiele z nich odgadnąć mogą ci, dla których są przeznaczone.

– Mała to dla mnie pociecha – rzekł Gimli.

– Jakże? – odparł Legolas. – Czy chciałbyś, żeby otwarcie mówiła o twojej śmierci?

– Tak, jeśliby nic innego nie miała do powiedzenia.

– O co wam chodzi? – odezwał się Gandalf, odmykając oczy. – Zdaje mi się, że rozumiem, co chciała przez to rzec. Wybacz, Gimli! Rozważałem na nowo słowa Galadrieli. Ale mam jeszcze coś dla ciebie i nie jest to ani zagadka, ani smutna przepowiednia.

„Gimlego, syna Glóina – mówiła – pozdrów ode mnie. Wszędzie, gdziekolwiek jest, moje myśli biegną za nim. Niech jednak pamięta zawsze uważnie obejrzeć drzewo, zanim podniesie na nie swój toporek".

---

[1] Przełożył Włodzimierz Lewik.
[2] Przełożył Włodzimierz Lewik.

– W szczęśliwą godzinę powróciłeś do nas, Gandalfie! – wykrzyknął krasnolud, skacząc i podśpiewując głośno w swoim dziwnym krasnoludzkim języku. – Dalejże! Dalej! – wołał, wymachując toporkiem. – Skoro głowa Gandalfa jest święta i nietykalna, poszukajmy innej, którą by mi wolno było rozłupać.

– Niedaleko trzeba będzie szukać – rzekł Gandalf, wstając. – W drogę! Za długo święcimy to przyjacielskie spotkanie. Nie wolno już więcej tracić ani chwili.

Owinął się w łachmany starego płaszcza i ruszył pierwszy. Za nim trzej przyjaciele zbiegli z wysokiej półki, a potem spiesznym krokiem poszli przez las w dół, ku brzegom Rzeki Entów. Nie rozmawiali z sobą, póki nie stanęli w trawie na skraju Fangornu. Koni nie było nigdzie ani śladu.

– A więc nie wróciły! – rzekł Legolas. – Ciężki nas czeka marsz.

– Nie pójdę pieszo. Czas nagli – odparł Gandalf. Podniósł głowę i gwizdnął przeciągle, a tak czysto i donośnie, że trzej towarzysze zdumieli się, słysząc tę młodzieńczą nutę z ust siwobrodego starca. Po trzykroć powtórzył gwizd, aż od stepów doleciało wraz ze wschodnim wiatrem nikłe jeszcze w oddali rżenie konia. Czekali w podziwie. Wkrótce usłyszeli tętent kopyt, zrazu tak stłumiony jak lekkie drganie ziemi, dosłyszalne jedynie dla ucha Aragorna, gdy je przytykał do trawy, potem coraz głośniejsze, wyraźniejsze, a szybkie w rytmie.

– Koni jest kilka – rzekł Aragorn.

– Pewnie! – odparł Gandalf. – Za wielu nas na jednego.

– Trzy! – rzekł Legolas, wpatrując się w step. – Spójrzcie, jak mkną z wichrem, Hasufel, a przy nim mój przyjaciel Arod. Ale na przedzie cwałuje inny jeszcze koń, ogromny. Nie spotkałem jeszcze w życiu takiego rumaka.

– I nie zobaczysz drugiego – powiedział Gandalf. – To Cienistogrzywy. Przywódca mearasów, książąt wśród koni. Nawet Théoden, król Rohanu, nigdy lepszego rumaka nie widział. Błyszczy jak srebro, a mknie gładko jak żywy strumień. Po mnie przybywa, to wierzchowiec Białego Jeźdźca. Z nim razem ruszę na wojnę.

Nim stary Czarodziej skończył te słowa, ogromny rumak już zaczął wspinać się ku nim po stoku wzgórza. Sierść migotała srebrem, grzywa powiewała w pędzie. Dwa inne konie szły jego śladem. Na widok Gandalfa Cienistogrzywy zwolnił kroku i zarżał głośno. Lekkim truchtem podbiegł i schylając dumną głowę, przylgnął nozdrzami do szyi starca. Gandalf pogłaskał go.

– Daleko stąd do Rivendell, przyjacielu! – rzekł. – Mądrze jednak zrobiłeś, żeś się pospieszył. A teraz już razem ruszymy dalej w ten świat i nie rozstaniemy się więcej!

Zaraz też zbliżyły się dwa pozostałe konie i przystanęły, jakby czekając na rozkazy.

– Udamy się co prędzej do Meduseld, na dwór waszego władcy Théodena – zwrócił się do nich Gandalf z powagą. Konie skinęły głowami. – Nie ma czasu do stracenia, więc jeśli się zgadzacie, ruszymy natychmiast. Prosimy was o pośpiech. Hasufel poniesie Aragorna, Arod zaś – Legolasa. Gimlego wezmę przed siebie, Cienistogrzywy zechce łaskawie dźwigać nas obu. Teraz tylko napijemy się wody przed drogą.

– Zaczynam rozumieć tajemnicę wczorajszej nocy – rzekł Legolas, skacząc lekko na grzbiet Aroda. – Nie wiem, czy konie nasze zbiegły w popłochu, czy nie, ale to pewne, że spotkały Cienistogrzywego, swego przywódcę, i powitały go radośnie. Czy wiedziałeś, że on jest w pobliżu, Gandalfie?

– Tak, wiedziałem – odparł Czarodziej. – Przyzywałem go myślą i prosiłem o pośpiech. Wczoraj bowiem był jeszcze daleko stąd, na południu. Oby mnie tam jak najprędzej zaniósł znowu!

Powiedział coś do wierzchowca i Cienistogrzywy ruszył z miejsca galopem, lecz miarkując krok wedle możliwości swoich dwóch towarzyszy. W pewnej chwili skręcił nagle i wybierając miejsce, gdzie brzegi były niższe, przeszedł w bród rzekę, potem zaś poprowadził kawalkadę na południe, krajem płaskim, bezdrzewnym i otwartym. Jak okiem sięgnąć trawa szarą falą kołysała się na wietrze. Żaden ślad nie znaczył drogi ani szlaku, lecz Cienistogrzywy nie błądził i nie wahał się ani sekundy.

– Kierujemy się na przełaj prosto ku dworowi Théodena u podnóży Białych Gór – rzekł Gandalf. – W ten sposób najszybciej tam staniemy. Grunt jest pewniejszy we Wschodnim Emnecie, którędy wiedzie główny północny szlak przecinający rzekę, ale Cienistogrzywy zna drogę przez wszystkie moczary i zapadliska.

Mknęli tak długie godziny wśród łąk i rzecznych zalewów. W wielu miejscach trawa rosła tak bujnie, że sięgała jeźdźcom nad kolana, a wierzchowce zdawały się płynąć w szarozielonym morzu. Natykali się czasem na ukryte w zieleni stawy, na rozległe łany trzcin szumiących nad zdradzieckimi bagnami, lecz Cienistogrzywy znajdował wszędzie bezpieczną ścieżkę, a dwa konie szły za nim trop w trop. Z wolna słońce chyliło się na niebie ku zachodowi. Przez chwilę jeźdźcy widzieli je w wielkiej dali nad rozległym stepem jak czerwony płomień zapadający w trawę. Tuż nad widnokręgiem zbocza gór zapaliły się czerwienią. Dymy wzbiły się od ziemi, przesłaniając tarczę słoneczną krwawą łuną, jakby zachodzące za krawędź ziemi słońce podpaliło stepową trawę.

– Tam jest Brama Rohanu – rzekł Gandalf. – Niemal dokładnie na zachód od nas. Za nią leży Isengard.

– Widzę ogromne dymy – powiedział Legolas. – Co to może oznaczać?

– Bitwę i wojnę! – odparł Gandalf. – Naprzód!

Rozdział 6

Król ze Złotego Dworu

Cwałowali, a tymczasem słońce zaszło, zmrok zapadł z wolna i nadciągnęła noc. Kiedy się wreszcie zatrzymali i zeskoczyli z siodeł, nawet Aragorn ciało miał odrętwiałe i był znużony. Gandalf jednak ledwie przez parę godzin pozwolił im odpoczywać. Gimli i Legolas usnęli, Aragorn leżał wyciągnięty na wznak, lecz Gandalf stał, oparty na lasce, i wpatrywał się w ciemności, to na wschód, to na zachód. Cisza panowała dokoła, nie pokazała się i nie odezwała żadna żywa dusza. Kiedy wędrowcy wstali znowu, chmury długimi pasmami przekreślały niebo, sunąc z chłodnym podmuchem wiatru. Przy zimnej poświacie księżyca mknęli dalej równie szybko jak w blasku dnia.

Godziny płynęły, a jeźdźcy pędzili wciąż naprzód. Gimli zdrzemnął się i byłby spadł z konia, gdyby Gandalf nie chwycił go w porę i nie potrząsnął. Dwa konie mimo zmęczenia ambitnie dotrzymywały kroku niezmordowanemu przywódcy, który pomykał przed nimi jak ledwo dostrzegalny szary cień. Tak przebyli wiele mil. Wreszcie księżyc skrył się na zachodzie w chmurach.

Dmuchnęło przejmującym chłodem. Powoli ciemność na wschodzie bladła, przybierając zimną, szarą barwę. Czerwone słupy blasku wystrzeliły zza czarnych ścian odległych wzgórz Emyn Muil. Świt wstawał jasny, pogodny, wiatr dmuchał w poprzek ich ścieżki, trawy chyliły się z szelestem. Nagle Cienistogrzywy stanął i zarżał. Gandalf wyciągnął rękę.

– Patrzcie! – zawołał. Wędrowcy podnieśli zmęczone oczy. Przed nimi piętrzyły się góry Południa, ubielone szczyty, poznaczone czarnymi smugami. Zieleń łąk sięgała wzgórz, które skupiły się u stóp gór, a potem rozbiegała się w mnóstwo dolin, jeszcze w tej chwili zamglonych i mrocznych, nietkniętych światłem brzasku, wciskających się kręto między wzgórza. Tuż przed wędrowcami najszersza z nich otwierała się jak wydłużona zatoka wśród gór. W głębi majaczył zwalisty masyw górski, nad którym wystrzelał jeden tylko wysoki szczyt. W wylocie tej zatoki, jakby na warcie, sterczał samotny pagórek. U jego stóp wił się srebrną nitką potok spływający doliną; grzbiet pagórka łowił już złoty blask dalekiego jeszcze słońca.

– Mów, Legolasie – rzekł Gandalf. – Mów, co widzisz przed nami.
Legolas osłonił oczy od poziomych promieni wschodu.

– Widzę biały potok spływający ze śnieżnych pól – powiedział. – Tam, gdzie wychyla się z cieni doliny, od wschodniej strony zielenieje pagórek. Otacza go fosa, potężny wał i najeżony cierniem żywopłot. Wewnątrz ogrodzenia widzę dachy domów, a pośrodku, na zielonej terasie, dumny, wysoki, ogromny dwór, siedzibę ludzi. Jeśli mnie wzrok nie myli, ten dwór kryty jest złotem. Blask od niego bije szeroko w krąg. Złote są także słupy u jego bram. Czuwają tam ludzie w błyszczących zbrojach, lecz wszyscy inni śpią jeszcze.

– Dziedziniec wokół dworu zwie się Edoras – rzekł Gandalf – a Złoty Dwór to Meduseld. Mieszka w nim Théoden, syn Thengla, król Rohanu. Przybywamy wraz ze świtem. Droga teraz przed nami prosta i widna. Musimy jednak posuwać się ostrożnie, bo w tych stronach trwa wojna, a Rohirrimowie, hodowcy i mistrzowie koni, nie śpią, wbrew pozorom. Radzę, niech żaden z was nie dobywa oręża ani nie odzywa się wyniośle, póki nie staniemy przed tronem Théodena.

Ranek świecił już jasno i ptaki śpiewały, gdy zajechali nad potok. Bystrym nurtem toczył się na równinę, a opłynąwszy pagórek, skręcał szerokim łukiem i przecinał drogę wędrowcom, kierując się ku wschodowi, żeby gdzieś w oddali zasilić Rzekę Entów, duszącą się wśród trzcin i sitowia na moczarach. Kraj zielenił się dokoła, na wilgotnych łąkach i trawiastych brzegach potoku gęsto rosły wierzby. Tu, na południu, końce wierzbowych gałązek już zabarwiały się czerwienią w przeczuciu bliskiej wiosny. Przez potok prowadził bród, łącząc niskie brzegi stratowane końskimi kopytami. Jeźdźcy przeprawili się i na drugim brzegu trafili na szeroką wyżłobioną drogę, która wiodła pod górę.

U stóp obronnego wzgórza droga biegła w cieniu wyniosłych zielonych kopców. Ich zachodnie stoki zdawały się oprószone śniegiem, tak gęsto kwitły na nich niezliczone, drobne, podobne do gwiazdeczek kwiaty.

– Spójrzcie! – powiedział Gandalf. – Jak piękne są jasne oczy tych kwiatów wśród trawy. Nazwano je niezapominki, *simbelmynë* w języku tutejszych ludzi, bo kwitną przez cały rok na miejscu, gdzie spoczywają zmarli. Wiedzcie, że znaleźliśmy się wśród kurhanów, w których śpią przodkowie Théodena.

– Siedem kopców po lewej i dziewięć z prawej strony – rzekł Aragorn. – Wiele pokoleń ludzkich przeminęło, odkąd zbudowano Złoty Dwór.

– Pięćset razy czerwone liście opadły z drzew w mojej ojczystej Mrocznej Puszczy od tamtych dni – powiedział Legolas – lecz nam ten czas zdaje się jedną chwilką.

– Ale dla Rohirrimów to okres tak długi – rzekł Aragorn – że po dniach budowy zostały tylko wspomnienia w pieśni, a lata poprzednie giną we mgle przeszłości. Dziś ten kraj nazywają swoją ojczyzną, ziemią rodzinną, a mową też różnią się już bardzo od swoich pobratymców z północy.

I zaczął nucić jakąś pieśń w języku nieznanym elfowi i krasnoludowi. Słuchali go jednak chętnie, bo melodia była piękna.

– Domyślam się, że to język Rohirrimów – rzekł Legolas – bo przypomina ten kraj, gdzieniegdzie bujny i rozkołysany, a gdzieniegdzie surowy i poważny jak góry. Nie mogę jednak zgadnąć, co mówi ta pieśń, czuję tylko, że nabrzmiała jest od smutku śmiertelnych ludzi.

– Przetłumaczę ją dla was na Wspólną Mowę – odparł Aragorn – jak zdołam najwierniej.

Gdzież teraz jeździec i koń? Gdzież róg, co graniem wiódł w pole?
Gdzież jest kolczuga i hełm, i włos rozwiany na czole?
O, gdzie jest harfa i dłoń, gdzie ogień złotoczerwony,
Gdzie jest czas wiosny i żniw, gdzie zboża dojrzałe plony?

Wszystko minęło jak deszcz, jak w polu wiatr porywisty,
Na zachód odeszły dni, za góry mroczne i mgliste...
Któż będzie zbierał dym, martwego lasu, co zgorzał,
Któż ujrzy mijanie lat, co powracają od Morza?[1]

Ułożył tę pieśń przed wiekami zapomniany poeta Rohanu, wspominając, jak smukły i piękny był Eorl Młody, gdy przybył tu z północy. Jego wierzchowiec miał skrzydła u nóg, a nazywał się Felaróf, ojciec koni. Po dziś dzień śpiewają o tym ludzie wieczorami.

Tak mówił im Aragorn, a tymczasem wyjechali spomiędzy milczących kurhanów. Droga zwinięta na kształt ślimaka prowadziła teraz po zielonym zboczu na wzgórze, aż wreszcie stanęli przed szeroką, wystawioną na wiatr od stepów bramą Edoras. Zaraz też obskoczyli ich ludzie w błyszczących zbrojach i włóczniami zagrodzili wjazd.

– Stójcie, nieznani cudzoziemcy! – krzyknęli w języku Rohanu; po czym zaczęli się dopytywać o imiona i cel podróży. W oczach ich można było wyczytać podziw, lecz niezbyt przyjazny. Szczególnie na Gandalfa spoglądali podejrzliwie.

– Rozumiem waszą mowę – odpowiedział w tym samym języku Gandalf. – Ale mało kto ją zna wśród obcoplemieńców. Jeśli pragniecie odpowiedzi, dlaczego nie używacie Wspólnej Mowy, jak jest w zwyczaju na całym zachodzie?

– Król Théoden rozkazał nie otwierać bram nikomu, kto nie zna naszego języka i nie jest nam przyjacielem – odparł jeden z wartowników. – Niechętnie witamy w tych dniach wojny gości spoza własnego plemienia, chyba że przybywają z Mundburga, z Gondoru. Kim jesteście, że tak beztrosko podróżujecie przez step w dziwacznych strojach, na wierzchowcach podobnych do naszych koni? Od dawna trzymamy tu straż i wypatrzyliśmy was z daleka. Nigdy jeszcze nie widziano tu jeźdźców tak niezwykłych ani konia wspanialszego niż ten, którego dosiadasz. Jeżeli oczu nam nie omamił jakiś czar, jest to jeden z mearasów. Możeś ty czarodziej, szpieg Sarumana albo widmo przez niego nasłane? Mów, a żywo!

---

[1] Przełożył Włodzimierz Lewik.

– Nie jesteśmy widmami – odezwał się Aragorn – i oczy was nie mylą. To są konie z waszych stadnin, pewnie je poznałeś, nim jeszcze zacząłeś nas wypytywać. Złodziej wszakże nie wracałby z koniem do stajni właściciela. Oto Hasufel i Arod, wierzchowce, których użyczył nam ledwie przed dwoma dniami Éomer, Trzeci Marszałek Rohanu. Odprowadzamy je tak, jak przyrzekliśmy. Czy Éomer nie wrócił z wyprawy i nie zapowiedział naszego przybycia?

Wartownik zmieszał się wyraźnie.

– Nic wam o Éomerze powiedzieć nie mogę – rzekł. – Jeżeli prawdę mówicie, król z pewnością będzie coś o tym wiedział. Może wasze przybycie nie jest całkiem nieoczekiwane. Przed dwoma dniami wieczorem Gadzi Język był tutaj i oznajmił, że z woli Théodena żaden obcoplemieniec nie śmie odtąd przestąpić tej bramy.

– Gadzi Język? – spytał Gandalf, uważnie patrząc na wartownika. – Ani słowa więcej! Nie do niego, lecz do władcy Rohanu mam sprawę. I to pilną! Czy zechcesz iść sam, czy też poślesz kogoś, aby o tym królowi oznajmić?

Oczy Gandalfa błyszczały, gdy pochyliwszy się, spod ściągniętych brwi zaglądał pilnie w twarz Rohirrima.

– Pójdę sam – odparł tamten po namyśle. – Ale jakie imiona mam oznajmić królowi? Co mu o was powiedzieć? Zdajesz się stary i znużony, a jednak groźny i srogi, wbrew pozorom.

– Dobrześ przyjrzał się i słusznie osądził – rzekł Czarodziej. – Jestem Gandalf. Wracam. I zważ: odprowadzam królowi konia. To Cienistogrzywy Wielki, którego niczyja ręka prócz mojej nie okiełzna. Ze mną jest Aragorn, syn Arathorna, spadkobierca królów, który dąży do Mundburga. A oto Legolas, elf, i Gimli, krasnolud – nasi przyjaciele. Idź i powiedz swemu panu, że stanęliśmy u jego bram i pragniemy z nim rozmowy, jeśli dopuści nas na swój dwór.

– Niezwykłe wymieniłeś imiona! Powtórzę je wszakże mojemu władcy. Zobaczymy, co na to król powie! – odparł wartownik. – Czekajcie na mnie, przyniosę wam odpowiedź, jaką Théoden uzna za właściwą. Nie obiecujcie sobie za wiele. Czasy mamy teraz surowe.

I odszedł szybkim krokiem, pozostawiając obcych pod czujną strażą swoich towarzyszy.

Wrócił po chwili.

– Chodźcie ze mną – rzekł. – Théoden pozwolił was wpuścić, lecz wszelką broń, nawet kije, macie złożyć u progu. Odźwierny wam ją przechowa.

Posępne wrota otwarły się wreszcie. Wędrowcy weszli przez nie gęsiego, w ślad za przewodnikiem. Znaleźli się na szerokiej ulicy wybrukowanej ciosanym kamieniem, wznoszącej się wciąż pod górę, niekiedy ślimakiem, a niekiedy kilku stopniami starannie zbudowanych schodów. Minęli mnóstwo drewnianych domów i ciemnych drzwi. Równolegle do ulicy perlił się i szumiał jasny potok, ujęty w kamienne koryto. W końcu dotarli na szczyt wzgórza. Wysoki pomost górował nad zielonym tarasem, u którego stóp, spod kamienia wyrzeźbionego w kształt końskiej głowy, tryskało wesołe źródełko. Woda ściekała z niego do wielkiego zbiornika, a dalej do potoku. Przez taras wiodły schody szerokie i ogromne, a na ostatnim stopniu stały z dwóch stron wykute w kamieniu ławy. Siedzieli tam królewscy strażnicy, którzy trzymali na kolanach obnażone miecze. Złociste włosy mieli splecione w warkocze. Słońce grało w ich zielonych tarczach i w jasnych, polerowanych pancerzach. Gdy się podnieśli z ław, wędrowcy ujrzeli mężów tak rosłych, jak rzadko bywają śmiertelnicy.

– Drzwi są tu na wprost – rzekł przewodnik. – Ja muszę wracać do bramy na służbę. Żegnajcie! Oby was król raczył przyjąć łaskawie.

Zawrócił i odszedł spiesznie. Wędrowcy wstępowali po ogromnych stopniach pod okiem straży. Gwardziści króla patrzyli na nich z góry bez słowa, póki Gandalf nie stanął na kamiennym tarasie u szczytu schodów. Wówczas niespodzianie pozdrowili go chórem dźwięcznych głosów w swoim rodzinnym języku.

– Witajcie, przybysze z dalekich stron – powiedzieli, zwracając miecze rękojeścią do gości na znak pokojowych zamiarów. Zielone drogocenne kamienne zamigotały w słońcu. Potem jeden z gwardzistów wystąpił z szeregu i odezwał się we Wspólnej Mowie:

– Jestem odźwiernym Théodena – rzekł. – Nazywam się Háma. Proszę, odłóżcie wszelki oręż, nim wejdziecie do pałacu.

Pierwszy Legolas złożył w jego ręce swój sztylet o srebrnym trzonku, kołczan i łuk.

– Strzeż pilnie mojej broni – powiedział – bo pochodzi ona ze Złotego Lasu i dostałem ją w darze od Pani z Lórien.

Zdumienie błysnęło w oczach odźwiernego. Pospiesznie odstawił broń pod mur, jak gdyby bojąc się jej dotykać.

– Obiecuję ci, że jej tu nikt nie ruszy – rzekł.

Aragorn wahał się przez chwilę.

– Wola moja wzdraga się – rzekł – przed odłożeniem miecza i powierzeniem Andúrila w ręce innego człowieka.

– Taka jest wola Théodena – powiedział Háma.

– Nie mam pewności, czy wola Théodena, syna Thengla, jakkolwiek jest on władcą Rohanu, powinna przeważać nad wolą Aragorna, syna Arathorna, dziedzica Elendila z Gondoru.

– Stoisz przed domem Théodena, nie zaś Aragorna, nawet gdyby ów Aragorn był królem Gondoru i zasiadał na stolicy Denethora – odparł Háma, szybko stając przed drzwiami i zagradzając drogę. Miecz zwrócił teraz ostrzem ku gościom.

– Jałowy spór – wmieszał się Gandalf. – Żądanie Théodena jest zgoła niepotrzebne, lecz daremnie próbowalibyśmy się sprzeciwiać. Wola króla, słuszna czy nie, rozstrzyga w jego własnym pałacu.

– Prawda – rzekł Aragorn – i chętnie spełniłbym życzenie gospodarza, choćby nim był drwal w swoim szałasie, gdybym nosił u pasa inny miecz. Lecz to jest Andúril.

– Jakkolwiek zwie się twój oręż, odłóż go tutaj – powiedział Háma – jeśli nie chcesz walczyć sam jeden przeciw wszystkim mężom w Edoras.

– Nie walczyłby sam jeden – odezwał się Gimli, przesuwając palcem po ostrzu toporka i groźnie spoglądając na odźwiernego, jakby to było młode drzewko, które nadaje się do ścięcia. – Nie sam by walczył!

– Spokój, spokój! – rzekł Gandalf. – Jesteśmy wszyscy tu przyjaciółmi. A przynajmniej powinniśmy być przyjaciółmi. Kłótnią nic nie zyskamy, tylko ucieszymy Mordor. Ja w każdym razie oddaję mój miecz, strzeż go, Hámo, dobrze, bo to Glamdring, wykuty przez elfów bardzo dawno temu. A teraz przepuść mnie. Dalejże, Aragornie!

Z wolna Aragorn odpiął pas i sam odstawił swój miecz pod ścianę.

– Zostawiam Andúrila tutaj – rzekł – lecz nie waż się, Hámo, dotknąć go ani też nie pozwól, by go tknął ktokolwiek. W pochwie przez elfów sporządzonej kryje się bowiem ostrze, które było złamane i zostało na nowo przekute. Ongi wykuł je Telchar w zamierzchłej przeszłości. Prócz spadkobiercy Elendila każdy, kto by jego miecza dobył, padnie rażony śmiercią.

Odźwierny cofnął się o krok i ze zdumieniem spojrzał na Aragorna.

– Rzekłby kto, że przybyłeś z niepamiętnych czasów na skrzydłach legendy – powiedział. – Będzie, jak rozkazujesz.

– Ano, w towarzystwie Andúrila może i mój toporek bez wstydu odpocząć – mruknął Gimli i położył swój oręż na ziemi. – Zrobiliśmy wszystko, czego od nas żądałeś. Prowadź teraz do swego króla!

Lecz odźwierny jeszcze się wahał.

– Masz laskę – zwrócił się do Gandalfa. – Wybacz, ale kij także musisz zostawić pod drzwiami.

– Od rzeczy gadasz! – odparł Gandalf. – Co innego przezorność, a co innego grubiaństwo. Jestem stary. Jeśli nie pozwolisz mi wspierać się na lasce, siądę tutaj i poczekam, aby Théoden raczył do mnie wyjść na pogawędkę.

Aragorn zaśmiał się.

– Każdy ma jakiś skarb, który zanadto miłuje, by go powierzyć w cudze ręce. Czy każecie starcowi wyzbyć się jedynej podpory? Pozwólcie nam wreszcie wejść.

– Laska w ręku czarodzieja to pewnie coś więcej niż tylko podpora starości – odparł Háma. Uważnie przyjrzał się jesionowej różdżce, na której opierał się Gandalf. – Lecz w przypadku wątpliwym wolno uczciwemu człowiekowi powodować się własnym sądem. Wierzę, że jesteście nam przyjaciółmi, godnymi zaufania gośćmi, którzy nie żywią złych zamiarów. Wejdźcie!

Gwardziści odsunęli ciężkie rygle i pchnęli drzwi, które otworzyły się z wolna, ze zgrzytem zawiasów. Goście weszli. Wnętrze wydało się ciemne i gorące w porównaniu z jasnością i świeżością pagórka.

Sień była długa, obszerna, pełna cieni i półświateł. Potężne filary wspierały wysoki strop. Lecz tu i ówdzie snopy słonecznego blasku padały z okien zwróconych na wschód i umieszczonych w górze pod szerokimi okapami. Przez wycięty w stropie otwór smużki dymu wzbijały się ku bladego błękitowi nieba. Gdy oczy przybyszów nawykły do półmroku, dostrzegli, że posadzka ułożona jest z różnobarwnych kamieni i że znaki runiczne oraz dziwne napisy wiją się po niej u ich stóp. Zauważyli, że filary są bogato rzeźbione i lśnią matowym złotem, mieniąc się przygaszonymi kolorami. Na ścianach wisiały rozpięte ogromne tkaniny, przedstawiające postaci z dawnych legend, niektóre spłowiałe ze starości, a niektóre zatarte w mroku. Lecz jeden z tych obrazów jaśniał w pełnym słonecznym blasku; wyobrażał on młodego rycerza na białym koniu. Młodzieniec dął w wielki róg, a złote włosy rozwiewał mu wiatr. Koń miał głowę podniesioną, czerwone nozdrza, szeroko rozdęte, węszyły w oddali bitwę. Pienista zielona i biała woda sięgała mu burzliwą falą do kolan.

– Patrzcie! To Eorl Młody! – rzekł Aragorn. – Tak wyglądał, gdy wyruszał z północy, aby stoczyć bitwę na Polach Celebrantu.

Czterej przyjaciele szli dalej. Minęli ogień płonący pośrodku sali na wydłużonym kamiennym palenisku. Pod przeciwległą ścianą domu, za ogniskiem, na wprost wychodzących na północ drzwi, trzy szerokie stopnie prowadziły na wzniesienie. Tam we wspaniałym złoconym fotelu siedział starzec, tak zgarbiony pod brzemieniem lat, że wyglądał niemal jak karzeł. Długie siwe włosy, splecione w grube warkocze, opadały spod wąskiej złotej przepaski otaczającej mu skronie. Osadzony pośrodku czoła lśnił jeden jedyny biały diament. Broda biała jak śnieg sięgała do kolan starca. Oczy tylko świeciły jeszcze żywym blaskiem i roziskrzyły się, kiedy władca spojrzał na przybyszy. Za jego fotelem stała kobieta w białej sukni. U nóg, na stopniach wzniesienia, przysiadł chudy człowiek, twarz miał bladą i chytrą, a powieki opuchnięte.

Chwilę trwała cisza. Starzec nie drgnął nawet w swoim fotelu.

W końcu odezwał się Gandalf:

– Witaj, Théodenie, synu Thengla! Wróciłem. Albowiem burza nadciąga i wszyscy przyjaciele powinni trzymać się w gromadzie, żeby każdego z osobna nie powaliła wichura.

Starzec z wolna dźwignął się na nogi, ciężko oparty na krótkiej czarnej lasce z białą kościaną gałką. Teraz dopiero ci, co widzieli go po raz pierwszy, przekonali się, że mimo przygarbienia Théoden jest mężem olbrzymiego wzrostu, a za młodu musiał zadziwiać wspaniałą postawą.

– Witaj – rzekł. – Może oczekiwałeś, że powitam cię radośnie. Jeśli wszakże mam być szczery, twoje odwiedziny są wątpliwą radością dla tego domu, mistrzu Gandalfie. Zawsze jesteś zwiastunem nieszczęść. Troski ciągną za tobą jak kruki, a za każdym twoim zjawieniem gorsze. Nie będę cię łudził: gdym usłyszał, że Cienistogrzywy wrócił z pustym siodłem, ucieszyłem się z odzyskania rumaka, lecz jeszcze bardziej ze zguby jeźdźca. A gdy Éomer przyniósł wiadomość, że ty, Gandalfie, odszedłeś wreszcie do swej wiekuistej ojczyzny, nie płakałem po tobie. Lecz wieści z daleka rzadko się sprawdzają. Oto znów jesteś tutaj! I przynosisz, jak można się spodziewać, nowiny jeszcze bardziej złowróżbne niż poprzednio. Czemuż miałbym się cieszyć z twego widoku, Gandalfie, zwiastunie burzy? Odpowiedz!

I powolnym ruchem król opadł znów na swój fotel.

– Słuszne są twoje słowa, panie! – odezwał się blady dworzanin siedzący na stopniach u nóg króla. – Ledwie pięć dni upłynęło od żałobnej wieści, że na polach Zachodniej Marchii poległ twój syn, Théodred, prawa ręka króla i Drugi Marszałek Rohanu. Éomerowi nie sposób zaufać. Gdyby on tu rządził, niewielu zostałoby obrońców w murach twojej stolicy. A właśnie z Gondoru doszły nas ostrzeżenia, że Czarny Władca gotuje napaść od wschodu. W takiej to godzinie ten włóczęga zjawia się znów u nas. Jakże możemy witać cię chętnym sercem, zwiastunie nieszczęścia? Láthspell – takie dałem ci imię: Zła Nowina. Zły to gość, który złe wieści przynosi.

Zaśmiał się szyderczo i podnosząc na moment ciężkie powieki, błysnął ku obcoplemieńcom ponurymi czarnymi oczyma.

– Uchodzisz za mędrca, Gadzi Języku, i niewątpliwie jesteś wielką podporą dla swego pana – odparł Gandalf cichym głosem. – Ale można być zwiastunem złych wieści na różne sposoby. Można

143

być sprawcą zła albo też przyjacielem, który w szczęściu opuszcza, lecz w potrzebie zjawia się z pomocą.

– Tak – odparł Gadzi Język – jest również trzecia odmiana. Są ci, co ogryzają kości, mieszają się do cudzych spraw, drapieżcy, tuczący się na wojnach. Jaką pomoc dałeś nam kiedykolwiek, złowróżbny kruku? Jaką dzisiaj przynosisz? Kiedy byłeś tu ostatnim razem, szukałeś u nas pomocy dla siebie. Król pozwolił ci wybrać konia, byleś stąd odjechał. Ku powszechnemu oburzeniu ośmieliłeś się wybrać Cienistogrzywego. Króla bardzo dotknęło to zuchwalstwo, lecz niejeden z nas sądził, że warto zapłacić każdą cenę, żeby tylko pozbyć się ciebie. Pewny jestem, że i tym razem wyjdzie to samo szydło z worka i zażądasz od nas pomocy, zamiast jej nam udzielić. Czy przyprowadziłeś wojowników? Czy masz konie, miecze, włócznie? To bowiem byłaby pomoc i tego nam dziś potrzeba. Ale któż z tobą przyszedł? Trzech obdartusów w szarych łachmanach, a ty bardziej jeszcze niż oni wyglądasz na żebraka!

– Widzę, Théodenie, synu Thengla, że ostatnimi czasy grzeczność staniała na twoim dworze – rzekł Gandalf. – Czy wartownik, którego od bramy przysłałem, nie powiedział ci imion moich towarzyszy? Rzadko władcy Rohanu podejmowali w swoim domu równie godnych gości. Oręż, który zostawiliśmy na twoim progu, byłby godny najmożniejszego nawet śmiertelnika. Moi przyjaciele noszą płaszcze szare, bo tak ich okryli elfowie, aby mogli przemknąć przez cienie straszliwych niebezpieczeństw i dotrzeć aż do tej sali.

– A więc prawdę mówił Éomer, że jesteście sojusznikami czarownicy ze Złotego Lasu? – rzekł Gadzi Język. – Nie dziwi mnie to wcale, bo sieci zdrady zawsze motano w Dwimordene.

Gimli postąpił krok naprzód, lecz ręka Gandalfa spadła na jego ramię i powstrzymała go w miejscu. Krasnolud stanął jak skamieniały.

W Dwimordene, w Lórienie
Rzadko ludzkie błądzą cienie,
Rzadko człowiek widzi blask,
Który lśni tam cały czas.
Galadrielo, patrz, przejrzysta

Woda w studni twej i czysta.
Biała gwiazda w białej dłoni.
Niezniszczalny, niesplamiony,
Liść i kraj – o piękne ziemie
W Dwimordene, w Lórienie
Ponad ludzkie rozumienie![1]

Gandalf prześpiewał z cicha, lecz wyraźnie tę pieśń. Nagle przeobraził się cały. Odrzucił łachman płaszcza, wyprostował się, nie korzystając już z podpory laski, i przemówił dźwięcznym, zimnym głosem:

– Mądry człowiek mówi tylko o tym, na czym się zna, Grímo, synu Gálmóda. Tyś odezwał się jak bezrozumny gad. Milcz lepiej, trzymaj za zębami swój jadowity język. Nie po to przeszedłem przez ogień i wodę, żeby w oczekiwaniu na grom bawić się sporem z kłamliwym sługusem.

Podniósł laskę. Zahuczał grzmot. Słońce we wschodnich oknach zgasło i noc wypełniła salę. Ogień na palenisku zbladł i zszarzał na popiół. W mroku nie było widać nic prócz postaci Gandalfa, smukłej i białej, górującej nad poczerniałym ogniskiem. Głos Gadziego Języka zasyczał w ciemnościach:

– Czyż nie radziłem ci, królu, byś zabronił mu wejść z laską? Dureń Háma zdradził nas!

Błysnęło, jakby piorun rozszczepił strop. Potem zaległa znów cisza. Smoczy Język przypadł twarzą do ziemi.

– Czy teraz zechcesz mnie wysłuchać, Théodenie, synu Thengla? – spytał Gandalf. – Czy przyszedłem prosić was o pomoc? – Podniósł laskę i wskazał nią okno w stropie. Na niebie mrok jakby się rozpraszał i wysoko w górze przeświecała już plama pogodnego błękitu. – Ciemności nie ogarnęły całego świata. Nabierz ducha, władco Rohanu, bo lepszej pomocy próżno byś szukał. Nie mam rad dla tych, którzy zrozpaczyli o ratunku. A tobie chcę udzielić rady i przynoszę ci słowa otuchy. Czy chcesz je usłyszeć? Nie dla wszystkich uszu są przeznaczone. Błagam cię, wyjdź ze mną przed próg i spójrz na swój kraj. Zbyt długo już ślęczysz w mroku, dając posłuch kłamliwym wiadomościom i przewrotnym podszeptom.

---

[1] Przełożył Włodzimierz Lewik.

Z wolna Théoden dźwigał się z fotela. Nikłe światło znów rozjaśniło salę. Kobieta w białej sukni pospieszyła do boku króla i ujęła go pod ramię, gdy starzec chwiejnym krokiem zstępował ze wzniesienia, a potem szedł przez salę ku drzwiom. Smoczy Język wciąż leżał na podłodze. Gdy zbliżyli się do drzwi, Gandalf zapukał w nie.

– Otwórzcie! – krzyknął. – Król idzie!

Drzwi otworzyły się, a powiew świeżego powietrza ze świstem wtargnął do wnętrza. Wiatr dął na pagórku.

– Odeślij, panie, swoją przyboczną straż na niższe stopnie schodów – rzekł Gandalf. – A ty pani, zechciej nas zostawić samych z królem. Obiecuję ci czuwać nad nim.

– Idź, Éowino, córko mej siostry! – powiedział sędziwy król. – Czas trwogi już przeminął.

Kobieta zawróciła wolnym krokiem do pałacu. W progu obejrzała się raz jeszcze. Oczy miała poważne i zadumane, a na króla patrzyła ze spokojną litością. Była bardzo piękna, a włosy spływały na jej ramiona jak rzeka złota. W białej sukni przepasanej srebrem wydawała się smukła i wiotka, lecz zarazem mocna jak stal i dumna, jak przystało córce królów. Tak się zdarzyło, że Aragorn w pełnym świetle dnia zobaczył Éowinę, księżniczkę Rohanu, piękną i chłodną jak poranek wczesnej wiosny, nierozkwitłą jeszcze pełnią kobiecej urody. I w tej samej chwili ona dostrzegła Aragorna; spadkobierca królewskiego rodu, mądry mądrością wielu zim, chwałę swoją krył pod szarym płaszczem, lecz Éowina ją wyczuła. Na sekundę jakby skamieniała w bezruchu, lecz zaraz ocknęła się, odwróciła i szybko odeszła.

– A teraz, królu – rzekł Gandalf – spójrz na swój kraj! Odetchnij znowu świeżym powietrzem!

Z podsienia na szczycie wysokiego tarasu otwierał się ponad potokiem widok na zielony step Rohanu ginący w szarej dali. Skośne smugi deszczu, smaganego wiatrem, łączyły niebo z ziemią. Od zachodu ciągnęły ciemne chmury i gdzieś daleko wśród niewidocznych szczytów co chwila migotały błyskawice. Lecz wiatr już się zmienił, wiał teraz od północy i burza, która nadeszła od wschodu, cofała się na południe, ku morzu. Nagle przez rozdarte chmury przebił się snop słonecznych promieni. Deszcz rozisrzył się jak srebro, a rzeka w oddali rozbłysła jak lustrzana tafla.

– Tutaj nie jest tak ciemno – rzekł Théoden.

– Nie jest ciemno – odparł Gandalf – a wiek nie przytłacza twoich ramion tak, jak niektórzy chcieliby ci wmówić. Odrzuć laskę!

Czarna laska z brzękiem wypadła z ręki króla na kamienie. Théoden prostował się z wolna, jak ktoś, kto odrętwiał, dźwigając przez długi czas zbyt ciężkie brzemię. Stał teraz prosty i wysoki, a gdy spojrzał w otwarte niebo, oczy jego były znów błękitne.

– Ponury sen dręczył mnie ostatnimi czasy – powiedział – lecz w tej chwili jakbym się zbudził nareszcie. Szkoda, żeś nie przyszedł wcześniej, Gandalfie. Lękam się bowiem, że jest już bardzo późno i że przybyłeś po to tylko, by ujrzeć ostatnie dni mojego rodu. Nie będzie już stał długo ten wyniosły dwór, który wzniósł Brego, syn Eorla. Ogień zniszczy nasze górskie gniazdo. Cóż jeszcze można zdziałać?

– Bardzo wiele – odparł Gandalf. – Przede wszystkim przywołaj Éomera. Bo chyba trafnie odgadłem, że uwięziłeś go za radą Grímy, którego wszyscy prócz ciebie zwą Gadzim Językiem?

– Tak jest – rzekł Théoden. – Éomer zbuntował się przeciw moim rozkazom i w moim domu groził Grímie śmiercią.

– A przecież można kochać ciebie, nie kochając Gadziego Języka i jego rad – rzekł Gandalf.

– Może masz słuszność. Zrobię, czego sobie życzysz. Zawołaj tu Hámę. Skoro okazał się niegodny zaufania jako odźwierny, niech będzie gońcem. Winowajca sprowadzi drugiego winowajcę na sąd – rzekł Théoden; chociaż mówił to surowym głosem, uśmiechnął się do Gandalfa, a w tym uśmiechu sieć smutnych zmarszczek na jego twarzy wygładziła się i zniknęła bezpowrotnie.

Gdy Háma, przywołany, pobiegł wypełnić zlecenie, Gandalf zaprowadził Théodena na kamienną ławę, a sam siadł przed nim na najwyższym stopniu schodów. Aragorn i jego towarzysze stali opodal.

– Nie starczy czasu, żeby powiedzieć ci wszystko, o czym powinieneś usłyszeć – rzekł Gandalf. – Jeśli wszakże nie łudzi mnie nadzieja, wkrótce będę mógł z tobą pomówić obszerniej. Wiedz, królu, że grozi ci niebezpieczeństwo straszniejsze niż koszmary, którymi Gadzi Język osnuł twoje sny. Lecz teraz już nie śpisz. Żyjesz! Dwa kraje – Gondor i Rohan – nie są osamotnione. Siła nieprzyjaciela przerasta nasze wyobrażenie, a jednak przyświeca nam nadzieja, o której on nic nie wie.

Gandalf zaczął mówić szybko, głosem tak ściszonym, że nikt prócz króla nie słyszał jego słów. Lecz w miarę jak Czarodziej mówił, oczy Théodena zapalały się coraz żywszym blaskiem, aż wreszcie król wstał w całej okazałości ogromnego wzrostu, żeby z Gandalfem u boku spojrzeć z wyżyny ku wschodowi.

– Tak jest – rzekł Gandalf głosem już teraz doniosłym i wyraźnym – w tej stronie, gdzie czai się najstraszniejsza groźba, świta także nadzieja. Los waży się na wątłej nitce. Ale nadzieja istnieje i nie zgaśnie, jeżeli przynajmniej przez krótki jeszcze czas oprzemy się podbojowi.

Wszyscy zwrócili oczy na wschód. Ponad rozległymi otwartymi polami, tam, dalej niż sięgał wzrok, trwoga i nadzieja niosły ich myśli aż za posępny wał gór, do Krainy Cienia. Gdzie był w tej chwili Powiernik Pierścienia? Jakże wątła była ta niteczka, na której zawisł los! Legolasowi, kiedy wytężył swoje bystre oczy elfa, wydało się, że dostrzega jasny blask: odbicie słońca na szczycie odległej Wieży Czat – Minas Tirith. A jeszcze dalej, nieskończenie dalekie, a przecież bardzo bliskie niebezpieczeństwo: nikły język płomienia.

Théoden usiadł ciężko, jakby znużenie jeszcze wciąż walczyło w nim z wolą Gandalfa. Podniósł oczy na swój wspaniały dom.

– Szkoda – powiedział – że złe dni nastały za mojego właśnie życia i wtedy dopiero kiedy się zestarzałem i oczekiwałem zasłużonego odpoczynku. Szkoda mężnego Boromira! Młodzi giną, a zostają uwiędli starcy.

Ścisnął kolana pomarszczonymi rękami.

– Twoje palce przypomną sobie dawną siłę, jeśli dotkną znowu rękojeści miecza – powiedział Gandalf.

Théoden wstał i sięgnął ręką do boku, lecz u jego pasa nie było oręża.

– Gdzież ten Gríma schował mój miecz? – mruknął do siebie.

– Weź mój, ukochany królu! – odezwał się jasny głos. – Ten miecz zawsze tobie tylko służył!

Dwaj mężowie cicho weszli po schodach i stali już o parę zaledwie stopni od szczytu. Jednym z nich był Éomer. Nie miał na głowie hełmu ani pancerza na piersi, lecz w ręku trzymał obnażony miecz. Przyklękł i podał go rękojeścią naprzód swojemu władcy.

– Jakże się to stało? – spytał surowo Théoden. Zwrócił się do Éomera, a przybysze patrzyli zdumieni na króla, tak stał się wysoki, dumny i prosty. Gdzie podział się zgrzybiały starzec, którego niedawno widzieli skulonego w fotelu albo ciężko wspierającego się na lasce?

– Moja to sprawa – odparł, drżąc, Háma. – Zrozumiałem, że Éomer ma być uwolniony. Z nadmiaru radości może zbłądziłem. Lecz skoro odzyskuje wolność, a jest Marszałkiem Rohanu, zwróciłem mu jego miecz, o który mnie prosił.

– Po to, żeby go złożyć u twoich stóp, królu – rzekł Éomer.

Przez chwilę trwało milczenie. Théoden z góry spoglądał na klęczącego przed nim rycerza. Nikt się nie poruszył.

– Królu, czy nie weźmiesz tego miecza? – spytał Gandalf.

Théoden powoli wyciągnął rękę. Kiedy palce jego dotknęły rękojeści, patrzącym wydało się, że widzą, jak nowa siła wypełnia zwiędłe ramię. Nagle król podniósł miecz do góry i zakręcił nim, siejąc błyski, aż powietrze zafurkotało. Krzyknął głośno. Czystym, dźwięcznym głosem rozbrzmiała w języku Rohirrimów pobudka do broni:

> *Powstańcie, jeźdźcy Théodena!*
> *Czas drogi nadszedł, chmurzy się wschód,*
> *Siodłajcie konie, dmijcie w rogi!*
> *Naprzód, Eorla plemię!*[1]

Gwardziści, myśląc, że to ich król wzywa, pędem wbiegli po schodach. Ze zdumieniem spojrzeli na swego władcę i jak jeden mąż dobyli mieczy, żeby je złożyć u jego nóg.

– Prowadź, królu! – krzyknęli.

– *Westu Théoden hal!* – zawołał Éomer. – Co za radość ujrzeć cię znowu w pełni sił, panie! Nikt już teraz nie ośmieli się twierdzić, że Gandalf nie przynosi nic prócz trosk.

– Weź swój miecz, Éomerze, synu mojej siostry – powiedział król. – A ty Hámo, poszukaj mojego. Gríma wziął go na przechowanie. Jego też tutaj przyprowadź. Gandalfie, mówiłeś, że

---

[1] Przełożyła Maria Skibniewska.

masz dla mnie radę, jeśli zechcę ją od ciebie przyjąć. Jakaż twoja rada?

– Jużeś jej posłuchał – odparł Gandalf – skoro zaufałeś Éomerowi, zamiast wierzyć tamtemu przewrotnemu doradcy. Odrzuciłeś żal i strach. Postanowiłeś działać. Wszystkich mężów zdolnych dosiąść konia wypraw niezwłocznie na zachód, jak radził ci Éomer. Trzeba zażegnać groźbę ze strony Sarumana, póki czas. Jeżeli to się nie uda – zginiemy. Jeżeli się uda, stawimy z kolei czoło następnemu zadaniu. Ci, co zostaną, kobiety, dzieci i starcy, niech uciekają stąd do obronnych grodów, które masz w górach. Są pewnie przygotowani na ciężkie godziny, jakie się teraz zbliżają. Powinni wziąć z sobą zapasy żywności, lecz nie wolno odkładać ucieczki ani też obciążać się skarbami, czy to bogatymi, czy też skromnymi. Gra idzie o życie.

– Rada zdaje się dobra – odparł Théoden. – Ogłoście, niech lud zbiera się do drogi. Lecz wy, moi goście... Prawdę rzekłeś, Gandalfie, że grzeczność staniała na moim dworze. Jechaliście całą noc, a teraz zbliża się już południe. Nie pokrzepiliście się snem ani jadłem! Każę natychmiast przygotować gospodę, musicie przespać się i najeść.

– Nie, królu – rzekł Aragorn. – Jeszcze nie pora nam odpoczywać. Wojownicy Rohanu siadają na koń, z nimi będzie nasz topór, łuk i miecz. Nie po to przynieśliśmy broń, aby próżnowała pod ścianą twego domu, władco Rohanu. Przyrzekłem Éomerowi, że u jego boku dobędę miecza we wspólnej walce.

– Teraz zaprawdę mamy nadzieję zwycięstwa – rzekł Éomer.

– Nadzieję mamy – powiedział Gandalf. – Ale Isengard jest potężny. Inne też niebezpieczeństwa zbliżają się ku nam. Nie zwlekaj, Théodenie, po naszym odjeździe zaraz poprowadź swój lud do Wartowni Dunharrow, w góry.

– Nie, Gandalfie! – odparł król. – Nie znasz, jak widzę, siły swoich leków. Inaczej się stanie. Wyruszę razem z moimi wojownikami do walki i polegnę w boju, jeśli tak być musi. Lepszym wówczas zasnę snem.

– A więc nawet gdyby Rohan poniósł klęskę, pieśń ją okryje chwałą – rzekł Aragorn.

Zbrojni mężowie stojący opodal dobyli broni, krzycząc:

– Król z nami! Naprzód, Eorlingowie!

– Ale nie powinieneś zostawiać ludu bez broni i bez pasterza – rzekł Gandalf. – Któż go poprowadzi i kto będzie nim rządził?

– Pomyślę o wyborze swojego zastępcy, nim wyruszę – odparł Théoden. – Oto idzie mój doradca.

Właśnie z pałacu wracał Háma, a za nim, skulony między dwoma eskortującymi go ludźmi, Gríma Gadzi Język. Był bardzo blady. Wychodząc na słońce, mrużył oczy. Háma ukląkł i podał Théodenowi długi miecz w pochwie ze złotymi okuciami i wysadzanej drogocennymi zielonymi kamieniami.

– Oto, królu, Herugrim, twój starożytny oręż – powiedział. – Znalazłem go w skrzyni Grímy. Wzdragał się oddać mi klucze. Jest tam wiele innych rzeczy, które różnym osobom zginęły.

– Kłamiesz! – zawołał Gadzi Język. – Król sam oddał mi swój miecz na przechowanie.

– A więc dzisiaj żąda zwrotu – rzekł Théoden. – Czy ci to nie w smak?

– Cóż znowu, królu! – odparł Gadzi Język. – Dbam o ciebie i twoje sprawy jak najtroskliwiej. Lecz nie przeceniaj swoich sił. Zdaj na kogoś innego zabawianie tych niemiłych gości. Za chwilę podadzą obiad. Czy nie raczysz zasiąść do stołu?

– Raczę – rzekł Théoden. – I wraz ze mną zasiądą goście. Wojsko dziś rusza w pole. Niech heroldowie zagrają pobudkę. Wezwać wszystkich, kto żyw w grodzie. Mężczyźni, młodzi chłopcy, ktokolwiek zdolny jest do noszenia broni, a ma wierzchowca, niech stawi się konno u bramy przed drugą godziną popołudnia.

– Królu miłościwy! – krzyknął Gadzi Język. – Sprawdzają się moje obawy. Ten czarodziej opętał cię. Czyż nikt nie zostanie do obrony Złotego Dworu twoich przodków i skarbca? Nikt nie będzie strzegł bezpieczeństwa króla Rohanu?

– Jeśli to opętanie – odparł Théoden – więcej w nim zdrowia niż w twoich podszeptach. Gdybym twoich leków dłużej zażywał, wkrótce bym pewnie chodził na czworakach jak zwierz. Nie, nikt nie zostanie, nawet Gríma. Gríma pójdzie także. Żywo! Może zdążysz jeszcze oczyścić z rdzy swój miecz.

– Litości, panie! – jęknął Gadzi Język, przypadając do ziemi. – Zmiłuj się nade mną! W twojej służbie strawiłem wszystkie siły.

Nie oddalaj mnie od siebie. Niechże chociaż ja stoję u twego boku, gdy wszyscy cię opuszczą. Nie odtrącaj swego Grímy!

– Mam nad tobą litość – rzekł Théoden – i nie oddalam cię od mego boku. Ja bowiem ruszam wraz z moim wojskiem w pole. Wzywam cię, żebyś jechał ze mną i w ten sposób dał dowód wierności.

Gadzi Język powiódł wzrokiem po twarzach obecnych. Oczy jego miały taki wyraz, jak ślepia zaszczutego zwierzęcia, gdy szuka wyłomu w pierścieniu osaczających go łowców. Długim bladym językiem oblizał wargi.

– Można było spodziewać się takiego postanowienia po dostojnym dziedzicu Eorla, mimo jego sędziwych lat – rzekł. – Lecz ci, którzy prawdziwie go miłują, powinni by szczędzić jego starości. Widzę jednak, że za późno przyszedłem. Inni doradcy, których śmierć mojego króla tak jak mnie nie zasmuci, już go przeciągnęli na swoją stronę. Skoro nie mogę odrobić tego, co tamci zrobili, wysłuchaj, królu, chociaż jednej mojej prośby. Zostaw w grodzie zastępcę, który zna twoje zamysły i szanuje twoją wolę. Wyznacz godnego namiestnika. Pozwól, by twój najwierniejszy doradca, Gríma, strzegł porządku, póki nie wrócisz – a będę błagał los, by dał nam co rychlej ujrzeć cię z powrotem, jakkolwiek zdrowy rozsądek nie usprawiedliwia tej nadziei.

Éomer roześmiał się.

– A jeśli ta twoja prośba nie wystarczy, żeby uchronić cię od udziału w boju, szlachetny Grímo, jaki inny mniej zaszczytny urząd raczysz przyjąć? – spytał. – Może zgodzisz się dźwigać do górskiej warowni wory z mąką, jeżeli oczywiście znajdzie się ktoś, kto zechce ci je powierzyć.

– Nie, Éomerze, nie pojąłeś w pełni myśli czcigodnego Gadziego Języka – powiedział Gandalf, zwracając na zdrajcę przenikliwe spojrzenie. – Jest odważny i chytry. Igra nawet w tej chwili z niebezpieczeństwem i wygrywa jeden przynajmniej rzut kości. Już ukradł sporo mojego czasu. Na ziemię, gadzino! – krzyknął nagle gromkim głosem. – Brzuchem w proch! Gadaj, jak dawno cię kupił Saruman? Jaką ci przyrzekł zapłatę? Kiedy inni mężowie polegną, tyś miał zostać i wybrać swoją część ze skarbca, a także wziąć sobie tę, której pożądasz. Zbyt długo przyglądałeś się jej ukradkiem i śledziłeś każdy jej krok.

Éomer porwał za miecz.

– Wiedziałem o tym – wyjąkał. – Dlatego właśnie chciałem go wówczas zabić, nie pomnąc na prawa królewskiego domu. Są wszakże inne jeszcze powody.

Wystąpił naprzód, ale Gandalf chwycił go za ramię.

– Éowina jest już bezpieczna – rzekł. – Lecz ty, Gadzi Języku, robiłeś dla swojego prawdziwego pana, co było w twojej mocy. Zasłużyłeś na jakąś nagrodę. Saruman jednak łatwo zapomina o przyrzeczeniach. Radziłbym ci pospieszyć do niego i przypomnieć mu o nich, bo może nie zechce pamiętać o twoich zasługach.

– Kłamiesz – powiedział Gadzi Język.

– Zbyt często słowo to wraca na twoje usta – rzekł Gandalf. – Ja nie kłamię. Widzisz, Théodenie, tego gada? Nie jest dla ciebie bezpiecznie brać go z sobą ani też pozostawiać w domu. Najsłuszniej byłoby ściąć mu łeb. Ale nie zawsze był podłym gadem jak dziś. Kiedyś był człowiekiem i służył ci na swój sposób. Daj mu konia. Niech natychmiast odjedzie, dokąd zechce. Osądzisz go, królu, wedle wyboru, jakiego dokona.

– Słyszysz, Gadzi Języku? – spytał Théoden. – Wybieraj! Jedź ze mną na wojnę, a podczas bitwy przekonamy się o twojej wierności. Albo też jedź, dokąd chcesz, lecz jeśli spotkamy się kiedyś znowu, nie będę już miał wówczas nad tobą litości.

Gadzi Język z wolna podniósł się z ziemi. Popatrzył na zebranych spod ciężkich powiek. Na ostatku spojrzał w twarz Théodena i otworzył usta, jakby chcąc coś powiedzieć. Nagle sprężył się cały. Zamachał rękami. Oczy mu rozbłysły, a tyle w nich było złośliwości, że wszyscy cofnęli się jak przed gadem. Wyszczerzył zęby, wciągnął dech ze świstem i niespodziewanie strzyknął śliną tuż pod nogi króla. Potem odskoczył na bok i puścił się pędem po schodach w dół.

– Biegnij tam który za nim! – zawołał Théoden. – Przypilnować trzeba, żeby nikomu krzywdy nie wyrządził, ale nie bijcie go ani nie zatrzymujcie. Dać mu konia, jeśli zechce.

– I jeśli któryś koń zechce go nosić – rzekł Éomer.

Jeden z gwardzistów pobiegł za zdrajcą, inny przyniósł w hełmie wodę, zaczerpniętą ze studzienki u stóp tarasu, i starannie umył kamienie, splugawione śliną Gadziego Języka.

– A teraz proszę do stołu, mili goście – powiedział Théoden. – Zjemy co się da naprędce.

Wrócili do Dworu. Z dołu już dochodziły wołania heroldów i głos wojennych rogów. Król bowiem postanowił wyruszyć, gdy tylko mężowie z grodu i najbliższych osiedli zdążą się uzbroić i zgromadzić.

Za stołem królewskim zasiedli czterej goście i Éomer, a usługiwała królowi jego siostrzenica, Éowina. Jedli i pili pospiesznie. Théoden rozpytywał Gandalfa o Sarumana, inni przysłuchiwali się w milczeniu.

– Któż zgadnie, kiedy wylęgła się zdrada? – rzekł Gandalf. – Saruman nie zawsze był zły. Nie wątpię, że kiedyś żywił szczerą przyjaźń dla Rohanu, a nawet potem, gdy już w nim serce stygło, sprzyjał wam, ponieważ byliście mu użyteczni. Lecz już od wielu lat spiskował na waszą zgubę, udając przyjaciela i cichcem gromadząc siły. Gadzi Język miał wtedy łatwe zadanie, a w Isengardzie wiedziano o wszystkim, co się u was działo, bo kraj był otwarty, obcoplemieńcy kręcili się po nim do woli. Gadzi Język wciąż szeptał swoje rady do twego, królu, ucha i zatruwał twoje myśli, mroził serce, osłabiał ciało, inni zaś widzieli to, lecz nic nie mogli zrobić, bo ten gad opanował twoją wolę.

Kiedy uciekłem z Orthanku i ostrzegłem cię, maska opadła z twarzy Sarumana, przynajmniej w oczach tych, którzy chcieli dostrzec prawdę. Odtąd gra Gadziego Języka stała się niebezpieczna. Usiłował stale powstrzymywać cię od czynu, nie dopuszczać do skupienia wszystkich sił Rohanu. Zręczny był: usypiał czujność albo też podsycał strach, zależnie od okoliczności. Czy pamiętasz, jak uparcie nalegał, żeby ani jednego wojownika nie wysyłać przeciw urojonym groźbom na północy, skoro bezpośrednie niebezpieczeństwo grozi od wschodu? Wymógł na tobie, że zabroniłeś Éomerowi ścigania grasujących po stepie orków. Gdyby nie to, że Éomer odmówił posłuchu rozkazom Gadziego Języka, przemawiającego ustami króla, orkowie dotarliby spokojnie do Isengardu razem ze swoim bezcennym łupem. Nie była to wprawdzie zdobycz, której Saruman ponad wszystko pożąda, ale bądź co bądź dwaj członkowie naszej drużyny, uczestnicy tajemnej nadziei, o której nawet tobie, królu, nie śmiem mówić otwarcie. Czy nie wzdragasz się na myśl o strasznych mękach, jakie w tej chwili ci dwaj cierpieliby z rąk katów, albo na myśl o tym, jakie tajemnice wydarłby z nich Saruman, ku naszej nieuchronnej zgubie?

– Wiele zawdzięczam Éomerowi – rzekł Théoden. – Człowiek wiernego serca nieraz miewa krnąbrny język.

– Dodaj królu – odparł Gandalf – że prawda miewa skrzywione oblicze, jeśli na nią patrzą fałszywe oczy.

– Moje oczy były zaiste niemal ślepe – rzekł Théoden. – Najwięcej jednak wdzięczności tobie jestem winien, miły gościu. Tym razem znowu zjawiłeś się w samą porę. Pragnę ci ofiarować jakiś dar, zanim ruszymy w drogę. Wybierz, co chcesz. Rozporządzaj wszystkim, co mam. Jedno tylko sobie zastrzegam: swój miecz.

– Czy zjawiłem się w porę, to dopiero przyszłość pokaże – odparł Gandalf. – A co do podarku, wybieram, królu, to, czego bardzo mi potrzeba: szybkiego i wiernego wierzchowca. Daj mi Cienistogrzywego. Przedtem pożyczyłeś go tylko, jeśli można to nazwać pożyczką. Teraz jednak pojadę na nim w bój bardzo niebezpieczny, rzucę do gry srebro przeciw czerni. Nie chciałbym ryzykować czymś, co do mnie nie należy. A przy tym jest już między mną a tym koniem więź przyjaźni.

– Dobrze wybrałeś – rzekł Théoden. – Dam ci go bardzo chętnie. Ale to cenny dar. Nie ma drugiego takiego konia na świecie. W nim odrodziły się wspaniałe rumaki z dawnych dni. Lecz żaden z nich nie wróci już więcej. I ciebie, Gandalfie, i wszystkich gości proszę, by prócz tego wybrali sobie, co wyda im się przydatne z mojej zbrojowni. Mieczy nie potrzebujecie, lecz są u nas hełmy i zbroje pięknej roboty, które przodkowie moi dostawali w darze od sąsiadów z Gondoru. Zanim ruszymy, weźcie, co wam się spodoba, i oby wam służyło na szczęście.

Zaraz też ludzie królewscy przynieśli ze skarbca sprzęt wojenny i ubrali Aragorna oraz Legolasa w lśniące zbroje. Obaj też wybrali sobie hełmy i krągłe tarcze ze złotymi guzami, wysadzane zielonymi, czerwonymi i białymi kamieniami. Gandalf nie wziął zbroi, a Gimli nie potrzebował jej, nawet gdyby się znalazło w Edoras coś na jego miarę, bo próżno by szukać u ludzi czegoś lepszego niż krótka kolczuga, którą wykuto pod Samotną Górą na północy. Wybrał sobie jednak czapkę z żelaza i skóry, dobrze pasującą na jego okrągłą głowę, a także małą tarczę. Był na niej wymalowany biały koń w galopie na zielonym polu – godło rodu Eorla.

– Niech cię osłania skutecznie! – rzekł Théoden. – Zrobiono tę tarczę dla mnie za życia króla Thengla, kiedy byłem małym chłopcem.

Gimli skłonił się nisko.

– Z dumą, królu, będę nosił twoje godło na tarczy – powiedział. – Wolę doprawdy nosić konia niż go dosiadać. Chętniej polegam na własnych nogach. Może jeszcze znajdę się w takiej bitwie, gdzie będę mógł walczyć pieszo.

– Bardzo być może! – odparł Théoden.

Król wstał, Éowina zaś podeszła do niego z pucharem pełnym wina.

– *Ferthu Théoden hál!* – powiedziała. – Przyjmij ten kielich i wypij za pomyślność wyprawy. Jedź szczęśliwie i wracaj w dobrym zdrowiu!

Gdy Théoden upił nieco z pucharu, księżniczka Rohanu podawała go kolejno wszystkim gościom. Przed Aragornem zatrzymała się na długą chwilę i podniosła ku niemu błyszczące oczy. Aragorn spojrzał z uśmiechem w jej piękną twarz; gdy brał kielich, ręce ich spotkały się i poczuł, że księżniczka zadrżała.

– Bądź zdrów, Aragornie, synu Arathorna! – powiedziała.

– Bądź zdrowa, księżniczko Rohanu! – odparł, lecz twarz mu spochmurniała i uśmiech zniknął z warg.

Wypili wszyscy, a potem król ruszył przez sień ku drzwiom. Czekała tam na niego przyboczna gwardia i heroldowie, a także wszyscy dostojnicy i wodzowie, którzy podówczas znaleźli się w grodzie lub przybyli z najbliższych okolic.

– Słuchajcie mnie uważnie! Ruszamy w pole i bardzo być może, że będzie to moja ostatnia wyprawa – rzekł Théoden. – Nie mam dzieci. Jedyny mój syn Théodred poległ. Mianuję tedy swoim dziedzicem Éomera, syna mojej siostry. Gdyby zaś żaden z nas dwóch nie wrócił, wybierzcie nowego króla wedle własnej woli. Dziś wszakże muszę komuś powierzyć opiekę nad ludem, który tu zostawiam, i sprawowanie rządów w moim imieniu. Kto z was zostaje?

Żaden z mężów nie odezwał się na to.

– Wymieńcie imię tego, kogo chcielibyście widzieć jako mojego namiestnika! Komu najbardziej ufa lud?

– Rodowi Eorla – rzekł Háma.

– Éomera jednak potrzebuję na wyprawie, a zresztą nie zgodziłby się zostać – odparł król. – On zaś jest ostatnim z rodu.

– Nie miałem na myśli Éomera – rzekł Háma – i nie jest on ostatnim. Ma przecież siostrę, Éowinę, córkę Éomunda. To serce nieulękłe i szlachetne. Wszyscy ją miłują. Niech ona panuje plemieniu Eorla przez czas twojej nieobecności, królu!

– Tak będzie – odparł Théoden. – Heroldowie ogłoszą zaraz ludowi, że poprowadzi go księżniczka Éowina.

Po czym król siadł na ławie przed drzwiami swego złotego domu, Éowina zaś uklękła i otrzymała z jego rąk miecz oraz piękny pancerz.

– Bądź zdrowa, córko mojej siostry – rzekł Théoden. – W smutnej godzinie żegnamy się, lecz może jeszcze wrócimy razem do Złotego Dworu. W Warowni Dunharrow lud długo może się bronić, a gdybyśmy przegrali bitwę, tam przyjdą wszyscy, którzy nie polegną.

– Nie mów tak, królu! – odpowiedziała. – Każdy dzień będzie mi się zdawał rokiem, dopóki nie powrócisz.

Ale mówiąc to, spojrzała na Aragorna, który stał obok.

– Król wróci – rzekł Aragorn. – Nie lękaj się, Éowino. Nie na zachodzie, lecz na wschodzie los się dopełni.

Z Gandalfem u boku zszedł król po schodach, a wszyscy za nimi. Wchodząc w bramę, Aragorn obejrzał się raz jeszcze. Na szczycie schodów przed wejściem do królewskiego domu Éowina stała samotna; miecz trzymała oparty o ziemię, dłonie położyła na rękojeści. Miała na sobie pancerz i w słońcu jaśniała jak srebrny posąg.

Gimli szedł w parze z Legolasem, a topór niósł na ramieniu.

– Nareszcie ruszamy! – rzekł. – Ludzie nie mogą obejść się bez mnóstwa słów, zanim wezmą się do czynu. Toporek pali mi się już w ręku. Nie wątpię, że Rohirrimowie nie próżnują, kiedy już raz przyjdzie do bitwy. Mimo to nie jest to wojna wedle mojego serca. Jakże dostanę się na pole walki? Wolałbym iść na własnych nogach, niż trząść się jak worek na siodle Gandalfa.

– Bezpieczniejsze to miejsce niż każde inne – rzekł Legolas. – Ale Gandalf z pewnością zgodzi się postawić cię na ziemi, kiedy zacznie się bitwa. Albo też sam Cienistogrzywy o tym pomyśli. Topór nie jest odpowiednią bronią dla jeźdźca.

– A krasnolud nie jest jeźdźcem. Chcę ścinać łby orkom, a nie golić głowy ludziom – odparł Gimli, poklepując ostrze toporka.

Przed bramą zastali pokaźny oddział ludzi, starych i młodych, a wszystkich na koniach. Ponad tysiąc jeźdźców zgromadziło się tutaj. Włócznie jeżyły się jak młody las. Głośno, wesoło pozdrowili króla. Ktoś podał mu wodze konia, który się zwał Śnieżnogrzywy, ktoś inny podprowadził wierzchowce Aragornowi i Legolasowi. Gimli patrzył na to spode łba, mocno zaniepokojony, lecz Éomer podszedł do niego, wiodąc za uzdę swego rumaka.

– Witaj, Gimli, synu Glóina! – zawołał. – Nie starczyło czasu na lekcje grzeczności pod twoją rózgą, jakeś mi obiecał. Ale może zgodzisz się odłożyć na później nasz spór? W każdym razie nigdy już nie odezwę się złym słowem o Pani ze Złotego Lasu, to ci przyrzekam.

– Zapomnę na razie o moim gniewie, synu Éomunda – odparł Gimli – jeśli wszakże zobaczysz kiedyś na własne oczy Panią Galadrielę, a nie przyznasz, że jest najpiękniejszą wśród pań tego świata, będzie to kres naszej przyjaźni już na zawsze.

– Niech tak będzie! – rzekł Éomer. – Tymczasem jednak przebacz mi, a na dowód, że nie masz urazy, siądź ze mną razem na konia. Gandalf z królem pojedzie na czele oddziału, ale Ognisty, mój wierzchowiec, zechce nas dźwigać, byleś się ty na to zgodził.

– Dzięki ci, Éomerze – odparł Gimli, szczerze zadowolony. – Chętnie pojadę z tobą, jeśli Legolas, mój druh, będzie jechał obok.

– Tak postanowiliśmy – rzekł Éomer. – Legolas pojedzie z lewej, Aragorn z prawej strony, a nikt się nam nie oprze!

– Gdzie jest Cienistogrzywy? – spytał Gandalf.

– Hasa po stepie – odparło kilku ludzi. – Nikomu nie pozwala się tknąć. Patrzcie, tam pomyka, nad brodem, jak cień między wierzbami.

Gandalf gwizdnął i głośno zawołał konia po imieniu; Cienistogrzywy podniósł głowę i z daleka odpowiedział rżeniem. Jak strzała puścił się w stronę bramy i oddziału.

– Gdyby Wiatr Zachodu przybrał widomą postać, nie inaczej by wyglądał – rzekł Éomer, gdy ogromny rumak stanął przed Czarodziejem.

– Jak się zdaje, podarunek już sobie wziąłeś – powiedział król. – Ale niech wszyscy usłyszą! Oto mianuję mego gościa Gandalfa Szarego, najmądrzejszego doradcę, najmilej witanego wędrowca, księciem Rohanu i wodzem Eorlingów, a godność tę ma piastować, póki nasz ród nie zginie na ziemi. Daję mu też w podarunku Cienistogrzywego, księcia wśród koni.

– Dzięki, królu Théodenie – rzekł Gandalf. Nagle odrzucił szary płaszcz, zdjął kapelusz, skoczył na koński grzbiet. Nie miał hełmu ani pancerza. Śnieżne włosy rozwiały się na wietrze, biała szata błyszczała olśniewająco w słońcu.

– Patrzcie! Oto Biały Jeździec! – zawołał Aragorn, a wszyscy jęli powtarzać jego okrzyk.

– Nasz król i Biały Jeździec! – wołano. – Naprzód, Eorlingowie!

Zagrały trąby. Konie rżały i stawały dęba. Włócznie szczękały o tarcze. Król podniósł rękę. Szum powstał, jakby wicher potężny zerwał się w stepie, i ostatnia armia Rohanu niby grom runęła naprzód, na zachód.

Długo jeszcze w oddali na równinie Éowina widziała błysk włóczni, gdy stała bez ruchu, samotna, przed drzwiami milczącego domu.

Rozdział 7

Helmowy Jar

Słońce miało się już ku zachodowi, gdy wyruszali z Edoras, i świeciło im prosto w oczy, zamieniając szerokie stepy Rohanu w jeden ogromny, złocisty obłok. U podnóży Białych Gór biegł na północo-zachód bity gościniec, tędy więc jechali, to w górę, to w dół zielonym, falistym krajem, przeprawiając się często w bród przez małe, lecz bystre strumienie. Daleko po prawej ręce majaczyły Góry Mgliste, a z każdą przebytą milą zdawały się wyższe i ciemniejsze. Przed jeźdźcami słońce z wolna zachodziło. Za nimi nadciągał wieczór.

Oddział posuwał się szybko naprzód. Czas naglił. Bojąc się zajechać na miejsce za późno, pędzili co koń wyskoczy i popasali z rzadka. Śmigłe i wytrwałe są konie Rohanu. Lecz wiele staj miały do przebycia. Z Edoras do brodu na Isenie, gdzie spodziewano się zastać królewskie wojska powstrzymujące napór armii Sarumana, było ich lotem ptaka ponad czterdzieści.

Ciemności ich już ogarnęły, kiedy wreszcie zatrzymali się i rozbili obóz. Po pięciu godzinach jazdy znaleźli się daleko na zachodniej równinie, lecz dobre pół drogi było jeszcze przed nimi. Rozłożyli się na biwak szerokim kręgiem pod wygwieżdżonym niebem w poświacie rosnącego księżyca. Ognisk nie rozpalili, bo czas był na to zbyt niespokojny, ale wystawili wokół obozowiska straże, a zwiadowcy rozesłani w step przemykali niby cienie, kryjąc się w bruzdach terenu. Noc wlokła się pomału bez zdarzeń i alarmów. O świcie zagrały rogi, a w godzinę później oddział szedł znów naprzód.

Na niebie nie pokazały się jeszcze chmury, ale powietrze zdawało się ciężkie; jak na tę porę roku było niezwykle ciepło. Słońce wzeszło omglone, a w ślad za nim podnosiła się z ziemi ku górze ciemność, jakby wielka burza ciągnęła od wschodu. Daleko na północo-zachodzie u stóp Gór Mglistych gęstniał drugi wał mroków, cień wypełzający powoli z Doliny Czarodzieja. Gandalf cofnął się aż do szeregu, w którym kłusował Legolas obok Éomera.

– Masz bystre oczy swojego szlachetnego plemienia, Legolasie – rzekł – na staję odróżnisz wróbla od łuszczyka. Powiedz mi, czy widzisz coś tam, w stronie Isengardu?

– Wiele mil nas dzieli – rzekł Legolas, wytężając wzrok i osłaniając oczy smukłą dłonią. – Widzę ciemność. Poruszają się w niej jakieś postacie, ogromne postacie, ale daleko stąd, na brzegu rzeki. Co to za jedni – powiedzieć nie mogę. Nie przesłania mi oczu mgła ani chmura, lecz cień, który czyjaś potężna wola rozpostarła nad okolicą i który posuwa się z wolna z biegiem wody. Wygląda to jak półmrok wśród tysięcy drzew spływający ze wzgórz.

– A za nami zbliża się straszna burza Mordoru – powiedział Gandalf. – Czeka nas ciemna noc.

Drugiego dnia marszu powietrze stało się jeszcze bardziej duszne. Po południu zaczęły jeźdźców doganiać czarne chmury, jakby żałobny baldachim, na brzegach skłębiony i nakrapiany skrami światła. Słońce zaszło krwawo w dymiących oparach. Ostrza włóczni błysnęły ogniście, kiedy ostatnie promienie rozjarzyły strome ściany Trójrogu; teraz bowiem tuż nad głowami wojowników wystrzelały na tle nieba trzy ostre, poszarpane szczyty wieńczące od północo--zachodu wysunięte ramię Białych Gór. W ostatnim czerwonym blasku przednia straż dostrzegła czarny punkt: sylwetkę jeźdźca pędzącego na spotkanie oddziału. Wstrzymano konie, czekając na wieści.

Wojownik zdawał się bardzo znużony; hełm miał zaklęsły, najwidoczniej od ciosu, a tarczę pękniętą. Z wolna osunął się z konia i chwilę stał, chwytając oddech, zanim przemówił.

– Czy Éomer jest tu z wami? – spytał. – Nareszcie przybywacie, lecz za późno i w zbyt małej sile. Odkąd Théodred padł, wszystko się dla nas na złe obróciło. Wczoraj odepchnięto nas za Isenę, ponieśliśmy ciężkie straty; wielu naszych zginęło podczas przeprawy. Dziś w nocy na tamten brzeg nadciągnęły do nieprzyjacielskiego obozu posiłki. Isengard został chyba pusty. Saruman uzbroił też dzikich górali i pasterzy z Dunlandu, zza gór; całą tę zgraję rzucił przeciw nam. Zmiażdżyli nas liczebną przewagą, mur naszych tarcz pękł pod ich naporem. Erkenbrand z Zachodniej Bruzdy pozbierał niedobitków i z nimi cofa się do warowni, którą ma w Helmowym Jarze. Reszta wojsk rozpierzchła się po stepie... Gdzie jest Éomer? Powiedzcie mu, że nie ma po co iść dalej. Niech lepiej zawróci do Edoras, póki tu nie dopadną go wilki z Isengardu.

Théoden słuchał dotychczas, milcząc, ukryty przed wojownikiem za szeregiem swojej gwardii, teraz jednak pchnął naprzód konia.

– Stań przede mną, Ceorlu! – rzekł. – Jestem i ja tutaj. Ostatnia armia Eorlingów wyruszyła w pole. Nie odstąpi bez bitwy.

Twarz wojownika zajaśniała radością i podziwem. Wyprostował się, potem ukląkł i wyciągnął miecz, rękojeścią zwrócony do króla.

– Rozkazuj, królu! – zawołał. – Wybacz! Myślałem...

– Myślałeś, że zostałem w Meduseld przygięty do ziemi jak stare drzewo pod zimowym śniegiem. Tak też było naprawdę, kiedy wyjeżdżałeś na wojnę. Ale wiatr od zachodu potrząsnął gałęziami – rzekł Théoden. – Dajcie temu wojownikowi wypoczętego konia! W drogę, Erkenbrand czeka na odsiecz.

Gdy Théoden mówił, Gandalf wysunął się z koniem nieco naprzód i długo wpatrywał się w stronę Isengardu, na północ, potem zaś na zachód, w chylące się słońce. Teraz wrócił do oddziału.

– Jedź, Théodenie! – rzekł. – Kieruj się do Helmowego Jaru. Nie jedź do brodu na Isenie i nie maruđź na otwartym stepie. Ja na czas krótki muszę cię opuścić. Cienistogrzywy poniesie mnie tam, gdzie wzywa pilna sprawa. – Zwracając się do Aragorna, Éomera i całej królewskiej świty, krzyknął: – Strzeżcie króla, póki nie wrócę! Czekajcie na mnie u Helmowych Wrót. A teraz, bywajcie!

Szepnął coś Cienistogrzywemu i ogromny koń runął naprzód jak strzała wypuszczona z łuku. Zanim się wojownicy spostrzegli, już go nie było, mignął im jak błysk srebra w zachodzącym słońcu, jak wiatr w trawie, jak cień, co umyka i ginie z oczu. Śnieżnogrzywy chrapnął i wspiął się, gotów skoczyć za księciem koni, lecz tamtego chyba tylko ptak mógłby lotem dogonić.

– Co to ma znaczyć? – spytał któryś z gwardzistów, zwracając się do Hámy.

– Że Gandalf Szary bardzo się spieszy – odparł Háma. – Zawsze odchodzi i przychodzi niespodzianie.

– Gadzi Język, gdyby tu był, pewnie bez trudu znalazłby wyjaśnienie – rzekł gwardzista.

– Na pewno – odparł Háma. – Ale ja wolę zaczekać, aż znów zobaczę Gandalfa.

– Może będziesz na to musiał długo czekać – rzekł tamten.

Oddział skręcił więc z drogi prowadzącej do brodu na Isenie i skierował się ku południowi. Noc zapadła, Rohirrimowie wszakże nie przerwali marszu. Góry były już blisko, lecz wysokie szczyty Trójrogu ledwie majaczyły na pociemniałym niebie. O parę mil dalej, po drugiej stronie Doliny Zachodniej Bruzdy, leżała jakby zielona, rozległa zatoka, a z niej w głąb gór prowadził wąwóz. Ludzie nazwali go Helmowym Jarem, od imienia Helma, bohatera dawnych wojen, który to miejsce obrał sobie ongi za kryjówkę. Jar zwężał się i coraz bardziej stromo wspinał w górę, biegnąc od północy w cieniu Trójroga aż pod urwiste skały, które sterczały nad nimi z obu stron jak potężne baszty, odcinając go zupełnie od światła dziennego.

W Helmowych Wrotach, u wejścia do Jaru, północna skała wysuwała naprzód jakby ostrogę, na niej zaś wznosiły się wysokie mury z prastarego kamienia, a w ich obrębie stała strzelista wieża. Ludzie mówili, że w zamierzchłych latach świetności Gondoru królowie morza zbudowali tę warownię rękoma olbrzymów. Nazywano ją Rogatym Grodem, a kiedy trąby grały na wieży, echo odbijało głos w Jarze i zdawało się, że to zastępy dawno zapomnianych rycerzy wyruszają z podgórskich pieczar na wojnę. Ludzie w owych niepamiętnych czasach zbudowali też mur między Rogatym Grodem a południowym urwiskiem, zagradzając w ten sposób wstęp do wąwozu. Pod murem wybito przepust, przez który wydostawał się Helmowy Potok. Okrążając podnóża Rogatej Skały, potok ściekał dalej głębokim korytem, wyżłobionym pośrodku szerokiego trawiastego klina, łagodnie opadającego od Helmowych Wrót do Helmowego Szańca, a stąd przez Zieloną Roztokę w Dolinę Zachodniej

Bruzdy. W takiej to warowni, w Rogatym Grodzie nad Helmowymi Wrotami, osiadł teraz Erkenbrand, pan Zachodniej Bruzdy na pograniczu Rohanu. Widząc zaś gromadzące się nad krajem chmury i rozumiejąc groźbę wojny, doświadczony ten wojownik naprawił skruszałe mury i umocnił twierdzę.

Jeźdźcy byli w niższej części doliny i jeszcze nie dotarli do Zielonej Roztoki, kiedy zwiadowcy, wysłani naprzód, zaalarmowali oddział krzykiem i graniem rogu. Z ciemności świsnęły strzały. Jeden ze zwiadowców wrócił galopem z wieścią, że jeźdźcy na wilkach buszują po dolinie i że banda orków wraz z dzikimi ludźmi ciągnie od brodu na Isenie, kierując się wyraźnie na południe, ku Helmowemu Jarowi.
– Natknęliśmy się na liczne trupy naszych, którzy, widać, padli, wycofując się w tę stronę – mówił. – Spotkaliśmy także rozbite oddziały, błąkające się bezładnie i bez dowódcy. Nikt nie umie powiedzieć, co się stało z Erkenbrandem. Zanim dotrze do Helmowych Wrót, pewnie go orkowie dopadną, jeżeli już wcześniej nie poległ.
– Czy nikt nie widział Gandalfa? – spytał Théoden.
– Owszem. Wielu ludzi widziało starca w bieli, który konno rwał jak wicher przez step. Niektórzy myślą, że to Saruman. Powiadają, że nim noc zapadła, zniknął z oczu, pędząc w stronę Isengardu. Wcześniej za dnia podobno Gadzi Język w kompanii orków także pospieszył na północ.
– Biada Gadziemu Językowi, jeżeli Gandalf go doścignie! – rzekł Théoden. – A więc opuścili mnie obaj doradcy, dawny i nowy. Teraz jednak nie ma wyboru, trzeba iść, tak jak Gandalf zalecał, do Helmowych Wrót, choćbyśmy tam mieli nie zastać Erkenbranda. Czy wiadomo, jakimi siłami ciągnie nieprzyjaciel z północy?
– Bardzo znacznymi – odparł zwiadowca. – Żołnierzowi, gdy ucieka, zawsze przeciwnik dwoi się w oczach, lecz wypytywałem mężnych wojowników. Nie można wątpić, że siły wroga wielokrotnie przewyższają nasze.
– Tym bardziej więc spieszmy – rzekł Éomer. – Musimy przebić się impetem przez nieprzyjaciół, jeśli już są między nami a warownią. W Helmowym Jarze są pieczary, w których setki ludzi mogą przyczaić się w zasadzce, a stamtąd są tajemne przejścia w góry.

– Nie należy ufać tajemnym drogom – powiedział król. – Saruman od dawna miał szpiegów w tym kraju. W każdym jednak razie długo można bronić się w warowni. Naprzód!

Aragorn i Legolas jechali teraz razem z Éomerem w przedniej straży. Posuwali się naprzód wśród nocy, lecz coraz wolniej, w miarę jak ciemności gęstniały, a droga wspinała się coraz wyżej przez pofałdowany teren ku podnóżom gór. Większych sił nieprzyjacielskich nie spotkali na szlaku. Parę razy co prawda dostrzegli wałęsające się mniejsze bandy orków, ci jednak umykali na widok Rohirrimów, tak że nie udało się żadnego dosięgnąć ani wziąć języka.

– Obawiam się – rzekł Éomer – że wiadomość o pochodzie króla na czele oddziału nie zachowa się długo w tajemnicy przed nieprzyjacielskim wodzem, czy jest nim sam Saruman, czy też jakiś jego namiestnik.

W stepie zgiełk wojenny potężniał. Słyszeli już nawet ochrypłe śpiewy. Kiedy dotarli nad Zieloną Roztokę, obejrzeli się za siebie. Zobaczyli światła pochodu, niezliczone ogniste punkciki, rozsiane w ciemnościach, niczym czerwone kwiaty, lub też wijące się krętym sznurem z niziny ku górze. Tu i ówdzie jaśniały większe ogniska.

– Ogromna armia ściga nas uparcie – rzekł Aragorn.

– Niosą z sobą ogień – powiedział Théoden – i palą po drodze wszystko: stogi, szałasy i drzewa. To bogata dolina, wiele w niej jest ludzkich osiedli. Nieszczęsny mój lud!

– A my nie możemy tej nocy spaść jak burza z góry na tę bandę! – rzekł Aragorn. – Boli mnie, że musimy przed nimi uchodzić.

– Nie będziemy potrzebowali uchodzić daleko – odparł Éomer. – Helmowy Szaniec już blisko, stara fosa i wały przecinają w poprzek dolinę o ćwierć mili przed Wrotami. Tam możemy się zatrzymać i stawić czoło orkom.

– Nie, za mało nas, żeby bronić Szańca – rzekł Théoden. – Ma on więcej niż milę długości, a w dodatku przerwa między wałami jest szeroka.

– Przerwy musi bronić tylna straż, jeśli nieprzyjaciel będzie nam następował na pięty – powiedział Éomer.

Nie było na niebie ani gwiazd, ani księżyca, kiedy dojechali do przerwy w wałach, przez którą spływał z góry potok, a jego brzegiem biegła droga z Rogatego Grodu. Szaniec zamajaczył przed jeźdźcami znienacka niby olbrzymi cień nad czarną czeluścią. Gdy oddział zbliżył się, z wałów okrzyknęła go straż.

– Król Rohanu jedzie do Helmowych Wrót! – zawołał w odpowiedzi Éomer. – Mówi Éomer, syn Éomunda.

– Oto pomyślna a niespodziewana nowina! – odparł wartownik. – Pospieszajcie! Nieprzyjaciel jest już blisko!

Jeźdźcy minęli przerwę między wałami i zatrzymali się ponad nią na trawiastym stoku. Ucieszyła ich wiadomość, że Erkenbrand zostawił dla obrony Helmowych Wrót sporą załogę, do której potem przyłączyło się jeszcze wielu wojowników spośród cofających się od brodu oddziałów.

– Zbierze się chyba tysiąc ludzi zdolnych do walki wręcz – powiedział Gamling, stary wojownik, dowódca załogi Szańca. – Lecz większość z nich – jak ja – dźwiga na grzbiecie za wiele zim albo za mało – jak mój wnuk. Czy słyszeliście coś o Erkenbrandzie? Wczoraj mieliśmy wieści, że ciągnie ku Helmowemu Jarowi wraz z resztą swojej wyborowej piechoty. Dotychczas jednak nie przybył.

– Boję się, że go nie zobaczymy – odparł Éomer. – Zwiadowcy nie przynieśli o nim żadnych wiadomości, a całą dolinę za nami zajął już nieprzyjaciel.

– Bardzo bym pragnął, żeby Erkenbrand ocalał – rzekł Théoden. – To dzielny człowiek. W nim odżyło męstwo Helma, zwanego Młotem. Ale nie możemy na niego tutaj czekać. Trzeba wszystkie nasze siły skupić za murami. Czy w grodzie są zapasy? Wieziemy z sobą niewiele prowiantu, bo spodziewaliśmy się bitwy w otwartym polu, a nie oblężenia.

– W jaskiniach Jaru schroniła się moc ludu z Zachodniej Bruzdy, starców, dzieci i kobiet – odrzekł Gamling. – Ale zgromadziliśmy także sporo żywności; jest nawet bydło i pasza dla niego.

– To się dobrze stało – powiedział Théoden. – Orkowie palą i grabią wszystko, co znajdą w dolinie.

– Jeżeli się połakomią na nasze mienie przechowywane za Helmowymi Wrotami, drogo za nie zapłacą – odparł Gamling.

Król ze swoim oddziałem pojechał dalej. Przed groblą wzniesioną nad potokiem zsiedli z koni. Długą kolumną, gęsiego, przeprowadzili wierzchowce i weszli w bramę Rogatego Grodu. Tu również powitano ich okrzykami radości i rozbudzonej na nowo nadziei, bo dzięki przybyciu królewskiego oddziału w warowni znalazło się dość ludzi, żeby obsadzić zarówno sam gród, jak i zewnętrzny mur obronny.

Oddział Éomera zaraz stanął w pogotowiu. Król ze świtą został w Rogatym Grodzie, podobnie jak wielu wojowników z Zachodniej Bruzdy. Éomer jednak rozstawił większą część swoich ludzi na zewnętrznym murze, w jego baszcie i tuż za nim, ponieważ to miejsce było najtrudniejsze do obrony, gdyby nieprzyjaciel natarł całą potęgą. Konie odesłano daleko w głąb Jaru z paru zaledwie ludźmi, żeby nie uszczuplać załogi.

Mur miał dwadzieścia stóp wysokości, a tak był szeroki, że czterech wojowników mogło w szeregu zmieścić się na jego szczycie, osłoniętym parapetem, zza którego najrośléjszym nawet mężom głowa tylko wystawała. Tu i ówdzie między kamieniami ziały wąskie szpary strzelnicze. Z zewnętrznego dziedzińca Rogatego Grodu, a także od tyłu, z Jaru, prowadziły tutaj schody, lecz od czoła mur był całkiem gładki, a ogromne kamienie ułożone tak, że nigdzie w spojeniach nie dawały oparcia stopom, u szczytu zaś tworzyły przewieszkę nad zawrotną przepaścią.

Gimli stał oparty o przedpiersie muru. Legolas siedział wyżej, na parapecie, z łukiem gotowym do strzału, z oczyma wpatrzonymi w ciemność.

– To już wolę – powiedział krasnolud, przytupując na kamieniach. – Zawsze serce mi rośnie, kiedy się znajdę bliżej gór. Skała tu dobra. Ta ziemia ma zdrowe kości. Poczułem je w nogach, gdy wspinaliśmy się od Szańca. Daj mi rok czasu i setkę moich braci do pomocy, a zrobię z tego miejsca fortecę, o którą każda armia rozbije się jak woda.

– Wierzę ci – odparł Legolas. – No, cóż, jesteś krasnoludem, a to plemię dziwaków. Mnie się ta okolica wcale nie podoba, a pewnie za dnia także nie wyda mi się piękniejsza. Ale dodajesz mi otuchy, Gimli, i cieszę się, że stoisz przy mnie na swoich krzepkich nogach, ze swoim ostrym toporkiem. Szkoda, że nie ma z nami więcej twoich współplemieńców. Jeszcze większa szkoda, że nie ma chociaż setki wprawnych łuczników z Mrocznej Puszczy. Bardzo by się przydali. Rohirrimowie na swój sposób nieźle szyją z łuków, ale za mało ich, o wiele za mało.

– Dla łuczników za ciemno teraz – rzekł Gimli. – Właściwie pora nadaje się do spania. Och, spać! Chyba jeszcze nigdy żadnemu krasnoludowi nie chciało się tak spać, jak mnie w tej chwili. Konna jazda okropnie męczy. Lecz toporek niecierpliwi się w mojej garści. Niech się tylko nawinie pod rękę kilka orkowych karków i niech mam miejsce, żeby się zamachnąć, a zaraz mnie i sen, i zmęczenie odleci.

Czas wlókł się leniwie. Daleko w dolinie wciąż płonęły rozproszone ogniska. Isengardczycy posuwali się teraz wśród ciszy. Światła pochodni wspinały się pod górę niezliczonymi krętymi sznurami. Nagle od strony Szańca buchnęły wrzaski orków i zapalczywe wojenne okrzyki ludzi. Ogniste głownie pokazały się nad krawędzią fosy i skupiły gęsto w przerwie między wałami. Potem rozpierzchły się i zniknęły. Przez pole i podjazd pod bramy Rogatego Grodu galopem gnali jeźdźcy. To tylna straż, złożona z wojowników Zachodniej Bruzdy, wracała, odepchnięta, ku swoim.

– Nieprzyjaciel tuż! – wołali. – Nie mamy już ani jednej strzały w kołczanach, trupami orków wypełniła się fosa. Lecz nie na długo ich to wstrzyma. Już lezą na wał jak mrówki. Oduczyliśmy ich przynajmniej świecenia łuczywem.

Minęła już północ. Niebo było zupełnie czarne, a cisza w dusznym powietrzu zapowiadała burzę. Nagle oślepiająca błyskawica rozdarła chmury. Piorun rozszczepił się na szczycie od wschodu. W olśniewającym rozbłysku czuwający na murze wojownicy zobaczyli całą przestrzeń między grodem a szańcem zalaną białym światłem, w którym kipiało i roiło się mrowie orków: jedni przysadziści, grubi, inni wysocy i chudzi, a wszyscy w spiczastych hełmach i z czarnymi tarczami. Coraz to nowe setki wdzierały się przez Szaniec i cisnęły w przerwie wałów. Ciemna fala wzbierała od skały do skały aż pod mur. Po dolinie przetoczył się grzmot. Lunął deszcz.

I jak deszcz gęste świsnęły nad murem strzały, ze szczękiem i błyskiem padając na kamienie. Niejedna trafiła w żywy cel. Rozpoczął się szturm na Helmowy Jar, lecz z twierdzy nie odezwał się żaden głos i nie odpowiedziano strzałami.

Napastnicy zatrzymali się zbici z tropu milczącą grozą skał i murów. Raz za razem znów błyskawica rozświetlała ciemności. Orkowie wrzasnęli, wywijając dzidami i szablami; nowy rój strzał sypnął się na obrońców muru, których błyskawica ukazała oczom napastników. Wojownicy Rohanu ze zdumieniem patrzyli w dolinę, gdzie, jak im się wydało, falował łan czarnego zboża, skłębionego w podmuchu wojennej burzy, a każdy kłos połyskiwał ostrzem. Zagrzmiały mosiężne trąby. Zgraja nieprzyjaciół runęła naprzód; jedni atakowali mur, inni groblę i podjazd, który prowadził do bram Rogatego Grodu. Tam właśnie zgromadzili się najroślejsi z orków i dzicy ludzie z pustkowi Dunlandu. Chwilę jakby wahali się, potem natarli. W świetle błyskawicy ukazała się na hełmach i tarczach biała ręka, nienawistne godło Isengardu. Napastnicy już osiągnęli szczyt skały i parli ku bramie.

Wreszcie gród odpowiedział: spotkał nacierających huraganem strzał i gradem kamieni. Szeregi orków zachwiały się, załamały, cofnęły; po chwili natarły znowu i znów pierzchły; za każdym jednak razem, jak fala przypływu, zatrzymywały się wyżej. Po raz wtóry zagrały trąby i czarna zgraja z wrzaskiem runęła naprzód. Ogromne tarcze trzymali jak dach nad głowami, pośrodku tłumu nieśli dwa potężne pnie drzew. Za ich osłoną kryli się łucznicy, szyjąc strzałami w stronę murów. Dosięgli bramy. Pnie, rozkołysane w mocnych ramionach, uderzyły w nią, aż belki jęknęły głośno. Gdy któryś z napastników osuwał się na ziemię, zmiażdżony ciśniętym z góry kamieniem, dwóch innych stawało zaraz w szeregu na jego miejscu. I wciąż na nowo dwa potężne tarany z rozmachem waliły w bramę. Éomer i Aragorn stali razem na zewnętrznym murze. Słyszeli wrzaski i głuche dudnienie taranów. Nagle w świetle błyskawicy zobaczyli, co się dzieje u bramy i jakie grozi jej niebezpieczeństwo.

– Idziemy! – rzekł Aragorn. – Wybiła godzina, abyśmy razem dobyli mieczów.

Pomknęli szczytem muru, po schodach w górę, ku zewnętrznemu dziedzińcowi na skale. W biegu skrzyknęli jeszcze kilku dzielnych wojowników. Od zachodu, w narożniku murów otaczających gród, tam gdzie stykały się one z wysuniętym ramieniem urwiska, była mała furtka. Od tej strony ku głównej bramie biegła między murem a skrajem przepaści wąska ścieżka. Éomer i Aragorn jednocześnie skoczyli w furtkę, a garstka wojowników tuż za nimi. Dwa miecze dobyte z pochew błysnęły jak jedno ostrze.

– Gúthwinë! – krzyknął Éomer. – Gúthwinë, miecz Rohanu!
– Andúril! – krzyknął Aragorn. – Andúril, miecz Dúnedainów!

Niespodzianie, z boku, runęli na tłum dzikusów. Andúril wznosił się i opadał, krzesząc białe iskry. Krzyk wzbił się z murów aż pod wieżę:
– Andúril! Andúril wraca do boju! Ostrze, niegdyś złamane, znowu błyska!

Napastnicy, przerażeni, odrzucili tarany i zwrócili się przeciw nacierającym rycerzom. Lecz mur orkowych tarcz pękł jak gdyby piorunem rozcięty, oni zaś sami, odepchnięci potężnie, padali na miejscu trupem albo walili się z urwiska w dół, w kamienne koryto potoku. Łucznicy orków chwilę jeszcze strzelali na oślep, potem uciekli także.

Éomer i Aragorn na moment zatrzymali się pod bramą. Grzmot huczał teraz gdzieś bardzo daleko. Błyskawice jeszcze migotały nad odległymi górami południa. Przenikliwy wiatr dął od północy. Chmury poszarpane płynęły szybko, spośród nich wyjrzały już gwiazdy. Nad wzgórzami od strony Zielonej Roztoki pokazał się księżyc i lśnił żółty na zmytym przez burzę niebie.

– Zjawiliśmy się w samą porę – rzekł Aragorn, przyglądając się bramie. Ogromne zawiasy i żelazne zasuwy były poskręcane i wygięte, belki w wielu miejscach pękły.

– Nie możemy jednak zostać tu poza murami, żeby ich bronić – powiedział Éomer. – Patrz! – Wskazał groblę. Tłum orków i dzikich ludzi już gromadził się znowu na drugim brzegu potoku. Gwizdnęły strzały i kilka z nich upadło na kamienie wokół rycerzy. – Chodźmy stąd! Trzeba od środka podeprzeć i wzmocnić bramę głazami i belkami. Chodźmy!

Odwrócili się i pobiegli. W tej samej chwili kilkunastu orków, którzy przyczaili się pośród trupów, nagle zerwało się na nogi i milczkiem, chyłkiem puściło się za rycerzami w pogoń. Dwaj rzucili się na ziemię, zahaczając znienacka nogi Éomera; padł i w okamgnieniu nakryli go swymi ciałami. Lecz nagle drobna ciemna figurka wyskoczyła z cienia, gdzie kryła się niedostrzeżona przez nikogo, i rozległ się gardłowy okrzyk: *"Baruk Khazâd! Khazâd ai-mênu!*". Śmignął w powietrzu toporek. Potoczyły się dwie orkowe głowy. Reszta napastników pierzchła.

Éomer dźwigał się już z ziemi, kiedy Aragorn, zawróciwszy, biegł mu na ratunek.

Zamknięto furtkę, umocniono bramę od wewnętrznej strony żelaznymi sztabami i kamieniami. Gdy wszyscy znaleźli się bezpiecznie za murem, Éomer rzekł:

– Dziękuję ci, Gimli, synu Glóina! Nie wiedziałem wcale, że brałeś udział w tej naszej wycieczce. Często jednak gość niezaproszony okazuje się najcenniejszym towarzyszem. Jakim sposobem znalazłeś się tak w porę na miejscu?

– Poszedłem za wami, żeby rozczmuchać się ze snu – odparł Gimli – ale kiedy zobaczyłem dzikusów z gór, wydali mi się za wielcy dla mnie, więc przysiadłem na kamieniu i przyglądałem się robocie waszych mieczy.

– Nie wiem, jak ci odpłacę – rzekł Éomer.

– Trafi się może niejedna sposobność, zanim noc przeminie – zaśmiał się krasnolud. – Bardzo jestem rad. Dotychczas, od wyjścia z Morii, mój toporek nic nie rąbał prócz drzew.

– Dwóch! – oznajmił Gimli, poklepując ostrze toporka. Wrócił właśnie na dawne miejsce pod parapetem zewnętrznego muru.

– Dwóch? – odparł Legolas. – Ja się lepiej spisałem; teraz jednak muszę poszukać strzał, bo kołczan mam pusty. Myślę, że położyłem co najmniej dwudziestu. Ale to ledwie kilka listków, a został cały las!

Niebo rozwidniało się szybko, a zachodzący księżyc świecił jasno. Lecz światło niosło ze sobą niewiele nadziei dla rycerzy Rohanu. Szeregi nieprzyjaciół nie zmalały, przeciwnie, urosły, od doliny zaś przez przerwę w wałach cisnęły się wciąż nowe posiłki. Wycieczka na skałę dała obrońcom tylko krótką chwilę wytchnienia. Teraz napastnicy szturmowali bramę ze zdwojoną furią. Pod zewnętrznym murem tłum Isengardczyków kipiał jak morze. Orkowie i dzicy górale roili się u podnóży kamiennej ściany na całej jej długości. Liny opatrzone hakami zarzucali na parapet tak szybko, że obrońcy nie mogli nadążyć z odcinaniem ich, setki wysokich drabin przystawiano jednocześnie do muru. Wiele z nich strącono, lecz na miejsce każdej, która runęła strzaskana, wyrastała nowa, orkowie zaś wspinali się zwinnie jak małpy z ciemnych lasów południa. U stóp muru zwał trupów, rannych i pogruchotanego drewna piętrzył się jak ławica żwiru na morskim brzegu po burzy. Straszliwe te zaspy rosły coraz wyżej i wciąż przybywało napastników.

Znużenie ogarnęło obrońców. Zużyli już wszystkie strzały, kołczany mieli puste, miecze wyszczerbione, tarcze spękane. Trzykroć Aragorn i Éomer podrywali ich do boju, trzykroć Andúril rozpłomieniał się w desperackim natarciu, trzykroć odparto nieprzyjaciół od muru.

Nagle z głębi jaru buchnął wrzask. Orkowie jak szczury wpełzli przez przepust, którym pod murem spływał potok. Zgromadzeni w cieniu urwisk czekali na chwilę, gdy walka pod szczytem muru rozgorzała najbardziej i gdy tam skupiła się cała czujność i wszystkie siły obrony. Wtedy dopiero wyskoczyli z ukrycia. Część bandy wdarła się w głąb Jaru, gdzie były spędzone konie, i rzuciła się na pilnujących stadniny koniuchów.

Jednym susem Gimli skoczył w dół i dziki okrzyk: „*Khâzâd! Khâzâd!*" echem odbił się wśród skał. Topór miał tam wkrótce dość roboty.

– Hej! Hej! – krzyknął Gimli. – Orkowie za murem! Hej! Bywaj Legolasie! Starczy ich tutaj dla nas obu. *Khâzâd ai-mênu!*

Na głos krasnoluda, wzbijający się ponad zgiełk bitwy, stary Gamling spojrzał z baszty Rogatego Grodu.

– Orkowie w Jarze! – krzyknął. – Helm! Helm! Naprzód, plemię Helma!

I z tym okrzykiem pędził po schodach ze skały, a za nim biegli wojownicy z Zachodniej Bruzdy.

Natarli z furią i tak niespodzianie, że orkowie załamali się pod ich naporem. Zepchnięci i osaczeni w najciaśniejszym kącie Jaru napastnicy ginęli od mieczy lub z wrzaskiem umykali w boczne przesmyki, gdzie czekała ich śmierć z rąk straży, strzegących tajemnych pieczar.

– Dwudziesty pierwszy! – zawołał Gimli i zamachem obu rąk położył ostatniego orka trupem u swoich nóg. – A więc prześcignąłem cię, panie elfie!

– Trzeba zatkać tę szczurzą dziurę – rzekł Gamling. – Podobno krasnoludy są mistrzami, gdy chodzi o budowle z kamieni. Pomóż nam, panie.

– Nie używamy co prawda do ciosania skał wojennych toporów ani też własnych paznokci – odparł Gimli. – Ale zrobię, co się da.

Zgarnęli głazy i odłamki skalne, jakie się nawinęły pod rękę, i pod kierunkiem Gimlego ludzie z Zachodniej Bruzdy zatkali wewnętrzny wylot przełomu, zostawiając tylko wąską szparę. Potok, który wezbrał po deszczu, kipiał i bulgotał, zdławiony w ciasnej szczelinie, i z wolna rozlewał się zimnym stawem pomiędzy dwoma urwiskami.

– W górze będzie suszej – rzekł Gimli. – Chodź, Gamlingu, zobaczymy, co się dzieje na murach.

Wspiął się po schodach; zastał na szczycie muru Legolasa wraz z Aragornem i Éomerem. Elf trzymał swój długi sztylet. Chwilowo panował tu spokój, napastnicy, po nieudanej próbie przedarcia się przez przełom potoku, zaniechali na razie szturmu.

– Dwudziestu jeden – oznajmił Gimli.

– Wspaniale! – odparł Legolas. – Ale ja tymczasem doliczyłem już do dwóch tuzinów. Walka tutaj szła na noże.

Éomer i Aragorn znużeni opierali się o miecze. W oddali, po lewej stronie, zgiełk bitwy toczonej na skale wzmógł się znowu. Lecz Rogaty Gród trwał niezłomnie, jak wyspa pośród morza. Bramy jego leżały strzaskane, ale przez barykady z kłód i głazów nie przedostał się ani jeden nieprzyjacielski żołnierz.

Aragorn popatrzył w blade gwiazdy i w księżyc, który zniżył się teraz nad zachodnie stoki zamykające dolinę.

– Ta noc dłuży się jak lata – rzekł. – Kiedyż nareszcie wstanie dzień?

– Świt już blisko – powiedział Gamling, który również wszedł na mur – ale wątpię, czy nam to pomoże.

– Jednakże świt zawsze jest nadzieją człowieka – rzekł Aragorn.

– Służalcy Isengardu, półorkowie czy gobliny, nikczemne stwory, które sobie Saruman wyhodował, nie ulękną się słońca – powiedział Gamling. – Nie boją się go także dzicy górale. Czy nie słyszycie ich głosów?

– Słyszę – rzekł Éomer – lecz brzmią w moich uszach jak skrzek ptasi albo ryk zwierzęcy.

– A przecież wielu żołnierzy Sarumana wykrzykuje w języku Dunlendingów – odparł Gamling. – Znam ich mowę. To dawny język ludzki, używany ongi w zachodnich dolinach Riddemarchii. Posłuchajcie! Nienawidzą nas i cieszą się, bo nasza zguba wydaje im się nieuchronna. „Król! – wrzeszczą. – Król! Weźmiemy do niewoli ich króla! Śmierć Forgoilom! Śmierć słomianym łbom! Śmierć zbójcom z północy!". To przezwiska, które nam nadali. Po pięciu wiekach nie zapomnieli i nie przebaczyli, że władcy Gondoru oddali Riddemarchię Eorlowi Młodemu i zawarli z nim przymierze. Saruman rozjątrzył starą nienawiść. To lud dziki, jeśli go podburzyć. Nie ustąpią ani o zmierzchu, ani o świcie, dopóki nie wezmą Théodena do niewoli lub nie polegną sami.

– Mimo wszystko świt przyniesie mi nadzieję – powiedział Aragorn. – Czyż nie mówi się w tym kraju, że Rogaty Gród nigdy nie został zdobyty, jeżeli go ludzie bronili?

– Tak mówią pieśni – rzekł Éomer.

– A więc brońmy go i nie traćmy nadziei! – zawołał Aragorn.

Jeszcze nie skończył mówić, gdy nagle zagrzmiały trąby. Huk się rozległ, błysnęły płomienie, wzbił się obłok dymu. Woda z Helmowego Potoku, sycząc i pieniąc się, runęła przez przełom: tama puściła, w murze ziała ogromna dziura. Chmara czarnych orków już przez nią cisnęła się do Jaru.

– Oto diabelska sztuczka Sarumana! – krzyknął Aragorn. – Podpełzali znów do przepustu, kiedy my tu z sobą rozmawialiśmy, i podpalili ognie Orthanku tuż u naszych stóp. Elendil! Elendil! – zawołał, biegnąc ku wyłomowi. Lecz w tym samym okamgnieniu sto drabin wysunęło się nad parapet muru. Górą i dołem zalał go ostatni szturm jak czarna fala zatapiająca piaszczystą wydmę. Furia ataku zmiotła obrońców. Jedni cofali się coraz głębiej w Jar, znacząc odwrót gęstym trupem własnym i nieprzyjacielskim, broniąc każdej piędzi i zmierzając ku tajnym pieczarom. Inni wyrąbywali sobie drogę do twierdzy.

Z Jaru na Skałę aż pod bramę Rogatego Grodu wiodły szerokie schody. Aragorn stał na jednym z najniższych stopni. W jego ręku błyszczał Andúril i przez czas jakiś groza tego miecza wstrzymywała nieprzyjaciół, aby Rohirrimowie, którzy zdołali dotrzeć do schodów, mogli wspiąć się pod bramę. Wyżej nieco nad Aragornem przyklękł Legolas. Naciągnął łuk, lecz została mu tylko jedna strzała; wychylony naprzód czekał, gotów ustrzelić pierwszego orka, który ośmieli się zbliżyć do schodów.

– Wszyscy, którzy tu doszli żywi, są już bezpieczni za murem twierdzy, Aragornie! – zawołał. – Chodź i ty na górę!

Aragorn odwrócił się i zaczął biec po schodach, lecz był strasznie zmęczony i potknął się w biegu. Natychmiast skorzystał z tego nieprzyjaciel. Orkowie z wrzaskiem skoczyli ku rycerzowi, żeby go pochwycić. Pierwszy padł z ostatnią strzałą Legolasa w gardle, inni jednak przesadzili jednym susem trupa i biegli dalej. Nagle zepchnięty z góry ogromny głaz runął na schody i napastnicy stoczyli się w głąb Jaru. Aragorn dopadł bramy i zatrzasnął ją za sobą.

– Zły obrót bierze bitwa, przyjaciele – rzekł, ocierając ramieniem pot z czoła.

– Zły, ale nie beznadziejny – odparł Legolas. – Póki ty jesteś wśród nas. A gdzie podział się Gimli?

– Nie wiem – rzekł Aragorn. – Widziałem go ostatni raz, jak walczył w Jarze za murem, lecz potem nieprzyjaciel nas rozdzielił.

– Niestety! Smutna to nowina! – powiedział Legolas.

– Gimli jest silny i dzielny – odparł Aragorn. – Miejmy nadzieję, że ucieknie do pieczar. Tam byłby na razie bezpieczny. Bezpieczniejszy niż my. Schron podziemny przypadnie krasnoludowi do serca.

– Tą nadzieją muszę się pocieszać – rzekł Legolas. – Wolałbym jednak, żeby obrał tę samą co my drogę. Chciałem powiedzieć mu, że mam już trzydziestu dziewięciu orków na swoim rachunku.

– Jeżeli przedrze się do pieczar, pewnie po drodze odzyska nad tobą przewagę – zaśmiał się Aragorn. – Nie widziałem, by ktoś lepiej władał toporkiem od tego krasnoluda.

– Muszę poszukać strzał – rzekł Legolas. – Oby wreszcie przeminęła ta noc! Przy świetle dziennym celniej strzela się z łuku.

Aragorn poszedł do zamku. Ku wielkiej rozpaczy dowiedział się, że Éomera nie ma w grodzie.

– Nie, nie wrócił na skałę – rzekł Aragornowi jeden z wojowników z Zachodniej Bruzdy. – Ostatni raz widziałem go, jak zbierał wokół siebie ludzi i walczył u wylotu Jaru. Byli z nim Gamling i krasnolud, ja jednak nie zdołałem się tam przedrzeć.

Aragorn minął wewnętrzny dziedziniec i wszedł po schodach do komnaty mieszczącej się wysoko w wieży. Na tle okna odcinała się ciemna sylwetka króla, który stąd patrzył w dolinę.

– Jakie wieści przynosisz, Aragornie? – zapytał.

– Mur zewnętrzny wzięty, wszyscy obrońcy zepchnięci, wielu jednak zdołało schronić się do Grodu.

– Czy Éomer jest tutaj?

– Nie, królu, lecz znaczna część twoich wojowników cofnęła się w głąb Jaru. Podobno między nimi był Éomer. W ciasnych przesmykach mogą powstrzymać nieprzyjaciela i dotrzeć do pieczar. Jaką tam znajdą nadzieję ratunku, nie wiem.

– Lepszą niż my tutaj. Mówiono mi, że w pieczarach są zgromadzone duże zapasy. Powietrze też jest zdrowe, bo dochodzi z góry, przez kominy otwarte wysoko w skałach. Nikt nie wedrze się do tych podziemi, jeśli wstępu bronią mężni ludzie. Mogą wytrwać bardzo długo.

– Orkowie jednak przynieśli z Orthanku diabelskie sztuki – rzekł Aragorn. – Mają ogień, co rozsadza skały; tym właśnie sposobem zdobyli zewnętrzny mur. Jeżeli nie zdołają wedrzeć się do pieczar, gotowi zamknąć ich wylot i zamurować ludzi w podziemiu. Ale teraz musimy wytężyć wszystkie siły ku własnej obronie.

– Duszę się w tym więzieniu – rzekł król. – Gdybym mógł z włócznią u siodła ruszyć na czele moich wojowników w pole, może odnalazłbym radość walki i skończył chwalebnie żywot. Ale tutaj nie na wiele się przydaję.

– Tutaj, królu, jesteś przynajmniej chroniony murami najpotężniejszej twierdzy Rohanu – odparł Aragorn. – Więcej masz nadziei, że się obronisz w Rogatym Grodzie, niż w Edoras czy nawet w górach, w Warowni Dunharrow.

– Podobno nigdy jeszcze nieprzyjaciel nie zdobył Rogatego Grodu szturmem – rzekł Théoden – ale dziś dręczy mnie zwątpienie. Świat zmienia się, a to, co ongi było potęgą, teraz może okazać się słabe. Jaka baszta oprze się tak wielkiej liczbie napastników i tak zuchwałej nienawiści? Gdybym był wiedział, jak bardzo Isengard wzmógł swoje siły, może nie spieszyłbym tak pochopnie na ich spotkanie, mimo wszystkich czarów Gandalfa. Jego rady teraz wydają się mniej dobre, niż były w blasku poranka.

– Nie sądź, królu, mądrości Gandalfa, póki nie skończy się rozprawa – rzekł Aragorn.

– Koniec zapewne już niedaleki – odparł Théoden. – Ale nie chcę skończyć tutaj jak stary borsuk w pułapce. Śnieżnogrzywy, Hasufel i wierzchowce moich gwardzistów są w grodzie, na zewnętrznym dziedzińcu. O świcie zwołam ludzi głosem Helmowego rogu i wyjadę za mury do bitwy. Czy pojedziesz ze mną, Aragornie, synu Arathorna? Może sobie przerąbiemy drogę, a może znajdziemy śmierć godną pieśni... jeżeli zostanie na tej ziemi ktoś, kto by o nas mógł śpiewać w przyszłości.

– Pojadę z tobą, królu – rzekł Aragorn.

Pożegnał Théodena i wrócił na mury, obszedł je w krąg, dodając ducha wojownikom i wspierając obrońców tam, gdzie orkowie atakowali najzażarciej. Towarzyszył mu Legolas. Ogniste wybuchy ustawicznie wstrząsały kamiennym murem. Zewsząd na jego szczyt zarzucano haki, przystawiano drabiny. Nieprzyjaciel co chwila wdzierał się na przedmurze, lecz za każdym razem obrońcy strącali go na skały.

Wreszcie Aragorn stanął ponad główną bramą, nie zważając na nieprzyjacielskie strzały. Wpatrując się przed siebie, dostrzegł, że na wschodzie niebo zaczyna blednąć. Podniósł nieuzbrojoną rękę, zwracając ją dłonią do napastników na znak, że chce parlamentować. Orkowie odpowiedzieli szyderczym wrzaskiem.

– Zleź na dół! Zleź! – wołali. – Jeżeli chcesz z nami gadać, zleź tutaj! A przyprowadź ze sobą króla! My jesteśmy waleczni Uruk-hai. Wywleczemy go z nory, jeżeli sam nie wyjdzie. Przyprowadź króla, niech się nie wymiguje!

– Króla wola, czy wyjdzie, czy zostanie na zamku – odparł Aragorn.

– Po coś tu przyszedł, jeśli tak? – pytali. – Czego tam wypatrujesz? Czy chcesz nas policzyć? My jesteśmy waleczni Uruk-hai!

– Wypatruję świtu – rzekł Aragorn.

– A cóż wam świt pomoże? – szydzili. – My jesteśmy waleczni Uruk-hai, nie przerywamy walki w nocy ani we dnie, w pogodę ani podczas burzy. Przyszliśmy zabijać w świetle słońca tak samo jak przy księżycu. Cóż wam pomoże świt?

– Nikt nie wie, co mu nowy dzień przyniesie – rzekł Aragorn. – Odstąpcie, zanim wstanie dzień waszej zguby.

– Złaź albo zestrzelimy cię z muru! – wrzasnęli. – Nie chcemy takiego parlamentarza. Nie masz nic do powiedzenia.

– Owszem, powiem wam coś jeszcze – rzekł Aragorn. – Nigdy w dziejach żaden nieprzyjaciel nie zdobył Rogatego Grodu. Odstąpcie, jeżeli nie chcecie wyginąć do nogi. Ani jeden nie ujdzie z życiem, żeby zanieść na północ wieść o klęsce. Nie wiecie nawet, co wam grozi.

A kiedy tak Aragorn stał na gruzach bramy, samotny wobec zgrai nieprzyjaciół, biło od niego tyle siły i majestatu, że niejeden dziki góral umilkł i oglądał się przez ramię na dolinę albo podnosił zaniepokojone oczy w niebo. Orkowie jednak śmiali się głośno. Grad pocisków i strzał śmignął w górę ku szczytowi muru. Aragorn zeskoczył na dziedziniec.

Huk się rozległ i buchnęły płomienie. Sklepienie bramy, na którym przed chwilą jeszcze stał rycerz, pękło i runęło strzaskane w proch i pył. Jakby piorun rozniósł barykadę. Aragorn pobiegł do królewskiej wieży.

Lecz w tym samym momencie, gdy runęła brama, orkowie zaś z wrzaskiem gotowali się do nowego natarcia, w dole za ich plecami szept się zerwał niby szelest nadciągającego wiatru i rósł z każdą sekundą, aż wybuchnął krzykiem mnóstwa głosów, obwieszczających o świcie niezwykłą nowinę. Orkowie na skale, słysząc ten trwożny zgiełk, zawahali się i obejrzeli za siebie. Nagle ze szczytu wieży nieoczekiwany i straszliwy rozbrzmiał głos wielkiego rogu Helma.

Na ten głos zadrżeli wszyscy. Wielu orków rzuciło się na ziemię, zatykając uszy szponiastymi łapami. Z głębi Jaru odpowiedziały echa, granie rogu powtarzało się zwielokrotnione, jakby na każdym urwisku, na każdym szczycie stał wspaniały herold. Obrońcy spojrzeli z murów ku wieży i słuchali w podziwie, echa bowiem nie milkły. Muzyka rogów wciąż rozlegała się wśród gór, coraz bliższa, coraz głośniejsza, jakby jeden drugiemu odpowiadał bojowym, śmiałym wezwaniem.

– Helm! Helm! – krzyknęli Rohirrimowie. – Helm się zbudził i wraca do boju! Helm walczy za króla Théodena.

Wśród tych okrzyków zjawił się król na koniu białym jak śnieg, ze złotą tarczą i długą włócznią. Po jego prawej ręce jechał Aragorn, spadkobierca Elendila, za nimi – dostojni rycerze rodu Eorla Młodego. Niebo się rozjaśniło. Noc pierzchła.

– Naprzód, Eorlingowie!

Natarli z krzykiem i wielkim zgiełkiem. Jak grzmot rwali od bramy, przez groblę, jak wicher rozgarniający trawę zmiatali ze swojej drogi zastępy Isengardu. Z głębi Jaru buchnęły gromkie głosy wojowników, którzy wybiegli teraz z pieczar i spychali przed sobą nieprzyjacielską zgraję. Z grodu wysypywali się wszyscy mężczyźni, którzy dotychczas zostawali w jego murach. A rogi wciąż grały i echo niosło się wśród gór.

Król ze swoją świtą gnał naprzód. Dowódcy i szeregowi padali albo uciekali przerażeni. Ani ork, ani człowiek żaden nie stawił im czoła. Plecy nadstawili na miecze i włócznie jeźdźców, twarze zwrócili ku dolinie. Uciekali z wrzaskiem i jękiem, bo wraz z wstającym nowym dniem strach padł na nich i ujrzeli niepojęte dziwy.

Tak wyjechał król Théoden przez Helmowe Wrota i utorował sobie przejście aż do wielkiego Szańca. Cały oddział zatrzymał się tutaj. Dzień wokół rozwidniał się już na dobre. Snopy słonecznych promieni biły znad wzgórz na wschodzie i rozbłyskiwały w ostrzach włóczni. Rycerze milczeli i z siodeł spoglądali na Zieloną Roztokę. Kraj się odmienił. Gdzie przedtem zieleniła się dolina, trawiastymi zboczami wspinając się ku podnóżom gór, teraz czerniał las. Ogromne drzewa, nagie i milczące, splątane gąszczem gałęzi, stały w niezliczonych szeregach i wznosiły sędziwe korony. Ich kręte korzenie kryły się w bujnej trawie. Pod nimi panował mrok. Szaniec od tego bezimiennego lasu dzieliło niecałe pół mili otwartego pola. Tam teraz zbiły się w popłochu dumne zastępy Sarumana, zamknięte między groźnym królem a grozą drzew. Ściągnęli spod Helmowych Wrót, cała przestrzeń powyżej Szańca była wolna, oni jednak skupili się jak rój czarnych much na tym małym skrawku ziemi. Daremnie próbowali czołgać się i wspinać na zbocza Roztoki, szukając drogi ucieczki. Od wschodu zbocza były niedostępne i kamieniste, od zachodu zbliżała się ich zguba.

Nagle na grzbiecie wzgórza ukazał się jeździec w bieli, lśniący w promieniach wschodzącego słońca. Na dalszych niskich pagórkach zagrały rogi. Za jeźdźcem wydłużonymi stokami w dół schodziło tysiąc pieszych wojowników; miecze trzymali w ręku. Między nimi szedł mąż wysokiego wzrostu, potężnej budowy. Pancerz miał czerwony. Gdy zbliżył się nad krawędź doliny, przytknął do ust wielki czarny róg. Rozległa się dźwięczna, silna nuta.

– Erkenbrand! – krzyknęli Rohirrimowie. – Erkenbrand!
– Patrzcie! Biały Jeździec! – zawołał Aragorn. – Gandalf wraca!
– Mithrandir! Mithrandir! – krzyknął Legolas. – To czary nie lada. Chodźmy, chciałbym przyjrzeć się temu lasowi, zanim czar przeminie.

Tłum żołnierzy Isengardu zahuczał, zafalował, w rozterce zwracając się to ku jednemu, to ku drugiemu niebezpieczeństwu. Z wieży znów odezwał się głos rogu. Z góry, od przerwy między szańcami, ruszył do natarcia oddział króla. Z góry, od strony wzgórz, pędził na czele swoich Erkenbrand, pan Zachodniej Bruzdy. Z krawędzi Roztoki skoczył Cienistogrzywy, jak kozica pewnie mknąc wśród gór. Dosiadał go Biały Jeździec, a na jego widok szaleństwo ogarnęło nieprzyjacielskie szeregi. Dzicy górale padali przed nim na twarz. Orkowie z wyciem i wrzaskiem ciskali na ziemię szable i dzidy. Gnali jak czarny dym pędzony gwałtownym wiatrem. Z jękiem wpadali w cień drzew. Ani jeden już stamtąd nie wyszedł.

Rozdział 8

Droga do Isengardu

Tak się stało, że w blasku pogodnego ranka król Théoden i Gandalf, Biały Jeździec, znowu spotkali się na zielonej trawie nad Helmowym Potokiem. Byli też z nimi Aragorn, syn Arathorna, elf Legolas, Erkenbrand z Zachodniej Bruzdy i dostojnicy Złotego Dworu. Otaczali ich tłumnie Rohirrimowie, jeźdźcy Riddermarchii; zdumienie było silniejsze jeszcze niż radość zwycięstwa, toteż wszystkie oczy zwracały się na las.

Nagle rozległy się głośne okrzyki i od strony Szańca ukazała się gromada tych spośród obrońców muru, którzy zepchnięci przez nieprzyjaciela wycofali się przedtem w głąb Jaru. Szedł więc Gamling Stary i Éomer, syn Éomunda, a z nimi Gimli, krasnolud. Nie miał hełmu na głowie, przewiązanej zakrwawionym opatrunkiem, ale głos jego dźwięczał donośnie i mocno.

– Czterdziestu dwóch, mości Legolasie! – wołał. – Niestety! Toporek mi się wyszczerbił. Czterdziesty drugi miał na szyi żelazny kołnierz. A co ty powiesz?

– Masz o jeden punkt przewagę nade mną – odparł Legolas. – Lecz chętnie ci użyczam zwycięstwa, bo cieszę się bardzo, że wracasz na własnych nogach.

– Witaj, Éomerze, synu mojej siostry! – rzekł Théoden. – Wielka jest moja radość, że cię oglądam w dobrym zdrowiu!

– Witaj królu! – rzekł Éomer. – Ciemna noc przeminęła, dzień jasny znowu świeci. Dziwne ten dzień przyniósł nowiny! – Obejrzał się i ze zdumieniem popatrzył najpierw na las, a potem na Gandalfa. – A więc i tym razem zjawiłeś się w godzinie najcięższej próby i nieoczekiwanie! – rzekł.

– Nieoczekiwanie? – powtórzył Gandalf. – Obiecałem przecież, że wrócę i że się na tym miejscu spotkamy.

– Nie wyznaczyłeś jednak godziny i nie zapowiedziałeś, jakim sposobem wrócisz. Osobliwe przyprowadzasz posiłki. Wielki z ciebie czarodziej, Gandalfie Biały.

– Może to prawda. Ale jeszcze nie pokazałem siły moich czarów. Jak dotąd dałem wam tylko dobrą radę w chwili niebezpieczeństwa i posłużyłem się chyżością Cienistogrzywego. Więcej dokonało wasze własne męstwo, a także krzepkie nogi wojowników z Zachodniej Bruzdy, którzy maszerowali przez całą noc.

Teraz już wszyscy patrzyli na Gandalfa z tym większym zdumieniem. Ten i ów spode łba zerkał na las i przecierał ręką powieki, jakby podejrzewając, że oczy go mylą. Gandalf roześmiał się wesoło.

– O te drzewa wam chodzi? – rzekł. – Ależ tak, widzę je równie wyraźnie jak wy! Nie są jednak moim dziełem. To sprawa od Rady Mędrców niezależna. Stało się lepiej, niż sobie ułożyłem i niż mogłem się spodziewać.

– Czyj zatem czar to sprawił, jeżeli nie twój? – spytał Théoden. – Na pewno nie Sarumana. Czyżby istniał jeszcze potężniejszy czarodziej, o którym do tej pory nic nie wiedzieliśmy?

– Nie czar tutaj działał, lecz siła od wszystkich czarów starsza – odparł Gandalf. – Siła, która na ziemi istniała, zanim pierwszy elf zaśpiewał i pierwszy młot zadzwonił.

> *Nim kopano żelazo, zanim drzewo ścięto,*
> *Gdy pagórek był młody pod młodym miesiącem,*
> *Zanim Pierścień wykuto, wywołano biedę –*
> *To chodziło po lesie lat temu tysiące.*[1]

– Jakież jest rozwiązanie tej zagadki? – spytał Théoden.

– Jeżeli chcesz je poznać, jedź ze mną do Isengardu – odparł Gandalf.

– Do Isengardu? – zakrzyknęli wszyscy.

– Tak – rzekł Gandalf. – Wracam do Isengardu, a kto zechce, niech jedzie ze mną. Napatrzymy się tam pewnie dziwów.

---
[1] Przełożył Włodzimierz Lewik.

– Nawet gdybym wszystkich rozproszonych zgromadził i wszystkich rannych lub zmęczonych uzdrowił, nie ma w Rohanie dość wojowników, żeby porwać się na warownię Sarumana – powiedział Théoden.

– A jednak ja wybieram się do Isengardu – rzekł Gandalf. – Nie zabawię tam długo. Czeka mnie droga na wschód. Wyglądajcie mnie w Edoras, zanim księżyc się odmieni.

– Nie! – odparł Théoden. – W czarnej godzinie przed świtem poddawałem się zwątpieniu, lecz teraz nie myślę rozłączać się z tobą. Pojedziemy razem, skoro tak radzisz.

– Chcę rozmówić się z Sarumanem możliwie najrychlej – rzekł Gandalf – ponieważ zaś tobie, królu, wyrządził on wiele zła, przystoi, abyś też był obecny przy tej rozmowie. Kiedy najwcześniej mógłbyś wyruszyć i jak szybko zdołasz jechać?

– Ludzie są zmęczeni po bitwie – odparł król – a ja także. Odbyłem długi marsz i mało spałem. Niestety! Mój sędziwy wiek nie jest tylko złudzeniem ani skutkiem podszeptów Gadziego Języka. Starość to choroba, z której całkowicie żaden medyk nie uleczy, nawet ty, Gandalfie.

– Pozwólmy więc wszystkim, którzy chcą ze mną jechać, odpocząć teraz – rzekł Gandalf. – Ruszymy dopiero o zmierzchu. Tak będzie nawet lepiej, bo powinniśmy od tej chwili wszystkie nasze ruchy i posunięcia zachowywać w jak najściślejszej tajemnicy. Nie zabieraj ze sobą wielu wojowników, Théodenie. Jedziemy rokować, a nie walczyć!

Król, wybrawszy kilku jeźdźców, którzy z bitwy wyszli nietknięci i mieli ścigłe konie, rozesłał ich po wszystkich dolinach Riddermarchii z wieścią o zwycięstwie oraz z wezwaniem, aby mężczyźni, starzy zarówno jak młodzi, zewsząd pospieszyli do Edoras. Tam bowiem nazajutrz po pełni księżyca władca Marchii zwołuje zgromadzenie wszystkich mężów zdolnych do dźwigania broni. W podróż do Isengardu postanowił król wziąć z sobą Éomera i dwudziestu przybocznych jeźdźców. Gandalfowi mieli towarzyszyć Aragorn, Legolas i Gimli. Mimo ran krasnolud za nic nie chciał pozostać w obozie.

– Cios był dość słaby – oznajmił – a zresztą czapka mnie chroniła. Czegoś więcej trzeba niż takie draśnięcie, żeby mnie powstrzymać.

– Opatrzę ci tę ranę, nim ruszymy w drogę – rzekł Aragorn.

Na razie król wrócił do Rogatego Grodu i przespał się snem prawdziwie spokojnym, jakiego od wielu lat nie zaznał; wojownicy, którzy mieli jechać z królem do Isengardu, zażywali również spoczynku; inni, z wyjątkiem rannych, musieli wziąć się do najcięższej roboty, mnóstwo bowiem poległych leżało na polu albo w Jarze.

Z orków żaden nie został żywy, trupów ich niepodobna było zliczyć. Lecz wielu dzikich górali poddało się zwycięzcom; ci bali się okropnie i błagali o łaskę.

Rohirrimowie odebrali im broń i zapędzili do pracy.

– Pomóżcie naprawić zło, do którego się przyczyniliście – powiedział Erkenbrand – a potem złożycie przysięgę, że nigdy więcej nie przekroczycie zbrojnie brodu na Isenie ani też nie dacie się zaciągnąć w szeregi wrogów ludzi. Pod tym warunkiem odzyskacie wolność i wrócicie do swojego kraju. Saruman was oszukał. Wielu z was śmiercią przypłaciło wiarę w jego obietnice; wiedzcie, że gdyby nawet on odniósł zwycięstwo, nie lepszą wzięlibyście zapłatę.

Ludzie z Dunlandu dziwili się niezmiernie, bo Saruman mówił im, że Rohirrimowie są okrutni i żywcem palą jeńców.

Pośrodku pola u stóp Rogatego Grodu usypano dwa kurhany, pod którymi złożono zwłoki wszystkich poległych obrońców, po jednej stronie jeźdźców ze wschodnich dolin, po drugiej – wojowników z Zachodniej Bruzdy. W osobnej mogile w cieniu warowni spoczął Háma, dowódca królewskiej gwardii. Padł on w boju u bramy. Ciała orków zgromadzono w stosy z dala od ludzkich grobów, opodal skraju lasu. Rohirrimowie bardzo się trapili, bo nie było sposobu ani pochować, ani spalić tak wielkiej ilości padliny. Drew na stos mieli mało, a nikt nie ośmieliłby się tknąć siekierą niezwykłych drzew, nawet gdyby Gandalf nie ostrzegł, że skaleczenie choćby najmniejszej gałązki grozi srogim niebezpieczeństwem.

– Zostawmy orków – rzekł Gandalf. – Może jutro znajdzie się jakaś rada.

Po południu królewska kompania zaczęła przygotowywać się do drogi. Wtedy też odbyły się uroczystości pogrzebowe. Théoden z wielkim żalem żegnał Hámę i sam rzucił pierwszą grudę ziemi na jego mogiłę.

– Ciężką krzywdę wyrządził Saruman mnie i całemu krajowi – rzekł. – Będę o tym pamiętał, gdy się z nim spotkamy.

Słońce już się zniżyło nad wzgórzami po zachodniej stronie Roztoki, gdy wreszcie Théoden z Gandalfem i świtą ruszyli spod Szańca. Za nimi zebrały się liczne zastępy jeźdźców, a także gromada ludzi z Zachodniej Bruzdy, starców, młodzieży, kobiet i dzieci, ukrywających się podczas bitwy w pieczarach. Chór czystych głosów odśpiewał pieśń zwycięstwa, potem zaś wszyscy ucichli i czekali, co się dalej stanie, z trwogą spoglądając na tajemnicze drzewa.

Jeźdźcy pojechali pod las i zatrzymali się, konie bowiem, zarówno jak ludzie, wzdragały się wejść w jego cień. Drzewa stały szare i groźne, osnute cieniem czy może mgłą. Końce długich, powłoczystych gałęzi zwisały jak chciwe palce, korzenie sterczały z ziemi niby odnóża dziwacznych potworów, a pod nimi ziały ciemne jamy. Gandalf jednak ruszył pierwszy, prowadząc cały oddział. W miejscu, gdzie droga z Rogatego Grodu wchodziła w las, otwarła się przed jeźdźcami jakby olbrzymia brama pod sklepieniem grubych konarów. Gandalf wjechał w nią, inni za nim. Ze zdumieniem przekonali się, że droga biegnie dalej wśród drzew, obok niej płynie Helmowy Potok, a nad nią niebo świeci złotym blaskiem. Lecz po obu stronach mrok już zalegał galerie lasu, a w ich głębi panowały nieprzeniknione ciemności. Jeźdźcy słyszeli stamtąd trzask i szum gałęzi, i jakieś dalekie krzyki, gwar bez słów i gniewne pomruki. Nigdzie jednak nie było widać orków ani żadnej żywej istoty. Legolas i Gimli jechali teraz na jednym koniu i trzymali się jak najbliżej Gandalfa, ponieważ krasnolud bał się lasu.

– Gorąco tutaj – rzekł Legolas do Gandalfa. – Kipi dokoła srogi gniew. Czy nie czujesz, jak powietrze pulsuje ci w uszach?

– Czuję – odparł Gandalf.

– Co się stało z tymi łajdakami orkami? – spytał Legolas.

– Tego, jak mi się zdaje, nikt się nigdy nie dowie – odparł Gandalf.

Chwilę posuwali się w milczeniu, Legolas jednak wciąż rozglądał się na boki i chętnie by przystanął, żeby posłuchać głosów z lasu, ale Gimli mu na to nie pozwalał.

– W życiu nie widziałem tak dziwnych drzew – powiedział elf – a przecież wiele dębów znałem od żołędzia aż do spróchniałej starości. Chciałbym między nimi powłóczyć się swobodnie; mają głos, z czasem pewnie bym się nauczył rozumieć ich myśli.

– Nie! Nie! – zawołał Gimli. – Wyjedźmy stąd co prędzej. Ja rozumiem już teraz ich myśli: nienawidzą wszelkich stworzeń chodzących na dwóch nogach. Mówią o miażdżeniu i duszeniu.

– Mylisz się, wcale nie wszelkich dwunogów nienawidzą – odparł Legolas – lecz tylko orków. Nie znają bowiem elfów ani ludzi, pochodząc z bardzo daleka, z głębi dolin Fangornu. Bo widzisz, Gimli, domyślam się, że właśnie stamtąd przyszły.

– A więc jest to najniebezpieczniejszy z wszystkich lasów Śródziemia – rzekł Gimli. – Wdzięczny im jestem za to, czego dokonały, ale ich nie kocham. Może tobie wydają się cudowne, ja jednak widziałem w tym kraju większy dziw, piękniejszą rzecz niż puszcze i gaje całego świata. Serce mam jeszcze pełne zachwytu. Cóż za dziwacy z tych Dużych Ludzi! Mają tu jeden z cudów północy, a co mówią o nim? Pieczary! Dla nich to po prostu pieczary! Schron podczas wojny i skład na paszę! Czy nie widziałeś, mój poczciwy Legolasie, jak ogromne i wspaniałe są pieczary w Helmowym Jarze? Gdyby o tym na świecie wiedziano, krasnoludy pielgrzymowałyby tutaj tłumnie, żeby je chociaż zobaczyć. Tak! Płacilibyśmy szczerym złotem za jedno krótkie spojrzenie!

– Ja bym dużo zapłacił, żeby ich nie oglądać – rzekł Legolas – a gdybym tam zabłądził, ofiarowałbym podwójną cenę, byle się stamtąd wydostać.

– Nie widziałeś ich, dlatego wybaczę ci te żarty – odparł Gimli. – Ale mówisz głupstwa. Czyż nie jest piękny pałac, w którym mieszka twój król, pod wzgórzem w Mrocznej Puszczy, i który krasnoludowie przed wiekami pomagali wam budować? A to po prostu nędzna buda w porównaniu z tutejszymi jaskiniami! Są tu olbrzymie sale, rozbrzmiewające wieczną muzyką wody, która kropliście ścieka do jezior tak pięknych jak Kheled-zâram w blasku gwiazd.

W dodatku, Legolasie, gdy zapalono łuczywa i ludzie szli po piaszczystym dnie pod dzwoniącymi od ech stropami, drogie kamienie, kryształy i żyły bezcennego złota zalśniły na gładkich ścianach. Światło prześwieca przez bryły marmuru mieniące się perłowo, przezroczyste jak żywe ręce królowej Galadrieli. Legolasie, tam są kolumny białe i szafranowe, i różowe jak jutrzenka, żłobione i wygięte w kształty z marzeń sennych. Wyrastają z różnokolorowej posadzki na spotkanie błyszczących sopli, które zwisają od stropu niby skrzydła, sznury, zasłony delikatne jak zamarznięty obłok, włócznie, sztandary, wieżyczki napowietrznych zamków. Ich obraz odbija się w cichych jeziorach; z ciemnych wód, pokrytych szkłem lodu, wyziera migocąca blaskami kraina, jakiej nawet Durin w najpiękniejszym śnie pewnie by nie wymarzył, sięgająca alejami i krużgankami w głąb, do ciemnych czeluści, gdzie nigdy nie dociera światło. Nagle – plum! – spada srebrna kropla, w kręgach zmarszczek na zwierciadle wieże gną się i chwieją jak wodorosty i korale w morskiej grocie. Nadchodzi wieczór, obraz blednie i gaśnie, łuczywa przechodzą do następnej komnaty, ukazuje się inny sen. Otwierają się coraz to nowe komory, sale, kopuły, schody, kręte ścieżki prowadzą wciąż dalej, aż do serca gór. Pieczary! Pieczary Helmowego Jaru! Szczęśliwy los, który mnie do nich przywiódł! Płakałem, kiedy musiałem je opuścić.

– Skoro to dla ciebie taka radość, życzę ci, Gimli, żebyś wrócił cały z wojny i znów te jaskinie zobaczył – rzekł elf. – Ale nie opowiadaj o nich wszystkim swoim współplemieńcom! Sądząc z twoich słów, niewiele dla nich na świecie zostało roboty. Może tutejsi ludzie mądrze robią, że nie rozgłaszają wieści o tych cudach; przecież jedna rodzina pracowitych krasnoludów uzbrojonych w młoty i dłuta więcej może zburzyć, niż plemię ludzkie zbudowało przez wieki.

– Nie, nie rozumiesz nas – odparł Gimli. – Nie ma krasnoluda, którego by nie wzruszyło to piękno. Żaden z synów Durina nie zmieniłby tych pieczar w kamieniołomy ani w kopalnie kruszcu, choćby kryły się w nich najcenniejsze brylanty i złoto. Czy ściąłbyś kwitnący wiosną gaj na opał? Nie zburzylibyśmy tego kamiennego grodu, roztoczylibyśmy nad nim opiekę. Może czasem, bardzo ostrożnie, stuknęlibyśmy młotkiem i odłupali małą drzazgę skały tu czy tam, aż w ciągu długich lat powstałyby tym sposobem nowe korytarze, otwarłyby się nowe komnaty, dziś jeszcze tonące w ciemnościach, tak że ledwie można się domyślać ich istnienia, kiedy za jakąś szczeliną w ścianie wyczuwa się ziejącą pustkę. A światło,

Legolasie! Wprowadzilibyśmy tam światło, zrobilibyśmy takie lampy, jakie ongi świeciły w Khazad-dûm. Moglibyśmy, gdybyśmy zechcieli, wypędzić noc, która tam zalega od dnia narodzin gór.

– Wzruszasz mnie, Gimli – rzekł Legolas. – Nigdy jeszcze nie słyszałem z twoich ust takich słów. Niemal żałuję, że nie widziałem pieczar w Helmowym Jarze. Słuchaj! Zawrzyjmy umowę. Jeżeli obaj żywi wyjdziemy z niebezpiecznych przygód, które nas jeszcze czekają, będziemy jakiś czas wędrowali razem po świecie. Ty zwiedzisz ze mną Fangorn, a potem ja z tobą pójdę obejrzeć tamte podziemia.

– Gdyby to ode mnie zależało, wybrałbym inną drogę – odparł Gimli – ale dobrze, przecierpię Fangorn, jeżeli obiecasz mi, że wrócimy do pieczar i będziesz je razem ze mną podziwiał.

– Obiecuję! – rzekł Legolas. – Niestety! Na razie musimy porzucić zarówno pieczary, jak las. Spójrz! Wyjeżdżamy już spośród drzew. Gandalfie, jak daleko stąd do Isengardu?

– Dla Sarumanowych kruków około piętnastu staj – odparł Gandalf. – Pięć od wylotu Zielonej Roztoki do brodów, a potem dziesięć od rzeki do bram Isengardu. Ale nie będziemy dzisiejszej nocy odbywali całej tej drogi.

– Co zobaczymy, gdy znajdziemy się u celu? – spytał Gimli. – Ty może wiesz, ale ja na próżno usiłuję zgadnąć.

– Na pewno i ja tego nie wiem – odparł Czarodziej. – Byłem tam wczoraj o zmierzchu, wiele jednak mogło się zmienić od tego czasu. Mimo wszystko myślę, że nie pożałujesz tej podróży i nie wyda ci się daremna... chociaż musiałeś dla niej porzucić Błyszczące Pieczary Aglarondu.

Wreszcie wyjechali spośród drzew i stwierdzili, że są na dnie Roztoki w miejscu, gdzie droga z Helmowego Jaru rozgałęzia się na wschód – do Edoras – i na północ – do brodów na Isenie. Nim oddalili się od skraju lasu, Legolas wstrzymał konia i obejrzał się z żalem za siebie. Nagle krzyknął.

– Tam są jakieś oczy! – zawołał. – Oczy patrzą z mroku, spod gałęzi! Takich oczu jeszcze nigdy nie widziałem.

Inni jeźdźcy, zaskoczeni tym okrzykiem, również przystanęli i spojrzeli na las. Legolas zawrócił wierzchowca, gotów galopować z powrotem.

– Nie! Nie! – wrzasnął Gimli. – Rób, co chcesz, skoro jesteś szaleńcem, ale przedtem pozwól mi zsiąść z twego konia. Nie chcę widzieć tych dziwnych oczu.

– Zostań, Legolasie – rzekł Gandalf. – Nie wracaj do lasu, teraz tam nie wracaj. Jeszcze nie wybiła twoja godzina.

W tej samej chwili spomiędzy drzew wysunęły się trzy niezwykłe postacie. Olbrzymie jak trolle, miały co najmniej dwanaście stóp wzrostu, zdawały się krzepkie, silne jak młode drzewa, i były ciasno opięte w szaty czy może skórę szarobrunatnego koloru. Kończyny miały bardzo długie, a palców u rąk mnóstwo, włosy sztywne i brody szarozielone jak mech. Spoglądały poważnymi oczyma, lecz wcale nie na jeźdźców, wzrok miały zwrócony ku północy. Nagle podniosły długie ręce do ust i zaczęły nawoływać dźwięcznie, głosem donośnym jak granie rogu, ale bardziej melodyjnym, i na różne tony. Z oddali odpowiedziały im podobne głosy; jeźdźcy obrócili się znowu i zobaczyli, że od północy przez trawę maszeruje więcej takich samych postaci. Zbliżały się szybko, ruchami przypominały brodzące czaple, lecz stawiając olbrzymie kroki, posuwały się naprzód tak prędko, że czapla nie dogoniłaby ich nawet na skrzydłach. Okrzyk zdumienia wydarł się z piersi jeźdźców, a ten i ów sięgnął do miecza.

– Oręż nie będzie wam potrzebny – rzekł Gandalf. – To przecież tylko pasterze. Nie są naszymi nieprzyjaciółmi, po prostu wcale ich nie obchodzimy.

Łatwo było w to uwierzyć, bo olbrzymie postacie, nie spojrzawszy nawet na konny oddział, weszły w las i zniknęły w jego cieniu.

– Pasterze! – powiedział Théoden. – A gdzież trzoda? Co to za jedni, Gandalfie? Mów, bo widać z tego, że ty jeden spośród nas nie po raz pierwszy z nimi się spotykasz.

– Pasterze drzew – odparł Gandalf. – A więc nie pamiętasz już bajek, których słuchałeś w dzieciństwie przy kominku? Dzieci z twojego kraju umiałyby wysnuć odpowiedź na te pytania z zawiłych wątków legend. Widziałeś, królu, entów, entów z lasu Fangorn, który przecież w waszym języku nazywa się Lasem Entów. Czy myślisz, że ta nazwa powstała z samej fantazji? Nie, Théodenie, jest zupełnie inaczej: to wy, Rohirrimowie, jesteście dla nich tylko przelotną bajką. Wszystkie lata, które upłynęły od Eorla Młodego do Théodena Sędziwego wydają się im ledwie chwilą, a wszystkie czyny twojego rodu – błahostką.

Król milczał.

– Entowie! – rzekł wreszcie. – Poprzez mroki legendy zaczyna mi świtać wyjaśnienie zagadki tych drzew. Dziwnych czasów dożyłem. Przez długie lata hodowaliśmy zwierzęta, uprawiali pola, budowali domy, wyrabiali narzędzia, a gdy trzeba było pomóc Gondorowi w jego wojnach, siadaliśmy na koń. I to wydawało nam się życiem ludzi, drogą tego świata. Niewiele troszczyliśmy się o wszystko, co działo się poza granicami naszego kraju. Mówiły o tych sprawach nasze pieśni, lecz my zapominaliśmy o nich, a jeżeli uczyliśmy ich nasze dzieci, robiliśmy to po prostu tak, ze zwyczaju. A dziś pieśni zjawiły się żywe wśród nas, przyszły ze swojej tajemniczej krainy i w widomej postaci chodzą w biały dzień po ziemi.

– Powinieneś cieszyć się z tego, królu Théodenie – rzekł Gandalf. – Dziś bowiem zagrożone jest nie tylko wasze błahe ludzkie życie, ale również istnienie tych, których przeczuwaliście jedynie w legendach. Nie jesteście sami, macie sprzymierzeńców, chociaż ich nie znacie.

– Zarazem jednak powinienem się smucić – odparł Théoden – jakkolwiek bowiem rozstrzygną się losy wojny, czyż nie może zakończyć się na tym, że wiele rzeczy pięknych i dziwnych na zawsze opuści Śródziemie?

– Może – rzekł Gandalf. – Zła, które Sauron sieje, nie wytępimy całkowicie i nie zatrzemy doszczętnie jego śladów. W takich czasach kazał nam los żyć, na to nie ma rady. Ale teraz jedźmy dalej, skoro wybraliśmy drogę.

Odwróciwszy się więc od Roztoki i lasu, jeźdźcy ruszyli naprzód, ku Brodom na Isenie. Legolas niechętnie pociągnął za oddziałem. Słońce zaszło i skryło się już za krawędzią ziemi, lecz kiedy wychynęli z cienia gór i spojrzeli na zachód, gdzie otwierały się Wrota Rohanu, niebo było nad nimi jeszcze czerwone, a pod żeglującymi górą obłokami płonęło łuną. Na jej tle zobaczyli jeźdźcy chmary czarnych ptaków. Wiele z nich przeleciało nad nimi z posępnym krzykiem, wracając do swoich gniazd pomiędzy skały.

– Drapieżne ptaki miały dużo roboty na pobojowisku – rzekł Éomer.

Posuwali się teraz bez pośpiechu, a równinę za nimi ogarniał mrok. Księżyc rosnący ku pełni wszedł leniwie i w zimnej srebrnej poświacie sfalowany step to wznosił się, to opadał jak ogromne szare morze. Upłynęły już ze cztery godziny, odkąd jeźdźcy ruszyli z rozstaju dróg, i Brody na Isenie były już bardzo blisko przed nimi.

Wydłużone stoki stromo teraz spadały w dół, ku rzece rozlanej szeroką kamienistą płycizną pomiędzy wysokimi trawiastymi tarasami. Z wiatrem dolatywało dalekie wycie wilków. Jeźdźcy posuwali się z ciężkim sercem, bo pamiętali, że wielu Rohirrimów poległo w boju na tym miejscu.

Droga wrzynała się tu głęboko między porosłe murawą skarpy, przebijając się przez tarasy nad rzeką, a potem wznosząc się znowu na drugi jej brzeg. Pieszym ułatwiały przeprawę trzy rzędy płaskich kamieni ułożonych w poprzek nurtu, między nimi zaś były brody dla koni, sięgające od obu brzegów do nagiej wysepki pośrodku rzecznego koryta. Jeźdźcom, gdy zobaczyli z góry to znajome miejsce, wydało się ono obce. Zwykle bowiem u brodów na kamieniach szumiała głośno woda, a dzisiaj panowała tu głucha cisza. Łożysko rzeki niemal zupełnie wyschło, ukazując nagi żwir i piasek.

– Bardzo tu teraz ponuro – rzekł Éomer. – Jaka straszna choroba wycieńczyła tę rzekę? Wiele pięknych rzeczy zniszczył Saruman. Czyżby pożarł też źródła Iseny?

– Zdaje się, że tak – powiedział Gandalf.

– Niestety! – rzekł Théoden. – Czy nie możemy ominąć tej drogi, przy której dzikie zwierzęta i ptaki pożerają ciała tylu szlachetnych wojowników Riddermarchii?

– Tędy nasza droga prowadzi – odparł Gandalf. – Bolesna jest śmierć twoich rycerzy, królu, przekonasz się jednak, że nie pożarły ich zwłok wilki. Te ucztują na ścierwie swoich przyjaciół orków. Taka jest przyjaźń między nikczemnymi plemionami! Jedźmy!

Zjechali nad rzekę, lecz nim się zbliżyli, wilki ucichły i umknęły. Strach padł na nie, kiedy w blasku księżyca ujrzały Gandalfa na lśniącym srebrzyście koniu. Jeźdźcy dotarli na wysepkę. Z ciemnych brzegów śledziły ich łyskające blado wilcze ślepia.

— Patrzcie — rzekł Gandalf. — Działali tutaj wasi przyjaciele.

Pośrodku wysepki wznosił się kurhan uwieńczony koroną kamieni, najeżony zatkniętymi w ziemię włóczniami.

— Tu leżą wszyscy wojownicy Riddermarchii, którzy polegli w pobliżu Brodów — rzekł Gandalf.

— Niech śpią w spokoju! — powiedział Éomer. — A nawet wówczas, gdy włócznie ich zbutwieją i zardzewieją, niech ta mogiła strzeże Brodów na Isenie.

— Czy to także twoje dzieło, Gandalfie, drogi przyjacielu? — spytał Théoden. — Niemałych rzeczy dokonałeś w ciągu wieczora i jednej nocy!

— Z pomocą Cienistogrzywego... i innych — odparł Gandalf. — Szybko jechałem i daleką odbyłem drogę. Lecz tu, u stóp tej mogiły, chcę ci, królu, powiedzieć coś, co cię pocieszy. Wielu twoich rycerzy poległo w bitwie u Brodów, nie tylu jednak, ilu pogrzebała pierwsza pogłoska. Więcej ich rozpierzchło się, niż zginęło. Wszystkich, których zdołałem odszukać, zgromadziłem na nowo; część odesłałem do Erkenbranda, część wziąłem do tej roboty, której wyniki tutaj oglądasz; ci są już teraz z powrotem w Edoras. Spory oddział wyprawiłem też stąd już wcześniej, żeby strzegł twojego dworu. Wiedziałem, że Saruman rzucił wszystkie swoje siły przeciw tobie i że jego słudzy zaniechali wszelkich innych spraw, aby pomaszerować na Helmowy Jar. Kraj zdawał się ogołocony z nieprzyjacielskich wojsk, lecz bałem się, że wilczych jeźdźców i rabusiów skusi bezbronny dwór w Meduseld. Teraz myślę, że możesz się tego nie lękać. Gdy wrócisz, twój dom powita cię radośnie.

— A ja uraduję się nawzajem jego widokiem — odparł Théoden — chociaż niedługo już pewnie w nim pomieszkam.

Rozstali się po tych słowach z wysepką i kurhanem, przeprawili przez rzekę i wspięli na jej drugi brzeg. Ruszyli dalej żwawo, radzi zostawić za sobą ponury bród. Gdy się oddalili, wycie wilków podniosło się znowu wśród nocy.

Od Brodów prowadził do Isengardu stary gościniec. Jakiś czas biegł on wzdłuż rzeki, razem z nią skręcając najpierw na wschód, a potem na północ. Wkrótce jednak odrywał się od Iseny i kierował prosto do bram Isengardu, które znajdowały się u stóp górskiej ściany po zachodniej stronie doliny, kilkanaście mil za jej wylotem. Jeźdźcy trzymali się gościńca, lecz nie jechali po nim, bo po obu jego bokach grunt był pewny i równy, na przestrzeni wielu mil porośnięty krótką, sprężystą trawą. Posuwali się teraz szybciej i około północy niemal pięć staj dzieliło ich już od Brodów. Zatrzymali się tutaj, bo król czuł się znużony. Byli już blisko podnóży Gór Mglistych, długie ramiona Nan Curunír wyciągały się jakby na ich spotkanie. Przed nimi dolina tonęła w ciemnościach, bo księżyc posunął się na zachód i góry przesłaniały jego światło. Lecz z głębi mrocznej doliny bił szeroki słup dymu i pary, który wznosząc się, nasiąkał blaskiem zachodzącego księżyca i rozpływał się lśniącymi, czarnymi i srebrnymi kłębami po wygwieżdżonym niebie.

– Co o tym sądzisz, Gandalfie? – spytał Aragorn. – Można by pomyśleć, że cała Dolina Czarodzieja płonie.

– W ostatnich czasach dym stale bije z doliny Sarumana – odezwał się Éomer – lecz dzisiaj wygląda to inaczej niż zwykle. Kłębią się nad Isengardem opary, a nie dymy. Saruman gotuje jakieś piekielne sztuki na nasze powitanie. Może to woda Iseny kipi tak i paruje? To by wyjaśniło, dlaczego rzeka wyschła.

– Może – odparł Gandalf. – Jutro dowiemy się, co Saruman robi. Teraz, póki czas, odpocznijmy trochę.

Rozbili obóz nad suchym korytem Iseny. Niektórzy jeźdźcy przespali parę godzin, lecz wśród nocy zbudził wszystkich okrzyk wartowników. Księżyc zniknął. W górze świeciły gwiazdy, ale po ziemi pełzła ciemna chmura, ciemniejsza niż mrok nocy, i toczyła się obu brzegami rzeki ku obozowisku ludzi, sunąc na północ.

– Nie ruszajcie się z miejsc! – rzekł Gandalf. – Nie dobywajcie broni! Czekajcie, aż chmura nas wyminie.

Wokół nich zgęstniała mgła. Nad ich głowami wciąż jeszcze migotały blado gwiazdy. Lecz po obu stronach obozowiska wyrósł mur nieprzeniknionych ciemności. Oddział znalazł się w wąskim przesmyku pomiędzy dwiema ruchomymi basztami cienia. Ludzie słyszeli głosy, szepty i pomruki, jakieś przeciągłe, szeleszczące westchnienia. Ziemia drżała pod nimi. Zdawało im się, że bardzo już długo siedzą tak w trwożnym oczekiwaniu, w końcu jednak gwar ucichł, a ciemność przesunęła się i znikła między ramionami gór.

Daleko na południu, w Rogatym Grodzie, ludzie usłyszeli o północy hałas, jakby wicher wtargnął w dolinę. Ziemia drżała. Zlękli się i nikt nie śmiał wyjść z twierdzy na zwiady. Dopiero rankiem wyjrzeli z Jaru i stanęli osłupiali: wszystkie trupy orków zniknęły, a po lesie także nie zostało śladu. Tylko trawa na wielkiej przestrzeni, aż w głąb Jaru, była połamana i stratowana, jakby olbrzymi pasterze paśli tutaj swoje niezliczone trzody. O milę poniżej Szańca wykopana była w ziemi ogromna jama i sterczał spiętrzony nad nią wysoki kopiec kamieni. Ludzie domyślali się, że pochowano tam orków poległych w bitwie; czy w tym grobie znalazły się również trupy tych, którzy zbiegli do lasu, tego nikt się nie dowiedział, a żaden człowiek nie odważył się wstąpić na tę kamienną górę. Nazwano ją Wzgórzem Śmierci i trawa nigdy na niej nie wyrosła. Nigdy też nie zobaczono już drzew w Zielonej Roztoce. Nocą odeszły i wróciły do odległych dolin Fangornu. Dokonały zemsty na orkach.

Król i jego świta nie zmrużyli już tej nocy oczu, ale nie zobaczyli ani nie usłyszeli więcej dziwów, prócz jednego: rzeka nagle odzyskała głos. Fala wody z szumem spłynęła z góry po kamieniach i od tej chwili Isena znów pluskała i pieniła się w swoim łożysku jak dawniej.

O świcie oddział przygotował się do wymarszu. Dzień zajaśniał szary i blady, lecz jeźdźcy nie widzieli wschodu słońca. Powietrze wokół było duszne od mgły i przesycone jakąś przykrą wonią. Posuwali się z wolna, teraz już samym gościńcem, szerokim, twardym i dobrze utrzymanym. Wśród oparów od lewej strony majaczył niewyraźnie grzbiet górski. Znaleźli się już w Nan Curunír – Dolinie Czarodzieja. Dolinę tę z trzech stron zamykały góry, jedyny wylot z niej otwierał się na południe. Niegdyś zieleniła się pięknie, a przepływająca jej środkiem Isena już tutaj, przed osiągnięciem równiny, była głęboką i potężną rzeką, bo zasilały ją liczne źródła i strumienie spływające ze zlewanych często deszczem gór. Wszędzie też ciągnęły się nad jej brzegami żyzne, pogodne ziemie.

Teraz zmieniło się tutaj wszystko. Pod murami Isengardu zostały spłachetki pól, uprawianych przez niewolników Sarumana, lecz większą część doliny zarastały chwasty i ciernie. Kolczaste pędy rozpełzły się po ziemi albo wspinały na krzaki i skarpy nadrzeczne, splatając się i tworząc kryjówki, w których gnieździły się drobne zwierzęta. Drzewa tu nie rosły, ale wśród wybujałej trawy sterczały gdzieniegdzie wypalone lub zrąbane pniaki, ślad po dawnym lesie. Smutna to była kraina i cisza panowała w niej zupełna, tylko bystra woda szumiała na kamieniach. Dymy i opary snuły się ciężkimi kłębami i zalegały po rozpadlinach. Jeźdźcy posuwali się w milczeniu. Do niejednego serca zakradło się zwątpienie i niejeden zadawał sobie pytanie, jaki groźny los czeka ich u celu tej podróży.

Kilka mil dalej bity gościniec zmienił się w szeroką ulicę wybrukowaną płaskimi kamieniami, które musiały obciosywać i układać wprawne ręce. Ani źdźbła trawy nie było widać między spoistym brukiem. Po obu stronach ciągnęły się głębokie ścieki, którymi spływała woda. Nagle tuż przed jeźdźcami wyrósł potężny czarny słup. Tkwił na nim wielki kamień wyrzeźbiony i pomalowany tak, że wyglądał jak długa Biała Ręka. Palce jej wskazywały na północ. Była to zapowiedź, że bramy Isengardu są tuż przed nimi, więc serca zaciążyły tym bardziej w piersiach jeźdźców, chociaż oczy ich nie mogły nic dostrzec poprzez mgłę.

Od niepamiętnych lat pod ramieniem górskim w Dolinie Czarodzieja stał gród nazwany przez ludzi Isengardem. W znacznej mierze ukształtowały go same góry, niemało przyczynili się też ongi do jego budowy ludzie z Westernesse, a Saruman, który od dawna tu zamieszkiwał, również nie próżnował.

Kiedy Saruman stał u szczytu swej potęgi i uznawany był za przywódcę wszystkich czarodziejów, Isengard wyglądał tak: olbrzymi pierścień kamienny, spiętrzony jak urwisko, wysuwał się spod górskiej ściany i zatoczywszy krąg, wracał do niej. Wejście było tylko jedno, przez ogromną sklepioną bramę w ścianie południowej. Brama miała kształt długiego tunelu wykutego w czarnej skale i zamkniętego z obu końców potężnymi żelaznymi drzwiami. Drzwi, osadzone na ogromnych zawiasach między stalowymi futrynami, wklinowanymi w kamienną ścianę, można było, gdy odsunięto rygle, otworzyć lekkim pchnięciem ramienia zupełnie bezszelestnie. Kto by przez ten rozbrzmiewający echem tunel wydostał się na drugą stronę, ujrzałby gładkie, olbrzymie koło, nieco zaklęsłe, jak wielka płytka miska. Miało ono około mili średnicy. Dawnymi czasy było tutaj zielono od sadów, wiły się między nimi piękne aleje, a liczne potoki spływały z gór do jeziora. Lecz w późniejszym okresie panowania Sarumana wszelka zieleń zniknęła stąd bez śladu. Drogi wybrukowano czarnym, twardym kamieniem i obsadzono nie drzewami owocowymi, lecz rzędami słupów z marmuru, miedzi i żelaza, łącząc je ciężkimi łańcuchami.

Domy, komnaty, hale i korytarze wykuto w ścianach górskich od wewnętrznej strony, tak że krągłą kotlinę otaczały wokół niezliczone okna i drzwi. Mogły się tam pomieścić tysiące mieszkańców, robotników, sług, jeńców i wojowników, a także wielkie zbrojownie. W głębokich jamach u podnóży ścian trzymano wilki. Cała kotlina była zryta i podziurawiona. Daleko w głąb ziemi sięgały szyby, których wyloty nakryto niskimi kopcami lub kamiennymi kopułami; w księżycowej poświacie Krąg Isengardu wyglądał jak cmentarzysko, w którego grobach zbudzili się umarli, bo ziemia drżała ustawicznie. Szyby pochylniami lub kręconymi schodami prowadziły do głębokich lochów; tam Saruman miał swoje skarbce, składy, arsenały, kuźnie i wielkie piece. Nieustannie obracały się żelazne koła i stukały młoty. Nocą pióropusze dymu i pary unosiły się znad szybów, oświetlone od spodu czerwonym, niebieskim lub jadowicie zielonym blaskiem.

Wszystkie drogi prowadzące między łańcuchami zbiegały się w środku kotliny. Piętrzyła się tam wieża przedziwnego kształtu. Wznieśli ją budowniczowie dawnych wieków, którzy też wyrównali dno kotliny, ale patrząc na nią, wierzyć się nie chciało, że jest dziełem rąk ludzkich; zdawało się, że wyrosła z kośćca ziemi, gdy w pierwotnych kataklizmach rodziły się góry. Była to jakby skalna wyspa, czarna i połyskliwa. Składały się na nią cztery potężne filary z kamiennych wieloboków, spojone z sobą, ale u szczytu rozchylone na kształt wygiętych rogów i zjeżone wieżyczkami ostrymi jak włócznie i oszlifowanymi na kantach jak noże. Pomiędzy nimi mieściła się niewielka płyta z płaskich, gładkich kamieni pokrytych tajemniczymi napisami; stojący tu człowiek ujrzałby z wysokości pięciuset stóp całą równinę. Tak wyglądała cytadela Sarumana, której nazwa, Orthank – może umyślnie, a może przypadkiem – miała podwójne znaczenie. *Orthank* znaczy bowiem w języku elfów Góra-Kieł, a w mowie Rohirrimów – Chytra Głowa.

Ongi był Isengard nie tylko niezdobytą warownią, lecz również bardzo piękną siedzibą; mieszkali tu wspaniali rycerze, strzegący zachodniej granicy Gondoru, i mędrcy śledzący gwiazdy. Saruman jednak z czasem przekształcił to miejsce, dostosowując je do swoich podstępnych zamierzeń. Myślał, że je udoskonalił, mylił się wszakże, bo chytre sztuki i przemyślne sposoby, dla których poświęcił swoją dawną prawdziwą mądrość i które uważał za własny pomysł, zostały mu podsunięte z Mordoru. Całe jego dzieło było tylko zmniejszoną kopią, budowlą dziecka czy pochlebstwem niewolnika, naśladownictwem olbrzymiej twierdzy, zbrojowni, więzienia, ognistego kotła, wielkiej potęgi Barad-dûr, Czarnej Wieży, która nie ścierpiałaby rywala, śmiała się z pochlebstw i czekała spokojnie na swój czas, czując się bezpiecznie w swojej pysze i niezmiernej sile.

Tyle o warowni Sarumana wiedzieli ludzie z Rohanu, a wiedzieli jedynie z krążących opowieści, bo za pamięci tego pokolenia nikt z ich rodaków nie przekroczył bramy Isengardu, chyba Gadzi Język, który tu bywał ukradkiem i nikomu o tym, co widział, nie opowiadał.

Teraz Gandalf pierwszy dotarł do kamiennego słupa z Białą Ręką i minął go; wtedy dopiero jeźdźcy ze zdumieniem spostrzegli czerwone paznokcie; ręka nie była już wcale biała, lecz poplamiona jak gdyby skrzepłą krwią. Gandalf odważnie posuwał się naprzód we mgle, inni, chociaż niechętnie, jechali za nim. Okolica wyglądała tak, jakby przeszła przez nią gwałtowna powódź, przy drodze rozlewały się szerokie kałuże, woda wypełniała wszystkie zagłębienia i ciekła strugami wśród kamieni.

Wreszcie Gandalf zatrzymał się i skinął na towarzyszy. Przed nimi mgła się rozwiała, świeciło blade słońce. Minęło już południe. Stanęli u bramy Isengardu.

Ale brama leżała na ziemi, wyłamana, pogięta. Wszędzie wokół, rozrzucone w szerokim promieniu lub zwalone na bezładne kopce, poniewierały się kamienie, strzaskane i połupane w ostre drzazgi. Ogromny sklepiony łuk trzymał się jeszcze, lecz za nim otwierała się nienakryta już stropem jama; tunel był odsłonięty, a po obu stronach bramy w urwistych ścianach ziały ogromne wyłomy i szerokie szpary. Baszty zmieniły się w kupy gruzu. Gdyby Wielkie Morze uniosło się gniewem i runęło z burzą na ścianę gór, nie dokonałoby większego spustoszenia.

Cały wewnętrzny krąg, zalany bulgocącą wodą, wyglądał jak kocioł pełen wrzątku, w którym kołysały się i miotały przeróżne szczątki, belki, słupy, skrzynie, beczki i rozbite narzędzia. Pogięte, wyłamane filary sterczały rozszczepionymi głowicami z topieli, lecz drogi były pod wodą. Na pół przesłonięta oparami skalista wysepka majaczyła jakby w wielkiej dali. Wciąż jeszcze czarna i smukła wieża Orthank stała nietknięta przez burzę. Jasna fala lizała jej podnóża.

Król i jego towarzysze patrzyli na to w osłupieniu. Rozumieli już, że potęga Sarumana legła w gruzach, lecz nie mogli pojąć, jak się to stało. Kiedy po chwili odwrócili wzrok ku sklepieniu nad rozbitą bramą, zobaczyli tuż obok olbrzymie rumowisko, a na nim dwie drobne figurki, wyciągnięte w swobodnych pozach, w szarych płaszczach, ledwie widoczne na kamieniach. Przy nich stały butelki, miski i talerze, jak gdyby dopiero co zjedli obfity posiłek i teraz odpoczywali po trudzie. Jeden, jak się zdawało, spał, drugi, oparty plecami o skalny złom, założywszy nogę na nogę, a ręce pod głowę, wydmuchiwał z ust długie pasma i małe pierścionki lekkiego niebieskiego dymu.

Théoden, Éomer i wszyscy Rohirrimowie długą chwilę przyglądali im się ze zdumieniem. Był to rzeczywiście niezwykły obrazek wśród spustoszenia Isengardu. Zanim jednak król zdążył przemówić, mała osóbka puszczająca kółka dymu spostrzegła nagle jeźdźców, którzy nieruchomi i milczący wyłaniali się z mgły, i zerwała się na równe nogi. Był to jak gdyby młodzieniec, lecz wzrostem dwa razy mniejszy, niż bywają ludzie. Głowę miał odkrytą, ukazując bujną kasztanowatą i kędzierzawą czuprynę, ale spowijał go mocno zniszczony płaszcz tego samego kroju i koloru co płaszcze, w których przyjaciele Gandalfa przybyli do Edoras. Ukłonił się bardzo nisko, kładąc dłoń na piersi. Potem, jak gdyby nie spostrzegając wcale Czarodzieja i jego towarzyszy, zwrócił się do Éomera i Théodena.

– Witajcie w Isengardzie, dostojni panowie! – powiedział. – Jesteśmy tu odźwiernymi, Meriadok, syn Saradoka, do usług, a oto mój przyjaciel, którego, niestety, zmogło zmęczenie! – Tu trącił nogą leżącego towarzysza. – Nazywa się Peregrin, syn Paladina, z rodu Tuków. Pochodzimy z dalekiej północy. Czcigodny Saruman jest w domu, ale na razie zajęty rozmową z niejakim Gadzim Językiem. Gdyby nie to, z pewnością wyszedłby na powitanie tak znakomitych gości.

– Z pewnością! – zaśmiał się Gandalf. – Czy to Saruman kazał wam pilnować swojej rozwalonej bramy i wypatrywać gości w krótkich przerwach między jedną a drugą butelką?

– Nie, szlachetny panie, ten szczegół uszedł jego uwagi – odparł Merry bardzo serio. – Był zajęty czym innym. Rozkaz otrzymaliśmy od Drzewca, który przejął zarząd Isengardu. Polecił mi przywitać władcę Rohanu w stosownych słowach. Zrobiłem to, jak umiałem najlepiej.

– A nas, swoich druhów, nie witasz wcale? Mnie i Legolasowi nic nie powiesz? – wybuchnął Gimli, niezdolny już dłużej panować nad sobą. – O łajdaki, włóczykije, powsinogi kudłate! Ładnie nas urządziliście! Z drugiego końca świata gnamy przez bagna i puszcze, przez bitwy i śmierć na wasz ratunek. A wy tu sobie ucztujecie i leżycie brzuchami do góry, a na domiar wszystkiego ćmicie fajki! Fajki! Skąd wytrząsnęliście fajkowe ziele, nicponie? Tam do licha! Tak mnie na przemian złość i radość rozpiera, że cud będzie, jeżeli nie pęknę.

– Z ust mi to wyjąłeś, Gimli – rzekł, śmiejąc się Legolas. – Z tą różnicą, że ja bym przede wszystkim spytał, skąd wytrząsnęliście wino?

– Czego jak czego, ale dowcipu wam przez ten czas nie przybyło – odezwał się Pippin, otwierając jedno oko. – Zastajecie nas na polu chwały, wśród dowodów zwycięstwa i zdobycznych łupów, a pytacie, jak doszliśmy do tej odrobiny dobrze zasłużonych pociech.

– Dobrze zasłużonych? – spytał Gimli. – Trudno mi w to uwierzyć.

Jeźdźcy śmiali się, słuchając tej rozmowy.

– Nie ma wątpliwości – rzekł Théoden – że jesteśmy świadkami spotkania kochających się przyjaciół. A więc to są, Gandalfie, twoi zagubieni towarzysze? Sądzone nam w tych dniach oglądać coraz to nowe dziwy. Wiele ich już widziałem, odkąd wyruszyłem z domu, a teraz oto mam przed sobą jeszcze jedno plemię znane tylko z legend. Czy się mylę, czy też jesteście niziołki, a jak u was mówią: hobbitowie?

– Hobbici, królu, jeśli łaska – poprawił Pippin.

– Hobbici? – powtórzył Théoden. – Dziwnie zmieniacie wyrazy, ale ta nazwa brzmi dość ładnie. Hobbici! Wszystko, co słyszałem o was, blednie wobec rzeczywistości.

Merry ukłonił się. Pippin także wstał i złożył królowi niski ukłon.

– Łaskawy jesteś dla nas, królu! Bo mam nadzieję, że tak należy sobie twoje słowa tłumaczyć – rzekł. – Ale mamy nowe dziwo. Przewędrowałem bowiem wiele krajów, odkąd opuściłem własny, a nie spotkałem ludu, który by znał jakieś opowieści o hobbitach.

– Mój lud przybył przed laty z północy – odparł Théoden. – Nie będę cię jednak zwodził: nie ma wśród nas legend o hobbitach. Mówi się tylko, że gdzieś, bardzo daleko, za górami i rzekami, żyje plemię niziołków, zamieszkujące nory wykopane w piaszczystych wydmach. Lecz legendy nie wspominają o wspaniałych czynach tego plemienia, ponieważ wieść głosi, że nie lubi ono trudzić się i schodzi z oczu ludziom, umiejąc znikać błyskawicznie, a także zmieniać głos i ćwierkać jak ptaki. Teraz widzę, że można by znacznie więcej o was powiedzieć.

– Z pewnością, królu – rzekł Merry.

– Na przykład – ciągnął Théoden – nikt mi nie mówił, że hobbici puszczają ustami dym.

– W tym nie ma nic dziwnego – odparł Merry – bo sztukę tę uprawiamy dopiero od kilku pokoleń. Tobold Hornblower z Longbottom, z Południowej Ćwiartki, pierwszy wyhodował w swoim ogrodzie prawdziwe fajkowe ziele około roku 1070, według naszej rachuby czasu. Jakim sposobem stary Toby to ziele zdobył...

– Nie wiesz nawet, królu, co ci grozi – przerwał Gandalf. – Hobbici gotowi, siedząc na ruinach, rozprawiać o uciechach stołu lub rozpamiętywać szczegóły z życia swoich ojców, dziadków, pra- i prapradziadków oraz dalszych krewniaków aż do kuzynów dziewiątego stopnia, jeżeli zachęcisz ich do tego nadmierną cierpliwością. Odłóżmy historię fajkowego ziela do sposobniejszej chwili. Powiedz mi, Merry, gdzie jest Drzewiec?

– Daleko stąd po stronie północnej – odparł Merry. – Poszedł napić się wody, czystej wody. Większość entów jest tam z nim, ale jeszcze nie skończyli roboty.

Merry wskazał ręką na dymiące jezioro. Patrząc na nie, jeźdźcy usłyszeli odległy łoskot i turkot, jakby lawina toczyła się ze zbocza gór. Gdzieś w oddali rozlegało się pohukiwanie, przypominające tryumfalny głos mnóstwa rogów.

– A więc Orthank został bez straży? – spytał Gandalf.

– Wystarczyłaby woda – rzekł Merry. – Ale Żwawiec i paru innych entów czuwa. Nie wszystkie słupy i filary widoczne na równinie wbił tutaj Saruman. Żwawiec, jeśli się nie mylę, stoi pod skałą, opodal podnóża schodów.

– Tak, widzę tam wysokiego, siwego enta – powiedział Legolas. – Ramiona trzyma spuszczone i stoi nieruchomo jak słup.

– Południe minęło – rzekł Gandalf – a my od świtu nic w ustach nie mieliśmy. Mimo to chciałbym pogadać z Drzewcem możliwie bez zwłoki. Czy nie zostawił dla mnie żadnych poleceń, czy też może wywietrzały wam z głowy przy butelce i pełnej misce?

– Zostawił – odparł Merry – i właśnie miałem ci to powiedzieć, ale zasypaliście mnie innymi pytaniami. Kazał oświadczyć, że jeśli król Riddermarchii i Gandalf zechcą łaskawie pofatygować się pod północną ścianę, zastaną tam Drzewca, który rad ich powita. Od siebie dodam, że znajdą tam również obiad, i to najlepsze przysmaki, specjalnie wyszukane i dobrane przez waszego tu obecnego pokornego sługę – zakończył z ukłonem.

Gandalf roześmiał się.

– Od tego należało zacząć! – rzekł. – No, co, Théodenie, czy chcesz jechać ze mną na spotkanie z Drzewcem? Trzeba okrążyć jezioro, ale nie będzie to daleka droga. Od Drzewca dowiesz się wielu ciekawych rzeczy. Bo to jest Fangorn, najstarszy i najdostojniejszy z entów, a z jego ust usłyszysz mowę najstarszych istot żyjących na świecie.

– Pojadę z tobą – odparł Théoden. – Do widzenia, hobbici! Chciałbym was ujrzeć w swoim domu! Tam siądziemy sobie wygodnie i opowiecie mi wszystko, co wam serce podyktuje, o swoich przodkach, choćby od stworzenia świata, o Toboldzie Starym i o jego ziołach. Do widzenia!

Hobbici skłonili się nisko.

– A więc to jest król Rohanu! – szepnął Pippin. – Sympatyczny staruszek. Bardzo grzeczny.

Rozdział 9

Zdobycze wojenne

Gandalf wraz z królem odjechali, skręcając na wschód, aby okrążyć pierścień zwalonych murów Isengardu. Aragorn, Gimli i Legolas zostali przy ruinach bramy. Konie puścili luzem, pozwalając im poszukać sobie trawy, sami zaś usiedli obok hobbitów.

– Tak, tak! – rzekł Aragorn. – Łowy skończone, spotkaliśmy się wreszcie znowu, i to w miejscu, do którego żaden z nas nie spodziewał się zawędrować.

– A skoro wielcy oddalili się, żeby omawiać wielkie sprawy – powiedział Legolas – my, skromni myśliwi, może postaramy się rozwiązać nasze skromne zagadki. Odnaleźliśmy wasz trop, który zaprowadził nas do lasu, wiele jednak szczegółów pozostało niezrozumiałych i bardzo chciałbym je z wami wyjaśnić.

– My także chcielibyśmy dowiedzieć się o was różnych szczegółów – odparł Merry. – Coś niecoś opowiedział nam stary ent Drzewiec, lecz o wiele za mało.

– Zachowajmy właściwy porządek – rzekł Legolas. – Ponieważ to my was tropiliśmy, więc wypada, żebyście wy odpowiedzieli przede wszystkim na nasze pytania.

– Ale może nie przed obiadem – zauważył Gimli. – Mam rozbitą głowę i południe już minęło. Słuchajcie, rabusie, wiele bym wam przebaczył, gdybyście nam udzielili jakiejś cząstki łupów, o których wspominaliście. Jadłem i napojem można by wyrównać część porachunków między nami.

– Dostaniesz jeść i pić – rzekł Pippin. – Czy wolisz, abyśmy ci podali obiad tutaj, czy też z większymi wygodami w szczątkach

Sarumanowej kordegardy, tam, pod łukiem bramy? My musieliśmy przekąsić pod gołym niebem, żeby nie spuszczać drogi z oczu.

– O ile zauważyłem, przymykaliście tu co najmniej jedno oko – odparł Gimli. – Noga moja nie postanie w żadnym orkowym domu i nie tknę mięsa ani niczego, co orkowie mieli w łapach.

– Nikt też od ciebie tego nie wymaga – rzekł Merry. – Czy myślisz, że nam też orkowie nie obrzydli na resztę życia? W Isengardzie były prócz nich różne inne plemiona. Saruman zachował resztki rozsądku i nie ufał orkom. Do strzeżenia bramy trzymał ludzi, wybierając ich zapewne spośród najwierniejszych sług. Ci mieli wyjątkowe przywileje i dostawali dobry wikt.

– A także fajkowe ziele? – spytał Gimli.

– Nie, chyba nie! – roześmiał się Merry. – To już zupełnie inna historia, którą usłyszysz dopiero po obiedzie.

– Chodźmy więc teraz coś zjeść! – rzekł krasnolud.

Hobbici poprowadzili przyjaciół pod łukiem bramy przez wielkie drzwi po lewej stronie, a potem na górę schodami do obszernej komnaty; na wprost wejścia były drugie drzwi, znacznie mniejsze, a pod boczną ścianą palenisko i komin. Komnata, wykuta w kamieniu, musiała dawniej być ciemna, bo okna jej wychodziły na mroczny tunel, teraz jednak światło wpadało tutaj przez rozwalony strop. Na kominie płonęło kilka szczap drewna.

– Zapaliłem ogieniek – rzekł Pippin. – Trochę nas pocieszał wśród tej mgły. Chrustu mieliśmy mało, drewno, które udało się w pobliżu uzbierać, było mokre. Ale komin ciągnie potężnie. Wylot pewnie ma wysoko między skałami, na szczęście niezatkany. Przyda się ten ogień. Zrobię wam kilka grzanek, bo chleb, niestety, jest czerstwy, sprzed kilku dni.

Aragorn, Legolas i Gimli siedli przy końcu długiego stołu, a hobbici zniknęli za wewnętrznymi drzwiami.

– Spiżarnia mieści się tu na piętrze, więc powódź jej nie zalała – powiedział Pippin, gdy wrócił obładowany talerzami, miskami, kubkami, nożami i mnóstwem przeróżnych prowiantów.

– Nie kręć nosem na te przysmaki, mój Gimli – rzekł Merry. – To nie jest żarcie orków, ale jadło ludzkie, jak by powiedział Drzewiec. Co wolisz, piwo czy wino? Jest bardzo przyzwoita beczułka. A tu solona wieprzowina, pierwszorzędna. Jeżeli sobie życzysz, mogę przysmażyć parę plasterków boczku. Szkoda, że nie ma żadnych jarzyn. Dostawy ostatnimi dniami zawiodły. Więcej nic ci nie mogę zaofiarować prócz masła i miodu do chleba. Czy to cię zadowoli?

– Nawet bardzo – odparł Gimli. – Skreślę z twojego długu dość poważną sumkę.

Wkrótce trzej przyjaciele zabrali się do jadła. Hobbici bezwstydnie pałaszowali drugi tego dnia obiad.

– Wypada dotrzymać gościom kompanii – mówili.

– Niezwykle jesteście dzisiaj uprzejmi – zaśmiał się Legolas. – Ale gdybyśmy nie przyjechali, pewnie i tak jeden hobbit drugiemu musiałby przez grzeczność dotrzymać kompanii w powtórnym obiedzie.

– Może, może. Czemuż by nie? – rzekł Pippin. – W niewoli u orków podle nas karmiono, a przedtem też od dość dawna skromnie się żyło. Nie pamiętam już, kiedy ostatni raz najadłem się do syta.

– Nie widać, żeby wam post zaszkodził – rzekł Aragorn. – Kwitniecie zdrowiem.

– To prawda – potwierdził Gimli, przyglądając im się znad kubka. – Włosy macie dwa razy bujniejsze i bardziej kędzierzawe niż przy naszym rozstaniu, a nawet przysiągłbym, że obaj uroślićcie trochę, jeżeli to w ogóle możliwe u hobbitów w tym wieku. Drzewiec bądź co bądź nie zamorzył was głodem.

– Nie – odparł Merry – ale entowie tylko piją, a napojami trudno się najeść. Trunki Drzewca są zapewne bardzo odżywcze, hobbitowi jednak potrzeba czegoś solidniejszego. Nawet lembasy miło czasem odmienić na inne potrawy.

– Piliście wodę entów, prawda? – spytał Legolas. – W takim razie oczy Gimlego się nie mylą. Dziwne rzeczy opowiadają stare pieśni o wodzie Fangornu.

– Dużo dziwnych legend krąży o tym lesie – rzekł Aragorn. – Nigdy tam nie byłem. Opowiedzcie mi o nim jak najwięcej, a także o entach.

– Entowie! – rzekł Pippin. – Entowie... no, tak, entowie są bardzo rozmaici. To jedno. A poza tym mają takie oczy, takie przedziwne oczy! – Próbował coś jeszcze powiedzieć, zająknął się jednak i umilkł. – Zresztą – dodał – widzieliście już kilku entów z daleka, przynajmniej oni was dostrzegli i zawiadomili, że jesteście w drodze do Isengardu; pewnie zobaczycie ich z bliska, nim stąd odjedziecie. Sami sobie wyrobicie o nich pojęcie.

– Do rzeczy, do rzeczy! – powiedział Gimli. – Zaczynamy opowieść od środka. Chciałbym ją usłyszeć po kolei, od początku, czyli od tego niezwykłego dnia, w którym rozpadła się nasza drużyna.

– Wszystko opowiemy, jeżeli czasu starczy – rzekł Merry. – Najpierw jednak – skoro skończyliście obiad – nabijcie fajki i zapalcie. Będzie nam się chociaż przez chwilę zdawało, że wróciliśmy szczęśliwie do Bree albo do Rivendell.

Wydobył mały skórzany kapciuch pełen tytoniu.

– Mamy tego dobrego w bród – powiedział. – Jeżeli chcecie, możecie, odjeżdżając stąd, zabrać, ile dusza zapragnie. Dziś rano zabawialiśmy się z Pippinem wyławianiem zalanego powodzią dobytku. Pippin spostrzegł dwie niewielkie beczułki, które prawdopodobnie woda wypłukała z jakiegoś piwnicznego składu. Kiedy je otworzyliśmy, okazało się, że jest w nich suszone ziele fajkowe najprzedniejszego gatunku i w doskonałym stanie.

Gimli wziął szczyptę na dłoń, roztarł i powąchał.

– Wydaje się bardzo dobre i pachnie pięknie – rzekł.

– Jest bardzo dobre! – odparł Merry. – Przecież to Liście z Longbottom! Na beczułkach były znaki firmowe Hornblowerów. Jakim sposobem znalazły się tutaj, pojęcia nie mam. Pewnie Saruman sprowadzał je na swój osobisty użytek. Nie przypuszczałem, że wywozi się je do tak odległych krajów. Ale przyda się teraz, co?

– Przydałoby się – powiedział Gimli – gdybym miał fajkę. Niestety, zgubiłem ją w Morii czy może nawet jeszcze wcześniej. Nie ma tam jakiej fajeczki między waszymi łupami?

– Obawiam się, że nie ma – odparł Merry. – Nie znaleźliśmy nigdzie tutaj fajki, nawet w tej kordegardzie. Saruman widać zastrzegł takie zbytki wyłącznie dla siebie. A wątpię, czy opłaciłoby się zapukać do drzwi Orthanku i poprosić go o fajeczkę. Nie ma innej rady w tej biedzie, musimy po przyjacielsku podzielić się tą jedną fajką.

– Zaraz, zaraz! – powiedział Pippin. Wsunął rękę za pazuchę i wyciągnął zawieszony na tasiemce mały woreczek z miękkiej skóry. Trzymam na sercu kilka swoich skarbów, równie dla mnie cennych jak Pierścień. Oto jeden z nich: moja stara drewniana fajka. Oto drugi: fajka zapasowa. Niosłem ją przez pół świata, sam nie wiedząc po co. Bo nie spodziewałem się znaleźć fajkowego ziela, kiedy się wyczerpią podróżne zapasy. A jednak przyda się teraz! – I podał Gimlemu fajeczkę z szeroką, płaską główką. – Czy to wyrównuje rachunki między nami? – spytał.

– Czy wyrównuje? – krzyknął Gimli. – Najzacniejszy z hobbitów! Jestem odtąd twoim dłużnikiem!

– Co do mnie, chciałbym wyjść na świeże powietrze i sprawdzić, skąd wiatr wieje i jak niebo wygląda – rzekł Legolas.

– Wyjdziemy wszyscy z tobą – powiedział Aragorn.

Wyszli i rozsiedli się na kupie gruzów przed bramą. Mieli stąd widok daleki w dolinę, bo mgła już się podnosiła i rozpływała w lekkim wietrzyku.

– Tu sobie odpoczniemy chociaż chwilę – rzekł Aragorn. – Siądziemy na ruinach i będziemy gadali, jak to określa Gandalf, póki on sam zajęty jest gdzie indziej. Nieczęsto w życiu bywałem tak zmęczony jak dzisiaj.

Owinął się szarym płaszczem, zakrywając zbroję, i rozprostował swoje długie nogi. Leżąc na wznak, wypuszczał z ust cienki słupek dymu.

– Patrzcie! – zawołał Pippin. – Strażnik Obieżyświat wrócił!

– Nigdy was nie opuszczał – odparł Aragorn. – Jestem zarazem Obieżyświatem i Dúnadanem, należę zarówno do Gondoru, jak do Północy.

Przez długą chwilę w milczeniu ćmili fajki, a słońce oświetlało ich skośnymi promieniami, które padały w dolinę spośród białych obłoków płynących wysoko po zachodniej stronie nieba. Legolas czas jakiś leżał bez ruchu, patrząc bez zmrużenia oka w niebo i w słońce i podśpiewując z cicha. Wreszcie wstał.

– No, przyjaciele! – rzekł – czas ucieka, mgła się rozwiała i powietrze byłoby czyste, gdybyście z dziwnym upodobaniem nie wędzili nas w dymie. Może byśmy zaczęli opowieść?

– Moja historia zaczyna się od przebudzenia w ciemnościach, w pętach i pośród obozowiska orków – rzekł Pippin. – Ale jaki to dzisiaj mamy dzień?

– Piąty marca według Kalendarza Shire'u – rzekł Aragorn. Pippin policzył na palcach.

– A więc było to ledwie dziewięć dni temu![1] – powiedział. – Zdawało mi się, że rok upłynął, odkąd dostaliśmy się do niewoli. Połowę tego czasu spędziłem jak w koszmarnym śnie, lecz później nastąpiła najstraszniejsza jawa. Merry mnie poprawi, jeśli zapomnę o jakimś ważnym zdarzeniu. Nie chcę się wdawać w szczegóły, mówiąc o nahajach, brudzie i smrodzie czy tym podobnych okropnościach. Lepiej tego nie wspominać.

I Pippin przedstawił wszystko po kolei: ostatnią walkę Boromira i marsz orków z Emyn Muil aż pod las Fangorn. Słuchacze kiwaniem głowy przytakiwali, ilekroć jakiś szczegół zgadzał się z ich domysłami.

– Zaraz odzyskacie trochę utraconych skarbów – rzekł Aragorn. – Będziecie chyba z tego radzi!

Rozluźnił pas pod płaszczem i wyciągnął dwa sztylety w pochwach.

– Patrzcie państwo! – zawołał Merry. – Straciłem nadzieję, że je kiedykolwiek znowu zobaczę. Tym oto nożem naznaczyłem kilku orków, lecz Uglúk zabrał nam broń. Łypał przy tym oczyma okropnie. Myślałem, że mnie na miejscu zakłuje, ale odrzucił oba sztylety daleko, jakby go parzyły.

– Jest także twoja zapinka, Pippinie – powiedział Aragorn. – Przechowałem ją troskliwie, bo to cenna rzecz.

– Wiem – odparł Pippin. – Rozstałem się z nią z wielkim żalem, cóż jednak mogłem zrobić innego?

– Nic – przyznał Aragorn. – Kto nie umie w potrzebie rozstać się ze skarbem, jest jak niewolnik w pętach. Dobrze postąpiłeś.

– Bardzo mi się też podoba ta sztuka z rozcięciem więzów – powiedział Gimli. – Sprzyjał wam szczęśliwy traf, ale też chwyciliście go, można by rzec, obu rękami.

– A nam zadaliście trudną zagadkę – dodał Legolas. – Zastanawiałem się, czy nie wyrosły wam skrzydła.

– Niestety, nie! – odparł Pippin. – Ale nie wiecie jeszcze nic o Grisznáku.

---

[1] Według Kalendarza Shire'u wszystkie miesiące mają po 30 dni.

Wstrząsnął się i umilkł, pozostawiając Meriadokowi ostatnią, najstraszniejszą część opowieści: o łapach obmacujących hobbitów, o palącym oddechu i potwornej sile kudłatych ramion Grisznáka.

– Niepokoi mnie to, co mówicie o tych orkach z Mordoru, czyli Lugbúrza, jak oni go nazywają – rzekł Aragorn. – Czarny Władca, a także część jego sług, za dużo już wie. Grisznák po kłótni bez wątpienia wysłał jakieś meldunki za Rzekę. Czerwone Oko z pewnością śledzi Isengard. Ale Saruman w każdym razie wpadł w pułapkę, którą sam zastawił.

– Tak, którakolwiek strona wygra, widoki Sarumana są marne – powiedział Merry. – Sprawy przybrały zły dla niego obrót, z chwilą gdy orkowie weszli na ziemie Rohanu.

– Stary łotr pokazał nam się pod lasem na stepie – rzekł Gimli. – Przynajmniej tak wynika z napomknień Gandalfa.

– Kiedy to było? – spytał Pippin.

– Pięć nocy temu – odparł Aragorn.

– Zastanówmy się... pięć nocy, powiadasz... Ano, pora opowiedzieć dalsze przygody, o których jeszcze nic nie wiecie. Nazajutrz po bitwie orków z Jeźdźcami Rohanu spotkaliśmy Drzewca. Noc spędziliśmy w Źródlanej Sali, w jednym z domów starego enta. Następnego dnia poszliśmy na wiec entów i byliśmy świadkami najdziwniejszego zgromadzenia na świecie. Trwało ono cały dzień, a potem drugi. Noc między tymi dniami przespaliśmy u innego enta, zwanego Żwawcem. Wreszcie, późnym popołudniem drugiego dnia narady, entowie ruszyli się nagle. Było to oszałamiające wrażenie. W lesie takie panowało napięcie, jakby w nim burza wzbierała. Potem nastąpił wybuch. Szkoda, że nie słyszeliście pieśni, którą śpiewali w marszu.

– Gdyby ją Saruman posłyszał, umknąłby sto mil stąd, choćby piechotą – dodał Pippin.

Choć mocny jest i twardy, zimny jak głaz, nagi jak kość Isengard,
Naprzód, entowie, wojna, wojna! Rąbać kamienie, walić mury![1]

Pieśń była znacznie dłuższa, ale przeważnie obywała się bez słów, brzmiała jak muzyka rogów i bębnów. Była bardzo poruszająca.

---
[1] Przełożył Włodzimierz Lewik.

Myślałem jednak, że po prostu przygrywają sobie tak do marszu i że to tylko pieśń. Tak sądziłem, póki wraz z nimi nie doszedłem tutaj. Teraz dopiero wszystko rozumiem.

– Zeszliśmy z ostatniego grzbietu do Nan Curunír po zapadnięciu nocy – ciągnął dalej Merry. – Wówczas po raz pierwszy wydało mi się, że cały las ruszył za nami w drogę. Myślałem z początku, że przyśnił mi się entowy sen, ale Pippin także spostrzegł maszerujący las. Byliśmy obaj przerażeni, dopiero później wyjaśniła się cała sprawa.

Byli to huornowie, tak ich entowie nazywają w „skróconym języku". Drzewiec niechętnie o nich mówi, sądzę jednak, że są to entowie, którzy upodobnili się niemal całkowicie do drzew, przynajmniej z wyglądu. Stoją milczący tu i ówdzie wśród lasu albo na jego skrajach i niestrudzenie czuwają nad drzewami; w głębi ciemnych dolin jest ich, zdaje się, wiele setek.

Tkwi w nich ogromna siła, a potrafią kryć się w cieniu i trudno zobaczyć ich w ruchu. Jednakże ruszają się niekiedy. Ruszają się nawet bardzo żywo, gdy wpadną w gniew. Na przykład rozglądasz się po niebie albo słuchasz szelestu wiatru i nagle spostrzegasz, że otacza cię las, tłum ogromnych drzew ciśnie się dokoła. Zachowali dotychczas głos i mogą porozumiewać się z entami, ale zdziwaczeli i zdziczeli. Są niebezpieczni. Bałbym się spotkać z nimi, gdyby nie było prawdziwych entów w pobliżu.

Jak więc mówiłem, z wieczora długim wąwozem zeszła w górny koniec Doliny Czarodzieja gromada entów, a w ślad za nią szeleszczący tłum huornów. Nie widzieliśmy ich oczywiście, lecz powietrze wokół pełne było skrzypienia i trzasków. Noc zapadła ciemna i pochmurna. Huornowie po zejściu z gór posuwali się niezwykle szybko i z głośnym szumem jakby porywistego wiatru. Księżyc nie wypłynął z chmur; wkrótce na wszystkich północnych stokach w krąg nad Isengardem wyrósł wielki las. Nieprzyjaciel nie pokazywał się i nie dawał znaku życia. Tylko wysoko na wieży świeciło się jedno okno.

Drzewiec wraz z kilku entami zaczaili się w pobliżu, w miejscu, z którego był widok na bramę. Byliśmy tam obaj z Pippinem. Siedzieliśmy na ramionach Drzewca i wyczuwałem, jak się stary ent pręży w napięciu. Lecz entowie nawet w największym wzburzeniu zachowują ostrożność i cierpliwość. Stali wszyscy jak kamienne posągi, ledwo oddychając i pilnie nasłuchując.

Nagle wybuchnął przeraźliwy zgiełk. Zagrały trąby i głos ich odbił się echem wśród ścian Isengardu. Myśleliśmy, że nas dostrzeżono i że zaraz rozpocznie się bitwa. Nic podobnego! Armia Sarumana wychodziła z twierdzy. Niewiele wiem o tej wojnie i o Jeźdźcach Rohanu, lecz zdaje mi się, że Saruman chciał jednym potężnym uderzeniem zniszczyć króla i całe jego wojsko. Ogołocił Isengard z załogi. Widziałem przemarsz wojsk, niezliczone szeregi orków, a między nimi pułki jazdy na olbrzymich wilkach. Były też oddziały złożone z ludzi. Nieśli pochodnie, więc w blasku płomieni rozróżniałem twarze. Większość stanowili zwykli ludzie, rośli, ciemnowłosi, posępni, lecz nie zdawali się do cna źli. Byli jednak także inni, straszni: ludzkiego wzrostu, ale z gębami goblinów, smagli, kosoocy, złośliwie szczerzący zęby. Wiecie, od razu przypomniał mi się na ich widok ten południowiec z Bree, chociaż tamten nie był tak wyraźnie podobny do orka jak większość tych żołdaków Isengardu.

– Ja też właśnie o nim pomyślałem – rzekł Aragorn. – W Helmowym Jarze mieliśmy do czynienia z mnóstwem takich półorków. Wydaje się niewątpliwie, że ów południowiec z Bree był szpiegiem Sarumana. Czy jednak działał na rzecz Czarnych Jeźdźców, czy też wyłącznie dla Sarumana, nie wiem. Wśród tych nikczemnych istot nigdy nie wiadomo, kto jest z kim w sojuszu i kto kogo oszukuje.

– Wszystkich razem musiało być co najmniej dziesięć tysięcy – podjął swoją opowieść Merry. – Godzinę trwał przemarsz przez bramę. Część poszła gościńcem ku Brodom, a część skręciła na wschód. O milę od twierdzy, w miejscu, gdzie rzeka płynie głębokim kanałem, zbudowano most. Gdybyście wstali, dostrzeglibyście go stąd. Żołdacy śpiewali ochrypłymi głosami, śmiali się, wrzeszczeli dziko. Pomyślałem, że źle może się to skończyć dla Rohanu. Drzewiec jednak był niewzruszony. Powiedział: „Ja mam dzisiaj rozprawić się z Isengardem, z jego skałą i kamieniem".

Nie widziałem w ciemnościach, co się dzieje, miałem jednak wrażenie, że huornowie natychmiast po zamknięciu się bramy za orkowym wojskiem ruszyli w stronę południa. Oni widać chcieli rozprawić się tego dnia z orkami. Rano byli już daleko, w niższej części doliny, tak się przynajmniej domyślałem, bo cień leżał tam nieprzenikniony.

Kiedy Sarumanowa armia odmaszerowała, przystąpiliśmy do ataku. Drzewiec postawił mnie i Pippina na ziemi, zbliżył się do bramy i zaczął w nią łomotać, wzywając Sarumana. Zamiast odpowiedzi sypnęły się z murów strzały i kamienie. Strzały jednak nie są groźne dla entów. Kaleczą ich oczywiście, a nade wszystko drażnią, lecz tak jak nas drażnią dokuczliwe muchy. Ent nadziany strzałami jak poduszka na szpilki wcale jeszcze nie czuje się ranny. Po pierwsze entowie nie są wrażliwi na żadne jady, a po drugie skórę mają grubą, twardszą od kory. Trzeba nie lada topora, żeby ich naprawdę zranić. Nie cierpią zresztą toporów. Ale przeciw jednemu entowi musiałoby walczyć kilkunastu toporników, bo kto raz go zadraśnie, nie powtórzy ciosu: pięść enta zgniecie najhartowniejszą stal niby cienką blachę.

Gdy w ciele Drzewca tkwiło już kilka strzał, stary ent rozgrzał się tak, że można by go niemal nazwać „pochopnym", wedle jego ulubionego określenia. Krzyknął głośno swoje „hum, hum!" i kilkunastu entów podeszło pod bramę. Ent bywa straszny w gniewie. Palcami rąk i nóg wpija się w skałę i drze ją, jakby to była skórka na bochnie chleba. Widziałem, jak w ciągu krótkiej chwili dokonywali niszczycielskiej roboty, na którą korzenie potężnych drzew potrzebowałyby wieków.

Darli, ciągnęli, rwali, trzęśli, tłukli. Po pięciu minutach olbrzymia brama ze szczękiem i łoskotem runęła w gruzy. Inni tymczasem już się wgryźli w mury jak króliki w piaszczystą wydmę. Nie wiem, czy Saruman rozumiał, co się dzieje, w każdym razie nie umiał na to nic poradzić. Możliwe, że ostatnio moc jego czarów osłabła, myślę jednak, że przede wszystkim stracił hart ducha, prościej mówiąc, odwagę, kiedy przeciwnik dopadł go osamotnionego, bez gromady niewolników, odciętego od machin i temu podobnych rzeczy. Ani się umywa do Gandalfa! Zastanawiam się, czy całej sławy nie zawdzięcza jedynie temu, że obrał Isengard na swoją siedzibę.

– Nie! – odparł Aragorn. – Był kiedyś wielki, godny swojej sławy. Wiedzę miał głęboką, myśl lotną, ręce nad podziw zręczne. Posiadał też niezwykłą władzę nad umysłami innych istot. Mędrców przekonywał, prostaczków obezwładniał strachem. Tę władzę z pewnością po dziś dzień zachował. Nawet teraz, kiedy poniósł tak ciężką klęskę, mało kto by mu się oparł, gdyby z nim porozmawiał w cztery oczy. Gandalf, Elrond, Galadriela – ci by mu nie ulegli, skoro jego przewrotność wyszła już na jaw, lecz poza nimi mało kto.

– O entów jestem spokojny – rzekł Pippin. – Raz, o ile mi wiadomo, dali się obałamucić, ale nie powtórzy się to na pewno nigdy więcej. Zresztą Saruman ich nie docenił i popełnił wielki błąd, nie licząc się z nimi w swoich rachubach. Pominął ich, knując swoje plany, a kiedy stanęli pod Isengardem, za późno było, żeby błąd naprawić. Gdy przypuściliśmy szturm, resztka szczurów kryjących się jeszcze w twierdzy zaczęła umykać wszystkimi dziurami, które entowie wybili w murach. Ludzi entowie puszczali z życiem, wypytawszy przedtem każdego dokładnie; było ich ze dwa, trzy tuziny. Ale orków niewielu chyba ocalało. W każdym razie żadnemu nie darowali życia huornowie, jeśli który na nich się natknął, a było to niemal nieuchronne, bo otaczali Isengard gęstym lasem, pomimo że duży ich oddział odszedł w dolinę.

Kiedy pod ciosami entów większa część południowego muru rozpadła się w proch, a reszta żołdaków uciekała, opuszczając władcę, Saruman umknął w popłochu. Był, jak się zdaje, przy bramie w chwili rozpoczęcia szturmu, zapewne przyszedł popatrzeć na wymarsz swojej wspaniałej armii. Dopiero gdy entowie wtargnęli do twierdzy, wziął nogi za pas. Zrazu nikt go nie spostrzegł. Noc jednak rozpogodziła się i gwiazdy jasno świeciły, a to wystarcza oczom entów. Nagle Żwawiec krzyknął: „Morderca drzew! Morderca drzew!". Żwawiec ma serce łagodne, lecz dlatego właśnie pała nienawiścią do Sarumana, wielu bowiem jego współbraci ucierpiało okrutnie od orkowych toporów. Pędem rzucił się naprzód po ścieżce prowadzącej do wewnętrznych wrót, a biega bardzo szybko, gdy gniew go ponosi. Nikła postać czarodzieja migała nam w oczach, to wynurzając się, to niknąc w cieniu słupów; Saruman dopadł schodów pod wieżą w ostatnim momencie. Jeszcze chwila, a byłby go Żwawiec dogonił i zmiażdżył; był o krok za nim, gdy tamten wśliznął się w drzwi i zatrzasnął je błyskawicznie.

Saruman znalazł się więc bezpieczny w wieży i wkrótce potem uruchomił swoje ukochane machiny. Wielu entów było już wówczas wewnątrz murów Isengardu; jedni pobiegli tropem Żwawca, inni wtargnęli od północy i wschodu. Buszowali po kotlinie, niszcząc, co się dało. Nagle buchnęły płomienie i cuchnące dymy. Wszystkie otwory i szyby zionęły ogniem. Niejeden ent doznał ciężkich oparzeń. Niejaki Brzozowiec, jeśli dobrze zrozumiałem jego imię, wysoki, piękny ent, dostał się w strugę tryskającego płynnego ognia i spłonął jak pochodnia. Straszny to był widok.

Entów ogarnęło istne szaleństwo. Przedtem wydawali się wzburzeni, lecz w owej chwili przekonałem się, że to była tylko przygrywka. Teraz dopiero zobaczyłem, jak wygląda prawdziwy gniew entów. Zakotłowało się wszystko. Ryczeli, pohukiwali, trąbili, tak że od samego zgiełku kamienie pękały. My obaj z Merrym leżeliśmy na ziemi, zatykając płaszczami uszy. Entowie zaś miotali się tam i sam po skałach wokół Orthanku z hukiem, szumem i wyciem huraganu, druzgocąc słupy, lawinami głazów zasypując szyby; ciężkie kamienne płyty fruwały niby liście w powietrzu. Wieża tkwiła jak gdyby w oku cyklonu. Widziałem, jak żelazne belki i bryły skalne wzlatywały na setki stóp w górę, waląc w okna Orthanku. Drzewiec jednak nie stracił głowy. Na szczęście nie tknęły go płomienie. Nie chciał, żeby jego współbracia narażali się w furii walki na rany, i obawiał się, że Saruman skorzysta z zamętu, żeby uciec przez jakąś dziurę. Tłum entów napierał, lecz skała Orthanku nie uległa. Gładka jest i twarda. Może tkwi w niej jakaś czarodziejska moc, dawniejsza jeszcze i potężniejsza niż władza Sarumana. To pewne, że entowie nie mogli jej pokonać ani nawet zadrasnąć, kaleczyli się tylko i tłukli o jej ściany.

Drzewiec wystąpił na środek i krzyknął. Jego potężny głos wybił się nad zgiełk bitwy. Nagle zapadła głucha cisza. I wśród tej ciszy z górnego okna wieży rozległ się przeraźliwy, świdrujący śmiech. Dziwne to zrobiło na entach wrażenie. Przed chwilą kipieli, teraz błyskawicznie ostygli, ucichli, jakby ścięci lodem. Opuścili plac przed wieżą, skupili się wokół Drzewca, znieruchomieli. On zaś przemówił do nich w ich własnym języku; myślę, że tłumaczył im plan z dawna ułożony w jego sędziwej głowie. Potem wszyscy się po prostu rozpłynęli cicho w szarym brzasku. Bo dzień już wtedy świtał.

Przypuszczam, że rozstawili czaty wokół wieży, ale wartownicy tak się ukryli w cieniu i tak cicho się zachowywali, że nie mogłem ich dostrzec. Inni odeszli ku północy. Przez cały dzień zajmowała ich tam jakaś robota i nie było ich widać. O nas dwóch nikt się nie troszczył. Dzień wlókł się ponuro. Trochę kręciliśmy się po kotlinie, lecz uważając, by nas z wieży nikt nie mógł zobaczyć, bo okna jej patrzyły ku nam bardzo groźnie. Sporo czasu zajęło nam poszukiwanie jakiegoś prowiantu. Gawędziliśmy też, zastanawiając się, co tymczasem dzieje się na południu, w Rohanie, i co mogło się stać z resztą naszej drużyny. Od czasu do czasu dochodził do naszych uszu z oddali grzechot walących się kamieni i głuchy łoskot odbijający się echem wśród gór.

Po południu wyszliśmy poza krąg murów, żeby zbadać, co się dzieje wkoło nas. U wylotu doliny czerniał ogromny las huornów, drugi otaczał północną ścianę. Nie odważyliśmy się wejść w jego cień. Słychać było w gąszczu jakieś hałasy, coś tam rozdzierano, wleczono. Entowie i huornowie kopali ogromne jamy i rowy, budowali zbiorniki i tamy, łączyli wody Iseny i wszystkich innych potoków czy strumieni. Zostawiliśmy ich przy tej robocie. O zmierzchu wrócił pod bramę Drzewiec. Podśpiewywał, mruczał coś do siebie, zdawał się zadowolony. Przeciągnął się, rozprostował długie ramiona i nogi, odetchnął głęboko. Zapytałem, czy jest zmęczony.

– Zmęczony? – powtórzył. – Zmęczony? Nie, nie jestem zmęczony, tylko trochę zdrętwiałem. Przydałby mi się łyk wody z Rzeki Entów. Ciężką mieliśmy robotę. Przez długie lata nie nałupaliśmy tyle kamieni, nie przerobiliśmy tyle ziemi, co przez dzisiejszy dzień. Ale wszystko już prawie gotowe. Kiedy noc zapadnie, radzę wam nie kręcić się w pobliżu bramy ani w starym tunelu. Woda pewnie sięgnie aż tutaj, a będzie to plugawa woda, przynajmniej na razie, dopóki cały brud Sarumana nie spłynie. Wtedy Isena znowu będzie czysta.

Mówiąc, Drzewiec od niechcenia, jakby dla zabawy, rozbijał dalej mur.

Zastanawialiśmy się właśnie, gdzie by tu najbezpieczniej położyć się do snu, gdy stało się coś nieoczekiwanego. Od gościńca zatętniły końskie kopyta, jakiś jeździec zbliżał się galopem. Obaj z Meriadokiem leżeliśmy cichutko, a Drzewiec schował się w cień pod sklepieniem bramy. Nagle między nas wpadł niby srebrna strzała ogromny rumak. Mimo zmroku widziałem wyraźnie twarz jeźdźca.

Zdawało się, że bije od niej blask, a cała postać ubrana była w biel. Poderwałem się, wlepiłem w niego oczy, otwarłem usta. Chciałem krzyknąć, lecz nie mogłem dobyć głosu.

Dobrze, że nie krzyknąłem. Bo jeździec zatrzymał się tuż i spojrzał na nas z góry.

– Gandalf! – zdołałem wreszcie wymówić, chociaż tylko szeptem. Czy myślicie, że odpowiedział: „Dobry wieczór, Pippinie! Cóż za miła niespodzianka?". Wcale nie! Powiedział: – Wstawaj, Tuku, bęcwale jeden! Gdzie, u diaska, podziewa się Drzewiec wśród tego rumowiska? Mam do niego sprawę. I to pilną!

Drzewiec poznał jego głos i zaraz wyszedł z cienia. Osobliwe to było spotkanie. Nie mogłem się nadziwić, że żaden z nich nie był nim zdziwiony. Najwidoczniej Gandalf spodziewał się zastać Drzewca na tym miejscu, a Drzewiec może nawet dlatego marudził pod bramą, że liczył na przyjazd Gandalfa. A przecież opowiedzieliśmy staremu entowi o przygodzie w Morii. Przypomniałem sobie dopiero wtedy, że słuchając tej części naszego sprawozdania, Drzewiec dziwnie na nas jakoś patrzył. Tylko tak mogę to sobie tłumaczyć, że widywał się z Gandalfem albo miał o nim wiadomości, lecz nie chciał nam o tym przedwcześnie mówić. „Nie bądźmy zbyt pochopni" – to jego hasło. Co prawda nikt, nawet elfowie, nie mówią o poczynaniach Gandalfa pod jego nieobecność.

– Hm, Gandalf! – rzekł Drzewiec. – Cieszę się, że przyjechałeś. Z wodą i lasem, z korzeniami i kamieniem sam sobie poradzę, tu jednak trzeba się uporać z czarodziejem.

– To ja potrzebuję twojej pomocy – odparł Gandalf. – Zrobiłeś dużo, ale jest więcej jeszcze do zrobienia. Trzeba rozgromić dziesięć tysięcy orków.

Odeszli na bok, żeby naradzić się w jakimś zakątku. Musiało to Drzewcowi wydać się bardzo pochopne, bo Gandalfowi było tak pilno, że zaczął mówić strasznie szybko, zanim jeszcze znaleźli się poza zasięgiem naszych uszu. Narada trwała kilkanaście minut, może kwadrans. Potem Gandalf wrócił do nas, zdawał się spokojniejszy, niemal wesół. Wtedy nareszcie powiedział, że cieszy się ze spotkania z nami.

– Gandalfie! – zawołałem. – Gdzieżeś ty bywał? Czy widziałeś naszych przyjaciół?

– Gdziekolwiek byłem, wróciłem! – odparł po swojemu wesoło. – Tak, spotkałem się też z innymi. Ale nie czas teraz na pogawędkę. Groźna to noc, muszę zaraz jechać. Może świt przyniesie odmianę, a w takim razie zobaczymy się znowu. Bądźcie ostrożni i trzymajcie się z dala od Orthanku. Do widzenia!

Drzewiec po odjeździe Gandalfa pogrążył się w zadumie.

Najoczywiściej dowiedział się w tak krótkim czasie tylu nowin, że musiał je przetrawić. Popatrzył na nas i rzekł:

– Hm, przekonuję się, że nie jesteście tacy pochopni, jak myślałem. Powiedzieliście mi trochę mniej, niż mogliście, a na pewno nie więcej, niż wam było wolno. Hm, nowiny, nowiny, nie ma co mówić! No, ale teraz Drzewiec weźmie się znów do roboty!

Nim nas opuścił, podzielił się z nami najświeższymi wiadomościami. Nie były zbyt pocieszające. Na razie jednak więcej myśleliśmy o was trzech niż o Frodzie i Samie czy o biednym Boromirze. Bo wiedzieliśmy, że wielka bitwa już toczy się albo wybuchnie lada godzina i że weźmiecie w niej udział, i kto wie, czy z niej wyjdziecie żywi.

– Huornowie pomogą – rzekł Drzewiec. Potem odszedł i nie zobaczyliśmy go aż do dzisiejszego ranka.

Noc była ciemna. Leżąc na szczycie kamiennego usypiska, nic wokół nie widzieliśmy. Wszystko spowijały mgły czy może cienie jak olbrzymia zasłona. Otaczało nas powietrze gorące i ciężkie, pełne szelestów, skrzypienia, szeptów, jakby unosiły się w nim jakieś głosy. Myślę, że setki huornów przeciągnęły koło nas, spiesząc na odsiecz Rohirrimom. W późniejszych godzinach od strony południa grzmiało potężnie i daleko nad Rohanem niebo błyskało od piorunów. W ich świetle ukazywały nam się od czasu do czasu odległe góry; czarne i białe szczyty nagle zjawiały się na tle nieba i zaraz znikały w ciemności. Z przeciwnej strony, znad Isengardu, także rozlegały się grzmoty, ale inne. Chwilami cała dolina grała echem.

Jakoś około północy entowie rozbili tamy i zgromadzona masa wody runęła przez wyrwę w północnym murze na Isengard. Cień huornów rozproszył się, grzmot oddalił. Księżyc zniżał się nad góry na zachodzie.

Czarne strugi i kałuże rozpełzły się po całym Kręgu Isengardu. Połyskując w ostatnich blaskach księżyca, rozszerzały się i wypełniały kotlinę. Tu i ówdzie natrafiały na otwarte szyby i wyloty podziemnych przejść; wzbijały się z nich białe syczące obłoki, dym kłębił się grubymi zwałami. Tryskały słupy ognia. Ogromna smuga zwełnionej pary dosięgła Orthanku i owinęła się wokół wieży, która sterczała jak szczyt w chmurach, od dołu rozświetlona łuną, od góry poświatą księżyca. Woda tymczasem wzbierała i toczyła się dalej, aż cały Isengard zamienił się w olbrzymią płaską misę, dymiącą i bulgocącą.

– Zeszłej nocy, gdy stanęliśmy u wylotu Nan Curunír, widzieliśmy z daleka dymy i opary – rzekł Aragorn. – Obawialiśmy się, że to Saruman przygotowuje w swoim kotle jakieś diabelskie sztuki na nasze powitanie.

– Nic podobnego! – odparł Pippin. – Już wtedy nie myślał o sztuczkach, lecz dusił się pewnie z wściekłości. Rano – wczoraj rano – woda wypełniła wszystkie dziury i kotlinę zaległa gęsta mgła. Schroniliśmy się do kordegardy w bramie, trochę wystraszeni. Jezioro przelewało się przez brzegi i stary tunel już był pod wodą, która szybko wzbierała, sięgając schodów. Strach nas zdjął, że wpadliśmy razem z orkami w pułapkę. Znaleźliśmy jednak za spiżarnią drugie kręcone schody, które nas wyprowadziły na szczyt bramy. Ledwie się tam przecisnęliśmy, bo przejścia były zawalone kamieniami i gruzem. Wreszcie usiedliśmy wysoko ponad rozlaną wodą i spojrzeliśmy na zatopiony Isengard. Entowie wciąż jeszcze puszczali nowe fale wody, póki wszystkie pieczary nie wypełniły się i wszystkie ognie nie zgasły. Opary z wolna skupiały się i unosiły na kształt olbrzymiego parasola z chmur, unoszącego co się najmniej na milę ponad ziemią. Wieczorem nad wschodnią ścianą gór pokazała się ogromna tęcza, a potem rzęsisty deszcz spadł na przeciwległe stoki i przesłonił zachodzące słońce. Zrobiło się cicho, tylko gdzieś daleko wyły wilki. W nocy entowie zamknęli upusty i zawrócili Isenę w jej dawne łożysko. Było po wszystkim.

Potem wody zaczęły opadać. Pod ziemią musi być chyba jakiś odpływ z lochów. Jeżeli Saruman wyglądał którymś oknem z wieży, zobaczył ponury, brudny śmietnik. Czuliśmy się bardzo samotni. Wśród gruzów nie pokazał się ani jeden ent, nie było z kim pogadać ani od kogo dowiedzieć się nowin. Spędziliśmy bezsenną noc na szczycie bramy, drżąc z zimna i wilgoci. Mieliśmy wrażenie, że lada chwila stanie się coś niezwykłego. Saruman dotychczas jest w swojej wieży. W nocy słyszeliśmy hałas, jakby wicher dął w dolinie. Myślę, że to huornowie, którzy przedtem odeszli, powrócili; nie mam jednak pojęcia, dokąd chadzali. Był mglisty, dżdżysty ranek, kiedy wreszcie zeszliśmy na dół i rozejrzeli się wkoło; nikogo jednak nie było w pobliżu. Więcej już chyba nie mam nic do opowiedzenia. Teraz, po wczorajszym zgiełku i zamęcie, Isengard wydaje mi się niemal zupełnie spokojny, a w dodatku bezpieczny, skoro Gandalf jest znów z nami. Chętnie bym się przespał.

Wszyscy na chwilę umilkli. Gimli po raz drugi napchał tytoniem fajkę.

– Jednej jeszcze rzeczy nie rozumiem – rzekł, zapalając ją za pomocą hubki i krzesiwa. – Mówiłeś Théodenowi, że Gadzi Język jest u Sarumana. Jak się tam dostał?

– Rzeczywiście, zapomniałem opowiedzieć o tym – odparł Pippin. – Przyszedł dopiero dzisiaj rano. Rozpaliliśmy właśnie ogień i zjedli jakie takie śniadanie, kiedy zjawił się Drzewiec. Usłyszeliśmy jego głos, bo pohukiwał i wołał nas po imieniu.

– Przybywam, żeby sprawdzić, co porabiacie – rzekł – no i wyjaśnić wam, co się dzieje. Huornowie wrócili. Wszystko poszło dobrze, tak, tak, nawet bardzo dobrze! – Ze śmiechem poklepał się po udach. – Nie ma już w Isengardzie orków, nie ma siekier! A zanim ten dzień przeminie, będziemy mieli gości z południa, między nimi takich, którymi bardzo się ucieszycie.

Ledwie skończył mówić, na gościńcu zatętniły kopyta. Wybiegliśmy przed bramę; wypatrywałem oczy, bo myślałem, że ujrzę cwałujących na czele armii Gandalfa i Obieżyświata. Zamiast nich wychynął z mgły nieznajomy człowiek na starej, zmęczonej szkapie, trochę pokraczny. Jechał sam. Kiedy mgła przed nim się rozstąpiła, zobaczył nagle bramę w gruzach i rozwalony mur, więc stanął jak wryty, a twarz mu niemal pozieleniała. Tak był oszołomiony, że zrazu wcale nas nie zauważył. Dopiero po chwili spojrzał na nas, wrzasnął i chciał zawrócić konia, żeby zwiać. Drzewiec jednak zrobił trzy kroki naprzód, wyciągnął swoje długie ramię i zdjął go z siodła.

Koń, przerażony, dał szczupaka, człowiek znalazł się na ziemi. Leżąc plackiem, przedstawił się jako Gríma, przyjaciel i doradca króla; twierdził, że Théoden przysłał go z ważnym poselstwem do Sarumana.

– Nikt inny nie odważyłby się jechać przez otwarty step, rojący się od orków – mówił. – Dlatego musiałem się tego podjąć sam. Jestem głodny i znużony po niebezpiecznej podróży. Nadłożyłem wiele drogi, skręcając na północ, bo ścigały mnie wilki.

Przyłapałem jednak spojrzenie, które rzucał ukradkiem na Drzewca, i powiedziałem sobie: „To kłamca". Drzewiec przyglądał mu się długą chwilę, po swojemu uparcie i przeciągle, a nieszczęśnik wił się pod tym wzrokiem jak piskorz. Wreszcie ent przemówił:

– Ha, hm... Spodziewałem się ciebie, Gadzi Języku! – Tamten wzdrygnął się, słysząc to przezwisko. – Gandalf przybył przed tobą. Dzięki niemu wiem o tobie tyle, ile wiedzieć należy, i wiem też, jak z tobą postąpić. „Zamknij wszystkie szczury w jednej pułapce" – radził mi Gandalf. Posłucham jego rady. Isengardem ja teraz rządzę, lecz Saruman jest w swojej wieży. Możesz iść tam do niego i powiedzieć mu wszystko, co ci na myśl przyjdzie.

– Przepuść mnie! – rzekł Gadzi Język. – Znam drogę.

– Znałeś ją, o tym nie wątpię – odparł Drzewiec. – Ale trochę się tutaj ostatnio zmieniło. Wejdź i zobacz!

Przepuścił go. Gadzi Język pokuśtykał pod bramę, a my szliśmy za nim. Kiedy znalazł się wewnątrz kręgu murów i zobaczył spustoszenie, które dzieliło go od Orthanku, odwrócił się do nas.

– Pozwólcie mi stąd odejść! – zaskomlał. – Pozwólcie mi odejść! Moje poselstwo jest już teraz bezcelowe.

– To prawda – przyznał Drzewiec. – Ale masz do wyboru albo czekać ze mną na przybycie Gandalfa i twojego króla, albo przeprawić się przez ten zalew. Co wolisz?

Gadzi Język zadrżał na wspomnienie króla i postąpił krok naprzód, zanurzając jedną nogę w wodzie. Zatrzymał się jednak.

– Nie umiem pływać – rzekł.

– Woda nie jest głęboka – odparł Drzewiec. – Bardzo tylko brudna, ale to nie powinno ci przeszkadzać. Dalejże!

Wtedy nieszczęśnik wlazł w topiel. Zanim go straciłem z oczu, nurzał się już po brodę. Potem znów mignął mi z daleka, przylepiony do jakiejś starej beczki czy może kłody. Drzewiec wszakże wszedł za nim do wody i śledził tę żeglugę.

– No, dostał się do Orthanku – powiedział, gdy wrócił do nas. – Widziałem, jak wczołgiwał się na schody niby zmokły szczur. Ktoś czuwa w wieży, bo wysunęła się z niej ręka i wciągnęła gościa do wnętrza. Jest więc w Orthanku i mam nadzieję, że przyjęto go tam mile. Ale teraz muszę się opłukać ze szlamu i brudu. Gdyby ktoś o mnie pytał, będę na północnym stoku. Tutaj nie ma wody dość czystej, żeby ent mógł się napić albo wykąpać. Proszę was, trzymajcie tymczasem straż przy bramie, a wypatrujcie gości. Będzie między nimi władca stepów Rohanu. Powinniście go przywitać, jak umiecie najgodniej. Pamiętajcie, że jego wojsko stoczyło wielką bitwę z orkami. Myślę, że lepiej niż entowie znacie słowa, którymi wypada przyjąć tak dostojnego monarchę. Odkąd żyję, wielu władców panowało nad zielonymi łąkami tego kraju, ale nie nauczyłem się nigdy ich mowy ani nie zapamiętałem imion. Będzie trzeba poczęstować ich ludzkim jedzeniem, a na tym także znacie się z pewnością lepiej ode mnie. Postarajcie się znaleźć prowianty stosowne, waszym zdaniem, dla króla.

Na tym koniec opowieści. Z kolei może wy mnie powiecie, co to za jeden ów Gadzi Język. Czy naprawdę był królewskim doradcą?

– Tak – odparł Aragorn – ale zarazem szpiegiem Sarumana i jego sługą w Rohanie. Los obszedł się z nim surowo, lecz zasłużył sobie na to. Sam widok ruin tej potęgi, którą uważał za niezwyciężoną i wspaniałą, jest chyba dostateczną dla niego karą. Obawiam się jednak, że czeka go jeszcze gorsza.

– I ja myślę, że Drzewiec, wyprawiając go do Orthanku, nie zrobił tego z dobroci serca – powiedział Merry. – Miałem wrażenie, że znajduje w tym jakąś ponurą uciechę, bo śmiał się do siebie, odchodząc na poszukiwanie napoju i kąpieli. Mieliśmy potem pełne ręce roboty, wyławiając z wody co się dało i szperając po okolicy. W różnych miejscach nieopodal znaleźliśmy parę spiżarni wzniesionych ponad poziom zalewu. Ale Drzewiec przysłał entów, którzy zabrali sporo zapasów i wszelkiego dobra.

– Potrzebujemy ludzkiego jedzenia dla dwustu pięciu ludzi – oznajmili. Z tego widać, że policzyli królewską kompanię dokładnie jeszcze przed waszym przybyciem. Was trzech zamierzano oczywiście podejmować razem z najdostojniejszymi gośćmi. Nie straciliście jednak, ucztując z nami. Zatrzymaliśmy na wszelki wypadek połowę zapasów. Nawet lepszą połowę, bo w tamtej nie było wina.

– Weźmiecie trunki? – spytałem entów.

– W Isenie jest woda – odpowiedzieli. – To wystarczy dla entów i ludzi.

Mam nadzieję, że entowie zdążyli przyprawić po swojemu napoje z górskich źródeł i że Gandalf wróci do nas z brodą bujniejszą i kędzierzawą. Po odejściu entów czuliśmy się bardzo zmęczeni i głodni, lecz nie narzekaliśmy, bo nasz trud przyniósł obfite owoce. Właśnie przy poszukiwaniu prowiantów dla ludzi Pippin odkrył najcenniejszy łup: beczułki z pieczęciami Hornblowerów. „Fajka smakuje najlepiej po dobrym obiedzie" – stwierdził. W ten sposób doszło do sytuacji, w której nas zastaliście.

– Teraz wszystko doskonale rozumiemy – rzekł Gimli.

– Z wyjątkiem jednego szczegółu – powiedział Aragorn. – Jakim sposobem liście z Południowej Ćwiartki dostały się do Isengardu? Im dłużej się nad tym zastanawiam, tym bardziej mnie to dziwi. W Isengardzie, co prawda, nigdy przedtem nie byłem, ale znam dobrze wszystkie kraje leżące między Rohanem a Shire'em. Od wielu lat nie wędrują tą drogą ani podróżni, ani towary, chyba że ukradkiem. Obawiam się, że Saruman ma w Shire jakiegoś potajemnego sojusznika. Nie tylko na dworze króla Théodena można spotkać Gadzie Języki! Czy na beczułkach były wypisane jakieś daty?

– Były – odparł Pippin. – Liście pochodzą z roku 1417, czyli z ostatnich zbiorów... Co też ja mówię! Z zeszłego roku. Urodzaj był wtedy piękny.

– No, tak. Jeśli kryła się w tym jakaś nikczemność, należy już bądź co bądź do przeszłości, a w każdym razie nie możemy na nią teraz zaradzić – rzekł Aragorn. – Mimo wszystko wspomnę o tym Gandalfowi, chociaż wśród jego wielkich spraw ten szczegół może wyda się błahy.

– Ciekawe, co Gandalf tam robi tak długo – zastanawiał się Merry. – Wieczór się zbliża. Chodźmy trochę się przejść. Skoro nigdy tu nie byłeś, Obieżyświacie, masz teraz, jeśli chcesz, wolny wstęp do Isengardu. Uprzedzam cię, że widok jest niewesoły.

Rozdział 10

Głos Sarumana

Przeszli przez zburzony tunel i stanęli na stosie gruzów, żeby przyjrzeć się czarnej skale Orthanku i jej niezliczonym oknom, wciąż jeszcze wznoszącym się jak groźba nad okolicznym spustoszeniem. Woda niemal zupełnie już opadła. Tu i ówdzie zostały ciemne kałuże pełne szumowin i szczątków, lecz większa część ogromnego kręgu rozpościerała się znów naga, oślizła od mułu, zasypana rumowiskiem, podziurawiona czarnymi studniami, poprzegradzana leżącymi bezładnie i pogiętymi słupami czy filarami. Na krawędzi tej strzaskanej misy piętrzyły się rozległe stoki i kopce, jak zwały żwiru i kamieni wyrzuconych na brzeg przez straszliwą burzę. Dalej zielona i kręta dolina zwężała się w długi czarny wąwóz, objęty dwoma ciemnymi ramionami gór. Środkiem spustoszonej kotliny przedzierała się grupa jeźdźców, zmierzali od północy i byli już blisko Orthanku.

– To Gandalf i Théoden ze swoją kompanią – rzekł Legolas. – Chodźmy do nich!

– Uważajcie! – ostrzegł Merry. – Trzeba iść bardzo ostrożnie. Pełno tu chwiejnych płyt, jeśli na którą nastąpicie, może was odrzucić prosto w jakąś dziurę!

Trzymali się śladów dawnej drogi wiodącej od bramy do wieży i posuwali się wolno, bruk bowiem był spękany i oślizły. Jeźdźcy, spostrzegłszy idących, wstrzymali konie w cieniu skały i czekali, a Gandalf wysunął się na ich spotkanie.

– Odbyłem z Drzewcem bardzo interesującą rozmowę i ułożyliśmy dalsze plany – powiedział. – Zażyliśmy też bardzo pożądanego odpoczynku. Czas ruszać znów w drogę. Mam nadzieję, że wy również najedliście się i odpoczęli?

– Owszem – odparł Merry. – Ale nasze rozmowy zaczęły się od fajki i na fajce się skończyły. Mimo to nasza złość na Sarumana nieco ostygła.

– Doprawdy? – rzekł Gandalf. – Moja jest równie gorąca jak przedtem. Zanim stąd odjadę, muszę dopełnić jednego jeszcze obowiązku: złożę Sarumanowi pożegnalną wizytę. Niebezpieczna i prawdopodobnie daremna próba, lecz nie wolno jej zaniechać. Kto ma ochotę, może mi towarzyszyć, pamiętajcie jednak – bez żartów. Nie pora na to.

– Ja pójdę – rzekł Gimli. – Chcę go zobaczyć i przekonać się, czy rzeczywiście jest do ciebie podobny.

– Jakże się o tym przekonasz, panie krasnoludzie? – odpowiedział Gandalf. – Saruman może dla twoich oczu upodobnić się do mnie, jeżeli to uzna za potrzebne, żeby cię użyć do swoich planów. Czyś zmądrzał już na tyle, żeby poznać się na jego oszustwach? Ano, zobaczymy. Możliwe też, że nie zechce pokazać się tak wielu różnym oczom naraz. Poleciłem jednak entom usunąć się tak, żeby ich nie widział, może więc da się namówić i wyjdzie z wieży.

– Na czym polega niebezpieczeństwo? – spytał Pippin. – Czy będzie do nas strzelał albo prażył ogniem z okien, czy też rzuci urok z daleka?

– To ostatnie niebezpieczeństwo jest najbardziej prawdopodobne, jeżeli podejdziesz pod jego drzwi z lekkim sercem – odparł Gandalf. – Nie sposób wszakże przewidzieć, jaką ma jeszcze moc i czego zechce próbować. Osaczona bestia zawsze jest groźna. A Saruman rozporządza władzą, o jakiej wy nie macie nawet pojęcia. Strzeżcie się jego głosu!

Stanęli u stóp Orthanku. Wznosił się, czarny, a skała lśniła wilgocią. Ściany kamiennego wieloboku miały krawędzie ostre, jak gdyby świeżo wyszlifowane. Wściekły atak entów zostawił na nich ledwie parę szram i odłupanych, drobnych jak łuska drzazg w podstawie wieży.

Od wschodu, w narożniku utworzonym przez dwa filary, były ogromne drzwi, wzniesione wysoko nad ziemią. Ponad nimi zasłonięte okiennicą okno otwierało się na ganek, chroniony żelazną kratą. Dwadzieścia siedem szerokich stopni, wykutych niezwykłą sztuką w jednym czarnym kamieniu, prowadziło na próg. Było to jedyne wejście do wieży, lecz mnóstwo okien wyzierało z głębokich wnęk na całej wysokości ścian; najwyższe wyglądały niby oczy otwarte w gładkiej powierzchni wygiętego na kształt rogów szczytu. U stóp schodów Gandalf i król zsiedli z koni.

– Ja wejdę wyżej – rzekł Gandalf. – Byłem w Orthanku i zdaję sobie sprawę z niebezpieczeństwa, jakie mi tutaj grozi.

– Pójdę z tobą – oświadczył król. – Jestem stary i nie lękam się już niczego. Chcę rozmówić się z przeciwnikiem, który wyrządził mi tyle złego. Éomer będzie mi towarzyszył, wspierając, gdyby moje stare nogi zawiodły.

– Twoja wola – odparł Gandalf. – Ze mną pójdzie Aragorn. Inni niech czekają u stóp schodów. Będą z tego miejsca słyszeli i widzieli dość, jeżeli w ogóle będzie czego słuchać i na co patrzeć.

– Nie! – zaprotestował Gimli. – Obaj z Legolasem chcemy wszystko widzieć z bliska. Jesteśmy tu jedynymi przedstawicielami naszych plemion. Pójdziemy z tobą.

– A więc dobrze! – zgodził się Gandalf. Zaczął wspinać się po schodach, a król szedł u jego boku.

Jeźdźcy Rohanu, zgrupowani po obu stronach schodów, niespokojnie kręcili się w siodłach i posępnie patrzyli na wieżę, lękając się o los swojego króla. Merry i Pippin przycupnęli na najniższym stopniu; nie czuli się tutaj ani potrzebni, ani bezpieczni.

– Stąd do bramy jest co najmniej pół mili – mruknął Pippin. – Chętnie bym ukradkiem pomknął do naszej kordegardy. Po cośmy tu przyszli? Nikt nas nie potrzebuje.

Gandalf stanął przed drzwiami Orthanku i zapukał w nie różdżką. Drzwi zadudniły głucho.

– Sarumanie! Sarumanie! – krzyknął Gandalf głośno i rozkazująco. – Wyjdź do nas, Sarumanie!

Długo nie było odpowiedzi. Wreszcie w oknie nad wejściem uchyliły się okiennice, lecz nikt się nie pokazał w ciemnym otworze.

– Kto tam? – zapytał ktoś z wnętrza. – Czego chcecie?

Théoden wzdrygnął się.

– Poznaję ten głos – rzekł. – Przeklinam dzień, w którym go po raz pierwszy posłuchałem.

– Sprowadź Sarumana, skoro zostałeś teraz jego sługusem, Grímo Gadzi Języku! – zawołał Gandalf. – Nie trać na próżno czasu!

Okno zamknęło się znowu. Czekali. Nagle z wieży przemówił inny głos, niski i melodyjny. Samo jego brzmienie rzucało czar. Kto słuchał nieopatrznie tego głosu, nie umiał zwykle powtórzyć zasłyszanych słów, a jeśli je powtarzał, ze zdziwieniem stwierdzał, że w jego własnych ustach niewiele zachowały siły. Najczęściej pamiętał jedynie, że słuchanie ich sprawiało mu rozkosz, że zdawały się mądre i słuszne i że gorliwie pragnął im przytakiwać, by okazać się równie mądrym. Wszystko, co mówili inni, brzmiało przez kontrast szorstko i prostacko, a jeżeli sprzeciwiało się głosowi Sarumana, wzniecało gniew w sercu oczarowanego. Nad niektórymi słuchaczami czar panował tylko dopóty, dopóki Saruman mówił do nich, kiedy zaś zwracał się do innych, uśmiechali się jak ktoś, kto przejrzał na wylot sztuki kuglarza, budzące zachwyt i zdumienie w niedoświadczonych widzach. Wielu jednak sam dźwięk tego głosu ujarzmiał, a jeśli czar nimi zawładnął, nawet z dala od Sarumana słyszeli wciąż jego słodkie podszepty i natrętne polecenia. Nikt w każdym razie nie mógł słuchać tego głosu obojętnie. Nikt nie mógł bez wielkiego wysiłku umysłu i woli odtrącić jego próśb czy rozkazów, dopóki Saruman władał swoim czarodziejskim głosem.

– O co chodzi? – zapytał bardzo łagodnie. – Dlaczego zakłócacie mój spoczynek? Czy nie dacie mi chwili spokoju w dzień ani w nocy?

Mówił to wszystko tonem istoty dobrotliwej, rozżalonej niezasłużoną zniewagą.

Zaskoczeni spojrzeli na wieżę, bo nie słyszeli żadnego szmeru, kiedy Saruman wychodził na ganek. Stał u kraty, przyglądając im się z góry, spowity w obszerny płaszcz, którego koloru nie umieli określić, bo za każdym poruszeniem mienił się w ich oczach coraz to inną barwą. Saruman twarz miał długą, czoło wysokie, oczy głębokie i ciemne, nieodgadnione, w tej chwili jednak zdawały się poważne, życzliwe i trochę znużone. W siwych włosach i brodzie pozostały jeszcze koło ust i uszu ciemne pasma.

– Podobny i niepodobny – mruknął Gimli.

– Porozmawiajmy jednak – ciągnął dalej łagodny głos. – Dwóch przynajmniej z was znam z imienia. Gandalfa znam nawet tak dobrze, że nie łudzę się nadzieją, iż szuka u mnie pomocy lub rady. Lecz ty, Théodenie, władco Rohanu, słyniesz ze szlachetnych czynów, a bardziej jeszcze z pięknej odwagi, cnoty rodu Eorla.

O, godny synu Thengla, po trzykroć wsławionego! Czemuż nie przybyłeś tu wcześniej i jako przyjaciel? Gorąco pragnąłem ujrzeć cię, najpotężniejszy królu zachodnich krajów, szczególnie ostatnimi laty, chciałem bowiem ostrzec cię przed nieroztropnymi i złymi doradcami, którzy cię otoczyli. Czy dziś jest już za późno? Mimo krzywd, które mi wyrządzono, a do których, niestety, ludzie z Rohanu przyłożyli również ręki, gotów jestem ratować cię i ocalić od zguby, nieuchronnej, jeśli nie zawrócisz z obranej na swoje nieszczęście drogi. Wierz mi, tylko ja mogę ci teraz pomóc.

Théoden już otworzył usta, żeby coś odpowiedzieć, lecz rozmyślił się widać, bo nie rzekł nic. Podniósł wzrok w górę i popatrzył w wychyloną z ganku twarz Sarumana, w jego ciemne, poważne oczy; potem spojrzał na stojącego tuż obok Gandalfa. Widać było, że król jest w rozterce. Gandalf jednak nie drgnął nawet. Stał milczący, skamieniały, jak ktoś, kto cierpliwie czeka na wezwanie. Jeźdźcy poruszyli się w siodłach, zaczęli szeptać między sobą, pochwalając słowa Sarumana, ale po chwili umilkli i znieruchomieli, urzeczeni. Myśleli, że Gandalf nigdy nie przemawiał do ich króla tak pięknie i tak grzecznie. Wydało im się, że od początku traktował Théodena szorstko i dumnie. Cień zakradł się do ich serc, strach przed okropnym niebezpieczeństwem, przed zagładą Rohanu, przed ciemnością, ku której popycha ich Gandalf, podczas gdy Saruman stoi u jedynych drzwi prowadzących do szczęśliwej przyszłości i uchyla je, aby przepuścić promień nadziei. Zapadło ciężkie milczenie.

Przerwał je nagle krasnolud Gimli.

– Ten czarodziej używa mowy na opak – mruknął, ściskając trzonek toporka w garści. – W języku Orthanku „pomoc" znaczy „zguba", a „ratować" znaczy „zabijać", to jasne. Ale my nie przyszliśmy tu żebrać.

– Spokojnie – rzekł Saruman i na krótką chwilę głos jego stracił słodycz, a w oczach błysnęły płomyki. – Tymczasem nie mówię jeszcze do ciebie, Gimli, synu Glóina. Ojczyzna twoja leży daleko stąd i mało cię obchodzą sprawy tej krainy. Lecz wiem, że nie z własnej ochoty zostałeś w nie uwikłany, nie będę więc potępiał cię za rolę, którą odegrałeś, zresztą bardzo mężnie, o tym nie wątpię. Proszę cię jednak, nie przeszkadzaj, gdy rozmawiam z królem Rohanu, moim sąsiadem i do niedawna przyjacielem. Cóż mi odpowiesz, Théodenie? Czy pragniesz pokoju między nami i wszelkiej pomocy, jakiej może ci udzielić moja mądrość, oparta na wiekowym doświadczeniu? Czy chcesz, abyśmy wspólnie naradzili się, jak działać w tych dniach grozy, jak naprawić wyrządzone sobie wzajemnie krzywdy i dołożyć najlepszej woli, żeby oba nasze państwa rozkwitły piękniej niż kiedykolwiek?

Théoden i tym razem nie odpowiedział. Trudno było odgadnąć, czy zmaga się z gniewem, czy też z wątpliwościami. Odezwał się natomiast Éomer.

– Posłuchaj mnie, królu – rzekł. – Zawisło nad nami niebezpieczeństwo, przed którym nas przestrzegano. Czy po to walczyliśmy i zwyciężyli, żeby dać się teraz obałamucić staremu kłamcy, który miodem posmarował swój jadowity język? Tak samo przemawiałby wilk osaczony przez sforę, gdyby umiał mówić. Jaką pomoc może ci ofiarować? Chodzi mu jedynie o to, by ocalić własną skórę z tej klęski. Czy zgodzisz się rokować z tym oszustem i mordercą? Wspomnij mogiłę Hámy w Helmowym Jarze.

– Skoro mowa o jadowitych językach, cóż powiedzieć o twoim, młoda żmijo? – rzekł Saruman i tym razem płomień gniewu jeszcze wyraźniej błysnął w jego źrenicach. – Ale nie unośmy się, Éomerze, synu Éomunda – dodał, łagodząc znowu głos. – Każdy ma swoje pole działania. Tobie przystoją zbrojne czyny i zasłużyłeś nimi na najwyższą cześć. Nie mieszaj się wszakże do polityki, na której się nie znasz. Może, gdy sam zostaniesz królem, zrozumiesz, że władca musi być bardzo ostrożny w wyborze przyjaciół. Nie godzi wam się lekkomyślnie odtrącać Sarumana i potęgi Orthanku, choćby między nami były w przeszłości urazy, słuszne lub urojone. Wygraliście bitwę, lecz nie wojnę, a i to z pomocą sprzymierzeńca, na którego nie możecie nadal liczyć. Kto wie, czy nie ujrzycie wkrótce cieni lasu u własnych progów. Las jest kapryśny i bezrozumny, nie kocha też wcale ludzi.

Czy zasługuję na miano mordercy, królu Rohanu, dlatego tylko, że w boju zginęli twoi mężni wojownicy? Skoro podjąłeś wojnę – niepotrzebnie, bo ja jej nie chciałem – musiały być ofiary. Jeżeli mnie z tego powodu uznasz za mordercę, odpowiem, że ta sama plama ciąży na całym rodzie Eorla. Czyż bowiem ród ten nie toczył wielu wojen, czyż nie zwalczał tych, którzy mu się przeciwstawiali? A przecież z niejednym przeciwnikiem zawierał po wojnie pokój i nie wychodził źle na takiej polityce. Raz jeszcze pytam, królu Théodenie, czy chcesz pokoju i przyjaźni ze mną? Od ciebie to tylko zależy.

– Chcemy pokoju – rzekł wreszcie Théoden głosem zdławionym, jakby z wysiłkiem. Kilku jeźdźców krzyknęło radośnie. Lecz król podniósł rękę. – Chcemy pokoju – powtórzył czystym już głosem – i będziemy go mieli, gdy rozgromimy ciebie i udaremnimy wszystkie zamysły twoje i twego ponurego władcy, któremu chcesz nas wydać w ręce. Jesteś kłamcą, Sarumanie, i trucicielem serc ludzkich. Wyciągasz do mnie rękę, lecz ja widzę, że to są szpony Mordoru, okrutne i zimne! Choćbyś był dziesięćkroć mądrzejszy, niż jesteś, i tak nie miałbyś prawa rządzić mną i moim ludem ku własnej korzyści, jak to sobie planowałeś. Nie była więc sprawiedliwa wojna, którą przeciw mnie wszcząłeś; lecz nawet gdybyś jej cel umiał usprawiedliwić, jak wytłumaczysz się z pożogi, w której spłonęły osiedla Zachodniej Bruzdy, jak zadośćuczynisz za śmierć pomordowanych tam dzieci? Twoi siepacze porąbali martwe już ciało Hámy, leżące u bram Rogatego Grodu. Zawrę pokój z tobą i z Orthankiem dopiero wtedy, kiedy zawiśniesz na haku w oknie swojej wieży, wydany na pastwę drapieżnych ptaków, które ci dzisiaj służą. Tak ci odpowiadam w imieniu rodu Eorla. Jestem tylko małym potomkiem wielkich królów, lecz nie będę lizał twojej ręki. Gdzie indziej szukaj sług. Obawiam się jednak, że twój głos stracił czarodziejską moc.

Jeźdźcy patrzyli na Théodena, jakby ich nagle zbudził z marzeń. Jego głos po muzyce słów Sarumana zabrzmiał w ich uszach niby krakanie sędziwego kruka. Lecz Saruman na chwilę dał się ponieść złości. Wychylił się przez kraty gwałtownie, jakby chciał króla uderzyć swą różdżką. Niektórym spośród świadków tej sceny wydało się, że widzą żmiję, sprężoną i gotową kąsać.

– Szubienice i wrony! – syknął, aż dreszcz przejął słuchaczy, zaskoczonych tak nagłą i okropną zmianą. – Brednie starego ramola! Czymże jest dwór Eorla? Chałupą, w której zbóje wędzą się w dymie i piją, a ich bachory tarzają się po podłodze razem z psami. To was zbyt długo omijał stryczek. Ale już zaciska się pętla, powoli ją zarzucano, ale mocno i twardo ściśnie was w końcu. Będziesz wisiał, skoro chciałeś. – W miarę jak mówił, głos mu znowu łagodniał. Saruman widać odzyskiwał zimną krew. – Nie wiem, dlaczego okazuję wam tyle cierpliwości i tak długo was przekonuję. Nie jesteś mi przecież potrzebny ani ty, Théodenie, mistrzu koni, ani twoja banda, równie skora do galopu w ucieczce jak w marszu naprzód. Przed laty ofiarowałem ci wspaniałe państwo, dar ponad miarę twoich zasług i rozumu. Ofiarowałem ci je teraz powtórnie, żeby podwładni, których prowadzisz ku zgubie, jasno uświadomili sobie, między jakimi dwiema drogami masz wybór. Odpowiedziałeś mi przechwałkami i obelgami. Niech tak będzie. Wracajcie do swoich chałup!

Ale ty, Gandalfie! Twoja postawa naprawdę mnie zasmuca i boli mnie twoje poniżenie. Jakże możesz cierpieć taką kompanię? Jesteś przecież dumny, Gandalfie, i słusznie, bo masz umysł szlachetny, a wzrokiem sięgasz głęboko i daleko. Czy nawet teraz nie zechcesz posłuchać mojej rady?

Gandalf drgnął i podniósł wzrok.

– Czy masz dzisiaj do powiedzenia coś więcej niż podczas naszej ostatniej rozmowy? – spytał. – A może chciałbyś odwołać coś z tego, co wówczas mówiłeś?

Saruman milczał przez chwilę.

– Odwołać? – powtórzył po namyśle, jakby niezmiernie zdziwiony. – Odwołać? Usiłowałem radzić ci dla twego dobra, lecz ty nie chciałeś mnie nawet wysłuchać. Jesteś dumny, nie lubisz rad, mając zaprawdę dość własnego rozumu. W tym przypadku jednak popełniłeś błąd, jak mi się zdaje, przez upór przekręcając moje intencje. Niestety, tak bardzo pragnąłem cię przekonać, że w zapale straciłem cierpliwość. Żałuję tego szczerze. Nie życzyłem ci źle, nawet teraz źle ci nie życzę, chociaż wróciłeś w kompanii gwałtowników i nieuków. Jakże mógłbym? Czyż nie należymy do tego samego starożytnego i zaszczytnego bractwa, do grona najdostojniejszego na obszarze Śródziemia? Obaj skorzystamy, jeśli zawrzemy przyjaźń. Razem możemy zdziałać wiele i uleczyć rany świata. My dwaj zrozumiemy się na pewno, a podlejszych ras nie będziemy pytali o zdanie. Niech czekają na nasze rozkazy. W imię wspólnego dobra gotów jestem wymazać dawne spory i przyjąć cię w swoim domu. Czy zechcesz naradzić się ze mną? Czy wejdziesz do Orthanku?

Tyle było mocy w tych słowach Sarumana, że nikt nie mógł słuchać ich bez wzruszenia. Lecz czar teraz działał w inny sposób, zdawało się wszystkim, że są świadkami łagodnych wymówek, które dobrotliwy król robi swojemu zbłąkanemu, ale kochanemu dworzaninowi. Nie ich dotyczyła ta przemowa, słuchali nie dla nich przeznaczonych argumentów, jak źle wychowane dzieci albo głupi służący, gdy podsłuchują pod drzwiami i podchwytują oderwane słowa ze sporu dorosłych czy zwierzchników, usiłując odgadnąć, jak wpłynie on na ich własny los. Ze szlachetniejszej niż oni gliny ulepieni byli dwaj czarodzieje, czcigodni mędrcy. Nie dziw, że zawrą sojusz. Gandalf wejdzie do wieży, aby w górnych komnatach Orthanku radzić z Sarumanem o doniosłych sprawach, niepojętych dla umysłów zwykłych ludzi. Drzwi się zatrzasną przed nimi i będą czekali, by wyznaczono im pracę albo wymierzono karę. Nawet przez głowę Théodena przemknęła cieniem zwątpienia myśl: „Gandalf zdradzi nas, wejdzie, będziemy zgubieni".

Nagle Gandalf wybuchnął śmiechem. Czar rozwiał się jak dym.

– Ach, Sarumanie, Sarumanie! – mówił, wciąż śmiejąc się, Gandalf. – Rozminąłeś się z powołaniem. Powinieneś zostać królewskim trefnisiem, zarobiłbyś na chleb, a może także na zaszczyty, przedrzeźniając doradców króla. Mówisz – ciągnął dalej, opanowując wesołość – że my dwaj zrozumiemy się z pewnością. Obawiam się, że ty mnie nigdy nie zrozumiesz. Ale ja widzę cię teraz na wylot. Dokładniej pamiętam twoje argumenty i postępki, niż ci się wydaje. Kiedy odwiedziłem cię poprzednio, byłeś dozorcą więziennym Mordoru i tam zamierzałeś mnie odesłać. Nie! Gość, który raz uciekł z twojej wieży przez dach, dobrze się namyśli, zanim wejdzie do niej powtórnie przez drzwi. Nie, nie przyjmę twego zaproszenia. Ale ostatni raz pytam: czy nie zejdziesz tu między nas? Isengard, jak widzisz, jest mniej potężny, niż się spodziewałeś i niż sobie uroiłeś. Podobnie mogą zawieść cię inne potęgi, którym dziś jeszcze ufasz. Może warto by je opuścić na czas jakiś? Zwrócić się ku nowym? Zastanów się dobrze, Sarumanie. Czy zejdziesz?

Cień przemknął po twarzy Sarumana, a potem okryła ją śmiertelna bladość. Nim zdążył znów przybrać maskę, wszyscy dostrzegli i zrozumieli, że Saruman nie śmie pozostać w wieży, lecz jednocześnie boi się opuścić to schronienie. Przez chwilę wahał się, a wszyscy wstrzymali dech w piersiach. Gdy wreszcie przemówił, głos zabrzmiał ostro i zimno. Pycha i nienawiść wzięły górę.

– Czy zejdę? – powtórzył szyderczo. – Czy bezbronny człowiek wyszedłby przed swój próg paktować ze zbójami? Stąd słyszę doskonale, co macie mi do powiedzenia. Nie jestem głupcem i nie ufam ci, Gandalfie. Dzikie leśne potwory nie stoją wprawdzie jawnie na schodach mojej wieży, lecz wiem, gdzie się czają z twojego rozkazu.

– Zdrajcy zwykle bywają podejrzliwi – odparł Gandalf ze znużeniem. – Ale możesz być spokojny o swoją skórę. Nie chcę cię zabić ani zranić, powinieneś o tym wiedzieć, gdybyś naprawdę mnie rozumiał. Mam moc, żeby cię obronić. Daję ci ostatnią szansę. Jeżeli się zgodzisz, wolny opuścisz Orthank.

– To brzmi pięknie! – zadrwił Saruman. – Jak przystoi słowom Gandalfa Szarego, nader łaskawie i dobrotliwie. Nie wątpię, że odchodząc, ułatwiłbym twoje plany i że w Orthanku znalazłbyś wygodną siedzibę. Ale nic mnie do odejścia stąd nie skłania. Nie wiem też, co w twoich ustach znaczy „wolny". Przypuszczam, że postawiłbyś pewne warunki, czy tak?

– Do odejścia mógłby cię skłonić choćby widok, który oglądasz ze swoich okien – powiedział Gandalf. – Inne powody również chyba znajdziesz, jeśli się zastanowisz. Słudzy twoi padli albo poszli w rozsypkę. Z sąsiadów zrobiłeś sobie wrogów, a nowego swego pana oszukałeś albo zamierzałeś oszukać. Gdy zwróci w tę stronę oko, będzie ono z pewnością czerwone od krwawego gniewu. Mówiąc „wolny", miałem na myśli wolność prawdziwą, bez więzów, bez łańcuchów i bez rozkazów. Pozwolę ci odejść, dokąd chcesz, choćby do Mordoru, jeżeli taka jest twoja wola, Sarumanie. Przedtem oddasz mi tylko klucz Orthanku i swoją różdżkę. Zatrzymam je jako zastaw i zwrócę ci później, jeżeli swoim zachowaniem na to zasłużysz.

Sarumanowi twarz posiniała i wykrzywiła się ze złości, w oczach mu rozbłysły czerwone światełka. Zaśmiał się dziko.

– Później! – zawołał, podnosząc głos do krzyku. – Później! Pewnie wtedy, kiedy zdobędziesz również klucze od Barad-dûr, a może także korony siedmiu królów i różdżki Pięciu Czarodziejów, kiedy kupisz sobie buty znacznie większe od tych, w których teraz chodzisz. Skromne plany! Spełnisz je bez mojej pomocy. Mam co innego do roboty. Nie bądź głupcem. Jeżeli chcesz ze mną rokować, póki jeszcze czas odejdź i wróć, gdy wytrzeźwiejesz. I nie ciągnij za sobą tych morderców i całej tej hałastry, która trzyma się twojej poły. Do widzenia!

Odwrócił się i zniknął z balkonu.

– Wracaj, Sarumanie! – rzekł Gandalf tonem rozkazu. Ku zdumieniu świadków Saruman ukazał się znów na balkonie, lecz tak wolno podchodził do żelaznej kraty i tak ciężko dyszał, opierając się o nią, jakby jakaś obca siła przywlokła go tutaj wbrew jego woli. Twarz miał ściągniętą i pooraną zmarszczkami. Palce jak szpony wpijał w masywną czarną laskę.

– Nie pozwoliłem ci się oddalić – surowo rzekł Gandalf. – Nie skończyłem jeszcze. Oszalałeś, Sarumanie, lecz budzisz we mnie litość. Mógłbyś nawet teraz porzucić szaleństwo i zło i oddać usługi dobrej sprawie. Wolisz zostać w swojej wieży i przeżuwać resztki swoich dawnych zdradzieckich planów. Siedź więc tam! Ostrzegam cię jednak, że niełatwo ci będzie wyjść później. Chyba że ciemne ręce sług Saurona dosięgną cię i wywloką. Słuchaj, Sarumanie! – krzyknął głosem potężnym i władczym. – Nie jestem już Gandalfem Szarym, którego zdradziłeś. Stoi przed tobą Gandalf Biały, który powrócił z krainy śmierci. Ty nie masz już teraz własnej barwy, toteż wykluczam cię z bractwa i Rady!

Podniósł rękę i z wolna jasnym, chłodnym głosem powiedział:

– Sarumanie, twoja różdżka jest złamana! – Rozległ się trzask i różdżka pękła w ręku Sarumana, a główka jej upadła do stóp Gandalfowi. – Precz! – zawołał Gandalf.

Saruman krzyknął, cofnął się i wyczołgał z ganku. W tej samej chwili ciężki kulisty pocisk ciśnięty z góry błysnął w powietrzu, trącił żelazną kratę, od której ledwie zdążył odsunąć się Saruman, przeleciał o włos od głowy Gandalfa i runął na stopień schodów, tuż pod jego stopy. Żelazna krata załamała się ze szczękiem. Stopień rozsypał się w roziskrzone kamienne drzazgi. Lecz ciemna kryształowa kula przeświecająca płomiennym jądrem, nieuszkodzona, spadała po schodach niżej. Kiedy w podskokach toczyła się do rozlanej kałuży, Pippin puścił się za nią w pogoń i chwycił ją.

– Łotr! Skrytobójca! – krzyknął Éomer.

Gandalf jednak stał niewzruszony w miejscu.

– Nie, tego pocisku nie rzucił ani też nie kazał rzucić Saruman – rzekł. – Kula spadła ze znacznie wyższego piętra. Jeśli się nie mylę, był to pożegnalny strzał Gadziego Języka, ale chybił celu.

– Chybił pewnie dlatego, że nie mógł się zdecydować, kogo bardziej nienawidzi, ciebie czy Sarumana – powiedział Aragorn.

– Bardzo możliwe – odparł Gandalf. – Ci dwaj niewiele znajdą pociechy w przymusowym sam na sam; będą się wzajem ranili złym słowem. Ale słuszna spotyka ich kara. Jeżeli Gadzi Język ujdzie z Orthanku żywy, będzie miał szczęście, na które nie zasłużył.

– Ejże, hobbicie, oddaj mi to! – zawołał, odwróciwszy nagle głowę i spostrzegłszy, że Pippin wspina się po schodach, wolno, jak gdyby niósł niezwykle ciężkie brzemię. – Nie prosiłem cię, żebyś to podnosił! – Zbiegł na spotkanie hobbita, spiesznie wziął z jego rąk ciemną kulę, owinął ją w połę swego płaszcza. – Już ja się nią zaopiekuję – rzekł. – Saruman z własnej woli nigdy by jej nie wyrzucił.

– Ale może ma coś innego do wyrzucenia – powiedział Gimli. – Jeżeli skończyłeś rozmowę, wolałbym odsunąć się stąd co najmniej o rzut kamieniem!

– Skończyłem – odparł Gandalf. – Chodźmy!

Odwrócili się plecami do drzwi Orthanku i zeszli w dół. Jeźdźcy powitali swego króla z radością, a Gandalfa z szacunkiem. Czar Sarumana prysnął. Wszyscy bowiem widzieli, jak na rozkaz Gandalfa stawił się, a potem, odprawiony przez niego, posłusznie odszedł.

– No, tak, jedno zadanie spełnione – rzekł Gandalf. – Teraz muszę odszukać Drzewca i opowiedzieć mu, jaki jest wynik rokowań.

– Chyba sam odgadł – powiedział Merry. – Czy można było spodziewać się czegoś innego?

– Nadzieja była niewielka – odparł Gandalf – chociaż włos mógł przeważyć szalę. Miałem jednak swoje powody, by mimo wszystko próbować, niektóre wielkoduszne, inne mniej. Po pierwsze, przekonałem Sarumana, że czar jego głosu słabnie. Nie można być zarazem tyranem i doradcą. Spisek, gdy dojrzeje, nie da się utrzymać w tajemnicy. Jednakże Saruman wpadł w pułapkę i usiłował każdą z upatrzonych ofiar omotywać z osobna, podczas gdy inne przysłuchiwały się temu. Po drugie, dałem mu po raz ostatni możność wyboru, i to uczciwie; zaproponowałem, żeby poniechał zarówno sojuszu z Mordorem, jak własnych planów i naprawił błędy, pomagając nam w naszych zamierzeniach. Zna nasze trudności lepiej niż ktokolwiek. Mógłby oddać nam wielkie usługi. Lecz wolał odmówić i zachować panowanie nad Orthankiem. Nie chce służyć, lecz rządzić. Drży teraz ze strachu przed cieniem Mordoru, ale wciąż jeszcze łudzi się, że przetrzyma nawałnicę. Nieszczęsny szaleniec! Potęga Mordoru zmiażdży go, jeżeli jej ramię dosięgnie Isengardu. My z zewnątrz nie możemy zburzyć Orthanku, ale Sauron... Kto wie, jaką on mocą rozporządza?

– Ale jeżeli Sauron nie zwycięży? Co zrobisz z Sarumanem? – spytał Pippin.

– Ja? Nic mu nie zrobię – odparł Gandalf. – Nic. Nie pragnę władzy. Co się z nim wszakże stanie? Nie wiem. Boli mnie, że tyle siły, niegdyś dobrej, teraz w złej służbie niszczeje w tej wieży. Dla nas jednak ułożyły się sprawy dość pomyślnie. Dziwnie toczy się koło losu. Często nienawiść sama sobie zadaje rany. Myślę, że nawet gdybyśmy zajęli Orthank, nie znaleźlibyśmy tam skarbu cenniejszego niż ta kula, którą Gadzi Język rzucił, chcąc nas ugodzić.

Przeraźliwy krzyk dobiegł z otwartego wysoko w wieży okna.

– Jak się zdaje, Saruman jest tego samego zdania – rzekł Gandalf. – Zostawmy tych dwóch wspólników samych.

Powrócili do zburzonej bramy. Ledwie wydostali się za nią, z cienia pod stosem rumowisk wychynął Drzewiec, a za nim kilkunastu entów. Aragorn, Gimli i Legolas patrzyli na nich z podziwem.

– Oto moi towarzysze – rzekł Gandalf, zwracając się do Drzewca. – Mówiłem ci o nich, lecz jeszcze ich nie widziałeś.

I wymienił kolejno imiona przyjaciół.

Stary ent badawczo i długo przyglądał się każdemu z osobna, witając go w kilku słowach. Ostatniego zagadnął Legolasa:

– A więc przybyłeś do nas z Mrocznej Puszczy, szlachetny elfie? Wielki to był kiedyś las.

– Wielki pozostał do dziś – odparł elf. – Lecz żadnemu z jego mieszkańców nie uprzykrzyły się mimo to drzewa i wszyscy chętnie oglądają nowe. Bardzo bym chciał poznać lepiej Las Fangorn. Wędrowałem ledwie jego skrajem, a już żal było mi go opuszczać.

Oczy Drzewca błysnęły z radości.

– Mam nadzieję, że spełni się twoje życzenie, zanim te góry zdążą się postarzeć – powiedział.

– Przyjdę, jeżeli los okaże się łaskawy – rzekł Legolas. – Zawarłem umowę z przyjacielem, że jeśli wszystko pójdzie szczęśliwie, razem odwiedzimy Fangorn, oczywiście za twoim pozwoleniem.

– Każdy elf, którego przyprowadzisz, będzie dla nas miłym gościem – powiedział Drzewiec.

– Przyjaciel, o którym mówię, nie jest elfem – odparł Legolas.
– To Gimli, syn Glóina.

Gimli skłonił się nisko i przy tym geście toporek wysunął mu się zza pasa, z głośnym brzękiem padając na ziemię.

– Hm, hum. Aha. Krasnolud z toporem! – rzekł Drzewiec. – Hm... Lubię elfy, ale ty za wiele ode mnie żądasz. Osobliwa to przyjaźń.

– Może wydaje się osobliwa – powiedział Legolas – póki wszakże Gimli żyje, nie przyjdę sam do Fangornu, władco lasu. Ten krasnolud ściął w bitwie czterdzieści dwa orkowe łby.

– Ho, ho! Tak powiadaj – rzekł Drzewiec. – To mi się podoba. No, zobaczymy, co będzie, to będzie, nie trzeba się spieszyć ani wyprzedzać wypadków. Teraz musimy znów rozstać się na czas jakiś. Dzień chyli się ku wieczorowi. Gandalf mówi, że chce wyruszyć przed zmrokiem, a królowi Rohanu także pilno wracać do domu.

– Tak, musimy jechać, i to zaraz – rzekł Gandalf. – Wybacz, że zabiorę twoich odźwiernych. Mam jednak nadzieję, że jakoś sobie bez nich poradzisz?

– Może sobie poradzę – powiedział Drzewiec – ale będzie mi ich brakowało. Chyba na starość staję się pochopny, by zaprzyjaźniłem się z nimi bardzo, mimo krótkiej znajomości; widać z wiekiem młodość wraca. Co prawda od wielu, wielu lat nie spotkałem nic nowego pod słońcem lub pod księżycem, póki nie zobaczyłem tych hobbitów. Nigdy też o nich nie zapomnę. Już dołączyłem ich imię do Długiego Spisu. Entowie będą ich pamiętać.

> *Entowie z ziemi zrodzeni, starzy jak góry,*
> *Co chodzą lasami i wodą się poją,*
> *I wesołe hobbity, żarłoczne jak myśliwi,*
> *Skore do śmiechu, a małe jak dzieci.* [1]

Przyjaźń między nami przetrwa, póki na świecie będą się liście zieleniły co wiosnę. Bywajcie zdrowi! Gdybyście w swoim miłym ojczystym kraju zasłyszeli jakieś nowiny, przyślijcie mi słówko. Rozumiecie chyba, o co mi chodzi: czy nie widziano tam gdzieś

---

[1] Przełożyła Maria Skibniewska.

entowych żon. A jeśli zdarzy się sposobność, odwiedźcie mnie koniecznie.

– Odwiedzimy Fangorn na pewno! – jednocześnie odpowiedzieli Merry i Pippin, po czym szybko odwrócili oczy. Drzewiec długą chwilę patrzył na nich w milczeniu i kiwał głową. Wreszcie zagadnął Gandalfa:

– A więc Saruman nie chce opuścić Orthanku? Niczego innego nie spodziewałem się po nim. Serce ma zbutwiałe jak czarny huorn. Swoją drogą, przyznam się, że gdyby mnie pokonano i wycięto wszystkie drzewa, ja też bym nie odszedł, póki zostałaby mi chociaż jedna ciemna kryjówka.

– Tak, ale ty nie knułeś spisków, żeby cały świat obsadzić drzewami i zdusić wszelkie inne życie na ziemi – odparł Gandalf. – Saruman został, by dalej hodować swoją nienawiść i w miarę możności snuć nowe sieci zdrady. Ma klucz Orthanku. Lecz nie dajcie mu uciec.

– Nie damy. Entowie go przypilnują – rzekł Drzewiec. – Saruman bez mego pozwolenia kroku nie zrobi poza tę skałę. Entowie będą trzymali straż.

– Dobrze! – powiedział Gandalf. – Na to liczyłem. Mogę więc opuścić Isengard i zająć się innymi sprawami, zrzuciwszy tę troskę z serca. Musicie jednak czuwać pilnie. Woda już opadła. Straże wokół wieży nie wystarczą. Na pewno są jakieś podziemne lochy, którymi Saruman zechce może wkrótce wydostać się niepostrzeżenie. Jeżeli nie wzdragacie się przed tą ciężką pracą, proszę was, znowu zalejcie kotlinę wodą i utrzymujcie, dopóki Isengard nie zamieni się w stojącą sadzawkę albo dopóki nie odkryjecie tajemnych przejść. Jeżeli podziemia będą zalane, a wyjścia zabarykadowane, Saruman będzie musiał siedzieć na górze i tylko wyglądać przez okna na świat.

– Zdaj to na entów – rzekł Drzewiec. – Zbadamy dolinę od szczytów do dna i zajrzymy pod każdy kamień. Wrócą do niej znów drzewa. Nazwiemy to miejsce Lasem Strażników. Nawet wiewiórka nie przemknie się tędy bez mojej wiedzy. Zdaj to na entów. Póki nie upłynie siedemkroć tyle lat, ile Saruman nas dręczył, nie zejdziemy z warty.

Rozdział 11

Palantír

Słońce już zachodziło za wydłużone ramię gór, gdy Gandalf ze swoją drużyną i król ze swymi jeźdźcami wyruszyli wreszcie z Isengardu. Gandalf wziął na konia Meriadoka, Aragorn zaś Pippina. Dwaj królewscy wojownicy, wyprzedzając oddział, puścili się zaraz za bramą w cwał i wkrótce zniknęli towarzyszom z oczu. Reszta posuwała się bez zbytniego pośpiechu.

Entowie ustawili się szpalerem po obu stronach bramy, wznosząc długie ramiona pożegnalnym gestem, lecz zachowali milczenie. Ujechawszy krętą drogą dość daleko w górę doliny, hobbici obejrzeli się za siebie. Na niebie jeszcze świeciło słońce, ale nad Isengardem rozpostarły się cienie i szare gruzy ledwie majaczyły w mroku. Drzewiec stał przed bramą samotnie i wyglądał jak pień starego drzewa. Hobbitom ten widok przypominał pierwsze spotkanie z entem na słonecznej półce skalnej u skraju Fangornu. Zbliżali się do słupa z godłem Białej Ręki. Słup stał po dawnemu, lecz rzeźbiona ręka leżała strzaskana na ziemi. Pośrodku drogi bielał długi kamienny palec wskazujący, a niegdyś czerwony paznokieć teraz pociemniał i sczerniał.

– Entowie nie pomijają najdrobniejszych nawet szczegółów – rzekł Gandalf.

Ruszyli dalej wśród gęstniejących ciemności.

– Czy będziemy jechali przez całą noc? – spytał po jakimś czasie Merry. – Nie wiem, Gandalfie, jak ty się czujesz z uczepioną twojej poły hałastrą, ale hałastra chętnie by się odczepiła i położyła spać.

– A więc słyszałeś te obelgi? – odparł Gandalf. – Nie pozwól im jątrzyć się w swym sercu. Bądź zadowolony, że Saruman nie poczęstował was dłuższym przemówieniem. Nigdy przedtem nie spotkał hobbitów i nie wiedział, w jaki ton uderzyć, zwracając się do nich. Dobrze jednak wam się przyjrzał. Jeżeli to może być plastrem na twoją zranioną dumę, to wiedz, że w tej chwili pewnie więcej myśli o tobie i Pippinie niż o nas wszystkich. Kim jesteście? Jak się dostaliście do Isengardu i po co? Ile wiecie? Czy byliście w niewoli, a jeśli tak, jakim sposobem uratowaliście życie, skoro orków wybito do nogi? Nad tymi zagadkami biedzi się teraz mądra głowa Sarumana. Szyderstwo z tych ust, Meriadoku, jest zaszczytem, jeśli cenisz sobie jego zainteresowanie.

– Dziękuję ci – odparł Merry – ale największym zaszczytem jest dla mnie czepianie się twojej poły, Gandalfie. Po pierwsze dlatego, że dzięki temu mogę powtórzyć raz jeszcze to samo pytanie: czy będziemy jechali przez całą noc?

Gandalf roześmiał się.

– Nie pozwolisz nikomu wykręcić się sianem. Każdy czarodziej powinien mieć hobbita albo kilku hobbitów stale u boku; już oni by go nauczyli wyrażać się ściśle i nie bujać w obłokach. Przepraszam cię, Merry. Dobrze więc, pomówimy o tych przyziemnych szczegółach. Będziemy jechali jeszcze parę godzin, bez pośpiechu zresztą, aż do wylotu doliny. Jutro ruszymy szybciej. Zamierzałem z Isengardu wracać prosto przez step do królewskiego domu w Edoras, ale po namyśle zmieniliśmy plany. Wysłaliśmy gońców do Helmowego Jaru, żeby zapowiedzieli tam na jutro powrót króla. Stamtąd Théoden z liczniejszą świtą pojedzie do Warowni Dunharrow, przekradając się ścieżkami przez góry. Odtąd bowiem nie będziemy się w większej gromadzie pokazywać na otwartym polu we dnie ani w nocy, chyba że nie da się tego w żaden sposób uniknąć.

– Z tobą tak zawsze: albo nic, albo wszystko naraz – rzekł Merry. – Mnie tymczasem interesował tylko dzisiejszy nocleg. Gdzie jest ów Helmowy Jar i co to za miejsce? Pamiętaj, że nie znam wcale tych okolic.

– A więc warto, byś się o nich czegoś dowiedział, jeżeli chcesz zrozumieć, co się dokoła nas dzieje. Ale nie ode mnie się tego dowiesz i nie w tej chwili. Za dużo mam teraz pilnych spraw do przemyślenia.

– Dobrze, wezmę na spytki Obieżyświata podczas najbliższego popasu. On jest mniej obraźliwy od ciebie. Ale powiedz mi przynajmniej, dlaczego musimy się kryć? Myślałem, że wygraliśmy bitwę.

– Owszem, wygraliśmy, lecz to dopiero pierwsze zwycięstwo, a odniósłszy je, tym bardziej jesteśmy zagrożeni. Między Isengardem a Mordorem istnieje jakaś łączność, której nie podejrzewałem. Nie wiem dokładnie, w jaki sposób się porozumiewają, lecz na pewno wymieniali wiadomości. Oko Barad-dûr będzie, jak sądzę, z niecierpliwością wpatrywało się w Dolinę Czarodzieja, a także w stepy Rohanu. Im mniej zobaczy, tym dla nas lepiej.

Z wolna posuwali się krętą drogą w dół doliny. Isena w swoim kamiennym korycie to przybliżała się, to znów oddalała. Noc zeszła z gór. Mgła ustąpiła już zupełnie. Dmuchnął chłodny wiatr. Księżyc, bliski tego wieczora pełni, rozlewał na wschodniej części nieba bladą, zimną poświatę. Z prawej strony ramiona góry zniżyły się, opadając nagimi stokami. Przed podróżnymi ukazała się szeroka szara równina.

Wreszcie zatrzymali się, a potem skręcili z gościńca na miękką trawę płaskowyżu. Przejechali niewiele ponad milę w kierunku na wschód i znaleźli się w małej dolince, otwartej od południa, a wspartej o zbocza ostatniego w południowym łańcuchu kopulastego wzgórza Dol Baran, zanurzonego w zieleni i zwieńczonego u szczytu kępami wrzosów. Stoki dolinki zarastał gąszcz zeszłorocznych paproci, wśród których mocno zwinięte wiosenne pędy ledwie się przebijały przez pachnącą świeżością ziemię. Niżej krzewiły się bujnie kolczaste zarośla i w ich cieniu wędrowcy rozbili obóz na dwie godziny przed północą. Rozpalili ognisko w wykrocie między rozcapierzonymi korzeniami głogu, wysokiego jak drzewo, pokrzywionego ze starości, ale zdrowego i krzepkiego. Na każdej jego gałązce już nabrzmiewały pączki.

Wyznaczono straże, po dwóch na każdą wartę. Reszta kompanii, zjadłszy wieczerzę, owinęła się w płaszcze i posnęła. Hobbici leżeli nieco odosobnieni w jakimś zakątku na podściółce z suchych paproci. Merry był senny, lecz Pippina ogarnął dziwny niepokój. Paprocie trzeszczały i szeleściły pod nim, gdy kręcił się i przewracał ustawicznie.

– Co ci jest? – spytał Merry. – Możeś trafił na mrowisko?

– Nie – odparł Pippin – ale okropnie mi niewygodnie. Usiłuję sobie przypomnieć, kiedy ostatni raz spałem w łóżku.

Merry ziewnął.

– Policz na palcach – rzekł. – Chyba wiesz, ile czasu upłynęło, odkąd opuściliśmy Lórien?

– Ech, to się nie liczy – powiedział Pippin. – Myślę o prawdziwej sypialni i łóżku.

– W takim razie trzeba liczyć od pobytu w Rivendell – rzekł Merry. – Ale ja usnąłbym dzisiaj na każdym posłaniu.

– Szczęściarz z ciebie – odezwał się po chwili milczenia Pippin ściszonym głosem – jechałeś razem z Gandalfem.

– No to co z tego?

– Może z niego wydobyłeś jakieś wiadomości i nowiny?

– Nawet mnóstwo. Więcej niż kiedykolwiek. Chyba jednak słyszałeś, co mówił, bo jechaliście blisko nas, a my nie robiliśmy z naszej rozmowy sekretu. Skoro myślisz, że dowiesz się od Gandalfa więcej niż ja, usiądź jutro na jego konia. Oczywiście, jeżeli Gandalf zgodzi się na zamianę pasażera.

– Ustąpisz mi miejsca? Świetnie. Ale Gandalf jest okropnie skryty. Nic się nie zmienił, prawda?

– Owszem, zmienił się – odparł Merry, trzeźwiejąc ze snu i trochę już zaniepokojony pytaniami przyjaciela. – Jak gdyby urósł. Jest zarazem bardziej dobrotliwy i bardziej groźny, i weselszy, i bardziej uroczysty niż dawniej. Zmienił się, ale dotychczas nie mieliśmy sposobności przekonać się, jak głęboko ta zmiana sięga. Przypomnij sobie zakończenie rozprawy z Sarumanem. Przecież Saruman był dawniej zwierzchnikiem Gandalfa, głową Rady... chociaż nie wiem dokładnie, co to właściwie znaczy. Był Sarumanem Białym. A teraz Gandalf chodzi w bieli. Saruman stawił się na jego wezwanie, stracił swoją różdżkę, a potem na jedno słowo Gandalfa wycofał się posłusznie.

– No tak, trochę może się Gandalf zmienił, ale skrytości się nie oduczył, przeciwnie, nabrał jej jeszcze więcej – odparł Pippin. – Na przykład ta historia ze szklaną kulą. Widać było po nim, że się z tej zdobyczy ucieszył. Coś o niej wie albo przynajmniej czegoś się domyśla. Ale czy nam coś powiedział? Ani słówka. A przecież to ja ją podniosłem, gdyby nie ja, stoczyłaby się do wody. „Ejże, hobbicie, oddaj mi to" – i na tym koniec. Ciekawa rzecz, co to za kula. Wydała mi się okropnie ciężka.

Ostatnie słowa Pippin wyszeptał cichutko, jakby mówił do siebie.

– Aha! – rzekł Merry. – Więc to cię tak korci. Mój Pippinku kochany, przypomnij sobie, co Gildor powiedział, a co Sam lubił powtarzać: „Nie wtrącaj się do spraw Czarodziejów, bo są chytrzy i skorzy do gniewu".

– Ależ my od wielu miesięcy nie robimy nic innego, tylko wtrącamy się do spraw Czarodziejów – odparł Pippin. – Chętnie bym się naraził na niewielkie niebezpieczeństwo, byle się czegoś dowiedzieć. Chciałbym też przyjrzeć się lepiej tej kuli.

– Śpij wreszcie – rzekł Merry. – Prędzej czy później dowiesz się wszystkiego. Zapewniam cię, że nigdy Tuk nie przewyższył Brandybucka ciekawością, ale przyznaj, że teraz nie pora na te dociekania.

– Dobrze. Ale cóż szkodzi przyznać się, że chciałbym przyjrzeć się lepiej tej kuli? Wiem, że to niemożliwe. Gandalf siedzi na niej jak kokosz na jajach. Niewielka jednak dla mnie pociecha, kiedy od ciebie słyszę, że skoro nie mogę mieć tego, o czym marzę, powinienem iść spać.

– A cóż innego mogę ci odpowiedzieć? – rzekł Merry. – Przykro mi, ale doprawdy musisz poczekać do rana. Po śniadaniu będę nie mniej od ciebie zaciekawiony tą tajemnicą i pomogę ci, jak będę umiał, w wydobyciu od Czarodzieja jakiegoś wyjaśnienia. Tymczasem zanadto mi się oczy kleją. Jeżeli ziewnę jeszcze raz, gęba mi pęknie od ucha do ucha. Dobranoc.

Pippin nic już na to nie odpowiedział. Leżał cicho, ale spać nie chciało mu się ani trochę, nie działał nawet dobry przykład Meriadoka, który obok oddychał równo i spokojnie, pogrążony w głębokim śnie. W ciszy nocnej myśl o czarnej kuli opanowała Pippina jeszcze natrętniej. Hobbit czuł znowu ciężar kryształu w ręku, widział tajemnicze czerwone jądro, które przez krótką chwilę błysnęło mu z głębi. Kręcił się i przewracał z boku na bok, daremnie usiłując myśleć o czym innym.

Wreszcie nie mógł już znieść tej udręki. Wstał i rozejrzał się. Księżyc rozjaśniał dolinkę zimną białą poświatą, pod krzewami leżały czarne cienie. Wszyscy w obozie spali. Dwóch wartowników nie było widać w pobliżu; czuwali pewnie wyżej na pagórku albo schowali się w paprociach. Sam nie rozumiejąc, co go popycha, Pippin cichcem podkradł się do Gandalfa. Chwilę patrzył na niego. Czarodziej, jak się zdawało, spał, lecz powieki miał na pół tylko przymknięte; oczy przebłyskiwały spod długich rzęs. Pippin cofnął się szybko. Gandalf jednak nie drgnął nawet, więc hobbit raz jeszcze, niemal wbrew swojej woli, pchany nieodpartą jakąś siłą, podpełznął, zachodząc Czarodzieja od tyłu, zatrzymał się o krok od jego głowy. Gandalf był nakryty kocem, a płaszcz rozpostarł na wierzchu; między zgiętym w łokciu ramieniem, a prawym bokiem zarysowywał się kulisty kształt jakiegoś przedmiotu zawiniętego w ciemne sukno; dłoń Czarodzieja jakby właśnie przed chwilą osunęła się z zawiniątka i leżała tuż obok na ziemi.

Wstrzymując dech w piersiach, Pippin ostrożnie przybliżył się do śpiącego. Wreszcie ukląkł przy nim. Wyciągnął ręce i ukradkiem, powolutku zaczął podnosić zawiniątko do góry. Było mniej ciężkie, niż się spodziewał. „Pewnie jakieś rupiecie" – pomyślał z dziwnym uczuciem ulgi. Lecz nie odłożył zawiniątka z powrotem na miejsce. Stał chwilę, tuląc je w rękach. W głowie zaświtał mu nowy pomysł. Wycofał się na palcach, wyszukał spory kamień i wrócił z nim. Szybko rozmotał paczuszkę, zawinął w sukno kamień i przyklękając, położył go u boku Czarodzieja. Dopiero wtedy spojrzał na wydobyty z zawiniątka przedmiot. Tak, to było to, czego pragnął: gładka kryształowa kula, teraz ciemna i martwa, leżała w trawie u jego kolan. Podniósł ją spiesznie, owinął połą własnego płaszcza i właśnie odwracał się, żeby pobiec ze zdobyczą na swoje legowisko, gdy nagle Gandalf poruszył się we śnie i mruknął coś z cicha; Pippin miał wrażenie, że były to słowa jakiejś obcej mowy. Ręka Czarodzieja trafiła po omacku na zawinięty w sukno kamień i zacisnęła się na nim. Gandalf westchnął i znieruchomiał znowu.

„Głupcze! – szepnął sam do siebie Pippin. – Chcesz sobie napytać biedy? Odłóż to natychmiast". Lecz kolana mu się trzęsły, nie śmiał zbliżyć się do Czarodzieja ani sięgnąć po zawiniątko. „Nie uda mi się teraz – pomyślał. – Zbudzę Gandalfa z pewnością. Muszę poczekać, aż trochę ochłonę. A w takim razie mogę tymczasem rzucić na nią okiem. Jednakże nie tutaj". Wymknął się cichcem i przysiadł na zielonej kępie nieopodal swego legowiska. Księżyc świecił nad krawędzią dolinki.

Pippin przykucnął, podciągnąwszy wysoko kolana, i ścisnął kulę między nimi. Pochylony nad nią chciwie, wyglądał jak łakome dziecko, które z pełną miską uciekło w kąt z dala od rówieśników. Odwinął płaszcz i spojrzał. Powietrze dokoła jakby zastygło i stężało, pełne napięcia. Zrazu kula była ciemna, czarna jak agat, tylko jej powierzchnia lśniła odblaskiem księżyca. Potem w środku kuli coś drgnęło i rozżarzyło się lekko, a świetliste jądro przykuło wzrok hobbita, tak że już nie mógł oderwać oczu. Wkrótce całe wnętrze płonęło. Pippin miał wrażenie, że albo kula wiruje, albo też światła w niej obracają się z zawrotną szybkością. Nagle wszystko zgasło. Hobbit krzyknął, szarpnął się, lecz na próżno; nie mógł wyprostować grzbietu, zgięty wpół ściskał oburącz kryształ. Schylał się coraz niżej, aż w końcu zdrętwiał zupełnie. Długą chwilę poruszał wargami, nim dobył głosu. Z krótkim, zdławionym okrzykiem padł na wznak.

Krzyk zabrzmiał przeraźliwie. Wartownicy pędem zbiegli ze zboczy. Cały obóz zerwał się na równe nogi.

– Mamy złodzieja! – rzekł Gandalf. – Spiesznie zarzucił płaszcz na leżącą w trawie kulę. – I to ty, mój Pippinie! Bardzo przykra niespodzianka. – Ukląkł przy zemdlonym hobbicie, który, wyciągnięty na wznak, nieprzytomnym wzrokiem patrzył w niebo. – Co za łajdactwo! Jaką to biedę ściągnął na siebie i na nas ten nieborak?

Czarodziej mówił to z twarzą chmurną i zatroskaną. Ujął ręce Pippina, schylił się nad nim, nadsłuchując oddechu, potem położył dłoń na jego czole. Hobbit zadrżał. Zamknął oczy. Krzyknął, usiadł i ze zdumieniem powiódł wzrokiem po twarzach otaczających go przyjaciół, bladych w księżycowym świetle.

– Nie dla ciebie, Sarumanie! – zawołał przenikliwym, bezdźwięcznym głosem, odsuwając się od Gandalfa. – Przyślę po nią wkrótce. Zrozumiałeś? Powtórz tylko tyle.

Szarpnął się, usiłując wstać i uciec, lecz Gandalf powstrzymał go łagodnie, chociaż stanowczo.

– Peregrinie Tuku! – rzekł. – Wróć! – Hobbit rozprężył się i opadł na ziemię, chwytając za rękę Czarodzieja.

– Gandalfie! – krzyknął. – Gandalfie! Przebacz!

– Mam ci przebaczyć? – odparł Czarodziej. – Najpierw powiedz, co właściwie zrobiłeś?

– Wziąłem... wziąłem kulę i patrzyłem w nią – wyjąkał Pippin – i zobaczyłem coś, co mnie przeraziło. Chciałem uciec, ale nie mogłem. A wtedy przyszedł on i zaczął mi zadawać pytania. Patrzył na mnie i... i więcej nic nie pamiętam.

– Tym się nie wykręcisz – rzekł Gandalf surowo. – Coś widział i co mu powiedziałeś?

Pippin przymknął oczy i zadrżał, lecz nie odpowiedział. Wszyscy w milczeniu wpatrywali się w niego, jeden tylko Merry odwrócił wzrok. Twarz Gandalfa nie złagodniała jednak.

– Mów! – rozkazał.

Pippin zaczął głosem cichym i niepewnym, lecz w miarę jak mówił, uspokajał się, a słowa jego brzmiały coraz wyraźniej i donośniej.

– Zobaczyłem ciemne niebo i wysokie obronne mury – rzekł – i maleńkie gwiazdy. Wszystko zdawało się bardzo dalekie i dawne, mimo to jasne i ostre. W pewnej chwili gwiazdy zaczęły to znikać, to znów się pojawiać, bo pod nimi przelatywały jakieś skrzydlate stwory. Olbrzymie, jak mi się zdawało, chociaż w krysztale wyglądały nie większe niż nietoperze krążące wokół wieży. Jeśli się nie mylę, było ich dziewięć. Jeden leciał prosto na mnie, rósł mi w oczach... Miał straszliwe... nie, nie! Nie mogę o tym mówić.

Chciałem uciec, bo miałem wrażenie, że ten stwór wyfrunie z kuli, ale gdy przesłonił całą jej powierzchnię, nagle zniknął. I wtedy przyszedł on. Mówił do mnie, lecz nie słyszałem głosu ani słów. Po prostu patrzył, a ja czytałem w jego wzroku pytanie: „A więc wróciłeś? Dlaczego nie zgłaszałeś się tak długo?". Nic nie odpowiedziałem. Znowu spytał: „Ktoś ty jest?". Nie odpowiadałem, ale to była męka, on nalegał, cisnął mnie, aż w końcu rzekłem: „Hobbit".

Jak gdyby dopiero wtedy nagle mnie zobaczył, roześmiał się szyderczo, okrutnie. Jakby mnie nożami dźgał. Próbowałem się wyrwać. Ale on powiedział: „Czekaj no chwilę. Spotkamy się znów niebawem. Powiedz Sarumanowi, że to cacko nie jest dla niego. Przyślę po nie lada dzień. Zrozumiałeś? Powtórz tylko tyle". Wpijał się we mnie wzrokiem. Miałem wrażenie, że rozsypuję się w proch. Nie, nie! Więcej nic nie pamiętam.

– Spójrz na mnie – rzekł Gandalf.

Pippin spojrzał mu prosto w oczy. Czarodziej przez długą chwilę w milczeniu wpatrywał się w niego. Potem twarz mu złagodniała, ukazał się na niej cień uśmiechu. Miękkim gestem położył dłoń na głowie hobbita.

– W porządku – powiedział. – Możesz nic więcej nie mówić. Nie odniosłeś poważniejszej szkody. Nie ma w twoich oczach kłamstwa, a tego się najbardziej bałem. Za krótko tamten z tobą rozmawiał. Zawsze byłeś postrzelony, ale jesteś w dalszym ciągu postrzeleńcem uczciwym, Peregrinie Tuku. Niejeden mądrzejszy od ciebie gorzej by wyszedł pokieresztowany z takiego spotkania. Bądź jednak ostrożny. Ocalałeś, a wraz z tobą ocaleli twoi przyjaciele, jedynie szczęśliwym trafem, jak się to potocznie mówi. Nie licz drugi raz na podobne szczęście. Gdyby cię wziął na spytki, niemal pewne, że powiedziałbyś mu wszystko, co wiesz, na naszą wspólną zgubę. On jednak nie wypytywał cię zbyt natarczywie. Bardziej niż o wiadomości chodziło mu o ciebie, chciał jak najszybciej dosięgnąć cię, ściągnąć do Czarnej Wieży i tam bez pośpiechu wydobyć z ciebie wszystko. Nie drżyj. Skoro wtrącasz się do spraw Czarodziejów, musisz być przygotowany na takie przygody. No, niech tam. Przebaczam ci, Pippinie. Głowa do góry, bądź co bądź uniknęliśmy najgorszego.

Łagodnie dźwignął Pippina i zaniósł go na poprzednie legowisko. Merry szedł krok w krok za nim i usiadł przy wezgłowiu przyjaciela.

– Leż i odpoczywaj, a jeśli możesz, zaśnij – rzekł Gandalf. – Zaufaj mi. Jeśli znów palce cię będą kiedyś świerzbić, powiedz mi o tym. Są na to lekarstwa. A w każdym razie proszę cię, mój hobbicie, nie wtykaj mi nigdy pod łokieć twardego kamienia. Tymczasem zostawiam was tu we dwóch.

To rzekłszy, Gandalf odszedł i wrócił do towarzyszy, wciąż jeszcze stojących w zadumie i niepokoju nad kryształem Orthanku.

– Niebezpieczeństwo zjawia się nocą i w chwili, gdy go nie oczekiwaliśmy – rzekł. – Byliśmy o włos od zguby.

– Jak się czuje Pippin? – spytał Aragorn.

– Myślę, że nic mu nie będzie – odparł Gandalf. – Zbyt krótko był w mocy tamtego, a zresztą hobbici mają zadziwiającą odporność.

Wspomnienie, a przynajmniej jego groza szybko zapewne zbldenie. Nawet za szybko. Czy zgodzisz się, Aragornie, wziąć kryształ Orthanku pod swoją opiekę? Wiedz, że to niebezpieczne zadanie.

– Niebezpieczne z pewnością, ale nie dla wszystkich – rzekł Aragorn. – Jest ktoś, kto ma do tego kryształu prawo. Bo to przecież bez wątpienia *palantír* ze skarbca Elendila, powierzony strażnicy Orthanku przez królów Gondoru. Zbliża się moja godzina. Tak, wezmę go i będę strzegł.

Gandalf spojrzał na Aragorna, a potem ku zdumieniu świadków podniósł zawinięty w płaszcz kryształ i podał rycerzowi z niskim ukłonem.

– Przyjmij go, dostojny panie – rzekł – jako zadatek innych skarbów, które będą ci zwrócone. Lecz jeżeli pozwolisz, bym ci radził w sprawach twojej niezaprzeczalnej własności, posłuchaj mnie i nie używaj go, przynajmniej nie teraz jeszcze. Bądź ostrożny!

– Czy byłem kiedykolwiek niecierpliwy i nieostrożny, ja, który czekałem i przygotowywałem się przez tak długie lata? – odparł Aragorn.

– To prawda. Uważaj więc, abyś nie potknął się u kresu drogi – rzekł Gandalf. – Zachowaj sekret! O to proszę też wszystkich obecnych. Nikt, a przede wszystkim Peregrin, nie powinien wiedzieć, kto przechowuje kryształ. Pokusa może wrócić, bo hobbit, niestety, miał kulę w ręku i zaglądał w nią, a to nie powinno było się zdarzyć. Źle się stało, że dotknął jej wtedy w Isengardzie; wyrzucam sobie, żem nie dość szybko mu ją odebrał. Byłem jednak zaprzątnięty myślami o Sarumanie i za późno odgadłem, jaką moc ma pocisk, który rzucono w nas z wieży. Dopiero teraz wiem to na pewno.

– Tak, nie ma co do tego wątpliwości – rzekł Aragorn. – Nareszcie wiemy, w jaki sposób Isengard utrzymywał łączność z Mordorem. Wiele zagadek się wyjaśniło.

– Zadziwiająca jest potęga naszych wrogów i równie zadziwiające są ich słabości – powiedział Théoden. – Istnieje co prawda stare przysłowie: złość często sama siebie złością niszczy.

– Nieraz tak bywało – rzekł Gandalf – lecz tym razem los szczególnie nam sprzyjał. Kto wie, może hobbit uchronił mnie przed groźnym błędem. Zastanawiałem się bowiem, czy nie wypróbować by tego kryształu, żeby odkryć, do czego służy. Gdybym to zrobił, ujawniłbym się przed wrogiem. A nie jestem jeszcze gotów do tej próby, nie wiem nawet, czy kiedykolwiek będę do niej dostatecznie przygotowany. Nawet gdyby starczyło mi sił, żeby się w porę cofnąć, on by mnie zobaczył, a to oznaczałoby dla nas klęskę. Nie powinien o mnie nic wiedzieć, póki nie wybije godzina, gdy tajemnica nie będzie już na nic potrzebna.

– Myślę, że ta godzina już nadeszła – rzekł Aragorn.

– Jeszcze nie – odparł Gandalf. – Pozostaje krótki czas niepewności, którą musimy wykorzystać. Nieprzyjaciel, to jasne, przypuszcza, że kryształ znajduje się w Orthanku. Skąd mógłby wiedzieć, że jest inaczej? Sądzi więc, że hobbit tam przebywa uwięziony i że Saruman, torturując jeńca, zmusił go do spojrzenia w kryształ. W jego ponurym umyśle utkwił głos i obraz hobbita, oczekuje teraz na skutki wydanych poleceń. Upłynie trochę czasu, nim zrozumie swoją omyłkę. Nie wolno nam tego czasu zmarnować. Zbyt długo zwlekamy. Trzeba się pospieszyć. Nie należy marudzić w tak bliskim sąsiedztwie Isengardu. Co do mnie, ruszę stąd natychmiast i wezmę z sobą Peregrina Tuka. Lepiej, żeby podróżował ze mną, zamiast leżeć w ciemnościach i czuwać wśród śpiących towarzyszy.

– Ja zatrzymam Éomera i dziesięciu jeźdźców – rzekł król. – O świcie pojedziemy dalej. Aragorn niech obejmie dowództwo nad resztą i rozstrzygnie, kiedy chce z nimi wyruszyć.

– Twoja wola, Théodenie – odparł Gandalf. – Ale staraj się jak najprędzej schronić wśród gór, w Helmowym Jarze.

Jeszcze nie skończył tych słów, gdy dziwny cień padł na dolinkę. Coś nagle odgrodziło jasny księżyc od ziemi. Kilku jeźdźców krzyknęło i przysiadło w trawie, osłaniając głowy rękami, jakby z góry zagrażał cios; zimny dreszcz przejął wszystkich i poraził trwogą. Przyczajeni, spojrzeli ukradkiem w niebo. Ogromny skrzydlaty kształt niby czarna chmura przesuwał się na tle tarczy księżyca. Zatoczył łuk i skręcił na północ, lecąc szybciej niż najszybsze wichry Śródziemia. Gwiazdy przy nim gasły. Zniknął. Ludzie w dolince podnieśli się z ziemi, oszołomieni. Gandalf wciąż patrzył w niebo, ramiona wyciągał sztywno przed siebie i zaciskał splecione dłonie.

– Nazgûl! – krzyknął. – Wysłannik Mordoru. Burza jest już blisko. Nazgûle przebyły granicę Wielkiej Rzeki. W drogę! W drogę! Nie czekajcie świtu! Nie oglądajcie się na maruderów! W drogę!

Odskoczył od gromady i biegnąc, przyzywał Cienistogrzywego. Aragorn pospieszył za Czarodziejem, który tymczasem dopadł do legowiska hobbitów i podniósł w ramionach Pippina.

– Pojedziesz teraz ze mną – rzekł. – Przekonasz się, jak niesie Cienistogrzywy.

Pędem wrócił na miejsce, gdzie przedtem spał. Cienistogrzywy już tam na niego czekał. Zarzuciwszy na ramię małą torbę, w której mieścił się cały jego podróżny dobytek, Czarodziej skoczył na konia. Aragorn podał mu Pippina, a Gandalf usadowił przed sobą hobbita, otulonego w płaszcz i pled.

– Bądźcie zdrowi! Pospieszajcie za mną! – zawołał Gandalf. – Ruszaj, Cienistogrzywy!

Wspaniały rumak potrząsnął łbem, machnął rozwianym ogonem, błysnął srebrzyście w świetle księżyca i skoczył naprzód, aż grudki ziemi brzynęły spod kopyt. Śmignął z miejsca jak górski wiatr.

– Piękna noc i znakomity odpoczynek – powiedział Merry, zwracając się do Aragorna. – Są na świecie szczęściarze! Pippin nie chciał spać, a miał ochotę na jazdę z Gandalfem. No i proszę! Pojechał, zamiast obrócić się w kamień i sterczeć tu ku przestrodze potomności.

– A gdybyś tak ty, nie Pippin, podniósł kryształ Orthanku, kto wie, co by się stało – rzekł Aragorn. – Może spisałbyś się jeszcze gorzej? Nic nie wiadomo... Teraz więc będziesz podróżował na moim siodle. Jedziemy natychmiast dalej. Przygotuj się i pozbieraj wszystkie manatki Pippina. A pospiesz się, mój hobbicie.

Cienistogrzywy gnał przez równinę; nie trzeba było nim kierować ani też go popędzać. W niespełna godzinę dotarli do Brodów na Isenie i przeprawili się na drugi brzeg. Minęli Kurhan Rohirrimów zjeżony zimną stalą włóczni.

Pippinowi siły wracały. Było mu ciepło, lecz wiatr rzeźwił jego twarz chłodem. Czuł bliskość Gandalfa. Groza kryształu i przerażającego cienia, który zaćmił nad dolinką księżyc, bladła w jego pamięci jak coś, co zostało daleko we mgle gór albo zdarzyło się tylko we śnie. Odetchnął głęboko.

– Nie wiedziałem, że jeździsz na oklep, Gandalfie – rzekł. – Nie masz ani siodła, ani uzdy.

– Na ogół nie jeżdżę na modłę elfów, ale inna sprawa, gdy dosiadam Cienistogrzywego – odparł Gandalf. – Ten koń nie zniósłby wędzidła. Nikt nie jest jego panem, niesie tylko tego, kogo chce nosić. A jeśli chce, niczego więcej nie trzeba. Sam przypilnuje, żebyś utrzymał się na jego grzbiecie, chyba że wyskoczyłbyś w powietrze dobrowolnie.

– Z jaką szybkością biegnie? – spytał Pippin. – Sądząc z podmuchu wiatru, mknie bardzo prędko, ale nie czuje się zupełnie wstrząsów. Jakże lekki ma chód!

– Pędzi teraz tak, że najściglejszy koń z trudem dotrzymywałby mu kroku w pełnym galopie – odrzekł Gandalf – lecz dla Cienistogrzywego to fraszka. Teren tutaj wzniósł się nieco i jest mniej równy niż za rzeką. Spójrz jednak na Białe Góry, jak zdają się już bliskie pod gwiazdami. Tam niby czarne włócznie sterczą szczyty Trójrogu. Wkrótce znajdziemy się u rozstajnych dróg i w Zielonej Roztoce, gdzie przed dwoma dniami rozegrała się bitwa.

Pippin jeszcze przez długą chwilę milczał. Słyszał, że Gandalf coś sobie z cicha nuci i mruczy jakieś urywki wierszy w różnych językach. Tymczasem ziemia mila za milą umykała spod końskich kopyt. Wreszcie Czarodziej zaśpiewał głośniej, tak że hobbit zrozumiał słowa pieśni; kilka linijek wyraźnie dobiegło do jego uszu poprzez szum wiatru:

> *Smukłe okręty, smukli królowie,*
>   *Trzykroć po trzy:*
> *Co nam przynieśli z ziem zatopionych*
>   *Ponad potopu falą?*
> *Gwiazd siedem nieśli, siedem kamieni*
>   *I drzewa białego pęd.*[1]

– Co mówisz, Gandalfie? – spytał Pippin.

---

[1] Przełożył Tadeusz A. Olszański.

– Przepowiadałem sobie z pamięci parę zwrotek Pieśni Wiedzy – odparł Czarodziej. – Hobbici pewnie o niej zapomnieli, jeśli w ogóle kiedykolwiek ją znali.

– Nie, nie zapomnieliśmy – rzekł Pippin. – Mamy też podobne własne pieśni, chociaż może ciebie by one nie interesowały. Tej jednak, którą nuciłeś, nigdy nie słyszałem. O czym to jest? Co to za siedem gwiazd i siedem kamieni?

– Pieśń mówi o palantírach dawnych królów – powiedział Gandalf.

– Palantíry? Co to takiego?

– Nazwa ta znaczy „ten, który widzi daleko". Jednym z palantírów jest kryształ Orthanku.

– A więc nie jest dziełem... – Pippin zająknął się – nie jest dziełem Nieprzyjaciela?

– Nie – odparł Gandalf. – Ani też Sarumana. Bo ani jemu, ani Sauronowi nie starczyłoby na to wiedzy i władzy. Palantíry są starsze niż Westernesse, pochodzą z Eldamaru. Są dziełem Noldorów, może nawet samego Fëanora, ale to było tak dawno temu, że nie sposób nawet przemierzyć tego czasu latami. Nie ma jednak takiej rzeczy pod słońcem, której by Sauron nie mógł obrócić na zły użytek. Na nieszczęście dla Sarumana! To bowiem, jak teraz zrozumiałem, przywiodło go do upadku. Dla każdego z nas niebezpieczne są narzędzia wiedzy głębszej niż ta, którą sami posiadamy. Ale Saruman zawinił także. Szalony! Chciał zachować kryształ w tajemnicy, dla własnej tylko korzyści. Nigdy ani słowem o nim nie wspomniał nikomu z członków Rady. Nie wiedzieliśmy wcale, że jeden z palantirów ocalał z klęski Gondoru. Poza Radą wszyscy wśród ludzi i elfów zapomnieli, że takie rzeczy istniały kiedyś, jedynie ród Aragorna przechował o nich pamięć w swojej Pieśni Dziejów.

– Do czego ludzie w dawnych czasach używali tych palantírów? – spytał Pippin, zachwycony i zdziwiony, że otrzymuje odpowiedzi na tak wiele pytań, i ciekawy, czy ten humor Czarodzieja długo potrwa.

– Widzieli za ich pomocą na wielką odległość i mogli wymieniać z sobą myśli – odparł Gandalf. – Dzięki temu przez długie wieki strzegli bezpieczeństwa i jedności królestwa Gondoru. Rozmieścili po jednym krysztale w Minas Anor, w Minas Ithil i w Orthanku, w kręgu Isengardu. Najważniejszy palantír, panujący nad innymi, znajdował się pod Gwiaździstą Kopułą, dopóki nie zburzono Osgiliath, a trzy pozostałe w bardzo odległych krajach na północy. Dziś mało kto wie, gdzie mianowicie, bo tego żadna pieśń nie wyjawia. Lecz w domu Elronda powiadają, że te trzy przechowywano w Annúminas, na Amon Sûl i na jednym z Wieżowych Wzgórz, zwróconych ku Mithlondowi w Zatoce Księżycowej, gdzie szare okręty miały swoją przystań.

Każdy palantír mógł nawiązać łączność z drugim palantírem, lecz tylko kryształ z Osgiliath panował nad wszystkimi jednocześnie. Okazuje się, że palantír z Orthanku przetrwał na miejscu po dziś dzień, ponieważ ta skała oparła się burzom dziejowym. Lecz sam, wobec zaginięcia innych kryształów, nie na wiele się zdał, pokazywał jedynie maleńkie obrazy rzeczy odległych i czasów zamierzchłych. Niewątpliwie, był użyteczny Sarumanowi, ale to go nie zadowalało. Sięgał poprzez palantír wzrokiem coraz dalej, aż dosięgnął Barad-dûr. W ten sposób wpadł pod władzę Saurona.

Kto wie, gdzie podziały się palantíry Gondoru i Arnoru, strzaskane, zakopane pod ziemią czy może zatopione w głębinach? Lecz jeden co najmniej dostał się w ręce Saurona, który posługuje się nim do własnych celów. Przypuszczam, że to jest kryształ z Minas Ithil, bo tą fortecą od bardzo dawna zawładnął i przeobraził ją w siedlisko zła, zwane teraz Minas Morgul.

Łatwo wyobrazić sobie, jak się stało, że zabłąkane oczy Sarumana trafiły do pułapki, z której już nie mógł się wyrwać; jak z dala nim kierowano, najpierw perswazją, a jeśli nie skutkowała perswazja – postrachem. Nosił wilk, ponieśli wilka! Sokół wpadł w szpony orła, pająk uwikłał się w stalowej sieci. Ciekaw jestem, od jak dawna był już zmuszony zgłaszać się regularnie za pośrednictwem palantíru do apelu i po rozkazy; od jak dawna kryształ Orthanku tak ściśle był połączony z Barad-dûr, że ktokolwiek w niego spojrzał, jeśli nie oparł się niezłomną siłą woli, przenosił się błyskawicznie myślą i spojrzeniem do twierdzy Czarnego Władcy. A jak ten kryształ przyciąga! Czyż sam nie zaznałem jego siły? Nawet w tej chwili kusi mnie, żeby wypróbować potęgę mojej woli, przekonać się, czy nie zdołam go wyrwać spod władzy Nieprzyjaciela i skierować tam, gdzie pragnę, ponad morzami wody i czasu zobaczyć piękny Tirion, poznać niezgłębioną mądrość Fëanora i podpatrzeć mistrzostwo jego ręki przy pracy, ujrzeć świat z tamtych dni, kiedy kwitło Białe i Złote Drzewo!

Gandalf westchnął i umilkł.

– Szkoda, że wcześniej tego wszystkiego nie wiedziałem – rzekł Pippin. – Nie miałem pojęcia, co robię!

– Owszem, pewne pojęcie miałeś – odparł Gandalf. – Wiedziałeś, że postępujesz źle i głupio. Nawet mówiłeś to sobie, ale sam siebie nie chciałeś słuchać. Ale ja nie powiedziałem ci o tym wcześniej dlatego, że dopiero teraz, przed chwilą, rozważając wszystkie zdarzenia ostatnich dni, zrozumiałem jasno całą historię. Ale gdybym nawet przestrzegł cię zawczasu, nie uchroniłbym cię od pokusy ani nie ułatwił jej odparcia. Przeciwnie! Musiałeś sparzyć się, żeby zapamiętać, że płomień piecze. Dopiero teraz przestroga przed ogniem trafia ci do rozumu.

– Trafiła – przyznał Pippin. – Choćby przede mną położono siedem kryształów, zamknąłbym oczy i schował ręce do kieszeni.

– Znakomicie! – powiedział Gandalf. – Tego się właśnie spodziewałem.

– Chciałbym jednak wiedzieć... – zaczął Pippin.

– Litości! – wykrzyknął Gandalf. – Jeżeli na to, żeby cię oduczyć wścibstwa, muszę odpowiadać na wszystkie twoje pytania, nie będę miał już do końca życia czasu na żadne inne zajęcie. Cóż ty chcesz jeszcze wiedzieć?

– Imiona wszystkich gwiazd i wszystkich stworzeń żyjących na świecie, całą historię Śródziemia, a także Sfer Nadniebnych i Mórz Rozłąki – zaśmiał się Pippin. – Oczywiście! Czy mógłbym chcieć mniej? Ale nie spieszy mi się, nie żądam tego wszystkiego dzisiejszej nocy. Na razie interesuje mnie głównie Czarny Cień. Słyszałem, jak krzyczałeś: „Wysłannik Mordoru!". Kto to był? Po co spieszył do Isengardu?

– To był uskrzydlony Czarny Jeździec, Nazgûl – odparł Gandalf. – Chciał zabrać cię do Czarnej Wieży.

– Ależ jego przecież nie po mnie wysłano? – drżącym głosem spytał Pippin. – Chyba nie wiedział, że to właśnie ja dorwałem się do...

– Nie wiedział – rzekł Gandalf. – Lotem ptaka z Barad-dûr do Orthanku jest dwie setki staj, a może więcej, nawet Nazgûl na przebycie tej drogi potrzebuje kilku godzin. Ale Saruman od dnia, w którym wyprawił orków na wojnę, nieraz pewnie zaglądał w kryształ i więcej jego tajnych myśli odczytano po drugiej stronie, niż zamierzał ujawnić. Wysłano posła, żeby zbadał, co Saruman robi. A po zdarzeniach ostatniego wieczora przybędzie, jak sądzę, następny wysłannik, i to niebawem. Zaciska się potrzask, w który Saruman nieopatrznie wsadził rękę. Nie ma jeńca, którego obiecał dostarczyć. Nie ma kryształu, a więc nie może ani zobaczyć, co się w oddali dzieje, ani odpowiedzieć na wezwania władcy. Sauron podejrzewa, że Saruman jeńca zatrzymał sobie i że uchyla się od spojrzenia w kryształ. Nie ułatwi to Sarumanowi rozmowy z posłem. Jakkolwiek bowiem Isengard leży w gruzach, on cały i żywy siedzi w nietkniętej wieży Orthank. Czy chce, czy nie chce, wygląda w oczach Saurona na buntownika. A przecież odtrącił nasze propozycje, żeby tego właśnie uniknąć! Jak wybrnie z tych tarapatów, nie mam pojęcia. Myślę, że póki siedzi w Orthanku, ma dość sił, żeby oprzeć się Dziewięciu Jeźdźcom. Możliwe, że spróbuje oporu. Możliwe, że uwięzi Nazgûla albo przynajmniej zabije jego skrzydlatego wierzchowca. A wtedy Rohan niech drży o bezpieczeństwo swoich stadnin!

Nie umiem przewidzieć, czy wyjdzie to nam na dobre, czy też na złe. Może waśń z Sarumanem pokrzyżuje lub nawet unicestwi plany Nieprzyjaciela. Zapewne Sauron dowie się, że byłem w Isengardzie i stałem na schodach Orthanku, z hobbitami uczepionymi mojej poły. Albo też, że dziedzic Elendila żyje i że był tam ze mną. Jeśli rohańska zbroja nie zmyliła oczu Gadziego Języka, mógł on zapamiętać Aragorna i tytuł, jakim się przedstawił. Oto, czego najbardziej się lękam. Wiedz, że uciekając przed jednym niebezpieczeństwem, pędzimy na spotkanie drugiego, jeszcze groźniejszego. Każdy skok Cienistogrzywego zbliża nas do Krainy Cienia, Peregrinie Tuku!

Pippin nie odpowiedział, lecz otulił się płaszczem, jakby go nagle dreszcz przeszedł. A tymczasem szara ziemia umykała spod kopyt rumaka.

– Spójrz! – powiedział Gandalf. – Doliny Zachodniej Bruzdy otwierają się przed nami. Wróciliśmy na drogę, która prowadzi ku wschodowi. Ta ciemna plama to wylot Zielonej Roztoki. Tam leży Aglarond i Błyszczące Pieczary. Ale o nich nie ja ci opowiem! Zapytaj Gimlego, a przynajmniej raz w życiu usłyszysz odpowiedź znacznie obszerniejszą, niżbyś pragnął. Nie zobaczysz jednak pieczar, w każdym razie nie w tej jeszcze podróży. Zostawimy je wkrótce za sobą.

– Myślałem, że zatrzymamy się w Helmowym Jarze! – rzekł Pippin. – Dokąd zmierzamy?

– Do Minas Tirith, póki tej twierdzy morze wojny nie ogarnie.

– Ha! A daleko stąd do Minas Tirith?

– Wiele, wiele staj – odparł Gandalf. – Trzy razy dalej niż do dworu króla Théodena, a jego stolica znajduje się o sto mil na wschód stąd w linii powietrznej, na przykład dla skrzydlatych posłańców Mordoru. Cienistogrzywy musi biec dłuższą drogą. Kto okaże się szybszy? Nie zatrzymamy się do świtu, to znaczy jeszcze przez parę godzin. Potem nawet niestrudzony Cienistogrzywy będzie musiał odpocząć w jakiejś kotlinie górskiej, a może w Edoras. Radzę ci, prześpij się, jeśli zdołasz teraz usnąć. Kto wie, czy w pierwszych promieniach brzasku nie ujrzysz złotego dachu dworu Eorla. A za dwa dni zobaczysz fioletowy cień pod górą Mindolluiną i białe ściany wieży Denethora w blasku poranka.

Naprzód, Cienistogrzywy! Pędź, mój dzielny, jak nigdy jeszcze nie pędziłeś w życiu! Jesteśmy już na twojej rodzinnej ziemi, znasz tutaj każdy kamień. Pędź, bo cała nadzieja w pośpiechu!

Cienistogrzywy podniósł łeb i zarżał głośno, jakby usłyszał trąby bitewne.

Skoczył naprzód. Skry sypnęły się spod podków, pruł ciemność nocy jak błyskawica.

Zapadając z wolna w sen, Pippin miał dziwne wrażenie, jak gdyby Gandalf z nim razem zastygł w kamienną postać na posągu pędzącego konia, a świat cały uciekał im spod stóp w potężnym szumie wichru.

Księga czwarta

Rozdział 1

Obłaskawienie Sméagola

– No, proszę pana, źle z nami – rzekł Sam Gamgee. Stał zrozpaczony, kuląc się obok Froda i wytrzeszczonymi oczyma wpatrywał się w mrok.

Był wieczór trzeciego dnia od ucieczki Froda z obozowiska drużyny, tak przynajmniej im się zdawało, bo niemal stracili rachunek czasu, wytrwale wspinając się i trudząc wśród nagich, kamienistych zboczy łańcucha Emyn Muil, często zawracając, bo droga urywała się przed nimi, nieraz stwierdzając, że zatoczywszy krąg, znaleźli się na tym samym miejscu, z którego przed wielu godzinami wyszli. Mimo wszystko posunęli się znacznie na wschód, starali się wciąż, w miarę możności, trzymać zewnętrznej krawędzi splątanego dziwacznie węzła gór. Jednak najczęściej zewnętrzne zbocza okazywały się strome, wyniosłe, niedostępne, spiętrzone nad rozległą równiną; u ich stóp spod rumowiska osypanych skał ciągnęły się w sinych oparach zgniłe bagna, na których oko nie dostrzegało śladu życia, nawet przelatującego ptaka.

Hobbici stali na skraju wysokiego, nagiego i ponurego urwiska, którego podnóża ginęły we mgle; za plecami wędrowców wznosiła się poszarpana ściana gór, nad nimi płynęły chmury. Zimny wiatr dął od wschodu. Wieczór już zapadał nad posępną okolicą, zgniła zieleń trzęsawisk nabierała o zmroku szarobrunatnej barwy. Po prawej stronie Anduina, która za dnia, ilekroć słońce przedzierało się przez chmury, połyskiwała z oddali, teraz ukryła się w ciemnościach. Lecz wzrok hobbitów nie zwracał się na rzekę ani wstecz, ku Gondorowi, ku przyjaciołom i krajom życzliwych ludzi. Spoglądali na południe i na wschód, gdzie na granicy nadciągającej nocy rysował się ciemny wał, jakby odległe pasmo gór albo nieruchoma smuga dymu. Od czasu do czasu w miejscu, gdzie ziemia spotykała się z niebem, wzbijało się w górę czerwone światełko.

– Ależ źle z nami! – powtórzył Sam. – Z wszystkich krajów świata, o których słyszeliśmy, tego jednego wolelibyśmy nigdy z bliska nie oglądać. I właśnie tam musimy się dostać. Co prawda bieda w tym, że chyba się nie dostaniemy. Coś mi się zdaje, że wybraliśmy złą drogę. Zejść na dół nie sposób, a gdybyśmy nawet jakoś zleźli, założę się, że pod tą zielenią czeka na nas paskudne bagno. Fe! Czuje pan, panie Frodo, jak cuchnie?

Sam pociągnął nosem pod wiatr.

– Czuję – odparł Frodo, nie poruszył się jednak ani nie oderwał oczu od ciemnego wału na widnokręgu i od migających na jego tle płomyków. – Mordor! – szepnął ledwie dosłyszalnie. – Skoro już muszę tam iść, chciałbym jak najprędzej znaleźć się u celu i niechby się wreszcie to wszystko skończyło. – Zadrżał. Wiatr był lodowaty, a przy tym przesycony zimnym smrodem zgnilizny. – No trudno – rzekł, odwracając w końcu wzrok – czy z nami źle, czy dobrze, w każdym razie nie możemy tu stać do rana. Trzeba wyszukać jakiś zaciszniejszy kąt i jedną więcej noc spędzić na biwaku. Może jutro w świetle dnia znajdziemy ścieżkę.

– Może jutro, a może pojutrze albo popojutrze – mruknął Sam. – A może nigdy. Poszliśmy złą drogą.

– Nie wiem – odparł Frodo. – Myślę, że skoro los chce, żebym zawędrował do Krainy Cienia, droga się znajdzie. Ale czy pokaże mi ją przyjaciel, czy wróg? Jeśli jest dla nas jakaś nadzieja, to jedynie w pośpiechu. Każda chwila zwłoki przeważa szalę na korzyść Nieprzyjaciela – i jak na złość wciąż wstrzymują mnie różne przeszkody. Czy to może wola Czarnej Wieży kieruje tak naszymi krokami? Wszystkie moje dotychczasowe decyzje okazały się błędne. Powinienem był znacznie wcześniej porzucić drużynę, zajść od północy wschodnim brzegiem Anduiny i wschodnim skrajem gór Emyn Muil, przez twardy grunt równiny, którą nazwano Polem Bitwy, prosto do bram Mordoru. Teraz jednak nie odnajdziemy drogi powrotnej, a zresztą na wschodnim brzegu grasują bandy orków. Każdy upływający dzień to strata cennego czasu. Jestem bardzo znużony, Samie. Nie wiem, co robić. Czy mamy jeszcze jakieś zapasy żywności?

– Tylko te, jak je tam zwą, lembasy. Nawet sporo ich jeszcze zostało. Lepsze to bądź co bądź niż nic. Kiedy pierwszy raz wziąłem je do ust, nie myślałem, że kiedykolwiek mi się uprzykrzą. Ale teraz chętnie bym zjadł dla odmiany choćby kromkę zwykłego chleba z kwaterką czy niechby półkwaterkiem piwa dla spłukania gardła. Zabrałem z ostatniego obozu cały sprzęt kuchenny i taszczę go na plecach, ale, jak widać, niepotrzebnie. Przede wszystkim nie ma z czego ogniska rozpalić, a poza tym nie ma nic, co by się dało do garnka włożyć, nawet trawy!

Zawrócili, wyszukali kamienistą jamkę i zeszli na jej dno. Chmury przesłaniały zachodzące słońce, więc noc szybko zapadła. Noc spędzili jak się dało, kuląc się z zimna i przewracając z boku na bok wśród ogromnych kamiennych drzazg sterczących ze zwietrzałej skały. Bądź co bądź w zapadlinie byli osłonięci od wschodniego wiatru.

– Widział je pan znowu, panie Frodo? – spytał Sam, gdy zdrętwiali i zziębnięci podnieśli się w szary chłodny poranek i siedzieli, żując lembasy.

– Nie – odparł Frodo. – Nic nie słyszałem i nic nie widziałem już od dwóch nocy.

– Ja też – mówił Sam. – Brr! Ciarki mnie przechodzą, jak wspomnę te ślepia. Może w końcu pozbyliśmy się tego paskudnego szpiega. Gollum! Już on by zagulgotał, żebym tak kiedyś dobrał się pazurami do jego gardzieli.

– Mam nadzieję, że nigdy nie będziesz musiał do niego się dobierać – powiedział Frodo. – Nie wiem, jakim sposobem nas przedtem wytropił, ale możliwe, że jak powiadasz, pozbyliśmy się go teraz. W tym suchym, jałowym kraju nie zostawiamy śladów stóp na ziemi ani żadnych tropów, które mógłby wywęszyć swoim czujnym nosem.

– Oby tak było! – rzekł Sam. – Chciałbym, żeby odczepił się od nas raz na zawsze.

– Pewnie, że chciałbym tego również – powiedział Frodo – ale nie Gollum jest moim największym zmartwieniem. Przede wszystkim marzę, żeby wydostać się z tych gór. Nie cierpię ich. Tak się czuję, jakbym stał nagi, odsłonięty od wschodu, z dala widoczny na tej wysokości, oddzielony tylko pustą płaszczyzną od Krainy Cienia.

Stamtąd przecież wypatruje mnie wrogie Oko. No, w drogę! Musimy dziś jakimś sposobem zejść na dół.

Lecz dzień upłynął, popołudnie chyliło się ku wieczorowi, a dwaj hobbici wciąż wędrowali grzbietem gór, nie mogąc znaleźć zejścia. Niekiedy wydawało im się, że w ciszy pustkowia słyszą jakieś szmery za sobą, szelest osuwającego się kamienia czy też może człapiące kroki wśród skał. Gdy jednak zatrzymywali się i wytężali słuch, nic już nie mogli złowić uchem prócz westchnień wiatru ocierającego się o kamienną grań, ale ten odgłos przypominał im także oddech świszczący między ostrymi zębami.

Tego jednak dnia zauważyli, że w miarę jak posuwają się mozolnie naprzód, łańcuch Emyn Muil stopniowo, lecz wyraźnie skręca na północ. Grzbiet był tutaj dość szeroki, płaski, zasypany rumowiskiem zwietrzałych skał, poprzerzynany żlebami, wąskimi jak fosa, ostro opadającymi po urwistej ścianie w dół. Żeby przedostać się przez te coraz częstsze i coraz głębsze szczerby, Frodo i Sam musieli obchodzić je od lewej strony, oddalając się od zewnętrznej krawędzi; uszli parę mil, nim spostrzegli, że z wolna wprawdzie, lecz stale schodzą coraz niżej; grań była lekko pochylona.

Wreszcie musieli się zatrzymać. Grzbiet w tym miejscu ostro skręcał ku północy, a przed hobbitami ział wąwóz groźniejszy niż wszystkie dotychczasowe. Po drugiej stronie piętrzyła się nad wąwozem ściana, próg na kilkadziesiąt stóp wysoki i niedostępny, ogromna, szara skała podcięta ostro, jakby ją ktoś nożem odrąbał. Nie sposób było iść naprzód, mieli do wyboru pójść na zachód albo na wschód. Ale wybierając zachód, musieliby się liczyć z dalszą utrudzającą wspinaczką i stratą czasu, bo wróciliby ku sercu gór. Od wschodu natomiast otwierała się przepaść.

– Nie ma innej rady, trzeba spuścić się w głąb tego żlebu, mój Samie – rzekł Frodo. – Zobaczymy, dokąd nas on zaprowadzi.

– Założę się, że do jakiejś paskudnej dziury – odparł Sam.

Żleb okazał się dłuższy i głębszy, niż się zrazu wydawało. Zszedłszy nieco niżej, napotkali kępę skarlałych i koślawych drzew; były to od kilku dni pierwsze drzewa na ich drodze, przeważnie mizerne brzozy, ale trafiał się wśród nich od czasu do czasu także świerk.

Wiele między nimi było martwych, wyschłych, do rdzenia przeżartych ostrym wschodnim wichrem. Kiedyś, za lepszych dni, musiał tu szumieć piękny, bujny las, teraz jednak ledwie garstka drzew została, tylko stare spróchniałe pieńki sterczały niemal aż po krawędź urwiska. Żleb ciągnął się wzdłuż skalnego uskoku, dno miał kamieniste i ostro spadał w dół. Kiedy doszli wreszcie do jego końca, Frodo przykucnął i pochylił się nad krawędzią.

– Popatrz! – rzekł do Sama. – Albo uszliśmy spory kawał drogi, albo też skała się obniżyła. Stąd wydaje się znacznie bliżej do równiny i zejście łatwiejsze.

Sam przyklęknął obok Froda i bardzo niechętnie spojrzał w dół. Potem podniósł wzrok na urwisko spiętrzone nad ich głowami po lewej stronie.

– Łatwiejsze! – mruknął. – No, z dwojga złego rzeczywiście łatwiej zleźć niż wdrapać się na tę górę. Kto nie umie fruwać, zawsze potrafi skoczyć.

– Skok rzeczywiście niemały – powiedział Frodo. Chwilę mierzył wzrokiem ścianę. – Będzie ze sto, sto dziesięć stóp na oko. Nie więcej.

– Wystarczy – rzekł Sam. – Uf! Nie cierpię nawet patrzeć z wysokości w dół. A przecież patrzeć łatwiej niż złazić.

– Mimo wszystko myślę, że tutaj można by zleźć – odparł Frodo. – Patrz, ściana inna niż na całej dotychczasowej długości grzbietu. Nieco nachylona i popękana.

Rzeczywiście krawędź w tym miejscu nie obrywała się prostopadle, lecz opadała nieco ukośnie jak olbrzymi wał ochronny lub falochron, pod którym fundamenty się osunęły i wskutek tego w nieregularnej, skrzywionej ścianie powstały rysy, ostre szczerby, gdzieniegdzie tak niemal szerokie jak stopnie schodów.

– Ale jeśli chcemy spróbować szczęścia, nie ma na co czekać. Ściemnia się dzisiaj wcześnie. Mam wrażenie, że zbiera się na burzę.

Osnuty dymem wał gór na wschodzie ginął w głębszej niż zwykle ciemności, która już wyciągała długie ramiona ku zachodowi. Z daleka dochodził stłumiony jeszcze, głuchy pomruk burzy. Frodo wystawił nos pod wiatr i nieufnie popatrzył na niebo. Zacisnął pas na płaszczu i umocował lekki worek na plecach, potem zbliżył się do krawędzi.

– Spróbuję – powiedział.

— Niech będzie — markotnie rzekł Sam. — Ale ja pójdę pierwszy.

— Ty? — zdziwił się Frodo. — Czemuż to zmieniłeś tak nagle zdanie?

— Wcale nie zmieniłem zdania, ale rozsądek dyktuje, że pierwszy musi iść ten, kto najpewniej na łeb na szyję poleci. Nie chcę spaść na pana, panie Frodo, po co jednym strzałem dwóch od razu zabijać.

I zanim Frodo zdążył go powstrzymać, Sam usiadł, przerzucił nogi przez krawędź, odwrócił się i zawisnął na rękach, szukając stopami jakiegoś punktu oparcia. Nigdy w życiu chyba nie zdobył się z zimną krwią na czyn równie bohaterski i równie niemądry.

— Nie! Nie! Samie, kochany stary ośle! — zawołał Frodo. — Zabijesz się niechybnie, złażąc w ten sposób, nawet nie wypatrzywszy przedtem drogi. Wracaj natychmiast! — Chwycił Sama pod pachy i wywindował z powrotem. — Czekaj chwilę, cierpliwości! — rzekł. Położył się na skale, wychylił głowę i uważnie popatrzył w dół. Słońce jeszcze nie zaszło, lecz ściemniało się szybko dokoła. — Myślę, że damy radę — powiedział Frodo. — Ja w każdym razie zlezę, a ty także pod warunkiem, że nie stracisz głowy i będziesz ostrożnie szedł moim śladem.

— Boję się, że pan jest zbyt pewny siebie, panie Frodo — odparł Sam. — Przecież w tej ciemności nawet nie widać, co pod nami. A jeśli pan niżej trafi na takie miejsce, gdzie nie będzie o co ani nóg, ani rąk zaczepić?

— No, to wrócę na górę — rzekł Frodo.

— Łatwo powiedzieć! — westchnął Sam. — Ja radzę czekać do rana, aż się rozwidni.

— Nie! To już byłaby ostateczność! — uniósł się nagle Frodo. — Szkoda każdej godziny, każdej minuty. Zlezę trochę niżej, zbadam drogę. Ty nie idź za mną, póki nie zawołam.

Wczepił palce w kamienny próg i ostrożnie spuszczał się po ścianie; ramiona już miał wyprężone w całej długości, gdy wreszcie zmacał stopą mały występ skalny.

— Pierwszy krok zrobiony! — oświadczył. — Ta półeczka rozszerza się ku prawej stronie! Tam będę mógł stanąć bez pomocy rąk. Zaraz... Urwał nagle.

Ciemność gęstniejąca z każdą sekundą gnała z wiatrem od wschodu i już ogarnęła całe niebo. Tuż nad ich głowami suchy trzask gromu rozdarł powietrze. Wraz z gwałtownym podmuchem wichury, zmieszany z jej szumem, rozległ się wysoki, przenikliwy okrzyk. Hobbici znali ten głos: słyszeli go z oddali na Moczarach, uchodząc z Hobbitonu, a nawet tam, w swojskich lasach rodzinnego kraju, mroził im krew w żyłach. Tu, daleko od ojczyzny, na pustkowiu, zabrzmiał jeszcze straszniej, przeszył ich zimnym ostrzem grozy i rozpaczy. Na chwilę zabrakło im tchu, serca jakby ustały w piersiach. Sam padł plackiem na ziemię. Frodo mimo woli oderwał ręce od skały, żeby zasłonić sobie uszy. Zachwiał się, pośliznął i z przeciągłym jękiem osunął w dół.

Sam usłyszał jęk i podczołgał się na sam skraj urwiska.

– Panie Frodo! – wołał. – Panie Frodo!

Nie było odpowiedzi. Sam trząsł się cały, ale nabrał tchu w płuca i znowu krzyknął: – Panie! – Wiatr wpychał mu głos z powrotem do gardła, lecz wśród huku i szumu, rozbijającego się echem po górach, do uszu Sama doleciał nikły, znajomy głos.

– W porządku, w porządku. Jestem tutaj. Ale nic nie widzę.

Frodo ledwie dobywał głosu. Nie był wcale daleko. Nie spadł, lecz tylko osunął się i wylądował, wprawdzie brutalnie, lecz na równe nogi, na szerszej półeczce skalnej, ledwie o kilkanaście stóp niżej. Szczęściem ściana w tym miejscu była odchylona, a wiatr przycisnął do niej hobbita tak, że nie runął w przepaść. Chwilę odpoczywał, tuląc twarz do zimnego kamienia; serce waliło mu jak młotem, nie rozumiał, czy zapadły nagle nieprzeniknione ciemności, czy tylko jemu ćmi się w oczach. Otaczała go zewsząd czarna noc. Przemknęło mu przez myśl, że oślepł. Zaczerpnął w płuca powietrze.

– Niech pan wraca! Niech pan wraca! – w ciemności gdzieś nad nim wołał Sam.

– Nie mogę – odpowiedział. – Nic nie widzę. Nie znajduję żadnego uchwytu w skale. Nie mogę się na razie ruszyć.

– Jak panu pomóc?! Co robić?! – krzyknął Sam, wychylając się z narażeniem życia przez krawędź. Dlaczego Frodo nic nie widział? Było dość ciemno, nie tak jednak, by nie móc rozeznać najbliższego otoczenia. Sam widział Froda, małą, samotną figurkę przytuloną do ściany. Nie mógł jednak dosięgnąć go pomocnym ramieniem.

Znów trzasnął piorun i lunął deszcz. Gęste strugi ulewy zmieszanej z gradem smagały ścianę lodowatym biczem.

– Zejdę do pana! – krzyknął Sam, chociaż nie miał pojęcia, jakim sposobem zdoła pomóc Frodowi.

– Nie! Nie! Czekaj! – odkrzyknął Frodo mocniejszym już głosem. – Już trochę wracam do siebie. Czekaj! Bez liny i tak mi nic nie pomożesz.

– Lina! – zawołał Sam. Rozgorączkowany i nagle podniesiony na duchu, zaczął gadać do siebie: – Zasłużyłem, żeby zadyndać na linie ku przestrodze innym półgłówkom. Głąb z ciebie, Samie Gamgee, słusznie mi to mój Dziadunio powtarzał, święte jego słowa. Lina!

– Przestań pleść! – krzyknął Frodo, odzyskując na tyle siły, by zarazem zirytować się i roześmiać. – Daj spokój swojemu Dziaduniowi. Czy chcesz wmówić sobie i mnie, że masz linę w kieszeni? Jeśli tak, dawaj ją tu!

– Właśnie, proszę pana, że mam w worku linę. Taszczę ją setki mil, a na śmierć o niej zapomniałem.

– No to rusz się wreszcie i spuść mi ją prędko!

Sam co prędzej rozwiązał tobołek i zaczął w nim szperać. Rzeczywiście na dnie wymacał zwój jedwabistej szarej liny skręconej przez elfów z Lórien. Rzucił jej koniec Frodowi. W tym samym momencie albo ciemności zrzedły, albo hobbitowi w oczach pojaśniało. Widział szary sznur kołyszący się w powietrzu, a nawet wydało mu się, że dostrzega bijący od niego nikły srebrzysty blask. Miał już punkt jaśniejszy wśród nocy, na którym mógł skupić wzrok, i dzięki temu zaraz przestało mu się w głowie kręcić. Odkleił się od ściany, owiązał w pasie liną, chwycił się jej mocno oburącz. Sam cofnął się o krok czy dwa od krawędzi i zaparł nogami o sterczący pieniek. Trochę o własnych siłach, a przede wszystkim ciągnięty na linie, Frodo wreszcie wywindował się na górę i padł na ziemię obok przyjaciela.

Grzmoty przetaczały się już gdzieś dalej, deszcz jednak wciąż lał jak z cebra. Hobbici podpełzli w głąb żlebu, lecz i tam nie znaleźli zbyt zacisznego schronienia. Zewsząd ciekły strugi wody, wkrótce dnem żlebu płynął bystry, spieniony na kamieniach potok i przelewając się przez krawędź, chlustał jak z rynny olbrzymiego dachu.

– Zalałoby mnie albo spłukało w przepaść, gdybym został na tej półce – rzekł Frodo. – Co za szczęście, że mieliśmy linę!

– Byłoby jeszcze większe szczęście, gdybym sobie o niej w czas przypomniał – powiedział Sam. – Może pan pamięta, że gdy opuszczaliśmy Lórien, elfowie dali nam do każdej łodzi zwój liny. Tak mi się ta lina spodobała, że jeden zwój wpakowałem do swojego worka. Zdaje się, że to było nie wiedzieć ile lat temu! „Może wam się przydać w niejednej potrzebie" – powiedział któryś z elfów, Haldir chyba. Miał rację!

– Szkoda, że nie przyszło mi na myśl zabrać jeszcze drugiego zwoju – rzekł Frodo. – Rozstawałem się z drużyną w takim pośpiechu i zamęcie, że o tym nie pomyślałem. Gdybyśmy mieli więcej liny, moglibyśmy jej użyć do zjazdu na dół. Ciekaw jestem, ile ta twoja lina ma długości?

Sam z wolna zaczął rozwijać linę, mierząc ją ramieniem.

– Pięć, dziesięć, dwadzieścia... będzie ze trzydzieści łokci mniej więcej – oznajmił.

– No, no! Kto by się spodziewał! – wykrzyknął Frodo.

– Ha! – odparł Sam. – Elfy to wspaniałe plemię. Lina zdaje się cienka, ale jest bardzo mocna, a przy tym miękka i nie drapie ręki. Zwija się ciasno, a lekka jak piórko. Wspaniałe plemię, ani słowa!

– Trzydzieści łokci! – w zamyśleniu powtórzył Frodo. – To chyba wystarczy. Jeżeli burza ucichnie przed nocą, spróbuję dziś jeszcze.

– Deszcz prawie już ustał – powiedział Sam – ale niech pan po ciemku nie ryzykuje, panie Frodo. Nie wiem, czy pan już zapomniał, ale ja jeszcze mam w uszach krzyk, który z wichrem do nas doleciał. Taki głos mają Czarni Jeźdźcy, ale ten chyba w powietrzu galopował, bo krzyk szedł znad gór. Na mój rozum trzeba w tej dziurze przeczekać do rana.

– A na mój rozum ani chwili dłużej nie wolno marudzić na tym grzbiecie, gdzie nas oczy patrzące z Czarnego Kraju poprzez bagniska jak na dłoni zobaczą – odparł Frodo.

Z tymi słowy zerwał się i znowu zszedł na skraj wąwozu. Wyjrzał przez krawędź. Na wschodzie niebo się już przetarło. Boczne skrzydła burzy, postrzępione i mokre, rozpraszały się; główna bitwa stoczona została na szerokim froncie ponad łańcuchem Emyn Muil, gdzie zatrzymały się dłużej ponure myśli Saurona. Stąd poszło natarcie na dolinę Anduiny, zasypując ją gradem i piorunami, potem czarny cień groźbą wojny padł na Minas Tirith. Wreszcie burza osunęła się z gór i skłębionymi chmurami przepłynęła z wolna nad Gondorem i pograniczem Rohanu; rycerze Théodena, jadąc na zachód, widzieli z daleka nad równiną jej czarne, pionowe smugi jak wieże sunące za słońcem. Tu jednak, nad pustkowiem bagien, otworzyło się czyste, ciemnoszafirowe wieczorne niebo i kilka bladych gwiazd błysnęło niby maleńkie, białe okienka w baldachimie rozpiętym nad sierpem księżyca.

– Jak przyjemnie znów oglądać świat! – powiedział Frodo, wzdychając głęboko. – Wyobraź sobie, że przez chwilę miałem wrażenie, że straciłem wzrok. Od pioruna czy może od gorszego jeszcze wstrząsu. Nic a nic nie widziałem, dopóki nie spuściłeś mi liny. Ta lina jakby świeciła wśród nocy.

– Tak, w ciemności lśni srebrem. Przedtem nigdy tego nie zauważyłem. Co prawda nie pamiętam, żebym się jej kiedyś przyglądał, odkąd ją zwiniętą wpakowałem do worka. Ale jeżeli pan się upiera zjeżdżać na linie, jak to zrobimy? Trzydzieści łokci to mniej więcej tyle, na ile pan ocenił wysokość ściany, prawda?

Frodo chwilę się namyślał.

– Umocujesz linę wokół tego pieńka – rzekł. – Tym razem spełnię twoje życzenie i pozwolę ci zjechać pierwszemu. Będę po trochu zwalniał linę, a ty musisz tylko odpychać się rękami i stopami od skały. Swoją drogą będę ci wdzięczny, jeżeli od czasu do czasu ulżysz mi, stając o własnych siłach na którejś półeczce. Jak już będziesz na dole, zjadę do ciebie. Czuję się znowu w dobrej formie.

– Dobrze – odparł Sam niezbyt ochoczo. – Raz kozie śmierć.

Owiązał linę wokół pnia sterczącego tuż nad krawędzią. Drugim końcem owinął się w pasie. Markotnie zwrócił się ku przepaści, gotów po raz drugi przekroczyć jej próg.

Zjazd okazał się jednak mniej straszny, niż się Sam spodziewał. Lina jakby mu dodawała ducha, chociaż co prędzej zamykał oczy, ilekroć zerknął w dół. Jedno miejsce było szczególnie przykre; nie mógł zmacać stopami żadnej szczeliny w stromej, a nawet podciętej ścianie; obsunął się i zawisł na srebrnej nici. Lecz Frodo opuszczał linę łagodnie i pewnie, tak że wreszcie powietrzna jazda skończyła się szczęśliwie. Najbardziej lękał się Sam, że liny nie starczy i że znajdzie się wówczas bezradny między niebem a ziemią; lecz Frodo miał jeszcze sporą pętlę w ręku, gdy Sam stanął u podnóża ściany i krzyknął: „Wylądowałem!". Głos zabrzmiał wyraźnie, Frodo jednak nie widział przyjaciela, bo szary płaszcz elfów stopił się ze zmierzchem.

Frodowi zejście zajęło nieco więcej czasu. Zwój liny owinął sobie w pasie, umocował koniec wokół pnia, tak miarkując długość, żeby go podtrzymywała, zanim stopami dotknie gruntu. Nie ryzykował jednak zbytnio, starał się raczej schodzić niż zjeżdżać, bo nie miał tej wiary co Sam w niezawodną moc cienkiej liny. Mimo to dwakroć po drodze trafił na takie miejsce, gdzie musiał całkowicie jej zaufać, bo na gładkiej ścianie nawet krzepkie hobbickie palce nie znajdowały nic, czego by się mogły uczepić, a półki były zbyt odległe jedna od drugiej. W końcu Frodo także stanął na równinie.

– Udało się! – krzyknął. – Umknęliśmy górom Emyn Muil. Pytam, co dalej? Kto wie, czy wkrótce nie zatęsknimy do twardej skały pod nogami.

Lecz Sam nie odpowiadał; patrzył uparcie do góry, ku szczytowi urwiska.

– Och, półgłówek ze mnie! Gamoń! – jęknął. – Moja piękna lina! Uwiązana tam w górze do pnia, a my tutaj na dole! Nie mogliśmy dostarczyć wygodniejszej drabiny dla tego szpiega Golluma! Już lepiej było postawić drogowskaz z napisem „Tędy droga!". Przeczuwałem, że jakieś szydło wylezie z worka, za łatwo nam poszło.

– Jeżeli masz sposób, żeby zjechać na linie i mieć ją nadal przy sobie, możesz mi odstąpić tytuł półgłówka i gamonia, a także wszystkie inne, jakimi cię Dziadunio obdarzył – rzekł Frodo. – Włeź z powrotem na grań, odwiąż linę i zjedź raz jeszcze, proszę bardzo.

Sam podrapał się w głowę.

– Niech pan wybaczy, panie Frodo, nie znam takiego sposobu – odparł. – Ale przykro mi tę linę zostawić mimo wszystko. – Pogłaskał koniec liny i potrząsnął nią z lekka. – Ciężko rozstać się z każdą rzeczą, która pochodzi z kraju elfów. Może Galadriela sama sznur plotła? Galadriela! – szepnął, ze smutkiem kiwając głową.

Spojrzał znów do góry i po raz ostatni, jakby na pożegnanie, pociągnął linę.

Ku zdumieniu hobbitów węzeł puścił. Sam padł na wznak, a długie szare zwoje cicho osunęły się i ułożyły na jego brzuchu. Frodo wybuchnął śmiechem.

– Kto zaciągnął tak dobrze węzeł? – spytał. – Szczęście, że nie puścił wcześniej! Pomyśleć, że zawierzyłem twojemu supełkowi całą moją żywą wagę.

Sam jednak nie śmiał się wcale.

– Zgoda, proszę pana, że po górach wspinać się nie umiem – rzekł urażonym tonem – ale na linach i węzłach znam się naprawdę. To u nas, że tak powiem, rodzinne rzemiosło. Mój dziadek, a po nim stryj Andy, najstarszy brat Dziadunia, prowadzili warsztat powroźniczy przez długie lata. Ani w Shire, ani gdzie indziej na świecie nie ma mistrza, który by lepszy węzeł założył na ten pniak, niż ja założyłem.

– W takim razie lina musiała się zerwać, przetrzeć na ostrej krawędzi skały – powiedział Frodo.

– Założę się, że nie – odparł Sam, jeszcze bardziej tym drugim przypuszczeniem dotknięty. – Nie, nie zerwała się, nie przetarła nawet jedna nitka.

– A więc jednak supeł zawinił.

Sam potrząsnął głową, nic nie odpowiadając. W zamyśleniu przesuwał linę w palcach.

– Niech pan mówi, co chce, panie Frodo – powiedział wreszcie – ale ja myślę, że lina sama z siebie przybiegła, kiedy na nią zawołałem. – Zwinął linę i pieczołowicie schował do worka.

– Jakimkolwiek sposobem to się stało, najważniejsze, że jest – stwierdził Frodo. – Teraz jednak trzeba się zastanowić nad następnym krokiem. Wkrótce noc zapadnie. Jakie śliczne gwiazdy! Jaki piękny księżyc!

– To dodaje otuchy, prawda? – rzekł Sam, podnosząc wzrok ku niebu. – Gwiazdy przypominają o elfach. Księżyc rośnie. Nie widzieliśmy go przez dwie ostatnie noce, bo było chmurno. Teraz już dość jasno świeci.

– Tak – powiedział Frodo – ale w pełni będzie dopiero za kilka dni. Nie sądzę, byśmy mogli wędrować przez bagnisko przy świetle półksiężyca.

Z zapadnięciem nocnego mroku rozpoczęli nowy etap marszu. Po jakimś czasie Sam obejrzał się na przebytą drogę. Wylot żlebu znaczył się czarną plamą na szarym urwisku.

– Cieszę się, że ściągnęliśmy linę – powiedział. – Przynajmniej zadaliśmy tej pokrace niezłą zagadkę. Niech popróbuje człapać swoim sposobem z półki na półkę po skalnej ścianie.

Od podnóży urwiska poszli dzikim pustkowiem, klucząc wśród głazów i kamieni, mokrych i oślizłych po ulewnym deszczu. Teren wciąż jeszcze opadał dość stromo. Nie oddalili się od gór więcej niż kilkadziesiąt kroków, gdy drogę zagrodziła im szczelina, która znienacka ukazała się tuż przed nimi, ziejąc czarną głębią. Nie była zbyt szeroka, lecz nie tak wąska, by odważyli się przez nią przeskoczyć, i to po ciemku. Wydawało im się, że słyszą bulgot wody na dnie. Na lewo od nich szczelina skręcała ku północy, z powrotem pod góry, tędy więc w żaden sposób iść nie mogli, przynajmniej dopóki noc trwała.

– Trzeba chyba zawrócić na południe wzdłuż urwiska – rzekł Sam. – Może znajdziemy jakiś zaciszny kąt albo nawet jaskinię czy coś w tym rodzaju.

– Masz rację – odparł Frodo. – Jestem zmęczony i nie miałbym siły dłużej leźć wśród kamieni po nocy, mimo że każda chwila droga. Gdyby tak mieć równą ścieżkę przed sobą, maszerowałbym, póki by się pode mną nogi nie ugięły!

Droga wzdłuż podnóży Emyn Muil nie okazała się wcale mniej uciążliwa. Nie znaleźli też nigdzie przytulnego schronu, nic prócz nagich kamiennych stoków, coraz wyższych i bardziej stromych, w miarę jak cofali się na południe. W końcu, wyczerpani, rzucili się po prostu na ziemię pod osłoną głazu, sterczącego niemal u stóp urwiska. Jakiś czas siedzieli skuleni i smutni, drżąc z zimna na kamieniach, lecz potem sen ich zmógł, mimo że usiłowali się przed nim bronić. Księżyc płynął wysoko po bezchmurnym już niebie. Nikła biała poświata rozjaśniała skalne stoki i zalewała chłodnym blaskiem urwisko pod żlebem, tak że ogromna ściana zdawała się jasnoszarą płachtą poznaczoną gdzieniegdzie czarnymi plamami.

– Wiesz co, Samie – rzekł w pewnej chwili Frodo, wstając i otulając się szczelniej płaszczem – prześpij się trochę i weź tymczasem również mój koc, a ja pospaceruję i będę pełnił wartę. – Nagle wzdrygnął się i chwycił Sama za rękaw. – Co to? – szepnął. – Spójrz na urwisko!

Sam spojrzał i zachłysnął się z wrażenia.

– Tsss! – rzekł. – To on. Gollum. Do stu żmij i padalców! A ja się cieszyłem, że zadaliśmy mu zagadkę i że nie będzie umiał zleźć ze skały! Niech pan patrzy! Lezie jak obrzydły pająk po ścianie.

Po prostopadłej i zupełnie gładkiej, jak się zdawało w bladym świetle księżyca, ścianie spuszczał się mały, ciemny stwór, lgnąc do skały rozcapierzonymi kończynami. Może jego miękkie, czepliwe ręce i palce u nóg znajdowały szpary i chwyty, których żaden hobbit nie zmacałby ani nie umiał wykorzystać, wyglądało to jednak tak, jakby spełzał po prostu na lepkich łapach niby olbrzymi drapieżny owad. Lazł głową w dół, węsząc drogę przed sobą. Od czasu do czasu z wolna podnosił głowę, obracał ją na długiej, chudej szyi, a wówczas hobbitom migały dwa blade, lśniące światełka: oczy Golluma na jedno mgnienie błyskające w poświacie księżyca, co prędzej znów zasłonięte powiekami.

– Czy pan myśli, że on nas widzi? – spytał Sam.

– Nie wiem – odparł Frodo cichutko – sądzę, że nie. Nawet przyjaznym oczom trudno rozróżnić w zmroku płaszcze elfów. Ja ledwie dostrzegam ciebie z odległości dwóch kroków. Słyszałem też, że on nie znosi słońca ani księżyca.

– To czemu złazi właśnie w tym miejscu? – spytał Sam.

– Cicho! – ostrzegł Frodo. – Możliwe, że nas wyczuł nosem. Słuch ma też, zdaje się, bystry jak elfowie. Myślę, że coś usłyszał, może nasze głosy. Nakrzyczeliśmy się niemało, schodząc z góry, a przed chwilą także za głośno gadaliśmy.

– No, ja mam go już wyżej uszu – rzekł Sam. – Tym razem przebrał miarkę i w końcu powiem mu słówko prawdy, jeżeli go dopadnę. I tak już teraz nie zdołalibyśmy wymknąć mu się niepostrzeżenie.

I Sam, naciągnąwszy szary kaptur na twarz, zakradł się chyłkiem pod urwisko.

– Ostrożnie! – szepnął Frodo, idąc za nim. – Nie spłosz go. Jest groźniejszy, niżby można przypuszczać.

Spełzający czarny stwór miał już za sobą trzy czwarte drogi, znajdował się o jakieś piętnaście stóp czy może nawet mniej od podnóża ściany. Hobbici, przyczajeni bez ruchu w cieniu wielkiego głazu, nie odrywali od Golluma oczu. Słyszeli sapanie, a nawet od czasu do czasu świszczący oddech, który brzmiał jak przekleństwa.

Kiedy podnosił głowę, wydało im się, że pluje. Potem znów ruszył dalej w dół. Był już tak blisko, że skrzekliwy, świszczący głos dochodził zupełnie wyraźnie.

– Sss! Ostrożnie, mój skarbie! Spiesz się powoli. Nie wolno nam narażać karku, mój skarbie, nie! Glum, glum! – Znów podniósł głowę, zamrugał w blasku księżyca i szybko zamknął ślepia. – Wstrętne, wstrętne zimne światło... sss... szpieguje cię, mój skarbie, rani ci oczy.

Im niżej się opuszczał, tym lepiej rozróżniali w jego syku słowa.

– Gdzie się podział mój skarb, mój ssskarb? Bo to nasz ssskarb, nasz własssny, musimy go odebrać. Złodzieje, złodzieje, wstrętne małe złodziejaszki. Gdzie się ssschowali z moim ssskarbem? Niech ich licho. Nienawidzimy ich.

– Z tego by wynikało, że nie wie, gdzie jesteśmy – szepnął Sam. – Co on nazywa swoim skarbem? Czyżby...?

– Cicho! – szepnął Frodo. – Zbliża się, mógłby już dosłyszeć nasze szepty.

Gollum rzeczywiście zatrzymał się nagle i chwiał ogromną głową na chudej szyi z boku na bok, jakby nasłuchując. Na wpół odemknął blade ślepia. Sam pohamował się, chociaż ręka go świerzbiła. Z gniewem i wstrętem wlepił wzrok w obrzydłego stwora, który znów się ruszył, nie przestając mruczeć i syczeć pod nosem. W końcu znajdował się już tylko o kilka stóp od ziemi, wprost nad głowami hobbitów. Ściana w tym miejscu opadała gwałtownie i była podcięta, nawet Gollum nie mógł w niej znaleźć punktu oparcia. Hobbici mieli wrażenie, że potwór chce się odwrócić głową ku górze, lecz w tym momencie odpadł od ściany, runął w dół z przeraźliwym świszczącym wrzaskiem. Skulił się w powietrzu jak pająk, gdy pęknie nić pajęczyny, na której zwisał.

Sam poderwał się błyskawicznie z kryjówki i w paru susach dopadł podnóża urwiska. Nim Gollum dźwignął się z ziemi, hobbit siedział mu na karku. Lecz Gollum, nawet zaskoczony znienacka i rozbity, okazał się groźnym przeciwnikiem. Sam nie zdążył przycisnąć stwora, gdy już tamten oplótł go długimi ramionami i nogami, obezwładniając ręce, obejmując miękkim, lecz straszliwym uchwytem, zacieśniając z wolna oplot jak stryczek; lepkie palce sięgały hobbitowi do gardła, ostre zęby wpijały mu się w ramię. Sam, nie mogąc się bronić inaczej, usiłował przynajmniej tłuc okrągłą, twardą głową w twarz Golluma. Stwór syczał i pluł, ale nie rozluźniał uchwytu.

Źle zapewne skończyłaby się dla Sama ta przygoda, gdyby nie Frodo, który skoczył naprzód z obnażonym Żądłem w garści. Lewą ręką złapał Golluma za rzadkie włosy, tak by blade, zionące jadem złości oczy musiały spojrzeć prosto w niebo.

– Puść mego przyjaciela, Gollumie – rzekł. – To jest Żądło. Jużeś je w życiu widział przed laty. Puść mego przyjaciela, bo inaczej poznasz się z tym ostrzem z bliska. Utnę ci łeb.

Gollum nagle opadł z sił, zmiękł niby mokry postronek. Sam wstał, obmacując posiniaczone ramiona. Oczy płonęły mu gniewem, lecz nie mógł się zemścić, gdy nieszczęsny przeciwnik leżał na kamieniach, kuląc się i skamląc.

– Nie rób nam krzywdy! Nie pozwól mu skrzywdzić nas, mój ssskarbie! Nie zechcą nas przecież skrzywdzić dobre małe hobbity? Nie mieliśmy złych zamiarów, to one rzuciły się na nas jak kocury na biedną mysz. My tacy biedni, samotni, glum, glum. Będziemy grzeczni, bardzo grzeczni, jeśli małe hobbity dla nas będą także grzeczne...

– No i co z tym paskudztwem zrobimy? – spytał Sam. – Ja radzę spętać dobrze nogi, żeby nie mógł dłużej za nami człapać.

– Ależ to byłaby dla nas śmierć, śmierć – chlipał Gollum. – Okrutne małe hobbity. Spętać nas chcą i porzucić wśród zimnych kamieni, glum, glum.

Łkanie bulgotało mu w gardle.

– Nie! – rzekł Frodo. – Jeślibyśmy musieli go zabić, to jednym ciosem, na miejscu. Ale w tej sytuacji nie możemy go zabić. Nieszczęsny stwór! Ostatecznie, nic złego nam nie zrobił.

– Jak to? – odparł Sam, rozcierając obolałe ramię. – W każdym razie na pewno miał ku temu jak najlepsze chęci, a założę się, że je ma w dalszym ciągu. Udusi nas, gdy pośniemy, o tym tylko marzy.

– Zapewne masz słuszność – rzekł Frodo. – Ale nie w tym rzecz.

Zamyślił się na długą chwilę. Gollum leżał cicho, przestał chlipać. Sam stał nad nim, nie spuszczając go z oczu.

A Frodowi zabrzmiały w uszach wyraźne, chociaż odległe głosy przeszłości:

„Jakże mi żal, że Bilbo nie przebił mieczem podłego stwora, skoro miał sposobność!

Żal? Przecież to żal i litość wstrzymały wówczas jego rękę. Litość i miłosierdzie nie pozwoliły mu zabijać bez koniecznej potrzeby.

Nie czuję litości dla Golluma. Zasłużył na śmierć.

Zasłużył! Racja. Wielu z tych, którzy żyją, zasłużyło na śmierć. Niejeden też z tych, którzy zasłużyli na życie, umarł. Czy możesz tym umarłym zwrócić życie? Nie szafuj więc pochopnie śmiercią w imię sprawiedliwości, bo narazisz własne bezpieczeństwo. Nawet najmądrzejsi mędrcy nie wszystko wiedzą".

– Dobrze – odpowiedział głośno i opuścił miecz. – Boję się, ale, jak widzisz, nie tknę tego stwora. Teraz, gdy go zobaczyłem, poczułem, że mi go żal.

Sam zdziwiony patrzył na swego pana, który przemawiał jakby do kogoś niewidzialnego. Gollum podniósł głowę.

– Tak, tak, jesteśmy nieszczęśliwi – zaskomlał. – Litości, litości! Hobbity nas nie zabiją, dobre małe hobbity.

– Nie zabijemy cię – rzekł Frodo – lecz nie puścimy cię także na wolność. Bo po tobie można się spodziewać tylko podstępów i złośliwości, Gollumie. Pójdziesz z nami, będziemy cię mieli na oku. Nic gorszego cię nie spotka, ale musisz nam pomóc w miarę swoich możliwości. Odpłać nam, żeśmy ci darowali życie.

– Tak, tak, odpłacimy – zasyczał Gollum. – Zacne małe hobbity! Pójdziemy z nimi. Znajdziemy w ciemnościach bezpieczne ścieżki. Ale dokąd to spieszą przez te dzikie pustkowia, bardzo jesteśmy ciekawi, bardzo ciekawi.

Podniósł wzrok na hobbitów i chytry, żywy błysk mignął mu w bladych, przymrużonych oczach.

Sam zmarszczył brwi i zagryzł usta. Czuł jednak, że w postawie Froda jest coś niezwykłego i że żadnym argumentem nie skłoni go teraz do zmiany decyzji. Mimo wszystko zdumiała go odpowiedź Froda.

Frodo patrzył prosto w oczy Gollumowi, a nieszczęsny stwór kulił się i wił pod tym spojrzeniem.

– Wiesz dużo albo przynajmniej domyślasz się, Sméagolu, wielu rzeczy – powiedział surowym, spokojnym tonem. – Zdążamy oczywiście do Mordoru. A ty, jeśli się nie mylę, znasz drogę do tego kraju.

– Ach! Sss! – syknął Gollum, zatykając uszy rękami, jak gdyby ta otwarta mowa, te głośno wymawiane imiona raniły go. – Domyślaliśmy się, domyślali – szepnął. – I nie chcieliśmy, żeby hobbity tam doszły. Nie, ssskarbie, małe, dobre hobbity nie powinny tam iść. Popioły, popioły, prochy, susza, kopalnie, szyby, orkowie, tysiące orków. Dobre hobbity niech tam nie idą, nie, to nie jest miejsce dla nich.

– A więc ty tam byłeś? – nalegał Frodo. – I ciągnie cię tam znowu, co?

– Tak. Tak. Nie! – wrzasnął Gollum. – Raz zaszliśmy przypadkiem, prawda, mój skarbie, że to był przypadek? Ale nie wrócimy już, nie! – Nagle zmienił głos, a także język i szlochając, mówił jak gdyby nie do hobbitów: – Zostaw mnie w spokoju, glum! Och, jak boli. Moje biedne ręce, glum! Ja... my... ja nie chcę wracać. Nie mogę go odnaleźć. Jestem zmęczony. Ja... my nie możemy go znaleźć, glum, glum, nigdzie go nie ma. Tamci czuwają nieustannie. Krasnoludy, ludzie, elfowie, straszliwi elfowie ze świetlistymi oczyma. Nie mogę. Ach! – Wstał i zaciskając długie ręce w kościsty, bezcielesny węzeł, potrząsał nimi w stronę wschodu. – Nie! – krzyknął. – Nie dla ciebie! – Znów osłabł. – Glum, glum – zachlipał, przypadając twarzą do ziemi. – Nie patrz na nas! Odejdź! Idź spać!

– On nie odejdzie ani też nie zaśnie na twój rozkaz, Sméagolu – rzekł Frodo. – Ale jeśli naprawdę chcesz się od niego znów uwolnić, musisz mi pomóc. W tym celu, niestety, trzeba znaleźć najpierw ścieżkę prowadzącą do niego. Nie będę jednak od ciebie wymagał, żebyś szedł z nami aż do końca, za bramę tego kraju.

Gollum usiadł i popatrzył na Froda spod przymrużonych powiek.

– On jest tam – zaskrzeczał. – Jak zawsze. Orkowie zaprowadzą cię na miejsce. Orków bez trudu spotkasz na wschodnim brzegu rzeki. Nie proś o to Sméagola. Biedny, biedny Sméagol odszedł bardzo dawno temu. Zabrali mu jego skarb i Sméagol jest zgubiony.

– Może go odnajdziemy, jeśli pójdziesz z nami – powiedział Frodo.

– Nie, nie, przenigdy! Stracił swój skarb – odparł Gollum.

– Wstań! – rozkazał Frodo.

Gollum wstał i cofnął się pod urwisko.

– Mów! – rzekł Frodo. – Czy łatwiej ci wskazać nam drogę za dnia, czy też nocą? Jesteśmy zmęczeni, ale jeśli wolisz noc, ruszymy natychmiast.

– Wielkie światła rażą nasze oczy, to boli – jęknął Gollum. – Ta biała twarz na niebie także przeszkadza, ale wkrótce schowa się za góry, wtedy pójdziemy. Teraz niech dobre hobbity chwilę odpoczną.

– Siadaj więc i nie waż się ruszyć – rzekł Frodo.

Hobbici usiedli przy nim, biorąc go między siebie; plecami oparli się o kamienną ścianę, nogi rozprostowali swobodnie. Obeszło się bez słów, obaj rozumieli, że żadnemu z nich nie wolno oka zmrużyć ani na chwilę. Księżyc sunął leniwie po niebie. Cień od gór wydłużał się i zatapiał cały krajobraz przed nimi w mroku, ale nad ich głowami gęsto i jasno świeciły gwiazdy. Wszyscy trzej trwali bez ruchu. Gollum, skulony, opierał brodę o kolana, płaskie dłonie i stopy położył na ziemi, oczy miał zamknięte; hobbici spostrzegli jednak, że stwór czuwa w napięciu, rozmyślając i nasłuchując.

Frodo chyłkiem spojrzał na Sama. Oczy ich spotkały się i porozumiały. Osunęli się, odchylili głowy do tyłu, przymrużyli powieki. Po chwili już obaj oddychali równo, głośno. Gollumowi ręce zadrżały lekko. Niemal niedostrzegalnym ruchem obrócił głowę w lewo, w prawo, odemknął najpierw jedno, potem drugie oko. Hobbici nie drgnęli nawet.

Nagle ze zdumiewającą zwinnością i szybkością Gollum dał susa, podrywając się jak pasikonik czy też żaba jednym zamachem z ziemi, i skoczył w ciemność. Ale Frodo i Sam na to właśnie czekali. Gollum nie zdążył zrobić drugiego kroku, gdy Sam już siedział mu na karku, a Frodo, nadbiegając, szarpnął go za nogę i powalił.

– Twoja lina przyda nam się, Samie – powiedział.

Sam wydobył linę z tobołka.

– Dokąd to się pan wybierał w tej kamienistej i zimnej okolicy, panie Gollumie? – mruknął. – Bardzo jesteśmy tego ciekawi, bardzo ciekawi. Pewnie chciałeś poszukać swoich kumotrów orków, co? Obrzydły zdrajco! Zasłużyłeś, żeby ci sznur na szyję założyć i zaciągnąć pętlę.

Gollum leżał cicho i nie próbował stawiać oporu. Za całą odpowiedź rzucił Samowi szybkie, nienawistne spojrzenie.

– Chodzi tylko o to, żeby nam nie umknął – powiedział Frodo. – Chcemy, żeby szedł z nami, więc nie można pętać mu nóg ani rąk, bo używa ich na równi niemal z nogami. Zawiąż mu w kostce jeden koniec liny, a drugi trzymaj mocno w garści.

Stał nad Gollumem, podczas gdy Sam zaciągał węzeł. Skutek tego zabiegu był dla obu hobbitów zgoła niespodziany: Gollum zaczął wrzeszczeć cienkim, rozdzierającym głosem, trudnym dla słuchaczy do zniesienia. Zwiał się, usiłował zębami dosięgnąć kostki i przegryźć sznur. Krzyczał coraz okropniej.

Wreszcie Frodo musiał uwierzyć, że stwór naprawdę cierpi nad siły. Nie mogły jednak sprawiać mu takiego bólu więzy. Frodo zbadał je uważnie, pętla nie była zbyt ciasno zaciśnięta, a nawet zdawała się zupełnie luźna. Sam miał ręce znacznie łagodniejsze niż język.

– Co ci jest? – spytał Frodo. – Skoro próbowałeś uciec, musimy cię związać, ale nie chcemy cię dręczyć.

– Boli, boli! – chlipał Gollum. – Mrozem przejmuje, gryzie! Robota elfów, przeklętych elfów! Och, niedobre, okrutne hobbity! Właśnie dlatego chcieliśmy od nich uciec, mój skarbie. Przeczuwaliśmy, że to są okrutne, złe hobbity. Zadają się z elfami, ze strasznymi elfami, które mają świetliste oczy. Zdejmijcie to! Boli!

– Nie, nie zdejmę z ciebie więzów – odparł Frodo – chyba że... – urwał i namyślał się przez chwilę – chyba że istnieje taka przysięga, której mógłbym, gdybyś ją złożył, zaufać.

– Przysięgniemy, że będziemy robili, co każesz, tak, tak! – powiedział Gollum, wciąż wijąc się i chwytając za spętaną kostkę u nogi. – Boli!

– Przysięgniesz? – spytał Frodo.

– Sméagol – rzekł Gollum niespodziewanie wyraźnym głosem, otwierając szeroko oczy i patrząc na Froda z dziwnym błyskiem w źrenicach – Sméagol przysięgnie na swój skarb.

Frodo wyprostował się i gdy przemówił, znowu zdumiał Sama treścią i surowym tonem swoich słów.

– Na skarb? Czyżbyś się ośmielił? – rzekł. – Pomyśl!

Jeden, by wszystkimi rządzić i w ciemności związać.

– Czy zechcesz wobec niego zobowiązać się, Sméagolu? Taka przysięga zwiąże cię na pewno. Ale on jest bardziej jeszcze niźli ty zdradziecki. Może przekręcić twoje słowa. Strzeż się, Sméagolu.

Gollum skulił się na ziemi.

– Na skarb! Na skarb! – powtarzał.

– A co przysięgniesz? – spytał Frodo.

– Że będę dobry, bardzo dobry! – odparł Gollum. Czołgał się u nóg Froda, wił się, szeptał ochrypłym głosem, dygotał, jakby do szpiku kości przejęty grozą własnych słów: – Sméagol przysięgnie, że nigdy, nigdy nie dopuści, żeby go Tamten dostał. Nigdy. Sméagol was ocali. Ale musi przysiąc na swój skarb.

– Nie! – odparł Frodo, spoglądając na Golluma z góry okiem surowym, lecz pełnym litości. – Chodzi ci tylko o to, żeby go zobaczyć i dotknąć, chociaż wiesz, że to cię może przyprawić o szaleństwo. Nie! Przysięgniesz, ale tylko w jego obecności, nie kładąc na nim ręki. Wiesz, gdzie on jest. Wiesz, Sméagolu. Masz go przed sobą.

Przez moment zdawało się Samowi, że jego pan urósł, a Gollum się skurczył. Wysoki poważny cień, władca, ukrywający blask swej potęgi pod szarym obłokiem; u jego stóp zaś mały skomlący psiak. Lecz nie byli sobie mimo wszystko obcy, istniało między nimi dziwne jakieś podobieństwo i rozumieli nawzajem swoje myśli.

Gollum podniósł się i zaczął sięgać rękoma do piersi Froda, łasząc się u jego kolan.

– Łapy przy sobie! – rozkazał Frodo. – Złóż teraz przyrzeczenie.

– Przyrzekamy, tak, przyrzekamy – powiedział Gollum – służyć panu mojego skarbu. Pan dobry, Sméagol dobry, glum, glum. – Nagle się rozpłakał, chwytając zębami kostkę u swej nogi.

– Zdejmij mu więzy, Samie – rzekł Frodo.

Sam posłuchał, chociaż niechętnie. Gollum wyprostował się błyskawicznie jak zbity kundel, co służy na dwóch łapach, kiedy pan go wreszcie pogłaszcze. Od tej chwili dokonała się w nim jakby przemiana, która utrwaliła się na pewien czas. Mniej syczał, mniej chlipał, mówił wprost do hobbitów, a nie do siebie, nazywając się skarbem. Kurczył się i cofał, gdy zbliżali się do niego lub spłoszyli go jakimś żywszym ruchem, unikał zetknięcia z płaszczami elfów, lecz zdawał się przyjazny i rozbrajająco zabiegał o ich łaski. Ilekroć któryś z hobbitów zażartował lub gdy Frodo odezwał się do niego łagodnie, Gollum wybuchał gdaczącym śmiechem i brykał z radości, a najlżejszą naganę z ust Froda oblewał łzami. Sam rzadko się do niego odzywał. Ufał mu jeszcze mniej niż przedtem, ten odmieniony Sméagol budził w nim gorsze obrzydzenie niż dawny Gollum.

– Ano, Gollumie, czy jak cię tam zwą – rzekł – jazda! Księżyc zaszedł, noc upływa. Ruszajmy.

– Tak, tak – przytaknął Gollum, podrygując gorliwie. – Idziemy. Jest tylko jedno przejście między północnym a południowym trzęsawiskiem. Ja je wypatrzyłem. Orkowie tamtędy nie chodzą, nie znają ścieżki. Orkowie nie przeprawiają się przez bagna, wolą je okrążać na mile wkoło. Szczęście, że przyszliście tą właśnie drogą. Szczęście, że spotkaliście Sméagola. Sméagol was poprowadzi!

Odbiegł parę kroków i obejrzał się pytająco, jak pies, gdy zaprasza swego pana na przechadzkę.

– Czekajże! – krzyknął Sam. – Nie wyprzedzaj nas zanadto. Będę ci deptał po piętach, a linkę mam w pogotowiu.

– Nie, nie! – powiedział Gollum. – Sméagol przyrzekł.

Ruszyli w głęboką noc pod jasnymi, surowymi gwiazdami. Zrazu Gollum prowadził na północ, z powrotem drogą, którą tu przyszli, potem skręcił skośnie w prawo, oddalając się od stromej krawędzi Emyn Muil piarżystym stokiem, który zbiegał ku rozległym bagnom, ciągnącym się w dole. Szybko, cicho sunęli przez ciemności. Czarna cisza zalegała ogromne pustkowia na przedprożu Mordoru.

Rozdział 2

Przez moczary

Gollum szedł raźno, wysuwał szyję i głowę naprzód, często pomagał sobie rękami. Frodo i Sam musieli dobrze wyciągać nogi, żeby mu dotrzymać kroku; zdawało się jednak, że stwór już nie myśli uciekać, ilekroć bowiem hobbici zostali w tyle, przystawał i czekał na nich. Po pewnym czasie doprowadził ich na skraj tej samej rozpadliny, którą już raz napotkali na swej drodze, lecz teraz w miejscu bardziej oddalonym od gór.

– Tutaj! – wykrzyknął Gollum. – Tak, tu jest ścieżka w dół. Tędy dojdziemy aż tam, daleko! – tłumaczył, pokazując na południo--wschód, ku trzęsawiskom. Bił od nich smród ciężki i przykry nawet w chłodnym nocnym powietrzu.

Gollum kręcił się tam i sam wzdłuż krawędzi rozpadliny, wreszcie zawołał:

– Tutaj! Można zejść. Sméagol raz już przeszedł tą ścieżką. Schował się przed orkami.

Schodził pierwszy, a hobbici za nim w głąb ciemnego parowu.

Zejście okazało się nietrudne, bo rozpadlina miała tu nie więcej niż piętnaście stóp głębokości, a ze dwanaście szerokości. Na dnie płynęła woda, jedna z wielu małych rzeczułek ściekających z gór do stojących stawów i rozlewisk na moczarach. Gollum skręcił w prawo, mniej więcej na południe, i brnął płytkim kamienistym potokiem, człapiąc płaskimi stopami. Cieszył się wodą, chichotał do siebie, a nawet próbował skrzeczącym głosem nucić jakąś niby-piosenkę:

> *Ziemia zmarznięta*
> *Stopy nam pęta*
> *I rani ręce.*

> *Głazy jak gnaty,*
> *Które przed laty*
> *Były czymś więcej.*
> *Lecz w stawie woda –*
> *Cóż za ochłoda*
> *Rękom i stopom.*
> *I jeszcze gdyby...* [1]

– Aha! Czego jeszcze sobie życzymy? – rzekł, zerkając z ukosa na hobbitów. – Zaraz powiemy! – zagdakał. – On to kiedyś odgadł, Baggins odgadł.

Oczy mu zalśniły, a Samowi, który spostrzegł ten błysk w ciemnościach, nie wydał on się wcale przyjemny.

> *Żywa bez tchu,*
> *zimna jak trup;*
> *nie pragnie, a wciąż pije,*
> *nie dźwięczy łusek zbroją.*
> *Tonie na lądzie,*
> *o wyspie sądzi*
> *że to jest góra;*
> *myśli, że źródło –*
> *powietrza bańką.*
> *Tak śliczna, tak gładka!*
> *Ach, jaka gratka!*
> *My tylko chcemy*
> *pochwycić rybę*
> *soczyście słodką!* [2]

Piosenka przypomniała Samowi natrętnie pewną troskę, która nękała go już od chwili, gdy zrozumiał, że jego pan chce Golluma wziąć za przewodnika: sprawę wyżywienia. Nie przypuszczał, żeby Frodo o tym myślał, lecz podejrzewał, że Gollum myśli na pewno. Czym ten stwór żywił się przez cały czas samotnej wędrówki?

---

[1] Przełożył Włodzimierz Lewik.
[2] Przełożył Tadeusz A. Olszański.

„Nie jadał za dobrze – mówił sobie Sam – wygląda na głodomora. Nie jest wybredny, na bezrybiu zgodziłby się spróbować, jak smakuje hobbit, gdyby mu się udało przyłapać nas we śnie. Ale nie przyłapie, chyba żeby tu Sama Gamgee nie było".

Maszerowali ciemnym, krętym wąwozem dość długo, a przynajmniej marsz zdawał się długi znużonym stopom Sama i Froda. Wąwóz skręcał ku wschodowi, rozszerzał się stopniowo i coraz był płytszy. Wreszcie niebo nad nimi zbladło pierwszym szarym brzaskiem przedświtu. Gollum dotychczas nie zdradzał zmęczenia, teraz jednak podniósł wzrok w górę i przystanął.

– Dzień już bliski – szepnął, jakby dzień uważał za niebezpieczną istotę, która może podsłuchać jego słowa i rzucić mu się do gardła. – Sméagol tu zostanie, ja tu zostanę, żeby Żółta Twarz mnie nie dostrzegła.

– Chętnie byśmy zobaczyli słońce – rzekł Frodo – ale zostaniemy z tobą, zbyt jesteśmy zmęczeni, żeby iść dalej bez odpoczynku.

– Niemądrze mówisz, że chętnie byście zobaczyli Żółtą Twarz – powiedział Gollum. – Ona by was pokazała innym. Dobre, roztropne hobbity zostaną ze Sméagolem. Tu wkoło pełno orków i złych stworzeń. Mają dobre oczy. Schowajcie się razem ze mną.

Przycupnęli wszyscy trzej pod skalistą ścianą wąwozu, która tutaj nie była wyższa od rosłego człowieka; u jej podnóży leżały kamienie płaskie i suche; potok płynął wąskim korytem bliżej przeciwległej ściany. Frodo i Sam siedli na jednym kamieniu, plecami oparci o skałę. Gollum z pluskiem brodził po wodzie.

– Trzeba coś przegryźć – rzekł Frodo. – Pewnie jesteś głodny, Sméagolu? Niewiele mamy prowiantu, ale podzielimy się z tobą, czym możemy.

Na dźwięk słowa: „głodny" zielonkawe światełka błysnęły w bladych oczach Golluma, wytrzeszczonych tak, że niemal z orbit wyłaziły pośród mizernej, chudej twarzy. Na chwilę wrócił do dawnego swojego języka:

– Głodni jesteśmy, głodni, mój ssskarbie – zasyczał. – Co też one jadają? Może mają sssmaczne rybki?

Wysunął język spomiędzy ostrych, żółtych zębów i oblizał bezkrwiste wargi.

– Nie, ryb nie mamy – odparł Frodo. – Tylko to – rzekł, pokazując kawałek lembasa – no i wodę, jeśli tutejsza woda nadaje się do picia.

– Tak, tak, dobra woda – powiedział Gollum. – Pijcie, pijcie, póki możecie. Ale co one tam mają, mój ssskarbie? Czy to kruche? Czy smaczne?

Frodo ułamał kęs suchara i podał mu na liściu, w który lembas był zawinięty. Gollum powąchał liść i nagle zmienił się na twarzy; grymas obrzydzenia wykrzywił mu usta, w oczach mignął wyraz dawnej złośliwości.

– Sméagol zna ten zapach! – rzekł. – Liście z lasu elfów, fu! Cuchną. Sméagol wlazł tam na drzewo i nie mógł później zmyć zapachu z rąk, ze swoich biednych, z naszych biednych rąk.

Odrzucając liść, ukruszył odrobinę lembasa i włożył do ust. Splunął natychmiast i zaniósł się kaszlem.

– Och, nie! – krzyknął, plując i prychając. – Chcą otruć, zadusić biednego Sméagola. Kurz, popiół, tego nie możemy jeść. Sméagol musi głodować. Trudno, nie będziemy się gniewać. Hobbity dobre. Sméagol przyrzekł. Umrzemy z głodu. Nie możemy jeść hobbickiego jedzenia. Umrzemy z głodu. Biedny, chudy Sméagol.

– Bardzo mi przykro – powiedział Frodo – nic jednak nie mogę na to poradzić. Myślę, że te suchary poszłyby ci na zdrowie, gdybyś ich zechciał spróbować. Ale pewnie nawet spróbować nie możesz, jeszcze na to nie czas.

Hobbici w milczeniu żuli lembasy. Samowi od dawna smak ich nie wydawał się tak znakomity jak tego ranka, może dlatego, że dziwne zachowanie się Golluma przypomniało mu o niezwykłych właściwościach sucharów. Czuł się jednak skrępowany, bo Gollum przeprowadzał wzrokiem każdy kęs, który hobbici nieśli do ust, niczym pies czekający pod stołem na resztki z obiadu pana. Dopiero gdy skończyli posiłek i zaczęli się układać na spoczynek, Gollum uwierzył wreszcie, że nie schowali przed nim żadnych smakołyków. Oddalił się o parę kroków i siadł samotnie, chlipiąc z cicha.

– Proszę pana! – szepnął Sam do Froda, niezbyt zresztą dbając, czy Gollum te słowa usłyszy, czy nie. – Musimy trochę się przespać koniecznie, ale nie obaj naraz, skoro jest tuż obok ten stwór, bo przyrzeczenie przyrzeczeniem, a głód głodem. Założę się, że chociaż z Golluma przezwał się Sméagolem, lepszych obyczajów tak prędko nie nabierze. Niech pan teraz śpi, panie Frodo, zbudzę pana, kiedy już w żaden sposób nie będę mógł oczu trzymać otwartych. On się przecież kręci i wije tak samo jak przedtem, a jest nieuwiązany.

– Może masz rację, Samie – odrzekł Frodo, nie zniżając głosu. – Zmienił się, nie jestem jednak pewny, jak głęboko ta zmiana sięga. W gruncie rzeczy myślę, że nie ma powodu do obaw, przynajmniej tymczasem. Czuwaj, jeśli chcesz. Pozwól mi przespać dwie godziny, nie więcej, a potem mnie obudź.

Frodo był tak zmęczony, że zanim skończył mówić, głowa już mu opadła na piersi i zasnął natychmiast. Gollum jak gdyby wyzbył się strachu. Zwinięty w kłębek, ułożył się do snu, nie pytając o nic więcej. Oddychał z lekkim poświstem przez zacięte zęby, leżał jednak nieruchomo jak głaz. Sam zląkł się po chwili, że regularne oddechy towarzysza ukołyszą jego także do snu, więc wstał i zaczął się przechadzać. Trącił Golluma lekko nogą. Tamtemu tylko ręce drgnęły i rozwarł zwinięte pięści, zaraz jednak znieruchomiał znowu. Sam pochylił się i prosto w ucho szepnął mu: – Ryba! – lecz Gollum i na to hasło ani się nie odezwał, ani nawet nie sapnął głośniej.

Sam podrapał się w głowę.

– Chyba rzeczywiście śpi – mruknął do siebie. – Gdybym ja był taki jak Gollum, nieborak nie zbudziłby się już nigdy.

Zaświtała mu myśl o mieczu i powrozie, lecz odtrącił ją i usiadł u boku swego pana.

Kiedy się ocknął, niebo w górze było szare i ciemniejsze niż wówczas, gdy jedli śniadanie. Sam zerwał się na równe nogi. Zdziwił się, że jest taki żwawy i głodny, aż nagle zrozumiał, że przespał cały dzień, co najmniej dziewięć godzin. Frodo, wciąż jeszcze pogrążony we śnie, leżał obok, wyciągnięty jak długi. Golluma nigdzie w pobliżu nie było widać. Sam, czerpiąc z Dziaduniowego skarbca wyzwisk, robił sobie gorzkie wyrzuty, lecz pocieszył się myślą, że Frodo, jak się okazało, miał słuszność: na razie Gollum nie był niebezpieczny. Bądź co bądź obaj hobbici żyli i nikt im we śnie gardeł nie poderżnął.

– Biedaczysko! – powiedział z niejakim zawstydzeniem. – Ciekawe, gdzie się podziewa?

– Niedaleko, niedaleko! – odpowiedział mu głos z góry. Sam podniósł wzrok i zobaczył na tle wieczornego nieba wielką głowę Golluma i jego odstające uszy.

– Ejże, co ty tam robisz? – krzyknął Sam, bo na ten widok nieufność ocknęła się znowu w jego sercu.

– Sméagol jest głodny – rzekł Gollum. – Wkrótce wróci.

– Wracaj natychmiast! – krzyknął Sam. – Ejże! Wracaj!

Ale Gollum już zniknął.

Krzyk obudził Froda. Usiadł, trąc oczy pięściami.

– Co tam znowu? – spytał. – Czy się coś złego stało? Która to godzina?

– Nie wiem – odparł Sam. – Po zachodzie słońca, jak się zdaje. Gollum poszedł sobie. Mówił, że jest głodny.

– Nie martw się – rzekł Frodo. – Nic na to nie poradzimy. Zobaczysz, on wróci. Przyrzeczenie jeszcze go jakiś czas będzie wiązało. Zresztą nie zechce rozstać się ze swoim skarbem.

Frodo wcale się nie przejął, gdy mu Sam powiedział, że obaj spali jak susły przez wiele godzin tuż obok Golluma, w dodatku zgłodniałego i niespętanego.

– Nie przemawiaj do siebie językiem swego Dziadunia – rzekł. – Byłeś wyczerpany, a wreszcie wszystko dobrze się skończyło: obaj jesteśmy wypoczęci. Czeka nas ciężka, najcięższa droga.

– Myślę, jak będzie z zaprowiantowaniem – rzekł Sam. – Ile czasu zajmie nam doprowadzenie naszej sprawy do końca? I co potem zrobimy, jak już wykonamy zadanie? Ten chleb podróżny elfów rzeczywiście krzepi nadzwyczajnie, ale, że tak powiem, brzucha nie napełnia jak należy; przynajmniej mojego, bez obrazy szanownych osób, co te sucharki piekły. W każdym razie, choć po trochu, jeść co dzień trzeba, a lembasów nie przybywa. Liczę, że zapas starczy najwyżej na jakieś trzy tygodnie, i to jeśli będziemy zaciskali pasów. Dotychczas szafowaliśmy jadłem trochę zbyt hojnie.

– Nie wiem, ile czasu zajmie nam doprowadzenie sprawy do... do końca – odparł Frodo. – Zamarudziliśmy, niestety, w górach. Ale Samie Gamgee, hobbicie kochany, najukochańszy, najlepszy z przyjaciół, nie sądzę, żebyśmy potrzebowali troszczyć się o to, co będzie potem. Powiedziałeś: wykonać zadanie. Czy wolno nam żywić nadzieję, że je wykonamy kiedykolwiek? A jeśli nawet to się uda, kto wie, co z tego wyniknie? Kiedy Jedyny zginie, a my zostaniemy w pobliżu Ognia? Zastanów się, Samie, czy jest prawdopodobne, żeby nam wówczas był chleb potrzebny? Myślę, że nie. Zebrać siły, żeby dotrzeć do Góry Przeznaczenia – oto wszystko, czego możemy od siebie wymagać. Ale to dużo, obawiam się nawet, że za dużo, przynajmniej dla mnie.

Sam skinął głową w milczeniu. Ujął rękę Froda, pochylił się nad nią. Nie pocałował jej, lecz skropił łzami. Potem odwrócił się, otarł nos rękawem, wstał, przeszedł parę kroków, usiłując pogwizdywać i powtarzając co chwila między jednym a drugim gwizdem: – Gdzie się ta pokraka zawieruszyła?

Gollum zresztą zjawił się wkrótce z powrotem, nadszedł jednak cichcem, tak że usłyszeli go dopiero wówczas, gdy stanął przed nimi. Palce i gębę miał umazane błotem. Ślinił się i żuł jeszcze, ale co żuł – hobbici nie pytali, a nawet woleli się nad tym nie zastanawiać.

„Jakieś gady, robaki czy inne oślizłe paskudztwa z bagien – pomyślał Sam. – Brr! Obrzydliwy stwór. Nieszczęsna pokraka".

Gollum nic nie mówił, dopóki nie napił się wody i nie umył w strudze. Potem zbliżył się do hobbitów, oblizując wargi.

– Teraz mi lepiej – powiedział. – Czy wypoczęliśmy? Czyśmy gotowi do drogi? Dobre hobbity, spały smacznie. Ufają Sméagolowi, prawda? To dobrze, to bardzo dobrze.

Następny etap marszu podobny był do poprzedniego. W miarę jak się posuwali, wąwóz stawał się coraz płytszy, zbiegał w dół coraz łagodniej. Dno było nie tak już kamieniste, grunt pod nogami miększy, ściany zmieniły się w niewysokie ziemne skarpy. Wąwóz wił się i skręcał. Noc miała się ku końcowi, lecz chmury zasłoniły i gwiazdy, i księżyc, tak że wędrowcy poznawali bliskość świtu jedynie po rozlewającym się z wolna nikłym szarym brzasku. O zimnej godzinie przedświtu doszli do końca strumienia. Brzegi tu wznosiły się płaskimi, porosłymi mchem pagórkami. Przez kamienny, wyszczerbiony próg strumień z bulgotem spadał w brunatne bagnisko i ginął. Suche trawy chwiały się i szeleściły, chociaż wędrowcy nie czuli wcale wiatru.

285

Na prawo, na lewo i na wprost jak okiem sięgnąć ciągnęły się w mętnym półświetle w stronę południa i wschodu moczary i bagna. Znad czarnych, cuchnących rozlewisk podnosiły się kłęby mgły i oparów. Nieruchome powietrze nasycone było duszącym smrodem. Daleko, niemal dokładnie na południu, majaczyły górskie ściany Mordoru niby czarny wał postrzępionych chmur zbitych nad groźnym, zasnutym mgłą morzem.

Hobbici byli teraz całkowicie zdani na Golluma. Nie wiedzieli i nie mogli zgadnąć w nikłym, mętnym świetle, że znaleźli się ledwie na północnym skraju bagien, których główny obszar ciągnął się dalej na południe stąd. Gdyby znali okolicę, mogliby, nieco opóźniając marsz, zawrócić, skręcić na wschód i dotrzeć po twardym gruncie do jałowej równiny Dagorlad, gdzie ongi rozegrała się wielka bitwa pod bramami Mordoru. Co prawda niewiele ta droga dawała im nadziei. Nie było się gdzie ukryć na otwartej kamienistej płaszczyźnie, przez którą prowadził szlak orków i żołnierzy nieprzyjacielskiej armii. Nawet płaszcze z Lórien nie stanowiłyby tutaj dla hobbitów ochrony.

– Jaki teraz kurs obierzemy, Sméagolu? – spytał Frodo. – Czy musimy brnąć przez te cuchnące moczary?

– Nie musimy – odparł Gollum. – Nie musimy, jeżeli hobbity chcą jak najszybciej dojść do ciemnych gór i stanąć przed Władcą. Można się trochę cofnąć, obejść kołem – zatoczył chudym ramieniem od północy na wschód – i twardą, zimną drogą dojdziemy wprost do bram jego kraju. Tam mnóstwo sług gospodarza wypatruje gości i z radością prowadzi ich od razu do niego. Tak, tak. Jego Oko strzeże tej drogi nieustannie. Dawno, dawno temu dostrzegło na niej Sméagola. – Gollum zadrżał. – Ale od tego czasu Sméagol nie próżnował, tak, tak, pracowały moje oczy, nogi, nos. Teraz znam inne drogi. Trudniejsze, dalsze, powolniejsze, ale lepsze, jeżeli nie chcemy, żeby Tamten nas zobaczył. Idźcie za Sméagolem! On was poprowadzi przez moczary, przez mgły, przez dobre, gęste mgły. Idźcie za Sméagolem ostrożnie, a może zajdziecie daleko, bardzo daleko, zanim Tamten was złapie.

Dzień już był niemal biały, ranek bezwietrzny i posępny, nad bagnami kłębiły się ciężkie opary. Ani jeden promień słońca nie przebijał niskiego pułapu chmur, a Gollum przynaglał, żeby maszerować dalej, nie zwlekając ani chwili. Toteż po krótkim popasie ruszyli znów i zanurzyli się w ciemnym, milczącym świecie, tracąc z oczu wszystkie inne krainy, góry, z których niedawno zeszli, i góry, ku którym zdążali. Szli cicho, pojedynczym szeregiem: pierwszy Gollum, potem Sam, na końcu Frodo.

Frodo zdawał się najbardziej zmęczony i chociaż posuwali się wolno, często zostawał w tyle. Hobbici wkrótce przekonali się, że obszar, który z dala wyglądał jak jedno ogromne trzęsawisko, jest w rzeczywistości pokryty niezmierzoną siatką rozlanych wód, miękkich błot i krętych, ledwie cieknących strumieni. Bystre oko i zwinne nogi mogły wśród nich odnaleźć ścieżkę. Gollum z pewnością miał i wzrok bystry, i nogi zwinne, i bardzo mu te przymioty były tutaj użyteczne. Ustawicznie kręcił głową to w prawo, to w lewo, węszył i mruczał coś pod nosem. Niekiedy podnosił rękę, zatrzymując hobbitów, a sam szedł naprzód na czworakach, próbując gruntu rękami i stopami lub nasłuchując z uchem przyciśniętym do ziemi.

Krajobraz był ponury i monotonny. Chłodna, lepka zima trwała jeszcze na tym pustkowiu. Nic się nie zieleniło, prócz bladego kożucha wodorostów na ciemnych zwierciadłach mętnych, gęstych wód. Zwiędła trawa i butwiejące trzciny sterczały z morza mgły jak nędzne pamiątki po zapomnianym od dawna lecie.

Około południa dzień się nieco rozwidnił, a mgły podniosły wyżej, rozcieńczone i trochę bardziej przejrzyste. Wysoko ponad zgnilizną i oparami tej krainy złote słońce wędrowało pięknym światem, którego fundament stanowiły olśniewające białe obłoki, lecz tu, w dole, wędrowcy dostrzegali jedynie wyblakłe, nikłe, bezbarwne światło, niedające ciepła. Gollum wszakże krzywił się i kulił nawet przed tak wątłym dowodem obecności słońca. Wstrzymał pochód, przycupnęli na odpoczynek niby małe, zaszczute zwierzątka na skraju wielkiej, brunatnej kępy sitowia. Cisza panowała dokoła głęboka, ledwie mącił jej powierzchnię kruchy szelest pustych pióropuszy trzcin i połamanych traw, kołyszących się w lekkim podmuchu, niedostrzegalnym dla hobbitów.

– Ani ptaszka! – markotnie zauważył Sam.

– Ani ptaszka! – powtórzył Gollum. – Ptaszki dobre! – Oblizał się. – Tu nie ma ptaszków. Są tylko węże, gady, robaki w kałużach.

Mnóstwo stworzeń, paskudnych stworzeń. Ale ptaszków nie ma – zakończył żałośnie.

Sam spojrzał na niego z obrzydzeniem.

Tak minął trzeci dzień wędrówki hobbitów z Gollumem. Zanim w szczęśliwszych krajach wydłużyły się wieczorne cienie, ruszyli dalej; posuwali się wytrwale naprzód, rzadko i na krótko zatrzymując się w marszu, a i to nie tyle dla odpoczynku, ile przez wzgląd na Golluma, bo tutaj już i on musiał być bardzo ostrożny, i często wahał się długą chwilę nad wyborem drogi. Znaleźli się w samym sercu Martwych Bagien i w zupełnych ciemnościach. Szli powoli, pochyleni, jeden tuż za drugim, naśladując pilnie każdy ruch przewodnika. Teren był coraz bardziej podmokły, wszędzie dokoła rozlewały się wielkie stojące kałuże i z każdym krokiem trudniej było między nimi trafić na pewny grunt, gdzie by można postawić nogę, nie zapadając się w chlupoczące błoto. Gdyby nie to, że wszyscy trzej wędrowcy nie ważyli wiele, żaden by nie przebrnął przez trzęsawisko.

Noc zapadła głęboka, nawet powietrze wydawało się czarne i tak gęste, że zapierało dech w piersiach. Gdy zjawiły się światełka, Sam przetarł oczy, podejrzewając, że mu się coś przywidziało ze zmęczenia. Najpierw kątem lewego oka zobaczył jedno światełko, bladozielony ognik, który zgasł zaraz w oddali; potem wszakże rozbłysły nowe, niektóre jak dym przeświecający czerwienią, inne jak przymglone płomyki rozchwiane nad niewidzialną świecą; tu i ówdzie rozpościerały się nagle szeroko, jakby widmowe ręce strzepywały je z upiornych całunów. Lecz ani Frodo, ani Gollum nie odzywali się słowem. Sam nie mógł dłużej znieść milczenia.

– Co to jest? – spytał szeptem Golluma. – Co to za światła? Otaczają nas ze wszystkich stron. Czy to pułapka? Kto ją zastawia?

Gollum podniósł głowę. Przed nimi rozlewała się ciemna woda, czołgał się na czworakach to w jedną, to w drugą stronę, szukając drogi.

– Tak, otaczają nas – odszepnął. – Błędne ogniki. Świece umarłych, tak, tak. Nie zwracaj na nie uwagi. Nie patrz na nie! Nie goń ich! Gdzie jest pan?

Sam obejrzał się i stwierdził, że Frodo znowu zamarudził. Nie było go widać wśród nocy. Sam cofnął się o kilka kroków, nie śmiejąc jednak oddalać się ani nawoływać głośno; ochrypłym głosem powtarzał tylko imię swego pana. Niespodzianie natknął się na niego w ciemności. Frodo stał zatopiony w myślach, wpatrzony w blade światełka. Ręce trzymał sztywno opuszczone wzdłuż ciała, kapało z nich błoto i woda.

– Panie Frodo, chodźmy – rzekł Sam. – Nie wolno na nie patrzeć, Gollum mówi, że nie wolno. Musimy trzymać się Golluma i nie ustawać, póki nie przebrniemy przez te przeklęte moczary... jeśli w ogóle przez nie przebrniemy.

– Dobrze – odparł Frodo, jakby zbudzony ze snu. – Chodźmy!

Wracając pospiesznie, Sam potknął się, zahaczywszy nogą o jakiś stary korzeń czy o sterczącą kępę. Upadł ciężko, wyciągając przed siebie ręce, które zapadły głęboko w gęstą maź; twarz jego znalazła się tuż nad powierzchnią czarnego rozlewiska. Rozległ się syk, wionęło cuchnącym oparem, światełka zamigotały, zatańczyły, zawirowały. Przez jedno okamgnienie czarna tafla wody wydała się oknem powleczonym ciemną, brudną glazurą, przez które zajrzał do wnętrza. Wyszarpnął ręce z błota i odskoczył z krzykiem.

– Tam są pod wodą umarli! – powiedział ze zgrozą. – Trupie twarze!

Gollum roześmiał się.

– Tak, tak, Martwe Bagna, przecież tak się nazywają! – zaskrzeczał. – Nie trzeba w nie zaglądać, kiedy się świece palą.

– Kto tam jest? Co? – spytał Sam, dygocąc i odwracając się do Froda, który stał teraz tuż za nim.

– Nie wiem – odparł Frodo sennym głosem. – Ale ja także coś widziałem. W stawach, kiedy się świece palą. Głęboko, głęboko pod czarną wodą widać wszędzie blade oblicza. Widziałem. Twarze posępne, złe, inne zaś szlachetne i smutne. Wiele dumnych i pięknych, wodorosty wplątały się w ich srebrzyste włosy. Ale wszystkie martwe, rozkładające się, zgniłe. Jarzą się okropnym światłem. – Frodo zakrył dłońmi oczy. – Nie wiem, kto to jest, zdawało mi się, że rozróżniam ludzi i elfów, ale prócz nich także orków.

– Tak, tak – rzekł Gollum. – Wszyscy martwi, wszyscy zgnili. Elfowie, ludzie, orkowie. Martwe Bagna. Dawno, dawno temu odbyła się tutaj wielka bitwa, opowiadano o niej Sméagolowi, kiedy był mały, kiedy byłem mały, zanim skarb się znalazł. Wielka bitwa. Duzi ludzie, miecze, straszliwi elfowie, wrzask orków. Bili się na równinie pod Czarną Bramą przez długie dni, przez całe miesiące.

Ale od tamtych czasów moczary rozlały się szerzej i pochłonęły groby; wciąż dalej się rozlewają, wciąż dalej.

– Ależ wieki minęły od tamtej bitwy – powiedział Sam. – Umarli nie mogą naprawdę być po dziś dzień tutaj. To chyba jakieś złe czary Krainy Cienia?

– Kto wie? Sméagol nie wie – powiedział Gollum. – Nie można ich dosięgnąć, nie można ich dotknąć. Próbowaliśmy kiedyś, mój skarbie. Ja kiedyś spróbowałem, ale nie mogłem ich dosięgnąć. To są cienie, można je tylko widzieć, nie można dotknąć. Nie, mój skarbie. Oni wszyscy umarli.

Sam ponuro spojrzał na niego i wzdrygnął się, bo miał wrażenie, że odgadł, po co Gollum usiłował dosięgnąć tych cieni.

– Wolałbym ich nie widzieć nigdy więcej! – oświadczył. – Czy nie myślisz, że warto by prędzej stąd odejść?

– Tak, tak, chodźmy, ale powolutku, powolutku – odparł Gollum. – Bardzo ostrożnie! Bo inaczej hobbici zapadną się w bagna i przyłączą się do umarłych, i zapalą swoje świeczki. Trzymajcie się Sméagola! Nie patrzcie na światła!

Czołgając się, skręcił w prawo w poszukiwaniu ścieżki okrążającej rozlaną wodę. Hobbici szli tuż za nim, przychyleni do ziemi, często, jego wzorem, uciekając się do pomocy rąk. „Jeśli to potrwa dłużej, będzie z nas trzech ślicznych Gollumów sunących gęsiego" – myślał Sam.

Wreszcie dotarli do końca czarnego rozlewiska i przeprawili się za nie, pełznąc lub skacząc z jednej zdradzieckiej kępy na drugą. Często musieli brodzić w wodzie cuchnącej jak gnojówka, często wpadali w nią po kolana lub nurzali w niej ręce, aż wreszcie byli od stóp do głów umazani lepkim błotem i każdy czuł, że jego towarzysze śmierdzą.

Noc miała się ku końcowi, gdy nareszcie wydostali się na pewny grunt. Gollum syczał i szeptał do siebie, lecz zdawał się zadowolony; tajemniczym sposobem, dzięki połączonym zmysłom dotyku i powonienia, a także dzięki niezwykłej pamięci odtwarzającej w ciemnościach kształty raz widziane, poznawał miejsce, na którym się znaleźli, i znów bez wahania wskazywał dalszą drogę.

– Teraz naprzód! – powiedział. – Dobre hobbity! Dzielne hobbity! Bardzo, bardzo zmęczone, pewnie, że zmęczone. My także, mój skarbie. Ale trzeba jak najprędzej wyprowadzić naszego pana spośród tych świateł, tak, tak, trzeba koniecznie!

I z tymi słowy ruszył niemal biegiem, skręcając w długą jak gdyby miedzę, która dzieliła dwie ściany wysokich trzcin. Hobbici podążali za nim, jak mogli najspieszniej. Gollum jednak po chwili przystanął nagle i zaczął podejrzliwie węszyć wkoło, sycząc i znów objawiając niepokój czy może niezadowolenie.

– Co tam znowu? – fuknął Sam, fałszywie tłumacząc sobie to zachowanie Golluma. – Czemu kręcisz nosem? Nawet zatykając nos, o mało nie mdleję od tego smrodu. Cuchniesz ty, cuchnie pan Frodo, wszystko tutaj cuchnie.

– Tak, tak, Sam także cuchnie. Biedny Sméagol czuje, ale dobry Sméagol znosi to cierpliwie. Chce pomóc dobremu panu. Nie o to chodzi. Wiatr się odwrócił, pogoda się zmienia. Sméagol niepokoi się, martwi.

Ruszył znów naprzód, ale wyraźnie był zaniepokojony, co chwila przystawał, prostował grzbiet, kręcił szyją, obracając twarz to na wschód, to na południe. Hobbici jednak wciąż jeszcze nie słyszeli ani nie czuli nic, co by tłumaczyło obawy Golluma. Nagle stanęli wszyscy trzej jak wryci i wytężyli słuch. Frodowi i Samowi wydało się, że z daleka dolatuje przeciągły, ponury krzyk, wysoki, przenikliwy i okrutny. Zadrżeli. W tym samym momencie wyczuli jakiś ruch w powietrzu. Zrobiło się bardzo zimno. Gdy stali tak, nadstawiając uszu, usłyszeli szum, jakby z oddali nadciągał wicher. Światła we mgle zachybotały się, przyćmiły, zgasły.

Gollum nie ruszał się z miejsca. Trząsł się i bełkotał coś do siebie, dopóki podmuch wiatru nie owiał ich, świszcząc i hucząc nad moczarami. Rozwidniło się na tyle, że widzieli, choć niewyraźnie, bezkształtne smugi mgły kłębiące się i przewalające nad ich głowami. Podnieśli wzrok i stwierdzili, że powała chmur pęka i rozprasza się szybko. Od południa spośród strzępków pędzącej chmury wychynął jasny księżyc.

Zrazu jego widok ucieszył Froda i Sama, lecz Gollum skulił się przy ziemi, przeklinając Białą Twarz. I wtedy hobbici, patrząc w niebo i chciwie wdychając świeższy powiew, zobaczyli mały obłoczek nadlatujący od wrogich gór, czarny cień oderwany od ciemności Mordoru, złowieszczy, skrzydlaty kształt. Przemknął na tle księżycowej tarczy i ze straszliwym okrzykiem oddalił się na wschód, prześcigając w pędzie wiatr.

Padli na twarze, odruchowo przywarli do zimnej ziemi. Lecz groźny cień zatoczył krąg i wrócił, przelatując tym razem niżej, wprost nad nimi, zgarniając potwornymi skrzydłami cuchnące opary bagniska. Potem zniknął, odleciał z powrotem do Mordoru, jakby gnany gniewem Saurona. Za nim z szumem pomknął wiatr, opuszczając zimne pustkowie Martwych Bagien. Nagą płaszczyznę jak okiem sięgnąć, aż po odległą groźną ścianę gór, zalała zwodnicza księżycowa poświata.

Frodo i Sam wstali, przecierając oczy, jak dzieci zbudzone z koszmarnego snu, i ze zdumieniem stwierdzili, że noc spokojna i zwyczajna trwa nad światem. Gollum jednak leżał wciąż na ziemi jakby ogłuszony. Z trudem go dźwignęli, lecz przez długą chwilę jeszcze nie chciał podnieść twarzy, klęczał, podpierając się na łokciach, i wielkimi płaskimi dłońmi ściskał głowę.

– Upiory! – jęczał. – Skrzydlate upiory! Skarb jest ich panem. Widzą wszystko, wszystko. Nic się przed nimi nie ukryje. Przeklęta Biała Twarz! I wszystko powiedzą Jemu. On widzi, On wie. Och, glum, glum, glum!

Dopiero gdy księżyc zaszedł i skrył się za szczytem Tol Brandir, nieszczęsny Gollum ośmielił się wstać i ruszyć dalej.

Od tej przygody Sam zauważył, że Gollum znowu się zmienia. Łasił się jeszcze gorliwiej i udawał życzliwość, lecz Sam spostrzegł ukradkowe niewyraźne spojrzenia, które rzucał niekiedy na hobbitów, szczególnie na Froda, a poza tym Gollum znów bełkotał i używał swoich dziwacznych wyrażeń. Nie było to jedyne zmartwienie Sama: Frodo zdawał się bardzo zmęczony, bliski zupełnego wyczerpania. Nic nie mówił o tym, bo w ogóle rzadko teraz się odzywał, nie skarżył się, lecz robił wrażenie istoty obarczonej za ciężkim i z każdą chwilą cięższym brzemieniem. Wlókł się teraz coraz wolniej, tak że Sam musiał często prosić Golluma, żeby zatrzymał się i poczekał, inaczej bowiem Frodo zostałby samotny na pustkowiu.

Frodo rzeczywiście czuł, jak z każdym krokiem zbliżającym go do bram Mordoru rośnie i przytłacza go do ziemi ciężar Pierścienia, który niósł na łańcuszku u szyi. Bardziej jeszcze niż to brzemię gnębiła go myśl o Oku, bo tak na swój użytek nazwał Nieprzyjaciela.

Nie tylko Pierścień zginał mu kark, zmuszał do kulenia się i garbienia w marszu. Oko! Coraz wyraźniej, z coraz większą zgrozą wyczuwał wrogą, napiętą potężnie wolę, usiłującą przebić ciemność i chmury, ziemię i ciało, żeby go dostrzec, spętać morderczym spojrzeniem, obnażyć i obezwładnić. Osłony, które go jeszcze dotychczas chroniły, stały się bardzo cienkie i słabe. Frodo wiedział dokładnie, gdzie jest siedlisko i ośrodek tej woli. Wiedział to tak, jak człowiek z zamkniętymi oczyma umie pokazać, gdzie jest słońce. Stał twarzą w twarz z obcą potęgą, promienie bijące od niej padały wprost na jego czoło.

Gollum zapewne czuł coś bardzo podobnego. Lecz hobbici nie mogli zgadnąć, co się dzieje w jego udręczonym sercu, gdy się szamoce między rozkazami Oka, pożądliwością, którą budzi w nim bliskość Pierścienia, i więzami obietnicy, danej pod naciskiem strachu, pod grozą miecza. Frodo o tym nie myślał, a Sam przede wszystkim troszczył się o swego pana i nie zważał nawet na ciemną chmurę, która okryła jego własne serce. Pilnował, żeby Frodo szedł zawsze przed nim, nie spuszczał go ani na chwilę z oka, gotów chwiejącego się podtrzymać ramieniem, pokrzepić zacnym, choć nieudolnym słowem.

Gdy wreszcie zaświtał dzień, hobbici ze zdumieniem zobaczyli, jak bardzo zbliżyły się do nich złowrogie góry. Było zimno, w dość czystym powietrzu ściany Mordoru, jakkolwiek wciąż jeszcze odległe, nie majaczyły mglistą groźbą na widnokręgu, lecz piętrzyły się czarnymi wieżami u drugiego krańca ponurego pustkowia. Doszli do granicy bagien, które tu przechodziły w rozległą płaszczyznę torfowisk i wyschłego, spękanego błota. Teren nieco się podnosił i wydłużonymi, niskimi fałdami, jałowy i bezlitosny ciągnął się aż ku pustkowiu, leżącemu u bram krainy Saurona.

Póki szary dzień nie przeminął, kryli się, skuleni jak robaki pod czarnym kamieniem, żeby nie wypatrzył ich okrutnymi oczyma przelatujący skrzydlaty potwór. Reszta wędrówki zapadła w cień strachu, w którym pamięć nie odnajdywała później żadnego jaśniejszego momentu. Dwie noce jeszcze brnęli przez puste bezdroża. Powietrze, jak im się zdawało, nabrało dziwnej ostrości i przesycone było gorzkim, przykrym zapachem, dusznym i wysuszającym gardła.

Wreszcie piątego ranka wspólnego marszu z Gollumem zatrzymali się znów na popas. Przed nimi w nikłym świetle brzasku olbrzymie góry sięgały pułapu chmur i dymów. Od ich podnóży wysuwały się potężne skarpy i skalne rumowiska; od najbliższych z nich nie dzieliło hobbitów więcej niż kilkanaście mil. Frodo ze zgrozą rozglądał się wokół. Straszne były Martwe Bagna i jałowe pustkowia Ziemi Niczyjej, lecz jeszcze okropniej przedstawiał się kraj, który wstający dzień z wolna odsłaniał przed jego przerażonymi oczyma. Nawet na rozlewiskach topielców musiało o swojej porze zjawiać się blade widmo wiosny, ale tutaj z pewnością nigdy nie mogła zakwitnąć wiosna ani lato. Nie było ani śladu życia, nawet marnych porostów czy grzybów, karmiących się zgnilizną. Sadzawki dymiły oparami, zasypane popiołem i pełne błota, sinobiałe i szare, jakby góry wszystkie nieczystości ze swoich trzewi wyrzygały na okoliczne pola. Wysokie kopuły spękanej i pokruszonej skały, olbrzymie stożki ziemi poznaczone ognistymi piętnami rdzy i trujących jadów wznosiły się niby potworne nagrobki niezliczonymi szeregami, które wyłaniały się stopniowo, w miarę jak rozjaśniał się z wolna dzień.

Dotarli na granicę spustoszonej ziemi u wrót Mordoru, był to wieczny pomnik niszczycielskiej pracy dokonanej przez niewolników Czarnego Władcy, pomnik, który miał przetrwać nawet wówczas, gdy inne jego dzieła zostaną unicestwione; kraj splugawiony i skażony nieodwracalnie, chyba że Wielkie Morze wtargnęłoby tutaj i zatopiło tę ziemię w falach niepamięci.

– Mdli mnie od tego widoku – powiedział Sam. Frodo milczał.

Długą chwilę stali tak, jak ludzie zatrzymują się na krawędzi snu, w którym czają się okropne koszmary, wiedząc jednak, że tylko przez ich mroki prowadzi droga do następnego jasnego ranka. Dzień rozwidniał się coraz ostrzejszym światłem. Ziejące rozpadliny i zatrute wzgórza ukazały się w okrutnej jasności. Słońce wzeszło wysoko, posuwało się wśród chmur i kłębów dymu, lecz nawet blask słoneczny był tutaj bezsilny. Hobbici nie powitali światła z radością, zdawało się bowiem nieprzyjazne, ujawniające całą ich bezsilność; byli jak małe, kwilące widma, zabłąkane wśród popielisk Czarnego Władcy.

Zbyt znużeni, żeby iść dalej, wyszukali jakieś zaciszniejsze miejsce na odpoczynek. Chwilę siedzieli w milczeniu pod kopcem żużla, lecz wypełzały z niego cuchnące dymy, które wgryzały się w gardła i zapierały oddech. Gollum wstał pierwszy. Splunął, zaklął i odsunął się na czworakach bez słowa, bez spojrzenia w stronę hobbitów. Frodo i Sam powlekli się za nim. Trafili na szeroki, niemal dokładnie kolisty lej, odgrodzony od zachodu wysoką skarpą. Ziało z niego chłodem i pustką, a na dnie stała gęsta, cuchnąca, mieniąca się tęczowo oleista maź. W tym wstrętnym dole ukryli się, mając nadzieję, że nie dosięgnie ich tutaj czujne Oko.

Dzień upływał leniwie. Wędrowcom dokuczało pragnienie, lecz wypili tylko po kilka kropel wody z manierek, napełnionych przed czterema dniami w wąwozie, który teraz, gdy go wspominali, zdawał im się zacisznym i pięknym zakątkiem. Hobbici kolejno pełnili wartę. Zrazu mimo zmęczenia obaj czuli, że nie zasną, ale potem, gdy słońce zaczęło się zniżać wśród powolnie przepływających chmur, Sam zdrzemnął się wreszcie. Frodo miał czuwać. Leżał oparty plecami o zbocze leja, ciężar jednak nie zelżał wcale na jego piersi. Frodo patrzył w górę na zasnute dymami niebo i widział na nim dziwne zjawy, ciemne sylwety jeźdźców, twarze znajome z przeszłości. Stracił rachubę czasu, chwilę wahał się między snem a jawą, aż w końcu zapadł w sen.

Sam zbudził się nagle: wydało mu się, że jego pan go woła. Był wieczór. Frodo nie mógł wołać, bo spał i we śnie osunął się niżej, niemal na dno leja. Gollum przysiadł obok niego. Sam w pierwszej chwili myślał, że Gollum usiłuje obudzić Froda, lecz wkrótce spostrzegł, że dzieje się coś zupełnie innego. Gollum gadał sam ze sobą. Sméagol toczył spór z jakąś tkwiącą w nim drugą istotą, która przemawiała jego własnym głosem, ale nadając mu skrzeczące i syczące brzmienie.

– Sméagol przyrzekł – mówił jeden głos.

– Tak, tak, mój skarbie – zasyczał drugi.

– Przyrzekliśmy, żeby ocalić skarb, nie dopuścić do oddania go w ręce Tamtego. Ale on do Tamtego zdąża. Tak, każdy krok zbliża go do Tamtego. Co hobbit zamierza zrobić ze skarbem, chcielibyśmy wiedzieć, bardzo byśmy chcieli wiedzieć.

– Nie wiem. Nic nie poradzę. Pan ma go przy sobie. Sméagol przyrzekł dopomóc panu.

– Tak, tak, bo to pan skarbu. Ale jeśli to my będziemy panem skarbu, moglibyśmy dotrzymać przyrzeczenia, pomagając sami sobie.

– A Sméagol obiecał, że będzie bardzo, bardzo dobry. Hobbit dobry. Zdjął okrutny powróz z nogi Sméagola. Zawsze do niego przemawia grzecznie.

– Bardzo, bardzo dobry, mój skarbie! Bądźmy dobrzy, dobrzy jak ryby, ale sami dla siebie. Nic złego nie zrobimy hobbitom, nie.

– Ale skarb dotrzymuje przyrzeczenia – powiedział Sméagol.

– Więc go sobie weź – odparł drugi głos. – Wtedy my będziemy panem skarbu, glum! Niech przed nami pełza na brzuchu ten drugi hobbit, ten niemiły, podejrzliwy hobbit, glum!

– Ale tego dobrego hobbita nie będziemy karać?

– Jeżeli nie masz ochoty, to nie. Jednakże to jest Baggins, mój skarbie, tak, Baggins. A Baggins cię okradł. Znalazł skarb i nie przyznał się do tego. Nienawidzimy Bagginsa.

– Nie, nie tego przecież.

– Tak, tak, każdego Bagginsa. Każdego, kto ma w ręku skarb. Musimy skarb odzyskać.

– Tamten zobaczy. Tamten się dowie. Tamten zabierze nam go.

– Tamten widzi. Wie. Słyszał, jak składaliśmy to głupie przyrzeczenie wbrew jego rozkazom. Musimy skarb odzyskać. Upiory go szukają. Trzeba go wziąć.

– Nie dla Tamtego.

– Nie, mój najmilszy. Pomyśl, skarbie – kiedy będziesz go miał, możesz uciec, nawet przed Tamtym. Może nabierzemy też siły, wielkiej, większej, niż mają Upiory. Książę Sméagol. Gollum Wielki. Sławny Gollum. Co dzień świeża ryba, trzy razy dziennie świeże ryby, prosto z morza. Mój prześliczny Gollumku! Musisz go dostać. Chcemy, chcemy, chcemy go mieć.

– Jest ich dwóch. Obudzą się przed czasem i zabiją nas – jęknął Sméagol, sprzeciwiając się ostatnim jeszcze wysiłkiem. – Nie dziś. Nie teraz.

– Chcemy go mieć! Ale... – Głos urwał i długą chwilę milczał, nim podjął znowu: – Nie teraz? Może racja. Ona mogłaby nam potem pomóc. Mogłaby, tak, tak.

– Nie, nie! Nie chcę w ten sposób! – zaskomlił Sméagol.

– Tak! Chcemy go mieć! Chcemy!

Za każdym razem, gdy przemawiał ten drugi skrzeczący głos, długie ramię Golluma wysuwało się z wolna naprzód, pełznąc ku piersi Froda, lecz cofało się gwałtownie, gdy odzywał się głos Sméagola. W końcu obie ręce z drgającymi, zakrzywionymi palcami sięgnęły hobbitowi do gardła.

Sam leżał bez ruchu, zafascynowany tym dwugłosem, lecz spod półprzymkniętych powiek czujnie śledził każdy ruch Golluma. W prostocie ducha uważał dotychczas, że Gollum może być niebezpieczny tylko dlatego, ponieważ jest głodny; bał się, że stwór zechce wreszcie zjeść hobbitów. Dopiero teraz zrozumiał, że nie na tym polega groźba. Gollum odczuwał straszliwy czar Pierścienia. Tamten – to był oczywiście Czarny Władca, ale kogo miał na myśli Gollum, mówiąc: „ona pomoże"? Zapewne w swoich wędrówkach zawarł przyjaźń z jakąś nikczemną poczwarą. Sam nie miał jednak czasu zastanawiać się dłużej nad tą zagadką, bo sytuacja stała się zbyt groźna. Musiał działać. Ciężki bezwład przykuwał go do ziemi, ale hobbit zdobył się na wysiłek i usiadł. Instynkt ostrzegł go, że trzeba zachować wielką ostrożność i nie wolno zdradzić, że słyszał naradę Golluma ze Sméagolem. Westchnął głośno i ziewnął potężnie.

– Która to godzina? – spytał zaspanym głosem.

Gollum syknął przez zęby przeciągle. Zerwał się i chwilę stał napięty, groźny, potem zwiotczał nagle, opadł na czworaki i odpełznął na skraj leja.

– Dobre hobbity! – powiedział. – Dobry Sam. Śpiochy, śpiochy. Spały pod opieką Sméagola. Ale już jest wieczór. Ciemno. Czas ruszać.

„Wielki czas! – pomyślał Sam. – Czas też, żebyśmy się rozstali". Ale potem przyszło mu do głowy, że Gollum błąkający się swobodnie po świecie nie będzie dla hobbitów mniej niebezpieczny niż w roli przewodnika i towarzysza wędrówki. – Licho go nadało! Szkoda, że się własną śliną nie udławił – mruknął. Zsunął się po zboczu niżej i obudził swego pana.

Ku własnemu zdziwieniu Frodo czuł się znacznie pokrzepiony. Miał sny. Czarny Cień oddalił się, a hobbita na tej spustoszonej ziemi nawiedziła świetlista zjawa. Nic z niej nie zostało w jego pamięci, mimo to było mu weselej i lżej na sercu. Brzemię nie ciążyło tak strasznie jak przedtem. Gollum powitał przebudzenie Froda radośnie, jak pies powracającego pana. Chichotał, gadał, przytykał w palce, ocierał się o kolana hobbita. Frodo uśmiechnął się do niego.

– Słuchaj no! – rzekł. – Byłeś przewodnikiem dobrym i wiernym. Zaczyna się ostatni etap wędrówki. Poprowadź nas do Bramy, niczego więcej od ciebie nie będziemy żądali. Podprowadź nas do Bramy, a potem idź, dokąd chcesz, byle nie do naszych wrogów.

– Do Bramy? – zaskrzeczał Gollum, jakby zdziwiony i przerażony. – Do Bramy, powiada nasz pan? Tak, tak powiedział. Dobry Sméagol robi wszystko, co pan każe. Tak. Ale jak podejdziemy bliżej, zobaczymy, zobaczymy, co wtedy pan powie. Nie będzie to piękny widok, nie, o nie!

– Przestań skrzeczeć – rzekł Sam – i ruszajmy wreszcie.

O zmierzchu wygramolili się z głębi leja i z wolna zaczęli torować sobie drogę przez martwy kraj. Wkrótce jednak ogarnął ich znów ten sam lęk, którego zaznali, kiedy skrzydlaty upiór przeleciał nad bagniskiem. Zatrzymali się, przypadli do cuchnącej ziemi, lecz nie zobaczyli nic na ponurym wieczornym niebie i groza szybko przeminęła; potwór leciał zapewne bardzo wysoko i spieszył się, wysłany z jakimś rozkazem z Barad-dûr. Po chwili Gollum wstał i pomrukując, drżąc na całym ciele, powlókł się dalej.

W godzinę mniej więcej po północy cień grozy spadł na nich po raz trzeci, lecz zdawał się jeszcze bardziej odległy, jakby przemknął nad chmurami, pędząc ze straszliwą szybkością ku zachodowi. Golluma jednak obezwładnił lęk, nieszczęśnik trząsł się, przeświadczony, że są śledzeni i że Nieprzyjaciel wie o ich obecności.

– Trzy razy! – chlipał. – Trzy razy to ostrzeżenie. Wyczuli nas, wyczuli skarb. Skarb jest ich panem. Nie można dalej iść tą drogą. Nie można, nie!

Nic nie pomagały prośby ani łagodne słowa. Dopiero gdy Frodo gniewnym tonem wydał rozkaz i rękę oparł na głowicy miecza, Gollum dźwignął się z ziemi, ale burczał pod nosem i szedł przed hobbitami niby obity pies.

Tak wlekli się do końca ponurej nocy, póki nie zaświtał nowy dzień trwogi; szli w milczeniu, ze spuszczonymi głowami, nie widząc nic, nie słysząc nic prócz wichru świszczącego im koło uszu.

Rozdział 3

Czarna Brama jest zamknięta

Nim zaświtał nowy dzień, skończyli swój marsz do Mordoru. Za sobą mieli bagna i pustkowia. Przed sobą potężne czarne góry, hardo wznoszące głowy na tle bladego nieba.

Od zachodu strzegł Mordoru mroczny łańcuch Efel Dúath, Gór Cienia, od północy – poszarpane szczyty i łyse grzbiety Ered Lithui, Gór Popielnych, szare jak popiół. Dwa te łańcuchy stanowiły dwie ściany jednego muru opasującego posępne równiny Lithlad i Gorgoroth wraz z rozlanym pośród nich olbrzymim gorzkim jeziorem czy morzem wewnętrznym Núrnen, w miejscu zaś, gdzie się stykały, wysuwały długie ramiona ku północy; między tymi ramionami otwierał się głęboki wąwóz. To była Cirith Gorgor, Nawiedzona Przełęcz, wejście do kraju Nieprzyjaciela. Z dwóch stron piętrzyły się nad nią urwiska, a wstępu broniły dwie pionowe skały, czarne i nagie. Na nich sterczały Zęby Mordoru, dwie potężne wysokie wieże. Ongi wznieśli je ludzie z Gondoru, dumni i silni po obaleniu Saurona i jego ucieczce; z tych wież miały czuwać straże, by go nie dopuścić, gdyby kiedykolwiek próbował wrócić do swego królestwa. Lecz potęga Gondoru zmierzchła, ludzie zgnuśnieli, na wiele lat wieże opustoszały. Wówczas powrócił Sauron. Rozsypujące się w gruzy strażnice odbudował, uzbroił, obsadził czujną załogą. Z kamiennych ścian czarne okna patrzyły na północ, wschód i zachód, a w każdym z nich zawsze czuwały bystre oczy.

Wylot wąwozu od urwiska zagrodził Czarny Władca kamiennym szańcem. Była w nim jedna jedyna brama, cała z żelaza, a po jej blankach nieustannie przechadzali się strażnicy. W skale u podnóży gór wywiercono z obu stron setki jaskiń i lochów, w których czaiły się zastępy orków, gotowe na jeden znak Władcy wypełznąć niby armie czarnych mrówek na wojnę. Zęby Mordoru zmiażdżyłyby każdego, kto by spróbował między nimi się przemknąć, chyba że szedłby na wezwanie Saurona lub znał tajemne hasło, otwierające Morannon, Czarną Bramę tego królestwa.

Frodo i Sam z rozpaczą patrzyli na wieże i obronny szaniec. Nawet z dala w mętnym porannym świetle widać było ruch czarnych strażników na murach i warty pod bramą. Hobbici wyglądali zza krawędzi skalistej rozpadliny, gdzie leżeli ukryci w cieniu najdalej na północ wysuniętej skarpy Gór Cienia. Kruk, mknąc przez zamglone powietrze z tej kryjówki wprost na czarny szczyt najbliższej wieży, miałby mniej niż ćwierć mili do przelecenia. Cienka, kręta smuga dymu biła z niej w górę, jakby u jej fundamentów we wnętrzu skały tlił się ogień.

Dzień wstał, zblakłe słońce ukazało się zza martwego grzbietu Gór Popielnych. Nagle wrzask buchnął z mosiężnych gardzieli trąb, z wież strażniczych odezwał się hejnał, a zewsząd z tajemnych kazamat i wysuniętych placówek odpowiedziano trąbieniem; w dali zaś, odległe, lecz głębokie i złowieszcze, zadudniły zwielokrotnione echem wśród wydrążonych gór bębny i zagrały wojenne rogi Barad-dûr. Nowy dzień trwogi i trudu świtał dla Mordoru; nocne straże, odwołane, zeszły do swoich podziemnych kwater, a na ich miejsca nadciągnęli żołdacy o srogich, okrutnych oczach, i objęli wartę. Blanki warownej bramy lśniły stalą.

– Ano, doszliśmy! – rzekł Sam. – Jesteśmy pod Bramą, ale zdaje mi się, że dalej nie zajdziemy. Ależby mi Dziadunio wygarnął słowa prawdy, gdyby mnie tu zobaczył. Nieraz powtarzał, że źle skończę, jeżeli nie będę ostrożniejszy. Co prawda, wątpię, czy jeszcze w życiu z Dziaduniem się spotkam. Straci okazję tryumfowania: „A co, nie mówiłem?". Szkoda. Chętnie bym się zgodził wysłuchać wszystkiego, co miałby do powiedzenia, niechby gderał ile sił w płucach, bylebym znów mógł popatrzeć w twarz mojego staruszka. Musiałbym tylko wykąpać się przedtem, boby mnie nie poznał... Myślę, że nie trzeba już pytać, którędy dalej pójdziemy; nie ruszymy ani kroku dalej, chyba że poprosimy orków o pomoc.

– Nie, nie! Na nic! – powiedział Gollum. – Nie można iść dalej. Sméagol wam to mówił: dojdziemy do Bramy, a tam zobaczymy. Zobaczyliśmy. Tak, tak, mój skarbie, zobaczyliśmy. Sméagol z góry wiedział, że hobbity tędy przejść nie mogą. Tak, tak, Sméagol wiedział.

– To po jakie licho tutaj nas przyprowadziłeś? – rzekł Sam, zbyt rozżalony, żeby się zdobyć na rozsądek i sprawiedliwość.

– Pan kazał. Pan powiedział: prowadź do Bramy. Dobry Sméagol posłuchał pana. Pan kazał, pan mądry.

– Kazałem – przyznał Frodo. Twarz jego miała wyraz surowy i zacięty, ale nieulękły. Był brudny, wynędzniały, ledwie żywy ze zmęczenia, lecz trzymał się teraz prosto i oczy świeciły mu jasno. – Kazałem, bo postanowiłem wejść do Mordoru, a nie znam innej drogi. Toteż pójdę przez Bramę. Żadnego z was nie proszę, żeby mi towarzyszył.

– Nie, nie, panie! – jęknął Gollum, wyciągając do niego ręce z rozpaczą. – Tędy nie można! To na nic! Nie zanoś skarbu Tamtemu! Tamten wszystkich nas pożre, jeśli dostanie skarb, pożre cały świat. Zachowaj skarb, dobry panie, i zlituj się nad Sméagolem. Nie oddawaj skarbu Tamtemu. Albo odejdźmy stąd, powędrujemy do pięknych krajów, a skarb zwróć małemu Sméagolowi. Tak, tak, panie, zwróć skarb Sméagolowi! Sméagol będzie go strzegł pilnie. Zrobi wiele dobrego, a najwięcej dobrym hobbitom. Hobbity niech idą do domu. Niech się nie zbliżają do tej Bramy!

– Kazano mi iść do Mordoru, więc pójdę – rzekł Frodo. – Jeśli jest tylko ta jedna jedyna droga, nie mam wyboru. Niech się stanie, co się stać musi.

Sam milczał. Patrząc w twarz Froda, zrozumiał, że słowa na nic się nie zdadzą. W gruncie rzeczy od początku nie miał nadziei na szczęśliwe zakończenie wyprawy, lecz jako dzielny i pogodny hobbit obywał się bez nadziei, dopóki mógł odsuwać od siebie rozpacz. Teraz nadszedł kres wysiłków. Sam przez całą drogę wytrwał wiernie przy swoim panu, po to właściwie z nim poszedł, był więc zdecydowany nie opuścić go do końca. Jego pan nie pójdzie do Mordoru samotnie. On będzie mu towarzyszył, tyle przynajmniej zyskają, że pozbędą się wreszcie Golluma.

Gollum jednak wcale nie chciał się z nimi rozstać, jeszcze nie. Ukląkł przed Frodem, załamując ręce i skrzecząc.

– Nie tędy, panie! – błagał. – Jest inna droga. Naprawdę jest! Inna, ciemniejsza, trudniejsza do odszukania, bardziej ukryta. Ale Sméagol ją wam wskaże.

– Inna droga? – z powątpiewaniem spytał Frodo, patrząc z góry badawczo w oczy Golluma.

– Tak, tak! Naprawdę! Była inna droga. Sméagol ją znalazł. Chodźmy, przekonamy się, czy jeszcze jest.

– Nic o tym przedtem nie wspominałeś.

– Nie. Pan nie pytał. Pan nie mówił, jakie ma zamiary. Nic nie mówił biednemu Sméagolowi. Powiedział: zaprowadź do Bramy, a potem idź, gdzie chcesz. Sméagol mógłby teraz odejść, uczciwie mógłby odejść. Ale teraz pan mówi: postanowiłem pójść do Mordoru przez Bramę. Więc Sméagol bardzo się przestraszył. Nie chce stracić dobrego pana. Obiecał, pan mu kazał obiecać, że ocali skarb. Ale pan chce skarb zanieść Tamtemu, iść prosto w czarne ręce Tamtego. Sméagol musi ocalić i pana, i skarb, dlatego przypomniał sobie o innej drodze, która kiedyś na pewno istniała. Dobry pan. Sméagol także dobry, bardzo dobry, zawsze pomaga.

Sam zmarszczył brwi. Gdyby mógł wzrokiem przewiercić Golluma na wylot, stwór byłby już dziurawy jak sito. Hobbita osaczyły wątpliwości. Pozory przemawiały za tym, że Gollum jest szczerze zrozpaczony i gorąco pragnie pomóc Frodowi. Lecz Sam pamiętał podsłuchany dwugłos i nie mógł uwierzyć, by Sméagol, przez tak długie lata ujarzmiany, wziął teraz górę nad Gollumem. Nie jego przecież głos wypowiedział ostatnie słowo w dyspucie. Sam przypuszczał, że dwie połowy tego stwora, Sméagol i Gollum (czy też Krętacz i Śmierdziel, jak ich w myślach przezwał), zawarły rozejm i chwilowy sojusz. Żaden z nich nie chciał, żeby Pierścień dostał się Nieprzyjacielowi. Obaj chcieli ustrzec Froda od wpadnięcia Tamtemu w ręce i woleli nie spuszczać go z oka jak najdłużej, w każdym razie dopóty, dopóki Gollumowi nie uda się zdobyć skarbu. W istnienie innej drogi do Mordoru Sam nie bardzo wierzył.

„Dobrze chociaż, że ani jedna, ani druga połowa tego starego łotra nie wie, co pan Frodo naprawdę zamierza zrobić – myślał. – Gdyby

Gollum wiedział, że pan Frodo będzie się starał zniszczyć ten jego skarb raz na zawsze, niedługo czekalibyśmy na awanturę. Śmierdziel tak się trzęsie ze strachu przed Nieprzyjacielem – a w jakiś sposób jest, czy przynajmniej był, od jego rozkazów zależny – że raczej nas zdradzi, niż da się przyłapać na udzielaniu nam pomocy, a może też będzie wolał nas wydać Tamtemu w łapy, niż pozwolić, by jego skarb stopniał w ogniu. Na mój rozum tak to wygląda. Miejmy nadzieję, że pan Frodo namyśli się, zanim coś postanowi. Rozumu przecież mu nie brakuje, tylko serce ma za miękkie. Żaden Gamgee nie zgadnie, co panu Frodowi może przyjść do głowy".

Frodo nie od razu odpowiedział Gollumowi. Podczas gdy Sam w swojej sprytnej, lecz nieco powolnej mózgownicy rozważał te wątpliwości, Frodo stał z oczyma zwróconymi ku czarnym urwiskom Cirith Gorgor. Rozpadlina, do której się schronili, była wydrążona w stoku niewielkiego wzgórza, nieco powyżej poziomu równiny. Między wzgórzem a wysuniętą skarpą górskiej ściany ciągnęła się długa na kształt rowu dolina. W świetle ranka wyraźnie stąd było widać szare, zapylone drogi zbiegające się pod Bramą Mordoru; jedna z nich wiła się kręto na północ, druga zbaczała ku wschodowi, kierując się w mgłę czepiającą się podnóży Gór Popielnych; trzecia zaś ostrym łukiem otaczała zachodnią wieżę strażniczą, a potem prowadziła wzdłuż doliny do stóp pagórka, na którego zboczu przyczaili się hobbici, i przebiegała o kilka zaledwie stóp poniżej ich kryjówki. Nieco dalej skrajem górskiego ramienia skręcała na południe, wchodząc w głęboki cień osłaniający cały zachodni skłon Gór Cienia, i ginęła z oczu na wąskim pasie ziemi, dzielącym łańcuch gór od Wielkiej Rzeki.

Patrząc tak, Frodo wyczuł niezwykły ruch na równinie. Jak gdyby cała ogromna armia ruszyła przez nią marszem, lecz ukryta za zasłoną oparów i dymów unoszących się nad bagniskiem i pustkowiem. Tu i ówdzie przebłyskiwały jednak włócznie i hełmy, a płaskimi polami wzdłuż dróg przemykały oddziały konne. Frodowi stanął w pamięci widok oglądany z Amon Hen ledwie kilka dni temu, chociaż tamta godzina zdawała się teraz odległa o lata całe. Zrozumiał, że nadzieja, która na krótką chwilę oszołomiła jego serce, była zwodnicza. Trąby zagrały nie pobudkę do boju, lecz na powitanie. To nie zastępy ludzi z Gondoru nacierały na twierdzę

Czarnego Władcy, to nie polegli przed wiekami mężni rycerze szukali pomsty za dawną klęskę. Ludzie z obcych plemion, osiadłych na rozległych przestrzeniach Wschodu, zbierali się na rozkaz swego wodza; armie, które obozowały przez noc u jego Bramy, teraz miały wejść przez nią, by powiększyć wciąż jeszcze rosnącą potęgę Mordoru. Jakby nagle uświadamiając sobie grozę położenia i teraz dopiero spostrzegając, że stoi w świetle ranka tak blisko straszliwego Nieprzyjaciela, Frodo naciągnął cienki szary kaptur na głowę i cofnął się w głąb rozpadliny. Zwrócił się do Golluma:

– Sméagolu, raz jeszcze ci zaufam. Zdaje się, że to los każe mi przyjąć pomoc od ciebie, od istoty, od której najmniej tego oczekiwałem, a tobie nakazuje, byś udzielił pomocy hobbitowi, którego tak długo tropiłeś z jak najgorszymi zamiarami. Jak dotąd oddałeś mi wielką przysługę i dotrzymałeś wiernie obietnicy. Tak, gotów jestem to potwierdzić – dodał, zerkając na Sama – bo dwakroć byliśmy zdani na twoją wolę i nie zrobiłeś nam krzywdy. Nie próbowałeś nawet odebrać mi tego, czego szukałeś i pragnąłeś od dawna. Oby po raz trzeci udała ci się ta sztuka! Ostrzegam cię jednak, Sméagolu: jesteś w niebezpieczeństwie.

– Tak, tak, panie! – odparł Gollum. – W okropnym niebezpieczeństwie! Sméagol trzęsie się cały ze strachu, ale nie ucieka. Musi pomóc dobremu panu.

– Nie mam na myśli niebezpieczeństwa, które nam wszystkim trzem grozi – powiedział Frodo. – Jest inne, które ciebie wyłącznie dotyczy. Zaprzysiągłeś na to, co nazywasz swoim skarbem. Pamiętaj! Siła tego skarbu wiąże cię i zmusza do dotrzymania słowa, ale będzie starała się na swój przewrotny sposób zwieść cię, ku twej zgubie. Już się dałeś uwieść. I głupio się z tym zdradziłeś. Powiedziałeś: „Zwróć skarb Sméagolowi". Nigdy więcej nie powtórz tego! Nie pozwalaj tej myśli zagnieździć się w twojej głowie. Nie odzyskasz go nigdy. Ale jeśli będziesz go pożądał, możesz bardzo źle skończyć. Powiadam ci: nie odzyskasz go nigdy. W ostatecznej potrzebie włożę go na palec, Sméagolu, on zaś, który tak długo miał nad tobą władzę, ujarzmi cię znowu. Cokolwiek ci wówczas rozkażę, posłuchasz mnie, choćbyś miał skoczyć w przepaść albo rzucić się w ogień. Bo taki dam rozkaz. Ostrzegam cię, pamiętaj, Sméagolu!

Sam spojrzał na Froda z uznaniem a zarazem ze zdumieniem, bo takiego wyrazu na jego twarzy nigdy jeszcze nie widział i nigdy nie słyszał takiego tonu w jego głosie. Zawsze w głębi duszy myślał, że niepojęta dobroć pana Froda wypływa z pewnego zaślepienia. Oczywiście, nie wątpił mimo to, wbrew logice, że pan Frodo jest najmądrzejszą osobą pod słońcem, ma się rozumieć, jeśli pominąć Gandalfa i starego pana Bilba. Tym bardziej mógł podobną omyłkę popełnić Gollum, który Froda znał krócej i łatwo dał się złudzić, biorąc dobroć za zaślepienie. Niespodziane słowa hobbita przeraziły go i zgnębiły. Przypadł do ziemi i bełkotał niezrozumiale, wciąż tylko powtarzając: „dobry pan".

Frodo chwilę czekał cierpliwie, potem odezwał się nieco mniej surowo:

– A teraz, Gollumie czy Sméagolu, jeśli wolisz to imię, powiedz, jaka jest ta inna droga, i wytłumacz mi, jeśli możesz, czy daje ona dość nadziei, żebym miał prawo zboczyć dla niej z prostej ścieżki. Mów, bo czas nagli!

Lecz Gollum był zanadto oszołomiony, pogróżka z ust Froda zamąciła mu w głowie zupełnie. Trudno było wydobyć od niego jakieś zrozumiałe wyjaśnienie, tak chlipał, skrzeczał, urywał w pół słowa, czołgając się u nóg hobbitów i błagając ich obu o litość nad „biednym małym Sméagolem". Dopiero po długiej chwili, gdy się nieco uspokoił, Frodo zdołał z jego bełkotu zrozumieć, że idąc drogą skręcającą ku zachodowi od Gór Cienia, trafią wreszcie na rozdroże w kręgu ciemnych drzew. Stamtąd w prawo wiedzie droga do Osgiliath i mostu na Anduinie; druga zaś droga, środkowa, prowadzi na południe.

– Daleko, daleko, daleko – mówił Gollum. – Nigdy tą drogą nie szliśmy, ale mówią, że biegnie sto staj, aż nad wielką wodę, która nigdy nie przestaje się burzyć. Tam jest mnóstwo ryb i ogromnych ptaków, które jedzą ryby. Dobre ptaki. Ale myśmy tam nigdy nie byli, niestety, nie! Nie mieliśmy tego szczęścia. A jeszcze dalej podobno są inne kraje, gdzie Żółta Twarz bardzo mocno grzeje, gdzie rzadko widać chmury, gdzie mieszkają ludzie o ciemnych twarzach, wielcy wojownicy. Nie chcemy wcale poznać tych krajów.

– Nie! – rzekł Frodo. – Ale do rzeczy. Dokąd prowadzi trzecia droga?

– Tak, tak, jest trzecia droga – przyznał Gollum. – Skręca w lewo. Od razu wspina się pod górę, wije się i pnie ku ogromnym cieniom.

A kiedy okrąży czarną skałę, zobaczysz, nagle zobaczysz tuż nad sobą i zechcesz się schować choćby pod ziemię.

– Co zobaczę? Co takiego?

– Starą, bardzo starą twierdzę, teraz bardzo straszną. Słyszeliśmy opowieści o niej od podróżnych z południa, dawno temu, kiedy Sméagol był młody. Tak, tak, słuchaliśmy wielu opowieści wieczorami, siedząc nad brzegiem Wielkiej Rzeki w cieniu wierzb, kiedy rzeka także była jeszcze młoda, glum, glum.

Zaczął płakać i mruczeć. Hobbici czekali cierpliwie.

– Opowieści z południa – podjął znowu Gollum – o wysokich ludziach z błyszczącymi oczyma, o domach jak góry z kamieni, o srebrnej koronie króla i o jego Białym Drzewie. Piękne opowieści! Duzi Ludzie budowali wysokie wieże; jedna była srebrnobiała, przechowywano w niej kamień jasny jak księżyc, a dokoła opasywały ją grube białe mury. Tak, mnóstwo opowieści słyszeliśmy o Księżycowej Wieży.

– To pewnie Minas Ithil, wieża, którą zbudował Isildur, syn Elendila – rzekł Frodo. – Isildur właśnie obciął palec Nieprzyjacielowi.

– Tak, tak, ma tylko cztery palce u Czarnej Ręki, ale i cztery mu wystarczają – powiedział, wzdrygając się, Gollum. – Znienawidził gród Isildura.

– Czyż on nie nienawidzi wszystkiego? – rzekł Frodo. – Ale co ma wspólnego Wieża Księżycowa z naszą drogą?

– Wieża, panie, była i jest, wielka wieża, białe domy i mury, ale teraz już nie piękne, nie dobre. Tamten podbił je dawno temu. Teraz to okropne miejsce. Podróżni drżą na jego widok, uciekają, unikają nawet jego cienia. Ale pan musiałby tamtędy iść. To jedyna inna droga. Bo tam góry są niższe, a stara droga pnie się wyżej, wyżej, aż na ciemną przełęcz i potem spada w dół, w dół, znowu ku Gorgoroth. – Gollum zniżył głos do szeptu i dygotał cały.

– Co to nam pomoże? – spytał Sam. – Nieprzyjaciel z pewnością zna swoje góry i strzeże tej drugiej drogi, tak jak i tej przez Bramę. Wieża chyba nie stoi pusta?

– O, nie, nie! – odparł Gollum. – Wydaje się pusta, ale nie jest, nie! Mieszkają w niej okropne stwory, orkowie, tak, orkowie są tam zawsze, ale prócz nich gorsze stwory, gorsze są tam także.

Droga wspina się prosto w cień murów i prowadzi przez bramę. Nikt na niej kroku nie zrobi, żeby go nie dostrzegli. Ci, co siedzą w wieży, wszystko widzą. Milczący Wartownicy.

– A więc ty radzisz odbyć nowy długi marsz na południe po to, żeby wpaść w taką samą albo gorszą pułapkę jak tutaj – rzekł Sam. – Jeżeli w ogóle doszlibyśmy tak daleko.

– Nie, nie! – powiedział Gollum. – Hobbici muszą się zastanowić, zrozumieć. Tamten nie spodziewa się ataku od strony Księżycowej Wieży. Jego Oko widzi wszystko wokół, ale niektórych miejsc pilnuje czujniej niż innych. Wszystkiego naraz nie może widzieć, nie, jeszcze nie może. Podbił cały kraj na zachód od Gór Cienia aż po Rzekę i ma w swoim ręku mosty. Myśli, że nikt nie może podejść pod Wieżę Księżycową bez wielkiej bitwy na mostach albo też bez łodzi, które on by na Rzece zawczasu dostrzegł.

– Ty, jak się zdaje, wiesz dużo o nim i jego myślach – rzekł Sam. – Czyś z nim niedawno rozmawiał? Czy też nasłuchałeś się plotek od swoich kumotrów orków?

– Niedobry hobbit, nieroztropny – odparł Gollum, z gniewem odwracając się od Sama do Froda. – Sméagol rozmawiał z orkami, tak, rozmawiał, zanim spotkał pana, rozmawiał z różnymi stworami. Mówi to, co słyszał od wielu. Największe niebezpieczeństwo grozi Tamtemu od północy, więc nam także tu najniebezpieczniej. Tamten wyjdzie przez Czarną Bramę, może już wkrótce, lada dzień. Tylko tędy może wyjść wielkie wojsko. Ale od zachodu Tamten niczego się nie boi, tam czuwają Milczący Wartownicy.

– Otóż to! – powiedział Sam, nie dając się zbić z tropu. – A my pójdziemy tam, zapukamy do bramy i spytamy grzecznie, czy jesteśmy na właściwej drodze do Mordoru. Czy może ci wartownicy są tak milczący, że nic nam nie odpowiedzą? Bzdura. Z tym samym powodzeniem możemy tutaj próbować szczęścia, przynajmniej nóg oszczędzimy.

– Nie kpij – syknął Gollum. – To nie żarty, nie, nie zabawa. W ogóle nie trzeba wchodzić do Mordoru. Ale jeżeli pan powiada, że musi tam wejść, że chce, to trzeba próbować jakiejś drogi. Ale pan nie powinien iść do tych strasznych wież. Nie, nie! I w tym pomoże mu Sméagol, dobry Sméagol, chociaż nikt mu nie chce wytłumaczyć, po co to wszystko. Sméagol raz jeszcze pomoże. Sméagol znalazł. Wie.

– Co znalazłeś? – spytał Frodo.

Gollum skulił się i znów zniżył głos do szeptu.

– Małą ścieżynkę, która prowadzi pod górę, a potem schody, wąskie schodki, tak, tak, bardzo długie, bardzo wąskie. I jeszcze jedne schody. A potem – szeptał coraz ciszej – tunel, ciemny tunel i w końcu małą szczelinę i ścieżkę wysoko nad przełęczą. Tamtędy Sméagol wydostał się z ciemności. Ale to było dawno, dawno temu. Może ścieżki już nie ma. A może, może jest...

– Wszystko to wcale mi się nie podoba – rzekł Sam. – Nie może to być takie łatwe, jak gadasz. Jeżeli ścieżka po dziś dzień istnieje, na pewno jest strzeżona. Czy dawniej nie była strzeżona? Mów, Gollumie.

Gdy to mówił, spostrzegł, a może mu się wydało, że w oczach Golluma błysnęło zielone światełko. Gollum mruczał, lecz nie odpowiadał.

– Czy nie jest strzeżona? – spytał surowo Frodo. – Czy to prawda, że ty, Sméagolu, uciekłeś z kraju ciemności? Czy nie wyszedłeś raczej za pozwoleniem i z polecenia Nieprzyjaciela? Tak przecież sądził Aragorn, który cię przed paru laty odnalazł na Martwych Bagnach.

– Kłamstwo! – syknął Gollum, a na dźwięk imienia Aragorna znów oczy zaświeciły mu złością. – On nakłamał o mnie, tak, nakłamał. Uciekłem o własnych siłach, biedny Sméagol uciekł. Kazano mi szukać skarbu, to prawda, toteż szukałem, szukałem. Ale nie dla Czarnego, nie dla Tamtego. Skarb jest nasz, był mój, przecież mówiłem. Uciekłem.

Frodo był dziwnie przeświadczony, że w tym wypadku Gollum nie odbiega od prawdy tak daleko, jak można by z pozoru przypuszczać; wierzył, że Gollum znalazł drogę z Mordoru, czy też przynajmniej łudził się, że wydostał się stamtąd dzięki własnej przemyślności. Przede wszystkim Frodo zauważył, że Gollum powiedział „ja", a to było oznaką rzadką, lecz dość pewną, że resztki dawnej prawdomówności biorą w nim chwilowo górę nad znikczemnieniem. Ale nawet gdyby Gollumowi można było co do tego szczegółu zaufać, Frodo nie zapominał o podstępach Nieprzyjaciela. Możliwe, że czuwający w Czarnej Wieży władca umyślnie pozwolił Gollumowi uciec albo nawet sam tę ucieczkę ułożył i wszystko o niej wiedział. W każdym razie Gollum na pewno wiele zataił.

– Raz jeszcze pytam – rzekł – czy owa tajemnicza droga nie była strzeżona?

Gollum jednak, odkąd wspomniano Aragorna, zaciął się i stracił chęć do rozmowy. Miał obrażoną minę kłamcy, któremu nie wierzą, gdy raz wyjątkowo powiedział prawdę czy przynajmniej część prawdy. Nie odpowiadał.

– Czy nie jest strzeżona? – powtórzył Frodo.

– Może, może. W tym kraju nie ma bezpiecznych miejsc – odparł ponuro Gollum. – Nie ma. Ale pan musi albo spróbować tej ścieżki, albo zawrócić do domu. Innej drogi nie ma.

Więcej nic z niego nie zdołali wydobyć. Nie umiał czy może nie chciał powiedzieć, jak się nazywa to straszliwe miejsce i przełęcz pod nim.

A nazywało się Cirith Ungol i miało okropną sławę. Aragorn mógłby hobbitom pewnie tę nazwę wyjawić i wytłumaczyć jej znaczenie. Gandalf ostrzegłby ich przed nią. Lecz tu byli zdani na własne siły. Aragorn przebywał bardzo daleko, Gandalf stał wśród ruin Isengardu i zmagał się ze zdrajcą Sarumanem, który umyślnie starał się go jak najdłużej przetrzymać. Co prawda, nawet w chwili gdy kierował ostatnie słowa do Sarumana, gdy palantír upadł, krzesząc skry na schodach pod Orthankiem, Gandalf pamiętał o Frodzie i Samie, poprzez wielkie dzielące ich przestrzenie słał ku nim myśli, usiłując natchnąć hobbitów nadzieją i wesprzeć współczuciem.

Może Frodo wyczuł to bezwiednie, tak jak przedtem na Amon Hen, chociaż myślał, że Gandalf odszedł na zawsze w ciemności Morii, w najdalszą drogę. Hobbit siedział na ziemi długą chwilę i z głową spuszczoną na piersi w milczeniu usiłował przypomnieć sobie wszystko, co Gandalf mu kiedykolwiek mówił. Lecz nie mógł w pamięci odnaleźć nic, co by mu teraz pomogło w wyborze. Za wcześnie zabrakło im przewodnictwa Gandalfa, o wiele za wcześnie, nim jeszcze zbliżyli się do Czarnego Kraju. Gandalf nie pouczył ich, jakim sposobem mają wejść w jego granice. Może sam nie wiedział. Do północnej twierdzy Nieprzyjaciela, Dol Guldur, Gandalf kiedyś dotarł. Czy jednak zawędrował do Mordoru, na Górę Ognia, do Barad-dûr, odkąd Czarny Władca wzmógł ponownie swe siły? Frodo przypuszczał, że raczej nie. I oto on, mały niziołek z Shire'u, prosty hobbit z cichego kraiku, miał znaleźć drogę, na którą nie umiał czy nie ważył się wstąpić nikt z wielkich. Srogi mu przypadł los. Lecz Frodo zgodził się na ten los dobrowolnie, wtedy, we własnym domu, owego dnia zeszłorocznej wiosny, tak dziś odległej, jak rozdział z legendy o młodości świata, kiedy to na ziemi kwitło Złote i Srebrne Drzewo. Wybór był trudny. Którą drogą powinien pójść? A jeśli obie prowadzą w grozę i śmierć, czy warto zastanawiać się nad wyborem?

Dzień upływał. Głęboka cisza zaległa nad małą, szarą jamką, w której przycupnęli, tuż nad granicą krainy trwogi; cisza niemal namacalna, jak gęsta zasłona oddzielająca ich od reszty świata. Blada kopuła nieba poznaczona smugami dymu zdawała się wysoka i odległa, jakby ku niej spoglądali z wielkiej głębi, poprzez ciężkie od smutnych myśli powietrze.

Nawet orzeł, gdyby zawisł pod słońcem, nie wypatrzyłby w tej kryjówce hobbitów, skulonych pod brzemieniem losu, milczących, nieruchomych, owiniętych w cienkie szare płaszcze. Może przez jedno mgnienie zatrzymałby wzrok na drobnej, płasko na ziemi rozpostartej postaci Golluma, lecz wziąłby ją pewnie za szkielet zamorzonego głodem ludzkiego dziecka, okrytego resztą łachmanów, z nogami i ramionami bielejącymi jak kość i wychudłymi do kości; ta odrobina mięsa niewarta była nawet dziobnięcia.

Frodo skłonił twarz na kolana, ale Sam leżał na wznak, podłożywszy ręce pod głowę, i spod kaptura patrzył w pustkę nieba. Bo niebo przez dłuższy czas było puste. Nagle Samowi wydało się, że dostrzega ciemną sylwetkę ptaka, który zataczał koła w promieniu dostępnym jego oczom, zawisał w powietrzu, krążył znowu, oddalał się, wracał. Potem przyłączył się do niego drugi ptak, trzeci, czwarty... Z daleka wydawały się maleńkie, lecz Sam poznawał, chociaż nie wiedział po czym, że są olbrzymie, skrzydła mają szeroko rozpięte i latają bardzo wysoko. Zasłonił oczy i skurczył się, przywarł do ziemi. Zdjął go ten sam strach, który kiedyś ostrzegł hobbitów o zbliżaniu się Czarnych Jeźdźców, to samo bezradne przerażenie, którym przejął ich okrzyk, niesiony wiatrem, i cień migający na tle księżycowej tarczy. Tym razem jednak strach był nie tak przytłaczający, mniej natarczywy. Niebezpieczeństwo groziło z dala. Groziło wszakże niechybnie. Frodo również je wyczuł. Myśli zmąciły się w jego głowie. Poruszył się, zadrżał, lecz nie podniósł oczu. Gollum zwinął się w kłębek jak spłoszony pająk. Skrzydlate stwory zatoczyły koło i zniżając ostro lot, zawróciły do Mordoru. Sam odetchnął głęboko.

– Jeźdźcy znowu się kręcą, ale teraz w powietrzu – powiedział ochrypłym szeptem. – Widziałem ich. Czy pan myśli, że mogli nas dostrzec? Byli bardzo wysoko. Jeżeli to są ci sami Czarni Jeźdźcy, nie widzą dobrze przy świetle dziennym, prawda?

– Nie, chyba niewiele widzą – odparł Frodo. – Ale ich wierzchowce widzą. Te skrzydlate stwory, których teraz dosiadają, zapewne mają wzrok bystrzejszy niż wszystkie inne istoty na świecie. To jakby olbrzymie drapieżne ptaki. Czegoś szukają, obawiam się, że Nieprzyjaciel jest zaalarmowany.

Uczucie grozy minęło, lecz zasłona ciszy pękła. Przez pewien czas hobbici czuli się odcięci od świata jak gdyby na niewidzialnej wyspie; teraz znów byli odsłonięci, wystawieni na niebezpieczeństwo. Mimo to Frodo nie odzywał się do Golluma, nie oznajmiał, co postanowił. Przymknął oczy, jakby drzemał albo zaglądał w głąb własnego serca i pamięci. W końcu otrząsnął się i wstał; Sam był pewien, że jego pan wymówi rozstrzygające słowo, lecz Frodo niespodzianie szepnął:

– Słuchaj. Co to jest?

Na nowo ogarnął ich strach. Usłyszeli śpiew i chrypliwe krzyki. Zrazu zdawały się bardzo dalekie, rosły jednak z każdą chwilą i wyraźnie zbliżały się ku nim. Wszystkim trzem błysnęła myśl, że Czarne Skrzydła wyśledziły ich i nasłały zbrojnych żołnierzy, by ich porwali w niewolę. Dla straszliwych sług Saurona nie istniały przecież odległości ani przeszkody. Hobbici i Gollum przywarli do ziemi, nasłuchując. Głosy i szczęk oręża dochodziły już z bardzo bliska. Frodo i Sam wysunęli mieczyki z pochew. O ucieczce nie było co myśleć.

Gollum podniósł się z wolna i jak robak wypełzł na krawędź rozpadliny. Ostrożnie, cal za calem posuwał się w górę, aż znalazł miejsce, gdzie mógł wyjrzeć na świat spomiędzy dwóch odłamków skały. Długą chwilę trwał bez ruchu, wstrzymując niemal oddech. Zgiełk teraz znów się oddalał i cichnął stopniowo. Daleko, na murach Morannonu zadęto w róg. Gollum bezszelestnie osunął się z powrotem na dno kryjówki.

– To ludzie. Nowe wojska przybyły do Mordoru – rzekł cicho. – Ciemne Twarze. Takich ludzi nigdy jeszcze nie widzieliśmy, nie, Sméagol nie widział. Są straszni. Mają czarne oczy i długie czarne włosy, i złote kolczyki w uszach. Tak, dużo pięknego złota. Niektórzy są wymalowani na policzkach czerwoną farbą i ubrani w czerwone płaszcze. Niosą czerwone chorągwie i włócznie z czerwonymi ostrzami. Tarcze mają okrągłe, żółte i czarne, najeżone mnóstwem wielkich kolców. Niedobrzy ludzie. Okrutni, źli ludzie. Prawie tak samo dzicy jak orkowie, ale jeszcze więksi od orków. Sméagol myśli, że to ludzie z południa, zza ujścia Wielkiej Rzeki, bo przyjechali drogą z tamtej strony. Już są za Czarną Bramą, ale mogą nadciągnąć inni, ludzie wciąż przybywają do Mordoru. Kiedyś wszyscy tam się znajdą.

– A czy widziałeś olifanty? – spytał Sam, z ciekawości zapominając o strachu, bo zawsze był chciwy wiadomości o dalekich krajach.

– A co to jest, te olifanty? – odpowiedział Gollum pytaniem.

Sam wstał, założył ręce za plecy, jak zawsze, gdy deklamował wiersz, i zaczął:

> *Szary jestem jak szczur,*
> *Wielki – jak mur,*
> *Mój nos jak wąż, jak trąba.*
> *Kiedy śród trawy stąpam,*
> *Dokoła ziemia drży*
> *I drzewa trzeszczą.*
> *W pysku mi błyszczą kły*
> *Złowieszczo,*
> *A uszy kłapią – kłap,*
> *Gdy na południe człapię – człap!*
> *Od iluż, iluż lat*
> *Przemierzam świat –*
> *Lecz nawet w śmierci chwili,*
> *Gdy mi się łeb pochyli –*
> *Nikt mnie nie ujrzy, bym się kładł!*

Ja jestem o-li-fant,
Pustyni pan,
Olbrzymi, stary olifant...
Kto raz mnie ujrzał, taki człek,
Zachowa obraz mój przez wiek.
Kto mnie nie widział, bądźmy szczerzy –
W istnienie moje nie uwierzy,
Bom olifant, co radziej
Wędruje, niż się kładzie. [1]

– To jest wierszyk, który wszyscy znają w Shire – oświadczył na zakończenie. – Może głupstwo, a może nie. Mamy swoje legendy i także coś niecoś słyszeliśmy o krajach na południu. Za dawnych dni hobbici od czasu do czasu wypuszczali się w szeroki świat. Nie wszyscy i nie we wszystko, co opowiadano, wierzyli. Jest nawet porzekadło: „nowinki z Bree" i „tyle prawdy, ile w plotkach z Shire". Ale słyszałem opowieści o Dużych Ludziach z południa. Nazywamy ich Swertami w tych legendach. Podobno dosiadają olifantów, kiedy jadą na wojnę. Na grzbietach olifantów stawiają domy i wieże, i różne rzeczy, a te olifanty wyrywają drzewa i skały i rzucają nimi. Więc kiedy powiedziałeś, że jadą ludzie z południa w czerwieni i w złocie, spytałem, czy widziałeś też olifanty. Bo gdyby one tam były, niech tam, zaryzykowałbym i wytknąłbym głowę, żeby je zobaczyć. No, ale pewnie już nie będę miał w życiu okazji. Może zresztą wcale nie ma żadnych olifantów.

I Sam westchnął.

– Nie, nie ma olifantów – rzekł Gollum. – Sméagol nigdy o nich nie słyszał. Nie chce wcale ich widzieć. Nie chce, żeby były na świecie. Sméagol chce odejść stąd i schować się w bezpieczniejszym miejscu. Sméagol chce, żeby pan stąd odszedł. Dobry pan, czy nie pójdzie za Sméagolem?

Frodo wstał. Kiedy Sam recytował stary wierszyk, tylekroć powtarzany w Shire wieczorem przy kominku, Frodo mimo wszystkich trosk śmiał się szczerze, a śmiech wyzwolił go z rozterki.

– Szkoda, że nie mamy tysiąca olifantów, a na ich czele Gandalfa na białym olifancie – rzekł. – Wtedy może byśmy sobie utorowali

---

[1] Przełożył Włodzimierz Lewik.

drogę do tego złego kraju. Ale nie mamy nic prócz własnych zmęczonych nóg. Trudno. No, Sméagolu, do trzech razy sztuka, może ta trzecia próba okaże się z wszystkich najpomyślniejsza. Pójdę za tobą.

– Dobry pan, mądry pan, miły pan! – krzyknął uradowany Gollum, głaszcząc kolana Froda. – Dobry pan. Niech teraz dobre hobbity odpoczną w cieniu tego kamienia, jak najbliżej kamienia. Prześpijcie się, póki Żółta Twarz nie zniknie. Potem pójdziemy prędziutko. Cicho, prędko, musimy biec jak cienie.

Rozdział 4

O ziołach i potrawce z królika

Odpoczywali przez parę godzin, póki trwał dzień, przesuwając się, w miarę jak słońce wędrowało po niebie, aż wreszcie cień zachodniej krawędzi wydłużył się i wypełnił mrokiem całą rozpadlinę. Wówczas hobbici zjedli po kęsku lembasa i popili odrobiną wody. Gollum nie jadł nic, lecz wodę przyjął chętnie.

– Wkrótce będzie świeża woda – powiedział, oblizując wargi. – Dobra woda płynie potokami do Wielkiej Rzeki, smaczna jest woda w okolicach, do których teraz idziemy. Może Sméagol znajdzie też coś do jedzenia. Jest głodny, bardzo głodny, glum, glum.

Przycisnął wielkie, płaskie dłonie do zapadniętego brzucha, a w jego oczach zatliło się zielone światełko.

Mrok już był gęsty, kiedy wreszcie ruszyli, wypełzając z rozpadliny przez zachodnią krawędź i znikając niby zjawy w nierównym terenie na skraju drogi. Do pełni brakowało już tylko trzech dni, ale księżyc dopiero około północy wychynął zza gór i noc była bardzo ciemna. Wysoko na jednej z wież, zwanych Zębami Mordoru, błyszczało samotne czerwone światełko, lecz poza tym żaden sygnał ani głos nie zdradzał, że na Morannonie czuwa bezsenna straż.

Przez wiele mil ścigało ich jak gdyby czerwone oko, gdy biegli, potykając się wśród kamieni i rumowisk zalegających tę jałową ziemię. Nie odważyli się iść drogą, lecz trzymali się jej lewego skraju i w miarę możności starali się posuwać równolegle do niej w pewnym nieznacznym oddaleniu. Wreszcie pod koniec nocy, kiedy wędrowcy porządnie już byli zmęczeni, bo pozwalali sobie na krótkie tylko chwile wytchnienia w marszu, oko zmalało, zmieniło się w drobny ognisty punkcik, a potem znikło: znaczyło to, że okrążyli już ciemne północne ramię gór i skręcili wprost na południe.

Zatrzymali się na odpoczynek z uczuciem dziwnej ulgi w sercach, lecz nie na długo. Gollum naglił do pośpiechu. Wedle jego rachuby od Morannonu do rozdroża nad Osgiliath było około trzydziestu staj i miał nadzieję, że przebędą je w ciągu czterech nocy. Znowu więc ruszyli i szli, póki brzask nie zaczął z wolna rozlewać się nad szerokim, szarym pustkowiem. Przebyli prawie osiem staj; wyczerpani hobbici nie mogli dłużej maszerować, nawet gdyby się nie lękali światła dziennego.

Kiedy się rozwidniło, zobaczyli wokół krajobraz mniej tutaj nagi i spustoszony niż na północy. Góry groźnie piętrzyły się po lewej stronie, lecz bliżej wiła się droga na południe, w tym miejscu dość oddalona od podnóży górskiego łańcucha i skosem odbiegająca nieco ku zachodowi. Za nią, na zboczach, drzewa ciemniały niby chmury, po drugiej jednak stronie falował step porosły wrzosem, ostrą trawą i rozmaitymi krzewami, których nawet hobbici nie znali. Tu i ówdzie wystrzelały kępy smukłych sosen. Mimo zmęczenia wędrowcom znowu raźniej trochę zrobiło się na sercu; powietrze, świeże i wonne, przypomniało im wyżynę dalekiej Północnej Ćwiartki. Czuli się tak, jakby ciążący nad nimi wyrok odroczono, i cieszył ich widok krainy, która od kilku lat dopiero znalazłszy się pod jarzmem Czarnego Władcy, nie uległa jeszcze spustoszeniu. Nie zapominali jednak o niebezpieczeństwie i o Czarnej Bramie, przesłoniętej ponurą ścianą, lecz bardzo bliskiej. Rozejrzeli się za jakąś kryjówką, aby się schronić przed wrogimi oczyma, dopóki noc nie zapadnie.

Dzień spędzili niezbyt wygodnie. Leżeli w bujnych wrzosach, licząc wlokące się leniwie godziny, nieprzynoszące prawie zmian; byli jeszcze wciąż pod osłoną Gór Cienia, słońce świeciło blado. Frodo od czasu do czasu zasypiał głęboko i spokojnie; może ufał Gollumowi, a może po prostu zanadto był zmęczony, żeby się o cokolwiek troszczyć. Sam jednak ledwie trochę się zdrzemnął, usnąć nie mógł nawet wtedy, gdy się upewnił, że Gollum śpi jak suseł, pochlipując i drżąc, jakby go dręczyły koszmary. Nieufność, a bardziej jeszcze głód, spędzały sen z powiek hobbita; od dawna tęsknił do porządnego, ciepłego posiłku.

Kiedy z nadejściem wieczoru wszystko wokół poszarzało i zatarło się w mroku, ruszyli znowu. Wkrótce Gollum wyprowadził ich na południową drogę i odtąd mimo zwiększonego niebezpieczeństwa posuwali się szybciej. Pilnie nadstawiali uszu, czy za sobą lub przed sobą nie usłyszą tętentu kopyt, lecz noc minęła, a nie pojawił się w zasięgu ich wzroku i słuchu ani pieszy, ani konny nieprzyjaciel.

Drogę tę zbudowano w zamierzchłych czasach; na odcinku trzydziestu mil od Morannonu była widocznie niedawno naprawiona, lecz im dalej na południe, tym bardziej dzika przyroda brała górę nad dziełem ludzi z pradawnych pokoleń. Ślad ich sztuki można było jeszcze odnaleźć w prostej, pewnie wytyczonej linii tego szlaku, który tu i ówdzie przecinał stok wzgórza lub śmiałym łukiem mostu przeprawiał się nad strumieniem. Lecz w miarę jak hobbici posuwali się naprzód, coraz rzadziej natrafiali na resztki kamiennej budowy, aż w końcu nie zostało z niej nic prócz zgruchotanych słupów sterczących pośród gąszcza krzewów lub omszałego bruku przeświecającego gdzieniegdzie spod zielska i mchu. Wrzosy, drzewa i paprocie zarosły skarpy, a nawet wdzierały się na środek drogi. Zwężała się wreszcie tak, że wyglądała na rzadko używaną polną dróżkę, lecz nie krążyła i nie błądziła, biegła w dalszym ciągu prosto i najkrótszym szlakiem prowadziła podróżnych do celu.

Tak dotarli do północnego pogranicza kraju, który ludzie niegdyś nazywali Ithilien, pięknego kraju wzgórz, lasów i bystrych potoków. Noc rozpogodziła się, błysnęły gwiazdy, księżyc świecił pełnią, a hobbitom zdawało się, że powietrze pachnie coraz piękniej i coraz mocniej. Z pomruków i sapania Golluma wywnioskowali, że on także to czuje i że wcale się z tego nie cieszy. O pierwszym brzasku zatrzymali się znowu. Doszli do końca głębokiego i długiego wąwozu, którym między stromymi ścianami droga wrzynała się w kamienny grzbiet górski. Wspięli się na zachodnią skarpę, żeby wyjrzeć na okolicę.

Niebo już się rozwidniało i w rannym świetle hobbici stwierdzili, że znacznie oddalili się od gór, które wygiętym łukiem cofały się ku wschodowi i ginęły z oczu na widnokręgu. Zwracając się na zachód, widzieli łagodne wzgórza opadające ku odległej równinie owianej złocistą mgłą. Wokół widzieli niewielkie laski, rozdzielone dużymi polanami, a wśród pachnących żywicą drzew prócz jodeł, cedrów i cyprysów rozróżniali inne jeszcze odmiany, nieznane w Shire; wszędzie też rosło mnóstwo wonnych ziół i krzewów. Długa wędrówka z Rivendell przywiodła ich daleko na południe od ojczystego kraju, lecz dopiero w tej bardzo osłoniętej okolicy hobbici odczuli różnicę klimatu. Tutaj wiosna już się zaczęła, młode pędy wystrzelały spośród mchów i darni, modrzewiom rosły jasnozielone palce, drobne kwiatki otwierały się w trawie, ptaki śpiewały. Ithilien, ogród Gondoru, dziś wyludniony, zachował mimo opuszczenia niezwykły urok.

Od południa i zachodu zwrócony ku ciepłym dolinom Anduiny, od wschodu osłonięty ścianą Efel Dúath, lecz na tyle od niej odległy, że nie padały nań cienie gór, od północy chroniony przez pasmo Emyn Muil, kraj ten stał otworem dla powiewów południa i wilgotnych wiatrów od dalekiego morza. Wiele olbrzymich drzew, zasadzonych w niepamiętnej przeszłości, starzało się bez opieki wśród tłumu swego niedbałego potomstwa; w zaroślach i gajach stały zbitą gęstwą tamaryszki, aromatyczne drzewa terpentynowe, oliwki i wawrzyny. Rósł także jałowiec i mirt, tymianek krzewił się bujnie i rozpełzał zdrewniałymi pędami wśród kamieni, okrywając je grubym kobiercem; rozmaite odmiany szałwi kwitły błękitem, czerwienią lub jasną zielenią; obok majeranku i pietruszki Sam dostrzegał rozmaite wonne ziółka, których nie spotkał w swojej ogrodniczej praktyce w ojczyźnie. Ściany i rozpadliny pstrzyły się od rozpełzłych skalnych pnączy. Prymule i anemony kwitły wśród poszycia leśnego, asfodele i liczne liliowe kwiaty kołysały w trawie na pół otwartymi koronami, a ciemniejsza zieleń otaczała jeziorka rozlane w miejscach, gdzie spadające z gór potoki zatrzymywały się w chłodnych zagłębieniach na swej drodze ku Anduinie.

Wędrowcy odwrócili się od drogi i zeszli niżej. Kiedy przedzierali się przez zarośla i brodzili w trawie, słodkie zapachy biły im w nozdrza. Gollum krztusił się i prychał, a hobbici wciągali powietrze w płuca jak mogli najgłębiej, Sam w pewnej chwili zaśmiał się w głos, po prostu z nadmiaru radości. Trzymali się biegu strumienia, który raźno spływał w dół, aż doprowadził ich do czystego jeziorka w płytkiej kotlinie; woda lśniła wśród ruin starego kamiennego zbiornika, jego rzeźbione obmurowanie zarosło niemal całkowicie mchem i głogiem. Kosaćce otaczały je wkoło kwiecistymi szablami, lilie wodne rozkładały płaskie liście na ciemnej porysowanej drobnymi zmarszczkami tafli; jezioro było głębokie i chłodne, a u jego drugiego końca nurt odpływał dalej przez kamienny próg.

Hobbici umyli się i napili do syta czystej, świeżej wody. Potem zaczęli rozglądać się za jakimś zacisznym schronieniem, bo chociaż ten kraj tchnął jeszcze takim urokiem, należał już teraz do terytorium Nieprzyjaciela. Wędrowcy nie odeszli daleko od drogi, a przecież nawet na tej niewielkiej przestrzeni natknęli się na ślady dawnych wojen i na świeże rany, zadane tej ziemi przez orków i innych nikczemnych służalców Czarnego Władcy: odkrytą jamę pełną nieczystości i śmieci, drzewa podcięte w niszczycielskiej pasji i zostawione na pastwę powolnej śmierci, inne naznaczone runami lub złowieszczym godłem Oka wyrytym na żywej korze.

Sam zapuścił się poniżej ujścia jeziora, wąchając i oglądając nieznane kwiaty i drzewa; nie myślał przez tę chwilę o Mordorze, lecz niebezpieczeństwo przypomniało mu o swej bliskiej obecności. Natrafił niespodzianie na krąg wypalonej trawy, a pośrodku zobaczył stos osmalonych, potrzaskanych kości i czaszek. Bujnie krzewiące się ciernie, głogi i powoje już zdążyły przesłonić zielenią to straszliwe miejsce rzezi i uczty, lecz ślady ognia były dość świeże. Sam pośpiesznie wrócił do towarzyszy, nic im jednak o swoim odkryciu nie powiedział. Wolał, żeby kości zostawiono w spokoju i żeby w nich Gollum nie przebierał łapami.

– Poszukajmy jakiego kąta, gdzie by się położyć – rzekł – ale nie w dole, raczej tam, w górze.

Nieco powyżej jeziora znaleźli miękkie posłanie w kępie suchych zeszłorocznych paproci. Nad nią gąszcz drzew laurowych o lśniących ciemnych liściach piął się po stromym zboczu uwieńczonym gajem starych cedrów. Tu hobbici postanowili spędzić dzień, który zapowiadał się pogodny i ciepły. W taki dzień miło byłoby spacerować po lasach i polankach Ithilien, lecz orkowie, chociaż boją się słonecznego blasku, mogli mieć tu swoje kryjówki i straże, a prócz orków wiele innych wrogich oczu zapewne czuwało nad tą krainą. Sauron ma mnóstwo różnych sług. Gollum w każdym razie nie zgodziłby się ruszyć, póki świeciła Żółta Twarz. Słońce wkrótce miało wyjrzeć zza ciemnego grzbietu gór, a wtedy Gollum zwykle słabł i kulił się, unikając światła i ciepła.

Sam już od dawna poważnie się niepokoił o zaopatrzenie w żywność. Teraz, kiedy groza niedostępnej Bramy została daleko za nimi, nie był już tak jak jego pan obojętny na wszystko, co może się z nimi zdarzyć po dopełnieniu misji; w każdym razie rozsądek nakazywał oszczędzać chleba elfów na najgorsze godziny, które ich jeszcze czekały. Tydzień prawie minął od dnia, gdy Sam wyliczył, że nawet przy wielkiej oszczędności lembasów nie starczy na dłużej niż trzy tygodnie.

„Nie zanosi się na to, żebyśmy w tym czasie doszli na Górę Ognia – myślał. – A może jednak zechcemy wrócić. Kto wie?".

W dodatku po całonocnym marszu, po kąpieli i odświeżeniu gardła Sam był jeszcze bardziej głodny niż zwykle. Marzyło mu się porządne śniadanie czy raczej kolacja w starej kuchni domku w zaułku Bagshot. Zaświtał mu w głowie pewien pomysł, więc żywo zwrócił się do Golluma. Gollum właśnie swoim zwyczajem wymykał się chyłkiem na czworakach przez paprocie.

– Ej! Gollumie! – zawołał Sam. – Dokąd się wybierasz? Na polowanie? Słuchaj, stary grymaśniku, tobie nie smakują nasze suchary, ale wiedz, że ja także chętnie bym dla odmiany coś innego wziął na ząb. Twoje najnowsze hasło brzmi: zawsze do usług gotowy. Czy nie mógłbyś znaleźć czegoś odpowiedniego dla głodnego hobbita?

– Tak, tak, może znajdę – odparł Gollum. – Sméagol zawsze pomaga, jeżeli go proszą... grzecznie proszą.

– No, dobrze – powiedział Sam – prosiłem cię grzecznie, a jeśli to jeszcze za mało, proszę uniżenie.

Gollum zniknął. Nie było go przez czas dłuższy; Frodo zjadł parę okruchów lembasa, zakopał się głęboko w brunatne paprocie i usnął. Sam przyjrzał się swemu panu. Światło dnia ledwie dosięgało cienia pod drzewami, lecz widział bardzo wyraźnie twarz Froda i ręce nieruchomo spoczywające na ziemi po obu jego bokach.

Przypomniały mu się tamte dni, kiedy Frodo ciężko ranny leżał uśpiony w domu Elronda. Już wtedy, czuwając przy nim, Sam spostrzegł, że od czasu do czasu przez ciało hobbita prześwieca jakby od wewnątrz nikłe światełko; teraz światło było jeszcze jaśniejsze i silniejsze. Frodo twarz miał spokojną, wyraz lęku i troski znikł z niej zupełnie; wydawała się jednak stara, stara i piękna, jakby długie lata wyrzeźbiły ją delikatnym dłutem i wydobyły niewidoczne przedtem szlachetne rysy, chociaż w zasadzie twarz się nie zmieniła. Sam Gamgee co prawda nie określił tej zmiany tak wymyślnie. Pokiwał głową, jakby słowa nic tu nie mogły pomóc, i szepnął do siebie: „Kocham go. Jest, jaki jest, a czasem prześwieca dziwnie. Ale, tak czy owak, kocham go".

Gollum wrócił cichcem i zajrzał przez ramię Sama. Popatrzył na Froda, przymknął ślepia i wycofał się bezszelestnie. Sam poszedł za nim. Zastał go żującego coś i mamroczącego pod nosem. Na ziemi przy nim leżały dwa małe króliki, na które Gollum zerkał chciwie.

– Sméagol zawsze pomaga – rzekł. – Przyniósł króliki, dobre króliki. Ale pan śpi, Sam pewnie także chce spać. Sam pewnie nie chce już teraz jeść królików? Sméagol stara się pomóc, ale nie może upolować zwierzyny na zawołanie.

Sam jednak wcale nie uważał, że już za późno na śniadanie, i jasno to Gollumowi oznajmił. Zwłaszcza jeśli są widoki na potrawkę z królika! Wszyscy hobbici umieją oczywiście gotować, bo tę sztukę wpajają im rodzice jeszcze przed abecadłem – do abecadła zresztą nie każdy dochodzi – Sam wszakże był wyjątkowo dobrym kucharzem nawet wśród hobbitów i nabył dodatkowej wprawy, przyrządzając polowym sposobem posiłki w czasie tej wędrówki, ilekroć miał co do garnka włożyć. Nie tracąc nadziei, wciąż nosił w swoim worku sprzęt kuchenny: hubkę, dwa małe płytkie rondelki tak dobrane, że jeden mieścił się w drugim, a prócz tego drewnianą łyżkę, krótki dwuzębny widelec i parę szpikulców; na dnie tobołka w płaskim drewnianym pudełeczku miał schowany skarb, cenny i już mocno nadszarpnięty: szczyptę soli. Potrzebował jeszcze ognia i pewnych dodatków. Wyciągnął nóż, otarł go do czysta, naostrzył na kamieniu i zaczął oprawiać króliki, zastanawiając się, co dalej zrobić. Nie chciał zostawić śpiącego Froda samego ani na chwilę.

– Wiesz co, Gollum – rzekł. – Mam dla ciebie następną robotę. Idź i zaczerpnij wody do tych rondelków.

– Sméagol przyniesie wodę, tak – odparł Gollum. – Ale na co hobbitowi woda? Napił się już i umył.

– Mniejsza z tym – powiedział Sam. – Jeżeli nie zgadłeś, to dowiesz się wkrótce. Im prędzej wrócisz z wodą, tym wcześniej będziesz to wiedział. I nie zgub ani nie zniszcz mi garnków, bo cię posiekam na kotlety.

Gollum zniknął, a Sam znowu popatrzył na swego pana. Frodo spał w dalszym ciągu spokojnie, lecz Sama uderzyła niezwykła chudość jego twarzy i rąk. „Chudy, wymizerowany – mruknął do siebie. – Czy to tak hobbit powinien wyglądać? Jak tylko ugotuję potrawkę, zbudzę go".

Zgarnął kopczyk najsuchszych paproci, nazbierał na pobliskim stoku trochę chrustu i drewek, na wierzch stosu przeznaczył złamaną gałąź cedrową, która mogła długo podtrzymać ogień. Wszystko to umieścił w wygrzebanym u stóp zbocza dołku, z dala od kępy uschłych paproci. Wprawnie, szybko skrzesał ogień za pomocą hubki i krzesiwa. Mały ogieniek nie dymił prawie wcale, za to roztaczał miły zapach. Sam właśnie klęczał pochylony nad ogniem, osłaniając go i dokładając po trosze drewek coraz grubszych, gdy zjawił się Gollum; niósł ostrożnie rondle pełne wody i mamrotał coś do siebie.

Postawił rondle na ziemi i nagle zobaczył dzieło Sama. Krzyknął cienkim, skrzeczącym głosem, jakby przerażony i gniewny.

– Och! Sss! – syczał. – Nie! Niemądre hobbity, nieroztropne, tak, nieroztropne! Nie trzeba tego robić.

– Czego nie trzeba robić? – zdziwił się Sam.

– Tych wstrętnych czerwonych jęzorów! – syknął Gollum. – Ogień! Ogień! To bardzo niebezpieczne. Pali, zabija. I może ściągnąć nieprzyjaciół, tak, tak!

– Chyba nie – odparł Sam. – Nie powinno się to zdarzyć, jeśli nie dołożysz do ognia mokrych liści, bo wtedy by się dymiło. Zresztą niech się dzieje, co chce. Zaryzykuję. Muszę ugotować króliki.

– Ugotować? – jęknął Gollum z rozpaczą. – Zepsuć dobre mięso, które Sméagol wam oddał, biedny, głodny Sméagol! I po co? Po co, głupi hobbicie? Króliki są młode, miękkie, smaczne. Zjedz je, zjedz je tak.

Chwycił królika, już odartego ze skóry i leżącego przy ognisku.

– Uspokój się – rzekł Sam. – Co jednemu miód, to drugiemu trucizna. Tobie w gardle staje nasz chleb, a nam twoje surowe mięso. Jeśli dajesz mi w prezencie królika, wolno mi go ugotować, skoro tak chcę. Nikt ci nie każe przyglądać się, jak będę go zjadał. Złap sobie drugiego i zjedz po swojemu, w jakimś kącie, aby nie na moich oczach. Ty nie będziesz widział ognia, a ja nie będę widział ciebie, co nam obu sprawi przyjemność. Przypilnuję, żeby ognisko nie dymiło, jeżeli ci na tym zależy.

Gollum oddalił się, mrucząc i zniknął w paprociach. Sam zajął się garnkami. „Hobbitowi do potrawki z królika – myślał – potrzeba trochę zieleniny i przypraw korzennych, a jeszcze bardziej ziemniaków, nie mówiąc już o chlebie. Tym razem muszę, zdaje się, poprzestać na ziołach".

– Gollum! – zawołał z cicha. – Mam do ciebie trzecią prośbę. Poszukaj ziół!

Gollum wytknął głowę z paproci, lecz minę miał nieprzyjazną i najwyraźniej nie był skory do pomocy.

– Parę listków laurowych, trochę tymianku i szałwi wystarczy, ale chcę je mieć, zanim się woda zagotuje.

– Nie! – odparł Gollum. – To się Sméagolowi wcale nie podoba. Sméagol nie lubi pachnących ziół. Nie jada trawy ani korzeni, nie, mój skarbie, chyba że umiera z głodu albo jest bardzo chory, biedny Sméagol.

– Ugotuję Sméagola na miękko w tym garnku, jeżeli nie zrobi tego, o co go grzecznie proszę – fuknął Sam. – Sam wpakuje twój łeb do wrzątku, mój skarbie. Gdyby nie to, że pora roku jest nieodpowiednia, posłałbym biednego Sméagola również po rzepę, ziemniaki i marchew. Założę się, że w tym kraju rosną dziko różne dobre jarzynki. A dużo bym dał za kilka ziemniaków.

– Sméagol nie pójdzie, nie, mój skarbie, teraz nie – zasyczał Gollum. – Sméagol boi się i jest bardzo zmęczony, hobbit niedobry, nie, niedobry. Sméagol nie będzie kopał korzeni, marchwi ani ziemniaków. A co to jest, mój skarbie, ziemniaki?

– Ziemniaki, czyli kartofelki – odparł Sam – to ulubiona potrawa Dziadunia i najlepszy sposób zapełnienia pustego żołądka. Tu i teraz na pewno byś ich nie znalazł, więc nie szukaj. Bądź tylko łaskaw przynieść trochę zieleniny, a nabiorę o tobie lepszej opinii. Co więcej, jeżeli się poprawisz i wytrwasz w dobrych obyczajach, obiecuję ci kiedyś ugotować ziemniaki, tak że będziesz palce lizał. Smażone ziemniaki i rybka to specjalność Sama Gamgee. Założę się, że nie pogardziłbyś tym daniem.

– Owszem, pogardziłbym! Zepsułbyś smaczną rybkę, smażąc ją na patelni. Daj mi rybę na surowo, a te ziemniaki zjedz sobie sam.

– Nie ma na ciebie rady – rzekł Sam. – Idź spać.

W końcu musiał obejść się bez pomocy Golluma, ale nie chodził daleko po upragnione zioła, znalazł je na szczęście w pobliżu, gdyż nie chciał spuszczać z oka śpiącego Froda. Jakiś czas siedział, pilnując ognia i czekając, żeby woda zakipiała. Godziny płynęły, dzień był jasny i ciepły, rosa wyschła na trawie i liściach. Wkrótce potrawka z królika gotowała się w rondelkach wraz z pęczkiem ziół. Sam niemal drzemał. Zostawił garnki na ogniu przez godzinę bez mała, próbując od czasu do czasu widelcem, czy mięso zmiękło, a łyżką, czy sos smaczny.

Gdy uznał, że potrawka gotowa, odstawił ją i wczołgał się między paprocie do Froda. Frodo na pół odemknął oczy, kiedy Sam nad nim stanął, a potem zbudził się ze snu; a miał sen miły, bezpowrotnie stracony sen o spokoju.

– Co tam, Samie? – spytał. – Czemu nie śpisz? Czy coś się stało? Która godzina?

– Ranek już biały – odparł Sam. – Wedle zegara w Shire byłoby pewnie pół do dziesiątej. Nic się nie stało złego, ale najlepiej też nie jest, bo nie ma cebulki, talerzy ani ziemniaków. Zaraz panu podam potrawkę i zupę, to panu dobrze zrobi. Będzie pan musiał jeść z kubka albo prosto z garnka, jak trochę ostygnie. Nie wziąłem z sobą porcelany ani nakryć jak się należy.

Frodo przeciągnął się i ziewnął.

– Powinieneś był się przespać – powiedział. – Nie trzeba było rozpalać tu ogniska. Ale głodny jestem porządnie. Hm... Co to tak pachnie? Coś ty ugotował?

– Prezent od Sméagola – odparł Sam – parę młodych królików; zdaje się, że Gollum żałuje teraz swojej szczodrobliwości. Tylko że do potrawki nic nie ma prócz zieleniny.

Siedli razem w gąszczu paproci i jedli potrawkę prosto z rondli, dzieląc się starym widelcem i łyżką. Pozwolili sobie zagryźć kawałkiem lembasa. Dawno nie zaznali podobnej uczty.

– Hej, Gollum! – zawołał Sam i gwizdnął z cicha. – Chodź no tutaj. Ostatnia chwila, żebyś się rozmyślił. Zostało trochę potrawki, jeżeli chcesz skosztować.

Nie było odpowiedzi.

– No, trudno, pewnie poszedł, żeby coś sobie upolować. Skończymy bez niego – rzekł Sam.

– A potem musisz się przespać – powiedział Frodo.

– Ale niech pan się nie zdrzemnie, póki ja będę spał. Nie jestem całkiem pewny Sméagola, ten drugi, Śmierdziel, wciąż w nim tkwi i znowu chyba bierze górę. A jakby co do czego przyszło, założę się, że mnie pierwszego by udusił. Niedobrana z nas para, Sméagol nie lubi Sama, nie, mój skarbie, wcale go nie lubi.

Zjedli wszystko i Sam zszedł nad strumyk, żeby umyć naczynia. Kiedy się wyprostował po tej robocie i odwrócił, spojrzał w górę na stok. Właśnie słońce podnosiło się znad oparów czy mgieł, czy może cieni zalegających widnokrąg na wschodzie i promienie złociły drzewami polany dokoła. Nagle Sam spostrzegł cienką smugę niebieskawego dymu, doskonale widoczną w blasku słonecznym, bijącą w niebo znad gąszczu na zboczu. Z przerażeniem uświadomił sobie, że to jego kuchenka polowa dymi, ponieważ zaniedbał wygaszenia ognia.

– Ładna historia! Kto by się spodziewał, że tak będzie dymiło! – mruknął i pędem puścił się z powrotem na górę. Lecz nagle stanął i nadstawił uszu. Czy mu się zdawało, czy ktoś gwizdnął? Może to był głos jakiegoś nieznanego ptaka? Gwizd w każdym razie nie dochodził od zarośli, w których siedział Frodo. Znowu ktoś gwizdnął z innej strony. Sam pobiegł, ile sił w nogach.

Stwierdził, że od gałęzi sterczącej z ogniska zapaliła się sucha paproć, a z kolei od niej zatliła się trawa. Co prędzej zadeptał resztkę ognia, rozmiótł popiół, przykrył całe to miejsce wilgotną darniną. Potem wlazł między paprocie do legowiska Froda.

– Słyszał pan ten gwizd przed chwilą i drugi, który mu odpowiedział? – spytał. – Miejmy nadzieję, że to były ptaki, ale głos brzmiał na mój rozum tak, jakby ktoś naśladował ptaka. Niestety, mój ogieniek narobił trochę dymu. Jeżeli ściągnąłem na nas biedę przez swoje niedbalstwo, nigdy sobie tego nie daruję. Pewnie zresztą nie będę już miał okazji, nawet żebym chciał.

– Cicho! – szepnął Frodo. – Zdaje mi się, że słyszę jakieś głosy.

Dwaj hobbici zwinęli tobołki, żeby były gotowe na wypadek ucieczki, i wpełzli głębiej w paprocie. Tu przycupnęli, nasłuchując.

Nie mogli dłużej wątpić, głosy dochodziły wyraźnie, przyciszone i ostrożne, ale bliskie, coraz bliższe.

– Tu! Stąd podnosił się dym! – mówił ktoś. – Na pewno w tym miejscu. W tym gąszczu paproci weźmiemy ich jak króliki w potrzask. Przekonamy się, co to za jedni.

– I dowiemy się, co wiedzą – dodał drugi głos.

Czterech ludzi naraz weszło z czterech stron w paprocie. Ani uciec, ani ukrywać się dłużej nie było sposobu, więc Frodo i Sam zerwali się na równe nogi, wsparli o siebie plecami i dobyli mieczyków. Widok, który im się ukazał, bardzo ich zadziwił, ale napastnicy zdumieli się jeszcze bardziej. Czterech rosłych ludzi stanęło przed hobbitami. Dwóch miało w rękach włócznie osadzone na grubym jasnym drzewcu, dwóch niosło łuki niemal tak wysokie, jak oni sami, w kołczanach zaś długie strzały z jasnozielonymi piórami. Wszyscy mieli u boku miecze; ubrani byli w kolory zielone i brunatne różnych odcieni, jakby po to, żeby niepostrzeżenie przemykać przez polany Ithilien. Dłonie też nikły w zielonych rękawicach, a twarze pod kapturami i zielonymi maskami, tylko oczy z nich świeciły jasne i bystre. Frodowi stanął w pamięci Boromir, bo ludzie ci byli do niego podobni ze wzrostu i postawy, a także z mowy.

– Nie to znaleźliśmy, czegośmy szukali – rzekł jeden z nich. – Ale co właściwie znaleźliśmy?

– Nie orków – powiedział drugi, zdejmując rękę z głowicy miecza, do której sięgnął, gdy mu błysnęło Żądło Froda.

– Elfowie? – z powątpiewaniem spytał trzeci.

– Nie! Nie elfów – odparł czwarty, najwyższy i, jak się zdawało, najstarszy między nimi rangą. – Elfowie nie chadzają teraz po Ithilien. Elfowie zresztą, jak słyszałem, są bardzo piękni.

– Czyli że my urodą nie grzeszymy, jeśli dobrze zrozumiałem – rzekł Sam. – Dziękujemy za komplement. Jak skończycie tę rozmowę na nasz temat, bądźcie łaskawi nam powiedzieć, kim jesteście i dlaczego zakłócacie odpoczynek strudzonym podróżnym?

Wysoki zielony człowiek zaśmiał się ponuro.

– Nazywam się Faramir, kapitan wojsk Gondoru – oświadczył. – Ale w tym kraju nie bywają podróżni, są tylko słudzy wieży Czarnej albo Białej.

– My nie jesteśmy niczyimi sługami – odezwał się Frodo. – Jesteśmy podróżnymi, chociaż kapitan Faramir nie chce w to, jak widzę, uwierzyć.

– Powiedzcie więc prędko, jak się zwiecie i po coście przyszli? – rzekł Faramir. – Mamy swoją robotę, nie czas i nie miejsce tutaj na zagadki i pogawędki. Mówcie! Gdzie jest trzeci wasz kompan?

– Trzeci?

– Tak, ten, co się tam czaił nad wodą, że ledwie mu nos wystawał. Źle mu z oczu patrzyło. Pewnie szpieg, jakaś odmiana orkowego plemienia albo ich sługa. Wyślizgnął nam się lisim sposobem.

– Nie wiem, gdzie się podział – odparł Frodo. – To przypadkowy towarzysz podróży, którego spotkaliśmy po drodze; za niego nie mogę odpowiadać. Jeżeli go złapiecie, proszę, nie róbcie mu krzywdy. Przyprowadźcie albo przyślijcie do nas. Nieszczęsny, nędzny stwór, ale chwilowo poczuwam się do opieki nad nim. Co do nas, jesteśmy hobbici z Shire'u, z dalekiego kraju na północo-zachodzie, zza wielu rzek. Ja nazywam się Frodo, syn Droga, a to jest Sam, syn Hamfasta, zacny hobbit na służbie u mnie. Odbyliśmy długą drogę z Rivendell, czyli Imladris, jak tę dolinę zwą niektórzy. – Gdy Frodo wymówił tę nazwę, Faramir drgnął, wyraźnie poruszony. – Mieliśmy siedmiu towarzyszy; jednego straciliśmy w Morii, z innymi rozstaliśmy się na łące Parth Galen, nad wodogrzmotami Rauros, a byli wśród nich dwaj nasi współplemieńcy, jeden krasnolud, jeden elf i dwóch ludzi: Aragorn i Boromir, który pochodził z Minas Tirith, z grodu na południu.

– Boromir! – krzyknęli wszyscy czterej ludzie naraz.

– Boromir, syn Denethora? – spytał Faramir, a twarz jego przybrała dziwnie poważny wyraz. – Wędrowaliście z Boromirem? Wielka to nowina, jeśli prawdziwa. Wiedzcie, mali cudzoziemcy, że Boromir, syn Denethora, był Najwyższym Strażnikiem Białej Wieży, naszym wodzem. Bardzo go opłakujemy. Coście wy za jedni i co mieliście z nim wspólnego? Mówcie żywo, bo słońce już wysoko.

– Czy znane wam są zagadkowe słowa, których wyjaśnienia Boromir szukał w Rivendell? – spytał Frodo.

> *Znajdź miecz, który był złamany,*
> *Imladris kryją go jary.* [1]

– Znamy te słowa – odparł Faramir zdumiony. – A jeśli wy znacie je również, to już niejako dowód, że mówicie prawdę.

– Aragorn, którego wymieniłem przed chwilą, nosi u boku miecz, który był złamany – rzekł Frodo. – My jesteśmy niziołki, o których wspomina pieśń.

– To widzę – powiedział z namysłem Faramir. – A przynajmniej widzę, że przystaje do was ta nazwa. A co jest Zgubą Isildura?

– To jeszcze wciąż tajemnica – odparł Frodo – lecz niewątpliwie ona też wyjaśni się z czasem.

– Musimy dowiedzieć się czegoś więcej o tym i o sprawach, które was sprowadziły tak daleko na wschód, aż pod ten cień – rzekł, wskazując góry, lecz nie wymawiając ich nazwy. – Lecz teraz nie czas po temu. Mamy pilną robotę. Jesteście w niebezpieczeństwie, nie zaszlibyście dzisiaj daleko drogą ani bezdrożem. Nim bowiem dzień ten dojrzeje do południa, niedaleko stąd rozegra się ostra bitwa. Wybór mielibyście między śmiercią albo szybką ucieczką z powrotem nad Anduinę. Zostawię dwóch ludzi przy was na straży, zarówno dla waszego, jak i dla mojego bezpieczeństwa. Rozum wzbrania ufać zbytnio obcym, spotkanym przypadkowo w tych okolicach. Jeżeli wrócę, pogadamy.

– Wracaj szczęśliwie – rzekł Frodo, kłaniając się nisko. – Cokolwiek myślisz o mnie, jestem przyjacielem nieprzyjaciół naszego jedynego Nieprzyjaciela. Poszlibyśmy z tobą razem, gdybyśmy mogli spodziewać się, że małe niziołki przydadzą się dzielnym i silnym dużym ludziom, i gdyby pozwalał na to mój obowiązek. Niech słońce świeci w waszych mieczach!

– Niewiele wiem o niziołkach, ale widzę, że plemię wasze zna rycerskie obyczaje – odparł Faramir. – Bądźcie zdrowi!

Hobbici znowu usiedli, lecz milczeli, nie dzieląc się myślami i wątpliwościami. Tuż obok w koronkowym cieniu laurowego drzewa zostali dwaj wartownicy. Co chwila zdejmowali zielone maski dla

---

[1] Przełożył Włodzimierz Lewik.

ochłody, bo dzień był już gorący. Frodo więc zobaczył ich twarze, smutne, dumne i dobrotliwe, jasną cerę, ciemne włosy i siwe oczy. Rozmawiali między sobą przyciszonym głosem, zrazu we Wspólnej Mowie, ale jakby staroświeckim stylem, potem przeszli na własny język, a Frodo ze zdumieniem stwierdził, że niewiele się on różni od języka elfów; spojrzał na wartowników z podziwem, zrozumiał bowiem, że muszą to być Dúnedainowie z południa, ludzie z plemienia panującego na Westernesse.

Po jakimś czasie spróbował ich zagadnąć, odpowiadali jednak powściągliwie i ostrożnie. Przedstawili się jako Mablung i Damrod, żołnierze Gondoru, wyznaczeni do strażowania w Ithilien, bo przodkowie ich tutaj mieszkali, dopóki kraju nie zagarnął Nieprzyjaciel. Z takich to ludzi ich władca, Denethor, tworzył oddziały, które przeprawiały się tajemnie przez Anduinę (ale jakim sposobem, nie chcieli hobbitom wyjawić), by nękać orków i inne nieprzyjacielskie bandy grasujące między rzeką a Górami Cienia.

– Stąd do wschodniego brzegu Anduiny jest bez mała dziesięć staj – rzekł Mablung. – Nieczęsto zapuszczamy się tak daleko. Tym razem wszakże otrzymaliśmy szczególne zadanie. Mamy czekać w zasadzce na ludzi z Haradu. Bodaj ich piekło pochłonęło!

– Przeklęci południowcy! – dodał Damrod. – Pono między Gondorem a królami Haradu z dalekiego południa była ongi sąsiedzka zażyłość, chociaż nigdy do wielkiej przyjaźni nie doszło. Nasze granice podówczas sięgały na południu za ujście Anduiny, Umbar zaś, najbliższe z tamtejszych królestw, uznawało nasze zwierzchnictwo. Lecz to dawne czasy. Wiele pokoleń ludzkich przeminęło, odkąd witaliśmy u siebie ostatnich gości z tamtych krajów lub któryś z naszych do nich się udawał. Ostatnio doszły nas słuchy, że Nieprzyjaciel był u nich i że przeszli czy może wrócili na jego stronę, ponieważ zawsze łatwo ulegali jego woli, jak zresztą wiele plemion na wschodzie. Nie wątpię, że dni Gondoru są policzone, mury Minas Tirith skazane na zagładę, wielka jest bowiem potęga i przewrotność Czarnego Władcy.

– Mimo to nie zamierzamy siedzieć z założonymi rękami i nie pozwolimy mu na wszystko, czego by pragnął – rzekł Mablung. – Przeklęci południowcy ciągną starą drogą, żeby wzmocnić załogę Czarnej Wieży. Tak, użyli do tego drogi zbudowanej niegdyś przez budowniczych Gondoru. Maszerują, jak nam powiadano, bez straży, dufni, że potęga ich nowego pana tak jest wielka, iż sam cień jego gór starczy im za ochronę. Przybyliśmy, żeby dać im nauczkę. Parę dni temu donieśli nam zwiadowcy, że liczne pułki dążą ku północy. Jeden z nich, wedle naszych obliczeń, przejdzie jeszcze przed południem górnym szlakiem, który przecina drogę ukrytą w wąwozie. Na tym rozstaju będą mieli niespodziankę. Nie przejdą, póki kapitan Faramir stoi na czele swego oddziału. On teraz zawsze prowadzi na najniebezpieczniejsze wyprawy. Jego życia broni jakiś czar, może też los szczędzi go w boju, przeznaczając mu inny koniec.

Rozmowa urwała się, ludzie i hobbici milczeli, nasłuchując. Wkoło panowała cisza pełna jakby napięcia. Sam, przycupnąwszy na skraju gęstwiny paproci, wyjrzał na świat. Bystrym okiem dostrzegł w pobliżu wielu żołnierzy. Skradali się na stokach w pojedynkę lub długimi szeregami, zawsze w cieniu drzew i krzewów, niekiedy pełznąc w trawie i paprociach, gdzie w swej zielonobrunatnej odzieży byli prawie niewidzialni. Wszyscy mieli kaptury, maski i rękawice, uzbrojenie zaś takie jak Faramir i jego towarzysze. Wkrótce znikli, posuwając się dalej. Słońce już niemal dosięgło szczytu nieba. Cienie skurczyły się znacznie.

„Ciekawe, gdzie się ten zatracony Gollum podziewa? – myślał Sam, czołgając się z powrotem w głąb chaszczy. – Łatwo może się zdarzyć, że wezmą go za orka albo że go Żółta Twarz żywcem upiecze. Da sobie chyba radę bez mojej pomocy". Ułożył się obok Froda i zasnął.

Ocknął się pod wrażeniem, że zbudziło go granie rogów. Usiadł. Było samo południe. Strażnicy, czujni i wyprężeni, stali w cieniu laurowych drzew. Nagle rogi odezwały się wyraźniej, a głos ich dochodził bez wątpienia z góry, zza szczytu wzgórza. Samowi wydało się, że słyszy również krzyki i dzikie wycie, ale bardzo nikłe, jakby dobywające się z odległej jaskini. Potem zgiełk bitewny wybuchnął tuż nad kryjówką hobbitów. Sam odróżniał wyraźnie zgrzyt stali ścierającej się ze stalą, szczęk mieczy spadający na żelazne hełmy, głuchy dźwięk ostrza napotykającego opór tarczy. Ludzie krzyczeli, a jeden jasny głos wzbijał się nad innymi, wołając: – Gondor! Gondor!

– Myślałby kto, że stu kowali naraz kuje na kowadle – powiedział Sam do Froda. – Wolałbym, żeby bliżej już się do nas nie przysuwali.

Lecz zgiełk zbliżał się coraz bardziej.

– Idą! – krzyknął Damrod. – Patrzcie! Gromada południowców wyrwała się z pułapki i pędzi w bok od drogi. Ku nam idą! Nasi za nimi, a kapitan na przedzie.

Sam, ciekawy widoku, przyłączył się do strażników. Wdrapał się nawet na gałąź rozłożystego lauru. Migały mu przed oczyma smagłe twarze ludzi w czerwieni, mknących w dół stokiem, a w pewnej odległości za nimi zielone ubrania ścigających, młócących w pędzie mieczami. Strzały gęsto świszczały w powietrzu. Nagle któryś wojownik runął z krawędzi wzgórza, osłaniającej kryjówkę w paprociach, i druzgocąc wątłe krzewy, zwalił się niemal wprost na hobbitów. Padł o parę stóp od nich w gąszcz paproci, twarzą do ziemi. Spod złotego kołnierza sterczała mu na karku strzała z zielonym piórem. Szkarłatny kaftan był podarty, pancerz z mosiężnych łusek pogięty i spękany; czarne włosy, przeplecione złotymi nićmi w warkocze, nasiąkły krwią.

W brunatnej dłoni ściskał jeszcze rękojeść złamanego miecza. Sam po raz pierwszy w życiu widział walkę ludzi z ludźmi i widok ten wcale mu się nie spodobał. Rad był, że przynajmniej nie zobaczył twarzy zabitego. Jakie imię nosił ten człowiek, skąd pochodził, czy naprawdę miał serce do gruntu złe, czy też może kłamstwa lub groźby wywabiły go z domu w ten daleki marsz? Kto wie, czy nie wolałby – gdyby miał wybór – zostać spokojnie wśród swoich? Wszystkie te pytania przemknęły Samowi przez głowę, lecz nie zadomowiły się w niej, bo właśnie w chwili, gdy Mablung zrobił krok naprzód, żeby podejść do leżącego południowca, buchnęła na nowo wrzawa. Rozległy się krzyki i nawoływania, a wśród nich Sam dosłyszał przenikliwy ryk, jakby trąby. Potem ziemia zadrżała i zadudniła głucho jak pod ciosami taranów.

– Czuwaj! Czuwaj! – krzyknął Damrod do swego towarzysza. – Oby ich Valarowie odpędzili w bok! *Mûmak! Mûmak!*

Ku zdumieniu, zgrozie, a wreszcie i radości Sama spomiędzy drzew wychynął ogromny zwierz i puścił się pędem ze wzgórza w dół. Większy niż dom, znacznie większy wydał się hobbitowi; szara ruchoma góra. Strach i podziw, być może, powiększały stwora w oczach Sama, lecz mûmak z Haradu był naprawdę olbrzymią bestią: w całym Śródziemiu nie spotykało się podobnego. Dziś żyjące jego potomstwo daje ledwie słabe wyobrażenie o wzroście i majestacie przodków. Biegł prosto na kryjówkę hobbitów, w ostatniej chwili zakołysał się i odsunął błyskawicznie, mijając ich ledwie o parę kroków. Ziemia pod nim drżała, nogi miał grube jak drzewa, uszy rozpostarte niby żagle, nos wydłużony na kształt węża prężącego się do skoku, małe czerwone oczka płonące gniewem. Wygięte, podobne do rogów kły były ozdobione złotymi wstęgami, lecz ociekały krwią. Czaprak ze szkarłatu i złota zwisał na boki w strzępach. Ruiny jakby wieży wojennej chwiały mu się na grzbiecie i rozsypywały coraz bardziej, gdy wściekle pędząc, przeciskał się między drzewami. Lecz wysoko na karku tkwiła jeszcze żałosna, drobna postać – ciało krzepkiego wojownika, który wśród Swertów uchodził za wielkoluda.

Olbrzymi zwierz parł przed siebie jak burza, oślepiony gniewem nie zważał na gąszcze ani rozlewiska. Strzały odbijały się bezsilnie od jego grubej skóry. Ludzie pierzchali przed nim na wszystkie strony, wielu wszakże dopędził i zmiażdżył, wdeptując w ziemię. Wkrótce zniknął hobbitom z oczu, tylko głos trąby i grzmot kroków długo dochodził jeszcze z oddali. Sam nigdy nie dowiedział się, jaki los spotkał potem mûmaka, czy uszedł i czas jakiś żył na swobodzie, póki nie zginął z dala od ojczystego kraju lub nie wpadł w jakąś głęboką jamę; czy może w szale rzucił się w wody Wielkiej Rzeki i utonął.

Sam westchnął głośno.
– Olifant! – powiedział. – A więc olifanty istnieją i jednego z nich widziałem na własne oczy. Co za świat! Ale w domu i tak nikt mi nie uwierzy. No, skończyło się widowisko, teraz się trochę prześpię.
– Śpij, póki można – rzekł Mablung. – Wkrótce kapitan nadejdzie, jeśli wyszedł z bitwy cało. A wtedy pewnie zaraz każe nam stąd ruszać. Bo gdy wieść o zasadzce dotrze do Nieprzyjaciela, niechybnie wyśle za nami pościg. Nie mamy czasu do stracenia.
– Idźcie, skoro musicie – rzekł Sam. – Ale mnie nie potrzebujecie z tego powodu budzić. Całą noc maszerowałem.
Mablung odpowiedział śmiechem.
– Nie myślę, żeby kapitan chciał was tutaj zostawić – rzekł. – Zobaczymy!

Rozdział 5

Okno Zachodu

Sam miał wrażenie, że ledwie zdążył się zdrzemnąć, kiedy już go zbudzono; popołudnie miało się ku końcowi, Faramir nie tylko wrócił, lecz przyprowadził z sobą gromadę ludzi. Wszyscy uczestnicy wyprawy, którzy z niej uszli z życiem, zebrali się na pobliskim zboczu; było ich dwie, a może trzy setki. Rozsiedli się szerokim półkręgiem. Między jego otwartymi ramionami Faramir siadł na ziemi, Frodo zaś stał przed nim. Wyglądało to prawie jak przesłuchanie jeńca.

Sam wypełzł z gąszczu paproci, nikt jednak nie zwrócił na niego uwagi, zajął więc miejsce u końca półkola, tak by wszystko dobrze widzieć i słyszeć. Patrzył i słuchał pilnie, gotów w każdej chwili skoczyć na pomoc swemu panu, gdyby zaszła potrzeba. Widział twarz Faramira, bo rycerz zdjął maskę; miała wyraz surowy i władczy, a w przenikliwym spojrzeniu jarzyło się światło bystrego rozumu. Szare oczy nieufnie wpatrywały się we Froda.

Sam prędko zrozumiał, że kapitan nie jest przekonany o prawdziwości opowiadania Froda i że wiele szczegółów budzi jego podejrzenia; wypytywał, jaką rolę Frodo grał w drużynie, która wyruszyła z Rivendell, dlaczego rozstał się z Boromirem, dokąd teraz zmierza. Ze szczególną natarczywością wracał wciąż do zagadki Zguby Isildura. Najwyraźniej wyczuł, że Frodo zataja przed nim jakąś niezwykle doniosłą sprawę.

– Przecież właśnie z pojawieniem się niziołków Zguba Isildura miała znów nam zagrozić, tak trzeba wnioskować ze słów przepowiedni – nalegał. – Jeśli więc wy jesteście owymi niziołkami, z pewnością przynieśliście z sobą ową rzecz, choć nie wiem, co to być może, na Radę u Elronda, o której wspomniałeś. Tak więc musiał ją Boromir widzieć. Czy zaprzeczasz temu?

Frodo nie odpowiedział.

– A więc tak! – rzekł Faramir. – Zatem chcę się o tym od ciebie czegoś więcej dowiedzieć, a także o Boromirze, wszystko bowiem, co jego dotyczy, bardzo mnie obchodzi. Stare opowieści mówią, że Isildura zabiła strzała z orkowego łuku. Lecz takich strzał są tysiące, widok jednej z nich nie mógł być poczytany za zapowiedź losu przez Boromira, księcia Gondoru. Czy masz tę rzecz przy sobie? Powiedziałeś, że jest ukryta. Czy może z własnej woli ją ukrywasz?

– Nie – odparł Frodo – nie moja w tym wola. Ta rzecz nie należy do mnie. Nie należy do nikogo ze śmiertelnych, wielkich czy małych. Gdyby ktokolwiek mógł do niej rościć prawo, to chyba tylko Aragorn, syn Arathorna, którego też wymieniłem jako przywódcę drużyny na drodze z Morii do wodogrzmotów Rauros.

– Dlaczego nie przewodził wam Boromir, książę kraju, który założyli synowie Elendila?

– Ponieważ Aragorn wywodzi się w prostej linii od Isildura, syna Elendila. Miecz, który nosi u boku, otrzymał w dziedzictwie po Elendilu.

Szmer zdziwienia obiegł krąg ludzki. Ten i ów głośno wykrzykiwał: – Miecz Elendila! Miecz Elendila wraca do Minas Tirith! Wielka to nowina!

Lecz twarz Faramira pozostała niewzruszona.

– Może to prawda – rzekł – lecz Aragorn, jeśli przybędzie rzeczywiście do Minas Tirith, będzie musiał tak wysokie roszczenia uzasadnić i poprzeć niezbitymi dowodami. Wyruszyłem z grodu przed sześciu dniami i wiem, że do tego czasu ani on się nie zjawił, ani żaden z twoich towarzyszy.

– Boromir nie wątpił o prawach Aragorna – odrzekł Frodo. – Gdyby Boromir tu był, odpowiedziałby na wszystkie twoje pytania. Przed kilku dniami dotarł do wodogrzmotów Rauros i zamierzał stamtąd prosto iść do waszego grodu; myślę więc, że gdy tam wrócisz, niezadługo zaspokoisz ciekawość. Boromir wie, tak samo jak wszyscy uczestnicy wyprawy, jaką w niej miałem rolę do spełnienia, gdyż wyznaczył mi ją Elrond, dziedzic Imladris, w obecności całej Rady. Powierzono mi obowiązek i on to przywiódł mnie w te strony, lecz nie wolno mi go wyjawić nikomu prócz członków drużyny. Powiem ci tylko, że kto walczy z Nieprzyjacielem, nie powinien stawiać przeszkód na mojej drodze.

Cokolwiek działo się w sercu Froda, głos jego brzmiał bardzo godnie, i Sam podziwiał swego pana. Faramira wszakże dumny ton nie zaspokoił.

– A więc tak! – rzekł. – Innymi słowy radzisz mi, żebym pilnował własnych spraw i odszedł do domu, tobie zaś pozwolił iść swoją drogą. Boromir, gdy wróci, wyjaśni wszystko. Gdy wróci, powiadasz. Czy byłeś Boromirowi przyjacielem?

Frodowi stanęła żywo w pamięci napaść Boromira i zawahał się na chwilę. Faramir surowo patrzył mu w twarz.

– Boromir był mężnym towarzyszem naszej wyprawy – powiedział wreszcie Frodo. – Tak, byłem mu przyjacielem.

Faramir uśmiechnął się posępnie.

– A więc zmartwiłaby cię wiadomość, że Boromir nie żyje?

– Zmartwiłaby mnie bardzo – rzekł Frodo, lecz nagle, czytając w oczach Faramira, zająknął się i powtórzył: – Nie żyje? Czy to znaczy, że Boromir nie żyje? Wiesz, że on nie żyje? Czy też zastawiasz tylko pułapkę ze słów i drwisz ze mnie? A może chcesz mnie kłamstwem usidlić?

– Nawet orka nie usidlałbym kłamstwem – rzekł Faramir.

– Jaką śmiercią zginął? Skąd wiesz o tym? Mówiłeś przecież, że nikt z mojej drużyny nie dotarł do waszego grodu.

– Jaką śmiercią zginął, tego spodziewamy się dowiedzieć od przyjaciela i towarzysza jego ostatniej drogi.

– Był zdrów i krzepki, gdy się rozstawaliśmy. Wedle moich wiadomości powinien żyć w dobrym zdrowiu. Lecz wiele niebezpieczeństw czyha na świecie.

– Wiele niebezpieczeństw – rzekł Faramir – a zdrada nie jest wśród nich najmniejszym.

Sama, gdy słuchał tej rozmowy, coraz większa ogarniała niecierpliwość i złość. Ostatnie słowo przebrało miarę i nie mogąc już się pohamować, skoczył na środek kręgu i podbiegł do pana.

– Z przeproszeniem pańskim, panie Frodo – rzekł – ale za długo już przeciąga się ta gawęda. Ten człowiek nie ma prawa odzywać się do pana tym tonem. Mało to pan wycierpiał dla jego dobra, dla dobra wszystkich Dużych Ludzi, jak i dla innych plemion?

A pan, panie kapitanie, niech posłucha! – To mówiąc, Sam stanął przed Faramirem z zadartą głową, z rękoma na biodrach, z taką miną, jakby przemawiał do młodocianego hobbita, który ośmielił się odpowiedzieć mu zuchwale na pytanie, dlaczego się kręci po cudzym sadzie. Pomruk oburzenia dał się słyszeć wśród ludzi, lecz niejeden uśmiechnął się, bo widok kapitana siedzącego na ziemi oko w oko z hobbitem, który mocno rozparłszy krótkie nogi kipiał gniewem, był rzeczywiście niecodzienny. – Niech pan słucha, kapitanie! – rzekł Sam. – Do czego pan zmierza? Skończmy z tym, zanim wszyscy orkowie z Mordoru na kark nam spadną. Jeżeli pan podejrzewa, że mój pan zabił Boromira i uciekł, to pan ma źle w głowie, ale przynajmniej niech pan mówi otwarcie, co pan myśli. I niech pan otwarcie powie, co pan chce z nami zrobić. Bardzo to smutne, że ludzie, którzy podobno zwalczają Nieprzyjaciela, przeszkadzają innym w przyłożeniu na swój sposób ręki do tej walki i chcą się koniecznie wtrącać w ich sprawy. Tamten pewnie by się ucieszył, gdyby nas tu w tej chwili zobaczył. Pomyślałby, że zyskał nowego sprzymierzeńca.

– Uspokój się! – odparł Faramir, lecz bez gniewu. – Nie zabieraj głosu w obecności swego pana, bo on jest od ciebie mądrzejszy. Od żadnego z was nie potrzebuję przypomnienia o niebezpieczeństwie. Nie mam wiele czasu, lecz nie żałuję go na sprawiedliwe rozpatrzenie trudnej sprawy. Gdybym był tak niecierpliwy jak ty, od razu bym was uśmiercił, bez długich namysłów. Mam bowiem rozkaz nie żywić nikogo, kto po tym kraju włóczy się bez pozwolenia władcy Gondoru. Nie zabijam jednak ani ludzi, ani zwierząt bez potrzeby, a nawet gdy muszę, nie sprawia mi to przyjemności. Nie rzucam też słów na wiatr. Bądź spokojny. Siądź obok swego pana i milcz.

Sam, mocno zaczerwieniony, usiadł ciężko. Faramir zwrócił się znowu do Froda.

– Pytałeś, skąd wiem, że syn Denethora nie żyje. Żałobne wieści mają wiele skrzydeł. „Noc często przynosi złe nowiny", powiada przysłowie. Boromir był moim bratem.

Cień smutku przemknął przez jego twarz.

– Czy pamiętasz jakiś szczególny przedmiot, który Boromir nosił przy sobie?

Frodo zastanawiał się chwilę, bojąc się nowej pułapki i zadając sobie pytanie, jak się skończy ta rozprawa. Z trudem zdołał obronić

Pierścień przed dumną zachłannością Boromira, ale czy oprze się takiej przewadze ludzi zbrojnych i silnych? W głębi serca jednak czuł, że Faramir, chociaż bardzo do brata podobny, jest od niego mniej zarozumiały, może surowszy, lecz także mądrzejszy.

– Pamiętam, że Boromir nosił róg u pasa – rzekł wreszcie.

– Dobrześ to zapamiętał, musiałeś go widzieć rzeczywiście – powiedział Faramir. – Spróbuj przywołać przed oczy pamięci ten wielki róg bawoli, okuty srebrem i zapisany starożytnym pismem. Róg ten przechodził w naszym rodzie z ojca na najstarszego syna od wielu pokoleń. Legenda mówi, że jeśli zagra gdziekolwiek na obszarach dawnego królestwa Gondoru, wzywając w potrzebie na pomoc, głos jego muszą usłyszeć przyjaciele.

Na pięć dni przed wyruszeniem na tę wyprawę, a więc dokładnie co do godziny jedenaście dni temu, usłyszałem głos tego rogu; granie dolatywało od północy, stłumione, jakby echo tylko odbijało je w moich myślach. Obaj z ojcem przyjęliśmy to za zły omen, tym bardziej że Boromir ani razu nie dał znaku życia, odkąd opuścił dom, a straże nie spostrzegły, by przekraczał nasze granice. W trzy dni później zdarzyło mi się coś jeszcze dziwniejszego. Późnym wieczorem, w szarej pomroce przy księżycowym nowiu, siedziałem nad Anduiną, patrząc w jej wiecznie toczący się naprzód nurt; trzciny szeleściły smutno. Zawsze nocą strażujemy pod Osgiliath nad rzeką, bo nieprzyjaciel opanował częściowo drugi brzeg i często stamtąd śle napaści, by łupić nasze ziemie. Lecz owego dnia o północy świat cały spał wśród ciszy. I wtedy zobaczyłem, a przynajmniej wydało mi się, że zobaczyłem, małą, połyskującą, szarą łódkę dziwacznego kształtu, z wysoko wzniesioną rufą; spływała z nurtem, u wioseł ani u steru nie było w niej nikogo. Zdjął mnie lęk, bo otaczało ją blade światło. Zszedłem ze skarpy na sam brzeg, a potem do wody, bo ta łódź ciągnęła mnie nieodparcie. Zbliżyła się, wolniuteńko przesunęła się koło mnie tak blisko, że mogłem ją ręką dosięgnąć, lecz nie śmiałem dotknąć burty.

Zanurzała się głęboko, jakby bardzo obciążona, i wydało mi się, że jest niemal pełna przezroczystej wody, od której bije blask, w tej wodzie zaś spoczywa uśpiony rycerz.

Na kolanach jego leżał złamany miecz. Ciało okryte było mnóstwem ran. To był Boromir, mój brat, martwy. Poznałem zbroję i miecz, poznałem jego kochaną twarz. Brakowało tylko rogu; jedna rzecz w jego stroju zdała mi się obca: piękny pas, jakby spleciony ze złotych liści. „Boromirze! – zawołałem. – Gdzie zgubiłeś róg? Dokąd płyniesz? O, Boromirze!". Lecz on już zniknął. Łódź porwana prądem oddalała się, świecąc w ciemnościach. Był to jak gdyby sen, ale nie sen, bom się po nim nie zbudził. I nie wątpię, że brat mój umarł i popłynął z biegiem rzeki na morze.

– Niestety! – powiedział Frodo. – Musiał to być naprawdę Boromir, opis się zgadza. Złoty pas dostał w Lórien od Pani Galadrieli. Ona bowiem przyodziała nas w szare płaszcze, które widzisz. Klamra przy nich także jest roboty elfów.

Pokazał zielonosrebrny liść spinający mu płaszcz pod szyją. Faramir obejrzał klejnot z bliska.

– Piękne! – rzekł. – Tak, to robota tych samych mistrzów. A więc przechodziliście przez Lórien? Za dawnych lat nazywaliśmy tę krainę Laurelindórenan, od wieków wszakże ludzie nic już o niej nie wiedzą – dodał łagodniej, patrząc na Froda z nowym podziwem w oczach. – Zaczynam rozumieć różne rzeczy, które w tobie zdawały mi się niepojęte. Czy zechcesz opowiedzieć coś więcej? Gorzka bowiem jest dla mnie myśl, że Boromir zginął tak blisko granic swego ojczystego kraju.

– Niemal wszystko, co mogłem, już ci opowiedziałem – odparł Frodo. – Lecz twoja opowieść przejęła mnie trwogą. Myślę, że była to zjawa tylko, cień złego losu, który czai się w przyszłości lub już się dopełnił. A może nawet kłamstwo, podsunięte czarami Nieprzyjaciela. Na Martwych Bagnach widziałem w rozlewiskach pod wodą twarze szlachetnych rycerzy z dawnych czasów, lecz to także było może złudzenie, które Tamten swoją złowieszczą sztuką wywołał.

– Nie – rzekł Faramir. – Zjawy, które Tamten zsyła, napełniają serca wstrętem, lecz moje serce wezbrało żalem i litością.

– Jakże jednak mogło się to zdarzyć prawdziwie? – spytał Frodo. – Żadna łódź nie przebyłaby kamiennych progów poniżej Tol Brandir; Boromir zresztą zamierzał iść do domu, przeprawiając się przez Rzekę Entów, a potem stepami Rohanu. Czyż łódź mogłaby spłynąć przez spienione, olbrzymie wodospady, nie zatonąć w kipieli u ich stóp, tym bardziej że, jak powiadasz, była pełna wody?

– Nie wiem – odparł Faramir. – Skąd pochodziła łódź?

– Z Lórien – przyznał Frodo. – W trzech takich łodziach spłynęliśmy Anduiną aż po wodogrzmoty. Łodzie również były przez elfów budowane.

– Przeszedłeś przez Ukryty Kraj – powiedział Faramir – ale zdaje się, żeś niewiele pojął z jego czarów. Ludzie, którzy mają do czynienia z Mistrzynią Magii mieszkającą w Złotym Lesie, wiedzą, że czeka ich mnóstwo dziwnych zdarzeń. Niebezpiecznie jest dla śmiertelnego człowieka wychodzić poza granice naszego podsłonecznego świata; dawnymi laty mało kto wracał stamtąd nieodmieniony, jak u nas mówią... Boromirze! Boromirze! – krzyknął nagle. – Cóż rzekła ci piękna Pani, nad którą śmierć nie ma władzy? Co ci przepowiedziała? Co zbudziła w twoim sercu? Czemuż zabłądziłeś do Laurelindórenan, zamiast prostą, własną drogą pocwałować konno przez step Rohanu i stanąć o poranku w progu rodzinnego domu?

Znów zwracając się do Froda, mówił łagodnym już teraz głosem:

– Myślę, że na te pytania mógłbyś mi odpowiedzieć, Frodo, synu Droga. Może jednak nie teraz i nie tutaj. Żebyś nie sądził, że wszystko, co ci mówiłem, było przywidzeniem, wiedz, że róg Boromira w końcu wrócił do kraju, a to już dowód, który można wziąć w rękę. Róg wrócił, lecz pęknięty na pół, jakby rozrąbany toporem czy mieczem. Dwie jego części osobno wyrzuciła woda na brzeg; jedną znaleziono w sitowiu, gdzie kryli się na czatach żołnierze Gondoru, na północnej granicy, poniżej ujścia Rzeki Entów. Drugą dostrzegł płynącą na fali jeden z naszych wartowników strzegących rzeki. Najdziwniejszymi sposobami zbrodnia zawsze na jaw wychodzi. Teraz strzaskany róg, dziedzictwo pierworodnego syna, leży na kolanach Denethora, który w swojej stolicy czeka dalszych wieści. Czy o tym strzaskanym rogu nic mi nie możesz powiedzieć?

– Od ciebie dopiero usłyszałem, że został strzaskany – odparł Frodo. – Jeśli wszakże nie mylisz się w rachunku, słyszałeś głos rogu tego właśnie dnia, w którym rozłączyliśmy się, w którym ja z Samem opuściłem Drużynę. Toteż grozą przejmuje mnie twoja opowieść, skoro bowiem Boromir znalazł się wówczas w niebezpieczeństwie i poległ, lękam się, że zginęli wszyscy moi towarzysze. A byli to moi bliscy krewni i przyjaciele. Czy teraz zgodzisz się zaniechać podejrzeń i zwolnisz mnie, abym mógł odejść swoją drogą? Jestem zmęczony, zbolały, wylękły. Mam jednak do spełnienia zadanie; może nie zdołam go wykonać, muszę jednak przynajmniej spróbować, zanim także zginę. Tym bardziej powinienem się spieszyć, jeżeli z całej Drużyny tylko my dwaj hobbici pozostaliśmy żywi. Wracaj do swego kraju, dzielny kapitanie Gondoru, broń swego grodu, a mnie pozwól odejść tam, gdzie los wzywa.

– Ja nie znalazłem pociechy w rozmowie z tobą – rzekł Faramir – ty jednak wyciągasz z niej wnioski znacznie gorsze, niżby należało. Któż bowiem złożył Boromira w łodzi? Nie myślę, żeby przyszli oddać mu tę ostatnią usługę elfowie z Lórien, na pewno też nie zrobili tego orkowie ani słudzy Tamtego. A więc musiał wyjść z życiem ktoś z twojej Drużyny.

Cokolwiek wszakże stało się tam, na dawnym naszym północnym pograniczu, nie żywię już podejrzeń co do twojej roli, mój Frodo. Gorzkie doświadczenie nauczyło mnie sądzić sprawiedliwie ludzi z ich słów i z twarzy; myślę, że na niziołkach także umiem się poznać. Co prawda – dodał z uśmiechem – jest w tobie coś niesamowitego, Frodo, coś z elfa. Lecz z tej naszej rozmowy więcej wynikło, niż się spodziewałem. Powinienem was teraz zabrać z sobą do Minas Tirith, abyście złożyli zeznania Denethorowi; jeżeli to, co dzisiaj postanowię, wyjdzie na zgubę mego kraju, narażę też własne życie. Nie chcę więc rozstrzygać pochopnie, co dalej robić. Stąd wszakże trzeba ruszać, nie zwlekając.

Zerwał się i wydał rozkazy. Żołnierze natychmiast rozdzielili się na małe grupki i zaczęli się rozpraszać różnymi drogami, znikając szybko w cieniu skał i drzew. Wkrótce zostali tylko Mablung i Damrod.

– Wy pójdziecie ze mną i z moją przyboczną strażą – rzekł Faramir do Froda i Sama. – Gościńcem południowym i tak nie moglibyście iść, jeśli nawet tamtędy prowadzi wasza droga. Przez kilka najbliższych dni byłoby to zbyt niebezpieczne. Po naszej dzisiejszej zasadzce Nieprzyjaciel strzec będzie tego szlaku ze zdwojoną czujnością. Zresztą nie zaszlibyście dziś daleko, jesteście bardzo zmęczeni. My również. Zdążamy do kryjówki, którą mamy o niespełna dziesięć mil stąd. Orkowie i szpiedzy Nieprzyjaciela nic, jak dotąd, o niej nie wiedzą, a gdyby ją nawet odkryli, moglibyśmy bronić się tam długo, nawet przeciw wielkiej sile. Prześpimy się, odpoczniemy wszyscy, wy razem z nami. Jutro rano rozsądzę, co powinienem uczynić dla swojego i waszego dobra.

Frodo nie miał wyboru, musiał zgodzić się na to zaproszenie, które było właściwie rozkazem. Co prawda, na razie nic lepszego nie mógłby zrobić, bo po wypadzie wojowników Gondoru droga przez Ithilien groziła większym niż kiedykolwiek niebezpieczeństwem. Ruszyli niezwłocznie, Mablung i Damrod szli pierwsi, a hobbici z Faramirem za nimi. Okrążywszy jezioro od tej strony, po której poprzednio wędrowcy kąpali się i czerpali wodę, przeprawili się przez strumień, wspięli na wydłużony stok i zagłębili w zielony cień lasu opadającego ku zachodowi. Pospieszając o tyle, o ile hobbici mogli za ludźmi nadążyć, rozmawiali ściszonym głosem.

– Przerwałem dziś z wami rozprawę – rzekł Faramir – nie tylko dlatego że czas nagli, jak słusznie Sam Gamgee przypomniał, lecz również dlatego że zbliżyliśmy się do sedna spraw, których nie trzeba roztrząsać otwarcie w obecności zbyt wielu świadków. Z tego właśnie powodu zwróciłem rozmowę na inne tory i mówiłem o moim bracie zamiast wypytywać o Zgubę Isildura. Nie byłeś ze mną całkiem szczery, Frodo!

– Nie powiedziałem kłamstwa, a prawdy wyjawiłem tyle, ile mi było wolno – odparł Frodo.

– Nie mam ci tego za złe – rzekł Faramir. – W najtrudniejszym momencie znajdowałeś słowa zręczne i rozumne, jak mi się wydaje. Lecz dowiedziałem się z nich lub domyśliłem więcej, niż pozornie mówiły. Nie było przyjaźni z tobą a Boromirem, a w każdym razie nie rozstaliście się jak przyjaciele. I ty, i Sam Gamgee taicie jakąś urazę. Kochałem mojego brata serdecznie i rad bym pomścić jego śmierć, lecz znałem go dobrze. Zguba Isildura... Jestem pewny, że Zguba Isildura stała się kością niezgody i przyczyną sporów w waszej Drużynie. Zapewne cenne to dziedzictwo, a takie rzeczy często mącą zgodę między sprzymierzeńcami; pouczają nas o tym stare opowieści. Czy trafiłem w sedno?

– Blisko – odparł Frodo – lecz jeszcze nie w sedno. W Drużynie do sporów nie doszło, była jedynie rozterka, bo nie wiedzieliśmy, jaką dalszą drogę obrać z Emyn Muil. Cokolwiek się wówczas stało, pamiętajmy przestrogę starych opowieści i nie rzucajmy zbyt pochopnie słów, gdy chodzi o sprawy takie, jak dziedzictwo.

– A więc zgadłem! Z samym tylko Boromirem miałeś kłopoty. Brat mój chciał pewnie, żebyś ów przedmiot zaniósł do Minas Tirith. Niestety. Przewrotny los pieczęcią tajemnicy zamyka usta tego właśnie, kto ostatni rozmawiał z Boromirem, i każe mu ukryć przede mną wiadomość najbardziej upragnioną: co działo się w sercu i myślach mego brata w przedśmiertnej godzinie. Nawet jeśli Boromir zbłądził, jestem przeświadczony, że umarł dobrą śmiercią, spełniając jakiś szlachetny czyn. Twarz bowiem miał piękniejszą niż za życia.

Wybacz mi, Frodo, że zrazu tak nalegałem, byś mówił mi, co wiesz o Zgubie Isildura. Nieroztropnie zrobiłem, nie było to miejsce ani pora stosowna. Nie miałem czasu zastanowić się spokojnie. Stoczyliśmy srogą bitwę, o niczym innym nie mogłem przez dzień cały myśleć. Lecz już podczas rozmowy z tobą, gdy wyczułem, że zbliżam się do sedna sprawy, umyślnie od niego odbiegłem. Trzeba ci bowiem wiedzieć, że wśród rządzących naszym krajem przechowało się wiele ze starodawnej tajemnej wiedzy, o której poza naszymi granicami nikt nie ma pojęcia. Nasz ród nie wywodzi się od Elendila, jakkolwiek w żyłach naszych płynie krew númenorejska. Przodkiem naszym był Mardil, godny namiestnik, który rządził w zastępstwie króla, gdy ten wyruszał na wojnę. Mardil piastował władzę w imieniu Eärnura, który nie wrócił nigdy z wyprawy i nie zostawił potomstwa, tak że na nim wygasła linia Anáriona. Odtąd, to znaczy od wielu już pokoleń ludzkich, po dziś dzień państwem naszym rządzą namiestnicy.

Pamiętam, jak w dzieciństwie, gdy obaj uczyliśmy się historii naszego rodu i kraju, Boromir zżymał się gniewnie, że nasz ojciec nie jest królem. „Ile wieków trzeba czekać, żeby namiestnik mógł zostać królem, jeśli król nie wraca?" – spytał. „W innych krajach, gdzie królowie są mniej dostojni, wystarczyłoby pewnie kilka lat – odpowiedział mu ojciec. – W Gondorze i dziesięciu tysiącleci byłoby mało". Biedny Boromir. Przyznaj, że to wspomnienie z jego chłopięcych lat mówi o nim wiele.

– Tak – rzekł Frodo. – Mimo to zawsze odnosił się z należną czcią do Aragorna.

– Nie wątpię – powiedział Faramir. – Jeśli przekonano go, jak mówiłeś, o słuszności praw Aragorna, musiał go czcić głęboko. Lecz nie doszło do najcięższej próby. Nie wkroczyli razem do Minas Tirith ani też nie współzawodniczyli z sobą w boju na czele wojsk Gondoru... Znów jednak odbiegam od rzeczy. Otóż w rodzie Denethora z dawnej tradycji przechowaliśmy wiele tajemnej starożytnej wiedzy, a ponadto w skarbcu naszym znaleźć można księgi, tablice, zżółkłe pergaminy, także kamienie, ba, nawet srebrne i złote liście pokryte napisami w różnych językach, znakami różnych alfabetów. Są wśród nich takie, których nikt dziś odczytać nie potrafi, reszta zaś dostępna jest tylko dla nielicznych. Mnie uczono tej sztuki, lecz jedynie część starych dokumentów zdołam odcyfrować. Właśnie te zgromadzone u nas pamiątki zwabiły do Gondoru Szarego Pielgrzyma. Pierwszy raz zobaczyłem go, gdy byłem małym chłopcem, potem dwa czy może trzy razy gościł u nas znowu.

– Szary Pielgrzym? – spytał Frodo. – Czy miał jakieś imię?

– Na modłę elfów nazywaliśmy go Mithrandirem – odparł Faramir – i to mu się podobało. „Wiele mam różnych imion w wielu różnych krajach – mówił. – Mithrandir dla elfów, Tharkun dla krasnoludów; Olórinem zwano mnie za niepamiętnych czasów mojej młodości na Zachodzie; Incánusem – na południu, Gandalfem – na północy. Na wschód zaś nie zapuszczałem się nigdy".

– Gandalf! – rzekł Frodo. – Tak też myślałem. Gandalf Szary, ukochany doradca, przewodnik naszej wyprawy, zginął w Morii.

– Mithrandir zginął? – zakrzyknął Faramir. – Zły los, jak widzę, prześladował waszą Drużynę. Uwierzyć trudno, że mędrzec tak wielkiej wiedzy i potęgi – bo niezwykłych rzeczy dokazywał w naszym kraju – mógł zginąć! Z nim razem zabraknie światu znajomości wielu tajemnic. Czy jesteś pewny, że Mithrandir zginął? Może tylko porzucił was, odchodząc swoją własną drogą?

– Niestety! – odparł Frodo. – Widziałem, jak runął w otchłań.

– Straszliwą i groźną historię masz, jak widzę, do opowiedzenia – rzekł Faramir – lepiej wszakże nie mówić o tym przed nocą. Teraz dopiero zrozumiałem, że Mithrandir był nie tylko mistrzem tajemnej wiedzy, lecz również przywódcą, który kierował wielkimi dziełami naszych czasów. Gdyby przebywał w naszym kraju, gdy biedziliśmy się nad zagadką snu, który nas nawiedził, wyjaśniłby nam z pewnością wszystko i nie musielibyśmy wyprawiać Boromira z poselstwem. Może jednak Mithrandir nic by nam nie powiedział, bo podróż była sądzona Boromirowi. Mithrandir nigdy nie odsłaniał przed nami tajemnic przyszłości ani nie zwierzał się ze swoich planów. Nie wiem, jakim sposobem uzyskał od Denethora wstęp do naszego skarbca; coś niecoś skorzystałem z jego pouczeń, chociaż rzadko mi ich chciał udzielać. Bardzo był zajęty badaniem dokumentów i wypytywał nas przede wszystkim o Wielką Bitwę, stoczoną na polach Dagorladu w czasach, gdy powstało królestwo Gondoru, a Tamten, którego imienia nie wymawiamy, strącony został ze swego tronu. Bardzo był też ciekawy historii o Isildurze, lecz o tym niewiele mogliśmy mu powiedzieć; nic pewnego nie wiadomo o jego śmierci.

Faramir zniżył głos do szeptu. – Czegoś jednak dowiedziałem się lub domyśliłem, a strzegłem pilnie sekretu tego odkrycia: Isildur zabrał jakiś przedmiot, zanim opuścił Gondor, by nigdy już nie ukazać się wśród śmiertelnych ludzi. Myślę, że to jest właśnie odpowiedź na pytania Mithrandira. Lecz wówczas zdawało mi się, że to sprawa ważna jedynie dla badaczy starej tajemnej wiedzy. Nawet wtedy, gdy rozstrząsaliśmy zagadkę słów zasłyszanych we śnie, nie przyszło mi do głowy, że chodzi o Zgubę Isildura. Wedle bowiem jedynej legendy, którą znaliśmy, Isildur zginął od strzały orka, a Mithrandir nic więcej o tym mi nie powiedział. Wciąż jeszcze nie odgadłem, co to naprawdę jest, lecz musi to być dziedzictwo związane z wielką władzą i z wielkim niebezpieczeństwem. Może jakaś straszliwa broń, wynaleziona przez Władcę Ciemności. Jeśli to jest coś, co daje przewagę w boju, łatwo zrozumieć, że Boromir, dumny i nieustraszony, popędliwy, spragniony zwycięstwa dla Minas Tirith – a także, wraz z chwałą ojczyzny, własnej chwały – mógł tej rzeczy pożądać i że go ona kusiła. Nieszczęsny dzień, gdy wyruszył w swą podróż! Wybór ojca padłby z pewnością na mnie, lecz Boromir sam się ofiarował, przypominając, że jest starszy i dzielniejszy, co zresztą prawda, i nie chciał ustąpić.

Lecz teraz możesz się wyzbyć lęku. Ja tej rzeczy nie wezmę, nie schyliłbym się po nią, gdyby leżała na gościńcu. Nawet gdyby Minas Tirith chwiała się w posadach i gdybym ja tylko mógł ją uratować, używając oręża Czarnego Władcy dla jej dobra i ku własnej sławie. Nie, nie pragnę takich tryumfów, wiedz o tym, Frodo, synu Droga.

– Nie pragnęła ich również Rada – rzekł Frodo – i nie pragnę ja. Wolałbym nic nie mieć wspólnego z takimi sprawami.

– Co do mnie – powiedział Faramir – pragnąłbym tylko ujrzeć znów Białe Drzewo kwitnące na dziedzińcu królewskim, doczekać powrotu Srebrnej Korony i Minas Tirith zażywającej pokoju; pragnąłbym, żeby Minas Anor jak ongi jaśniała światłem, smukła i piękna, jak królowa wśród innych królowych, ale nie chciałbym, żeby była panią mnóstwa niewolników, nawet gdyby była łagodną panią dobrowolnych niewolników. Wojna jest nieuchronna, skoro trzeba bronić życia przed niszczycielem, który wszystkich nas by pożarł; ale nie kocham lśniącego miecza za ostrość jego stali, nie kocham strzały za jej chyżość ani żołnierza za wojenną sławę. Kocham tylko to, czego bronią miecze, strzały i żołnierze: kraj ludzi z Númenoru. I chcę, żeby go kochano za jego przeszłość, za starożytność, za piękno i za dzisiejszą mądrość. Nie chcę, żeby się go lękano, chyba tak tylko, jak lękają się ludzie czcigodnego, rozumnego starca.

Nie bój się mnie. Nie żądam, byś mi więcej wyjawił. Nie proszę nawet, żebyś mi powiedział, czy teraz zbliżyłem się do sedna sprawy. Jeśli wszakże zaufasz mi, może będę mógł służyć ci radą w trudnym zadaniu, które stoi przed tobą, nie pytając, na czym ono polega; kto wie, może nawet mógłbym ci pomóc.

Frodo nie odpowiedział. Omal nie uległ tęsknocie do pomocy i rady, miał ochotę wyznać wszystko temu poważnemu młodzieńcowi, którego słowa zdawały się mądre i szlachetne. Coś jednak wstrzymało go w ostatniej chwili. Na sercu ciążyło mu brzemię trwogi i troski. Jeżeli z Dziewięciu Wędrowców tylko on i Sam pozostali na świecie – jak można było się obawiać – to nikt prócz niego nie znał w pełni tajemnicy jego posłannictwa. Lepiej zawinić niesłuszną podejrzliwością niż pochopnymi słowy. Wspomnienie Boromira i okropnej przemiany, której uległ rycerz pod wpływem uroku Pierścienia, ożyło w pamięci Froda, gdy patrzył na Faramira i słuchał jego głosu, bo Faramir, chociaż tak bardzo różnił się od brata, był przecież do niego jak brat podobny.

Szli przez długą chwilę w milczeniu wśród szarych i zielonych cieni u stóp starych drzew, przemykając bez szelestu między pniami; nad ich głowami świergotało mnóstwo ptaków, słońce złociło wypolerowany strop ciemnych liści w wiecznie zielonych lasach Ithilien.

Sam nie brał udziału w rozmowie, chociaż przysłuchiwał jej się, nadstawiając jednocześnie swoich czujnych hobbickich uszu na łagodne głosy leśnej krainy. Zauważył, że między Faramirem a Frodem nie padło ani razu imię Golluma. Sam był z tego rad, ale czuł, że łudziłby się próżną nadzieją, gdyby myślał, że nigdy więcej o Gollumie nie usłyszy. Wkrótce też zorientował się, że jakkolwiek wędrują pozornie sami z Faramirem, w pobliżu jest mnóstwo ludzi, nie mówiąc już o Damrodzie i Mablungu, którzy to wynurzali się, to znikali w cieniu przed nimi; po obu ich stronach lasem przemykali się żołnierze, wszyscy dążąc spiesznie tajnymi ścieżkami do jakiegoś wytkniętego wspólnego celu.

W pewnej chwili obejrzał się nagle, jakby na karku poczuł ukłucie szpiegującego spojrzenia, i wydało mu się, że dostrzegł drobną, ciemną sylwetkę przyczajoną za pniem drzewa. Otworzył usta, żeby powiedzieć o tym Frodowi, ale rozmyślił się, mówiąc sobie: „Nie jestem pewny, czy mi się nie przywidziało. Po co przypominać o starym łajdaku, jeżeli pan Frodo i Faramir wolą o nim nie pamiętać? Szkoda, że ja nie mogę także zapomnieć".

Wreszcie las dokoła zrzedł, a teren zaczął coraz stromiej opadać. Skręcili w prawo i po kilku krokach znaleźli się nad małym strumieniem płynącym w wąskim jarze. Był to ten sam strumień, który daleko w górze wypływał z kolistego jeziora; tu nabrał rozpędu i bystrym nurtem rwał przez kamienne, głęboko wcięte łożysko, nad którym rozpościerały cień skalne dęby i ciemne krzewy bukszpanu. Patrząc ku zachodowi, wędrowcy widzieli w świetlistych oparach ciągnącą się w dole nizinę i rozległe łąki, a w wielkiej dali błyszczącą w ostatnich promieniach słońca szeroką wstęgę Anduiny.

– Teraz, niestety, muszę uchybić grzeczności – rzekł Faramir. – Mam jednak nadzieję, że wybaczycie to człowiekowi, który dotychczas wbrew rozkazom okazał wam tyle względów, że ani głów wam nie uciął, ani nie spętał was jako jeńców. Nie wolno bowiem nikomu, nawet walczącym u naszego boku Rohirrimom, wstąpić na ścieżkę, którą odtąd pójdziemy, z niezawiązanymi oczyma. Muszę wam dać przepaski na oczy.

— Twoja wola — odparł Frodo. — Nawet elfowie niekiedy tak postępują; z zawiązanymi oczyma przeprowadzono nas przez granicę pięknego Lothlórien. Krasnolud Gimli bardzo się burzył, ale hobbici znieśli to cierpliwie.

— Ja prowadzę was do mnie pięknego schronienia — rzekł Faramir — lecz rad jestem, że się zgadzacie po dobroci, bo przykro byłoby zadawać wam gwałt.

Zawołał z cicha, natychmiast spośród drzew wysunęli się Damrod i Mablung, podbiegając do kapitana.

— Zawiążcie naszym gościom oczy — powiedział Faramir. — Szczelnie, ale tak, by im przepaska nie dokuczała. Rąk nie trzeba im pętać. Dadzą słowo, że nie będą się starali nic podpatrzyć. Mógłbym im zaufać, że nie otworzą oczu nawet bez opaski, ale oczy same mrugają, kiedy noga się potyka. Prowadźcie ich ostrożnie, żeby nie ucierpieli w drodze.

Strażnicy zawiązali hobbitom oczy zielonymi chustkami i nasunęli im kaptury na twarze. Potem Mablung wziął jednego, a Damrod drugiego pod rękę i ruszyli naprzód. O ostatniej mili wędrówki Sam i Frodo wiedzieli więc tylko tyle, ile odgadli po omacku. Wkrótce zauważyli, że ścieżka ostro opada w dół; po jakimś czasie tak się zwężała, że trzeba było posuwać się gęsiego, strażnicy więc kierowali ich krokami, idąc za nimi i trzymając ręce na ich ramionach. Niekiedy w najtrudniejszych miejscach podnosili hobbitów w powietrze, by po chwili znów postawić na ziemi. Szum wody wciąż dochodził od prawej strony, coraz bliższy i głośniejszy. W końcu pochód się zatrzymał. Mablung i Damrod obrócili hobbitów kilka razy w kółko, wskutek czego ci stracili całkowicie orientację. Potem jeszcze wspinali się nieco ku górze; owiał ich chłód, a szum potoku przycichł. Znowu strażnicy chwycili ich w ramiona i nieśli po schodach długo, długo w dół, a następnie wzięli ostry zakręt. Nagle usłyszeli plusk i szum, bardzo głośny i bliski. Mieli wrażenie, że woda otacza ich zewsząd, na dłoniach i policzkach czuli drobniutkie krople deszczu. Znowu postawiono ich na ziemi. Chwilę stali oszołomieni, trochę wystraszeni, nie mając pojęcia, gdzie się znajdują. Nikt się nie odzywał. Wtem głos Faramira zabrzmiał tuż za nimi.

– Zdjąć opaski! – rozkazał.

Strażnicy rozsupłali zielone chusty i odsunęli im z twarzy kaptury. Hobbici olśnieni aż zachłysnęli się z podziwu.

Stali na mokrych, wypolerowanych kamieniach, jak gdyby w progu wyciosanej w skale bramy, której czarny otwór ział za ich plecami. Przed nimi zwisała przezrocza zasłona wody, tak blisko, że Frodo mógł jej dosięgnąć ręką. Brama otwierała się ku zachodowi. Poziome promienie zachodzącego słońca padały na wodną kurtynę i czerwone światło rozszczepiało się w kroplach na migotliwe tęczowe kolory. Hobbitom zdawało się, że stoją w oknie zaczarowanej wieży elfów przed zasłoną usnutą z drogocennych klejnotów, ze srebra, złota, rubinów, szafirów i ametystów, żarzących się zimnym ogniem.

– Szczęśliwym przypadkiem zdążyliśmy na tę porę, by pięknym widokiem nagrodzić waszą cierpliwość – rzekł Faramir. – To jest Okno Zachodzącego Słońca, Henneth Annûn, najpiękniejszy wodospad Ithilien, krainy tysiąca źródeł. Mało kto spośród cudzoziemców oglądał ten cud. Żaden pałac królewski nie może się z nim równać. Wejdźcie.

Ledwie skończył mówić, gdy słońce się skryło, ogień zgasł w strumieniach wody. Hobbici odwrócili się i przeszli pod niskim, groźnym łukiem bramy. Znaleźli się w komorze skalnej, rozległej, topornie wyciosanej pod nierównym, nawisłym stropem. Kilka pochodni rozjaśniało mętnym światłem połyskliwe ściany. Było tu już mnóstwo ludzi, a wciąż nowi przybywali, po dwóch, po trzech, przez wąskie drzwiczki widoczne w jednej ze ścian. Gdy wzrok ich oswoił się z ciemnością, hobbici stwierdzili, że pieczara jest większa, niż im się zrazu wydało, i że pełno w niej oręża, a także zapasów.

– Oto nasz schron – rzekł Faramir. – Nie ma tu wielkich wygód, lecz noc można spędzić bezpiecznie, jest sucho i nie brak jadła, chociaż ognia nie rozpalimy. Niegdyś woda płynęła tymi lochami i wydostawała się przez bramę, lecz nasi sprawni robotnicy zmienili jej bieg przed wiekami, ujmując nurt u źródeł, kierując wąwozem i z dwakroć większej wysokości spuszczając wodospadem ku nowemu łożysku. Potem uszczelnili wszystkie drogi wiodące do tej groty tak, że ani woda, ani żaden nieprzyjaciel wtargnąć tu nie może. Zostały dwa tylko wyjścia: przez korytarz, którym was przyprowadziliśmy, i przez okno zasłonięte wodną kurtyną, ale pod nim w głębokiej niecce pełnej wody jeżą się ostre jak noże skałki. Odpocznijcie teraz chwilę, zanim przygotują nam wieczerzę.

Odprowadzono hobbitów w zaciszny kąt i wskazano niskie łóżko, na którym mogli odpocząć. Ludzie tymczasem sprawnie i szybko krzątali się po pieczarze. Spod ścian wysunięto lekkie stoły na kozłach i nakryto je do posiłku. Zastawa była skromna, przeważnie nieozdobna, lecz porządna i starannie wykonana: okrągłe półmiski, kubki i talerze z polewanej brunatnej gliny lub wytoczone z bukszpanowego drzewa, gładkie i czyste. Tu i ówdzie błyszczał puchar lub miska z lśniącego brązu, a przed miejscem kapitana, pośrodku głównego stołu, stał kielich ze srebra. Faramir przechadzał się między wojownikami, każdego nowego przybysza wypytując ściszonym głosem. Wracali ci, którzy ścigali rozproszonych przeciwników, na końcu zaś zjawili się zwiadowcy, pozostawieni do ostatka na straży przy drodze. Wszystkich południowców wytropiono, lecz nikt nie odnalazł mûmaka, czyli olifanta, i nie wiedziano, co się z nim stało. Nie zauważono też żadnych ruchów nieprzyjacielskich, nawet szpiegów w okolicy nie było widać.

– Nic nie widziałeś ani nie słyszałeś, Anbornie? – spytał Faramir ostatniego wchodzącego do pieczary żołnierza.

– Nie, kapitanie – odparł. – W każdym razie nie wypatrzyłem ani jednego orka. Lecz widziałem lub zdawało mi się, że widzę, jakieś dziwaczne stworzenie. Zdarzyło się to o szarej godzinie, kiedy wszystko wydaje się oczom większe, niż jest naprawdę. Możliwe, że była to po prostu wiewiórka.

Na te słowa żołnierza Sam nadstawił uszu.

– Jeżeli wiewiórka, to czarna i bez ogona – ciągnął dalej Anborn. – Mignęło mi to coś niby cień przy samej ziemi, skryło się za pniem drzewa, gdy podszedłem bliżej, i pomknęło między gałęzie w górę, tak zwinnie jak wiewiórka. Nie pozwalasz nam zabijać bez potrzeby zwierząt leśnych, więc nie użyłem łuku. Zresztą w zmroku strzał byłby niepewny, tym bardziej że stworzenie to w okamgnieniu skryło się wśród liści. Stałem jednak dość długo pod drzewem, bo rzecz wydała mi się dziwna, wreszcie odszedłem. Kiedy się odwróciłem, miałem wrażenie, że z drzewa dochodzi jakby syk. Może to była duża wiewiórka. Może w cieniu Nienazwanego jakieś zwierzaki z Mrocznej Puszczy zakradły się do naszych lasów. Tam podobno żyją wielkie czarne wiewiórki.

– Może – powiedział Faramir – ale zły byłby to omen, gdybyś trafnie odgadł. Nie chcemy zbiegów z Mrocznej Puszczy w Ithilien.

Samowi wydało się, że mówiąc to, Faramir z ukosa spojrzał w stronę hobbitów. Żaden z nich jednak nie odezwał się; obaj leżeli jakiś czas na wznak, patrząc na płonące łuczywa i na krzątających się i porozumiewających szeptem ludzi. W pewnej chwili Frodo nagle zasnął.

Sam, w rozterce, mówił sobie w duchu: „Może to człowiek uczciwy, a może nie. Piękne słowa kryją czasem niepiękne serce". Ziewnął. „Tydzień mógłbym przespać i jeszcze nie miałbym dość. Czy zda się na coś czuwanie? Ja jestem jeden, a tych dużych ludzi cała gromada. Pewnie, że nie dałbym im rady. Mimo to, Samie Gemgee, będziesz czuwał, nie wolno ci usnąć". Udało mu się odpędzić sen.

W bramie pieczary światło przygasło, szara zasłona wody zmętniała i znikła w mroku. Tylko szum wodospadu trwał niezmienny, monotonny, rankiem taki sam jak wieczorem czy nocą. Szemrał mile i namawiał do snu. Sam wetknął kułaki do oczu, żeby się nie zamknęły.

Zapalono więcej pochodni. Przytoczono beczkę wina, otworzono skrzynie z prowiantem. Ludzie nabierali wodę spod wodospadu, niektórzy myli ręce. Faramirowi przyniesiono mosiężną miednicę i biały ręcznik.

– Zbudźcie gości – rozkazał – i dajcie im także wodę, niech się umyją. Czas siąść do stołu.

Frodo siadł na posłaniu, przeciągnął się i ziewnął. Sam, nieprzyzwyczajony, żeby mu usługiwano, ze zdumieniem spojrzał na rosłego żołnierza, który, pochyliwszy się w ukłonie, trzymał przed nim miednicę.

– Proszę, niech pan to postawi na ziemi – rzekł hobbit. – Będzie nam obu wygodniej.

Ku zdumieniu i wesołości ludzi zanurzył głowę w zimnej wodzie, zlał nią kark i uszy.

– Czy w waszym kraju jest taki zwyczaj, żeby przed wieczerzą myć głowy? – spytał żołnierz usługujący hobbitom.

– Nie, robimy to raczej przed pierwszym śniadaniem – odparł Sam. – Ale niewyspanego zimna woda rzeźwi jak deszcz zwiędłą sałatę. No, teraz mam nadzieję nie zasnąć, nim się najem.

Usadowiono ich obok Faramira, na okrytych skórami baryłkach, znacznie wyższych niż ławy dla ludzi, tak że hobbici w sam raz wygodnie sięgali do stołu. Kapitan i wszyscy wojownicy przed zabraniem się do jedzenia chwilę stali, milcząc, zwróceni ku zachodowi. Faramir dał znak obu gościom, że powinni w tym naśladować ludzi.

– Zawsze tak robimy – rzekł, gdy znowu usiedli. – Zwracamy oczy w stronę Númenoru, który przeminął, poza Númenor ku ojczyźnie elfów, która trwa, i ku temu, co jest poza nią i co nigdy nie przemija. Czy wasze plemię nie zna tego zwyczaju?

– Nie – odparł Frodo, który nagle poczuł się nieokrzesanym prostakiem. – Ale gdy jesteśmy w gościnie, kłaniamy się gospodarzowi, a wstając po jedzeniu, dziękujemy mu.

– Tak również my postępujemy – rzekł Faramir.

Po długiej wędrówce i popasach pod gołym niebem, po tylu dniach spędzonych na odludnych pustkowiach wieczerza wydała się hobbitom wspaniałą ucztą; pili bowiem jasnozłociste, chłodne i aromatyczne wino, jedli chleb z masłem, solone mięso, suszone owoce, doskonały czerwony ser, a w dodatku mieli czyste ręce, czyste noże i czyste talerze. Ani Frodo, ani Sam nie odmówili żadnego dania, którym ich częstowano, nie uchylili się nawet od drugiej i trzeciej porcji. Wino rozgrzało krew w żyłach, rozpływając się po zmęczonych członkach, serca poweselały; hobbici nabrali humoru, jakiego nie mieli od dnia opuszczenia Lórien.

Po wieczerzy Faramir zaprowadził ich w głąb pieczary, do wnęki częściowo odgrodzonej zasłoną. Przyniesiono tu fotel i dwa stołki. W niszy stała zapalona gliniana lampka.

– Wkrótce pewnie zechcecie spać – powiedział Faramir. – Zwłaszcza poczciwy Sam, który przed posiłkiem oka nie zmrużył – nie wiem, czy dlatego że lękał się stracić wspaniały apetyt, czy też ze strachu przede mną. Nie jest zdrowo spać natychmiast po jedzeniu, tym bardziej jeśli się jadło pierwszy raz do syta po długim poście. Pogawędzimy trochę. Wędrując z Rivendell, przeżyliście niewątpliwie mnóstwo przygód wartych opowieści. Wy ze swej strony na pewno też pragniecie od nas dowiedzieć się czegoś o krajach, do których trafiliście. Mówcie jak najwięcej o moim bracie Boromirze, o starym Mithrandirze, o szlachetnym plemieniu z Lothlórien.

Frodo, już wyspany, był chętny do rozmowy. Ale choć jedzenie i wino rozwiązały mu język, nie wyzbył się całkowicie ostrożności. Sam uśmiechał się i nucił pod nosem, gdy jednak Frodo zaczął mówić, przysłuchiwał się, milcząc, i tylko czasem dorzucał jakiś wykrzyknik na potwierdzenie słów swego pana.

Frodo opowiadał różne historie, wciąż jednak omijał sprawę Pierścienia i zadania, którego podjęła się Drużyna, szeroko natomiast rozwodził się nad męstwem Boromira i podkreślał oddane przez niego usługi, czy to podczas spotkania z wilkami, czy w zaspach śnieżnych pod Caradhrasem, a także w walce z orkami w kopalniach Morii, gdzie zginął Gandalf. Najbardziej wzruszyła Faramira opowieść o walce na moście.

– Musiało to wzburzyć Boromira, że przyszło mu uciekać przed orkami – rzekł – czy nawet przed straszliwym potworem, którego nazywacie Balrogiem. Boromir musiał kipieć gniewem, mimo że uciekł ostatni.

– Ostatni – przyznał Frodo. – Pamiętać jednak trzeba, że Aragorn nie miał prawa się narażać, on jeden bowiem po stracie Gandalfa znał drogę i mógł wyprowadzić nas z podziemi. Gdyby nie było nas, małoludów, którymi musieli opiekować się, ręczę, że nie uciekłby wówczas z pola bitwy ani Boromir, ani Aragorn.

– Może byłoby dla Boromira lepiej, gdyby był tam poległ razem z Mithrandirem – powiedział Faramir – zamiast iść dalej na spotkanie losu, który go czekał nad wodogrzmotami Rauros.

– Może. Ale teraz opowiedz mi o swoich przygodach – rzekł Frodo, znowu odwracając rozmowę od niebezpiecznego tematu. – Chciałbym coś więcej wiedzieć o Minas Ithil, Osgiliath i niezdobytej Minas Tirith. Jakie macie nadzieje na utrzymanie grodu w razie długiej wojny?

– Jakie mamy nadzieje? – powtórzył Faramir. – Od dawna poniechaliśmy wszelkiej nadziei. Miecz Elendila, jeżeli powróci, może na nowo jej iskrę wykrzesze, lecz nie sądzę, by zdziałał coś więcej ponad to, że odroczy dzień klęski; chyba że zjawi się inna jeszcze nieoczekiwana pomoc ze strony elfów albo ludzi. Nieprzyjaciel bowiem wzrasta w siły, a my wciąż słabniemy. Naród nasz przeżywa zmierzch, jesień, po której już nie rozkwitnie wiosna.

Ludzie z Númenoru żyli na rozległych obszarach wybrzeży i nadmorskich krajów, lecz w większości popadli w zepsucie i szaleństwa. Wielu rozmiłowało się w ciemnościach i czarnej magii. Niektóre plemiona całkowicie oddały się próżniactwu i uciechom życia, inne zaś biły się między sobą, aż wreszcie osłabionymi przez lenistwo lub niezgodę zawładnęły złe, dzikie ludy.

Nikt nie powie, że w Gondorze kiedykolwiek praktykowano czarną magię lub wymawiano bodaj z czcią imię Nienazwanego. Dawna mądrość i piękno przyniesione z Zachodu długo żyły w królestwie synów Elendila i po dziś dzień tam przetrwały. Lecz nawet sam Gondor ściągnął na siebie upadek, gnuśniejąc po trosze i łudząc się, że Nieprzyjaciel śpi, podczas gdy on był wprawdzie przepędzony z tych stron, wcale jednak nie zmiażdżony.

Śmierć wciąż była wśród nas, ponieważ Númenorejczycy, jak za dawnych lat królestwa, które wskutek tego utracili, marzyli o niekończącym się i niezmiennym życiu. Królowie budowali grobowce wspanialsze niźli domy dla żyjących, z większą radością wymawiali prastare imiona swoich przodków niż imiona potomków. Bezdzietni władcy zasiadali w starodawnych pałacach, rozmyślając o zamierzchłej świetności swego rodu. W tajemnych komnatach uczeni przyrządzali potężne czarodziejskie napoje lub z wysokości smukłych, zimnych wież rzucali pytania gwiazdom. Ostatni król z linii Anáriona nie zostawił dziedzica.

Namiestnicy wszakże byli roztropniejsi i szczęśliwsi. Roztropniejsi, bo werbowali do sił zbrojnych ludzi z krzepkich plemion nadmorskich i dzielnych górali z Ered Nimrais. Zawarli też sojusz z dumnym ludem z północy, który często szarpał nasze granice i był wojowniczy, ale z dawna związany z nami pokrewieństwem, nie tak obcy jak dzicy Easterlingowie lub okrutni Haradrimowie.

Dzięki temu za czasów Ciriona, Dwunastego Namiestnika (ojciec mój jest dwudziestym szóstym z kolei), pobratymcy z północy przybyli nam z odsieczą i brali udział w wielkiej bitwie na polach Celebrantu, kiedy to zniszczyliśmy nieprzyjaciół, którzy zagarnęli nasze północne prowincje. Tych sojuszników nazywamy Rohirrimami, mistrzami koni; odstąpiliśmy im prowincję Calenardhon, która odtąd zwie się Rohanem. Kraj ten bowiem przez długie wieki był niemal bezludnym pustkowiem. Rohirrimowie stali się naszymi sprzymierzeńcami, złożyli wiele dowodów wierności, wspierając nas w potrzebie i strzegąc północnego pogranicza oraz Wrót Rohanu.

Przejęli z naszych obyczajów i nauk, ile chcieli, co dostojniejsi wśród nich władają naszą mową, lecz na ogół trzymają się we wszystkim wzorów, które im zostawili przodkowie, i własnych tradycji, mówią zaś swoim językiem, przyniesionym z północy. Są nam mili ci rośli mężowie i piękne niewiasty, nie mniej dzielne od mężów, plemię złotowłose, jasnookie i krzepkie. Przypominają nam młodość człowieczą z Dawnych Dni. Nasi uczeni w księgach powiadają, że łączy nas z Rohirrimami prastare pokrewieństwo, należą bowiem do jednego z tych samych Trzech Rodów co Númenorejczycy, pochodzą wszakże nie od Hadora Złotowłosego, Przyjaciela Elfów, lecz od tych jego synów i pobratymców, którzy nie wywędrowali za Morze, odrzucając wezwanie.

My bowiem w naszych dziejach rozróżniamy ludzi, których nazywamy Dostojnymi albo Ludźmi Zachodu, czyli Númenorejczyków; Ludzi Średnich, albo Ludzi Półmroku, i do tych zaliczamy Rohirrimów oraz pokrewne im plemiona zamieszkujące po dziś dzień na dalekiej Północy; wreszcie Dzikich, czyli Ludzi Ciemności.

Teraz wszakże, gdy Rohirrimowie pod wielu względami do nas się zbliżyli, wyćwiczyli w różnych umiejętnościach i ogładzili obyczaje, my zaś upodobniliśmy się do nich, nie możemy już rościć prawa do nazwy Ludzi Dostojnych. Jesteśmy dziś Średnimi Ludźmi, Ludźmi Półmroku, lecz przechowujemy pamięć lepszych dni. Tak samo jak Rohirrimowie kochamy obecnie wojnę i odwagę dla nich samych, zarówno ze względu na cel, któremu służą, jak na radości, których pozwalają nam zaznawać. Wprawdzie wciąż jeszcze wierzymy, że wojownik powinien mieć inną jeszcze wiedzę i umiejętności prócz znajomości władania bronią i żołnierskiego rzemiosła, lecz cenimy żołnierzy ponad ludzi trudzących się innymi sprawami. Taki jest nakaz chwili. Toteż Boromir dla swego wojennego męstwa cieszył się w Gondorze najwyższym uznaniem. Był naprawdę dzielny. Od dawna Minas Tirith nie miało dziedzica równie wytrwałego na trudy i równie mężnego w boju; nikt też tak potężnie jak on nie umiał zadąć w Wielki Róg.

Faramir westchnął i umilkł na długą chwilę.

– Mało było o elfach w tych wszystkich opowieściach – odezwał się Sam, nagle nabierając odwagi. Zauważył, że Faramir wspomina elfów zawsze z szacunkiem, i to przejednało Sama, uspokajając jego podejrzliwość skuteczniej niż grzeczne słowa, jadło i wino.

– Mało – rzekł Faramir – bo nie zgłębiałem historii elfów i niewiele wiem o tym plemieniu. To właśnie jedna z tych zmian, jakie zaszły w nas, kiedy z Númenoru przesiedliliśmy się do Śródziemia. Skoro Mithrandir był towarzyszem waszej wyprawy i rozmawialiście po drodze z Elrondem, wiecie zapewne, że przodkowie Númenorejczyków walczyli u boku elfów w zamierzchłych wojnach, za co w nagrodę otrzymali królestwo pośród morza, w zasięgu spojrzenia z Ojczyzny Elfów. Lecz na obszarach Śródziemia za dni ciemności ludzie stracili łączność z elfami na skutek podstępów Nieprzyjaciela a także z powodu nurtu czasu, który niósł każde plemię w inną stronę jego własną drogą. Dziś ludzie lękają się elfów i nie ufają im, niewiele o nich wiedząc. My zaś w Gondorze, tak samo jak Rohirrimowie, staliśmy się podobni do innych ludzi. Rohirrimowie bowiem, chociaż są wrogami Władcy Ciemności, nie ufają elfom i mówią o Złotym Lesie ze zgrozą.

Jednakże są jeszcze wśród nas ludzie podtrzymujący z elfami w miarę możliwości znajomość i niekiedy ten czy ów wymyka się potajemnie do Lórien, a mało który wraca. Ja do tych śmiałków nie należę. Sądzę, że w naszych czasach niebezpiecznie jest dla śmiertelników z własnej woli szukać porozumienia z Najstarszym Plemieniem. Ale zazdroszczę tym, którzy widzieli Białą Panią.

– Panią z Lórien! Galadrielę! – wykrzyknął Sam. – Ach, gdyby ją pan mógł ujrzeć! Ja, proszę pana, jestem prosty hobbit, ogrodnik z zawodu, nie znam się na poezji, w każdym razie nie umiem wierszy układać, chyba że jakiś żarcik rymowany mi się uda, a i to rzadko, na prawdziwy poemat nigdy bym się nie zdobył... No, więc nie umiem powiedzieć tego, co bym chciał. To trzeba zaśpiewać. Żeby tu był Obieżyświat, czyli, chciałem rzec, Aragorn, albo stary pan Bilbo, ci by umieli! Szkoda, że nie potrafię o niej ułożyć pieśni. Jest piękna, urocza! Czasem jak ogromne drzewo w kwiatach, czasem jak biały narcyz, drobny i smukły. Twarda jak diament, łagodna jak światło księżyca. Ciepła jak promień słońca, zimna jak gwiazda. Dumna i daleka jak szczyt w śniegach, wesoła jak wiejska dziewczyna, która wiosną wplata stokrotki w warkocze. Ale ja gadam i gadam, a wszystkich słów za mało, żeby jej oddać sprawiedliwość.

– Musi być naprawdę urocza – rzekł Faramir. – Niebezpiecznie piękna.

– Nic nie wiem o tym, żeby była niebezpieczna – odparł Sam. – Uważam, że ludzie biorą niebezpieczeństwo z sobą do Lórien, znajdują tam tylko to, co sami przynieśli. Może zresztą słusznie widzą w niej istotę niebezpieczną, bo ma w sobie wielką siłę. Można się o nią rozbić jak łódź na skale, można zatonąć jak hobbit w rzece; ale czy wolno winić skałę albo rzekę? A właśnie Boro...

Sam urwał i oblał się rumieńcem.

– Tak? Boromir? Co chciałeś powiedzieć? – podchwycił Faramir. – Czy Boromir z sobą przyniósł do Lórien niebezpieczeństwo?

– Tak, z przeproszeniem pańskim, przyniósł je z sobą, chociaż taki był z niego wspaniały człowiek, jeśli wolno tak się wyrazić. Pan zresztą od początku był na tropie. Dobrze się Boromirowi przyglądałem i pilnie go słuchałem przez cały czas wędrówki z Rivendell. Musiałem strzec mego pana, rozumie się, nie znaczy to wcale, żebym do Boromira nie miał zaufania. I myślę, że właśnie w Lórien Boromir jasno zrozumiał to, czego ja się już przedtem domyśliłem, i zrozumiał to, czego pragnie. A pragnął Pierścienia, pragnął go, odkąd go zobaczył.

– Sam! – krzyknął Frodo przerażony. Zamyślił się na długą chwilę i nagle ocknął z zadumy, lecz już poniewczasie.

– Rety! – jęknął Sam, blednąc i zaraz potem czerwieniejąc gwałtownie. – Znowu palnąłem głupstwo. Rację miał Dziadunio, kiedy mówił: „Ile razy otworzysz usta, lepiej zatkaj je prędko, choćby własną piętą". O rety, rety!

– Niech pan słucha, kapitanie – zwrócił się do Faramira, zbierając całą odwagę, na jaką go było stać. – Proszę, niech pan nie wykorzysta przeciw mojemu panu głupoty jego sługi. Pan tak pięknie mówił o elfach i tak dalej, że zapomniałem się wreszcie. Ale nie sztuka pięknie mówić, trzeba pięknie postępować – jak powiada hobbickie przysłowie. To będzie próba pańskiej wspaniałomyślności.

– Tak i ja sądzę – odparł Faramir z wolna i bardzo łagodnie, uśmiechając się dziwnie. – A więc mamy rozwiązanie wszystkich zagadek. Jedyny Pierścień, o którym mniemano, że zginął raz na zawsze dla świata. I Boromir chciał go odebrać przemocą? A tyś uciekł? Biegłeś tyle mil, żeby wpaść prosto w moje ręce! W górach, na pustkowiu mam was w swojej mocy, dwóch niziołków przeciw setce żołnierzy, których mogę skrzyknąć w jednej chwili, i Pierścień nad Pierścieniami. Piękny dar losu! Faramir, kapitan Gondoru, ma w tej próbie dać miarę swej wspaniałomyślności. Ha!

Wstał, wyprostował się, ogromny, a szare jego oczy rozbłysły.

Frodo i Sam zerwali się ze stołków, skoczyli pod ścianę, wsparli o nią plecami; ręce ich gorączkowo sięgnęły do mieczy. Zapadła cisza. Wszyscy zebrani w pieczarze wojownicy przerwali rozmowy i ze zdumieniem patrzyli na hobbitów. Lecz Faramir usiadł z powrotem, zaśmiał się z cicha i zaraz znowu spoważniał.

– Biedny Boromir! Za ciężka dla niego była ta próba! – odezwał się w końcu. – Dorzuciliście jeszcze cięższe brzemię do mego żalu, dziwni przybysze z dalekich krajów, przynoszący niebezpieczeństwo między ludzi! Ale okazuje się, że ja lepiej umiałem poznać się na niziołkach niż niziołki na człowieku. My, ludzie z Gondoru, jesteśmy prawdomówni. Rzadko się chełpimy, a jeśli coś przyrzekamy, raczej zginiemy, niż złamiemy słowo. Powiedziałem: „Nie schyliłbym się po niego, nawet gdyby leżał na gościńcu". Toteż nawet gdybym był człowiekiem zdolnym pożądać takiej rzeczy, i jakkolwiek mówiąc to, nie wiedziałem jeszcze, czym ona jest naprawdę, uważałbym, że te słowa mnie wiążą, i nie postąpiłbym wbrew własnemu oświadczeniu.

Mnie jednak wcale nie kusi ta rzecz. Może po prostu dość mam wiedzy, żeby rozumieć, iż są pewne niebezpieczeństwa, od których człowiek powinien uciekać. Siadajcie, bądźcie spokojni. Pociesz się, Samie. Wygadałeś się mimo woli, widocznie los tego chciał. Serce masz mądre zarówno jak wierne, ono widzi jaśniej niż twoje oczy.

Bo jakkolwiek wyda wam się to dziwne, nie naraziliście się na żadne niebezpieczeństwo, wyjawiając mi tę tajemnicę. Kto wie, Samie, może właśnie tym sposobem pomogłeś swemu panu, którego tak kochasz. Twój błąd wyjdzie wam na dobre, o ile to ode mnie będzie zależało. Pociesz się, Samie. Lecz nigdy więcej nie wymawiaj nazwy tej rzeczy głośno. Ten jeden raz wystarczy.

Hobbici wrócili na swoje miejsca i siedzieli cichutko. Żołnierze znowu zajęli się popijaniem wina i rozmową, sądząc, że ich dowódca żartował z gośćmi i że ta zabawa już się skończyła.

– Teraz nareszcie rozumiemy się wzajemnie dobrze, mój Frodo! – rzekł Faramir. – Jeżeli wziąłeś tę rzecz w powiernictwo, nie pragnąc jej, posłuszny prośbie innych osób, zasłużyłeś na mój szacunek i na moje współczucie. Podziwiam cię też, że trzymasz ją w ukryciu i nie używasz jej. Jesteście dla mnie istotami z nieznanego plemienia i nieznanego świata. Czy wszyscy wasi współplemieńcy są do was podobni? Wasz kraj musi być dziedziną spokoju i pogody, ogrodnicy zaś cieszą się pewnie wielkim poważaniem.

– Nie wszystko jest u nas doskonałe – odparł Frodo – lecz ogrodników rzeczywiście bardzo szanujemy.

– Nawet tam, w swoich ogrodach, znacie pewnie zmęczenie, jak każda istota pod słońcem. Cóż dopiero tutaj, z dala od domu i po długiej podróży. Dość na dzisiaj rozmów. Uśnijcie obaj spokojnie, jeśli zdołacie. Nie bójcie się, ja nie chcę tej rzeczy zobaczyć ani dotknąć, nie chcę też wiedzieć o niej więcej, niż wiem (wiem już za wiele!), aby nie skusiła mnie podstępem i abym się w tej próbie nie okazał gorszy niż Frodo, syn Droga. Idźcie teraz spocząć, lecz przedtem powiedzcie tylko, jeżeli możecie, dokąd zamierzacie stąd się udać i co robić. Ja bowiem muszę czuwać, czekać, rozmyślać. Czas upływa. Rankiem każdy z nas pospieszy swoją drogą.

Frodo po pierwszym wstrząsie strachu przez długą chwilę drżał cały. Teraz ogromne zmęczenie mgłą przesłoniło mu oczy. Nie miał już siły dłużej udawać i opierać się pytaniom.

– Szukałem drogi do Mordoru – powiedział słabym głosem. – Szedłem ku Gorgoroth. Muszę odnaleźć Górę Ognia i rzucić tę rzecz w Szczeliny Zagłady. Tak kazał Gandalf. Ale myślę, że nigdy nie dojdę do celu.

Faramir chwilę patrzył na niego z powagą i zdumieniem. Widząc, że hobbit chwieje się na nogach, dźwignął go łagodnie w ramionach, zaniósł na legowisko, ułożył i otulił ciepło. Frodo natychmiast zapadł w głęboki sen. Tuż obok ustawiono drugie posłanie dla jego sługi. Sam zawahał się na moment, po czym z niskim ukłonem zwrócił się do Faramira:

– Dobranoc! Wygrałeś, szlachetny panie.

– Doprawdy? – spytał Faramir.

– Kruszec okazał się najwyższej próby.

Faramir przyjął to z uśmiechem.

– Śmiałego sługę ma Frodo! – rzekł. – Ale niech tam! Pochwała z zacnych ust jest najwyższą nagrodą. Nie zasłużyłem na nią jednak. Nie miałem bowiem pokusy ani chęci postąpić inaczej.

– Wierzę – odparł Sam. – Powiedziałeś, szlachetny panie, że mój pan ma w sobie coś z elfa. To prawda. Ja wszakże powiem, że w tobie, panie, jest też coś, co mi przypomina... no tak! Czarodzieja Gandalfa!

– To możliwe – rzekł Faramir. – Może wyczuwasz daleki wiew powietrza Númenoru. Dobranoc!

Rozdział 6

Zakazane jezioro

Budząc się, Frodo ujrzał schylonego nad sobą Faramira. Na mgnienie oka zawładnął nim dawny strach i hobbit usiadł, cofnąwszy się pod ścianę.

– Nie masz się czego obawiać – rzekł Faramir.
– Czy to już rano? – spytał, ziewając, Frodo.
– Jeszcze nie, lecz noc ma się ku końcowi, a księżyc zachodzi. Czy chcesz go zobaczyć? Chciałbym też w pewnej sprawie zasięgnąć twojej rady. Przykro mi, że musiałem przerwać ci spoczynek. Czy pójdziesz ze mną?
– Pójdę – odparł Frodo, wstając. Dreszcz nim wstrząsnął, gdy wychynął z ciepłych koców i futer. Zimno było w pieczarze, gdzie nie palono ogniska. Szum wody rozlegał się głośno wśród ciszy. Hobbit zarzucił płaszcz i poszedł za Faramirem.

Sam, budząc się nagle, jakby ostrzeżony czujnym instynktem, od razu spojrzał na puste legowisko swego pana i zerwał się na równe nogi. Zobaczył dwie ciemne sylwetki, Froda i wysokiego mężczyzny, rysujące się na tle sklepionej bramy, którą teraz wypełniało blade białawe światło. Pobiegł ku nim między rzędami wojowników śpiących na siennikach wzdłuż ścian. Mijając bramę, spostrzegł, że Zasłona wygląda teraz jak olśniewający welon jedwabny, przetykany perłami i srebrem jak topniejące sople księżycowej poświaty. Nie zatrzymał się jednak, żeby podziwiać ten widok, i skręcił w ślad za swoim panem w wąskie drzwiczki, otwarte w ścianie pieczary.

Szli najpierw ciemnym korytarzem, potem po mokrych stopniach schodów w górę, aż znaleźli się na małej, płaskiej platformie wyciosanej w skale i rozjaśnionej bladym światłem płynącym z nieba przez otwór wycięty wysoko u szczytu długiego szybu. Stąd schody rozchodziły się: jedne, jak się zdawało, prowadziły na stromy brzeg potoku, drugie zwrócone były w lewo. Tam właśnie prowadził hobbitów Faramir. Schody, jak w wieży, zbudowane były na kształt spirali.

Wreszcie wydostali się z ciemności kamiennych ścian i rozejrzeli wkoło. Stali na szerokiej, płaskiej skale, niczym nieogrodzonej. Z prawej strony, od wschodu, potok z pluskiem zeskakiwał z nielicznych tarasów, dalej zaś spływał po stromiźnie gładko wyżłobionym korytem; ciemna, wzburzona woda pieniła się i toczyła wśród wirów niemal tuż u ich stóp i znikała na podciętej krawędzi przepaści, która ziała po prawej stronie. Nad brzegiem, zapatrzony w jej głąb, stał milczący wojownik.

Frodo przez chwilę śledził wzrokiem kręte i strome przesmyki wodne, potem podniósł wzrok i spojrzał w dal. Świat był cichy, chłodny, jakby zbliżał się już brzask. Nad zachodnim widnokręgiem księżyc zniżał się, pełny i jasny. Blade opary migotały w rozległej dolinie; szeroki parów kipiał srebrną mgłą, a jego dnem toczyły się w nocnym chłodzie fale Anduiny. Za rzeką kłębiły się czarne ciemności, a w nich tu i ówdzie połyskiwały zimne, ostre, obce i białe jak zęby upiora szczyty Ered Nimrais, Białych Gór królestwa Gondoru, okryte wiecznym śniegiem.

Długą chwilę Frodo stał na tym kamiennym wzniesieniu i dreszcz przejął go na myśl, że może tam, pośród przesłoniętych ciemnością rozległych przestrzeni, jego przyjaciele wędrują, a może śpią, jeśli nie leżą martwi pod całunem mgły. Po co Faramir przywiódł go tutaj i wyrwał z błogiego zapomnienia snu?

Sam stawiał sobie również to pytanie i nie mógł powstrzymać się od szepnięcia paru słów, łudząc się, że nikt prócz Froda ich nie usłyszy:

– Piękny widok, panie Frodo, trudno zaprzeczyć, ale ziąb przejmuje do kości, nie mówiąc już o sercu. Co się dzieje?

Faramir usłyszał i odpowiedział:

– Księżyc zachodzi nad Gondorem. Piękny Ithil, opuszczając Śródziemie, spogląda raz jeszcze na białe kędziory sędziwej Mindolluiny. Widok wart jest paru dreszczy. Lecz nie dla tego widoku sprowadziłem was tutaj, a prawdę mówiąc, Sama w ogóle nie prosiłem na tę przechadzkę: jeśli mu zimno, płaci cenę własnej zbytniej czujności. Łyk wina szybko was potem rozgrzeje. Patrzcie!

Posunął się na krawędź przepaści i stanął obok wartownika. Frodo poszedł za nim, lecz Sam nie ruszył się z miejsca. Nawet z dala od brzegu na tej wilgotnej, wysokiej platformie czuł się nieswojo. Faramir i Frodo patrzyli w dół. Daleko pod stopami widzieli białą wodę, która wlewała się do ogromnej, kipiącej misy i wirowała w przepaścistym owalnym zagłębieniu pośród skał, póki nie znalazła ujścia przez wąski przesmyk; tędy uciekała z szumem i pluskiem ku spokojniejszym, bardziej równinnym okolicom. Skośne promienie księżyca sięgały jeszcze podnóża wodospadu i lśniły na sfalowanej tafli jeziora. Nagle Frodo spostrzegł na bliższym jego brzegu skulonego, małego stwora, lecz w tejże chwili stwór dał nura do wody i zniknął tuż pod kipielą wodospadu, rozcinając czarną toń tak cicho i gładko jak strzała z łuku lub obły kamyk.

Faramir zagadnął wartownika:

– Co teraz powiesz o tym, Anbornie? Wiewiórka czy zimorodek? Czy nad ciemnymi sadzawkami Mrocznej Puszczy żyją czarne zimorodki?

– Nie wiem, co to za stwór, lecz z pewnością nie ptak – odparł Anborn. – Ma cztery łapy i nurkuje na sposób człowieczy. Trzeba przyznać, że mistrz w tej sztuce nie lada! Czego on szuka? Drogi poprzez Zasłonę do naszej pieczary? Zdaje się, że tym razem nasz schron został wykryty. Mam z sobą łuk, a na obu brzegach rozstawiłem też co najlepszych łuczników. Czekamy tylko na twój rozkaz, żeby wypuścić strzały, kapitanie.

– Co powiesz? Mamy strzelać? – spytał Faramir, odwracając się żywo do Froda.

Frodo przez chwilę nie odpowiadał.

– Nie! – rzekł wreszcie. – Nie! Proszę was, nie strzelajcie!

Samowi nie ochoty, lecz śmiałości zabrakło, żeby głośniej i szybciej krzyknąć: „Tak!". Nie widział wprawdzie stwora, o którym była mowa, lecz bez trudu odgadł, kogo Frodo zobaczył w dole.

– A więc znasz tego stwora? – powiedział Faramir. – Teraz, skoro go obaj widzieliśmy, wytłumacz, dlaczego, twoim zdaniem, należy go oszczędzić. W długich rozmowach tylko jeden raz wspomniałeś o trzecim, przygodnym towarzyszu, a ja chwilowo nie wypytywałem o niego. Czekałem, aż go moi ludzie schwycą i sprowadzą do mnie. Wysłałem najlepszych łowców na poszukiwania, on wszakże wszystkim się wymykał, tak że nikt go nawet nie widział prócz tu obecnego Anborna, któremu wczoraj wieczorem mignął o zmroku. Dziś jednak ów łotrzyk dopuścił się gorszego przestępstwa niżli łowienie na wyżynie królików w sidła: ośmielił się wtargnąć do Henneth Annûn. Przypłaci zuchwalstwo życiem. Nie pojmuję tego stwora! Tak skryty i zmyślny, a przychodzi kąpać się w jeziorku pod samym naszym oknem. Czy myśli, że ludzie nocą śpią, nie rozstawiwszy wart? Dlaczego on to zrobił?

– Można dać na to pytanie dwie odpowiedzi – odparł Frodo. – Po pierwsze, nie zna ludzi, a chociaż jest chytry, może wcale nie wie, że tu się ukrywacie; wasz schron dobrze jest zamaskowany. Po drugie, przypuszczam, że ściągnęło go tutaj nieodparte pożądanie, silniejsze od przezorności.

– Mówisz, że go tutaj coś przyciąga? – spytał Faramir, ściszając głos. – Czy to możliwe, żeby wiedział o brzemieniu, które dźwigasz?

– Tak. Ponieważ on dźwigał je przez długie lata.

– On je dźwigał? – powtórzył Faramir, tłumiąc okrzyk zdumienia. – Sprawa wikła się w coraz to nowe zagadki! A więc czyha na tę rzecz?

– Być może. Jest mu droga i cenna. Ale nie to miałem na myśli.

– Czegóż zatem szuka tutaj?

– Ryb – rzekł Frodo. – Patrz!

Spojrzeli w dół ku ciemnemu jezioru. U dalekiego brzegu ukazała się mała, czarna głowa, ledwie wychylona z głębokiego cienia pod skałami. Mignął srebrzysty błysk, drobniutkie kręgi rozeszły się po wodzie. Stwór dopłynął do brzegu i z nieprawdopodobną zwinnością, jak żaba wyskoczył z wody na wysoką skarpę. Usiadł i zaczął się wgryzać w mały, srebrzysty przedmiot, który połyskiwał przy każdym ruchu jego palców, bo ostatnie promienie księżyca padały spoza kamiennej ściany na ten koniec jeziora.

Faramir roześmiał się z cicha.

– Ryb! – powiedział. – Ten głód jest mniej niebezpieczny. A może nie! Ryby z jeziorka Henneth Annûn mogą kosztować go bardzo drogo.

– Mam go na ostrzu strzały – odezwał się Anborn. – Czy nie wolno mi jej wypuścić, kapitanie? Prawo karze śmiercią każdego, kto bez pozwolenia wejdzie w tę dolinę.

– Czekaj, Anbornie – odparł Faramir. – Sprawa jest trudniejsza, niż ci się zdaje. Co powiesz, Frodo? Dlaczego mamy go oszczędzić?

– Jest nieszczęśliwy i głodny – powiedział Frodo – i nic nie wie o grożącym niebezpieczeństwie. Gandalf, wasz Mithrandir, prosiłby cię, żebyś mu darował życie, choćby dla tych powodów, zarówno jak dla innych jeszcze. Elfom zalecił go oszczędzić. Nie wiem dokładnie, dlaczego: trochę się domyślam, lecz nie mogę teraz o tym mówić. Ten stwór jest w jakiś sposób związany z moim zadaniem. Dopókiś ty nas nie wykrył i nie uprowadził z sobą, on był naszym przewodnikiem.

– Przewodnikiem? – zdumiał się znów Faramir. – Nowe dziwy! Na wiele jestem dla ciebie gotów, mój Frodo, tego jednak nie mogę zrobić; jeśli zostawię na wolności chytrego włóczęgę i pozwolę mu iść, gdzie zechce, może przyłączy się do ciebie w dalszej drodze, a może wpadnie w łapy orków, którym wyśpiewa pod grozą tortur wszystko, co wie. Trzeba go zabić albo wziąć do niewoli. Zabić, jeżeli nie da się szybko pochwycić. Jakże jednak doścignąć stwora tak zwinnego i przemyślnego inaczej niż strzałą z łuku?

– Pozwól, żebym cichutko zszedł do niego – rzekł Frodo. – Trzymajcie łuki napięte i zastrzelcie przynajmniej mnie, jeżeli mój sposób zawiedzie. Na pewno nie ucieknę.

– Idź, a pospiesz się! – odparł Faramir. – Jeżeli wyjdzie z tej przygody żywy, powinien ci wiernie służyć do końca swych nędznych dni. Anbornie, sprowadź Froda na dół, ale idźcie bardzo ostrożnie. Ten stwór ma węch i słuch. Wezmę twój łuk.

Anborn mruczał z niezadowolenia, lecz poprowadził hobbita krętymi schodami na niższą platformę, a z niej drugimi schodami dalej, aż doszli do wąskiego wyjścia zarośniętego gęstwą krzaków. Frodo bezszelestnie przedarł się przez nie i stanął na wysokim południowym brzegu, górującym nad jeziorem. Było już teraz ciemno, wodospad przybladł i zszarzał, odzwierciedlając ledwie nikły pobrzask, który księżyc zostawił na zachodnim niebie. Golluma stąd nie widział. Posunął się kilka kroków naprzód. Anborn cicho szedł za nim.

– Dalej! – szepnął Frodowi do ucha. – Uważaj, po prawej stronie jest brzeg. Jeżeli wpadniesz do wody, nikt cię nie wyratuje, chyba twój przyjaciel zimorodek. Pamiętaj, że łucznicy stoją bardzo blisko, chociaż ich pewnie nie widzisz.

Frodo, wzorując się na Gollumie, pomagał sobie rękami, żeby pewniej trzymać się gruntu i wymacywać przed sobą drogę. Skały były tu przeważnie płaskie i gładkie, lecz śliskie. Zatrzymał się i nasłuchiwał. Zrazu nie słyszał nic prócz nieustannego szumu wodospadu za sobą. Nagle blisko przed nim rozległ się świszczący szept:

– Ryby, dobre ryby. Biała Twarz znikła, mój skarbie, wreszcie znikła, tak. Teraz możemy spokojnie zjeść rybkę. Nie, nie, mój skarbie, nie spokojnie! Bo zginął nasz skarb. Zginął. Podłe hobbity, złośliwe hobbity. Poszły sobie, zostawiły nas samych, glum. Zabrały skarb. Biedny Sméagol samiuteńki. Nie ma skarbu. Źli ludzie zabiorą go, ukradną mój skarb. Złodzieje. Nienawidzimy ich. Ryby, dobre ryby. Dodadzą nam sił. Będziemy mieli bystre oczy, mocne palce, tak, tak. Zadusimy ich wszystkich, żebyśmy tylko mieli sposobność. Dobre ryby, dobre ryby!

Ten jego pomruk był niemal tak nieustanny jak szum wody, przerywany jedynie mlaskaniem i bulgotem. Frodo, słuchając tych odgłosów, wzdrygnął się z litości i wstrętu. Marzył, by ten bełkot ustał wreszcie, by nie musiał go nigdy już słuchać. Anborn przyczaił się tuż. Wystarczyłoby cofnąć się do niego, szepnąć, żeby kazał łucznikom wypuścić strzały. Nie chybiliby pewnie, bo Gollum, jedząc łapczywie, nie myślał o ostrożności. Jeden trafny strzał i Frodo na zawsze pozbyłby się tego nieszczęsnego, wstrętnego głosu. Ale nie mógł tego zrobić. Gollum miał pewne prawo do jego opieki. Sługa ma prawo do opieki pana, nawet jeśli służy pod przymusem strachu. Gdyby nie Gollum, hobbici zginęliby na Martwych Bagnach. Frodo czuł w głębi serca, że Gandalf na pewno nie życzyłby sobie takiego postępku.

– Sméagolu! – zawołał cicho.

– Ryby, dobre ryby – syczał Gollum.

– Sméagolu! – trochę głośniej powtórzył Frodo. Gollum umilkł.

– Sméagolu, twój pan przyszedł po ciebie. Twój pan jest tutaj. Zbliż się, Sméagolu.

Zamiast odpowiedzi usłyszał lekki syk, jakby Gollum przez zęby wciągał oddech. – Chodź tutaj, Sméagolu – rzekł Frodo. – Jesteśmy w niebezpieczeństwie. Ludzie zabiją cię, jeżeli tu cię znajdą. Chodź prędko, jeżeli chcesz uniknąć śmierci. Chodź do swego pana.

– Nie! – odparł głos. – Pan niedobry. Porzucił Sméagola i odszedł z nowymi przyjaciółmi. Teraz niech pan czeka. Sméagol nie skończył ryby.

– Nie ma czasu do stracenia! – rzekł Frodo. – Weź rybę z sobą i chodź.

– Nie. Muszę skończyć rybę.

– Sméagolu! – zawołał Frodo z rozpaczą. – Skarb się na ciebie pogniewa. Powiem skarbowi: spraw, żeby połknął ość i udławił się na śmierć. Nigdy więcej nie skosztujesz ryb. Chodź, skarb na ciebie czeka!

Rozległ się przenikliwy syk. Z ciemności wypełznął na czworakach Gollum niby pies przywołany z włóczęgi do nogi pana. Jedną na pół zjedzoną rybę trzymał w zębach, drugą ściskał w garści. Zbliżył się do Froda niemal nos w nos i obwąchał go. Blade oczy lśniły. Nagle wyjął z ust rybę i wyprostował się przed hobbitem.

– Dobry pan! – szepnął. – Dobry hobbit, wrócił po biednego Sméagola. Dobry Sméagol przyszedł do pana. Chodźmy teraz prędko, tak. Między drzewami, póki obie Twarze nie świecą. Tak, chodźmy!

– Pójdziemy – odparł Frodo – ale nie zaraz. Pójdę z tobą tak, jak przyrzekłem. Powtarzam obietnicę! Ale nie zaraz. Jeszcze nie jesteś bezpieczny. Uratuję cię, musisz jednak mi zaufać.

– Zaufać mojemu panu? – nieufnie spytał Gollum. – Dlaczego? Gdzie jest ten drugi hobbit, ten zły, ordynarny hobbit? Gdzie on jest?

– Tam na górze – odparł Frodo, wskazując wodospad. – Nie zostawię go tutaj samego. Musimy po niego wrócić.

Serce mu się ścisnęło. Te namowy zbyt były podobne do wciągania w pułapkę. Nie obawiał się, co prawda, żeby Faramir pozwolił zabić Golluma, lecz przypuszczał, że każe go uwięzić i spętać, a wówczas nieszczęsny, zdradziecki stwór na pewno poczuje się zdradzony przez hobbita. Nigdy może nie zrozumie ani nie uwierzy, że Frodo ocalił mu życie i że nie było innego sposobu ratunku. Cóż bowiem mógł zrobić Frodo, jeśli chciał obu stronom w miarę możności dochować wiary?

– Chodź, Sméagolu – rzekł – bo skarb rozgniewa się, jeśli mnie nie posłuchasz. Wracamy w górę strumienia. Idź pierwszy.

Gollum przepełznął kawałek drogi tuż nad krawędzią, chlipiąc i węsząc podejrzliwie. Nagle zatrzymał się i podniósł głowę.

– Tu ktoś jest! – powiedział. – Nie tylko hobbit. – Odwrócił się znienacka. W wyłupiastych oczach migotało zielone światełko. – Niedobry pan! – syknął. – Zły! Podstępny! Fałszywy! – Splunął i wyciągnął długie ramię zakończone białymi, chwytliwymi palcami.

W tym samym okamgnieniu ogromna, ciemna sylwetka Anborna wynurzyła się tuż za nim. Człowiek dopadł Golluma, silną, ciężką ręką chwycił go za kark i przygiął do ziemi. Stwór błyskawicznie skręcił się cały; wilgotny i oślizły wił się niczym węgorz, a gryzł i drapał napastnika jak kot. Lecz z mroku już wybiegło dwóch żołnierzy, spiesząc z pomocą Anbornowi.

– Ani się rusz – powiedział jeden z nich do Golluma – bo naszpikujemy cię tak, że się w jeża zamienisz. Ani się rusz!

Gollum opadł bezsilnie, jęcząc i płacząc. Ludzie związali go dość brutalnie.

– Nie tak ostro! – odezwał się Frodo. – Ten biedak nie może się z wami mierzyć na siły. Starajcie się nie sprawiać mu bólu. On wówczas także spokojnie się zachowa. Sméagolu! Nie bój się, oni ci nic złego nie zrobią. Pójdę razem z tobą, nie spotka cię od ludzi żadna krzywda. Chyba że ja także zginę z ich rąk. Zaufaj swojemu panu.

Gollum odwrócił się i splunął hobbitowi pod nogi. Żołnierze podnieśli go z ziemi, nasunęli mu na głowę kaptur i powlekli z sobą. Frodo szedł za nimi bardzo zgnębiony. Przez ukryty w gąszczu otwór, a potem schodami i korytarzami wrócili do pieczary. Płonęło kilka pochodni, ludzie krzątali się, już zbudzeni. Sam, który tu czekał na Froda, obrzucił zagadkowym spojrzeniem bezwładny tłumok wleczony przez żołnierzy.

– Złapali go? – spytał.

– Tak. Właściwie nie. Nie złapali – odparł Frodo. – Przyszedł dobrowolnie do mnie, bo zaufał memu słowu. Nie chciałem, żeby go tak porwano, związanego. Mam nadzieję, że wszystko się dobrze skończy, ale przykro mi okropnie, że tak się to odbywa.

— Mnie też przykro — rzekł Sam — ale z tą nieszczęsną pokraką nic się nie może odbywać przyzwoicie.

Jeden z żołnierzy skinął na nich i zaprosił do wnęki w głębi pieczary. Faramir siedział w fotelu, a nad jego głową świeciła umieszczona w niszy latarnia. Wskazał hobbitom stołki, a gdy siedli, rzekł do podwładnego:

— Podaj gościom wino i każ przyprowadzić jeńca.

Przyniesiono wino, a po chwili zjawił się Anborn, niosąc w ramionach Golluma. Zdjął z jego głowy kaptur, postawił go na ziemi i został przy nim, by go podtrzymywać na nogach. Gollum mrużył oczy, skrywając chytre spojrzenie pod ciężkimi, bladymi powiekami. Wyglądał żałośnie, przemoczony do nitki, ociekał wodą i cuchnął rybami; jedną z nich ściskał wciąż jeszcze w garści. Rzadkie kosmyki jak zbutwiałe wodorosty zwisały mu nad kościstym czołem; pociągał zasmarkanym nosem.

— Rozwiążcie! Rozwiążcie! — bełkotał. — Sznur nas rani, tak, rani nas, a przecież nic złego nie zrobiliśmy.

— Nic złego nie zrobiłeś? — rzekł Faramir, patrząc na nieszczęśnika przenikliwie, lecz z kamienną twarzą, w której nie było ani gniewu, ani zdumienia, ani litości. — Tak powiadasz? Nigdy nie popełniłeś nic takiego, żeby zasłużyć na więzy lub jeszcze cięższą karę? Jednakże nie do mnie należy sąd nad tobą za tamte sprawy. Dziś ujęliśmy cię tam, gdzie nie wolno wchodzić pod karą śmierci. Za ryby z tej sadzawki trzeba drogo płacić.

Gollum wypuścił rybę z ręki.

— Nie chcę ryb — powiedział.

— Cena nie jest nałożona na ryby — rzekł Faramir. — Karzemy śmiercią za wtargnięcie w ten zakątek gór, za jedno spojrzenie na jezioro. Darowałem ci dotychczas życie na prośbę Froda, który twierdzi, że ma wobec ciebie jakieś długi wdzięczności. Ale musisz się przede mną usprawiedliwić. Jak się nazywasz? Skąd przyszedłeś? Dokąd idziesz? Czego szukasz?

— Zabłąkani jesteśmy, zgubieni — odparł Gollum. — Nie mamy imienia, niczego nie szukamy, straciliśmy skarb, nie zostało nam nic. Tylko pustka. Tylko głód, tak, głód. Za kilka rybek, za marne ościste rybki chcą biedne stworzenie karać śmiercią. Taka jest ich mądrość, taka sprawiedliwość, taka wielka sprawiedliwość.

— Może nie jesteśmy bardzo mądrzy — powiedział Faramir — ale sprawiedliwi z pewnością na tyle, na ile nasza niewielka mądrość pozwala. Rozwiąż mu pęta, Frodo!

Faramir wyciągnął zza pasa mały nożyk i podał go Frodowi.

Gollum, na swój sposób rozumiejąc ten gest, wrzasnął i padł na ziemię.

— Spokojnie, Sméagolu! — rzekł Frodo. — Powinieneś mi zaufać. Nie opuszczę cię w biedzie. Odpowiadaj na pytania, jak umiesz najuczciwiej. To ci nie zaszkodzi, lecz właśnie pomoże.

Przeciął powróz krępujący napięstki i kostki Golluma, podniósł go z ziemi.

— Podejdź bliżej! — rozkazał Faramir. — Patrz mi w oczy! Czy wiesz, jak się nazywa to miejsce? Czy byłeś tu już kiedyś?

Gollum z wolna podniósł powieki, niechętnie zwrócił ku Faramirowi ślepia; nie tliła się w nich teraz ani odrobina światła, blade i matowe, spoglądały przez chwilę w jasne, nieustraszone oczy rycerza z Gondoru. Zaległa głucha cisza. Nagle Gollum spuścił głowę, skurczył się i przypadł do ziemi, dygocąc na całym ciele.

— Nie wiemy, nie chcemy wiedzieć — zajęczał. — Nigdy tu nie byliśmy. Nigdy więcej nie przyjdziemy.

— Są w twoim umyśle zatrzaśnięte drzwi i zamknięte okna, a za nimi ciemne komory — rzekł Faramir. — Powiedziałeś jednak, jak sądzę, prawdę. Na twoje szczęście. Jaką przysięgę złożysz, żeby mi zaręczyć, że nigdy tutaj nie wrócisz i że nigdy słowem ani znakiem nie wskażesz drogi do tego miejsca żadnemu żywemu stworzeniu?

— Mój pan wie — odparł Gollum, zerkając z ukosa na Froda. — Tak, pan wie. Przyrzekliśmy naszemu panu, jeśli nas uratuje. Przysięgamy skarbowi, tak! — Przyczołgał się do stóp Froda. — Uratuj nas, dobry panie! — zaskomlał. — Sméagol obiecuje skarbowi, obiecuje uczciwie. Nigdy nie wróci, nie powie ani słowa. Tak, skarbie!

— Czy tobie to wystarcza, Frodo? — spytał Faramir.

— Tak — rzekł Frodo. — Masz do wyboru albo zadowolić się tą przysięgą, albo postąpić, jak wymaga twoje prawo. Nic bowiem innego od tego jeńca nie usłyszysz. Lecz ja mu przyrzekłem, że nie dozna krzywdy, jeśli pójdzie ze mną. Nie chciałbym, żeby się zawiódł na moim słowie.

Faramir długą chwilę milczał zamyślony.

– Dobrze – powiedział wreszcie. – Oddaję cię w ręce twojego pana. Frodo, syn Droga, niech powie, co chce z tobą zrobić.

– Ależ ty, szlachetny kapitanie, jeszcze nie powiedziałeś, co zamierzasz zrobić z Frodem! – odparł z ukłonem hobbit. – Póki zaś Frodo nie zna twojej woli, nie może układać planów dla siebie i swoich towarzyszy. Odroczyłeś wyrok do rana, lecz dzień już świta.

– Ogłoszę więc swoją wolę – rzekł Faramir. – Co do ciebie, Frodo, to na mocy władzy, udzielonej mi przez mego władcę, przyznaję ci swobodę ruchów w granicach Gondoru aż po najdalsze kresy starego królestwa. Zastrzegam jedynie, że ani ty, ani żaden z twych towarzyszy nie ma prawa bez wyraźnego wezwania powrócić do tej kryjówki. Daję ci ten przywilej na jeden rok i jeden dzień od dziś, potem nie będzie ci już przysługiwał, chyba że przed upływem wyznaczonego terminu stawisz się w Minas Tirith przed obliczem władcy, namiestnika królestwa. Wtedy bowiem poproszę go, by zatwierdził i przedłużył na całe twe życie przywilej, który ode mnie otrzymałeś. Tymczasem każdy, kogo weźmiesz pod swą opiekę, będzie miał we mnie również opiekuna, a tarcze Gondoru go osłonią. Czy to ci starcza za odpowiedź?

Frodo ukłonił się nisko.

– Tak jest – rzekł – i oddaję się na twoje usługi, jeśli mogą one mieć jakąś cenę w oczach tak szlachetnego i wielkiego rycerza.

– Cenię je wysoko – odparł Faramir. – A teraz powiedz: czy bierzesz pod opiekę tego oto Sméagola?

– Biorę Sméagola pod swoją opiekę – oświadczył Frodo. Sam westchnął głośno. Nie był to objaw zniecierpliwienia wobec przydługiej wymiany uprzejmości, bo Sam, jak przystało hobbitowi, pochwalał ceremonie tego rodzaju. Podobna rozmowa w Shire nie obeszłaby się bez większej jeszcze ilości słów i ukłonów.

– A więc słuchaj! – zwrócił się Faramir do Golluma. – Zapadł nad tobą wyrok śmierci, lecz póki będziesz się trzymał Froda, włos ci nie spadnie z głowy, a przynajmniej nikt z nas cię nie tknie. Gdyby wszakże spotkał cię któryś z żołnierzy Gondoru wałęsającego się bez Froda, wykona wyrok. I niechaj cię śmierć dosięgnie, w granicach tego królestwa lub poza nim, jeżeli będziesz źle służył swojemu panu. Teraz odpowiedz: dokąd zamierzasz iść? Frodo poświadczył, że byłeś jego przewodnikiem. Dokąd go prowadzisz?

Gollum milczał.

– Muszę to wiedzieć – rzekł Faramir. – Odpowiedz albo odwołam ułaskawienie.

Gollum wciąż milczał.

– Ja odpowiem za niego – odezwał się Frodo. – Na moje żądanie zaprowadził mnie do Czarnej Bramy, lecz okazało się, że nie można jej przekroczyć.

– Nie ma otwartych wrót do Bezimiennego Kraju – powiedział Faramir.

– Widząc to, zawróciliśmy na drogę południową – ciągnął dalej Frodo – przewodnik bowiem mówił, że jest, a przynajmniej może być, ścieżka dostępna w pobliżu Minas Ithil.

– Minas Morgul – rzekł Faramir.

– Nie wiem dokładnie – powiedział Frodo – lecz podobno ścieżka wspina się pod górę północnym stokiem doliny, nad którą stoi stary gród. Wznosi się na wysoką przełęcz, a potem schodzi do... do krainy leżącej za górami.

– Czy znasz nazwę tej przełęczy? – spytał Faramir.

– Nie – odparł Frodo.

– To jest Cirith Ungol.

Gollum syknął przenikliwie i zaczął mamrotać pod nosem.

– Czy tak brzmi nazwa przełęczy? – spytał Faramir, zwracając się do niego.

– Nie! – wrzasnął Gollum piskliwie, jakby go ukłuto. – Tak, tak, słyszeliśmy kiedyś tę nazwę. Ale cóż dla nas nazwa znaczy? Pan powiedział, że musimy się tam dostać. Trzeba szukać jakiejś drogi. A nie ma innej, nie, nie ma.

– Nie ma innej? – rzekł Faramir. – Skąd wiesz? Kto zbadał wszystkie pogranicza królestwa ciemności? – Długo, z namysłem przyglądał się Gollumowi. Potem odezwał się znowu. – Odprowadź jeńca, Anbornie. Traktuj go łagodnie, lecz nie spuszczaj z oka. A ty, Sméagolu, nie próbuj skakać w wodospad. Skały tam mają tak ostre zęby, że zginąłbyś przedwcześnie. Idź stąd, a weź tę swoją rybę.

Anborn wyszedł, popychając przed sobą skulonego Golluma. Nad wejściem do wnęki zaciągnięto zasłonę.

– Myślę, mój Frodo, że nieroztropnie postępujesz – rzekł Faramir. – Nie powinieneś trzymać przy sobie tego przewodnika. To stwór nikczemny.

– Nie, nie jest nikczemny na wskroś – odparł Frodo.

– Może nie na wskroś – powiedział Faramir – lecz zło przeżera go jak rak, coraz głębiej. On cię nie doprowadzi do niczego dobrego. Jeżeli się z nim rozstaniesz, dam mu list żelazny i eskortę do tego miejsca na granicy Gondoru, które sobie sam wybierze.

– Nie zgodziłby się na to – odparł Frodo. – Poszedłby za mną, tak jak idzie już od dawna moim tropem. Przyrzekłem zresztą i wiele razy powtórzyłem przyrzeczenie, że wezmę go w opiekę i pójdę, dokąd mnie prowadzi. Nie żądasz chyba ode mnie, abym złamał słowo?

– Nie – rzekł Faramir. – Lecz serce moje tego pragnie. Co innego samemu nie dochować wiary, a co innego radzić przyjacielowi, aby złamał słowo, szczególnie kiedy bezwiednie na własną zgubę związał się przyrzeczeniem. Ale – nie! Musisz Golluma ścierpieć przy sobie, jeśli zechce iść z tobą. Nie sądzę wszakże, abyś był obowiązany do wyboru drogi przez przełęcz Cirith Ungol, o której twój przewodnik nie powiedział ci wszystkiego, co wie. To wyczytałem jasno w jego myślach. Nie idź na Cirith Ungol.

– Gdzież więc mam iść? – spytał Frodo. – Z powrotem do Czarnej Bramy i zdać się na łaskę lub niełaskę jej wartowników? Co wiesz o tej przełęczy, że nazwa jej budzi w tobie tyle grozy?

– Nie wiem nic pewnego – odparł Faramir. – My, ludzie z Gondoru, nie zapuszczamy się tymi czasy na wschód od gościńca, nikt spośród młodego mojego pokolenia tak daleko nie był ani też nie wspinał się na Góry Cienia. Znamy je tylko ze starych opowieści i pogłosek, które przetrwały z dawnych lat. To jednak pewne, że na przełęczach nad Minas Morgul czyhają jakieś złowrogie, straszne moce. Starcy i uczeni, którzy zbadali tajniki wiedzy, bledną i milkną na dźwięk nazwy Cirith Ungol.

Dolina pod Minas Morgul bardzo dawno temu popadła we władzę złych sił; nawet wówczas, gdy wygnany Nieprzyjaciel przebywał jeszcze daleko, a większa część Ithilien należała do nas, stamtąd wiało grozą i strachem. Jak ci wiadomo, stał tam ongi gród piękny i warowny, Minas Ithil, bliźni brat naszej stolicy. Zawładnęli nim jednak ludzie nikczemni i dzicy, których Nieprzyjaciel w pierwszym okresie swojej potęgi ujarzmił i wziął na służbę; ci po jego upadku błąkali się, bezdomni i bezpańscy. Mówią, że przywódcami ich byli Númenorejczycy o spodlonych sercach; Nieprzyjaciel obdarzył ich pierścieniami władzy i wyniszczył tak, że zmienili się w żywe upiory, straszne i złe. Po jego wygnaniu zajęli Minas Ithil, osiedli tam, obrócili gród i całą okolicę w ruinę. Zdawała się pusta, lecz wśród gruzów żył strach. Tych dziewięciu wodzów przygotowało skrycie powrót swego władcy i pomogło mu; sami też wzmogli się znów na siłach. Dziewięciu Jeźdźców wyruszyło w świat przez straszną bramę, a my nie mogliśmy im zagrodzić drogi. Nie zbliżaj się do ich twierdzy! Będziesz śledzony nieustannie. Tam czuwa nigdy nieusypiająca zła moc, stamtąd patrzy sto par nigdy nieprzymykających się oczu. Nie idź tą drogą.

– Dokąd więc radzisz iść? – spytał Frodo. – Powiedziałeś, że nie możesz mi wskazać ani ścieżki ku górom, ani przejść przez góry. Lecz ja muszę się poza ich wał dostać, bo zobowiązałem się uroczyście wobec całej Rady, że znajdę drogę lub szukając jej, zginę. Gdybym zawrócił, wzdragając się przed ostatnią, najcięższą próbą, jakże mógłbym stanąć przed elfami i ludźmi? Czy przyjąłbyś mnie w Gondorze, gdybym tam zjawił się z tym brzemieniem, które noszę i które opętało szaleństwem twojego brata? Jaki urok rzuciłoby na Minas Tirith? Kto wie, czy wówczas dwie wieże Minas Morgul nie spoglądałyby ku sobie ponad spustoszonym, zalanym zgnilizną krajem.

– Tego bym nie chciał – rzekł Faramir.

– Cóż więc chcesz, abym zrobił? – spytał Frodo.

– Nie wiem. Ale nie chcę, żebyś szedł na śmierć lub mękę. Nie myślę też, by Mithrandir wybrał dla ciebie tę drogę.

– Skoro on zginął, muszę sam iść jedyną ścieżką, którą znalazłem. Nie mam czasu na szukanie lepszej.

– Srogi przypadł ci los, beznadziejne zadanie – rzekł Faramir. – Pamiętaj przynajmniej moją przestrogę: nie ufaj przewodnikowi, nie ufaj temu Sméagolowi. Ma już na sumieniu morderstwo. Wyczytałem to w jego oczach. – Faramir westchnął. – Tak więc spotkały się nasze ścieżki i znów się rozchodzą, Frodo, synu Droga. Ciebie nie trzeba łudzić próżnymi słowy. Wiedz, że nie mam nadziei ujrzeć cię kiedykolwiek pod słońcem tej ziemi. Będę jednak odtąd przyjacielem twoim i całego twojego plemienia. A teraz odpocznij, my tymczasem przygotujemy ci prowiant na drogę.

Bardzo jestem ciekaw, jakim sposobem ten pokurcz Sméagol znalazł się w posiadaniu owego skarbu, o którym wspominałeś, i jak go później stracił; nie będę jednak trudził cię, wypytując dziś o te sprawy. Jeżeli mimo wszystko wrócisz do krainy żywych i siądziemy pod ścianą w blasku słońca, śmiejąc się z minionych trosk, będziesz musiał mi opowiedzieć całą historię dokładnie. Póki nie nadejdzie ten dzień lub jakiś inny, którego nawet czarodziejski kryształ Númenoru nie może nam objawić, żegnaj.

Faramir wstał, ukłonił się nisko Frodowi i rozsuwając zasłonę, przeszedł do pieczary.

Rozdział 7

Ku Rozstajowi Dróg

Frodo i Sam wrócili do swoich legowisk i czas jakiś odpoczywali w milczeniu; dzień już się zaczynał i ludzie krzątali się dokoła. Wreszcie przyniesiono hobbitom wodę do mycia i zaproszono do stołu nakrytego na trzy osoby. Faramir siadł z nimi do śniadania. Nie kładł się ani na chwilę od poprzedniego dnia, w którym jego oddział stoczył bitwę, lecz nie zdawał się wcale zmęczony. Gdy się posilili, wstał.

– Głód nie dokuczy wam w drodze – rzekł. – Wasze zapasy wyczerpały się, ale trochę prowiantu, stosownego w podróży, kazałem zapakować wam do worków. Na brak wody nie będziecie się uskarżać, póki będziecie szli przez Ithilien, nie pijcie jednak ze strumieni, które spływają z Imlad Morgul, z Doliny Żywej Śmierci. Chcę wam jeszcze coś powiedzieć: moi zwiadowcy i strażnicy wrócili wszyscy, a niektórzy z nich dotarli w pobliże Morannonu. Przynieśli dziwne wieści. Cała okolica w krąg opustoszała. Na drogach nie widzieli żywej duszy, nie słyszeli kroków, głosu rogu ani nawet dźwięku naciąganej cięciwy. Cisza pełna oczekiwania zalega nad Bezimiennym Krajem. Nie wiem, co to znaczy. Na pewno jednak zbliża się moment wielkiej rozprawy. Nadciąga burza. Spieszcie, póki czas! Jeżeli jesteście gotowi, wyruszymy natychmiast. Wkrótce słońce zaświeci nad królestwem cienia.

Przyniesiono hobbitom ich tobołki, znacznie teraz cięższe, a także dwie grube laski z wygładzonego drzewa, okute żelazem i opatrzone rzeźbionymi główkami, przez które przeciągnięte były rzemienne paski.

– Nie mam dla was darów godnych tej chwili pożegnania – rzekł Faramir – weźcie jednak te laski. Mogą się przydać w wędrówce przez góry i puszcze. Takich kijów używają mieszkańcy Białych Gór, lecz te przycięto na waszą miarę i okuto na nowo. Zrobiono je z pięknego drzewa *lebethron*, które jest ulubionym tworzywem naszych stolarzy i cieśli, a mają one ten dar, że zgubione wracają zawsze do właścicieli. Oby nie straciły tej zalety i nie zawiodły was w mrocznej krainie, do której idziecie!

Hobbici skłonili się w pas.

– Najgościnniejszy gospodarzu! – rzekł Frodo. – Elrond Półelf przepowiedział mi, że w podróży spotkam przyjaźń ukrytą w głębi serca i nieoczekiwaną. Prawdę mówił, bo nie mogłem spodziewać się od ciebie tyle przyjaźni, ile mi okazałeś. Dzięki tej niespodziance ze złej przygody wynikło wiele dobrego.

Zaczęli się zbierać do wymarszu. Z jakiegoś zakamarka przyprowadzono Golluma, który wyraźnie nabrał już otuchy, chociaż w dalszym ciągu trzymał się jak najbliżej Froda, unikając wzroku Faramira.

– Twemu przewodnikowi musimy zawiązać oczy – rzekł Faramir – tobie jednak i twojemu służącemu chętnie oszczędzimy tej przykrości, jeśli sobie tak życzycie.

Gollum skrzeczał, wykręcał się, czepiał Froda, kiedy żołnierze podeszli, by zawiązać mu oczy. Frodo więc powiedział:

– Załóżcie nam wszystkim trzem opaski, a zacznijcie ode mnie, wówczas Sméagol przekona się, że nie macie złych zamiarów.

Tak też zrobiono, po czym wyprowadzono całą trójkę z Henneth Annûn. Jakiś czas wędrowali przez korytarze i schody, aż w pewnej chwili owiała ich rześka, miła świeżość poranka. Szli dalej, wciąż jeszcze nic nie widząc, pod górę i znowu łagodnym skłonem w dół. Wreszcie Faramir kazał im odsłonić oczy.

Stali znowu pod sklepieniem lasu. Szum wodospadu nie dochodził do ich uszu, bo od rozpadliny, w której płynął potok, dzieliło ich wyciągnięte na południe długie ramię wzgórza. Od zachodu pomiędzy drzewami prześwitywało światło, jakby tam, za lasem, świat się kończył i poza jego krawędzią nie było nic prócz nieba.

– Tu ostatecznie rozchodzą się nasze drogi – rzekł Faramir. – Jeżeli posłuchacie mojej rady, nie skręcicie stąd zaraz na wschód. Pójdziecie prosto, w ten sposób bowiem wiele jeszcze mil przebędziecie pod osłoną lasu. Od zachodu teren obrywa się nad dolinami niekiedy stromo, niekiedy łagodniej, wydłużonym pochyłym zboczem. Trzymajcie się wciąż w pobliżu tej krawędzi i skraju lasu. Zrazu możecie, jak sądzę, wędrować nawet w świetle dziennym. Cała okolica jest uśpiona i pozornie spokojna, złe oczy na chwilę odwróciły się od niej. Bądźcie zdrowi i pospieszajcie, póki można.

Uścisnął hobbitów, zwyczajem swego plemienia pochylając się nad nimi, kładąc ręce na ich ramiona i całując w czoła.

– Życzliwa myśl wszystkich ludzi dobrej woli towarzyszy wam w drodze! – powiedział.

Ukłonili się aż do ziemi. Faramir zawrócił i nie oglądając się już za siebie, odszedł ku dwóm żołnierzom, którzy czekali w pewnym oddaleniu. Hobbici z podziwem patrzyli, jak szybko umieją poruszać się ci ludzie w zielonych ubraniach, zniknęli bowiem niemal w okamgnieniu wśród drzew. W miejscu, gdzie jeszcze przed chwilą stał Faramir, teraz był tylko las, pusty i posępny; można by myśleć, że rycerz Gondoru przywidział im się we śnie.

Frodo westchnął i odwrócił się twarzą na południe. Gollum, jakby umyślnie okazując wzgardę dla pożegnalnych ceremonii, rozgrzebywał ziemię pod korzeniem drzewa. „Śmierdziel już znowu chyba głodny? – pomyślał Sam. – Ano, zaczyna się cała zabawa od nowa".

– Poszli sobie nareszcie? – spytał Gollum. – Źli, wstrętni ludzie. Sméagola jeszcze kark boli, tak, boli jeszcze. Chodźmy stąd!

– Chodźmy – rzekł Frodo. – Ale jeśli umiesz tylko złorzeczyć ludziom, od których doznałeś łaski, nie mów lepiej nic.

– Mój pan dobry – zaskrzeczał Gollum. – Sméagol żartował. Zawsze przebacza, nie chowa urazy, tak, nawet do dobrego pana, który go zawiódł. Tak, pan dobry, Sméagol też dobry.

Ani Frodo, ani Sam nic na to nie odpowiedzieli. Zarzucili tobołki na plecy, ścisnęli kije w garści i ruszyli naprzód przez las Ithilien. Dwakroć w ciągu tego dnia odpoczywali, posilając się odrobiną prowiantu, który do ich worków kazał zapakować Faramir. Byli zaopatrzeni w suszone owoce i solone mięso na czas dłuższy, chleba zaś dostali tyle, ile mogli zjeść przez pierwsze dni, póki nie stracił świeżości. Gollum nie tknął jadła.

Słońce podniosło się na niebie i przesunęło nad stropem lasu niewidzialne, potem zaczęło się chylić, złocąc pnie drzew od zachodniej strony, a wędrowcy wciąż szli w chłodnym zielonym cieniu, w niezmąconej ciszy. Nawet ptaków nie było słychać, jakby wszystkie stąd odleciały albo oniemiały.

Zmrok wcześnie ogarnął milczące lasy; wędrowcy zatrzymali się jeszcze przed zapadnięciem nocy, bardzo zmęczeni, bo przebyli co najmniej siedem staj od wyjścia z pieczary. Frodo przespał noc na miękkiej ziemi pod starym drzewem. Sam leżał obok niego, lecz nie zaznał spokoju, budził się, co chwila rozglądał i nasłuchiwał. Gollum zniknął chyłkiem, gdy hobbici rozłożyli się na spoczynek. Nie przyznał się, czy zasnął w jakiejś pobliskiej norze, czy też błąkał się, polując wśród ciemności po lesie, w każdym razie o pierwszym brzasku wrócił i obudził hobbitów.

– Trzeba wstawać, tak, trzeba wstawać! – mówił. – Mamy jeszcze daleką drogę, na południe i na wschód. Hobbity muszą się spieszyć!

Dzień przeminął niemal tak samo jak poprzedni, z tą jedynie różnicą, że cisza zdawała się wokół jeszcze głębsza, a powietrze bardziej parne i w lesie zrobiło się duszno. Zbierało się jakby na burzę. Gollum często przystawał, węsząc, mruczał coś pod nosem i przynaglał do pośpiechu.

Na trzecim etapie dziennego marszu, pod wieczór, weszli w rzadszy las, gdzie drzewa rosły większe, lecz rozproszone. Ogromne dęby skalne o potężnych pniach stały, cieniste i godne, pośród szerokich polanek, tu i ówdzie przemieszane z sędziwymi jesionami i olbrzymimi dębami, na których właśnie rozkwitały brunatnozielone pąki. U ich stóp w jasnej, młodej trawie bielały kwiaty jaskółczego ziela i anemonów, o tej porze zamykające już kielichy do snu. Na mile w krąg zieleniły się liście leśnych hiacyntów, smukłe łodyżki kwiatów już przebijały się przez pulchną glebę. Nie było widać nigdzie żywej duszy, zwierzyny ani ptactwa, mimo to Golluma na otwartej przestrzeni zdjął strach i wędrowcy posuwali się bardzo ostrożnie, chyłkiem przebiegając od drzewa do drzewa.

Dzień już dogasał, kiedy dotarli na skraj lasu. Usiedli pod starym, sękatym dębem, który wyciągał pokrętne niby węże korzenie w dół po stromej, osypującej się skarpie. Mieli przed sobą głęboką, mroczną dolinę. Na jej przeciwległym brzegu las znowu stał gęsty, szaroniebieski w posępnym wieczornym zmierzchu i ciągnął się aż po widnokrąg na południe. Po prawej stronie, na zachodzie, majaczyły odległe góry Gondoru, rozjarzone odblaskiem łuny zalewającej niebo. Z lewej strony panowała już noc i piętrzyła się czarna ściana Mordoru. Z ciemności wyłaniała się długa dolina i opadała stromo rozszerzającym się stopniowo korytem ku Anduinie. Dnem jej płynął bystry potok. Frodo słyszał jego kamienny głos, wyraźny w wieczornej ciszy. Wzdłuż potoku, na drugim jego brzegu wiła się krętą bladą wstążką droga, ginąc w zimnej szarej mgle, której nie przenikały promienie zachodzącego słońca. Hobbitowi zdawało się, że rozróżnia w oddali wyrastające jakby z morza cieni omglone szczyty i poszczerbione wieżyczki prastarych twierdz, ciemnych i opustoszałych. Odwrócił się do Golluma.

– Czy wiesz, gdzie jesteśmy? – spytał.

– Tak, panie. W niebezpiecznym miejscu. To droga z Wieży Księżycowej do zburzonego grodu nad Rzeką; zburzony gród, tak, tak, złe miejsce, pełne nieprzyjaciół. Niedobrze zrobiliśmy, słuchając rady tamtego człowieka. Hobbity oddaliły się bardzo od ścieżki. Teraz muszą iść stąd na wschód i pod górę. – Zamachał chudymi ramionami w stronę majaczącego w zmierzchu łańcucha górskiego. – Nie można iść tą drogą. Nie. Tą drogą spod Wieży chodzą okrutni nieprzyjaciele.

Frodo spojrzał z góry na drogę. W tej chwili w każdym razie nie było na niej nikogo. Zdawała się bezludna, opuszczona, a zbiegała w dół ku pustce ruin ukrytych we mgle. Lecz coś złego czaiło się nad nią w powietrzu, jakby rzeczywiście snuły się tam jakieś niedostrzegalne dla oczu istoty. Froda dreszcz przebiegł, gdy spojrzał znowu na ledwie już widoczne w ciemności odległe wieże, a plusk wody wydał mu się zimny i okrutny; był to głos Morgulduiny, zatrutego potoku spływającego z Doliny Upiorów.

– Co teraz zrobimy? – spytał. – Przeszliśmy dziś wiele mil. Może cofniemy się w las i poszukamy jakiegoś zakątka, żeby odpocząć w ukryciu?

– W nocy kryć się nie trzeba – odparł Gollum. – To w dzień hobbity muszą się odtąd chować, tak, w dzień.

– Dajże spokój! – powiedział Sam. – Musimy trochę odpocząć, choćbyśmy nawet mieli ruszyć znów po północy. Będziemy wtedy mieli jeszcze wiele godzin do świtu, zdążymy przejść porządny kawał drogi, oczywiście jeżeli znasz drogę.

Gollum zgodził się niechętnie na popas i zawrócił pomiędzy drzewa, kierując się na wschód skrajem lasu. Nie pozwolił hobbitom rozłożyć się do snu na ziemi w tak bliskim sąsiedztwie drogi, więc po krótkiej naradzie postanowili wspiąć się wszyscy trzej na pień ogromnego dębu i usadowić w rozwidleniu konarów; grube rozłożyste gałęzie osłaniały ich dobrze, a kryjówka stanowiła zarazem dość wygodne schronienie. Gdy noc zapadła, pod koroną drzewa ciemność była nieprzenikniona. Frodo i Sam napili się wody i przegryźli chlebem oraz suszonymi owocami, lecz Gollum od razu zwinął się w kłębek i usnął. Hobbici nie zmrużyli tej nocy oczu.

Jakoś wkrótce po północy Gollum się zbudził; nagle błysnął ku nim bladymi otwartymi ślepiami. Chwilę nasłuchiwał i węszył, tym bowiem sposobem, jak już zauważyli od dawna, rozpoznawał zwykle porę dnia.

– Czy odpoczęliśmy? Czy wyspaliśmy się dobrze? – spytał. – Idziemy!

– Nie odpoczęliśmy i nie spaliśmy – odburknął Sam. – Ale pójdziemy, skoro trzeba.

Gollum skoczył zwinnie z gałęzi, spadając na cztery łapy, hobbici nieco wolniej zsunęli się po pniu.

Ledwie stanęli na ziemi, ruszyli w drogę za przewodem Golluma, kierując się w ciemnościach opadającym w dół zboczem ku wschodowi. Niewiele widzieli, noc bowiem była tak głęboka, że nieraz dopiero w ostatniej chwili dostrzegali pień drzewa, nim się na niego natknęli. Teren był nierówny, marsz utrudniony, lecz Gollum szedł pewnie. Prowadził hobbitów przez gąszcze i kolczaste zarośla, czasem skrajem głębokiej rozpadliny albo czarnej jamy, czasem osuwając się w głąb ciemnego, zarosłego krzakami jaru, by potem wspinać się na jego drugi brzeg. Schodzili niekiedy w dół, lecz każdy następny stok górował nad poprzednim i był od niego bardziej stromy. Toteż wznosili się coraz wyżej. Na pierwszym postoju, gdy obejrzeli się za siebie, ledwie dostrzegli strop lasu, z którego wyszli, rozpostarty niby gęsty, ogromny cień, plama nocy ciemniejącej pod mrocznym, posępnym niebem. Od wschodu pełzła z wolna jak gdyby ogromna czarna chmura, pochłaniając nikłe, przyćmione gwiazdy. Księżyc, chyląc się ku zachodowi, umknął przed jej pościgiem, lecz spowijała go w krąg obwódka zgniłożółtej mgły. W końcu Gollum odwrócił się do hobbitów.

– Dzień już blisko – rzekł. – Hobbity muszą się spieszyć. Nie jest bezpiecznie stać tak na otwartym miejscu w tej okolicy. Prędzej!

Przyspieszył kroku, oni zaś mimo znużenia podążali za nim. Wkrótce zaczęli wspinać się na ogromny grzbiet pagórka, porośniętego gąszczem kolczoliści, borówek i niskiej, szorstkiej tarniny, gdzieniegdzie tylko otwierały się w zieleni łyse polany, wypalone świeżo ogniem. Im bliżej szczytu, tym więcej było kolczastych krzewów, bardzo starych i wysokich, od dołu nagich i wątłych, lecz w górze rozrośniętych bujnie i już rozkwitających żółtymi pączkami, które jaśniały wśród ciemności i rozsiewały delikatną słodką woń. Pierwsze gałęzie wyrastały z pni tak wysoko, że hobbici mogli iść przez te zarośla wyprostowani, jak przez długie galerie wysłane suchym, grubym, szorstkim chodnikiem.

Gdy dotarli do końca szerokiego grzbietu, zatrzymali się i szukając kryjówki, wpełzli pod zbity wał tarniny. Jej powykręcane gałęzie zwisały aż do ziemi, a z ziemi pięły się na nie splątaną masą dzikie głogi. Głęboko w tym gąszczu otwierała się pusta przestrzeń jak gdyby altana podparta suchymi gałęziami i nakryta stropem młodych liści oraz wiosennych pędów. Tu wędrowcy leżeli długą chwilę, zbyt zmęczeni, żeby myśleć o jedzeniu, i przez otwierające się w ścianach schronu szpary patrzyli, jak z wolna świta nowy dzień.

Lecz dzień nie zaświtał jasny, po niebie rozlał się tylko bury, posępny półmrok. Na wschodzie ciemnoczerwona łuna świeciła pod niskim pułapem chmur; nie była to zorza poranna. Oddzielone od nich szeroką, stromą doliną piętrzyły się góry Efel Dúath, czarne i bezkształtne u podnóży, osłoniętych nieprzemijającą nocą, ostre, poszarpane i zjeżone groźnie u szczytów, widocznych na tle krwawego blasku. Dalej na prawo czerniało pośród mroku ogromne ramię górskie, wysunięte ku wschodowi.

– Którędy stąd pójdziemy? – spytał Frodo. – Czy tam, za tym czarnym masywem, otwiera się zejście do Doliny Morgul?

– Po co teraz o tym myśleć? – odparł Sam. – Z pewnością nie ruszymy się z miejsca przed końcem dnia, jeżeli w ogóle można to dniem nazwać.

– Może, może – powiedział Gollum. – Ale musimy spieszyć się do Rozstaja Dróg. Tak, tak, do Rozstaja. Tamtędy pójdziemy, tak, tamtędy mój pan pójdzie.

Czerwona łuna przygasła nad Mordorem. Półmrok zgęstniał, gdy ze wschodu podniosły się opary i zasnuły całą okolicę. Frodo i Sam zjedli coś niecoś i ułożyli się do snu, lecz Gollum kręcił się niespokojnie. Nie chciał tknąć jadła, przyjął od nich tylko łyk wody, a potem czołgał się wśród krzaków, węsząc i pomrukując. W pewnej chwili zniknął nagle.

– Poszedł pewnie na polowanie – rzekł Sam, ziewając. Wedle umowy on teraz miał się przespać, wkrótce też zapadł w głęboki sen. Śniło mu się, że jest w Bag End i szuka czegoś w ogrodzie, ale ma na plecach ciężki wór, który go przygniata do ziemi. Ogród był zachwaszczony i zarośnięty, ciernie i paprocie wtargnęły na grządki pod żywopłotem u stóp pagórka.

– Tyle roboty, a ja taki zmęczony – mówił sobie. Naraz przypomniało mu się, czego szuka. – Gdzie moja fajka? – powiedział i obudził się w tym momencie.

– Ośle! – rzekł sam do siebie, otwierając oczy i dziwiąc się, dlaczego leży w krzakach. – Masz ją przecież w tobołku!

Wtedy dopiero uprzytomnił sobie, po pierwsze, że wprawdzie fajka jest w tobołku, ale ziela do niej nie ma, a po drugie, że setki mil dzielą go od ogrodu w Bag End. Usiadł. Było niemal ciemno. Dlaczego Frodo pozwolił mu spać dużej, niż wypadało z umowy, aż do wieczora?

– Pan wcale się nie przespał, panie Frodo? – spytał. – Która to godzina? Musi być już bardzo późno?

– Nie, ale dzień zamiast się rozjaśniać, ciemnieje coraz bardziej – odparł Frodo. – Jeśli się nie mylę, nie ma jeszcze południa, a ty spałeś zaledwie trzy godziny.

– Nie rozumiem, co się święci – rzekł Sam. – Może zbiera się na burzę. W takim razie będzie to burza nie na żarty. Lepiej by nam było w jakiejś głębokiej norce niż w tych krzakach. – Nasłuchiwał chwilę. – Co to jest? Grzmot, warkot bębnów czy jeszcze coś innego?

– Nie wiem – powiedział Frodo. – Słyszę to już od dawna. Czasem mam wrażenie, że ziemia drży, czasem, że to parne powietrze tak dudni w uszach.

Sam rozejrzał się wkoło.

– Gdzie Gollum? – spytał. – Czy jeszcze nie wrócił?

– Nie – odparł Frodo. – Nie pokazał się i nie odezwał dotychczas.

– Prawdę mówiąc, nie tęsknię do niego – rzekł Sam. – Nigdy chyba nie miałem z sobą w podróży nic takiego, co bym porzucił z mniejszym żalem na drodze. Ale to właśnie do niego podobne, żeby po przejściu tylu mil zniknąć teraz, kiedy najbardziej jest potrzebny... oczywiście, jeżeli można w ogóle spodziewać się jakiegoś pożytku z tej pokraki, o czym śmiem wątpić.

– Zapominasz, jak było na Bagnach! – rzekł Frodo. – Mam nadzieję, że nie spotkało go nic złego.

– A ja mam nadzieję, że nie spłata nam psiego figla – powiedział Sam. – Bądź co bądź nie chciałbym, żeby wpadł tamtym w łapy. Bo wtedy z nami byłoby krucho.

Nagle odgłos grzmotów czy bębnów rozległ się głośniejszy i głębszy. Zdawało się, że ziemia drży pod hobbitami.

– Już jest z nami krucho – powiedział Frodo. – Obawiam się, że zbliża się kres naszej wędrówki.

– Może – odparł Sam – ale póki życia, póty nadziei, jak mawiał mój Dziadunio, a często dodawał: i póty jeść trzeba. Niech pan coś przegryzie, panie Frodo, a potem się prześpi.

Popołudnie, o ile Sam dobrze orientował się w czasie, dobiegało końca. Wyglądając z gąszczu, widział tylko posępny krajobraz bez świateł i cieni, z wolna zanurzający się w bezkształtnym i beznadziejnym zmierzchu. Było duszno, ale nie gorąco. Frodo spał niespokojnie, przewracając się i szamocząc we śnie, czasem coś szepcząc z cicha. Dwa razy Sam miał wrażenie, że słyszy w tym szepcie imię Gandalfa. Czas wlókł się nieznośnie. Nagle Sam usłyszał syk i gdy się obejrzał, zobaczył Golluma, który na czworakach wpatrywał się w hobbitów świecącymi oczyma.

– Wstawać! Wstawać, śpiochy! – szepnął. – Wstawać. Nie ma czasu do stracenia. Musimy iść zaraz. Nie ma czasu do stracenia.

Sam popatrzył na niego nieufnie. Gollum zdawał się wystraszony czy może podniecony.

– Iść? Zaraz? Coś ty wykombinował? Jeszcze nie pora. Nikt nawet jeszcze nie je podwieczorku, oczywiście w przyzwoitych krajach, gdzie się w ogóle jada podwieczorki.

– Głupi hobbit! – syknął Gollum. – Nie jesteśmy w przyzwoitym kraju. Czas ucieka, tak, ucieka szybko. Nie ma chwili do stracenia. Trzeba ruszać. Niech mój pan zbudzi się wreszcie!

Szarpnął Froda, aż hobbit poderwał się z ziemi, usiadł i chwycił go za ramię. Gollum wyrwał mu się i odskoczył.

– Nie bądźcie głupi – syczał. – Trzeba iść. Nie ma czasu do stracenia.

Nic więcej nie mogli się od niego dowiedzieć. Nie chciał powiedzieć, gdzie chadzał ani też co go skłania do pośpiechu. Sam był pełen podejrzeń i okazywał je niedwuznacznie, lecz Frodo niczym nie zdradził swoich myśli. Westchnął, zarzucił tobołek na plecy i gotów był wyruszyć wśród gęstniejącego mroku.

Gollum, prowadząc ich po zboczu w dół, zachowywał szczególną ostrożność, starał się trzymać osłony krzewów, a przez otwarte przestrzenie biegł zgięty niemal przy ziemi. Wieczór co prawda tak był ciemny, że najbystrzejsze nawet oko nie dostrzegłoby hobbitów otulonych w kaptury i szare płaszcze, najczujniejszy zwierz nie usłyszałby ich cichych kroków. Ani gałązka nie trzasnęła, ani liść nie zaszeleścił, gdy przemykali się lekko i szybko.

Szli tak godzinę, wciąż w milczeniu, gęsiego, przygnębieni mrokiem i głuchą ciszą, którą zakłócał tylko od czasu do czasu daleki grzmot czy może warkot bębnów dochodzący spomiędzy gór. Zeszli już znacznie poniżej kryjówki w tarninie i skręcili na południe, starając się trzymać prosto wytkniętego kierunku, o ile na to pozwalał długi, wyboisty stok wznoszący się ku ścianie gór. W niewielkim oddaleniu przed nimi czarnym murem rysował się pas drzew. Podchodząc bliżej, stwierdzili, że drzewa są olbrzymie, bardzo stare i wystrzelają wysoko, chociaż czuby mają połamane i ogołocone, jak gdyby burza z piorunami przeszła nad nimi, lecz nie zdołała ich zabić ani wstrząsnąć korzeniami sięgającymi głęboko w ziemię.

– Rozstaj, tak – szepnął Gollum. Było to pierwsze słowo, które wymówił, odkąd wychynęli z gęstwy cierni. – Tą drogą trzeba iść.

Skręcił teraz na wschód i prowadził pod górę. Nagle ukazała się Południowa Droga, okrążająca podnóża gór i niknąca w wielkim pierścieniu drzew.

– To jedyna droga – szepnął Gollum. – Nie ma ścieżki, tylko ta droga. Nie ma ścieżki. Trzeba iść do Rozstaja. Prędko! Cicho!

Skradając się, jak zwiadowcy do obozu nieprzyjaciela, zsunęli się ku drodze i pomknęli jej zachodnim brzegiem pod kamienną skarpą, szare sylwetki wśród szarych głazów, stąpające bezszelestnie niby koty na łowach. Wreszcie dotarli do drzew otaczających wielki, otwarty krąg pod ciemnym niebem; przestrzeń pomiędzy potężnymi pniami tworzyła jakby olbrzymie sklepienie zburzonej pałacowej sali. Pośrodku krzyżowały się cztery drogi. Wędrowcy mieli za sobą drogę z Morannonu, która stąd wybiegała naprzód daleko na południe; z prawej strony wspinała się droga ze starego grodu Osgiliath i przecinając skrzyżowanie, wiodła ku wschodowi, w ciemność. Tą właśnie drogą mieli pójść.

Frodo długą chwilę stał u Rozstaja, przejęty grozą, gdy nagle spostrzegł światło. Jego odblask padał na twarz Sama. Szukając źródła światła, Frodo poprzez okno sklepione z konarów zwrócił wzrok na drogę do Osgiliath, która niby napięta taśma opadała w dół ku zachodowi. Na dalekim widnokręgu, poza smutną ziemią Gondoru, otuloną w mrok, zachodzące słońce trafiło wreszcie na skrawek nieba niezasłonięty przez ogromny skłębiony całun chmur i świecąc złowieszczą pożogą, zniżało się ku nieskalanemu jeszcze Morzu. Blask oświetlił na chwilę ogromny posąg przedstawiający siedzącego mężczyznę, dostojnego i spokojnego jak kamienni królowie z Argonath. Ząb czasu skruszył ten pomnik i okaleczyły go brutalne ręce. Zamiast głowy ktoś na drwinę umieścił okrągły, grubo ciosany głaz i namalował na nim niezdarnie twarz wyszczerzoną w szyderczym uśmiechu, z jednym jedynym wielkim czerwonym okiem pośrodku czoła. Nagryzmolone i wydrapane napisy, bezmyślne zygzaki i wstrętne godła, rozpowszechnione wśród dalekich ludów Mordoru, pokrywały kolana, wspaniały tron i cokół posągu.

Nagle ostatnie poziome promienie słońca wskazały Frodowi odrąbaną głowę kamiennego króla. Poniewierała się opodal drogi na ziemi.

– Spójrz, Samie! – krzyknął Frodo, zdumiony. – Spójrz! Król odzyskał koronę!

Oczodoły ziały pustką, rzeźbione kędziory brody były spękane, lecz wysokie surowe czoło otaczała srebrna i złota korona. Pnącze o drobnych, białych, podobnych do gwiazd kwiatach oplotły skronie, jak gdyby składając hołd obalonemu władcy, a wśród kamiennych pukli włosów kwitły żółte rozchodniki.

– Nie został pokonany na zawsze! – rzekł Frodo.

W tym momencie ostatni promień zgasł. Słońce zanurzyło się w morzu i znikło; jakby ktoś zdmuchnął lampę nad światem, od razu zapadła czarna noc.

Rozdział 8

Schody Cirith Ungol

Gollum ciągnął Froda za połę płaszcza, sycząc ze strachu i niecierpliwości.

– Trzeba iść – mówił. – Nie można tutaj stać. Prędzej!

Frodo niechętnie odwrócił się od zachodu i poszedł za przewodnikiem w ciemność, na wschód. Wyszli z kręgu drzew i posuwali się wzdłuż drogi prowadzącej ku górom. Droga z początku biegła prosto, potem jednak wygięła się nieco na południe i wkrótce przywiodła wędrowców tuż pod ogromne skaliste ramię gór, które od dawna widzieli z daleka. Czarny, niedostępny grzbiet piętrzył się teraz nad ich głowami masą zgęszczonego mroku na tle mrocznego nieba. Droga ciągnęła się w jego cieniu i okrążając go, skręcała znów wprost na wschód, ostro pod górę.

Frodo i Sam szli z wysiłkiem, serca ciążyły im tak, że nie mogli już nawet myśleć o grożących niebezpieczeństwach. Frodo miał głowę spuszczoną; brzemię, które niósł, znów ciągnęło go ku ziemi. Póki przebywali w Ithilien, nie czuł prawie ciężaru Pierścienia, odkąd jednak minęli Rozstaj, Pierścień zdawał się z każdą chwilą przybierać na wadze. Wyczuwając pod stopami coraz ostrzejszą stromiznę, hobbit dźwignął zmęczoną głowę, by spojrzeć na czekającą go ścieżkę. Wówczas – tak jak mu to Gollum przepowiedział – ujrzał nagle gród Upiorów Pierścienia. Skulił się, przywierając do kamiennej skarpy.

Długa, stromo wznosząca się dolina wspinała się głębokim, ciemnym wąwozem w góry. U jej dalekiego końca, między dwoma ramionami, wysoko na czarnym skalistym cokole pod szczytami Gór Cienia, wznosiły się mury i wieża Minas Morgul. Niebo i ziemia dokoła tonęły w ciemności, lecz z wieży biło światło. Nie była to poświata miesięczna, uwięziona wśród marmurowych ścian dawnej Minas Ithil, Wieży Księżyca, piękna i radosna, rozjaśniająca ongi ten zakątek gór. To światło zdawało się bledsze niż księżyc zamierający podczas powolnego zaćmienia, rozchwiane i mętne jak opar nad zgniłym bagnem; trupie światło, które nie oświetlało niczego. W murach i w wieży mnóstwo okien otwierało się niezliczonymi czarnymi dziurami, za którymi ziała pustka. Lecz sam szczyt wieży obracał się to w jedną, to w drugą stronę niby ogromna upiorna głowa wypatrująca czegoś wśród nocy.

Przez chwilę trzej wędrowcy stali w osłupieniu; wieża przykuwała ich oczy. Pierwszy ocknął się Gollum. Znów szarpnął hobbitów za płaszcze, tym razem jednak bez słowa. Nieomal pociągnął ich przemocą z miejsca. Nogi odmawiały posłuszeństwa, czas jak gdyby zwolnił biegu, zdawało się, że między oderwaniem stopy a postawieniem jej znów na ziemi potrzeba kilku minut, by zwalczyć opór.

Z wolna dowlekli się do białego mostu. Tu droga połyskująca nikłym światłem przeprawiała się przez potok płynący środkiem doliny i biegła dalej zakosami pod górę ku bramie grodu, otwierającej się czarną czeluścią w zewnętrznym pierścieniu murów od północy. Z obu stron potoku szerokim pasem ciągnęły się cieniste łąki, usiane białawymi kwiatami. Kwiaty te również lśniły światłem i były piękne, lecz zarazem straszne, jak bywają przedmioty obłędnie zniekształcone w koszmarnym śnie. Unosiła się nad nimi mdła, trupia woń, wszystko wkoło cuchnęło rozkładem. Most spinał dwie łąki. U jego przyczółków stały posągi zmyślnie wyrzeźbione w kształt ludzi lub zwierząt, lecz okaleczone i szkaradne. Woda płynęła cicho i parowała, para wszakże kłębiąca się i snująca nad mostem była lodowato zimna. Frodowi kręciło się w głowie, czuł, że traci przytomność. Nagle, jakby pchnięty jakąś siłą niezależną od jego woli, poderwał się i zaczął biec przed siebie, z wyciągniętymi w ciemność rękoma; głowa chwiała mu się bezwładnie na karku. Sam i Gollum dogonili go. Wierny sługa chwycił pana w ramiona, gdy ten potknął się i omal nie upadł na progu mostu.

– Nie tędy! Nie tędy! – zasyczał przewodnik, lecz oddech dobywający się spomiędzy jego zębów rozdarł ciszę tak przenikliwym poświstem, że wystraszony Gollum przypadł do ziemi.

– Niech się pan wstrzyma, panie Frodo! – szepnął Sam na ucho swemu panu. – Niech pan wraca! Nie tędy droga! Gollum tak mówi, a ja wyjątkowo tym razem zgadzam się z nim.

Frodo przetarł ręką czoło i oderwał wzrok od wzniesionego na skale grodu. Świetlisty szczyt wieży urzekał go i hobbit musiał z wszystkich sił walczyć z szalonym pragnieniem, które ciągnęło go na lśniącą drogę ku bramie. Wreszcie przezwyciężył się, zawrócił, chociaż w tym momencie Pierścień zaciążył mu straszliwie i stawiając opór, zacisnął łańcuch na jego szyi. Oczy też, gdy je odwrócił od wieży, zabolały go i jak gdyby na chwilę oślepły. Miał przed sobą nieprzeniknioną noc.

Gollum, czołgając się po ziemi niby przerażone zwierzę, już znikał w ciemnościach. Sam, podtrzymując i prowadząc chwiejącego się Froda, podążał za przewodnikiem jak mógł najspieszniej. Niedaleko od brzegu strumienia w kamiennym murze nad drogą otwierała się szczelina. Przedostali się przez nią na wąską ścieżkę, która na początku lśniła nikle, tak jak główna droga, dalej jednak, gdy wspięła się ponad łąkę trupich kwiatów, przygasła i ściemniała, wijąc się w skrętach pod górę na północne zbocze doliny.

Tą ścieżką wlekli się dwaj hobbici ramię przy ramieniu, lecz Golluma, który szedł przodem, nie widzieli przed sobą; tylko od czasu do czasu, gdy odwracał się, żeby ich przywołać, dostrzegali jego oczy świecące jasnozielonymi płomykami – może odbiciem strasznego blasku Morgulu, a może jakimś wewnętrznym wzbudzonym przez ten blask ogniem. Frodo i Sam wciąż czuli obecność tego trupiego blasku i spojrzenie czarnych oczodołów, toteż raz po raz z lękiem oglądali się za siebie, ustawicznie wytężali wzrok, wypatrując przed sobą ścieżki w ciemności. Z wolna brnęli naprzód. Kiedy wspięli się wyżej, ponad cuchnący opar zatrutego strumienia, odetchnęli lżej i rozjaśniło im się trochę w głowach; byli jednak zmęczeni tak okrutnie, jakby przez noc całą maszerowali z wielkim ciężarem na plecach lub płynęli przeciw potężnemu nurtowi rzeki. Wreszcie musieli zatrzymać się na odpoczynek. Frodo przysiadł na jakimś kamieniu. Znajdowali się na szczycie wysokiego garbu nagiej skały. Przed nimi w zboczu doliny otwierała się jakby wklęsła zatoka i jej brzegiem biegła ścieżka, tworząc wąziutką półkę nad ściętym z prawej strony urwiskiem; ścieżka pięła się dalej stromo po zwróconej ku południowi litej ścianie góry i znikała gdzieś wysoko w gęstych ciemnościach.

– Muszę chwilkę odpocząć, Samie – szepnął Frodo. – Nie umiem ci powiedzieć, chłopcze kochany, jak strasznie ciąży mi moje brzemię. Zaczynam wątpić, czy długo jeszcze zdołam je nieść. W każdym razie muszę odpocząć, zanim spróbuję iść dalej, tam! – I wskazał wąską stromą ścieżkę pod górę.

– Tss! Tss! – syknął Gollum, wracając spiesznie do hobbitów. Palec trzymał na ustach, trząsł głową, przynaglając bez słów do pośpiechu; chwytał Froda za rękaw i wskazywał drogę, lecz hobbit nie ruszył się z miejsca.

– Za chwilę! – mówił. – Za chwilę! – Przytłaczało go zmęczenie i nie tylko zmęczenie: jakby urok obezwładnił jego ciało i ducha. – Muszę odpocząć – mruczał.

Golluma jednak, kiedy usłyszał tę odpowiedź, ogarnął taki strach, że w podnieceniu zagadał, sycząc i przesłaniając usta ręką, jakby chciał zataić słowa przed niewidzialnymi, rozproszonymi wokół słuchaczami.

– Nie tu! Nie wolno odpoczywać tutaj! Głupcy! Tu widzą nas Oczy. Przyjdą na most i zobaczą nas! Chodźcie stąd! Pod górę, pod górę! Prędko!

– Niech pan wstanie, panie Frodo – rzekł Sam. – Ta pokraka znowu ma rację. Nie można tu marudzić.

– Dobrze – odparł Frodo głosem półprzytomnym, jakby przez sen. – Spróbuję.

I z wysiłkiem dźwignął się z kamienia.

Lecz było już za późno. W tym samym bowiem momencie skała zakołysała się i zadrżała pod ich stopami. Potężny grzmiący huk, głośniejszy niż wszystkie poprzednie, przetoczył się w głębi ziemi i rozbił echem wśród gór. Wielka czerwona błyskawica rozjarzyła się znienacka. Strzeliła na niebo daleko spoza wschodniej ściany gór i rozbrzmiała szkarłatną łuną po niskim pułapie chmur. W tej dolinie cieni i zimnego trupiego światła czerwień błyskawicy zdawała się nie do zniesienia jaskrawa i okrutna. Na płomiennym tle czarne kamienne szczyty rysowały się niby zębate noże wbite w krwawiące niebo nad równiną Gorgoroth. Potem z ogłuszającym trzaskiem spadł piorun.

Twierdza Minas Morgul odpowiedziała. Z wieży i otaczających ją szczytów strzeliły ku posępnym chmurom sine błyskawice i rozdwojone języki błękitnych płomieni. Ziemia jęknęła, zza murów grodu rozległ się krzyk. Zmieszany z ostrym, wysokim wizgiem drapieżnych ptaków, z przenikliwym rżeniem koni, oszalałych z gniewu i strachu, krzyk ten rozdzierał uszy, potężniał z każdą chwilą i wznosił się ku przeraźliwej najwyższej nucie, już niedostępnej słuchowi śmiertelników. Hobbici padli na ziemię, zatykając rękami uszy.

Straszliwy krzyk, opadając przeciągłym skowytem, umilkł wreszcie; Frodo podniósł z wolna głowę. Po drugiej stronie wąskiej doliny, niemal na wysokości oczu hobbita, wznosiły się mury złowrogiego grodu, a czeluść bramy, na kształt paszczy rozdziawionej i zjeżonej zębami, stała teraz otworem. Z bramy ciągnęły zastępy wojska. Wszyscy żołnierze ubrani na czarno, mroczni jak noc. Na tle szarawych murów i świecącego bruku gościńca Frodo widział drobne czarne sylwetki maszerujące w szeregach krokiem cichym i spiesznym, wypływające z bram twierdzy niekończącym się strumieniem. Piechotę poprzedzał liczny oddział konnych, sunący niby chmara widm w szyku bojowym, a na czele jechał jeździec od wszystkich roślejszy, cały w czerni, tylko na okrytej kapturem głowie połyskiwał złowrogim blaskiem hełm na kształt korony. Zbliżał się już do mostu w dole; Frodo śledził go szeroko otwartymi oczyma, niezdolny przymknąć powiek ani odwrócić spojrzenia. Czyż nie był to wódz Dziewięciu Jeźdźców, który powrócił na ziemię, żeby poprowadzić upiorne wojsko do bitwy? Tak, Frodo nie mógł wątpić. Widział znów tego samego widmowego króla, którego lodowata ręka ugodziła Powiernika Pierścienia morderczym nożem. Ból odżył w starej ranie, zimny dreszcz dosięgnął serca Froda.

W momencie gdy myśli te przemykały przez głowę hobbita i przeszywały go zgrozą, jeździec tuż przed mostem zatrzymał się nagle, a całe wojsko znieruchomiało za jego plecami. Zaległa śmiertelna cisza. Może Wódz Upiorów dosłyszał zew Pierścienia i zawahał się na chwilę, wyczuwając obecność drugiej, obcej potęgi w dolinie. Ciemna głowa w hełmie i koronie grozy obróciła się w prawo, potem w lewo, niewidzące oczy przeszukały ciemności dokoła. Frodo nie mógł się poruszyć, czekał jak ptak, do którego zbliża się żmija. Nigdy jeszcze tak silnie jak w tej chwili nie czuł pokusy wsunięcia Pierścienia na palec. Lecz mimo natarczywości pokusy nie był skłonny jej ulec. Wiedział, że Pierścień z pewnością oszukałby go tylko, a nawet gdyby go włożył, nie miał dość mocy, by zmierzyć się z królem Morgulu, jeszcze nie! Jednak mimo porażenia strachem wola jego nie odpowiadała już teraz na rozkaz, który hobbit odczuwał jedynie jako atak potężnej siły z zewnątrz. Ta obca siła zawładnęła jego ręką; nie przyzwalając, lecz w napięciu oczekując, co się stanie, tak jakby patrzył na coś rozgrywającego się gdzieś bardzo daleko i bardzo dawno temu, Frodo śledził ruch własnej dłoni zbliżającej się z wolna do zawieszonego na szyi łańcuszka. Lecz w tym momencie ocknęła się w nim wola; przemocą, wbrew oporowi, cofnął rękę, skierował ją ku innemu celowi, ku drobnemu przedmiotowi, który miał na piersi. Przedmiot ów wydał mu się twardy i zimny, kiedy wreszcie zacisnął na nim palce: był to dar Galadrieli, flakonik, od tak dawna pieczołowicie przechowywany i niemal zapomniany aż do tej chwili. Kiedy go dotknął, wszystkie myśli o Pierścieniu rozpierzchły się, hobbit odetchnął i schylił głowę.

W tym samym okamgnieniu Król Upiorów odwrócił się, spiął wierzchowca ostrogą i ruszył na most, a cała czarna armia za nim. Może kaptur elfów ochronił Froda przed jego wzrokiem, może pokrzepiona wola małego przeciwnika odparła atak wrogiej woli. Jeździec spieszył się, godzina już wybiła, potężny Władca rozkazał wojenny pochód na zachód.

Wkrótce zniknął niby cień, rozpływając się wśród cieni na krętej drodze, a czarne szeregi przeszły jego śladem przez most. Od czasów świetności Isildura nigdy jeszcze równie potężna armia nie przekroczyła progów tej doliny; nigdy jeszcze równie dzikie i równie groźne zbrojne zastępy nie dotarły nad brzegi Anduiny; a przecież była to tylko jedna z wielu armii, wcale nie największa z wszystkich, które Mordor pchał do walki.

Frodo drgnął. Nagle wspomniał Faramira i serce mu zabiło silniej. „A więc burza wreszcie wybuchła – pomyślał. – Ten las włóczni i mieczy ciągnie pod Osgiliath. Czy Faramir zdąży ujść za rzekę?

Przewidywał wojnę, czy jednak przewidział ją co do godziny? Kto obroni przepraw przez Anduinę teraz, gdy Król Upiorów zbliża się nad jej brzegi? Za tymi pierwszymi pójdą dalsze pułki. Zapóźniłem się w drodze. Wszystko stracone. Zanadto marudziłem. Wszystko stracone. Nawet jeśli spełnię zadanie, nikt się już o tym nigdy nie dowie. Nie pozostanie nikt, komu bym mógł o swoim wyczynie opowiedzieć. Cały trud pójdzie na marne".

Ogarnęła go słabość i zapłakał. A tymczasem zastępy Mordoru wciąż szły przez most. W tej jednak chwili z wielkiej dali, jakby z głębi wspomnień o kraju rodzinnym, o słonecznych porankach w Shire, gdy dzień wstawał i drzwi się otwierały, dobiegł do uszu Froda głos Sama:

– Niech się pan zbudzi, panie Frodo! Niech się pan zbudzi!

Frodo nawet by się nie zdziwił, gdyby Sam dodał: „Śniadanie na stole!". Sam nalegał:

– Niech się pan zbudzi, panie Frodo! Tamci już przeszli – mówił.

Rozległ się głuchy szczęk. Bramy Minas Morgul zamknęły się znowu. Ostatni szereg zjeżonych włóczni zniknął na drodze. Wieża sterczała złowrogo nad doliną, lecz jej światła przygasały. Cały gród zanurzał się znowu w posępnym, ciężkim cieniu i w ciszy. Lecz mimo to zdawał się czuwać w napięciu.

– Niech się pan zbudzi, panie Frodo! Tamci przeszli, nam też pora w drogę. Ktoś tam jeszcze został w starym grodzie, ktoś, kto ma oczy albo inny sposób śledzenia okolicy. Im dłużej będziemy tkwili na jednym miejscu, tym prędzej nas wytropi. Chodźmy stąd, panie Frodo!

Frodo podniósł głowę, a potem wstał. Rozpacz nie opuściła go, lecz moment słabości przeminął. Zdobył się nawet na niewesoły uśmiech; przez chwilę przeświadczony był o czymś wręcz przeciwnym, teraz jednak nie mniej jasno rozumiał, że to, do czego się zobowiązał, musi spełnić, że musi do tego dążyć w miarę sił i że nie jest wcale ważne, czy Faramir, Aragorn, Elrond, Galadriela, Gandalf lub ktokolwiek inny na świecie pozna kiedykolwiek jego historię. Ścisnął laskę w jednej ręce, a flakonik w drugiej. Gdy zobaczył, że jasne światło przebija poprzez jego palce, ukrył flakonik pod kurtką, na sercu. Odwracając się od Wieży Morgul, która teraz ledwie szarą poświatą majaczyła nad ciemną doliną, hobbit gotów był wspinać się dalej.

Gollum w momencie, gdy bramy Minas Morgul otwarto, poczołgał się skrajem półki skalnej wstecz i zniknął w mroku, zostawiając hobbitów samych. Teraz wychynął znów z ciemności, dzwoniąc zębami i wyłamując palce.

– Szaleńcy! Głupcy! – syczał. – Prędzej! Niech się hobbity nie łudzą, że niebezpieczeństwo minęło. Nie! Prędzej!

Nie odpowiedzieli mu nic, ale pospieszyli za jego przewodem stromą półką pod górę. Wspinaczka, nawet po tylu niebezpiecznych doświadczeniach, nie wydała im się łatwa, lecz na szczęście nie trwała długo. Wkrótce półka skalna doprowadziła ich na szeroki kolisty zakręt, za którym stok znów złagodniał, po czym niespodzianie znaleźli się przed wąską szczeliną w ścianie góry. Była to pierwsza część schodów, o których wspominał im Gollum. Panowały tu niemal zupełne ciemności, wzrok hobbitów nie przenikał ich dalej niż na odległość wyciągniętej ręki. Lecz ślepia Golluma lśniły blado o kilka stóp nad nimi, gdy przewodnik odwrócił się, szepcząc:

– Ostrożnie! Schody. Mnóstwo schodów. Trzeba bardzo uważać.

Rzeczywiście, ostrożność była konieczna. Z początku Frodo i Sam czuli się nieco pewniej, mając po obu stronach ściany skalne, schody jednak były strome jak drabina, a im wyżej się po nich wspinali, tym przykrzejsza stawała się świadomość ziejącej u ich stóp czarnej przepaści. Stopnie przy tym były wąskie, nieregularne, często zdradzieckie, starte na krawędziach i oślizłe, niekiedy spękane, niekiedy tak kruche, że trącone nogą rozsypywały się w gruz. Hobbici szli mozolnie naprzód, aż wreszcie musieli czepiać się rozpaczliwie palcami rąk stopni nad swymi głowami i podciągać z wysiłkiem obolałe, zesztywniałe w kolanach nogi. W miarę zaś jak schody wrzynały się głębiej w stok góry, skaliste ściany piętrzyły się po obu stronach coraz wyżej.

W końcu ogarnęło ich takie znużenie, że nie czuli się już zdolni iść dalej, lecz w tej chwili właśnie Gollum znów odwrócił się i błysnął ku nim ślepiami.

– Koniec! – szepnął. – Pierwsze schody już za nami. Dzielne hobbity zaszły bardzo wysoko. Jeszcze parę kroków i koniec!

Słaniając się z wyczerpania, Sam i Frodo przeczołgali się przez ostatnie stopnie i usiedli, rozcierając kolana i łydki. Gollum wszakże nie pozwolił im odpoczywać długo.

– Przed nami następne schody – powiedział. – Jeszcze dłuższe. Odpoczniecie, kiedy je przejdziemy. Nie teraz!

Sam jęknął.

– Jeszcze dłuższe, powiadasz? – spytał.

– Tak, tak, jeszcze dłuższe – odparł Gollum. – Ale nie takie trudne. Hobbity już przeszły Proste Schody. Teraz będą Kręte Schody.

– A potem? – spytał Sam.

– Potem zobaczymy – odparł Gollum. – O, tak, zobaczymy.

– Jeśli się nie mylę, mówiłeś coś o tunelu – rzekł Sam. – Jest jakiś tunel czy coś w tym rodzaju, prawda?

– Tak, tak, jest tunel – powiedział Gollum. – Ale hobbity będą mogły odpocząć, zanim spróbujemy tamtędy się przedostać. A jeżeli się przedostaniemy, będą już blisko szczytu. Bardzo blisko. Jeżeli się przedostaniemy. Tak, tak!

Froda przeszedł dreszcz. Spocił się podczas wspinaczki, lecz teraz ciało miał zziębnięte i lepkie, a ciemnym korytarzem ciągnął od niedostrzegalnych szczytów mroźny podmuch. Wstał i otrząsnął się energicznie.

– Chodźmy! – powiedział. – Tutaj rzeczywiście nie można siedzieć.

Korytarz ciągnął się milami, a zimny powiew nie ustawał, lecz w miarę jak się posuwali, dął coraz silniej i przenikał mrozem. Zdawało się, że góry chcą śmiałków poskromić swoim zabójczym tchnieniem, nie dopuścić do tajemnic wyżyn i strącić z powrotem w ciemne przepaście. Wędrowcy byli bliscy ostatecznego wyczerpania, gdy nagle wyczuli, że po prawej ręce nie ma już ściany. Nie widzieli nic prawie. Olbrzymie, czarne, bezkształtne bryły i głębokie, szare cienie wznosiły się nad nimi i wokół nich, lecz od czasu do czasu mętne czerwonawe światło migotało pod niskimi chmurami i w jego przebłyskach hobbici dostrzegli przed sobą i po obu bokach wyniosłe szczyty, niby filary podpierające rozległy, zaklęsły strop. Znaleźli się na szerokiej platformie, na wysokości kilkuset stóp. Od lewej strony piętrzyło się nad nią urwisko, od prawej ziała przepaść.

Gollum prowadził tuż pod urwiskiem. Nie musieli teraz wspinać się pod górę, lecz marsz po nierównym, wyboistym terenie groził w ciemnościach mnóstwem niebezpieczeństw, a głazy i rumowiska skalne zagradzały drogę. Posuwali się wolno i ostrożnie. Ani Sam, ani Frodo nie zdawali już sobie sprawy, ile godzin upłynęło, odkąd weszli do Doliny Morgul. Noc dłużyła się bez końca.

Wreszcie znowu zamajaczyła przed nimi ściana i otwarły się drugie schody. Stanęli na chwilę, potem rozpoczęli wspinaczkę, długą i bardzo mozolną, lecz tym razem schody nie wrzynały się żlebem w masyw góry. Stok tutaj był podcięty, a ścieżka jak wąż wiła się po nim w skrętach. W pewnym momencie spełzała na samą krawędź czarnej otchłani, a Frodo, zerkając w dół, ujrzał u swych stóp kotlinę u krańca Doliny Morgul, rozwartą niby ogromna bezdenna studnia. W jej głębi błyszczała jakby usiana świetlikami zaczarowana upiorna droga z Martwego Grodu na Bezimienną Przełęcz. Frodo co prędzej odwrócił oczy.

Schody wiły się wciąż pod górę, aż w końcu ostatni ich odcinek, krótki i prosty, wyprowadzał na następną platformę. Ścieżka, oddalona już znacznie od głównego szlaku przez wielki jar, biegła swoim własnym niebezpiecznym torem po dnie mniejszego żlebu ku najwyższym strefom Gór Cienia. Hobbici z trudem rozróżniali w ciemnościach wysokie filary i postrzępione kamienne ostrza, sterczące po obu stronach, a między nimi szerokie rozpadliny i szczeliny, czerniejące wśród nocy, zasypane rumowiskiem głazów, które nigdy nie oglądając słońca, skruszały i rozpadły się, rzeźbione od zamierzchłych czasów dłutem nieprzemijającej zimy. Teraz czerwone światło jaśniej rozbłysło na niebie, lecz wędrowcy nie wiedzieli, czy to surowy poranek świta naprawdę nad tą krainą cienia, czy też ją rozświetlają płomienie, które Sauron rozniecił w swoich strasznych kuźniach na płaskowyżu Gorgoroth za górami. Bardzo jeszcze daleko przed sobą i nad sobą Frodo, podnosząc wzrok, zobaczył, jak mu się zdawało, kres i szczyt uciążliwej ścieżki. Na tle matowej czerwieni wschodniego nieba rysowała się w najwyższym grzbiecie górskim szczelina, wąska, wcięta głęboko między dwa czarne ramiona; z każdego z nich sterczała jak ząb ostra skała.

Frodo przystanął i rozejrzał się uważniej. Skała na lewym ramieniu była wysoka, smukła i jarzyła się czerwonym światłem, albo może to łuna znad położonego za górami kraju przeświecała przez jej szczeliny. Hobbit uświadomił sobie, że to jest Czarna Wieża czuwająca nad przełęczą. Dotknął ramienia Sama i pokazał mu palcem skałę.

– To mi się bardzo nie podoba – rzekł Sam. – A więc ta twoja tajemna droga jest jednak strzeżona – mruknął, zwracając się do Golluma. – Pewnie wiedziałeś o tym od początku.

– Wszystkie drogi są strzeżone, tak, tak – odparł Gollum. – Pewnie, że są strzeżone. Ale hobbici muszą którejś z tych dróg spróbować. Ta jest może najmniej strzeżona. Może cała załoga poszła na wielką wojnę. Może!

– Może! – gniewnie powtórzył Sam. – W każdym razie jeszcze to dość daleko przed nami i dość wysoko trzeba się wspiąć, zanim tam dojdziemy. Czeka nas też przejście przez tunel. Uważam, że powinien pan teraz odpocząć, panie Frodo. Nie mam pojęcia, która jest godzina dnia czy nocy, ale to wiem, że maszerujemy od wielu godzin.

– Tak, trzeba odpocząć – rzekł Frodo. – Znajdźmy sobie jakiś kącik zasłonięty od wiatru i zbierzmy siły przed ostatnim skokiem.

Tak bowiem w tym momencie oceniał sytuację. Niebezpieczeństwa krainy za górami i zadania, które tam miał spełnić, zdawały mu się jeszcze odległe, zbyt dalekie, żeby się o nie troszczyć. Wszystkie myśli skupiał na trudnościach przejścia przez ten niedostępny mur i ominięcia czuwających na nim straży. Gdyby się udało dokonać tej nieprawdopodobnej sztuki, dalszą część misji spełni tak czy inaczej – tak mu się przynajmniej zdawało w owej ciężkiej godzinie, gdy znużony piął się z trudem wśród kamiennych cieni pod Cirith Ungol.

Usiedli w ciemnej szczelinie między dwoma wielkimi filarami skalnymi. Frodo i Sam usadowili się w głębi, Gollum przykucnął w pobliżu wylotu rozpadliny. Hobbici zjedli coś niecoś, myśląc, że pewnie to ostatni posiłek przed zejściem w Bezimienną Krainę, a może w ogóle ostatni wspólny na tej ziemi. Zjedli trochę prowiantu otrzymanego od ludzi z Gondoru i trochę podróżnego chleba elfów, popili wodą. Wodę jednak bardzo oszczędzali, pozwolili sobie ledwie zwilżyć zeschnięte wargi.

– Ciekawe, gdzie w dalszej drodze znajdziemy wodę – zastanawiał się Sam. – Chyba nawet w tym kraju mieszkańcy coś piją. Orkowie przecież piją.

– Tak – rzekł Frodo. – Ale nie mówmy o tym. Nie dla nas ich napoje.

– Tym bardziej wobec tego warto by napełnić manierki – stwierdził Sam. – Tu, co prawda, nigdzie nie widać źródeł, nie słychać szumu potoków. Faramir zresztą ostrzegał przed wodą w Dolinie Morgul.

– Nie pijcie wody płynącej z Imlad Morgul, tak powiedział – rzekł Frodo. – Teraz już jesteśmy ponad doliną, gdybyśmy spotkali strumień, płynąłby do niej, a nie z niej.

– Nie miałbym i tak do tej wody zaufania – odparł Sam – wolałbym umrzeć z pragnienia. Cała ta okolica wydaje się zatruta. – I, pociągając nosem, dodał: – Pachnie też brzydko, stęchlizną. Wcale mi się tu nie podoba.

– Mnie też, wcale a wcale – rzekł Frodo. – Nie podoba mi się ziemia ani kamienie, powietrze ani niebo. Wszystko wydaje się przeklęte. Ale cóż robić, skoro tu nas przyprowadziła ścieżka.

– No, tak – przyznał Sam. – Pewnie też nigdy byśmy się tu nie znaleźli, gdybyśmy przed ruszeniem na wyprawę wiedzieli więcej o tych krajach. Chyba tak zawsze się dzieje. Wspaniałe czyny, o których mówią legendy, przygody, jak je niegdyś nazywałem, tak właśnie wyglądały naprawdę. Dawniej myślałem, że dzielni bohaterowie legend specjalnie owych przygód szukali, że ich pragnęli, bo są ciekawe, a zwykłe życie bywa trochę nudne, że uprawiali je, że tak powiem, dla rozrywki. Ale w tych legendach, które mają głębszy sens i pozostają w pamięci, prawda wygląda inaczej. Bohaterów zwykle los mimo ich woli wciąga w przygodę, doprowadza ich do niej ścieżka, jak pan to wyraził. Pewnie każdy z nich podobnie jak my miał po drodze mnóstwo okazji, żeby zawrócić, lecz nie zrobił tego. Gdyby któryś zawrócił w pół drogi, no, to byśmy nic o tym nie wiedzieli, pamięć by o nim zaginęła. Wiadomo tylko o tych, którzy wytrwali do końca, choć nie zawsze ten koniec był szczęśliwy, przynajmniej w oczach uczestników, bo stojąc z boku, nieraz widzi się rzecz inaczej, niż biorąc w niej udział. Na przykład jeśli ktoś – jak stary pan Bilbo – z wyprawy wróci cały, zastanie wszystko niby w porządku, chociaż niezupełnie tak, jak przedtem było. Dla słuchaczy często nie te historie są najciekawsze, których bohaterom najlepiej się powiodło. Ciekaw jestem, w jaki rodzaj historii my dwaj się zaplątaliśmy?

– Ja też jestem tego ciekawy – rzekł Frodo – ale nie wiem. I tak być musi w prawdziwej historii. W jednej z tych, które zawsze szczególnie lubiłeś. Słuchacze opowieści mogą wiedzieć czy przynajmniej zgadywać z góry, jak się ona rozwinie, czy skończy się pomyślnie, czy też smutno, lecz bohaterowie jej nic o tym nie wiedzą; nikt nawet by nie chciał, żeby wiedzieli.

– Pewnie, proszę pana. Na przykład Berenowi nawet w głowie nie świtało, że zdobędzie Silmaril z żelaznej korony w Thangorodrimie, a przecież go zdobył i znalazł się w gorszym jeszcze kraju i w groźniejszym niebezpieczeństwie niż my tutaj. Ale to długa historia, mieści się w niej i szczęście, i smutki, i coś więcej jeszcze, a potem Silmaril dostał się do rąk Eärendila. A na dobitkę... Że też mi to wcześniej na myśl nie przyszło! Przecież my... pan, panie Frodo, ma cząstkę jego światła w tym gwiaździstym szkiełku, które dała panu Galadriela. A więc my jesteśmy bohaterami dalszego ciągu tej samej historii! Ona jeszcze trwa! Czy wielkie historie nigdy się nie kończą?

– Sama historia nie kończy się – odparł Frodo – lecz osoby biorące w niej udział odchodzą, gdy skończy się ich rola. Nasza rola także się skończy, prędzej czy później.

– A wówczas będziemy mogli odpocząć i wyspać się wreszcie – rzekł Sam. Zaśmiał się ponuro. – Dosłownie: tego tylko pragnę, odpocząć i wyspać się najzwyczajniej w świecie, a potem zbudzić się i zabrać do roboty w ogrodzie. Zdaje się, że przez cały czas o niczym innym nie marzyłem. Nie nadaję się do wielkich, ważnych spraw. Ale mimo wszystko ciekaw jestem, czy będą kiedyś o nas opowiadali legendy albo śpiewali pieśni. Oczywiście, uczestniczymy w niezwykłej historii, ale nie wiadomo, czy z tego powstanie opowieść powtarzana przy kominku albo zapisana czarnymi literami w grubej księdze i odczytywana po wielu, wielu latach. Może kiedyś hobbici będą mówili: „Opowiedz historię Froda i Pierścienia", a jakiś malec zawoła: „Tak, tak, to moja ulubiona historia. Frodo jest bardzo dzielny, prawda tatusiu?". „Oczywiście, synku, Frodo jest najsławniejszy wśród hobbitów, a to coś znaczy!".

– Gruba przesada! – odparł Frodo, śmiejąc się głośno i serdecznie. Takiego śmiechu nie słyszano w tych okolicach, odkąd Sauron zjawił się w Śródziemiu. Samowi wydało się, że wszystkie kamienie nasłuchują i że szczyty pochyliły się zaciekawione. Frodo jednak, na nic nie zważając, śmiał się dalej.

– Wiesz, Samie – powiedział – kiedy słucham twoich słów, ogarnia mnie taka wesołość, jakby cała historia już była opisana w księdze. Ale zapomniałeś o jednej z czołowych postaci, o mężnym Samie. „Tatusiu, opowiedz coś więcej o Samie. Dlaczego w legendzie tak mało zapisano jego przemówień? Strasznie je lubię, zawsze można się z nich pośmiać. Prawda, tatusiu, że Frodo niedaleko by zaszedł bez Sama?".

– Nie powinien pan obracać tego w żart, panie Frodo – rzekł Sam. – Ja mówiłem poważnie.

– Ja także – powiedział Frodo. – Jak najpoważniej. Ale obaj trochę się zagalopowaliśmy. Na razie tkwimy w najgorszym miejscu całej historii i bardzo jest prawdopodobne, że kiedyś w przyszłości mały hobbit powie: „Zamknij tatusiu, książkę, nie chcę słuchać dalszego ciągu".

– Może – odparł Sam – ale ja na jego miejscu tak bym nie powiedział. Dawne, minione dzieje, gdy się staną częścią historii, przedstawiają się zupełnie inaczej. Kto wie, może nawet Gollum wyda się w opowieści dobry, w każdym razie lepszy, niż jest. Jeżeli można mu wierzyć, podobno kiedyś lubił legendy. Ciekawe, czy uważa się za bohatera, czy też za czarny charakter? Ej, Gollum! – zawołał. – Chciałbyś być bohaterem? Ale gdzież on się znowu podziewa?

Ani u wejścia do szczeliny, ani nigdzie w pobliżu nie było widać Golluma. Jak zwykle nie przyjął od hobbitów prowiantu, wypił tylko trochę wody, a potem skulił się na ziemi jakby do snu. Gdy poprzedniego dnia zniknął na czas dłuższy, hobbici pocieszali się, że jeśli nie wyłącznym, to przynajmniej głównym celem jego wyprawy było poszukiwanie odpowiedniego jadła. Dziś najoczywiściej wymknął się znowu, gdy się zagadali. Po co tym razem?

— Nie lubię, kiedy się tak wymyka bez słowa — rzekł Sam. — Zwłaszcza tutaj i teraz. Tu przecież nie może spodziewać się, że upoluje coś do jedzenia, chyba że ma apetyt na kamienie. Nawet źdźbła mchu nie znajdzie.

— Nie ma co martwić się teraz o niego — odparł Frodo. — Nie dotarlibyśmy tak daleko, nie zobaczylibyśmy w ogóle tej przełęczy, gdyby nie Gollum, musimy więc pogodzić się z jego dziwnymi obyczajami. Jeśli jest fałszywy, no, to trudno.

— Mimo wszystko wolałbym go mieć stale na oku — rzekł Sam. — Tym bardziej, jeżeli jest fałszywy. Pamięta pan, że on za nic nie chciał powiedzieć, czy to przejście jest strzeżone. Teraz widzimy wieżę nad przełęczą, może przez Nieprzyjaciela opuszczoną, a może nie. Nie przypuszcza pan, że poszedł tam, żeby ściągnąć nam na kark orków czy inne poczwary?

— Nie, tego nie przypuszczam — odparł Frodo. — Nawet jeśli rzeczywiście knuje jakąś złośliwość, co wydaje mi się dość prawdopodobne. Ale nie myślę, żeby ta złośliwość na tym miała polegać. Nie, nie sprowadzi orków ani innych sług Nieprzyjaciela. Gdyby takie miał zamiary, po cóż czekałby tak długo, trudził się mozolną wspinaczką i podchodził tak blisko do kraju, którego się straszliwie boi? Odkąd się z nim spotkaliśmy, miał z pewnością wiele okazji, żeby nas zdradzić i wydać orkom. Nie! Myślę, że ma raczej jakiś własny plan, którego tajemnicy z nikim nie chce dzielić.

— Myślę, że ma pan rację — rzekł Sam — ale niewielka to pociecha. Nie łudzę się, wiem, że mnie wydałby orkom z pocałowaniem rączek. Ale pamiętajmy o skarbie. Jemu od początku i zawsze chodzi przede wszystkim o to, żeby „biedny Sméagol odzyskał swój skarb". Nie wiem, co knuje, ale na pewno we wszystkim ten jeden cel mu przyświeca. Chociaż doprawdy nie pojmuję, dlaczego nas aż tak daleko przyprowadził. Czyżby to mu ułatwiało sprawę?

— On sam pewnie też tego nie pojmuje — rzekł Frodo. — Wątpię, żeby w jego zmętniałym umyśle powstał jakiś jasno określony plan. Sądzę, że po prostu stara się, póki może, nie dopuścić, by skarb wpadł w ręce Nieprzyjaciela. To bowiem byłoby dla niego także ostateczną klęską. A poza tym gra na zwłokę i czeka na okazję.

— Krętacz i Śmierdziel, zawsze to wiedziałem — rzekł Sam. — Im bliżej do wrogiego kraju, tym gorzej Krętacz śmierdzi. Niech pan zapamięta moje słowa: jeżeli w ogóle dobrniemy na przełęcz, nie pozwoli nam zanieść skarbu w granice nieprzyjacielskiego kraju bez jakiejś grubszej awantury.

– Jeszcześmy do tej granicy nie dobrnęli – powiedział Frodo.

– Nie, ale trzeba już teraz oczy mieć wciąż otwarte. Śmierdziel prędko by sobie z nami poradził, gdyby nas zaskoczył we śnie. Mimo to może pan się na razie zdrzemnąć bezpiecznie. Byle tuż przy mnie! Chciałbym bardzo, żeby pan trochę odpoczął. Będę nad panem czuwał pilnie, a jeśli pan położy się bliziutko, żebym mógł pana objąć ramieniem, nie uda się nikomu tknąć pana bez mojej wiedzy.

– Spać! – westchnął Frodo z utęsknieniem, jakby na pustyni ujrzał miraż zielonej oazy. – Och, tak, mógłbym usnąć nawet tutaj!

– Niechże pan śpi! A głowę niech pan położy na moich kolanach.

Tak zastał hobbitów Gollum, gdy po kilku godzinach wrócił chyłkiem, skradając się ścieżką prowadzącą w dół z ciemnych szczytów. Sam siedział oparty o głaz, z głową przechyloną na bok, oddychając ciężko. Na jego kolanach spoczywała głowa uśpionego Froda; sługa jedną śniadą ręką trzymał na bladym czole, drugą na piersi swego pana. Na twarzach obu malował się spokój.

Gollum patrzył na nich. Dziwny wyraz przemknął przez jego chudą, wygłodniałą twarz. Światełka w źrenicach przygasły, oczy zmatowiały, nagle poszarzałe, stare i znużone. Gollum skulił się w bolesnym skurczu, odszedł parę kroków, spoglądając w stronę przełęczy i trzęsąc głową, jakby szarpany wewnętrzną rozterką. Potem wrócił, wyciągnął z wolna drżącą rękę i bardzo ostrożnie, niemal pieszczotliwie dotknął kolana Froda. Gdyby w tym okamgnieniu któryś ze śpiących ocknął się i zobaczył Golluma, pomyślałby zrazu, że stoi przed nim bardzo sędziwy, zmęczony hobbit, skurczony ze starości, która przeciągnęła ponad miarę jego życie, tak że ostał się poza swoją epoką, bez przyjaciół i krewnych, z dala od łąk i strumieni młodości – biedny, żałosny, zagłodzony staruszek. Lecz pod jego dotknięciem Frodo poruszył się i z cicha krzyknął przez sen, a Sam natychmiast wytrzeźwiał z drzemki. Zobaczył Golluma „dobierającego się" – jak pomyślał – do pana Froda.

– Ejże! – powiedział ostro. – Co robisz?

– Nic, nic – łagodnie odpowiedział Gollum. – Pan dobry.

– Myślę, że dobry – rzekł Sam – ale gdzieżeś ty się włóczył? Wymknąłeś się jak złodziej i jak złodziej wróciłeś, stary łajdaku.

Gollum cofnął się, zielone światełka błysnęły pod jego ciężkimi powiekami. Teraz, gdy przycupnął na zgiętych nogach i wytrzeszczył oczy, wyglądał niemal jak pająk. Dobra przelotna chwila minęła bezpowrotnie.

– Jak złodziej! Jak złodzej! – syknął. – Hobbity zawsze są grzeczne. Och, dobre hobbity! Sméagol prowadzi ich tajemnymi drogami, których nikt prócz niego nigdy nie znalazł. Pomaga im, wyszukuje ścieżki, a za to oni mówią: złodziej! Dobrzy przyjaciele, mój skarbie, tak, tak, dobrzy!

Sam miał lekkie wyrzuty sumienia, ale w dalszym ciągu nie ufał Gollumowi.

– Przepraszam! – powiedział. – Przepraszam, ale zaskoczyłeś mnie znienacka we śnie. Nie powinienem był zasnąć, dlatego obudziłem się trochę zły. Pan Frodo jest taki zmęczony, że prosiłem go, by się przespał. No i tak się to złożyło jedno z drugim. Przepraszam. Ale gdzieżeś bywał?

– Na złodziejskiej wyprawie – odparł Gollum. Zielone światełka nie znikały z jego źrenic.

– Nie chcesz odpowiedzieć, to nie – rzekł Sam. – Zresztą pewnie niedalekie to od prawdy. A teraz wymknijmy się po złodziejsku wszyscy razem. Która to godzina? Czy to jeszcze dziś, czy już jutro?

– Jutro – rzekł Gollum. – Było już jutro, kiedy hobbity posnęły. Bardzo niemądrze, bardzo niebezpiecznie, gdyby biedny Sméagol nie czuwał w pobliżu swoim złodziejskim sposobem.

– Chyba wszystkim nam już się to słówko uprzykrzyło – rzekł Sam. – Ale mniejsza o to. Trzeba zbudzić pana.

Delikatnie odgarnął Frodowi włosy z czoła i pochylając się, szepnął łagodnie:

– Niech się pan zbudzi, panie Frodo, niech się pan zbudzi!

Frodo drgnął, otworzył oczy i na widok twarzy Sama – schylonej nad nim – uśmiechnął się przyjaźnie.

– Tak wcześnie mnie budzisz, Samie – rzekł. – Przecież jeszcze ciemno.

– Tutaj zawsze jest ciemno – odparł Sam. – Ale Gollum wrócił, proszę pana, i mówi, że już jest jutro. Trzeba ruszać w drogę. Ostatni skok!

Frodo odetchnął głęboko i usiadł.

– Ostatni skok! – powtórzył. – Witaj, Sméagolu! Znalazłeś coś do jedzenia? Odpocząłeś?

– Ani jadła, ani snu, niczego Sméagol nie użył – powiedział Gollum. – Jest złodziejem.

Sam żachnął się zniecierpliwiony, lecz pohamował gniew i zmilczał.

– Nie nadawaj sobie przezwisk, Sméagolu – rzekł Frodo – prawdziwych ani fałszywych. Nie trzeba!

– Sméagol przyjął, czym go obdarzono – odparł Gollum. – Łaskawy pan Sam, przemądrzały hobbit, dał mu to przezwisko.

Frodo spojrzał na Sama.

– Tak, proszę pana – rzekł Sam. – Wypsnęło mi się to słówko, kiedy nagle zbudzony ze snu zobaczyłem go przy nas. Przeprosiłem, ale jak tak dalej pójdzie, może i odwołam przeprosiny.

– Więc lepiej zapomnijmy o tym – rzekł Frodo. – Słuchaj, Sméagolu, musimy się rozmówić. Powiedz mi, czy możemy resztę drogi znaleźć sami? Przełęcz już stąd widać, jest niedaleko, jeżeli zdołamy trafić sami, możemy uznać naszą umowę za dopełnioną. Dotrzymałeś obietnicy, jesteś wolny, możesz wrócić do krajów, gdzie nie zabraknie ci jedzenia ani snu, dokądkolwiek, byle nie do sług Nieprzyjaciela. Może kiedyś będę mógł cię nagrodzić, a jeśli nie ja, to ktoś z przyjaciół, kto będzie mnie pamiętał.

– Nie, nie, jeszcze nie! – jęknął Gollum. – Nie! Hobbity same nie znajdą drogi, nie! Teraz trzeba iść przez tunel. Sméagol musi pójść z wami dalej. Nie wolno mu spać. Nie wolno mu jeść. Jeszcze nie!

Rozdział 9

Jaskinia Szeloby

Możliwe, że był już dzień, jak twierdził Gollum, ale hobbici nie dostrzegali między dniem a nocą większej różnicy, chyba tylko tę, że ciężkie niebo zdawało się nieco mniej czarne i przypominało raczej strop gęstego dymu, a zamiast nieprzeniknionej nocy, zalegającej wciąż jeszcze w szczelinach i zagłębieniach, szary, mętny cień osnuwał cały kamienny świat dokoła. Gollum szedł przodem, hobbici za nim ramię przy ramieniu, i tak wspinali się długim wąwozem pomiędzy filarami i kolumnami poszarpanych, zwietrzałych skał, sterczących po obu stronach niby olbrzymie bezkształtne posągi. Cisza panowała zupełna. O milę mniej więcej przed sobą widzieli ogromną szarą ścianę, ostatnie wielkie spiętrzenie górskiego łańcucha. Ściana ta odcinała się ciemniejszą plamą na tle mroku i rosła, w miarę jak się do niej zbliżali, aż wreszcie spiętrzyła się tuż przed nimi, przesłaniając całkowicie widok krainy ukrytej za górami. Głęboki cień zalegał u jej stóp. Sam pokręcił nosem.

– Uf! Co za smród! – mruknął. – Cuchnie tu coraz potężniej.

Stali w cieniu skały i zobaczyli pośrodku niej otwarty wylot jaskini.

– Tędy droga – cicho szepnął Gollum. – To wejście do tunelu.

Nie powiedział im jego nazwy: Torech Ungol – Jaskinia Szeloby. Bił od niej smród gorszy niż mdły zaduch zgnilizny na polach Doliny Morgul, ohydna woń, jakby w mrocznym wnętrzu nagromadziły się grube zwały nieopisanego plugastwa.

– Czy to jedyna droga, Sméagolu? – spytał Frodo.

– Tak, tak – odparł Gollum. – Tak, trzeba iść tędy.

– Czy rzeczywiście przeszedłeś kiedyś przez te lochy? – spytał Sam. – No cóż, tobie pewnie smród nie przeszkadza.

Gollumowi oczy rozbłysły.

– Hobbit nam nie dowierza, mój skarbie – syknął. – Nie chce nam wierzyć. Ale Sméagol dużo zniesie. Tak. Przeszedł tędy, tak, aż na drugą stronę. To jedyna droga.

– Co tam tak cuchnie? – dziwił się Sam. – Przypomina... Nie, lepiej nie mówić o tym. Wstrętna jaskinia orków, moim zdaniem, z nagromadzonym od setek lat orkowym paskudztwem.

– Niech tam – rzekł Frodo. – Czy siedzą w niej orkowie, czy nie, skoro innej drogi nie ma, musimy iść tędy.

Zaczerpnęli tchu i weszli do jaskini. Ledwie posunęli się kilka kroków, gdy ogarnęła ich czarna, nieprzenikniona noc. Frodo i Sam w życiu swoim nie spotkali tak straszliwych ciemności, bo nawet w pozbawionych światła korytarzach Morii mrok nie był tak głęboki i gęsty. Tam przynajmniej przewiew poruszał niekiedy powietrzem, odzywało się echo, wędrowcy wyczuwali wokół siebie przestrzeń. Tu powietrze, nieruchome i ciężkie, tłumiło każdy dźwięk. Szli jak gdyby w czarnych oparach, unoszących się z samego jądra ciemności, a gdy je z oddechem wciągali w płuca, zdawało im się, że ślepota opanowuje nie tylko ich oczy, lecz także umysły, tak iż nawet wspomnienie barw, kształtów i światła zamiera w ich pamięci. Noc była zawsze i nigdy nie przeminie, nie istnieje nic prócz nocy. Zrazu jednak nie stracili całkowicie czucia, a nawet przeciwnie, zmysł dotyku w ich stopach i palcach zaostrzył się niemal do bólu. Ku swemu zdumieniu stwierdzili, że ściany tunelu są gładkie, a dno, na ogół wyrównane, wznosi się regularnie dość stromo w górę; czasem tylko pochylnię przerywało parę stopni schodów. Korytarz był tak wysoki i szeroki, że hobbici ledwie dosięgali wyciągniętymi rękami ścian, a chociaż szli obok siebie, mieli wrażenie, że są rozdzieleni i odcięci jeden od drugiego, każdy zdany na samotny marsz w ciemnościach.

Gollum wyprzedził ich, lecz zdawało im się, że jest tuż, o parę kroków przed nimi. Dopóki jeszcze byli zdolni zwracać uwagę na takie szczegóły, słyszeli jego świszczący i zachłystujący oddech w pobliżu. Po pewnym wszakże czasie zmysły ich jakby odrętwiały, zarówno słuch, jak i dotyk stępiał, a jeśli szli wytrwale po omacku dalej, to jedynie wysiłkiem woli, która kazała im przekroczyć próg jaskini, dążyć wytrwale do celu, do wyniosłej bramy za górami.

Stracili już rachubę czasu i orientację w przestrzeni, zapewne jednak nie uszli zbyt daleko, gdy Sam pod prawą ręką zamiast ściany wyczuł pustkę, otwarte w tę stronę boczne przejście; na krótką chwilę owionęło go nieco świeższe powietrze, lecz nie zatrzymując się, poszedł dalej.

– Jest tu więcej korytarzy – szepnął z wysiłkiem, bo dobycie dźwięku z gardła zdawało się tutaj niełatwą sztuką. – Ani chybi, jaskinia orków.

Potem zmacał jeszcze jedną przerwę w ścianie z prawej strony, Frodo zaś z lewej natrafił na drugą, a w miarę jak się posuwali – na kilka następnych, szerszych lub węższych; nie wahali się jednak w wyborze właściwej drogi, bo korytarz, którym szli, był prosty, nie zakręcał nigdzie i ustawicznie wznosił się pod górę. Ale nie mieli pojęcia, jak jest długi, ile jeszcze będą musieli wycierpieć i czy im starczy sił. Im wyżej się wspinali, tym było duszniej, a niekiedy mieli wrażenie, że walczą z oporem jakiejś materii bardziej zgęszczonej niż cuchnące powietrze. Brnąc przez nią naprzód, czuli od czasu do czasu na głowach i rękach muśnięcie jakby ocierających się macek czy może zwisających z pułapu porostów. Ohydna woń dokuczała coraz bardziej. Potęgowała się z każdą chwilą i zdawało się hobbitom, że spośród wszystkich zmysłów zachowali jedynie powonienie, lecz zmieniło się ono dla nich w narzędzie tortur. Nie zdawali sobie sprawy, ile czasu trwa ten marsz przez ciemne lochy: godzinę, dwie czy trzy... Godziny dłużyły się jak dni całe, jak tygodnie. Sam, odsuwając się od ścian tunelu, przylgnął do Froda, chwycili się za ręce i szli, odtąd trzymając się jak najbliżej siebie. W końcu Frodo, wymacując lewą ręką ścianę, natrafił nagle znów na pustkę. Omal nie wpadł w nią z rozpędu. Otwór w skale był tym razem znacznie szerszy od wszystkich poprzednich; a ciągnął z niego smród tak odrażający i tchnęła obecność tak napiętej złośliwej woli, że Frodo poczuł zawrót głowy. Jednocześnie Sam zachwiał się i padł twarzą naprzód; usiłując opanować słabość i strach. Frodo chwycił Sama za rękę.

– Wstawaj! – szepnął ochryple, niemal bezgłośnie. – Cały smród i niebezpieczeństwo skupione są właśnie tutaj, w tym bocznym korytarzu. Prędko! Dalej!

Zbierając resztki sił i odwagi, dźwignął Sama i postawił na nogi; zmusił własne omdlałe ciało do marszu. Sam, potykając się, szedł u jego boku. Jeden krok, drugi, trzeci... Sześć! Nie wiedzieli, czy minęli wylot niewidzialnego korytarza, lecz nagle odzyskali swobodę ruchów, jakby wroga wola na chwilę rozluźniła narzucone im pęta. Brnęli naprzód, wciąż trzymając się za ręce.

Raptem jednak natknęli się na nową przeszkodę. Tunel rozwidlał się, a przynajmniej tak im się zdawało, w każdym razie po ciemku nie mogli się zorientować, który z dwóch korytarzy jest szerszy i który bliższy wytkniętego kursu. Gdzie powinni skręcić, w prawo czy w lewo? Nie mieli żadnych wskazówek, wybrać musieli na oślep, a przecież zdawali sobie sprawę, że błąd w wyborze oznacza niechybną śmierć.

– Którym korytarzem poszedł Gollum? – szepnął bez tchu Sam. – Dlaczego na nas nie poczekał?

– Sméagolu! – spróbował zawołać Frodo. – Sméagolu!

Ale głos załamywał się w gardle, imię Sméagola ledwie dosłyszalne dobyło się z jego ust. Nikt nie odpowiedział, nawet echo, powietrze wokół nie drgnęło.

– Tym razem, jak mi się zdaje, odszedł już na dobre – mruknął Sam. – Może z góry uplanował sobie, że właśnie w to miejsce nas zapędzi. Gollum! Jeśli kiedyś dostanę go w swoje ręce, gorzko zapłacze, pokraka.

Wreszcie stwierdzili, obmacując w ciemnościach ściany, że korytarz odbiegający w lewo jest zablokowany – albo stanowi ślepą wnękę, albo też zagrodził go jakiś zwalony wielki głaz.

– Droga nie może prowadzić tędy – szepnął Frodo. – Musimy iść w prawo, nie ma wyboru.

– Chodźmy, i to prędko – wysapał Sam. – Tutaj czai się jakiś stwór gorszy od Golluma. Czuję, że ktoś na nas patrzy.

Nie uszli daleko, gdy dogonił ich niezwykły głos, niespodziany i przerażający w tej głuchej ciszy: jak gdyby bełkot i bulgot, przeciągły złośliwy syk. Odwrócili się, lecz nie zobaczyli za sobą nic. Osłupiali, przykuci do miejsca, wpatrywali się w mrok, czekając nie wiedzieć na co.

– To pułapka – rzekł Sam i położył rękę na głowicy miecza.

Wspomniał przy tym ciemność Kurhanu, z którego oręż pochodził. „Ach, gdyby teraz Tom Bombadil był gdzieś w pobliżu!" – pomyślał. Gdy tak stał, otoczony nocą, z sercem pełnym czarnej rozpaczy i gniewu, wydało mu się nagle, że dostrzega światło, lecz widział je tylko oczyma duszy; zrazu olśniło go, jak promień słońca oślepia wzrok więźnia po długim przebywaniu w lochu bez okien. Potem rozszczepiło się na kolory i zagrało zielenią, złotem, srebrem, bielą. W dali, jak gdyby na maleńkim obrazku wymalowanym zręcznymi palcami elfa, zobaczył Panią Galadrielę stojącą na łące Lórien z podarunkami w rękach. „Dla ciebie, Powierniku Pierścienia — usłyszał jej głos, odległy, lecz wyraźny — przygotowałam ten oto dar".

Bełkotliwy syk zbliżał się, a towarzyszyło mu skrzypienie, jakby w mroku jakiś olbrzymi stawonóg o skrzypiących stawach sunął z wolna, lecz zdecydowanie naprzód, śląc przed siebie fale odrażającej woni.

— Panie Frodo! Panie Frodo! — krzyknął Sam, odzyskując nagle głos i energię. — Dar Pani Galadrieli! Gwiaździste szkiełko! Światło, które ci zaświeci w ciemności, jak obiecała Pani Elfów. Gwiaździste szkiełko!

— Gwiaździste szkiełko? — powtórzył Frodo jakby przez sen, nie bardzo rozumiejąc, o czym Sam mówi. — Ach, prawda! Jak mogłem o nim zapomnieć! Światło, gdy wszystkie inne światła zgasną. Tak, teraz tylko światło może nam dopomóc.

Z wolna wsunął rękę za pazuchę i z wolna wydobył flakonik Galadrieli. Kryształ chwilkę lśnił blado niby gwiazda, gdy wschodzi i z trudem przebija gęste mgły zalegające nad ziemią, potem, w miarę jak wzmagała się moc zaczarowanego szkiełka, a jednocześnie nadzieja krzepła w sercu Froda, rozżarzył się, zapłonął srebrnym płomieniem jak maleńkie serduszko olśniewającego blasku; można by pomyśleć, że to Eärendil we własnej osobie zstąpił ze swoich słonecznych, podniebnych szlaków z ostatnim Silmarilem świecącym nad czołem. Ciemność cofała się przed blaskiem bijącym z wnętrza kryształowej czarodziejskiej kuli, a ręka, która ją trzymała, iskrzyła się białym ogniem.

Frodo z podziwem patrzył na ten cudowny podarunek, który nosił od tak dawna na sercu, nie znając jego wielkiej wartości i mocy. Rzadko myślał o nim w podróży, dopóki nie znalazł się w Dolinie Morgul, i nigdy go nie użył dotychczas, bojąc się, że światło zdradzi ich przed oczyma nieprzyjaciół. – *Aiya Eärendil Elenion Ancalima*! – krzyknął, nie zdając sobie sprawy z wymawianych słów, jakby czyjś obcy głos przemówił przez jego usta, dźwięczny, niestłumiony ciężkim, zatrutym powietrzem lochów.

Ale istnieją w Śródziemiu inne siły, potęgi nocy, prastare i bardzo mocne. Ta, która skradała się w ciemnościach ku hobbitom, znała sprzed wieków zawołanie elfów, lecz nie lękała się go nigdy, a teraz także nie dała się nim poskromić. Okrzyk jeszcze nie przebrzmiał, gdy Frodo poczuł skupioną na sobie złośliwą wolę i mordercze spojrzenie. W tunelu, między hobbitami a wylotem korytarza, przed którym obaj zachwiali się i omdleli, zabłysły oczy, dwa grona małych oczek, każde złożone z wielu źrenic. Czające się niebezpieczeństwo wreszcie pokazało swoje oblicze. Blask gwiezdnego szkiełka załamał się, odbity od tysiąca tych owadzich oczu, lecz powierzchnia ich lśniła morderczym bladym ogniem, płomieniem rozżarzonym w otchłaniach przewrotnej, złośliwej myśli. Były to oczy potworne, odrażające, bestialskie, zarazem pełne skupionej woli i wstrętnej radości, wpatrzone z okrutną rozkoszą w ofiary zamknięte w pułapce, z której nie istniała możliwość ucieczki.

Frodo i Sam w przerażeniu zaczęli się cofać, nie mogąc oderwać wzroku od straszliwych złowrogich oczu poczwary; w miarę jednak, jak się cofali, straszne oczy posuwały się naprzód. Ręka Froda, trzymająca świetlisty flakonik, omdlała i z wolna opadła. Potem nagle oczy jakby dla zabawy zwolniły ich na chwilę z uwięzi i obaj hobbici, odwróciwszy się, przebiegli w ślepej panice kilkanaście kroków naprzód. Frodo jednak w biegu obejrzał się i ze zgrozą stwierdził, że oczy zbliżają się do nich gwałtownymi skokami. Owionął ich trupi zaduch.

– Stój! Stój! – krzyknął w rozpaczy. – Ucieczka nie zda się na nic.

Oczy skradały się coraz bliżej.

– Galadrielo! – zawołał i zbierając resztki odwagi, podniósł znów w górę kryształowy flakonik.

Oczy się zatrzymały. Na moment spojrzenie ich przygasło, jakby zmącone przelotnym zwątpieniem. Wówczas w piersi Froda serce zapłonęło męstwem i hobbit bez namysłu, nie zastanawiając się, czy to, co robi, jest szaleństwem, aktem rozpaczy czy męstwa, chwycił flakonik w lewą rękę, a prawą wyciągnął z pochwy mieczyk. Żądło zabłysło, ostra stal elfów roziskrzyła się srebrnym światłem, lecz z klingi wystrzeliły niebieskie płomyki. Z czarodziejskim kryształem wzniesionym nad głową, z mieczem w dłoni Frodo, hobbit z dalekiego, cichego kraju, szedł nieustraszenie na spotkanie wrogich oczu.

Oczy zadrżały. Im bliżej było światło, tym wyraźniej mętniały w rozterce. Jedno po drugim przygasało i wszystkie cofały się z wolna. Nigdy jeszcze nie olśnił ich równie potężny blask. Przed światłem słońca, księżyca i gwiazd kryły się zawsze pod ziemią, teraz jednak gwiazda zeszła w głąb lochów. Zbliżała się ciągle; oczy ulękły się jej. Już zgasły wszystkie. Ogromne cielsko zawróciło w tunelu, uchodząc poza zasięg światła, zagradzając mu drogę swoim olbrzymim cieniem. Oczy zniknęły.

– Panie Frodo! Panie Frodo! – krzyknął Sam. Szedł krok w krok za swym panem, również z obnażonym mieczem w ręku. – Chwała gwiazdom! Ależ piękną pieśń ułożyliby o tym spotkaniu elfowie, gdyby się o nim dowiedzieli. Obym dożył tej chwili, żeby im opowiedzieć wszystko, a potem posłuchać ich śpiewu. Niech się już pan zatrzyma, panie Frodo! Niech pan nie idzie w głąb jamy! Teraz mamy ostatnią szansę. Umykajmy z tej wstrętnej nory!

Raz jeszcze zawrócili, z początku idąc, potem biegnąc; tunel wznosił się ostro w górę i z każdym krokiem wydobywali się wyżej ponad ohydny zaduch bijący od ukrytego w ciemności legowiska poczwary, toteż nowa otucha i nowe siły wstępowały w serca hobbitów. W pewnej chwili na ich spotkanie dmuchnął powiew chłodnego rozrzedzonego powietrza. Wylot, drugi koniec tunelu, mieli wreszcie tuż przed sobą. Zdyszani, stęsknieni do widoku nieba nad głową, rzucili się naprzód, lecz nagle, ku swemu zdumieniu, zachwiali się i cofnęli. Wylot był zamknięty, chociaż nieprzywalony kamieniem; zagradzała go miękka, jak się z pozoru zdawało dość ustępliwa, lecz w rzeczywistości mocna i nieprzeniknionna zasłona; powietrze przedostawało się przez nią, ale nie dopuszczała promieni światła. Raz jeszcze hobbici natarli na przeszkodę i znów zostali odepchnięci. Podnosząc w górę kryształowy flakonik, Frodo zobaczył szarą zasłonę; blask gwiezdnego szkiełka nie przebijał jej i nie rozświetlał, była jak gdyby utkana z cienia, który nie powstał ze światła i którego światło nie mogło rozproszyć. W poprzek, na całą wysokość tunelu, rozsnuta była ogromna tkanina podobna w regularnym rysunku do sieci olbrzymiego pająka, lecz gęstsza i większa, a nici jej miały grubość postronków.

Sam zaśmiał się ponuro.

– Pajęczyna! – rzekł. – Tylko pajęczyna! Ale cóż za pająk ją osnuł! Naprzód, zniszczmy ją co prędzej!

Z furią zaczął rąbać mieczem, ale nici nie pękały pod ciosami. Uginały się lekko i wracały na swoje miejsce niby cięciwy łuku, odpychając broń i dzierżące ją ramię. Trzykroć Sam nacierał z wszystkich sił, aż wreszcie jedna jedyna spośród niezliczonych nici pękła i zwinęła się, ze świstem przecinając powietrze. Luźny jej koniec chlasnął Sama po ręku. Hobbit krzyknął z bólu, odskoczył i odruchowo przytknął rękę do ust.

– Tym sposobem nie otworzymy sobie drogi nawet przez tydzień – rzekł. – Co robić? Czy te ślepia znów nas gonią?

– Nie widać ich – odparł Frodo – ale czuję, że patrzą na mnie albo ścigają mnie myślą. Pewnie poczwara knuje nowy podstęp. Gdyby światło osłabło albo zgasło, wróciłaby na pewno w jednej chwili.

– Złapali nas w ostatnim momencie w potrzask! – z goryczą stwierdził Sam; gniew znowu brał w nim górę nad zmęczeniem i rozpaczą. – Jak muchy w sieci! Oby klątwa Faramira dosięgła Golluma, i to jak najprędzej.

– Nam by to w tej chwili nie pomogło – rzekł Frodo. – Dalejże! Spróbujmy, czego Żądło dokaże w potrzebie. Przecież to ostrze elfów. W ciemnych jarach Beleriandu, gdzie je wykuto, także były straszliwe pajęczyny. Ty, Samie, pilnuj tymczasem, żeby oczy się nie zbliżyły. Masz tu gwiezdne szkiełko. Nie bój się, trzymaj je wysoko i czuwaj.

Frodo, podsunąwszy się pod szarą pajęczą zasłonę, rąbnął z całych sił i jednym zamachem przeciągnął ostrzem przez cały splot gęsto usnutej sieci, po czym odskoczył szybko. Błękitnawe, lśniące ostrze przeszło przez sieć jak kosa przez łan trawy, aż szare postronki drgnęły gwałtownie, zwinęły się i zwisły. W zasłonie otworzyła się spora dziura. Cios za ciosem zadawał hobbit, póki ostatnia pajęcza nić w zasięgu jego ramienia nie została przecięta. Górna część rozdartej zasłony powiewała luźno jak welon na wietrze. Potrzask był otwarty.

– Naprzód! – krzyknął Frodo. – Naprzód!

Szalona radość, że oto wymykają się z rozpaczliwej pułapki, napełniła nagle jego serce. W głowie zaszumiało mu jak od mocnego wina. Krzycząc, jednym susem wypadł z jaskini.

Po kilku godzinach spędzonych w samym siedlisku nocy świat wydał się jego oczom niemal jasny. Ogromne dymy podniosły się ku górze i przerzedziły, kończył się właśnie mroczny dzień; krwawa łuna Mordoru zbladła w posępnym zmierzchu, Frodowi jednak zdawało się, że przed nim świta poranek nieoczekiwanej nadziei. Dotarł niemal na szczyt górskiego wału. Jeszcze jedno tylko, ostatnie wzniesienie. Widział przed sobą przełęcz Cirith Ungol, jak ciemną szczerbę wyciętą w czarnym grzbiecie, a po obu jej stronach sterczące ku niebu zjeżone skały. Krótki bieg, ostatni wysiłek i znajdzie się za ścianą gór.

– Przełęcz, Samie! – krzyknął, nie zważając na to, że jego głos, wyzwolony wreszcie z zaduchu podziemi, rozlega się przenikliwie i donośnie. – Przełęcz! Biegiem! Za chwilę będziemy po drugiej stronie, nikt nas już teraz nie zdoła powstrzymać!

Sam podążał za swym panem ile sił w nogach, lecz mimo radości wyzwolenia z lochu nie czuł się wcale bezpieczny i wciąż zerkał przez ramię ku czarnej bramie jaskini, w strachu, że oczy lub jakiś niewiadomy koszmarny stwór lada chwila wyskoczy z niej w pogoń za uciekinierami. Ani on, ani jego pan nie znali siły i przebiegłości Szeloby. Miała ona niejedno wyjście ze swego legowiska.

Mieszkała tu od wieków ta zła istota, mająca postać olbrzymiej pajęczycy, podobna do tych, jakie żyły ongi na zachodzie w Kraju Elfów, teraz zatopionym przez Morze; z takimi właśnie pająkami walczył Beren w Górach Zgrozy, w Doriath, i podczas jednej z tych swoich wypraw przed laty ujrzał na zielonej polanie między modrzewiami piękną Lúthien w blasku księżyca. Nie wiadomo, jakim sposobem Szeloba, uciekłszy ze zniszczonej krainy, zawędrowała w te strony, bo z Czarnych Lat niewiele zachowało się opowieści. W każdym razie mieszkała tu od dawna, zanim jeszcze zjawił się

Sauron i położono pierwsze kamienie pod mury Barad-dûr. Nie służyła nikomu, tylko sobie samej, piła krew ludzi i elfów, puchła i tyła, trawiąc gnuśnie swoje samotne uczty i snując w cieniu sieci; każde żywe stworzenie było jej strawą, a rzygała czarną ciemnością. Słabsze od matki liczne dzieci, bękarty spłodzone z nieszczęsnymi samcami, których mordowała, żyły rozproszone po dolinach od Gór Cienia aż po dalekie góry na wschodzie, po Dol Guldur i dzikie ostępy Mrocznej Puszczy. Żaden wszakże z potomków nie mógł się równać z ostatnią córką Ungolianty, Szelobą Wielką, która przetrwała na udrękę i nieszczęście dla świata.

Przed laty spotkał się z nią Gollum, trafił do niej Sméagol, zamiłowany w szperaniu po najciemniejszych jaskiniach, i wówczas już, za dawnych dni, złożył jej pokłon i oddał hołd; odtąd jej przewrotna wola i złowrogie siły towarzyszyły mu stale w tułaczce, nie dopuszczając do niego światła ani skruchy. Przyrzekł jej dostarczać żeru, lecz nie podzielał jej łakomstwa. Szeloba bowiem nie wiedziała nic o wieżach, pierścieniach i przemyślnych dziełach ludzkich rąk, nie dbała o te rzeczy, pragnęła tylko dla wszystkich innych istot śmierci, śmierci na ciele i duszy, dla siebie zaś samotnego życia i sytości; chciała jeść i puchnąć, tuczyć się, tak by wreszcie góry nie mogły jej pomieścić ani ciemności objąć.

Ale do spełnienia tych marzeń było jeszcze daleko, od dawna głodowała, kryjąc się w swojej jaskini, podczas gdy moc Saurona rosła, a wszelkie żyjące stworzenia unikały jego krainy. Grody nad doliną stały martwe, nie zbliżał się tutaj człowiek ani elf, czasem tylko zabłąkany ork trafiał w sieci Szeloby. Marna to była strawa i niełatwa do złowienia. Pajęczyca musiała coś jeść, chociaż więc orkowie pracowicie budowali coraz to nowe zawiłe ścieżki z przełęczy do swojej wieży, umiała zawsze jakimś podstępem usidlić ofiary. Tęskniła jednak do smaczniejszego mięsa. I wreszcie Gollum dostarczył jej upragnionych przysmaków.

– Zobaczymy, zobaczymy – powtarzał, ilekroć wpadał w najgorszy humor podczas wędrówki ze wzgórz Emyn Muil do Doliny Morgul. – Zobaczymy. Kto wie, tak, może się zdarzyć, kiedy ona odrzuci kości i puste ubrania, że znajdziemy nasz skarb, zapłatę dla biednego Sméagola za smaczne jadło. Uratujemy skarb, dotrzymamy przyrzeczenia. Tak, tak. A kiedy skarb będziemy mieli zabezpieczony, ona też dowie się o tym, jej także odpłacimy z nawiązką.

Tak rozmyślał w najskrytszym zakątku chytrego mózgu, spodziewając się, że zdoła przed Szelobą zataić własne plany, gdy, korzystając ze snu hobbitów, poszedł, żeby się przed nią pokłonić.

Co do Saurona, to wiedział on, gdzie się gnieździ Szeloba. Był zadowolony, że osiedliła się w bliskości jego twierdzy, głodna, lecz nieposkromiona w swej przewrotności; strzegła starej ścieżki do jego kraju lepiej niż wszystkie straże i zapory, jakie by mógł tam postawić. Orków jej nie żałował, bo chociaż jako niewolnicy byli mu użyteczni, miał ich niezliczone tysiące. Jeśli od czasu do czasu Szeloba złowiła któregoś, żeby zaspokoić swój apetyt, Sauron nie żywił do niej pretensji, jeden ork więcej czy mniej nic nie znaczył. Jak człowiek rzuca niekiedy ochłap swojej kocicy (nazywając ją „swoją" kotką, lecz nawzajem nie przyznając jej prawa do siebie), tak Sauron czasem posyłał Szelobie w darze jeńców, z których nie mógł mieć żadnego pożytku. Kazał nieszczęśników wrzucać do jaskini i opowiadać sobie potem, jak się pajęczyca z nimi zabawiała.

Żyli więc oboje, każde zajęte własnymi planami, nie lękając się napaści, buntu ani wstrząsu, który by mógł ich nikczemnej władzy położyć kres. Nigdy jeszcze nawet mucha nie wymknęła się z sieci Szeloby, a w ostatnich czasach pajęczyca była bardziej niż kiedykolwiek rozjuszona i głodna.

Biedny Sam nic jednak nie wiedział o złych siłach, które przeciw sobie rozpętali, czuł tylko rosnący strach przed niewidzialnym niebezpieczeństwem; ten strach tak mu ciążył, że biegł, uginając się pod jego brzemieniem, i nogi miał jak z ołowiu.

Zewsząd otaczała go groza, przed nim na przełęczy czuwały nieprzyjacielskie straże, a jego ukochany pan pędził jak urzeczony na ich spotkanie, nie zachowując ostrożności. Odwracając wzrok od cieni, które zostawiał za sobą, i od głębokiego mroku zalegającego pod urwiskiem od lewej strony, Sam spojrzał przed siebie i zobaczył dwie rzeczy, które tym bardziej spotęgowały jego trwogę. Spostrzegł, że miecz, wciąż obnażony i wzniesiony w ręku Froda, lśni błękitnym płomieniem, spostrzegł też, że chociaż niebo w oddali ściemniało, w oknie wieży błyszczy krwawe światło.

– Orkowie! – jęknął Sam. – Przebojem nic tu nie zwojujemy. Wkoło pełno orków, a może gorszych jeszcze potworów.

Szybko nawracając do starego nawyku skrytości, zacisnął pięść na cennym flakoniku Galadrieli, który wciąż trzymał w ręku. Dłoń przez chwilę przebłyskiwała czerwienią żywej krwi. Hobbit jednak zaraz wsunął świecący zdradziecko kryształ głęboko do kieszeni na piersi i otulił się szczelnie szarym płaszczem elfów. Spróbował przyspieszyć kroku. Odległość między nim a Frodem rosła, już ich dzieliło ze dwadzieścia długich kroków; Frodo mknął jak cień, jeszcze chwila, a miał zniknąć swemu słudze z oczu, roztapiając się w szarzyźnie świata.

Ledwie Sam zdążył ukryć blask gwiezdnego szkiełka, gdy pojawiła się Szeloba. Nieco na lewo przed sobą ujrzał Sam znienacka najobrzydliwszą stworę, jaką w życiu spotkał, okropniejszą od najstraszliwszych sennych koszmarów. Z budowy podobna do pająka, lecz większa od największych drapieżnych zwierząt, zdawała się bardziej od nich przerażająca, ponieważ w jej bezlitosnych oczach czaił się złowrogi, świadomy zamysł. Oczy, wbrew złudzeniom hobbitów nieposkromione i nieulękłe, świeciły znowu złym blaskiem. Biegła z wysuniętą naprzód głową, z której sterczały wielkie rogi; za krótką sztywną szyją ciągnął się ogromny spęczniały kadłub z wypiętym, wydętym brzuchem, obwisłym i kołyszącym się między nogami. Cielsko całe było czarne, upstrzone sinymi plamami, lecz brzuch, białawy i świecący, ział okropnym smrodem. Nogi miała przygięte, z wielkimi supłami stawów sterczącymi aż ponad grzbiet, owłosione szczeciną twardą jak stalowe kolce, a na każdej ostry pazur.

Gdy raz zdołała przecisnąć miękki rozpuchły kadłub i pogięte kończyny przez górny wylot swej jaskini, poruszała się z przerażającą zwinnością, to biegnąc na skrzypiących nogach, to sadząc susami. Znalazła się między Samem a jego panem. Albo nie spostrzegła Sama, albo wolała go na razie pominąć jako tego, który miał przy sobie świecący kryształ, bo wszystkie siły skupiła na pościgu za jedną ofiarą, za Frodem, pozbawionym świecącego szkiełka i biegnącym zuchwale środkiem ścieżki, nieświadomym jeszcze grożącego niebezpieczeństwa. Pędził, ale Szeloba była szybsza od niego. Jeszcze parę susów, a pochwyci go niechybnie.

Sam jęknął i dobywając resztek sił z piersi, wrzasnął:

– Uwaga! Panie Frodo, niech pan się obejrzy! Ja...

Nagle głos uwiązł Samowi w gardle. Długa, lepka ręka zatkała mu usta, jakieś macki oplotły mu nogi. Zaskoczony, upadł do tyłu, prosto w ramiona napastnika.

– Mamy go! – syknął Gollum nad jego uchem. – Wreszcie go mamy, mój skarbie, mamy w garści wstrętnego hobbita. Tego sobie zatrzymamy. Ona weźmie drugiego. Tak, tak, jego weźmie Szeloba, nie Sméagol, bo Sméagol przyrzekł, że nie tknie, nie skrzywdzi dobrego pana. Ale ciebie Sméagol ma w garści, wstrętny, podły złodzieju.

I plunął na kark Samowi.

Oburzony zdradą, zrozpaczony, że wstrzymano go w pędzie, gdy biegł na ratunek zagrożonemu śmiertelnie panu, Sam znalazł w sobie zapał i siły, których Gollum nigdy się nie spodziewał po flegmatycznym, głupim hobbicie, za jakiego go uważał. Nawet Gollum nie umiałby zwinniej wywijać się z uścisku i zawzięciej walczyć niż Sam w tej chwili. Szarpnął głową, wyzwalając się od kneblującej usta łapy, dał nura i znów rzucił się gwałtownie naprzód, usiłując uwolnić się od drugiej łapy Golluma, zaciśniętej na jego karku. Miecz trzymał wciąż w garści, a na lewym ramieniu, zawieszoną na rzemiennej pętli, miał laskę, dar Faramira. Rozpaczliwie próbował odwrócić się i dźgnąć sztychem przeciwnika, lecz Gollum był bardzo zwinny. Błyskawicznie wyciągnął prawe ramię i chwycił Sama za przegub ręki. Palce miał twarde jak żelazne kleszcze; z wolna, nieubłaganie zginał dłoń hobbita, aż Sam z okrzykiem bólu wypuścił miecz na ziemię. Druga ręka Golluma przez cały czas zaciskała się na jego gardle.

Wówczas Sam spróbował ostatniego fortelu. Odchylił się od Golluma i ze wszystkich sił zaparł nogami o ziemię, po czym nagle, odepchnąwszy się stopami od gruntu, runął z rozmachem na plecy. Nie spodziewając się tak prostej sztuki, Gollum, pchnięty znienacka, padł także, a krępy hobbit całym swoim ciężarem przycisnął mu brzuch. Gollum syknął przeraźliwie i na okamgnienie rozluźnił uchwyt palców na gardle Sama, lecz nie puścił przegubu jego prawej ręki. Sam szarpnął się, odsunął od przeciwnika, wstał, okręcił się błyskawicznie w prawo wokół ręki uwięzionej w uścisku Golluma. Lewą ręką chwycił laskę i śmignął nią z rozmachem po wyciągniętym ramieniu przeciwnika, trafiając go tuż pod łokciem.

Gollum zawył i wypuścił z garści napięstek Sama. Wtedy Sam przeszedł do ataku. Nie tracąc czasu na przerzucanie laski z lewej do prawej ręki, rąbnął z furią po raz drugi. Gollum zwinny jak jaszczurka skręcił się cały, toteż cios przeznaczony dla jego głowy spadł na grzbiet. Laska pękła z trzaskiem. Tego już było Gollumowi za wiele. Z dawna wyćwiczył się w napaściach zza pleców i rzadko zawodziła go ta sztuka. Tym razem, zaślepiony złością, popełnił błąd: pozwolił sobie gadać i chełpić się, nim obie ręce zacisnął ofierze na gardle. Cały jego piękny plan załamał się, odkąd w ciemnościach niespodzianie błysnęło straszliwe światło. A teraz znalazł się twarzą w twarz z rozwścieczonym przeciwnikiem, niewiele od niego mniejszym. Nie lubił takiej walki. Sam chwycił z ziemi miecz i podniósł go w górę. Gollum wrzasnął i odskakując na czworakach w bok, dał susa niby żaba. Zanim Sam do niego dobiegł, już był daleko, pędząc z zawrotną szybkością z powrotem w stronę tunelu. Z mieczem w ręku Sam ruszył za nim. Przez chwilę zapomniał o całym świecie, czerwona mgła przesłoniła mu oczy, wiedział tylko jedno: że chce zabić Golluma. Lecz Gollum zniknął. Dopiero na widok czarnego wylotu jamy i owiany bijącym z niej smrodem Sam nagle oprzytomniał. Jak piorun poraziła go myśl o Frodzie ściganym przez poczwarę. Zawrócił na pięcie i co sił w nogach puścił się ścieżką pod górę, wykrzykując imię pana. Ale już było za późno. Przynajmniej ta część planu Golluma nie zawiodła.

Rozdział 10

Sam w rozterce

Frodo leżał twarzą do ziemi, a poczwara schylała się nad nim, tak zajęta jeńcem, że nie zwracała uwagi na krzyk Sama, póki hobbit nie znalazł się tuż przy niej. Nadbiegając, stwierdził, że Frodo jest związany postronkami, oplatającymi go od kostek do ramion, a poczwara ogromnymi przednimi kończynami już go dźwiga, żeby powlec do swej jamy.

Miecz roboty elfów błyszczał u boku Froda na ziemi, tak jak wypadł mu z ręki, nim zdążył spróbować obrony. Sam nie miał czasu zastanawiać się, co robić, ani też stawiać sobie pytania, czy popycha go do czynu męstwo, wierność wobec Froda, czy też wściekły gniew. Z wrzaskiem skoczył naprzód, chwycił w lewą rękę miecz swego pana. Wtedy natarł. Takiej furii nie widział chyba nigdy świat nawet wśród zwierząt, gdy doprowadzone do rozpaczy małe stworzonko uzbrojone ledwie w kilka zębów rzuca się samotnie na okrytego rogową łuską i grubą skórą smoka, który stoi nad jego powalonym towarzyszem.

Jakby zbudzona tym wątłym okrzykiem z lubieżnego rozmarzenia Szeloba z wolna obróciła na Sama okrutne, złośliwe spojrzenie. Lecz zanim zdążyła zrozumieć, że czeka ją rozprawa z męstwem, jakiego od niepamiętnych czasów nie spotkała u swych przeciwników, lśniące ostrze dosięgło jej stopy, odrąbując pazur. Sam skoczył między nogi poczwary i błyskawicznym ruchem dźgnął w straszliwe oko, którego mógł dosięgnąć, bo poczwara miała głowę pochyloną. Jedno oko zgasło.

Mały przeciwnik znalazł się więc pod jej kadłubem i na razie nie mogła go dosięgnąć żądłem ani pazurami. Ogromny jej brzuch lśnił nad hobbitem, a bijący od cielska pajęczycy smród przyprawiał go niemal o omdlenie. Starczyło mu mimo to zaciekłości na jeden jeszcze cios, a potem, nim Szeloba mogła zmiażdżyć go i zdusić w nim wraz z życiem płomień jego odwagi, Sam z siłą rozpaczy chlasnął drugą ręką, w której dzierżył własny mieczyk, po podbrzuszu poczwary.

Ale Szeloba nie miała, jak smoki, nieopancerzonych miejsc na swym ciele prócz oczu. Jej skóra w ciągu wieków okryła się obrzydliwymi guzami, lecz wskutek nawarstwienia całych pokładów narośli stała się jeszcze grubsza. Ostrze naznaczyło ją okropną szramą, lecz tych odrażających fałdów nie mogła przebić siła człowieka, nie dokonałaby tego nawet ręka Berena czy Túrina, uzbrojona w stal wykutą w kuźniach elfów lub krasnoludów. Szeloba wzdrygnęła się pod ciosem i zakołysała olbrzymim worem brzucha wysoko nad głową Sama. Z rany wysączył się kroplisty, spieniony jad. Rozsuwając nogi, poczwara opuściła kadłub, żeby zmiażdżyć śmiałka. Lecz pospieszyła się zanadto. Sam trzymał się jeszcze prosto na nogach i porzuciwszy własny miecz, chwycił oburącz miecz elfów, nastawił go ostrzem do góry, by przebić nim potworny strop nad swoją głową; Szeloba w morderczych zamiarach opuściła tułów i z impetem, jakiego by nie miał cios wymierzony przez najpotężniejszego nawet wojownika, sama nadziała się na ostry stalowy kolec. Wpijał się on coraz głębiej w jej cielsko, w miarę jak hobbit, z wolna przyciskany, chylił się ku ziemi.

W ciągu wieków swego przewrotnego żywota Szeloba nigdy nie zaznała równie okrutnego bólu ani nawet nie wyobrażała sobie podobnego cierpienia. Najtężsi rycerze prastarego Gondoru, najdziksi złowieni w sieć orkowie nigdy nie zadali jej takiego ciosu i nikt dotąd nie wraził ostrego żelaza w to cielsko, które poczwara kochała i pielęgnowała. Dreszcz ją przebiegł. Dźwignąwszy znów kadłub w górę, usiłując uciec od bólu, przygięła nogi i konwulsyjnym susem odskoczyła wstecz.

Sam padł na kolana tuż obok głowy Froda. Zmysły mącił mu ohydny zaduch, ale ściskał wciąż oburącz głowicę miecza. Przez mgłę zasłaniającą oczy widział niewyraźnie twarz Froda i uporczywie walczył teraz z własną słabością, żeby otrząsnąć się z omdlenia. Powoli uniósł głowę i zobaczył, że Szeloba zatrzymała się o kilka zaledwie kroków od niego, śledząc go wzrokiem; z pyska kapały jej krople jadu, z ranionego oka ściekała zielona ropa.

Przycupnęła rozdygotana, miękkim cielskiem przylgnęła do ziemi, pogięte nogi drżały. Zbierała się do skoku, tym razem gotowa jednym zamachem zmiażdżyć i zakłuć na śmierć przeciwnika. Zwykle wsączała tylko małą dawkę trucizny w ciało ofiary, żeby ją obezwładnić, lecz dziś płonęła przede wszystkim żądzą mordu, by dopiero martwe ciało rozedrzeć na sztuki.

Sam także przysiadł i patrzył, widząc niechybną śmierć wyzierającą z oczu poczwary. W tym momencie zaświtała mu pewna myśl, jakby podszepnięta z oddali przez czyjś obcy głos; sięgnął lewą ręką za pazuchę i znalazł to, czego szukał: zimny, twardy, oporny wydał mu się pod palcami kryształowy flakonik Galadrieli, kiedy go ścisnął w ręku pośród koszmarów tego złowrogiego kraju.

– Galadrielo! – szepnął słabo i usłyszał głosy odległe, lecz czyste i wyraźne: okrzyki elfów wędrujących pod gwiazdami w miłych, cienistych lasach Shire'u, muzykę elfów usłyszaną niegdyś w półśnie w Sali Kominkowej w domu Elronda.

Gilthoniel A Elbereth!

Język mu się rozluźnił. Sam zawołał w mowie elfów, chociaż wcale nie wiedział, że ją zapamiętał:

A Elbereth Gilthoniel
o menel palan-diriel,
le nallon si di'nguruthos!
A tiro nin, Fanuilos!

Z tym wołaniem dźwignął się, stanął i znów był sobą, hobbitem, Samem, synem Hamfasta.

– Chodź no tu, wstrętna poczwaro! – krzyknął. – Zraniłaś mego pana, bestio, zapłacisz mi za to. Pilno nam w dalszą drogę, ale z tobą rozprawimy się zaraz. Chodź no, niech cię jeszcze połechcę tym Żądłem.

Flakonik Galadrieli nagle rozjarzył się niby biała pochodnia w jego ręku, jakby nieujarzmiony duch hobbita udzielił mu swego żaru. Kryształ płonął jak gwiazda, gdy, spadając, rozcina ciemność nocy olśniewającym blaskiem. Nigdy jeszcze tak groźny ogień z niebios nie zaświecił Szelobie w oczy. Jego promienie, przenikając do zranionej głowy pajęczycy, piekły nieznośnie, a groza światła wzmagała się, pomnożona w mnóstwie źrenic. Szeloba cofnęła się, trzepiąc przednimi kończynami w okropnych męczarniach. Wreszcie odwróciła zbolałą głowę, odsunęła się na bok, drapiąc pazurami skałę zaczęła się czołgać ku ziejącemu w czarnym urwisku wylotowi jaskini.

Sam szedł za nią. Zataczał się jak pijany, ale szedł wytrwale.

Szeloba, wreszcie poskromiona, skurczona ze strachu, podrygiwała i miotała się, usiłując jak najprędzej uciec przed hobbitem. Dotarła do wylotu nory i wcisnęła się do wnętrza, znacząc ślad żółtozieloną posoką; nim znikła, Sam zdołał jeszcze raz rąbnąć mieczem po wlokących się za kadłubem tylnych odnóżach. Potem wyczerpany padł na ziemię.

Szeloba zniknęła. Nie należy do tej historii opowieść o dalszych jej losach: może przetrwała w swej kryjówce długie lata, wściekła i nieszczęśliwa, aż z wolna wśród nocy zagoiły się jej wnętrzności, wyzdrowiały oczy, a wówczas śmiertelny głód znów kazał jej snuć straszliwe sieci na ścieżkach i w dolinach Gór Cienia.

Sam został na pobojowisku, a kiedy wieczór Bezimiennego Kraju zapadł, powlókł się do swego pana.

– Panie Frodo, ukochany mój panie! – wołał, lecz Frodo nie odzywał się ani słowem. Kiedy bowiem biegł upojony wolnością, Szeloba dopędziła go i błyskawicznie wbiła zatrute żądło w jego kark. Leżał teraz blady, nie słyszał nic, nie poruszał się wcale.

– Panie, ukochany mój panie! – powtórzył Sam i długą chwilę czekał wśród ciszy na odpowiedź. Na próżno!

Wówczas, jak mógł najprędzej, poprzecinał obezwładniające Froda więzy i przytknął twarz najpierw do jego piersi, potem do ust; nie wyczuł jednak tchnienia życia ani najlżejszego bodaj drgnięcia serca. Ustawicznie rozcierał mu ręce i stopy, dotykał czoła, lecz czoło Froda pozostało zimne.

– Frodo! Panie Frodo! – wołał. – Nie opuszczaj mnie! Usłysz, to twój Sam cię wzywa! Nie odchodź tam, dokąd nie mogę iść z tobą. Zbudź się! Zbudź się, kochany, kochany panie Frodo! Zbudź się, wstań!

Gniew zakipiał w sercu Sama, hobbit zaczął się motać wokół ciała swego pana, z furią siekąc mieczem powietrze, rąbiąc kamienie, krzykiem wyzywając nieprzyjaciół. Wreszcie wrócił do Froda, pochylił się i zapatrzył w jego twarz bladą w szarzyźnie zmierzchu. Nagle spostrzegł, że jest w tej chwili postacią z obrazu, który mu objawiło kiedyś zwierciadło Galadrieli w Lórien. Widział przecież wtedy Froda pobladłego, pogrążonego w głębokim śnie pod ogromnym urwiskiem skalnym. Wówczas myślał, że Frodo śpi. „Ale on umarł! – powiedział sobie teraz. – To nie sen, to śmierć!". I w tym momencie, jakby tymi słowami wspomógł siłę trucizny, wydało się Samowi, że bladość na twarzy Froda przybrała sinozielony odcień.

Ogarnęła go czarna rozpacz. Skulił się na ziemi, nasunął szary kaptur na czoło, noc zawładnęła jego sercem i stracił przytomność.

Gdy wreszcie ta czarna noc przeminęła, Sam otworzył oczy: otaczały go cienie i nie wiedział, ile minut czy może godzin upłynęło na świecie od tamtego momentu. Siedział na tym samym miejscu; a Frodo leżał obok niego, martwy. Góry nie zawaliły się, ziemia nie rozsypała się w gruzy.

– Co teraz pocznę, co pocznę! – rzekł. – Czy zaszedłem tak daleko za moim panem na próżno?

Nagle zabrzmiał mu w uszach własny głos wymawiający słowa, których podówczas, na początku wyprawy, nie mógł zrozumieć: „Zanim się skończy wędrówka, będę miał ja także coś do zrobienia. Muszę być z panem do końca, niech pan to wie, panie Frodo!".

– Ale co mogę zrobić? Zostawić pana Froda martwego, bez pogrzebu, tu, wśród gór, i wracać do domu? Czy iść dalej? Dalej? – powtarzał; na chwilę opanowały go zwątpienie i strach. – Iść dalej? Czy to powinienem zrobić? Opuścić Froda?

W końcu zaczął płakać. Ułożył ciało Froda jak do wiecznego spoczynku, skrzyżował jego zimne ręce na piersi, owinął płaszczem, własny miecz dał mu do boku, a z drugiej strony laskę daną na drogę przez Faramira.

– Jeśli mam iść dalej – powiedział – muszę wziąć pański miecz, panie Frodo, niech mi pan wybaczy. Swój za to położę przy panu, wedle obyczaju dawnych królów śpiących pod Kurhanami. Ma pan też na sobie piękną zbroję z mithrilu, dar starego pana Bilba. Gwiezdne szkiełko, którego mi pan użyczył, zatrzymam, będzie mi bardzo potrzebne, bo odtąd zawsze już będę szedł w ciemnościach. To dar zbyt piękny dla mnie, Pani Galadriela dała go panu, panie

Frodo, ale może zrozumie i wybaczy. Pan wybacza, prawda? Muszę przecież iść dalej.

Nie mógł się jednak zdobyć na wyruszenie w dalszą drogę, jeszcze nie. Klęczał, trzymając Froda za rękę, nie wypuszczał jej z uścisku. Czas płynął, a Sam trwał tak na klęczkach, tuląc dłoń swego pana, z rozterką w duszy.

Usiłował zebrać siły, żeby oderwać się i ruszyć na samotną wędrówkę – w imię zemsty. Gdyby raz wyruszył z miejsca, gniew niósłby go wszystkimi drogami świata, dopóki nie odnalazłby w końcu Golluma. Wtedy Gollum zginąłby z jego ręki. Ale przecież nie po to podjęto wyprawę. Dla takiego celu nie byłoby warto opuszczać Froda. Zemsta go nie wskrzesi. Nic go już nie wskrzesi. Lepiej umrzeć z nim razem. Ale to by także oznaczało samotną daleką podróż.

Spojrzał na lśniące ostrze miecza. Pomyślał o miejscach w górach, gdzie za czarną krawędzią otwiera się pustka przepaści. Nie, to nie była droga ucieczki. To by oznaczało wyrzeczenie się wszelkiego czynu, a nawet żałoby. Nie po to Sam wyruszył z domu.

– Co począć?! – krzyknął głośno i wydało mu się, że słyszy wyraźnie odpowiedź: wytrwać do końca. Iść dalej w nową samotną drogę, gorszą niż wszystkie dotychczasowe.

„Jak to? Samotnie iść do Szczelin Zagłady? – Wzdragał się przed tą decyzją, ale już mu się narzucała z całą siłą. – Jak to? Zabrać panu Frodowi Pierścień? Ja? Przecież Rada jemu go powierzyła!".

Lecz odpowiedź nasunęła się błyskawicznie: „Rada przydała mu też towarzyszy podróży, aby zadanie zostało spełnione bez zawodu. Ty jesteś ostatnim towarzyszem, który przy nim wytrwał. Zadanie musi być spełnione".

– Czemuż to ja zostałem z nim jako ostatni towarzysz! – jęknął Sam. – Czemuż nie stary Gandalf lub ktoś inny z kompanii! Czemuż to ja właśnie muszę rozstrzygać teraz o wszystkim bez niczyjej pomocy i rady! Z pewnością omylę się w wyborze. Wcale też się nie godzi, żebym to ja niósł Pierścień i sięgał po pierwszą rolę!

„Ależ to nie ty po nią sięgnąłeś, to los wypchnął cię na czołowe miejsce. Racja, nie jesteś dość ważną i odpowiednią osobą, ale nie był nią też, prawdę rzekłszy, ani Frodo, ani Bilbo. Nie z własnej ochoty wzięli na siebie ten obowiązek".

– No, niech będzie. Muszę się więc zdecydować. Zdecyduję coś. Ale z pewnością pobłądzę. Sam Gamgee nie ma głowy do takich spraw.

Zastanówmy się: jeżeli tu przyłapią mnie albo znajdą pana Froda i przy nim Pierścień, zagarnie go Nieprzyjaciel. To by oznaczało koniec dla nas wszystkich, dla Lórien, Rivendell, Shire'u i reszty naszego świata. Nie ma czasu do stracenia, bo tak czy owak wszystko się zawali. Wojna już zaczęta, a bardzo prawdopodobne, że Nieprzyjaciel bierze w niej górę. Nie mogę wrócić po radę i pełnomocnictwa. Mam do wyboru: albo siedzieć tu i czekać, aż łotry przyjdą i zabiją mnie nad ciałem mego pana, a Pierścień zabiorą, albo wziąć Pierścień i z nim pomaszerować dalej. – Sam westchnął głęboko. – No, więc biorę go i ruszam w drogę.

Schylił się nad Frodem. Delikatnym gestem rozpiął mu klamrę u szyi i wsunął rękę pod kurtkę; drugą ręką uniósł jego głowę, ucałował zimne czoło i ostrożnie zdjął łańcuszek. Ułożył znów głowę jak do snu. Spokojna twarz Froda nie drgnęła, i to bardziej niż wszystkie inne objawy przekonało Sama, że jego pan naprawdę umarł i zaniechał swojej misji.

– Żegnaj, mój panie kochany! – szepnął. – Przebacz swojemu Samowi. Sam wróci tutaj, gdy spełni zadanie... jeżeli je zdoła spełnić! Wówczas już cię nie opuści. Śpij spokojnie, póki nie wrócę. Mam nadzieję, że nie zbliży się tu do ciebie żadne nikczemne stworzenie. Jeśli Pani Galadriela słyszy mnie i zechce spełnić moje życzenie, to mam tylko jedno jedyne: żebym mógł wrócić i odnaleźć ciebie. Żegnaj!

Schylając głowę, zarzucił sobie łańcuszek na szyję. W pierwszej chwili aż przygiął się pod brzemieniem, Pierścień niby ciężki kamień ciągnął go ku ziemi. Z wolna jednak ciężar malał czy może Samowi sił przybywało, dość że wyprostował głowę, a potem z wysiłkiem podniósł się na nogi. Stwierdził, że może się poruszać i że udźwignie brzemię. Na chwilkę wyjął z ukrycia gwiezdne szkiełko i spojrzał na swego pana; dar Galadrieli jaśniał łagodnym blaskiem, jak wieczorna gwiazda w noc letnią, a w tym świetle twarz Froda miała znów piękną barwę, bladą, lecz podobnie jak twarze elfów szlachetną bladością istot, które odbyły długą wędrówkę przez ciemności. Unosząc w sercu żałosną pociechę tego ostatniego spojrzenia, Sam odwrócił się, schował kryształ i ruszył naprzód w gęstniejący mrok.

Nie miał dalekiej drogi. Tunel został za nim, a przed nim ciemniał żleb odległy o kilkaset zaledwie kroków. Ścieżkę widział wyraźnie, wydeptana od wieków wrzynała się głęboką koleiną wśród skał i wznosiła łagodnie długim jarem między urwistymi ścianami. Jar zwężał się znienacka. Sam znalazł się u stóp szerokich schodów o dość niskich stopniach. Wieża orków piętrzyła się teraz wprost nad jego głową, groźna i czarna, z jednym jedynym świecącym czerwono okiem. Hobbita na razie kryl jej cień. Wspiął się na szczyt schodów i wreszcie stanął na przełęczy.

– Postanowiłem nieodwołalnie – powtarzał sobie, ale nie mógł się wyzbyć wątpliwości. Przemyślał decyzję, jak umiał najsumienniej, to wszakże, co robił, sprzeciwiało się jego najgłębszej naturze. – Może się omyliłem? – mruczał. – Jak należało postąpić?

Gdy strome ściany żlebu zamykały się wokół niego, zanim dotarł na właściwy szczyt i spojrzał wreszcie na ścieżkę, która miała go sprowadzić w dół na drugą stronę gór, do Bezimiennego Kraju, odwrócił się raz jeszcze. Przez chwilę znieruchomiał szarpany rozterką i patrzył na przebytą drogę. Widział stąd jeszcze wylot tunelu niby czarny punkcik w narastających ciemnościach; miał wrażenie, że dostrzega też albo przynajmniej odgaduje miejsce, gdzie leży Frodo; zdawało mu się, że tam na ziemi coś lśni jasno, może jednak wprowadziły go w błąd łzy, wzbierające w oczach, gdy patrzył na ten kamienny, wzniesiony wysoko skrawek ziemi, na którym całe jego życie rozsypało się w proch.

– Żeby chociaż spełniło się moje życzenie! – westchnął. – Żebym chociaż mógł tam wrócić i odnaleźć Froda.

Wreszcie odwrócił się twarzą do ścieżki, którą miał iść dalej i postąpił kilka kroków naprzód; nigdy jeszcze żaden krok w życiu nie kosztował go tyle wysiłku.

Tylko kilka kroków, jeszcze kilka następnych, a zacznie schodzić w dół i nigdy już nie ujrzy tego kamiennego wzniesienia pod urwiskiem. Nagle usłyszał jakieś głosy i krzyki. Stanął jak wryty. To były głosy orków. Musieli być wszędzie: przed nim i za nim. Tupot nóg i ochrypłe wrzaski: orkowie podchodzili na przełęcz od drugiego stoku, zapewne od której z bram wieży. Tupot nóg i nawoływania od drugiej strony. Sam odwrócił się w miejscu. Zobaczył czerwone światełka, pochodnie migocące daleko w dole: orkowie wychodzili z tunelu. Pułapka się zamykała. A więc czerwone oko wieży nie było ślepe. Sam zrozumiał, że jest zgubiony.

Chybotliwe światła pochodni i szczęk stali zbliżały się do niego od drugiego stoku bardzo szybko. Za chwilę znajdą się na szczycie i pochwycą go. Za wiele czasu stracił na namysły, teraz wszystko przepadło. Jakże zdoła się wymknąć, uratować siebie i Pierścień? Pierścień! Sam nie uświadamiał sobie żadnych myśli, nie podejmował świadomie decyzji. Nie wiedząc kiedy i jak, ściągnął przez głowę łańcuszek i wziął Pierścień do ręki. Tuż przed nim ukazały się już zza grzbietu góry pierwsze szeregi orków. I w tym momencie Sam wsunął Pierścień na palec.

Świat się nagle odmienił, w jednej sekundzie przemknęły hobbitowi przez głowę myśli długiej godziny. Zdał sobie sprawę, że słuch ma teraz wyostrzony, a wzrok przyćmiony, lecz inaczej niż podczas wędrówki przez jaskinię Szeloby. Wszystko wkoło wydawało się nie ciemne jak przedtem, lecz mętne. Znajdował się w świecie szarej mgły jak czarny solidny kamień, a Pierścień obciążający jego lewą rękę był jak gdyby krążkiem rozpalonego złota. Sam nie czuł się niewidzialny, lecz przeciwnie, przerażająco, całkowicie odsłonięty. Zrozumiał, że gdzieś czuwa Oko, które go szuka.

Słyszał trzask pękających kamieni i szmer wody w odległej Dolinie Morgul, i z oddali, spod ziemi, skowyt nieszczęsnej Szeloby błąkającej się na oślep po zakamarkach tunelu; słyszał głosy z lochów Wieży i krzyki orków wychodzących z jaskini, i ogłuszający, dudniący w uszach tupot nóg, i rozdzierający zgiełk orków, którzy ciągnęli ku niemu zza gór. Przylgnął do ściany urwiska. Tamci tymczasem maszerowali jak zastęp upiorów; szare zamazane sylwetki niosące blade płomienie zdawały się we mgle widmami strachu. Gdy przechodzili obok niego, Sam skulony usiłował wcisnąć się w jakąś szczelinę i zniknąć.

Nasłuchiwał. Orkowie ciągnący od strony tunelu i drugi oddział, schodzący długą kolumną z przełęczy na spotkanie pierwszego, zobaczyli się wzajemnie i z krzykiem biegli ku sobie. Słyszał wyraźnie ich głosy i rozumiał, co wołali. Może Pierścień pozwala rozumieć wszystkie języki, a może tylko przenikać myśli, zwłaszcza sług Saurona, swego twórcy, w każdym razie Sam, jeśli chciał, rozumiał i tłumaczył sobie na własną mowę to, co tamci krzyczeli. Pierścień widać nabrał tym większej potęgi, znalazłszy się tak blisko miejsca, z którego pochodził, ale nie miał mocy obdarzenia tego, kto go nosił, cnotą odwagi. Sam w tej chwili myślał wyłącznie o tym, żeby się ukryć, przyczaić i przeczekać, póki nie wróci cisza i spokój. Z trwogą wytężał słuch. Nie umiał określić, z jakiej odległości dochodzą głosy orków, zdawało mu się, że ich słowa rozbrzmiewają w jego uszach.

– Hej, Gorbag. Co tu robisz w górach? Czy ci się już sprzykrzyła wojna?
– Taki dostałem rozkaz, durny Szagracie. A co ty tutaj robisz? Znudziło ci się siedzieć w murach? Zachciało ci się wojować?
– Nic ci do tego. Tu, na przełęczy, ja rozkazuję, więc odzywaj się grzeczniej. Co masz do zameldowania?
– Nic.
– Hej! Hej! Hej! – wrzask przerwał rozmowę dwóch dowódców. Orkowie, którzy zeszli pod przełęcz, zauważyli coś niezwykłego. Puścili się nagle pędem. Inni pobiegli ich śladem.
– Hej! Hola! Tu coś jest! Coś leży na drodze. Szpieg! Szpieg! Zagrały zgrzytliwe rogi, podniósł się zgiełk i wrzawa.

Jakby piorun zbudził Sama z osłupienia. Orkowie spostrzegli Froda! Co z nim zrobią? Nieraz słyszał o orkach opowieści mrożące krew w żyłach. Nie, do tego nie można dopuścić! W okamgnieniu Sam wyrzekł się podjętej misji, wszystkich niedawnych postanowień, a razem z nimi wyzbył się nagle strachu i zwątpienia. Już wiedział, gdzie jest jego miejsce: u boku kochanego pana, jakkolwiek nie miał pojęcia, co będzie mógł zrobić w jego obronie. Zbiegł szybko po stopniach i dalej ścieżką z powrotem w dół.

„Ilu ich jest? – myślał. – Trzydziestu, czterdziestu w oddziale z Wieży, więcej niż drugie tyle w tym, który nadszedł z tunelu. Ilu zdołam ukatrupić, zanim mnie obezwładnią? Gdy wyciągnę miecz z pochwy, zobaczą jego błysk i prędzej czy później złapią mnie. Ciekawe, czy też kiedyś jakaś pieśń wspomni, jak Sam poległ na górskiej przełęczy, kładąc wał z trupów nieprzyjaciół wokół zwłok swojego pana. Nie, nie będzie takiej pieśni. Oczywiście! Orkowie znajdą Pierścień i nie będzie już na świecie żadnych pieśni. Trudno.

Moje miejsce jest przy panu. Muszą to w swej mądrości zrozumieć wszyscy: Elrond, cała Rada, wielcy władcy i władczynie. Ich plany zawiodły. Ja nie nadaję się na Powiernika Pierścienia. Bez pana Froda jestem do niczego".

Tymczasem orkowie zniknęli sprzed jego zamglonych oczu. Sam dotąd nie zważał na własne zmęczenie, lecz nagle uświadomił sobie, że jest niemal u kresu sił. Nogi odmawiały mu posłuszeństwa. Posuwał się o wiele za wolno. Miał wrażenie, że ścieżka wyciągnęła się na całe mile przed nim. Gdzież w tej mgle podziali się orkowie? Zobaczył ich znowu po chwili. Byli już daleko. Całą gromadą cisnęli się wokół leżącego na ziemi ciała. Kilku rozbiegło się na wszystkie strony jak psy węszące trop. Sam z trudem poderwał się do szybszego biegu.

– Żywo, Samie – mówił sobie – bo znowu się spóźnisz!

Obluźnił miecz w pochwie. Za chwilę dobędzie go, a wtedy...

Buchnął dziki wrzask, pohukiwania i śmiechy; orkowie dźwigali ciało z ziemi.

– Ya hoi! Ya horri hoi! Nuże!

Potem pojedynczy głos krzyknął:

– Bierzcie go! Najkrótszą drogą do Dolnej Bramy. Szeloba z pewnością nie będzie nam dziś przeszkadzała.

Orkowie całą bandą ruszyli z miejsca. Pośrodku czterech niosło wysoko w ramionach ciało Froda.

– Ya hoi!

Zabrali Froda. Zniknęli. Sam nie mógł ich doścignąć. Wlókł się z wysiłkiem za nimi, lecz orkowie już dotarli do wylotu tunelu i wchodzili w podziemia: czterech dźwigających ciało hobbita na przedzie, reszta za nimi, cisnąc się i tłocząc bezładnie. Sam wciąż brnął naprzód. Dobył miecza, który błękitnym blaskiem świecił w jego drżącej ręce, ale orkowie nic nie spostrzegli. Kiedy bez tchu dobiegł wreszcie pod wylot tunelu, ostatni szereg orków już znikał w czarnej jamie.

Przez chwilę Sam stał, dysząc ciężko i ręką przyciskając serce. Potem przesunął rękawem po twarzy, ocierając kurz, pot i łzy.

– Łotry przeklęte! – jęknął i skoczył za nimi w ciemność.

Teraz jednak ciemność tunelu nie wydała mu się tak czarna jak poprzednio, miał tylko wrażenie, że z lekkiej mgły wszedł w gęściejszą. Z każdą chwilą bardziej czuł się znużony, ale zacinał się tym mocniej w uporze. Zdawało mu się, że dostrzega przed sobą dość niedaleko pochodnie, lecz mimo wysiłków nie mógł ich dogonić. Orkowie poruszają się szczególnie zwinnie w podziemiach, a ten tunel w dodatku znali dobrze, bo mimo strachu przed Szelobą często musieli go używać jako najkrótszej drogi z Martwego Grodu na drugą stronę gór. Nie wiedzieli, jak dawno w zamierzchłej przeszłości powstał główny tunel i wielki okrągły szyb, który od wieków Szeloba obrała sobie za siedzibę; sami jednak zbudowali liczne boczne korytarze i wyjścia na różne strony, żeby umożliwić sobie ratunek przed napaścią pajęczycy, gdy z rozkazu swego władcy musieli tędy przechodzić. Tego wieczora nie zamierzali zapuszczać się daleko w głąb jaskini, spieszyli prosto do korytarza, który prowadził do wieży strażniczej na urwisku. Większość cieszyła się i głośno tryumfowała z powodu dokonanego odkrycia, toteż biegnąc, zgodnie ze zwyczajem swego plemienia objawiała radość bełkotem i wrzaskiem. Sam słyszał gwar ochrypłych głosów, bezdźwięczny i stłumiony w nieruchomym zaduchu podziemi, i rozróżniał pośród chóru dwa głosy prowadzące z sobą rozmowę. Głosy te brzmiały donośniej i bliżej niż inne. Dowódcy obu oddziałów zamykali najwidoczniej pochód, gawędząc w marszu.

– Czy nie mógłbyś uciszyć tej swojej hołoty, Szagracie? – gniewnie mówił pierwszy głos. – Ściągną nam Szelobę na kark.

– Dajże spokój, Gorbagu. Twoi hałasują tak samo jak moi – odparł drugi głos. – Niech się chłopcy nacieszą. Na razie, o ile mi wiadomo, Szeloba nie jest groźna. Jak się zdaje, siadła na gwoździu. Nie będziemy z tego powodu płakali, co? Czyś nie zauważył śladów posoki na całej drodze od wejścia aż do tej przeklętej dziury? Ten jeden raz pozwólmy się chłopakom pobawić. Niech się śmieją. Mieliśmy szczęście, wreszcie znaleźliśmy coś, czego Lugbúrz szuka.

– Lugbúrz tego szuka, naprawdę? A co to właściwie za stwór? Trochę wygląda na elfa, ale za mały. Czy taki pokurcz może być niebezpieczny?

– Nie wiem, póki mu się lepiej nie przyjrzę.

– Aha! Nie powiedziano ci więc wyraźnie, czego masz szukać? Nam nigdy nie mówi się wszystkiego. Nawet połowy tego, co wiedzą zwierzchnicy. Ale i oni czasem się mylą, nawet ci najwyżsi.

– Ciszej, Gorbacie! – Szagrat zniżył głos tak, że Sam mimo niezwykle wyostrzonego słuchu ledwie go słyszał. – Może się czasem mylą, ale wszędzie mają oczy i uszy, dałbym głowę, że nie brak ich nawet wśród moich żołnierzy. Jedno jest pewne, że zwierzchnicy mają jakieś kłopoty. Wedle wieści, które przyniosłeś z dolin, Nazgûlowie są zaniepokojeni, a ja wiem, że w Lugbúrzu także się czymś kłopoczą. Coś omal nam się nie wymknęło.

– Omal, powiadasz! – rzekł Gorbag.

– Tak, ale pogadamy o tym później – odparł Szagrat. – Poczekaj, aż znajdziemy się na Dolnej Ścieżce. Tam jest taki kącik, gdzie można bezpiecznie pogawędzić, kiedy chłopcy pójdą naprzód.

W chwilę potem łuczywa zniknęły sprzed oczu Sama. Coś zgrzytnęło i huknęło, a gdy Sam podbiegł bliżej, rozległ się głuchy łoskot. Domyślał się, że orkowie skręcili i poszli tym samym bocznym korytarzem, na który hobbici natknęli się w drodze przez tunel, stwierdzając, że jest zawalony ogromnym głazem. Głaz był w dalszym ciągu na miejscu.

Orkowie jednak ominęli go jakimś sposobem, bo słychać było ich głosy w korytarzu. Biegli naprzód, coraz dalej w głąb góry, wracając do Wieży. Sama ogarnęła rozpacz. Unosili przecież ciało jego pana, z pewnością w nikczemnych zamiarach, a on nie mógł za nimi podążyć. Rzucił się na głaz próbując go odepchnąć, lecz przeszkoda nie ustąpiła. Nagle po drugiej stronie, bardzo blisko, jak się wydało hobbitowi, zabrzmiały znów głosy dwóch dowódców, ciągnących swą pogawędkę. Sam znieruchomiał i nadstawił uszu w nadziei, że z tej rozmowy dowie się czegoś użytecznego. Myślał też, że Gorbag, który należał, jak wynikało z jego słów, do załogi Minas Morgul, zechce może wrócić i wówczas otworzy mu drogę do korytarza.

– Nie wiem – mówił Gorbag. – Na ogół wiadomości dochodzą szybciej, niż ptak doleciał. Nie pytałem jednak, jakim sposobem to się dzieje. Bezpieczniej nie pytać. Brr! Ciarki po mnie chodzą, kiedy widzę tych Nazgûlów. Jak spojrzą na ciebie, to masz wrażenie, że cię oczyma ze skóry obłupili, że się znalazłeś na zimnie i w ciemnościach, z dala od swoich. Ale on ich lubi, to teraz jego ulubieńcy, więc nie pomogą skargi. Powiadam ci, służba w stolicy to dzisiaj bardzo ciężki kawałek chleba.

– Spróbowałbyś życia w tych górach, w najbliższym sąsiedztwie Szeloby! – odparł Szagrat.

– Wolałbym się znaleźć z dala i od Nazgûlów, i od niej. Ale teraz mamy wojnę, potem może będzie lżej.

– Na wojnie dobrze się nam wiedzie, jak mówią.

– Mówią, co chcą – mruknął Gorbag. – Zobaczymy. W każdym razie, jeśli powiedzie się rzeczywiście, będzie dla nas więcej miejsca na świecie. Jak myślisz, gdyby się trafiła sposobność, warto by we dwóch wywędrować cichcem z kilku dobranymi, zaufanymi chłopakami i na własną rękę urządzić się w jakimś wygodnym zakątku, gdzie o łup łatwo, a wielcy zwierzchnicy nie depcą po piętach.

– Ha! – rzekł Szagrat. – Przypomniałyby się dawne czasy.

– Właśnie. Nie ciesz się jednak przedwcześnie. Trochę jestem niespokojny. Jak ci mówiłem, nawet najwyżsi zwierzchnicy... – Gorbag zniżył głos do szeptu: – Tak, nawet ci na samej górze mogą się pomylić. Powiedziałeś, że coś omal nam się nie wymknęło. A ja ci powiadam, że coś nam się wymknęło na dobre. Musimy tego teraz szukać. Kiedy trzeba naprawić czyjeś błędy, zawsze biednych Uruków gna się do najcięższej roboty i nawet nie podziękuje im nikt, jak by należało. Pamiętaj też, że przeciwnicy nienawidzą nas tak samo jak Jego, i jeśliby go zwyciężyli, czeka nas marny koniec... Powiedz no, kiedy dostałeś rozkaz, żeby wyjść z oddziałem na przełęcz?

– Przed godziną, na krótko przed naszym spotkaniem. Przysłano wiadomość. „Nazgûl zaniepokojony. Niebezpieczeństwo szpiegów na Schodach. Zdwoić czujność. Wysłać zwiad na szczyt Schodów". No więc ruszyłem z żołnierzami natychmiast.

– Coś tu jest nie w porządku – rzekł Gorbag. – Wiem na pewno, że nasi Milczący Wartownicy już dwa dni temu, jeśli nie dawniej, byli zaniepokojeni. Ale mnie wyprawiono z patrolem wczoraj dopiero i nie wysłano żadnego raportu do Lugbúrza; może dlatego że wciągnięto na maszt Wielki Sygnał, że Najwyższy Nazgûl wyruszał na wojnę i tak dalej. Podobno Lugbúrz nie przyjmował żadnych wiadomości przez dość długi czas.

– Oko było zajęte czymś innym zapewne – rzekł Szagrat. – Mówią, że na zachodzie dzieją się ważne rzeczy.

– To wiadomo – mruknął Gorbag – ale tymczasem nieprzyjaciele zakradli się na Schody. Coś ty robił na swojej wieży! Masz przecież obowiązek trzymać straż nad przełęczą, nie czekając na szczególne rozkazy. Od czego jesteś?

– Daj spokój. Nie próbuj mnie uczyć moich obowiązków. Nie śpimy na wieży, wiedzieliśmy, że dzieje się coś dziwnego.

– Nawet bardzo dziwnego!

– No tak, zauważyliśmy światło i krzyki. Ale Szeloba wylazła z jaskini. Moi chłopcy widzieli ją i jej Służkę.

– Jej Służkę? Co za jeden?

– Chyba go znasz: mały, czarny, chudy stwór, trochę także do pająka podobny, ale bardziej jeszcze do zagłodzonej żaby. Był u nas już kiedyś. Przed laty po raz pierwszy wyszedł z Lugbúrza i mieliśmy rozkaz z samej Góry, żeby go przepuścić. Potem wracał parę razy na Schody, ale go nie zaczepialiśmy: zawarł chyba jakiś układ z Jej Książęcą Mością. Przypuszczam, że nie nadaje się do jedzenia, bo w przeciwnym razie Szeloba nie uszanowałaby rozkazów naszych władz. Czuwaliśmy jednak nad doliną pilnie, wiemy, że Służka Szeloby odwiedził ją w przeddzień całej tej awantury. Widzieliśmy go wczoraj z wieczora, przed nocą. Moi zwiadowcy donieśli, że Jej Książęca Mość czeka gości i przygotowuje się tam zabawa; zadowoliłem się tą wiadomością, póki nie dostałem rozkazu z góry. Myślałem, że Służka postarał się dla niej o rozrywkę albo może wy z dolin przysłaliście jej podarunek, jeńca wojennego czy coś w tym rodzaju. Nie wtrącam się do jej zabaw. Wiadomo, że kiedy Szeloba poluje, żadna zwierzyna nie wymknie się żywa z tunelu.

– Tak myślisz? Czyś nie widział tego pokurcza pod urwiskiem? Powtarzam ci: jestem mocno zaniepokojony. Nie wiem, co to za jeden, ale skoro doszedł do Schodów, wydostał się widać żywy z tunelu i umknął sprzed nosa Szelobie. Przeciął zaporę z pajęczyny i wyszedł z jaskini. To daje do myślenia, przyznaj.

– W końcu przecież go dopadła.

– Dopadła go? Tego malca? Gdyby prócz niego nie było nikogo zawlokłaby go od razu do swojej spiżarni i tam by został. A skoro z Lugbúrza upominają się o niego, musiałbyś go tam iść szukać. Nie zazdrościłbym ci zadania! Nie, z pewnością było ich więcej.

Sam w tym momencie zainteresował się rozmową orków i przycisnął ucho do kamienia.

– Kto przeciął pęta, którymi go Szeloba omotała, Szagracie? Ten sam, kto przeciął pajęczynę w drzwiach. Czy to nie bije w oczy? Kto wbił szpikulec w brzuch Jej Książęcej Mości? Wciąż ten sam śmiałek. A gdzież on się podział? Mów, gdzie on jest, Szagracie!

Szagrat nie odpowiedział.

– Warto się nad tym zastanowić, to nie przelewki. Wiesz chyba równie dobrze jak ja, że nikt dotychczas nie zdołał wbić Szelobie szpilki pod skórę. Pewnie, trudno ubolewać, że to ją spotkało, ale to znaczy, że krąży tu gdzieś nieprzyjaciel groźniejszy od wszystkich buntowników, jacy od dni wielkiego oblężenia pokazali się na naszym pograniczu. Coś nam się wymknęło!

– Ale co to jest? – stęknął Szagrat.

– Sądząc z oznak, kapitanie Szagracie, jest to wielki wojownik, najprawdopodobniej elf, w każdym razie uzbrojony w miecz elfów, a może też w topór. Krąży cały i zdrów po okolicy, nad którą powierzono ci straż, a tyś go nie wytropił. Bardzo dziwna sprawa!

Gorbag splunął, a Sam uśmiechnął się niewesoło, słysząc ten swój rysopis.

– Ty zawsze wszystko widzisz w czarnych kolorach – rzekł Szagrat. – Oznaki można sobie rozmaicie tłumaczyć, tak jak ty je odczytałeś, albo zupełnie inaczej. Rozstawiłem warty wszędzie dokoła i będę wszystkie sprawy załatwiał po kolei. Na razie muszę się zająć tym intruzem, którego złapałem, a potem dopiero zacznę się martwić o innych.

– Jeśli się nie mylę, nie będzie wielkiej korzyści z tego przyłapanego jeńca – rzekł Gorbag. – Może on nawet nie ma nic wspólnego z właściwą sprawą. Tamten siłacz z mieczem nie przywiązywał widać wagi do osoby tego malca, skoro go zostawił nieprzytomnego pod urwiskiem. To na pewno podstęp, jak znam elfów.

– Zobaczymy. Teraz czas w drogę. Za długo gadamy. Chodźmy i przyjrzyjmy się lepiej jeńcowi.

– Co z nim zamierzasz zrobić? Nie zapominaj, że to ja pierwszy go spostrzegłem. Jeżeli będzie wolno z nim pohulać, ja i moi chłopcy musimy mieć także udział w zabawie.

– Poczekaj, poczekaj! – odburknął Szagrat. – Mam wyraźne rozkazy. A za ich złamanie odpowiadałbym własną skórą i twoją także. Każdy obcy włóczęga ujęty przez nasze straże ma być żywcem przetrzymywany w wieży. Jeńca mam zrewidować, odebrać mu wszystko, co przy nim znajdę. Dokładny opis każdego przedmiotu, części odzieży, broni, listów, pierścieni czy drobiazgów muszę przesłać natychmiast do Lugbúrza i tylko tam. Jeńca nie wolno tknąć pod karą śmierci, głową ręczą za jego całość wszyscy dozorcy, póki On nie przyśle po niego albo nie przybędzie osobiście, żeby go wybadać. Rozkaz jasny, wykonam go, oczywiście.

– Masz go do naga obedrzeć? – rzekł Gorbag. – Także z zębów, paznokci i włosów, co?

– Nie. Przecież ci powiedziałem, że jeniec należy do Lugbúrza. Ma być tam dostarczony żywy i cały.

– Trochę będzie trudno wykonać ten rozkaz – zaśmiał się Gorbag. – To już zimne ścierwo. Co w Lugbúrzu zrobią z taką zdobyczą, nie mam pojęcia. Równie dobrze można go wsadzić do garnka.

– Głupcze! – mruknął Szagrat. – Gadasz niby mądrze, ale nie wszystkie rozumy zjadłeś, nie wiesz nawet tego, co prawie każdy ork wie. Trafisz do garnka Szeloby, jeśli będziesz taki nieostrożny. Ścierwo! A więc nie znasz sztuczek Jej Książęcej Mości? Kiedy pęta ofiarę, to znaczy, że przeznacza ją do zjedzenia. A Szeloba nie jada ścierwa i nie pije krwi trupów. Ten pokurcz jest żywy.

Sam zachwiał się i oparł o głaz. Wydało mu się, że cały czarny świat zakołysał się i zawirował wokół niego. Wstrząs był tak silny, że hobbit omal nie padł zemdlony; walcząc z ogarniającą go słabością, mówił sobie w głębi duszy: „Ach, głupi Samie, przecież serce szeptało ci, że on żyje, a ty uwierzyłeś, że umarł. Nigdy nie ufaj swojej głowie, bo to najmniej udana część twego ciała. W tym rzecz, że od początku nie miałeś nadziei. Co teraz robić? Chwilowo nic, wystarczy oprzeć się o ten nieruchomy głaz i posłuchać jeszcze wstrętnych orkowych głosów".

– Ba! – mówił Szagrat. – Szeloba ma niejedną truciznę. Kiedy poluje, zwykle raz tylko dźgnie ofiarę żądłem w kark, a to wystarcza, żeby każde stworzenie zmiękło jak ryba po wyjęciu ości i żeby mogła z nim zrobić, co chce. Pamiętasz starego Uftaka? Zginął i nie wracał od wielu dni. Znaleźliśmy go w kącie jaskini: wisiał, ale był przytomny i oczy miał otwarte. Ale się wtedy uśmialiśmy! Szeloba pewnie o nim zapomniała, mimo to woleliśmy go nie ruszać, żeby się nie narażać na jej gniew. Ten mały pokurcz zbudzi się za kilka godzin zdrów zupełnie, co najwyżej będzie go na razie trochę mdliło. No i zdrów zostanie, dopóki się nim w Lugbúrzu nie zajmą. Nie będzie nic wiedział, gdzie się znajduje i co się z nim stało.

– I nie przeczuje, co go czeka! – zaśmiał się Gorbag. – Jeżeli nie wolno nic więcej, opowiemy mu przynajmniej parę historyjek na ten temat. Nigdy pewnie dotychczas nie był w pięknym Lugbúrzu, więc nie wyobraża sobie, jakich tam zazna przyjemności. Zabawa będzie lepsza, niż się spodziewałem. Chodźmy!

– Powiadam ci, że żadnej zabawy nie będzie – odparł Szagrat. – Jeńcowi włos z głowy spaść nie może albo my obaj pożegnamy się z głowami.

– No, niech tam. Ale ja na twoim miejscu wolałbym schwytać tamtego siłacza, który umknął, zanim bym wysłał meldunek do Lugbúrza. Nie ma się czym chwalić, że złapałeś kocię, jeśli lew uciekł.

Głosy zaczęły się oddalać. Sam słyszał cichnący tupot nóg. Otrząsnął się z pierwszego oszołomienia i z kolei ogarnął go dziki gniew.

– Wszystko poplątałem! – krzyczał. – Wiedziałem, że tak będzie. Teraz porwali Froda, mają go w swoich łapach, łotry przeklęte. Nigdy, nigdy nie wolno słudze opuszczać pana! Tej zasady nie powinienem był łamać. Czułem to w głębi serca. Czy mój pan mi przebaczy? Muszę go wyzwolić. Tak czy inaczej, muszę!

Znów dobył miecza i próbował stukać w kamień rękojeścią, lecz głaz jęknął tylko głucho i nie drgnął z miejsca. Ostrze za to rozbłysło tak jasno, że hobbit mógł się lepiej rozejrzeć po jaskini. Ze zdumieniem stwierdził, że kamień ma kształt ciężkich drzwi, dwa razy niemal wyższych od niego. W górze między górną krawędzią głazu a niskim stropem korytarza ziała szeroka szpara. Drzwi miały zapewne chronić orków od napaści Szeloby i były od wnętrza zamknięte na zasuwę i rygle, których pajęczyca mimo swej chytrości nie mogła dosięgnąć ani otworzyć. Resztkami sił Sam podskoczył i uchwycił się górnej krawędzi głazu, wlazł na nią i spuścił się na drugą stronę. Z lśniącym mieczem w ręku pobiegł na oślep przez kręty korytarz. Wiadomość, że pan jego żyje, pobudziła Sama do ostatniego zrywu i kazała mu zapomnieć o zmęczeniu.

Nie widział drogi przed sobą, bo nowe korytarze wciąż wiły się i skręcały, lecz zdawało mu się, że już dogania dwóch orków, bo ich głosy znów słyszał wyraźniej, jak gdyby z bardzo bliska.

– Tak zrobię – mówił Szagrat gniewnym tonem. – Wpakuję go do najwyższej izby.

– Dlaczego? – mruknął Gorbag. – Czy nie macie zamykanych lochów?

– Muszę go strzec, już ci tłumaczyłem – odparł Szagrat. – Nie rozumiesz? To cenny jeniec. Nie ufam ani moim, ani twoim chłopcom, ani nawet tobie, bo zanadto lubisz zabawę. Umieszczę go tam, gdzie chcę i gdzie ty się nie dostaniesz, jeśli nie będziesz się zachowywał przyzwoicie. Na samej górze. Tam będzie bezpieczny.

– Czyżby? – powiedział Sam. – Zapomniałeś o wielkim siłaczu, o elfie, który krąży w pobliżu!

Z tym słowy obiegł pędem ostatni zakręt; niestety przekonał się, że zwiódł go chytrze zbudowany tunel lub może wyostrzony dzięki Pierścieniowi słuch i że omylił się w ocenie odległości.

Dwaj orkowie byli jeszcze daleko przed nim. Widział ich czarne sylwetki na tle czerwonego blasku. Korytarz biegł tutaj nareszcie prosto i wznosił się pod górę. U jego końca widniały otwarte na oścież szerokie dwuskrzydłowe drzwi prowadzące zapewne do głębokich podziemnych komór pod wysoką wieżą. Orkowie niosący jeńca już weszli do wnętrza. Gorbag i Szagrat zbliżali się do drzwi. Buchnął dziki śpiew, zagrały rogi, zadzwonił gong, rozebrzmiał okropny zgiełk. Gorbag i Szagrat już osiągnęli próg.

Sam z krzykiem wywijał Żądłem, lecz jego słaby głos ginął w straszliwej wrzawie. Nikt na niego nie zwrócił uwagi.

Wielkie drzwi zatrzasnęły się z łoskotem: bum! Żelazne sztaby zapadły się ze szczękiem. Brama była zamknięta. Sam z impetem rzucił się na zaryglowaną spiżową zaporę i padł zemdlony. Leżał pod drzwiami wśród ciemności. Frodo żył, ale był jeńcem Nieprzyjaciela.

Tu kończy się druga część historii Wojny o Pierścień.

Część trzecia mówi o ostatniej walce z Cieniem i o zakończeniu misji Powiernika Pierścienia. Nosi tytuł *Powrót króla*.

Spis treści

Synopsis 7

Księga trzecia

Rozdział 1
  Pożegnanie Boromira 11
Rozdział 2
  Jeźdźcy Rohanu 21
Rozdział 3
  Uruk-hai 52
Rozdział 4
  Drzewiec 74
Rozdział 5
  Biały Jeździec 109
Rozdział 6
  Król ze Złotego Dworu 134
Rozdział 7
  Helmowy Jar 160
Rozdział 8
  Droga do Isengardu 181
Rozdział 9
  Zdobycze wojenne 202
Rozdział 10
  Głos Sarumana 222
Rozdział 11
  Palantír 237

Księga czwarta
Rozdział 1
　　Obłaskawienie Sméagola 257
Rozdział 2
　　Przez moczary 279
Rozdział 3
　　Czarna Brama jest zamknięta 299
Rozdział 4
　　O ziołach i potrawce z królika 315
Rozdział 5
　　Okno Zachodu 333
Rozdział 6
　　Zakazane jezioro 360
Rozdział 7
　　Ku Rozstajowi Dróg 375
Rozdział 8
　　Schody Cirith Ungol 386
Rozdział 9
　　Jaskinia Szeloby 404
Rozdział 10
　　Sam w rozterce 418

Książkę wydrukowano na papierze
Creamy HiBulk 2.4 53 g/m^2
dostarczonym przez Zing Sp. z o.o.

Zing

www.zing.com.pl

Warszawskie Wydawnictwo Literackie
MUZA SA
ul. Marszałkowska 8, 00-590 Warszawa
tel. 22 6297624, 22 6296524
e-mail: info@muza.com.pl

Dział zamówień: 22 6286360
Księgarnia internetowa: www.muza.com.pl

Skład i łamanie: MAGRAF s.c., Bydgoszcz
Druk i oprawa: Drukarnia Wydawnicza im. W.L. Anczyca, Kraków